I0632121

# NOUVELLES
# ANNALES
## DE
# *PARIS.*

# NOUVELLES
# ANNALES
## DE
# PARIS,

JUSQU'AU REGNE DE HUGUES-CAPET.

ON Y A JOINT

## LE POËME D'ABBON

*SUR LE FAMEUX SIÉGE DE PARIS*
*par les Normans en 885 & 886 , beaucoup plus correct que dans*
*aucune des Éditions précédentes ;*

Avec des Notes pour l'intelligence du Texte.

Par Dom TOUSSAINTS DU PLESSIS , Religieux Bénédictin
de la Congrégation de Saint Maur.

*A* PARIS,

Chez la Veuve LOTTIN & J. H. BUTARD,
Imprimeur-Libraires, rue S. Jacques, à la Vérité.

M. DCC. LIII.

*Avec Approbation & Privilege du Roi.*

## A MESSIEURS
## LES PREVÔT DES MARCHANDS
## ET ECHEVINS
## DE LA VILLE DE PARIS.

*MESSIEURS,*

Voici un nouvel *Ouvrage historique sur la Ville de Paris*, que j'ai crû, pour la plus grande utilité des Lecteurs, devoir rédiger en forme d'Annales. Tout Ouvrage qui tend à éclaircir ou à perfectionner l'Histoire de cette Reine des Villes de l'Empire François, doit naturellement Vous être consacré ; & cependant je n'aurois jamais pris la liberté de Vous présenter celui-ci, si en même temps je n'avois eu lieu d'espérer que soit pour les détails, soit pour l'exactitude des faits & des dates, je mettrois sous vos yeux quelque chose de neuf, & qui, malgré les lumieres de ceux qui m'ont précédé dans la même carriere, a échappé à leur sagacité. Ce Volume ne s'étend que jusqu'à la fin de la seconde Race de nos Rois. Ces temps reculez ne font pas ceux qui fourniffent le plus de matiere, quoique les grands événemens n'y manquent pas, & que plufieurs même d'entre eux foient extrêmemens intéreffans : mais en récompenfe les monumens qui les ont tranfmis à la poftérité offrant prefque toujours autant de difficultez que de dates & de faits, ouvrent un champ très-vafte à la Critique ; & heureux l'Hiftorien qui, après avoir promené fon Lecteur dans les tortueux détours de tant de labyrinthes, peut l'en faire fortir habilement.

Je ne fais, MESSIEURS, fi je me flatte trop : mais je crois avoir applani prefque toutes les difficultez ; & fi elles ne font pas encore toutes levées entierement, le foin que j'ai pris de ne laiffer du moins rien de bien effentiel à defirer, fuffira, fans doute, pour Vous donner des preuves & de mon zele pour l'honneur d'une Ville dont l'adminiftration Vous eft à fi jufte titre & fi heureufement confiée, & du profond refpect avec lequel je fuis,

MESSIEURS,

Votre très-humble & très-obéiffant Serviteur,

Fr. TOUSSAINTS DU PLESSIS, M. B.

A Paris, en l'Abbaye de S. Germain-des-Prés, ce 12 Juin 1753.

# AVERTISSEMENT.

JE donne à ces Annales le nom de *nouvelles* pour les distinguer d'un Ouvrage de même nature, publié à Paris en 1640 en un volume *in-folio*, sous le titre d'*Annales de la Ville de Paris*, par Claude Malingre, Auteur assez décrié dans la Bibliotheque historique du Pere le Long & dans la République des Lettres.

On s'appercevra facilement que laissant là Malingre de côté, parce qu'en effet ses Annales, non plus que ses Antiquitez de Paris ne valent pas seulement la peine d'être lues, du moins pour ce qui regarde les commencemens de notre Histoire, & qu'il n'y a presque là rien de bon que ce que nous avions déja mot pour mot dans du Breul, je me suis attaché singulierement à relever un très-grand nombre de fautes, dont nos plus célebres écrivains n'ont pas su se garantir en traitant les matieres qui faisoient nécessairement le fonds de mon travail. Ce n'est ni par démangeaison d'écrire contre ces savans hommes que je regarde comme mes maîtres, ni encore moins pour vouloir m'égaler à eux, & mesurer présomptueusement mes forces contre les leurs, qu'il ne m'arrive gueres de les citer, sans observer en même-temps avec scrupule les fautes dans lesquelles ils sont tombez. Je proteste ici que je n'ai eu en vûe dans ma critique, fût-elle quelquefois un peu amere, que le seul amour de la vérité : & quel autre but l'Historien doit-il donc se proposer en nous faisant part de ses connoissances, & de ses découvertes dans l'Antiquité? Rendons justice à ces Oracles de notre siecle & du siecle précédent : que saurions-nous sans eux? ou combien imparfaitement ne saurions-nous pas ce que nous savons? Pour quelques fautes qui leur sont échappées, quel éclat de lumiere en récompenfe n'ont-ils pas répandu , & ne répandent-ils pas encore tous les jours fur ce qu'il y a de plus obfcur & de plus ténébreux dans notre Hiftoire ? Ce font nos vrais guides , & des guides prefque toujours fûrs: mais enfin ils fe trompent pourtant quelquefois ; & de crainte qu'un grand nom n'impofe à la bonne foi du Le-Ĉteur ami du vrai, il faut le prémunir contre leurs erreurs , & lui montrer le droit chemin, dont il ne manqueroît pas fans cela de s'écarter. J'infifte fur ce point , que j'ai véritablement à cœur , & fur lequel par cette raifon je reviendrai encore dans ma Préface fur le Poëme d'Abbon.

Mais s'enfuit - il de-là que moi - même en voulant corriger les autres , je n'aie pas donné à mon tour dans quelques méprifes ? Non fans doute. A cela que faut-il faire ? me reprendre & me redreffer , comme j'en ai agi envers autrui. L'intérêt public le demande ; & fous ce point de vûe j'ai toujours adopté cette noble penfée du Pere de l'Eloquence latine : *Tantum abeft ut fcribi contra nos nolimus , ut etiam maxime optemus.* Cic. Tufcul. II. cap. 2.

Le Lecteur eft prié de faire attention aux *Additions & Corrections*, qui font à la fin, avant la Table des Matieres.

NOUVELLES

# NOUVELLES
# *ANNALES*
## DE
# *PARIS.*

ES Parifiens étoient originairement ùn des Peuples
en chef, ou des Citez, qui compofoient par leur
confédération la nation Gauloife ; & ils ne recon-
noiffoient au-deffus d'eux que les Etats généraux de
la nation. Nicolas (*a*) Sanfon a cru voir dans Céfar, qu'ils faifoient autrefois partie des Peuples de
Sens ; mais Adrien (*b*) de Valois lui oppofe que Céfar n'en dit
rien. En effet on lit feulement dans fes (*c*) Commentaires, qu'a-
vant qu'il entreprît la guerre des Gaules, ces deux peuples voifins
s'étoient unis & alliez enfemble ; ce qui préfente même une idée
toute contraire à celle de Sanfon.

Le nom de *Parifien* eft inconteftablement Celtique d'origine :

(*a*) Sanfon, Remarques fur la Carte de l'ancienne Gaule , au mot *Parifii.*
(*b*) Valef. Notit. Gall. *Parifii.*

(*c*) Cæfar de Bello Gall. lib. 6. cap. 3. *
Tom. I. pag. 252.

* Cette étoile , que l'on emploiera fouvent dans les citations , marque que l'on fe fert
ici de la nouvelle Collection des Hiftoriens de France par Dom Martin Bouquet.

A

Céfar l'a latinifé par celui de *Parifii*. Le nom de la Ville des Parifiens, autre mot qui ne peut être encore que Celtique, fe trouve
pareillement latinifé dans Céfar par celui de (*a*) *Lutecia*. Enfin le
nom qui diftinguoit particulierement les habitans de cette Ville de
ceux de tout le Canton en général, étoit (*b*) *Parifiaci*. Ceux qui
ont prétendu trouver dans le Grec & dans le Latin l'origine de
ces deux noms, *Parifii* & *Lutecia*, n'ont donc pu nous débiter que
des puérilitez ou des impertinences. Tout cela fe trouve ramaffé
dans les Antiquitez de Paris, foit de Jacques (*c*) du Breuil, foit
d'Henri (*d*) Sauval : mais on fe donnera bien de garde d'étaler ici
toute cette fauffe érudition, qui ne mérite feulement pas d'être ré-
futée. Les Savans (*e*) Bollandiftes paroiffent avoir touché au but
en dérivant celui de *Parifii* du mot *Ifia*, qui eft le nom propre de
la riviere d'Oife, parce qu'en effet le territoire des Parifiens s'é-
tendoit depuis celui des Sénonois jufques fur la rive gauche de cette
riviere.

A l'égard du mot *Lutecia*, il eft compofé de ces deux monofyl-
labes *Lu*, & *Tec* ; & *Lu* paroît être là pour *Lug*, comme dans *Lug-
dunum*. Mais que fignifie *Lug*, & que fignifie *Tec* ? Ecoutons Cambden, Auteur très-verfé dans ce genre de litérature. Pomponius
Mela, dit ce favant (*f*) Ecrivain, appelle *Turris Augufti* le lieu
qui eft appellé *Lugo Augufti* dans l'Itinéraire d'Antonin : donc,
conclut-il, *Lug* fignifie une *Tour ;* & le mot entier *Lutecia* fignifie
*belle Tour ;* car *Tec*, ajoute-t-il encore, veut dire *beau.* C'eft en effet
le fens que Dom Louis Pelletier donne à ce mot dans fon Dictionnaire Bas-Breton ; & on ne peut nier que ceci ne vaille beaucoup
mieux que la conjecture d'un autre Savant (*g*) de nos jours, qui
veut que le mot *ecia* ou *etia* fignifie une *île*. Cependant enchériffons
encore, s'il fe peut, fur l'heureufe découverte de Cambden. Que
*Lug* doive être pris quelquefois pour une *Tour*, cela eft démontré
par le texte de Pomponius Mela. Mais dans le mot *Lug-tec*, ne
fignifieroit-il pas plutôt *Colonne ?* D'abord entre une tour & une colonne il y a affez de reffemblance, pour que le nom de l'une ait
pu être appliqué à l'autre. Ici donc, au lieu d'une tour, ce feroit
peut être fimplement une de ces anciennes colonnes milliaires,
c'eft-à-dire une de ces colonnes qui fervoient à marquer les *milles*

(*a*) Voyez la note fur Abbon, I. 1.
(*b*) Voyez plus bas vers l'An 25.
(*c*) Du Breuil, Antiq. de Paris, pages 1.
& fuiv.
(*d*) Sauval, Antiq. de Paris, Tome III.
page 229.

(*e*) Bolland. Jul. Tom. V. page 422. not.
C & D.
(*f*) Cambden, Britannia, edit. fol. Lond.
1607. pag. 641.
(*g*) Le Beuf, Recueil de Piéces, Tome II.
pag. 175.

dans l'Italie, & les *lieues* dans les Gaules, mot dérivé de *leg* ou *leug*, qui dans le propre fignifie *pierre* ; car la colonne milliaire n'a été ainfi appellée en Celtique, ou *lapis* en latin, que parce qu'en effet c'étoit une véritable pierre : & il faut bien remarquer que fi Céfar dit en latin *Lutecia*, Ptolémée (*a*) dit en grec Λυκοτεκια, & Julien (*b*) l'Apoftat Λευκετια. En ce fens *Lutecia* fignifieroit donc *belle Colonne* plutôt que *belle Tour*.

Cependant pourquoi recourir aux colonnes milliaires ? *Leg* ou *Leug* fignifie *pierre*. On peut s'en tenir là fimplement, & fe contenter de traduire le mot compofé *Lutecia* par ces deux-ci, *belle pierre*. Les carrieres inépuifables tant de Montmartre pour le plâtre, que de la Montagne fainte Génevieve jufqu'à Arcueil & au-delà pour toute autre forte de pierre à bâtir, ont affurément bien pu donner lieu à cette dénomination ; & on verra (*c*) plus bas, que celle-ci en particulier étoit communément appellée dans les premiers temps *Mons* ou *Collis Lócutitius*, expreffion qui lui convient tellement à caufe de fes belles & abondantes carrieres, qu'on ne croit point devoir chercher ailleurs la véritable étymologie du mot *Lutecia*.

## VERS L'AN 650 DE ROME, 103 ANS AVANT J. C.

Une partie des Belges de la Gaule paffe dans la Grande Bretagne, où ces Peuples s'établiffent à main armée, & où ils donnent (*d*) à leurs nouvelles habitations les noms des lieux de leur origine. Dans le pays qu'ils occuperent, Cambden (*e*) renferme, outre l'ifle de Wight, divers cantons connus depuis fous les noms de Somerfet-shire, Wil-shire, & Hant-shire. Les Artéfiens en particulier fe fixerent fuivant le même (*f*) Auteur dans le Canton de Bark-shire ; & les (*g*) Parifiens, qui fans doute s'étoient joints aux autres, fe mirent en poffeffion du pays nommé aujourd'hui Holderneffe fur la riviere de Hull, & le long de l'embouchure de l'Humbre. En effet le Géographe Ptolémée (*h*) met les Parifiens de la Grande Bretagne dans la partie orientale de l'York-shire ; il donne même à leur Ville le nom de *Petuaria* ; & felon le même (*i*) Cambden, cette Ville n'eft autre que le bourg de Beverley. De

(*a*) Ptolem. Geogr. lib. 2. edit. Lugd. Batav. in-fol. 1618. pag. 51.
(*b*) Julian. Mifopogon. * Tom. I. pag. 729.
(*c*) Voyez l'an 508.
(*d*) Cæfar. de Bello Gall. lib. 5. cap. 12. * Tom. I. pag. 242.

(*e*) Cambden. Britann. edit. Lond. fol. 1607. p. 160. & feqq.
(*f*) Ibid. pag. 201. & feqq.
(*g*) Ibid. pag. 576.
(*h*) Ptolem. Geogr. Sup. pag. 37.
(*i*) Cambden. Sup. ibid. pag. 577.

dire maintenant au jufte quand tout ceci arriva , c'eft ce qui n'eft pas poffible : peut-être même ces diverfes expéditions ne fe firent-elles pas en même-temps. On les met ici par eftime cinquante ans ou environ avant le fiége de Paris par les troupes Romaines. C'eft à peu près le temps où il femble que vivoit Divitiac , Prince très-puiffant , & Roi de Soiffons , qui felon (a) Jules-Céfar regnoit auffi fur une partie de la Grande Bretagne ; enforte qu'il pourroit bien avoir eu part à quelqu'une de ces conquêtes.

## L'An 700 de Rome, 53 avant J. C.

Jules-Céfar , qui avoit indiqué une Affemblée générale des Peuples de la Gaule , à laquelle tous s'étoient rendus , à l'exception de ceux de Sens , de Chartres , & de Trêves , transfere cette Affemblée à Paris. Les Parifiens , quoiqu'alliez des Sénonois, n'avoient point approuvé (b) le parti que ceux-ci avoient pris de manquer à l'Affemblée..

## L'An 701 de Rome, 52 avant J. C.

Labiénus , Lieutenant de Céfar , part de Sens avec quatre légions (c) pour venir attaquer Paris , qui par conféquent avoit fecoué le joug des Romains , & qui s'efforçoit de maintenir fa liberté. Paris n'occupoit alors qu'une partie de ce qu'on appelle aujourd'hui la Cité , ou l'Ile du Palais ; car il y avoit là trois (d) îles ; une grande , une moyenne , & une petite : ces deux-ci à l'occident de la premiere , & la petite au nord de la moyenne , lefquelles n'ont été réunies que long-temps depuis (e) en une feule ; & la Ville proprement dite étoit uniquement renfermée dans la plus grande des trois. On dit la Ville proprement dite ; car il eft bien à préfumer (f) que les bords extérieurs de la riviere n'étoient pas dénuez de toute habitation , ou que la Ville n'étoit pas fans fauxbourgs , fur-tout du côté de fes ponts.

Sur la nouvelle du deffein de Labiénus , les Gaulois pour fecourir Paris affemblent un grand nombre de troupes des Citez voifines ; & l'on en donne le commandement à Camulogene , du pays des Aulerques , homme déja fort avancé en âge , mais très-expérimenté dans la guerre. Il y avoit au-deffus de Paris un grand marais fur

---

(a) Cæfar de Bello Gall. lib. 2. cap. 4. * Tom. I. pag. 220.
(b) Ibid. lib. 6. cap. 3. * pag. 252.
(c) Ibid lib. 7. cap. 57. * pag. 273.
(d) Bonamy, Mém. de l'Acad. des Infcript.

& Belles-Lettres , Tom. XV. pag. 675. Sauval , Antiq. de Paris , Tome I. pag. 99.
(e) Voyez l'An 1578.
(f) Bonamy, Sup. ibid. pag. 673.

la rive gauche de la Seine , formé fans doute par l'épanchement
des eaux de la riviere de Bièvre ; & c'eft par-là que Labiénus
s'avançoit. Camulogene fe pofta en deça de la Bièvre & du marais,
pour lui empêcher le paffage , & y (a) réuffit. Labiénus pour fe
rendre maître de la Ville de l'autre côté de la Seine , remonte
jufqu'a Melun, s'empare de cinquante grands bateaux qu'il y trouve,
& revient camper devant Paris au nord avec toute fon armée. A
fes approches les Gaulois mettent le feu à la Ville , c'eft-à-dire
très-vraifemblablement (b) aux fauxbourgs de la Ville ; & en ayant
auffi rompu les ponts , qui fans doute n'étoient que (c) de bois ,
ils fe poftent fur l'autre rive de la Seine , à l'oppofite (d) du camp
des Romains , la riviere entre deux. Il n'eft pas poffible de fixer
au jufte l'ancienne pofition de ces ponts. Tous les Hiftoriens
s'accordent à croire qu'il ne faut point les diftinguer de ceux qu'on
appelle aujourd'hui *le petit Pont & le Pont au Change :* peut-être
néanmoins étoient-ils ou un peu plus haut ou un peu plus bas ,
peut-être auffi étoient-ils pofez fur une même ligne ; mais comme
on n'a rien de certain là-deffus , il n'y a nul inconvénient à
fuppofer que du temps des Gaulois & des Romains ils étoient à la
même place où ils font encore à préfent.

---

### SIÉGE DE PARIS
#### Par LABIÉNUS.

Il faut le copier tel qu'il eft dans Marcel , Tome I. page
135 ou 219. Mais il n'y faut point de latin ; & il faut ôter
le Pont que l'on y voit au-deffous. L'Ile de la Cité doit
être partagée en trois Iles : les deux bras de la riviere
prefque égaux en largeur ; celui du midi un peu plus étroit :
& les deux Ponts placez au lieu où ils font à préfent. L'Ile
Saint Louis doit être partagée en deux Iles. Enfin le cours
de la riviere de Bièvre doit être le même que celui qu'elle
a aujourd'hui.

---

Labiénus qui ne voulut point rifquer un combat contre des ennemis dont les forces augmentoient de jour en jour , n'eut plus
d'autre parti à prendre que de reconduire fes légions fans coup

(a) Cæfar , Sup. ibid. page 273.          (c) Voyez l'An 358.
(b) Bonamy , Sup. ibid.                   (d) Cæfar Sup. ibid. cap. 58.

férir, s'il le pouvoit, jufques à Sens. La chofe n'etoit pas aifée : mais il ufa de (a) ftratagême. Il diftribua fes bateaux aux Chevaliers Romains, avec ordre de defcendre la riviere pendant la nuit en filence, & d'aller l'attendre à quatre milles de-là vers le lieu où eft aujourd'hui le Moulin de Javelle : c'étoit là qu'il projetoit de paffer la Seine pour regagner plus facilement la ville de Sens. En même-temps il laiffa à la garde du Camp cinq cohortes, c'eft-à-dire la moitié d'une légion. L'autre moitié, il la fit partir avec quelques nacelles pour porter le bagage ; & ces nacelles, qui avoient ordre de remonter la riviere en tirant vers Corbeil ou vers Ju-vify, ( le latin porte (b) Metiofedum ) devoient en même-temps faire grand bruit pour donner à entendre aux Gaulois que c'étoit le gros de l'armée Romaine qui reprenoit le chemin de Melun. En-fuite il fe mit en marche lui-même avec les trois légions qui lui re-ftoient, pour aller rejoindre les Chevaliers du côté (c) où il les avoit envoyez. Les Gaulois croyant que les Romains vouloient fuir par trois endroits différens, partagerent auffi leur armée en trois corps. Ils en laifferent un à la garde du Camp : ils en déta-cherent un autre à la fuite des cinq cohortes & des nacelles qui remontoient la riviere : & ils s'avancerent avec le refte de leurs troupes pour s'oppofer (d) au paffage de Labiénus. Mais au point du jour Labiénus étoit déja fur la rive gauche de la Seine, & les Gaulois fe trouverent à fa rencontre. Il y eut là un grand combat. Les Gaulois, ceux-mêmes qui étoient demeurez à la garde du Camp, & qui vinrent au fecours des autres, furent entièrement (e) défaits ; & Camulogene y perdit la vie.

Dans ce récit, qui eft tiré de Céfar, je lis en un feul endroit *Metiofedum* avec M. l'Abbé (f) le Beuf ; & je crois avec ce favant Antiquaire, & avec Jacques (g) Strada, contre Adrien (h) de Valois & contre Nicolas (i) Sanfon, dont on a adopté l'erreur dans la belle édition des Commentaires de Céfar faite à Londres en 1712, que ce mot fignifie, finon la ville de Melun, à quoi il n'y a pas d'apparence, du moins toute autre place fituée au-deffus de Paris. Si c'étoit quelque lieu au-deffous, les Gaulois qui feroient cenfez avoir pourfuivi les Romains de ce côté-là, & ceux qui fe mirent auffi à la pourfuite de Labiénus, ne fe feroient point trouvé

(a) Ibid. cap. 59.
(b) Voyez l'An 868.
(c) Cæfar de Bello Gall. lib. 7. cap. 60. *
Tom. I. pag. 273.
(d) Ibid. cap. 61.
(e) Ibid. cap. 62. * pag. 274.

(f) Le Beuf, Recueil de Pieces, Tome. II. pag. 142. & fuiv.
(g) Strada, Comment. Cæfar. edit. Franc-fort. 1575. pag. 97.
(h) Valef. Notit. Gall. *Metiofedum.*
(i) Sanfon, Remarques fur la Carte de l'an-

partagez en deux corps différens, puifque Labiénus defcendoit aufli la riviere : & cela pofé, ils n'auroient fait que deux corps d'armée, celui là même, & celui qui étoit demeuré à la garde du Camp; au lieu que felon Céfar ils en firent trois.

Céfar, dit l'Auteur (a) d'une favante Differtation, pour punir les Parifiens de la vigoureufe réfiftance qu'ils venoient de faire, & pour fe conferver leur ville, la dépouilla de fon ancienne liberté, & la rendit tributaire des Romains. En cet état, ajoute-t-il, Paris n'eut plus ni Corps & Confeil de Ville, ni Magiftrats municipaux pour la gouverner, comme en eurent les villes qui fe livrerent d'elles-mêmes, ou avec moins de réfiftance. Mais tout ceci fuppofe qu'aufli-tôt après la bataille dont on vient de parler, Paris tomba entre les mains du Vainqueur ; & c'eft ce qui n'eft rien moins que vrai. La défaite de Camulogene fut fuivie cette même année du fiége & de la prife d'Alife ; & les Parifiens envoyerent 8000 hommes (b) au fecours de cette place : ils n'étoient donc pas encore fous la puiffance des Romains.

## L'An 702 de Rome, 51 avant J. C.

Paris avec le refte des Gaules paffe fous la domination des Romains.

Quelques écrivains modernes (c) ont prétendu que Jules-Céfar ayant fait rebâtir la Ville à neuf, l'environna de murailles, la fit fortifier de tours d'efpace en efpace, & conftruifit aufli deux forterefles au bout des deux ponts de la Ville, à la place où font aujourd'hui le grand Châtelet du côté du nord, & le petit Châtelet du côté du midi. Un autre Savant, dont on vient de citer la Differtation, a cru devoir remarquer (d) que du temps de Gilles Corrozet on voyoit encore fur une des portes du grand Châtelet, comme un veftige de l'affujétiffement des Parifiens, l'ancienne infcription *Tributum Cæfaris*, que Corrozet (e) traduit en effet lui-même par ces mots, *Icy fe payoit le tribut à Céfar*. La Ville, ajoute l'Auteur de la Differtation, devenue ainfi tributaire des Romains, n'eut donc plus que de fimples Officiers fubalternes fous le titre de *Défenfeurs de Cité* ; & ces Officiers, dont les fonctions étoient mixtes, lui tenoient lieu, dit-il, de Juges ordinaires, d'Officiers de finance, & de Magiftrats municipaux, fous l'auto-

cienne Gaule, au mot *Metiofedum*.
(a) Le Roy dans Félib. Hift. de Paris, Tom. I. Differt. pag. 92.
(b) Cæfar Sup. ibid. cap. 75.* pag. 277.
(c) La Mare, Traité de la Police, Tome I.

pag. 71. Félib. Hift. de Paris, Tome I. pages 2, 13, &c.
(d) Le Roy, Sup. ibid. pag. 192.
(e) Corrozet, Antiq. de Paris, édit. in-8°. Paris 1550. fol. 12 verfo.

rité de l'unique Magiſtrat de la Province, c'eſt-à-dire du Préſident ou du Proconſul Romain. Durant leur adminiſtration, dont le temps étoit limité, pourſuit le même Auteur, ils rendoient la juſtice à leurs concitoyens, régloient les affaires du commerce, avoient l'inſpection ſur le recouvrement des deniers publics, géroient les fonctions municipales, & adminiſtroient ainſi la Ville. Ils étoient, dit-il encore, toujours pris dans le corps des habitans; & la loi qui l'ordonnoit ainſi, vouloit qu'ils fuſſent choiſis parmi les plus notables & les plus accréditez d'entre les Citoyens, afin qu'ils puſſent repréſenter avec plus de dignité le Préſident même de la Province, ſous l'autorité duquel ils exerçoient leurs fonctions.

Au reſte, dit l'Auteur (a) du Traité de la Police, le grand Châtelet fut la demeure du *Préfet* ou *Gouverneur* de Paris ſous les Romains : il l'a été enſuite du Comte de Paris ſous les François, puis du Vicomte, & enfin du Prevôt ou Garde de la Prevôté ; & c'eſt toujours le Château ou principal manoir de la Ville, d'où relevent tous les fiefs du Comté de Paris.

Mais ce que l'on vient de lire au ſujet des deux Châtelets conſtruits par Céſar, eſt bien hazardé ; l'inſcription *Tributum Cæſaris*, ſi on la ſuppoſe du temps même des Romains, l'eſt encore davantage ; & parmi les *Préfets* ou Gouverneurs de villes ſous les Romains, la Notice des Dignitez de l'Empire (b) ne fait mention que de ceux de Rome & de Conſtantinople : celui de Paris eſt abſolument inconnu. Pour ce qui eſt des *Défenſeurs*, c'étoient à la vérité des Bourgeois d'une probité reconnue, choiſis par tous les autres, & confirmez par le Préfet du Prétoire, pour défendre les plus foibles du peuple contre l'oppreſſion des plus forts, & juger même les petits différents que les Bourgeois auroient entre eux; à quoi on a ajouté par ſucceſſion de temps pluſieurs autres fonctions : mais ſuivant la remarque de (c) Tillemont, il n'eſt fait mention pour la premiere fois de ces Officiers que dans deux loix de l'Empereur Valentinien I, l'une & l'autre de l'an 365. Enfin il n'y a aucune preuve ſolide que Céſar ait rebâti la ville de Paris ; & s'il n'y eut que les fauxbourgs de brûlez, comme on l'a conjecturé ſous l'année précédente, la Ville proprement dite n'eut pas beſoin d'être réédifiée.

Cependant qu'elle ait continué de ſubſiſter dans l'état où elle étoit pour lors, ou qu'il ait fallu la rebâtir ou y ajouter de nou-

(a) La Mare, Traité de la Police, Tom. I. pag. 100.
(b) Notit. Dignit. Imper. apud Grævium,
Antiq. Rom. Tom. VII. pag. 1401 & ſeqq. & 1795 & ſeqq.
(c) Tillem. Hiſt. des Emper. Tom. V. p. 29.

veaux

veaux travaux, il eſt ſûr que dès le temps de l'Empereur (a) Tibere elle étoit déja devenue très-conſidérable par ſon commerce ;
il n'eſt pas moins ſûr qu'au IVe ſiecle (b) elle avoit des fauxbourgs
aſſez grands tant du côté du midi que du côté du nord : il eſt encore certain que ſous la premiere Race de nos Rois une partie de
ces fauxbourgs étoit déja ajoutée à l'ancienne Ville, au moyen d'u-
ne enceinte de chaque côté : celle du (c) midi peu étendue à la
vérité, mais celle du (d) nord beaucoup plus ſpatieuſe ; d'où il
faut conclurre que l'ancienne Ville avoit auſſi ſon enceinte. On en
a même des preuves non-ſeulement du temps des Rois (e) Childebert I & (f) Childéric I, mais encore du temps de (g) Julien l'A-
poſtat ; & on voit de plus (h) que pendant les guerres des Normans elle étoit environnée d'un mur, le long duquel on pouvoit
faire le tour de la Ville tant en dedans qu'au dehors. Sont-ce les
Romains ou les François qui ont fait ces derniers travaux, c'eſt-
à-dire ceux des fauxbourgs ? C'eſt ce qu'on ignore : on ſait ſeulement que l'enceinte du fauxbourg ſeptentrional n'étoit pas encore
formée vers l'an 360 ; & que les deux enceintes du nord & du
midi étoient ſur pied dès avant la fin du VIe ſiecle ſous les fils de
Clotaire I.

Pour achever de décrire les dehors de Paris, tels qu'ils étoient
ſous les Gaulois, & lorſque les Romains s'en rendirent les maîtres,
on ne ſait d'abord s'il faut s'arrêter à ce qu'Ammien Marcellin (i)
ſemble dire, que de ſon temps, c'eſt-à-dire avant la fin du IVe ſiecle, la Marne ne ſe joignoit à la Seine qu'au-deſſous de cette Ville.
S'il a penſé le contraire, il s'eſt bien mal exprimé. Mais pourquoi
ne ſe feroit-il pas trompé ſur la jonction de ces deux rivieres ? il a
bien cru que celle de la Seine ſe jetoit dans la mer auprès de Cou-
tances.

L'auteur (k) du Traité de la Police a avancé que les deux rives
de la Seine en deſcendant juſqu'à la Ville étoient anciennement bor-
dées de marais: que le marais continuoit ſur la rive droite, c'eſt-à-
dire du côté du nord, juſques fort loin hors de la Ville ; mais que
ſur la rive gauche il ne s'étendoit que juſqu'à la petite riviere de Bièvre, à laquelle on donne auſſi depuis quelque temps le nom de riviere des Gobelins : que cette petite riviere ſe jetoit alors dans la

(a) Voyez vers l'An 25.
(b) Voyez les Années 358 & 366.
(c) Voyez l'An 585 ou 586.
(d) Voyez l'An 581.
(e) Voyez l'An 585 ou 586.
(f) Voyez vers l'An 475.

(g) Voyez l'An 358.
(h) Voyez l'An 886. Septieme Aſſaut.
(i) Amm. Marcell. lib. 15. cap. 11.ˣ Tom.
I. pag. 545 & 546.
(k) La Mare, Traité de la Police, Tom. I.
pag. 267 & ſuiv.

Seine vers la pointe la plus orientale de l'île où la Ville étoit renfermée : que depuis l'embouchure de la Bièvre jusques fort loin au-
deſſous de Paris, la rive gauche de la Seine étoit bordée d'une
grande prairie : qu'au delà des marais & des prez ce n'étoit plus que
bois & collines : qu'enfin ſur une de ces collines, qui porte depuis
pluſieurs ſiecles le nom de (a) *Montmartre*, au milieu des bois, à 4000
pas ou environ au nord de la Ville, étoit un Temple conſacré à Teutatès, ou au Dieu Mars : que du côté du midi, où eſt aujourd'hui le
monaſtere des Carmélites du fauxbourg S. Jacques, dit anciennement N. D. des champs, à 2000 pas de la Ville, étoit un autre
Temple conſacré à Eſus, ou au Dieu Mercure : & que plus près
de la Ville, à 800 pas ou environ de la pointe occidentale de l'île,
au milieu des prez, où eſt aujourd'hui l'abbaye de S. Germain, étoit
un troiſieme Temple conſacré à Iſis, ou à la Déeſſe Cérès.

Mais d'abord les marais du nord ne paroiſſent point prouvez,
quoiqu'on ne veuille pas nier qu'il ne pût bien y en avoir un ou
deux, formez par les eaux de la fontaine de Belleville, & par
quelque ſource de Montmartre ; & le Quartier de la Ville qui porte
aujourd'hui le nom *du Marais*, n'a peut-être été ainſi appellé, ſuivant le langage des Pariſiens, que parcequ'avant qu'il fût couvert
de maiſons, c'étoit un terroir où l'on faiſoit venir des herbages &
des légumes : il y avoit là un très-grand nombre de *Coutures*, c'eſt
à dire de cultures, ou de terres miſes à profit, dont il ſera parlé
dans (b) la ſuite. On ne nie pas qu'il n'y eût quelques bois aux
environs de Paris : mais ils devoient être aſſez éloignez ; & il eſt
beaucoup plus naturel de ſuppoſer dans le voiſinage de la Ville des
jardins & des terres labourées.

A l'égard de l'embouchure de la riviere de Bièvre, un ſavant (c)
Académicien a prouvé que la Mare s'eſt trompé, & qu'originairement le cours de cette riviere n'étoit point différent de celui qu'elle
a aujourd'hui, quoiqu'avant le ſiecle où nous vivons il ait été dé-
tourné à diverſes (d) repriſes.

Et pour ce qui eſt des trois Temples, s'il y en a eu quelques-uns,
comme la choſe eſt poſſible, & même croyable, ils n'ont ſans doute
été bâtis que depuis la conquête des Gaules par Jules-Céſar, ſoit
par les Romains mêmes, ſoit par les Gaulois, qui ſe conformerent
alors à leurs mœurs & à leurs uſages, & qui ne firent plus qu'un

(a) Voyez vers l'An 273 ou 287.        & Belles-Lettres, Tom. XIV. pag. 267 & ſuiv.
(b) Voyez les Années 581, & 877 ou 878.    (d) Voyez vers l'An 1148, l'An 1368, &c.
(c) Bonamy, Mém. de l'Acad. des Inſcript.

peuple avec eux. Les Gaulois n'avoient point de Temples dans le sens où nous prenons ce mot : il est prouvé par les Commentaires (a) de César même , que ces peuples avoient à la vérité en pleine campagne des lieux consacrez à leurs Divinitez ; mais qu'il n'y avoit là que des monceaux de pierres ou de butin , sans aucun édifice. Il est vrai que suivant (b) Suétone , Jules César pilla les Temples des Dieux dans la Gaule : *in Gallia fana templaque Deum donis referta expilavit ;* mais il ne faut pas conclurre de là avec quelques (c) savans , que les Temples des anciens Gaulois fussent des édifices tels que ceux des Romains & des Grecs , à moins qu'on n'ait prouvé auparavant que ceux dont parle Suétone étoient dans la Gaule transalpine par rapport aux Romains.

## PREMIER PLAN
### DE PARIS.

Il faut mettre ici le premier Plan de Paris dans toute son étendue : les suivans ne représenteront pour la plus part que tels ou tels quartiers suivant qu'il en sera parlé. Celui-ci doit être copié ou réformé sur celui de la Mare , en observant ce qui suit : 1°. trois îles pour la Cité , & deux pour l'île S. Louis : 2°. des maisons dans la plus grande des trois de la Cité seulement : 3°. quelques autres habitations éparses au-delà des deux ponts : 4°. les deux bras de la rivière presque égaux en largeur & les deux ponts situez comme dans le Plan du siége par Labiénus : 5°. observer que le Terrein derrière la Cathédrale n'existoit pas alors : 6°. point de Temples dans les dehors : 7° le cours de la Bièvre tel qu'il est aujourd'hui : 8°. point de Châtelets au bout des deux ponts : 9°. un marais des deux côtez de la Bièvre jusqu'à la Seine : 10°. ensuite une prairie jusques bien au-dessous de Paris : 11°. du côté du nord des campagnes labourées : 12°. plus loin , tant au nord qu'au midi , quelques bois : 13°. Rien n'empêche de tracer un mur d'enceinte tout autour de la Cité.

Au surplus la colline de Montmartre est appellée en effet *Mons*

(a) Cæsar de Bello Gall. lib. 6. cap. 17. *
Tom. I. pag. 255.
(b) Sueton. in Cæsare , cap. 54. edit. Tra-

ject. 1708 in-4°. pag. 71.
(c) Plancher, Hist. de Bourg. Tom. I. pag.
495.

*Martis* & *cacumina Martis* dans le poëme (*a*) d'Abbon; mais (*b*) Frédégaire, beaucoup plus ancien, lui donne le nom de *Mons Mercori*, à moins qu'on ne veuille lire après quelques manuscrits *Mons Mercoris*, ou *Mons Cori*, ou *Mons Mercomire*, ou enfin *Mons Mercurii*. Aussi Sauval (*c*) a-t-il débité, sans néanmoins produire ses garants, qu'il y avoit là anciennement deux Temples, l'un de Mars, l'autre de Mercure. Adrien (*d*) de Valois suppose aussi que du temps de S. Denys, apôtre des Parisiens, on y voyoit des statues de l'un & de l'autre : mais c'est qu'il suppose en même temps que ce saint évêque y fut martyrisé ; & on verra (*e*) plus bas qu'il n'est pas possible d'admettre cette supposition. A dire le vrai, je serois fort tenté de croire que le vrai nom de cette montagne étoit *Mons Martis* ; que le Dieu Mercure n'est là pour rien ; & qu'il faut conserver dans le texte de Frédégaire la leçon *Mons Cori*, expression populaire qui signifieroit simplement que c'est de ce côté-là que souffloit le vent de Nord-ouest. Abbon (*f*) lui-même a employé le mot *Corus* pour signifier ou ce vent-là même, ou les vents en général.

Enfin pour ce qui est de la Déesse Isis, Henri Sauval que l'on vient de nommer, ou les éditeurs très-peu judicieux de ses Antiquitez de Paris, quoiqu'ils vécussent dans un temps où ils avoient bien d'autres secours pour réussir dans leur entreprise que Jacques du Breuil, qu'il leur plaît cependant d'appeller (*g*) *bon homme*, Sauval, dis-je, ou ses éditeurs reconnoissent tantôt (*h*) qu'Isis étoit adorée à Paris, ayant son Temple à S. Germain des Prez, ou assez près delà ; & tantôt ils soutiennent (*i*) qu'il n'y a pas de raison pour croire que le monastere de S. Germain des Prez fût jadis un Temple d'Isis, ni qu'il ait été bâti sur les ruines de son Temple. Ceci est juste : il est visible qu'on n'a imaginé un Temple sous le nom de cette Déesse à Paris, que pour fonder sur ce même nom l'étymologie prétendue de celui des Parisiens, en dérivant ce dernier des deux mots παρα & Ισις. Cependant Isis n'étoit point connue dans les Gaules ; & ceux qui ont débité que dans l'abbaye de S. Germain des prez (*k*) il y en avoit une idole qui fut abattue en 1514 par ordre du Cardinal Briçonnet, abbé de ce monastere, parce qu'elle donnoit lieu

---

( *a* ) Abbo II. 196, 326 & 334.
( *b* ) Fredeg. Chronic. cap. 55. * Tom. II. pag. 435.
( *c* ) Sauval, Antiq. de Paris, Tom. I. pag. 349 & 350.
( *d* ) Vales. de Basil. reg. cap. 8. pag. 105. & Défens. de Basil. part. 2. cap. 2. p. 167 & 169.

( *e* ) Voyez vers l'An 273 ou 287.
( *f* ) Abbo II. 315.
( *g* ) Sauval, Antiq. de Paris, Tom. I. p. 222.
( *h* ) Ibid. pag. 56 & 57.
( *i* ) Ibid. pag. 341.
( *k* ) Voyez du Breuil, Antiq. de Paris, édit. Paris 1612. pag. 339.

à des superstitions, ont assurément confondu (*a*) Isis avec quelqu'au- tre Divinité du Paganisme. Que Claude (*b*) Malingre, que Gilles (*c*) Corrozet, que Guillaume (*d*) Marcel même, & tant d'autres, aient donné dans cette fiction, on n'en est pas surpris : mais que le savant Dom Thierri Ruinart l'ait en quelque maniere accrédi- tée en la rapportant (*e*) sans la réfuter, on a de la peine à le lui par- donner.

## Vers l'An 20 de J. C.

Les Romains, dit avec beaucoup de vraisemblance l'Auteur (*f*) d'une savante Dissertation que l'on a déja cité, trouvant la ville de Paris propre à la navigation par la jonction des rivieres de Marne, d'Yonne, & d'Oise, qui se jetent dans la Seine tant au-dessus qu'au- dessous, croient devoir faire de cette petite Ville, qui étoit déja adonnée à cette profession, l'entrepôt des voitures par eau, pour transporter les provisions & les munitions nécessaires à la subsistance des garnisons Romaines établies aux environs, & pour ouvrir en même temps un commerce utile entre les Provinces qui sont tra- versées par ces rivieres. Ils établissent donc une Compagnie de Négocians par eau sous le nom de (*g*) *Nautes*, c'est-à-dire une de ces Compagnies célebres par les grands priviléges qu'ils leur ac- cordoient, & par l'utilité publique qui en résultoit. Bientôt, ajoute le même écrivain, ces Nautes composerent ce qu'il y avoit de plus distingué dans la Ville ; & on ne choisit plus que parmi eux ces Of- ficiers ou Magistrats, appellez *Défenseurs de Cité*, dont on vient de parler sous l'an 51 avant J. C. Mais si les Défenseurs sont po- stérieurs aux Nautes, comme on l'a observé au même endroit, il fal- loit dire au contraire que lorsque les Défenseurs furent établis, ce fut très-vraisemblablement parmi les Nautes qu'on commença à les choisir.

Vers le même temps paroît avoir été construit l'Aquéduc d'Ar- cueil pour conduire à Paris les eaux de Rongis, de Cachant, & d'autres eaux voisines, lesquelles, parce que cet Aquéduc a été négligé dans la suite, ont coulé dans la riviere de Bièvre. Un sa- vant (*h*) Académicien le croit du moins plus ancien que l'arrivée

(*a*) Moreau de Mautour, Dissert. dans Félib. Hist. de Paris, Tom. III. pag. 1 & suiv.
(*b*) Malingre, Antiq. de Paris, pag. 2.
(*c*) Corrozet, Antiq. de Paris, édit. in-8°. Paris 1550. fol. 4.
(*d*) Marcel Hist. de France, Tom. I. p. 40.
(*e*) Ruinart, Dissert. * Tom. II. pag. 723.
(*f*) Le Roy dans Félib. Hist. de Paris, Tom. I. Dissert. pag. 92 & 93.
(*g*) Voyez vers l'An 25.
(*h*) Bonamy, Mém. de l'Acad. des Inscript. & Belles-Lettres, Tom. XIV. pag. 268.

de Julien l'Apoftat à Paris. On découvrit en (*a*) 1544 du côté de la Porte S. Jacques les reftes de cet Aquéduc ; & fes eaux devoient être amenées ou à quelque Palais , ou à quelque édifice public , fitué hors de la Ville du côté du midi. Il fera parlé (*b*) plus bas d'un Palais , d'un (*c*) Cirque, & d'un (*d*) Amphithéâtre, qui étoient de ce côté-là , du moins le premier, du temps des Romains.

## VERS L'AN 25.

La Communauté des Nautes, *Nautæ Parifiaci*, c'eft-à-dire ceux qui préfidoient au commerce de la riviere de Seine dans l'étendue du territoire de Paris, érigent vers l'extrémité orientale de l'île un monument public, foit Temple , foit Pyramide , foit Autel , en l'honneur de Jupiter. On en trouva des reftes en 1710, fuivant les Mémoires (*e*) de l'Académie des Infcriptions & Belles Lettres, ou pluftôt le 16 Mars 1711 , fuivant Dom (*f*) Félibien & (*g*) Piganiol, en fouillant dans le chœur de la Cathédrale, pour jeter les fondemens d'un nouvel Autel. On parlera (*h*) plus bas de la conjecture d'un favant Académicien, qui croit que ces Nautes étoient de véritables matelots. Et à l'égard de ces pierres antiques , peut-être ne faifoient-elles pas partie d'un feul & même monument : ce pouvoit bien être les débris de plufieurs, qui furent jetez là pêle-mêle , lorfqu'après la deftruction des reftes de l'idolâtrie dont il fera auffi parlé (*i*) en fon lieu, l'églife Cathédrale fut réparée ou rebâtie à neuf.

## VERS L'AN 180.

On conjecture que près de Paris, dans le Bois qui porte aujourd'hui le nom de Vincennes, il y avoit un Collége (*k*) du Dieu Silvain , c'eft-à-dire une efpece de Communauté confacrée à ce faux Dieu , laquelle fut rétablie ou remife fur pied par un nommé Hilarus affranchi de l'Empereur Marc-Aurele.

## AVANT L'AN 250.

S. Denys, envoyé par le Pape , vient prêcher l'Evangile dans les Gaules : il fixe fon fiége à Paris , & en eft le premier évêque. Les

---

(*a*) Corrozet, Antiq. de Paris, édit. in-8°. Paris 1550. fol. 10. verfo.
(*b*) Voyez l'An 358.
(*c*) (*d*) Voyez l'An 577.
(*e*) Mém. de l'Acad. des Infcript. & Belles-Lettres, Tom. III. pag. 243 & 296.
(*f*) Félib. Hift. de Paris, Tom. I. pag. 14.

(*g*) Piganiol , Defcript. de Paris, édit. Paris 1742, Tom. I. pag. 360.
(*h*) Voyez l'An 508.
(*i*) Voyez l'An 558.
(*k*) Montfaucon , Mém. de l'Acad. des Infcript. & Belles-Lettres, Tom. XIII. pag. 429 & fuiv.

Savans du fiecle paffé ont beaucoup difputé fur le temps où la Religion Chrétienne fut établie dans cette partie de l'Empire Romain,
& fur l'origine de nos plus anciennes Eglifes. Les premiers ont foutenu que les Gaulois avoient reçu l'Evangile immédiatement des
Apôtres & de leurs premiers Difciples ; enforte que dès le IIᵉ fiecle
il y avoit dans nos contrées plufieurs Eglifes confidérables : ce qui
eft déja peut-être un peu trop outré. Du moins eft-il arrivé de là que
quelques-uns d'entr'eux, qui ont voulu entrer dans le détail, s'y
font manifeftement abufez : ceux par exemple qui fe font obftinez
à croire (a) que S. Denys de Paris eft le même que S. Denys l'A-
réopagite ; chimere inventée au IXᵉ fiecle par (b) Hilduin, abbé de
S. Denys en France, mais qui felon toutes les apparences n'a plus
de partifans. D'autres, à la tête defquels on voyoit le fameux Docteur Jean (c) de Launoy, appuyez fur le témoignage de Grégoire (d) de Tours, ont prétendu qu'à l'exception de l'Eglife de Lyon,
qui étoit déja en grande réputation au IIᵉ fiecle, il n'y en a point
eu d'autres dans les Gaules jufques à l'an 250 ; & que c'eft à cette
année-là fingulierement qu'il faut rapporter la miffion de S. Gatien
de Tours, de S. Trophime d'Arles, de S. Paul de Narbonne, de S. Saturnin de Touloufe, de S. Denys de Paris, de S. Auftremoine
d'Auvergne ou de Clermont, & de S. Martial de Limoges. On a
avancé bien à tort dans la nouvelle Gaule (e) Chrétienne, que fuivant Grégoire de Tours cette grande miffion eft poftérieure à l'an
250 : Grégoire de Tours eft ici fautif ; mais il ne falloit pas aggra-
ver fa faute. Les derniers enfin, pour lefquels Tillemont (f) a
montré beaucoup de penchant, ont pris un parti mitoyen. L'Evangile, difent-ils, a été annoncé dans les Gaules par les Apôtres &
par leurs Difciples immédiats ; mais il y fit fi peu de progrès, que la
Religion fe trouvant prefque éteinte au commencement du IIIᵉ fiecle fous la perfécution de Sévere, il fallut la ranimer quarante ou
cinquante ans après, par la miffion des fept évêques dont parle
Grégoire de Tours.

Dom Jean-Baptifte Liron a difcuté cette matiere dans une longue
(g) Differtation, où il fait tous fes efforts pour battre en ruine les

---

(a) Doublet, Hift. Chronol. pour la vérité
de S. Denys l'Aréopag. Hugues Menard; Germain Millet, &c. dans le nouveau *Gallia Chriftiana*, Tom. VII. pag. 6 & 7.

(b) Hilduin, *de rebus geftis ac fcriptis S.
Dionyf.* in-8°. Coloniæ 1567.

(c) Launoy, *de duobus Dionyfiis*, Tom. II.
Part. I. pag. 374 & feqq.

(d) Greg. Tur. Hift. Franc. lib. 1. cap. 28.
* Tom. II. pag. 147.

(e) Gall. Chrift. Tom. VII. pag. 10.

(f) Tillem. Hift. Ecclef. Tom. IV. pag.
439 & fuiv.

(g) Liron, Singular. Hiftor. Tom. IV. p.
48 & fuiv.

deux dernieres opinions; mais où en louant sa bonne volonté, & si l'on veut encore, son érudition, on ne peut néanmoins s'empêcher de remarquer bien des écarts. Il y soutient (*a*) que les Eglises des Gaules ont été fondées par des hommes Apostoliques dès le I<sup>er</sup> siecle : que dès le II<sup>e</sup> elles étoient en grand nombre & florissantes : qu'au commencement du III<sup>e</sup> la foi étoit répandue dans toutes les Provinces Gauloises ou Celtiques : qu'enfin au commencement du IV<sup>e</sup> les Chrétiens y étoient très puissans. Et pour ce qui est de l'Eglise de Paris en particulier, il prétend (*b*) que S. Denys, son premier évêque avoit reçu sa mission immédiatement du Pape S. Clément : c'est, ajoute-t-il (*c*), ce que portent les anciens monumens. Il seroit à souhaiter qu'il les eût indiquez : mais puisqu'il ne l'a pas fait, voyons ceux qui sont venus à notre connoissance.

Les Auteurs de la nouvelle Gaule Chrétienne, qui analysent ici le pour & le contre sans paroître vouloir prendre aucun parti, & qui malgré cela penchent beaucoup pour celui que Dom Liron a embrassé, en citent plusieurs. Les trois plus anciens suffisoient ; car tout le reste paroît assez inutile. Ils emploient donc (*d*) 1°. un Diplome (*e*) du Roi Thierri IV de l'an 723 : 2°. un des Auteurs (*f*) de la vie de sainte Géneviève, qui écrivoit, dit-il (*g*) lui-même, dix-huit ans après la mort de la Sainte, c'est-à-dire au commencement du VI<sup>e</sup> siecle : 3° un fragment d'Hymne, que Jacques (*h*) Doublet leur a indiqué, & qu'ils attribuent comme lui à Fortunat évêque de Poitiers, qui vivoit en 550. Or ce qui surprend ici, c'est que quoique ces témoignages soient précis en faveur de ceux qui croient S. Denys envoyé dans les Gaules par le Pape S. Clément, & que les Auteurs de la Gaule Chrétienne les admettent, ils n'osent cependant condamner nettement l'opinion de ceux qui rejetent sa mission au III<sup>e</sup> siecle.

Mais est-il donc de la saine critique d'admettre de pareilles autoritez ? un Titre de l'an 723, fût-il irréprochable en tout, ce qu'on n'oseroit (*i*) assurer de celui-ci, peut-il être un garant assez sûr de ce qui s'est passé à la fin du I<sup>er</sup> siecle ? On y a suivi, dira-t-on, le langage de la tradition. Le Pere Du Bois répondra, & il aura raison de répondre, qu'on s'y est livré (*k*) au langage de l'imagi-

---

(*a*) Liron, Singul. Hist. Tom. IV. pag. 126. seqq.
(*b*) Ibid. pag. 124.
(*c*) Ibid. pag. 316.
(*d*) Gall. Christ. Tom. VII. pag. 8 & 9.
(*e*) Mabill. Diplomat. lib. 6. N°. 36. pag. 488.
(*f*) Bolland. Januar. Tom. I. pag. 138 & pag. 372.
(*g*) Ibid. pag. 143.
(*h*) Doublet, Hist. Chronol. pour la vérité de S. Denys l'Aréopag. pag. 246 & 247.
(*i*) Le Beuf, Dissert. Tom. I. pag. 52 & 53.
(*k*) Du Bois, Hist. Ecclef. Parif. Tom. I.

nation ; qu'il n'y a aucune preuve de ce que l'on y avance ; & qu'on n'a inventé des faits de cette nature, que pour s'élever au-deffus des autres Eglifes par le vain honneur d'une fauffe anti-quité.

Peut-être la preuve tirée de l'Hiftoire de fainte Génevieve fera-t-elle plus forte ? Point du tout. S'il eft vrai que nous ayons deux vies de cette Sainte de deux mains différentes, telles que Bollan-dus les a publiées dans fon ample Recueil que l'on vient de citer, il eft également vrai que toutes les deux font manifeftement inter-polées : c'eft un fait qui avant même que le premier Tome de la nouvelle Gaule Chrétienne parût dans le public, paffoit pour conf-tant parmi les Savans. Auffi Adrien de Valois, qui fans doute n'en connoiffoit point d'autre, & qui par cette raifon en faifoit (*a*) très-peu de cas, croyoit-il qu'excepté ce qu'on lit de la Sainte dans la vie de S. Germain d'Auxerre par le prêtre Conftance, nous n'en avions aucune de la main de quelque hiftorien grave, & même an-cien. Mais les Auteurs de la Gaule Chrétienne en avoient une, telle ou à fort peu de chofe près, qu'elle eft fortie des mains de fon Au-teur : elle fut imprimée *in*-8° à Paris en 1697 ; & c'eft celle-là qu'ils devoient confulter. Or on y voit bien (*b*) qu'elle fut écrite dix-huit ans après la mort de la Sainte ; ce qui du premier coup d'œil doit en effet (*c*) la rendre très-prétieufe aux yeux des Critiques, fi rien ne s'y oppofe d'ailleurs : mais auffi n'y lit-on nulle part que ce fut S. Clément qui envoya S. Denys dans les Gaules.

Enfin pour ce qui eft de l'Hymne prétendue de Fortunat, dont le témoignage fuffiroit affurément pour contrebalancer celui de Gré-goire de Tours, il eft très-permis de croire qu'elle n'eft point de ce faint évêque. Ce qui eft certain, c'eft qu'elle ne fe trouve point parmi fes poëfies, foit dans l'édition de Brower, foit dans celle du X<sup>e</sup> Tome de la Bibliotheque des Peres. N'importe, difent les Auteurs de la Gaule Chrétienne, qu'elle foit de Fortunat ou non, elle eft toujours plus ancienne qu'Hilduin Abbé de S. Denys qui l'a citée ; & cela fuffit. Oui fans doute pour prouver qu'Hilduin n'eft pas le premier qui ait renvoyé au temps du Pape S. Clément la mif-fion de S. Denys : mais pour prouver qu'il a eu raifon de le faire, cela ne fe comprend pas, à moins que l'on ne montre en même temps que l'Hymne eft plus ancienne non-feulement qu'Hilduin qui vi-

(*a*) Valef. Défenf. de Dagob. cap. 9. pag. 107.
(*b*) Vita S. Genov. edit. in-8°. Paris 1697. pag. xxxiij.

(*c*) Tillem. Hift. Ecclef. Tom. IV. pag. 713 & 714. Bouquet * Tom. III. pag. 369. Le Beuf, Differt. Tom. I. pag. 42. Rivet, Hift. lit. de la France, Tome III. pag. 151 & 153

C

voit dans le IX<sup>e</sup> fiecle, mais que Grégoire de Tours même, qui vivoit dans le VI<sup>e</sup>.

Et à quel temps donc faudroit-il fixer la mort de S. Denys, s'il étoit vrai qu'il eût reçu fa miffion du Pape S. Clément? Il a péri par le glaive des perfécuteurs; & avant l'an 177 il n'y avoit point eu de martyrs dans les Gaules; Sulpice Sévere y eft formel: (a) *Tum primum*, dit-il, *intra Gallias martyria vifa*; & ce fe font point là de ces autoritez qui puiffent s'éluder par des fubtilitez. S. Denys auroit donc fouffert le martyre en 177 au pluftôt, c'eft-à-dire après quatrevingts ans & plus d'épifcopat: fuppofition outrée, & à laquelle il eft impoffible de foufcrire. S. Denys, dit Dom (b) Liron a pu être martyrifé avant la perfécution de Marc-Aurele; & ce ne feroit là qu'une très-petite exception, qui n'empêcheroit pas de dire en général que les premiers martyrs des Gaules font de l'an 177. Cette réponfe eft ingénieufe: on pourra l'admettre quand il fera préalablement bien prouvé que la miffion de S. Denys eft du temps de S. Clément; car jufques là il eft tout fimple de ne pas interpréter un texte que l'on ne fent pas avoir befoin d'interprétation.

Tout ceci doit naturellement nous conduire au feul parti raifonnable qu'il y ait à prendre dans cette queftion, que l'on n'a que trop embrouillée par des difficultez, la plufpart inutiles à la recherche du vrai. Quel eft ce parti? Celui de l'autorité légitime, qui feule a droit de fe faire écouter en matiere d'Hiftoire. Que l'on nous cite un feul écrivain digne de foi, qui attefte que la miffion de S. Denys eft du I<sup>er</sup> ou du II<sup>e</sup> fiecle, nous acquiefcerons fur le champ fans chicaner. Mais il ne s'en trouve point. Grégoire de Tours eft le premier Auteur un peu ancien qui en ait marqué le temps; & il le fixe au III<sup>e</sup> fiecle. Aucun autre écrivain, ni plus ancien que lui, ni même contemporain, ou prefque contemporain, ne le contredit: tenons-nous en donc à fon témoignage; & ne cherchons point par des raifons vagues & trop générales à affoiblir fon autorité.

Mais, dit Dom (c) Liron, Grégoire de Tours s'eft lourdement trompé en plufieurs points: il a été mal inftruit de ce qui regarde les commencemens des Eglifes d'Arles, & d'Auvergne ou de Clermont: il n'a pas même connu ceux de la fienne propre, ni fes premiers prédéceffeurs dans le fiége de Tours; d'où il faut conclurre que fon autorité n'eft ici d'aucun poids. C'eft aux Eglifes d'Arles, de Clermont, & de Tours, munies de bonnes preuves, à faire à

(a) Sulp. Sever. Sacr. Hiftor. lib. 2. edit. in-8°. Lugd. Batav. 1654. pag. 403.
(b) Liron, Singul. Hift. Tome IV. pages 224 & fuiv.
(c) Ibid. pages 81 & fuiv. pages 269 & fuiv. pages 175 & fuiv.

cet Hiftorien le même reproche, ou à paffer condamnation. S'il eft vrai que Grégoire de Tours fe foit mépris fur ces trois points, & fur plufieurs autres, il eft hors de doute qu'il aura bien pu auffi fe méprendre fur S. Denys de Paris. Mais il ne s'agit pas ici de poffibilitez. Qu'un Hiftorien ait pu fe tromper fur quelques faits; il a pu auffi ne fe tromper pas; & avec de tels raifonnemens on n'avance ni ne recule. Que l'on montre que Grégoire de Tours eft réellement dans l'erreur, non pas au fujet des Eglifes de Tours, de Clermont, & d'Arles, ce qui eft étranger ici; mais nommément au fujet de l'Eglife de Paris; & nous ne balancerons pas à l'abandonner.

C'eft, dira-t-on, ce qu'il eft fort aifé de faire. Grégoire de Tours en citant les Actes de S. Saturnin de Touloufe, veut que S. Denys ait été envoyé dans les Gaules en 250 avec fix autres évêques du nombre defquels étoit le même S. Saturnin. Or par les Actes de celui-ci il eft prouvé que fa miffion eft antérieure à l'an 250. Voici ce qu'on y lit: (a) *Sub Decio & Grato Confulibus.... primum & fummum Tolofana Civitas S. Saturninum habere cœperat facerdotem;* remarquez *cœperat,* & non *cœpit.* Donc la miffion de S. Denys a dû auffi précéder l'an 250; & Grégoire de Tours, en fixant à cette année-là fon arrivée dans les Gaules fur l'autorité des Actes de S. Saturnin, a réellement pris le change dans le point même dont il eft queftion.

Que Grégoire de Tours fe foit abufé ici, on l'avoue de bonne foi; mais auffi ne faut-il pas exagérer une faute, qui à en juger fainement, n'eft pas de fi grande conféquence dans la conteftation préfente. Car il y a ici deux chofes qu'il ne faut pas confondre: S. Denys eft-il venu dans les Gaules en 250? S. Denys eft-il venu dans les Gaules avec S. Saturnin? On reproche à Grégoire de Tours d'affurer l'un & l'autre fur l'autorité des Actes de S. Saturnin; & en vérité il n'y a pas là de bonne foi. Il faut aider à la lettre, & ufer de condefcendance pour le ftyle d'un homme qui n'eft ni affez exact dans fes expreffions, ni affez jufte dans fes idées. Avec cet efprit d'équité on trouvera que le fens de Grégoire de Tours fe réduit à ceci: *S. Denys fut envoyé dans les Gaules avec S. Saturnin; & les Actes de ce dernier portent que fa miffion eft de l'an 250.* Or comment inférer delà que Grégoire de Tours ait fondé le temps de la miffion de S. Denys fur les Actes de S. Saturnin? Ces Actes ne font affurément là pour rien; d'où il s'enfuit que Grégoire de Tours favoit d'ailleurs que S. Saturnin & S. Denys étoient contemporains.

(a) Ruinart, Acta Mart. in-4°. Parif. 1689. pag. 110.

Et comme c'eſt là préciſément l'eſſentiel de la queſtion, voici, à ce qu'il ſemble, le raiſonnement qu'il falloit faire : S. Denys de Paris fut envoyé dans les Gaules avec S. Saturnin de Toulouſe ; Grégoire de Tours l'aſſure poſitivement : or, ſuivant les Actes de S. Saturnin la miſſion de celui-ci eſt, non de l'an 250 préciſément, comme l'a cru le même Grégoire de Tours, qui s'eſt trompé en cela, mais antérieure de quelques années à l'an 250 : Donc S. Denys fut envoyé dans les Gaules quelques années ſeulement avant l'an 250. En raiſonnant ainſi, comme il eſt juſte de le faire, la faute de Grégoire de Tours ne conſiſte plus qu'en un ſeul point, qui eſt d'avoir aſſigné trop tard, peut-être de cinq ou ſix ans, la miſſion de S. Denys. A notre tour nous en reprochons une autre à ceux qui la font remonter contre toute raiſon juſqu'au temps du Pape S. Clément, c'eſt-à-dire cent cinquante ans trop tôt : laquelle des deux eſt la plus grieve ?

Mais, dit encore Dom Liron, quand le texte de Grégoire de Tours n'exprimeroit autre choſe, ſinon que la miſſion de S. Denys & celle de S. Saturnin ſont du même temps, cet écrivain eſt (a) *trop nouveau* pour pouvoir ſervir ici de témoin. Cela n'eſt-il pas admirable ! Que Dom Liron produiſe donc quelque Auteur plus ancien qui diſe le contraire, lui qui n'en cite, qui n'en peut même citer aucun, & qui en ſoutenant que ce fut S. Clément qui envoya S. Denys dans nos Gaules, ſe contente de dire d'une maniere vague, que c'eſt ce que portent les anciens monumens, tandis que ces mêmes monumens ſe trouvent preſque tous poſtérieurs à Grégoire de Tours de pluſieurs centaines d'années, & que celui qui approche le plus près de ſon temps, ne ſe préſente encore que plus d'un grand ſiecle après lui.

Laiſſons-là le zele outré & les ſaillies de l'imagination. On ne ſauroit prouver que S. Denys de Paris ſoit du temps du Pape S. Clément ; on n'eſt pas même en droit de le ſuppoſer, parce qu'il n'eſt pas naturel de prolonger ſa vie juſqu'à l'an 177, comme on l'a obſervé plus haut. Après l'année 177, qui fut celle des premiers Martyrs des Gaules ſous la perſécution de Marc-Aurele, vient le temps de S. Irénée, qui ſouffrit le martyre vers l'an (b) 203 ſous celle de Septime Sévere ; & ce temps-là ſeroit encore très-mal choiſi pour y attacher l'épiſcopat de S. Denys, puiſque S. Irénée s'eſt trouvé le ſeul évêque qu'il y eût de ſon temps dans les Gaules. Cette propoſition a extrêmement effarouché Dom Liron ; auſſi met-il tout en

(a) Liron, Singul. Hiſt. Tome IV. pag. 263.

(b) Ruinart, Acta Mart. in-4°. Pariſ. 1689. pag. 61.

œuvre (*a*) pour la combattre : cependant elle n'en eſt pas moins certaine ; & dans la nouvelle édition que l'on prépare des Conciles des Gaules on en met la vérité dans tout ſon jour. Quel temps reſte-t-il donc maintenant pour la miſſion & l'épiſcopat de S. Denys ? Celui qui s'eſt écoulé depuis la mort de S. Irénée juſqu'à quelques peu d'années en deçà de l'empire de Déce ; & c'eſt auſſi celui qu'il faut lui aſſigner ſur le témoignage de Grégoire de Tours, puiſque cet Hiſtorien aſſure qu'il fut envoyé dans les Gaules avec S. Saturnin, & que celui-ci mourut en 250.

Au reſte, comme on a déja dit qu'il faut un peu aider à la lettre de Grégoire de Tours, peut-être n'eſt-il pas néceſſaire de croire que ces Miſſionnaires, quoiqu'envoyez enſemble, ſoient également partis & arrivez enſemble. Tillemont ne dit rien que de très-vraiſemblable, en ſuppoſant (*b*) que S. Denys a bien pu ne venir à Paris qu'au bout d'un certain nombre d'années après avoir prêché la foi en divers lieux ſur ſa route. Il ne faut pas non plus ſe perſuader que lorſqu'il arriva dans cette Ville, tous ſes habitans fuſſent plongez dans les ténebres de l'idolâtrie. Il y avoit des Chrétiens ſans doute, peut-être même en grand nombre, mais qui n'avoient point d'évêque. Il en étoit de même de la ville de Toulouſe, où S. Saturnin trouva des Chrétiens, puiſque ſuivant ſes propres Actes il alloit (*c*) ſouvent faire ſa priere dans une petite égliſe du lieu ; & que l'Auteur de ces Actes remarque (*d*) en même temps, qu'il y avoit auſſi quelques égliſes, quoiqu'en petit nombre, dans d'autres Villes.

## Vers l'An 273, ou 287.

9 *Octobre.* S. Denys ſouffre le martyre, & a la tête tranchée avec ſes compagnons S. Ruſtique Prêtre, & S. Eleuthere Diacre. Après l'exécution, les perſécuteurs ordonnerent (*e*) que l'on jetât les trois corps dans la Seine. Mais une Dame payenne qui avoit de l'attrait pour le Chriſtianiſme, eut l'adreſſe de les leur enlever : elle les fit enterrer ſécrettement dans un champ qui lui appartenoit ſur le lieu même, ou bien près du lieu où ils avoient été décapitez ; & lorſque la perſécution fut ceſſée, elle leur y fit dreſſer un tombeau, à la maniere des Chrétiens ſans doute, c'eſt-à-dire en y joignant un Oratoire ou un lieu de prieres : car pour élever un tombeau à la

---

(*a*) Liron, Sup. ibid. pages 377 & ſuiv.
(*b*) Tillem. Hiſt. Eccleſ. Tom. IV. pages 442 & ſuiv.
(*c*) (*d*) Ruinart, Acta Mart. Sup. ibid.

p. 110.
(*e*) Acta S. Dionyſ. apud Boſquet. Hiſt. Eccl. ſ. Gallic. Part. 2. pag. 72. *ou* Félib. Hiſt. de S. Denys, Pieces juſtif. Part. 2. §. 1.

maniere des idolâtres, elle n'avoit pas befoin d'attendre la fin de la perfécution. C'eft l'Auteur de la vie de fainte Génevieve, qui affure pofitivement (a) que le lieu de leur martyre fut celui de leur fépulture; & il ajoute que ce lieu s'appelloit *Vicus Catolacenfis* ou *Catolocenfis*, ce qui approche fort de *Vicus Catulliacus*, comme on lit (b) ailleurs. Ainfi il faut d'abord rejeter comme une pure vifion le fentiment que Jean (c) de Launoy a voulu établir contre l'opinion commune, que S. Denys fut martyrifé dans la Cité même; que l'églife qui fut bâtie fur fon tombeau, eft précifément la même que S. Denys du Pas; & que ce fut encore dans cette même églife que fut enterré dans la fuite le Roi Dagobert I: toutes chimeres qu'Adrien (d) de Valois a fuffifamment combattues.

Cependant l'opinion commune, fuivant laquelle les trois Saints furent exécutez fur la montagne de Montmartre, & enterrez dans le lieu où eft aujourd'hui l'Abbaye de S. Denys en France, quelque appuyée qu'elle foit fur les Actes les moins défectueux que nous ayons de ces Martyrs, mais qui après tout ne font que du IXe fiecle, quelques nouveaux efforts qu'ait encore faits Dom (e) Liron pour nous perfuader qu'elle eft indubitable, n'en eft pas pour cela moins fauffe dans toutes fes parties. Il eft certain, comme le remarque (f) Tillemont, que les exécutions fe faifoient alors ordinairement hors des Villes. Mais alloit-on pour cela chercher des lieux éloignez d'une demie-lieue & plus, comme l'étoit alors Montmartre à l'égard de Paris? S. Denys ne fouffrit donc point le martyre à Montmartre, & à plus forte raifon ne fut-ce pas non plus au bourg de S. Denys. S'il fut martyrifé dans l'un, il y fut enterré; & s'il fut enterré dans l'autre, il y avoit auffi été martyrifé. Cela fuppofé, il faut chercher un endroit plus voifin de l'ancien Paris que Montmartre; & le même (g) Tillemont foupçonnoit que ce pourroit bien être, finon le village de *Chaillot*, dont le nom à un rapport affez marqué avec celui de *Catolocus*, mais qui eft encore dans un trop grand éloignement de la Ville, du moins la rue ou le chemin qui y conduifoit, comme c'eft en effet ce que l'on peut d'autant mieux entendre par l'expreffion *vicus*, que les grands chemins étoient communément deftinez aux exécutions, & qu'ils étoient

( a ) Vita S. Genov. edit. in-8°. Paris 1697. pag. xiv.
( b ) Gefta-Dagob. cap. 2. * Tom. II. pag. 580.
( c ) Launoi. de Bafilic. Parif. cap. 4. Tom. II. Part. I. pag. 592 & feqq.
( d ) Valef. de Bafilic. Parif. cap. 2. pag. 417. & feqq.
( e ) Liron Singular. Hiftor. Tom. I. pages 174 & fuiv. & Tom. IV. pages 139, 140, & 302.
( f ) ( g ) Tillem. Hift. Ecclef. Tom. IV. p. 713.

auffi bordez de part & d'autre de fépulcres & de tombeaux. D'autres conjectureront par la même raifon , que ce pourroit bien être
également le chemin qui conduifoit à *Chatou* , dont le nom a pour
le moins autant d'analogie avec *Catolocus* que celui de Chaillot.
Mais en interprétant *Vicus Catolocenfis* ou *Catulliacus* , par le chemin qui conduifoit à *Catolocus* , il femble que *Catolocus* devoit être
fitué au-delà du lieu où on a bâti depuis l'Abbaye & le Bourg de S.
Denys. Peut-être eft-ce *Chantilly*. On verra (*a*) plus bas que l'églife
qui fut bâtie par fainte Géneviève fur le tombeau des faints Martyrs,
devoit être affez voifine de la Ville, mais fur le chemin qui traverfoit le lieu où le Roi Dagobert I a transféré cette Abbaye.

Pour ce qui eft de *Montmartre* , inutilement objecteroit-on que
ce lieu a été ainfi appellé en François, auffi bien que *Mons Mar-*
*tyrum* en latin , par honneur pour les faints Martyrs. Le même (*b*)
Tillemont a remarqué encore que l'on voyoit fur cette montagne dès le temps de Louis le Gros deux églifes de S. Denys;
& l'on avoue fans peine que ces deux églifes, de même que l'expreffion latine *Mons Martyrum*, n'ont point d'autre origine que
la vénération du peuple de Paris pour cette montagne, fondée fur
ce qu'il a été un temps où l'on a cru que S. Denys & fes Compagnons y avoient confommé leur martyre. Mais il faut remonter
plus haut ; car la vérité d'une opinion ne fe prouve pas par le crédit
qu'elle a pu trouver dans l'efprit du peuple pendant quelques fiecles poftérieurs de beaucoup aux événemens. Le fameux Hilduin ,
Abbé de S. Denys en France , que l'on doit regarder comme le
premier Auteur de l'Aréopagitifme de fon faint Patron, eft auffi
le premier que l'on fache, qui ait fait de la montagne de Montmartre (*c*) le théâtre fanglant de fon martyre. Or Hilduin vivoit
au commencement du IXᵉ fiecle ; & s'il a ignoré que long-temps
même après la mort de S. Denys, & pendant que la ville de Paris étoit toute Chrétienne, cette montagne portoit le nom de *Mont*
*de Mercure* , ou pluftôt fuivant le langage populaire celui de *Mont-*
*tagne* (*d*) *du Nord-Oueft* , les défenfeurs de fes fictions ont dû favoir que plus de cinquante ans encore après lui, & fans doute de
fon vivant même, on l'appelloit de fon propre nom le (*e*) *Mont*
*de Mars*.

On a marqué au 9 Octobre le jour de la mort de S. Denys : c'eft
celui où toute l'Eglife honore fa mémoire. Pour ce qui eft de l'an-

---

( *a* ) Voyez vers l'An 475 , & vers l'An 630. pag. 740.
( *b* ) Tillem. Sup. ibid. ( *d* ) ( *e* ) Voyez l'An 702 de Rome, p. 12.
( *c* ) Surius 9 Octobr. edit. Coloniæ 1580.

née, il est très-difficile de la fixer. Adrien (*a*) de Valois s'étoit déterminé pour l'an 273 ou environ, sous la persécution d'Aurélien; & il a été suivi par Dom Remi (*b*) Ceillier. Tillemont (*c*), & après lui l'Auteur (*d*) de l'Histoire litéraire de la France, penchent plustôt pour celle de Dioclétien ou de Maximien Hercule, vers l'an 287; & il semble d'abord que ce dernier sentiment doive être préféré. Plus on approchera le martyre de S. Denys de la paix donnée à l'Eglise, plus on se conformera au texte de la vie de sainte Génevieve, suivant lequel cette Dame qui procura la sépulture aux saints Martyrs, vécut assez long-temps pour pouvoir leur dresser un Mausolée après que la persécution fut entierement cessée. Mais ne pourroit-on pas répondre en faveur du premier sentiment, que pour élever ce tombeau, il n'étoit pas nécessaire d'attendre le temps de Constance Chlore, ou du grand Constantin; & que la chose a pû se faire après la mort d'Aurélien arrivée en 275, puisqu'on sait que dès que les Chrétiens pouvoient respirer, ils se bâtissoient des églises? L'Empereur Maximin fit bruler (*e*) vers l'an 236 celles qui vraisemblablement avoient été construites sous Alexandre son prédécesseur. Cependant il s'en trouva encore de nouvelles à Toulouse & ailleurs du temps de S. Saturnin, comme on l'a vû (*f*) plus haut. Ainsi comme rien n'empêche que les Chrétiens de Paris n'aient pû bâtir quelques églises ou quelques oratoires entre les deux persécutions d'Aurélien & de Maximien Hercule, rien ne paroît empêcher non plus, si on n'a rien autre chose à objecter, que S. Denys n'ait pû souffrir le martyre vers l'an 273 sous la persécution du premier.

Le Juge qui l'avoit condamné à mort (*g*) s'appelloit *Sisinnius Fescenninus*, & est qualifié *Præfectus* dans le Martyrologe Romain. C'étoit en effet ou un Tribun, ou un Préfet, qui commandoit sous l'autorité du Gouverneur de la Province aux troupes Romaines réparties dans un canton particulier, tel que Paris & ses environs; & ces Tribuns ou Préfets n'étoient point appellez Tribuns ou Préfets de telle ville, mais Tribun de telle légion, Préfet de telle cohorte, de telle troupe d'Auxiliaires, &c. Ainsi le Préfet *Sisinnius Fescenninus* ne doit point être regardé ni comme le premier

( *a* ) Valef. Défenf. d^e Bafilic. Part. II. cap. 3. pag. 231.
( *b* ) Ceillier, Hift. des Auteurs Ecclef. Tom. IV. pag. 95.
( *c* ) Tillem. Hift. Ecclef. Tom. IV. pages 446, 447, & 789.
( *d* ) Rivet. Hift. lit. de la France, Tom. I.

Part. I. pag. 415.
( *e* ) Tillem. Hift. des Emper. Tom. III. p. 281.
( *f* ) Voyez Avant l'An 250. page 21.
( *g* ) Voyez Tillem. Hift. Ecclef. Tom. IV. pag. 445.

Magistrat

Magistrat de Paris, ni même comme un Officier Gaulois. Le droit de condamner à mort n'étoit exercé que par l'Officier Romain, à l'exclusion, ce semble, des Magistrats de la Nation soumise. Les Princes des Prêtres, qui étoient les Magistrats des Juifs, eurent besoin d'une sentence de Pilate contre J. C. & on voit de même dans les Actes (a) des Martyrs de Lyon de l'an 177, que les Chrétiens arrêtez dans cette ville furent mis en prison par le Tribun & par les Magistrats jusqu'à l'arrivée du Président, c'est-à-dire du Gouverneur de la Province Lyonnoise, qui seul jugea les Martyrs.

Les premiers successeurs de S. Denys furent suivant les Auteurs (b) de la Nouvelle Gaule Chrétienne, fondez uniquement sur les anciens Catalogues, Mallon; Massus; Marc, que quelques-uns ne distinguent point des deux précédens; Adventus ou Aventin, desquels il n'est pas possible de fixer exactement les dates; & Victorin, dont on va parler.

## L'AN 346.

Victorin étoit évêque de Paris : il assista cette année au Concile (c) de Cologne, & l'année suivante à celui de (d) Sardique, si cependant celui-ci n'a pas été tenu avant celui de Cologne. On a proposé (e) bien des difficultez contre ce dernier; mais il semble qu'elles sont toutes heureusement levées dans la nouvelle édition que l'on prépare des Conciles des Gaules.

Il a plu à Sauval ou à ses éditeurs d'avancer (f) que depuis l'effort de Labiénus contre Paris jusqu'à Julien l'Apostat, il n'est parlé nulle part ni de Paris, ni de ses habitans. Et que pense-t-il donc des monumens qui font mention non seulement de l'évêque Victorin, non seulement des Nautes Parisiens; mais encore de la mission & de l'Apostolat de S. Denys ? Tillemont, plus attentif & plus exact que lui, s'étoit contenté de dire (g) que jusqu'à Julien le nom de Paris se lit rarement dans l'Histoire.

Victorin eut pour successeur Paul, dont on parlera sous l'an 360 ou 361.

## L'AN 358.

Julien l'Apostat, chargé de défendre les Gaules contre les irruptions des Barbares, étoit cette (h) année à Paris pendant le fort

---

(a) Ruinart, Acta Mart. in 4°. Paris. 1689. pag. 48.
(b) Gall. Christ. Tom. VII. pag. 13 & 14.
(c) Concil. Labbe, Tom. II. pag. 615.
(d) Ibid. pag. 623.
(e) Tillem. Hist. Ecclef. Tom. VI. pages

761 & suiv. Rivet, Hist. liter. de la France, Tom. I. Part. II. pages 108 & suiv.
(f) Sauval, Antiq. de Paris, Tom. I. p. 5.
(g) Tillem. Hist. des Emper. Tom. IV. pag. 425.
(h) Julian. Misopogon. * Tom. I. p. 729.

D

de l'hiver, & penſa y être étouffé par la vapeur du charbon qu'il alluma pour échauffer ſa chambre. Pluſieurs croient que c'eſt lui qui y a bâti le Palais *des Thermes*, c'eſt-à-dire *des Bains* : mais Adrien (*a*) de Valois croit ce Palais beaucoup plus ancien ; & Tillemont (*b*) ne s'éloigne pas de cette penſée. Il ſemble en effet que Julien le trouva tout bâti ; & cela poſé, ce pourroit bien être l'ouvrage ou du grand Conſtantin, ou de l'un (*c*) de ſes trois fils. Un ſavant (*d*) Académicien qui le croit auſſi plus ancien que Julien l'Apoſtat, eſtime qu'il étoit compris entre ce qu'on appelle aujourd'hui les rues S. Jacques & de la Harpe, celle du Foin, & les Jacobins : que les jardins qui l'accompagnoient, & par leſquels le Roi Childebert I, qui y faiſoit ſa demeure, ſe rendoit à S. Germain des Prez, occupoient le terrein des rues de la Harpe, Pierre Sarraſin, Hautefeuille, du Jardinet, & autres ; & que tout cela ayant changé de face dans la ſuite, on y a coupé des rües & bâti des maiſons, la rue Coupegueule entr'autres, qui exiſtoit du temps de S. Louis, & celle des Maturins, qui fut nommée d'abord la rue *des Bains de Céſar*.

L'Auteur (*e*) de l'Hiſtoire litéraire de la France dit que Julien l'Apoſtat fit de la ville de Paris comme un théâtre de Savans. Comme il s'y appliquoit à la Philoſophie, dit-il, ceux qui faiſoient profeſſion des Sciences y accouroient de toutes parts ; & un des plus fameux qu'il y attira, fut le médecin Oribaſe, qui s'y fit particulierement connoître par l'abrégé des Ouvrages de Galien qu'il y publia, & qui ſervit à y perfectionner la Médecine.

Du temps de Julien l'Apoſtat les deux ponts de Paris n'étoient encore bâtis (*f*) qu'en bois comme on a ſuppoſé (*g*) plus haut qu'ils n'étoient pas autrement du temps des Gaulois.

Les Pariſiens cultivoient alors (*h*) auprès de leur Ville, ſur tout du côté du midi, des vignes & des figuiers. Ces clos & ces jardins étoient ſans doute accompagnez de diverſes maiſons : il devoit y en avoir d'autres dans le voiſinage du Palais des Thermes : tout cela formoit de ce côté-là un aſſez grand fauxbourg ; & il eſt prouvé qu'il y avoit auſſi des fauxbourgs du côté (*i*) du nord. Ainſi lorſqu'Ammien Marcellin, qui ne parle ordinairement de Paris que comme d'une Ville, la traite néanmoins de ſimple château, *caſtel-*

(*a*) Valeſ. de Baſilic. reg. cap. 5. pag. 42.
(*b*) Tillem. Hiſt. des Emper. Tom. IV. pag. 426.
(*c*) Sauval, Antiq. de Paris, Tom. I. p. 6.
(*d*) Bonamy, Mém. de l'Acad. des Inſcript. & Belles-Lettres, Tom. XV. pag. 681.

(*e*) Rivet, Hiſt. liter. de la France, Tom. I. Part. II. pag. 7.
(*f*) Julian. Miſopog. * Tom. I. pag. 728.
(*g*) Voyez l'An 701 de Rome, pag. 5.
(*h*) Julian, ſup. ibid. * pag. 729.
(*i*) Voyez les Années 360 & 366.

*lum*, ce qu'il ne fait qu'en un feul (*a*) endroit ; peut-être n'a-t-il en vûe (*b*) dans cet endroit unique que la Ville proprement dite , c'eft-à-dire l'île ou la Cité , pendant que par tout ailleurs il entend parler de la Ville entiere tant au dehors qu'au dedans de l'île. Mais il femble auffi que par le mot *Caftellum* on ne puiffe entendre au-tre chofe qu'une Ville ou une place murée.

---

### DEUXIEME PLAN.

Où il faut repréfenter *l'Eglife Cathédrale* à la pointe orien-tale de l'île, & des deux côtez de la riviere diverfes maifons formant deux Fauxbourgs. Il faut ajouter du côté du midi le *Palais des Thermes* ; une grande *Place* entre ce Palais & la ri-viere ; & à côté de ce Palais, en tirant vers S. Germain des prez, un *Camp*. Il faut des jardins & des vignobles en tirant vers Ste Génevieve ; & à tout hazard on y peut joindre en-core un *Amphithéâtre* où font les Peres de la Doctrine Chré-tienne. Enfin il faut mettre un grand *Cimetiere* où font Ste Génevieve, S. Marcel, S. Victor, & S. Etienne des Grès.

---

## L'AN 360.

*Mars* ou (*c*) *Avril.* Les Soldats des Gaules, à qui l'Empereur Conftance avoit ordonné de fe tranfporter en Orient pour faire la guerre aux Perfes, étant partis de la Belgique pour paffer la Seine à Paris, Julien va au devant d'eux jufques dans les (*d*) fauxbourgs, par conféquent du côté du nord. Ces troupes le proclament (*e*) Augufte, c'eft-à-dire Empereur ; mais Julien (*f*) fe contenta, ou parut vouloir fe contenter du titre de Céfar dont il étoit déja revê-tu. Il demeuroit alors au Palais, felon les textes d'Ammien (*g*) Mar-cellin & de (*h*) Zozime, dans lefquels on trouve en même temps qu'il y avoit alors à Paris, c'eft-à-dire aux portes de cette Ville, un camp fixe, & une place publique. Ce fut de ce camp, difent-ils, que les Soldats coururent au palais, qu'ils en enfoncerent les portes, qu'ils emmenerent Julien dans une place publique ; & que l'ayant élevé fur un bouclier, ils le proclamerent Augufte. Or le Palais & la place étoient certainement hors de la ville, puifque

(*a*) Amm. Marcell. lib. 15. * Tom. I. pag. 546.

(*b*) Sauval , Antiq. de Paris, Tom. I. pages 21 & 64.

(*c*) Tillem. Hift. des Emper. Tom. IV. pag. 452.

(*d*) (*e*) Amm. Marcell. lib. 20. cap. 4. * Tom. I. pag. 556.

(*f*) Julian. Sup. ibid.

(*g*) Amm. Marcell. Sup. ibid.

(*h*) Zozim. * Tom. I. pag. 581.

l'Hiſtoire remarque (*a*) que les Soldats qui craignoient que Julien n'eût été aſſaſſiné par les amis de l'Empereur Conſtance, l'étant allé voir le lendemain de ſa proclamation, rentrerent dans Paris après l'avoir vû plein de vie, & revêtu des habits impériaux ; & que le ſurlendemain le nouvel Empereur harangua les habitans hors de la Ville, ſans doute près du Palais même, & dans cette place où il avoit été proclamé. De tout ceci il réſulte néceſſairement, comme l'a ſoutenu Adrien (*b*) de Valois, que le Palais où demeuroit Julien ne doit point être diſtingué du Palais des Thermes. La place publique devoit être ſituée entre ce Palais & la Ville ſur le bord de l'eau : celle du Pont S. Michel n'en eſt plus apparemment qu'un reſte ou une très-petite partie. Et à l'égard du Camp, peut-être occupoit-il l'eſpace où on a bâti dans la ſuite les jardins de Childebert dont on vient de parler ; à moins qu'on ne veuille le reculer à l'endroit où eſt aujourd'hui la place Maubert. Un Savant (*c*) de nos jours s'étoit perſuadé qu'il étoit près du lieu qui porte depuis long-temps le nom de *Porte-Baudets* ; mais l'Académicien que l'on a cité un peu plus haut, prouve (*d*) qu'il devoit être près du Palais des Thermes.

Sauval de ſon côté ou ſes éditeurs ont cru (*e*) que ce fut dans ce même Palais que mourut en couches Hélene, femme de Julien l'Apoſtat, autre événement de l'année (*f*) 360 ; mais la choſe eſt au moins fort douteuſe ; & Henri de Valois n'en convient pas : il croit au contraire non-ſeulement ſuivant le témoignage de (*g*) Zonare, que cette Princeſſe ne demeuroit plus alors au Palais ; mais même ſuivant celui d'Ammien (*h*) Marcellin, qu'elle mourut à (*i*) Vienne.

## Vers l'An 360.

Le fauxbourg de Paris du côté du nord n'étoit pas encore environné de murailles, puiſqu'on y enterroit des morts. On découvrit en (*k*) 1612 quelques tombeaux Romains à l'Hôtel des Comtes d'Anjou dans la rue de la Tixérandrie, proche la rue du Mouton, où ſe trouverent outre les ſquélettes de deux hommes, quelques pieces de monnoie, dont les plus récentes étoient du Tiran Magnence qui uſurpa l'empire en 350.

( *a* ) Amm. Marcell. * Tom. I. pag. 557.
( *b* ) Valeſ. de Baſilic. reg. cap. 5. pag. 42.
( *c* ) Le Beuf, Diſſert. Tom. I. pag. 28 & 29.
( *d* ) Bonamy, Mém. de l'Acad. des Inſcript. & Belles-Lettres, Tom. XV. pag. 677.
( *e* ) Sauval, Antiq. de Paris, Tom. I. p. 6.
( *f* ) Tillem. Hiſt. des Emper. Tom. IV. pag. 720.

( *g* ) Zonar. lib. 13. cap. 11. edit. fol. Pariſ. 1686. Tom. II. pag. 22.
( *h* ) Amm. Marcell. lib. 21. cap. 1. edit, fol. Pariſ. 1681. pag. 262.
( *i* ) Valeſ. ibid. pag. 263. not. B. & in Indice.
( *k* ) Paul. Petav. Numiſmat. veter. apud Sallengre, Antiq. Rom. Tom. II. pag. 1017.

## L'An 360 ou 361.

Premier Concile de Paris, où la formule des Ariens reçue dans celui de Rimini est rejetée. Il fut tenu, suivant le Pere (a) Labbe en 362, & suivant les Auteurs (b) de la nouvelle Gaule Chrétienne en 360, avant le mois d'Octobre. On se contente de marquer dans la nouvelle édition que l'on prépare des Conciles des Gaules, qu'il a dû se tenir entre le mois d'Août 360, & le mois de Novembre 361.

L'Auteur (c) de l'Hiſtoire litéraire de la France croit avec beaucoup de vraiſemblance, que Paul évêque de Paris aſſiſta à ce Concile : il conjecture auſſi fort heureuſement, que ce doit être le même que l'évêque Paul, qui s'oppoſant aux maximes outrées de Lucifer de Cagliari, compoſa vers ce temps-ci un Traité exprès (d) pour munir les Pénitens contre le déſeſpoir.

Ses premiers ſucceſſeurs furent, ſuivant les anciens (e) Catalogues, Prudent, ou Prudence ; S. Marcel ; Vivien ; Félix ou plûtôt Vilic ; Flavien ; Urſicin ; Apédeme, ou Apédien ; & Héraclius, dont on parlera ſous l'an 511. Il n'y a que de trop foibles conjectures pour fixer la chronologie des autres. Mais on a quelques obſervations à faire au ſujet de Prudence, de S. Marcel, & de Félix.

Sous l'évêque Prudence la ville de Paris étoit déja toute Chrétienne, & l'égliſe Cathédrale n'étoit pas éloignée de la riviere ; ce qui donne lieu de croire qu'elle a toujours été à la place où elle eſt encore aujourd'hui. Adrien (f) de Valois le prouve par un paſſage de la vie (g) de S. Marcel ; & il prouve auſſi (h) que dès les premiers temps cette égliſe a porté le nom de la Sainte Vierge : mais on verra (i) plus bas qu'elle a eu encore d'autres Patrons. Dom (k) Félibien dit que Prudent fut enterré dans un Cimetiere qui a ſervi depuis de ſépulture à ſainte Géneviève. Les Auteurs (l) de la nouvelle Gaule Chrétienne diſent à peu-près la même choſe, & ne citent aucune autorité, ſi ce n'eſt peut-être celle de l'Hiſtorien (m) de l'Egliſe de Paris, qui ne nomme pas non plus ſes ga-

---

(a) Concil. Labbe, Tom. II. pag. 821.
(b) Gall. Chriſt. Tom. VII. pag. 14.
(c) Rivet, Hiſt. liter. de la France, Tom. I. Part. II. pages 34 & 132.
(d) Gennad. de Viris illuſtr. cap. 31.
(e) Gall. Chriſt. Sup. pag. 14 & 15.
(f) Valeſ. Défenſ. de Baſilic. Part. I. cap. 4. pag. 40. & de Baſilic. Pariſ. cap. 1. p. 415.
(g) Surius 1 Novembr. edit. Coloniæ 1580.

pag. 16.
(h) Valeſ. de Baſilic. Pariſ. cap. 2. p. 429.
(i) Voyez l'An 690 ou 691.
(k) Félib. Hiſt. de Paris, Tom. I. pages 22 & 231.
(l) Gall. Chriſt. Tom. VII. pag. 14.
(m) Du Bois, Hiſt. Eccleſ. Pariſ. Tom. I. pag. 45.

ràrts. Tillemont (a) se contente de dire qu'on voit aujourd'hui le tombeau du Prélat dans l'église basse de sainte Géneviève ; mais qu'il faut qu'on y ait apporté son corps d'ailleurs , ou qu'il y eût déja un cimetiere & quelque chapelle en cet endroit avant qu'on y bâtît l'église , puisque celle-ci n'a été construite que par le Roi Clovis I , long-temps après la mort de Prudence. Or qu'il y eût là un Cimetiere , la chose est prouvée. On découvrit (b) vers le commencement du dernier siecle dans l'Abbaye même de sainte Génevieve un de ces anciens tombeaux de marbre du temps des Romains , qui devoit être celui de quelque personne de distinction. On trouva aussi vers l'an (c) 1635 au Marché aux chevaux de la Porte S. Victor plusieurs grands coffres de pierre tous antiques , remplis de corps d'une taille extraordinaire , & chargez , dit-on , d'inscriptions greques. Quelque temps auparavant on avoit (d) déterré derriere le chevet de l'église de S. Etienne des Grès vingt ou trente autres cercueils tant de pierre que de brique , dans lesquels se trouverent des médailles d'or & d'argent des Empereurs Constantin , Constant , & Constance. Assez récemment encore , en (e) 1738 , on a trouvé vis-à-vis le Collége des Graffins plusieurs cercueils de pierre dure sans compter quelques autres de pierre tendre & de plâtre , qui s'étoient déja trouvez (f) au-delà de la rue des Amandiers. Tout ce quartier-là étoit donc anciennement destiné à la sépulture des morts; & cela posé , il est très-croyable que l'Evêque Prudence y fut enterré. Un savant (g) Antiquaire , qui regarde ce cimetiere comme le plus ancien , il pouvoit aussi ajouter comme le plus grand de la Ville , présume qu'il devoit s'étendre autour de l'Abbaye de sainte Génevieve depuis le Collége des Graffins jusqu'aux environs de l'église de S. Marcel. Mais pourquoi pas encore depuis S. Victor jusqu'à S. Etienne des Grès ?

S. Marcel , successeur immédiat de Prudence , délivra les Parisiens d'un énorme serpent qui désoloit leur territoire , dit son Historien (h) cité dans Grégoire (i) de Tours ; ce qui pourroit bien ne signifier que la destruction presqu'entiere des restes de l'idolâtrie ou du Paganisme dans son Diocese. Au reste cet ancien Historien , nommé Fortunat , est différent (k) de Fortunat évêque de Poitiers , & plus ancien même que lui & que Grégoire de Tours , puisque ce-

(a) Tillem. Hist. Ecclef. Tom. X. p. 416.
(b) Bergier, Gr. Chem. de l'Emp. liv. 2. chap. 37.
(c) (d) Sauval , Antiq. de Paris , Tom. I. pages 20. & 497. & Tom. II. pag. 336.
(e) Mercure de France , Septembre 1738. pag. 2018.

(f) Le Beuf, Differt. Tom. I. pag. 296.
(g) Ibid. pages 294 & 295.
(h) Surius , 1. Novemb. edit. Coloniæ 1680. pag. 17.
(i) Greg. Tur. de Glor. Conf. cap. 89. edit. Ruinart. pag. 972.
(k) Tillem. Hist. Ecclef. Tom. X. p. 416.

lui-ci le cite : c'eft, à ce qu'on (*a*) croit, S. Fortunat évêque, Patron de l'églife de Vernou au Dioceſe de Sens. Claude (*b*) Chaſtelain, qui avance avec confiance que S. Marcel fut coordinateur de S. Euverte évêque d'Orléans avec S. Valérien d'Auxerre & S. Séverin de Sens, comme s'il avoit lu ce trait hiſtorique dans quelque Auteur du temps, n'a pas fait attention que de faire vivre ces trois évêques enfemble, ce n'eſt pas une choſe aiſée. S. Marcel, dont on rejete la fête au 3 Novembre à cauſe de celle de la Touſſaints, & de la Commémoration des Trépaſſez, mourut le 1 (*c*) de ce mois, & fut enterré hors de la V**le** (*d*) ſuivant l'uſage des Romains, dans une églife ou Chapelle qui porte aujourd'hui ſon nom, & qu'Adrien (*e*) de Valois a cru d'abord qu'il avoit bâtie lui-même, mais que dans la ſuite (*f*) il a cru n'avoir été conſtruite qu'après la mort des enfans de Clovis I, parce qu'il ne vouloit pas que ce fût celle dont il eſt parlé dans Grégoire de Tours ſous le nom d'*ecclefia Senior*; à quoi il y a néanmoins beaucoup (*g*) d'apparence.

Cette églife qui dans la ſuite des temps appellée (*h*) Abbaye, eſt devenue Collégiale, & l'une des quatre filles de l'Archevêque, fut d'abord dédiée ſous le nom de S. Clément, ſuivant le Bréviaire de Paris. Mais ne ſeroit-ce pas là une ſuppofition fondée ſur la fauſſe miſſion de S. Denys dans les Gaules par ce faint Pape ? L'Auteur (*i*) du Traité de la Police avance après (*k*) du Breuil, que Roland Comte de Blaye, neveu de Charlemagne, la fit bâtir, c'eſt-à-dire ſans doute rebâtir, vers l'an 800. Mais outre que ce Roland eſt un perſonnage inconnu aux Généalogiſtes, on ignore également d'où du Breuil a pu tirer ce fait, que les Auteurs (*l*) de la nouvelle Gaule Chrétienne ſemblent auſſi avoir voulu réaliſer, puiſqu'ils le rapportent ſans le critiquer, quoiqu'il le mérite bien ſuivant Adrien (*m*) de Valois qui n'y ajoute aucune foi.

Peut-être ne faut-il pas faire plus de fonds ſur une tradition populaire, qui porte (*n*) que S. Marcel naquit dans une maiſon de la rue des Herbiers ou de la Calendre, où pend aujourd'hui pour enſeigne la double image du faint évêque & de ſainte Géneviève ; & ſur laquelle le Chapitre de S. Marcel a droit de cens, avec 12 deniers

(*a*) Chaſtelain, Martyrol. Rom. pag. 196. & Martyrol. univerſ. 18 Juin, pag. 301.

(*b*) Idem Martyrol. univerſ. pag. 954.

(*c*) Surius, Sup. ibid.

(*d*) Greg. Tur. de Glor. Confeſſ. Sup. ibid.

(*e*) Valeſ. de Baſilic. reg. cap. 1. pag. 10.

(*f*) Idem de Baſilic. Pariſ. cap. 1. pag. 415.

(*g*) Voyez vers l'An 550.

(*h*) Voyez l'An 983.

(*i*) La Mare, Traité de la Police, Tome I. pag. 138.

(*k*) Du Breuil, Antiq. de Paris, edit. Paris 1612. pag. 392.

(*l*) Gall. Chriſt. Tom. VII. pag. 302.

(*m*) Valeſ. de Baſilic. Pariſ. cap. 1. p. 413.

(*n*) Du Breuil, Sup. ibid. pages 94 & 95.

Parifis de rente. Quoi qu'il en foit , les Chanoines (a) de la Cathédrale y portent tous les ans le jour de l'Afcenfion le corps du Saint
en proceffion , & y chantent une antienne en fon honneur.

Félix ne doit point être diftingué de Vilic , ou *Vilicus*, qui fuivant la vie (b) de fainte Génevieve donna folennellement le voile
des Vierges à cette fainte, lorfqu'elle eut atteint l'âge prefcrit par
les Canons, parce qu'elle n'avoit encore que huit ou neuf ans (c)
lorfqu'elle voua fa virginité à Dieu entre les mains de S. Germain
évêque d'Auxerre. Cette cérémonie qui appartenoit de droit à l'évêque Diocéfain, ne peut donc convenir qu'au temps de l'évêque de
Paris que les Catalogues nomment Félix, puifque de tous ceux qui
fiégerent pendant le V$^e$ fiecle , c'eft celui dont le nom approche le
plus de celui de l'évêque Vilic. Auffi Gérard (d) du Bois prétend-
il que dans la vie de fainte Génevieve il faut lire *Félix* au lieu de
*Vilic* : mais pourquoi au contraire dans les Catalogues , qui affurément n'ont pas la même autorité que la vie de cette Sainte , ne faudroit-il pas pluftôt lire *Vilic* au lieu de *Félix* ?

## L'A N 365.

L'Empereur Valentinien I étoit cettte année (e) à Paris aux
mois d'Octobre & de Décembre.

## L'A N 366.

Jovin , qui venoit de battre les Allemans près de Châlons
fur Marne, revenoit à Paris. L'Empereur Valentinien (f) va audevant de lui jufques dans les fauxbourgs , par conféquent du côté
du nord.

## VERS L'AN 375.

On préfume que le Diocefe de Meaux (g) eft détaché de celui
de Paris, dont on fuppofe qu'il faifoit partie.

## L'A N 383.

L'Empereur Gratien, trahi par Mallobaude , Roi des Francs,
& Maître de la Milice Romaine, eft défait & vaincu à Paris, c'eft-
à-dire près de Paris. On lit dans la Chronique (h) de Profper, que

(a) Le Maire, Paris ancien & nouveau , pag. 51.
Tom. II. pag. 105.
(b) Vita S. Genov. edit. in-8°. Paris 1697.
pag. viij & ix.
(c) Voyez vers l'An 500.
(d) Du Bois , Hift. Ecclef. Paris. Tom. I.
(e) Codex Theodof. * Tom. I, pag. 749.
(f) Amm. Marcellin. * Tom. I. pag. 561.
(g) Hift. de l'Egl. de Meaux , Tom. I. p. 4.
(h) Profper, Chronic. * Tom. I. pag. 625.

ce fut par la trahifon de Mérobaude ; mais Adrien (*a*) de Valois veut qu'au lieu de Mérobaude , qui fut toujours attaché à Gratien, on life Mellobaude. L'Abbé (*b*) du Bos eft accufé (*c*) de confondre à tort Mallobaude avec Mérobaude. Cependant Tillemont (*d*) en lifant encore d'une autre maniere le texte de Profper, tâche de prouver que ni Mérobaude , ni Mallobaude , n'ont point trahi Gratien.

## Vers l'An 385.

S. Martin arrivant à Paris baife un Lépreux (*e*) à l'entrée de la Ville, & le guérit de fa lepre. Il n'eft pas poffible de fixer au jufte l'année de cet événement. Cependant il paroît d'un côté par la fuite de l'Hiftoire du Saint , écrite par Sulpice Sévere, qu'il étoit alors évêque. Or quoique Tillemont (*f*) fe foit efforcé de fixer fa mort en 397, il paroît qu'il l'a fait (*g*) en vain, & qu'il vaut mieux s'en tenir au calcul du Pere (*h*) Pagi , qui met fon épifcopat depuis l'an 375 jufqu'en 400. Mais d'un autre côté on eft bien tenté de croire que le fait arriva du temps de Maxime, ufurpateur de l'Empire, avec qui le Saint avoit de fi grandes liaifons. Or Maxime ne regna (*i*) que depuis l'an 383 jufqu'en 388. On a déja remarqué (*k*) que la Ville s'étoit accrue confidérablement tant du côté du nord, que du côté du midi ; & la place où fe fit le miracle étoit à l'extrémité de l'un de ces accroiffemens , fans doute de ce dernier côté vers le Palais des Thermes, qui eft le chemin que le faint évêque devoit tenir pour fe rendre de Tours à Paris. En effet on a bâti depuis de ce côté-là, & fur cette même place, une Chapelle dont il fera parlé (*l*) plus bas ; & on prouvera en même temps qu'en 585 ou 586 elle étoit renfermée dans l'enceinte de la Ville, & qu'elle faifoit partie de ce qu'on appelle aujourd'hui le Quartier de l'Univerfité.

Il ne tiendroit pas à Sauval ou à fes éditeurs , fideles copiftes & admirateurs perpétuels du Docteur Jean de Launoy, que le miracle dont on vient de parler n'eût été opéré près de la porte Se-

(*a*) Valef. Rer. Franc. lib. 2. Tom. I. pag. 59.
(*b*) Du Bos, Monarch. Françc. liv. 1. chap. 17. édit. 1742. pag. 169.
(*c*) Bouquet, * Tom. I. pag. 625. not. C.
(*d*) Tillem. Hift. des Emper. Tom. V. p. 723 & 724.
(*e*) Sulp. Sever. vita S. Martini, edit. in-8°. Lugd. Batav. 1654. pag. 509.
(*f*) Tillem. Hift. Ecclef. Tom. X. pag.

340 , & pages 776 & fuiv.
(*g*) Liron, Singul. Hift. Tome II. pages 37 & fuiv.
(*h*) Pagi, Critic. in Annal. Baron. Tom. I. pag. 541.
(*i*) Tillem. Hift. des Emper. Tom. V. pag. 177 & fuiv. & pag. 295.
(*k*) Voyez l'An 358.
(*l*) Voyez vers l'An 560 , & l'An 585 ou 586.

E

ptentrionale. Auffi prononcent-ils hardiment (a) en un endroit, que la chofe eft certaine ; & (b) dans un autre endroit, que S. Martin venoit alors de Trêves : mais ceci fans preuve, & par pure pétition de principe. Tillemont moins décifif que Sauval s'étoit contenté de dire (c) que le faint évêque retournoit peut-être de Trêves à Tours. Mais fi ce n'eft qu'un peut-être, peut-être auffi alloit-il au contraire de Tours à Trêves ; & puifqu'indépendamment de cette circonftance on prouvera que la Chapelle étoit du côté du midi, cette derniere fuppofition doit fans doute l'emporter fur l'autre.

## L'A n 451.

Attila, Roi des Huns, fondant fur les Gaules, les Parifiens veulent tranfporter leurs biens & leurs effets dans des villes plus fûres ; mais fuivant la vie (d) de fainte Génevieve ils en font empêchez par les confeils de la Sainte.

## L'A n 456.

Mort (e) de Mérouée, Roi des Francs, dont nos Rois de la premiere race ont tiré le nom de Mérovingiens.
Childéric, fon fils, lui (f) fuccede.

## Vers l'An 465.

Les Francs affiégent la ville de Paris, & la tiennent bloquée pendant cinq ans ; après quoi ils s'en rendent les maîtres. Ce fiége ou ce blocus n'eft connu que par la vie (g) de fainte Génevieve ; mais c'en eft bien affez, puifqu'on a déja vû (b) de quel poids doit être le témoignage de fon Auteur : il s'agit feulement de favoir s'il faut rapporter cet événement au regne de Childéric I, comme l'on fait ici, ou à celui de Clovis I, comme le veulent l'Abbé (i) du Bos, & Dom Martin (k) Bouquet. Si l'on demandoit à ces derniers fur quelle autorité ils s'appuyent, ils n'en pourroient produire aucune : car enfin de tous les anciens foit Hiftoriens, foit Annaliftes, foit fimples Chroniqueurs, il n'en eft pas un feul qui dépofe en faveur ou de l'une ou de l'autre opinion ; & les plus renommez d'entre les modernes, tels que Nicole Gilles, Belleforeft, Dupleix, de Serres ;

(a) Sauval, Antiq. de Paris, Tom. I. p. 103.
(b) Ibid. pag. 259.
(c) Tillem. Hift. Ecclef. Tom. X. p. 320.
(d) Vita S. Genov. edit. in-8°. Paris 1697. pag. x & xj.
(e) (f) Bouquet, * Tom. II. Index Chronolog.

(g) Vita S. Genov. Sup. pag. xxiv.
(b) Voyez Avant l'An 250. page 17.
(i) Dn Bos, Monarch. Franç. liv. 4. chap. 5. édit. Paris 1742. Tom. II. pag. 61. & 103.
(k) Bouquet, * Tom. III. Index Chronol.

du Haillan, Mézeray, Robert Gaguin, Paul Emile, &c. gardent également là-deſſus un profond ſilence. Cordemoy a pris parti; mais il s'eſt déclaré poſitivement (*a*) pour le regne de Childéric I. Le Pere Daniel eſt peut-être donc le ſeul, dont les deux écrivains que l'on combat ici pourroient s'autoriſer pour ſoutenir le contraire; & encore n'eſt-il pas difficile de le leur enlever. De ce que le Pere Daniel s'eſt imaginé que Clovis I eſt le premier Roi des Francs qui ait ſu ſe fixer dans les Gaules, & y fonder un état permanent, il ne s'enſuit pas pour cela qu'il ait cru auſſi que ce ſoit lui qui ait formé le ſiége de Paris, dont parle l'Hiſtorien de ſainte Génevieve. Le Pere Daniel a reconnu que Clodion, Merouée, & Childéric I, ont fait des conquêtes dans les Gaules, en niant néanmoins qu'ils les aient gardées. Or dans ce ſyſteme-là préciſément rien ne l'auroit empêché de reconnoître, s'il en eût été beſoin, que ce fut Childéric I qui aſſiégea & qui prit Paris, mais qui ne put le conſerver.

Mais, dira-t-on, puiſqu'à l'exception de Cordemoy aucun des modernes, puiſqu'aucun même des anciens à l'exception de l'Hiſtorien de ſainte Génevieve ne fait mention de ce ſiége, quelle raiſon y a-t-il donc de le rejeter au temps de Childéric? Je ne répondrai pas avec Dom (*b*) Liron, que c'eſt parce que cet ancien Hiſtorien nous en aſſure, puiſque cela n'eſt pas vrai; il dit ſeulement que du temps de ſainte Génevieve les François aſſiégerent Paris, & il ne nomme là ni Childéric, ni Clovis: *Tempore igitur (c) quo obſidionem Pariſius quinos per annos, ut aiunt, perpeſſa eſt a Francis.* Je répondrai donc ſimplement que Childéric ayant agi en Souverain dans Paris, comme on le verra (*d*) bientôt, il en faut conclurre néceſſairement que Paris lui a appartenu. Et que peut-on demander de plus pour ſe perſuader que ce fut lui qui aſſiégea & qui prit cette Ville? L'Abbé du Bos, qui tient pour Clovis I, & qui ne s'eſt pas diſſimulé cette objection, y répond (*e*) de ſon mieux. L'Auteur de l'Eſprit des Loix combat (*f*) ſes réponſes, & prétend en montrer le peu de ſolidité. On voit à peu-près ce que le premier pourroit répliquer; & tout cela de part & d'autre n'eſt pas aiſé à démêler. Mais à quoi bon ſe jeter dans ce labyrinthe de difficultez? L'Abbé du Bos ne s'y eſt engagé, que parce qu'il ſuppoſe toujours que Childéric I n'a jamais régné à Paris; & ne voiton pas que c'eſt là préciſément ſuppoſer ce qui eſt en queſtion?

( *a* ) Cordemoy, Hiſt. de France, Tom. I. page 127.
( *b* ) Liron, Singul. Hiſt. Tome I. pag. 64.
( *c* ) Vita S. Genov. Sup. ibid.
( *d* ) Voyez Vers l'An 475.

( *e* ) Du Bos, Sup. liv. 3. chap. 16. Tom. I. pag. 611.
( *f* ) Monteſquieu, Eſprit des Loix, liv. 30. chap. 4. Tome II. pag. 473.

On vient de voir que c'eſt ſur un oui-dire, *ut aiunt*, que l'Hiſtorien de ſainte Génevieve nous apprend que le ſiége de Paris
dura cinq ans. Cet Hiſtorien écrivoit dix-huit ans après la mort
de la Sainte, que l'on fixera plus bas à l'an 500 ou environ, par
conſéquent vingt ou vingt & un ans après la reddition de la Ville,
s'il faut s'arrêter au calcul de l'Abbé du Bos, qui fixe (a) la fin du
ſiége à l'an 497. Quel eſt donc l'Hiſtorien un peu grave qui ait beſoin d'un oui-dire pour ſavoir ce qui s'eſt paſſé vingt ans avant
qu'il prît la plume? Nous rejetons cet événement à l'an 470, ou
environ: de là juſqu'à l'an 518, qui eſt le temps à peu près où l'Hiſtorien écrivoit, il y a quarante-huit ans: on peut donc bien ſuppoſer que lorſque la Ville ſe rendit, il n'étoit pas encore né; & s'
s'enſuit de là qu'il ne pouvoit ſavoir les circonſtances du ſiége que
ſur le rapport d'autrui. Il y a, ce ſemble, dans cette hypotheſe
beaucoup plus de vraiſemblance. Ajoutons que ſi l'on met ce ſiége ſous le regne de Clovis I depuis l'an 493 juſqu'en 497, ſainte
Génevieve qui mourut vers l'an 500, âgée de plus de quatre-vingts
ans, devoit en avoir alors ſoixante & quinze ou environ. Or comment accorder ce grand âge avec les longues courſes qu'elle fit dans
ce temps-là pour ravitailler la Ville? Nous levons cette difficulté
en mettant le ſiége à l'an 465 ou environ, temps où la Sainte ne
pouvoit gueres avoir que quarante-cinq ans? En voilà aſſez pour
ce calcul de Chronologie. Il n'eſt pas démontré que le commencement du ſiége ſoit de l'an 465, & la fin de l'an 470; mais **il
paroît prouvé qu'il faut en faire honneur au regne de Childéric I**;
& il eſt très-vraiſemblable que ce Prince ne l'entreprit qu'après
avoir été rétabli ſur le thrône; ce qui arriva en (b) 464, & après
la mort du Comte Gilles, que l'on fixe (c) à la même année, ou
(d) à la ſuivante.

Sainte Génevieve, comme on vient de le dire, ſe donna de
grands mouvemens pendant la durée du ſiége pour ſecourir les habitans, dont la diſette fut ſi grande, que (e) pluſieurs moururent de faim. Elle alla (f) juſqu'à Arcies-ſur-Aube, & juſqu'à
Troyes, d'où après des difficultez inſurmontables elle ramena mi-
raculeuſement dans la Ville (g) onze bateaux chargez de vivres,
qui procurerent aux aſſiégez un grand ſoulagement.

( a ) Du Bos, Monarch. Franç. liv. 4. ch. 5.
édit. Paris 1742. Tom. II. pages 61 & 103.
( b ) ( c ) Bouquet,* Tom. II. Index Chronol.

( d ) Pagi, critic. in Annal. Baron. Tom.
II. pag. 372.
( e ) ( f ) ( g ) Vita S. Genov. édit. in-8°.
Pariſ. 1697. pag. xxiv & ſeqq.

# CHILDERIC I.

## VERS L'AN 470.

Childéric I se rend maître de Paris qu'il tenoit bloqué depuis quelques années. Ici le texte de la vie de sainte Génevieve ne paroît pas bien sûr : un manufcrit (*a*) porte que le fiége dura dix ans ; mais felon (*b*) d'autres , & furtout felon l'édition de 1697 il n'en dura que cinq ; & c'eft à cette derniere leçon que l'on a cru devoir fe conformer ici. Voyez fur ce fiége ce que l'on vient de dire vers l'an 465.

## VERS L'AN 475.

Sainte Génevieve qui opéroit journellement de grandes merveilles à Paris , y fauve la vie (*c*) à quelques prifonniers condamnez à mort. Le Roi Childéric étoit alors dans cette Ville : il en fit fermer les portes , de peur que la Sainte , pour la quelle il avoit une eftime finguliere , & dont il craignoit les follicitations , ne pût parvenir jufqu'à lui. Mais à fon approche les portes s'ouvrirent miraculeufement ; elle joignit le Prince , & en obtint la grace qu'elle demandoit. Après cela peut-on lire de fang froid ce que Sauval (*d*) ou fes éditeurs foutiennent avec autant de témérité que de préfomption, que Childéric I n'a jamais mis les pieds dans Paris ? Mais laiffons-là ces Critiques outrez. Il faut conclurre de ce que l'on vient de dire, que la Ville , c'eft-à-dire ce que nous appellons aujourd'hui la Cité , étoit alors environnée de murailles , comme on a cru (*e*) plus haut pouvoir inférer d'un paffage d'Ammien Marcellin , qu'elle l'étoit même dès le temps de Julien l'Apoftat ; & peut-être s'enfuit-il encore du texte de la vie de fainte Génevieve, que cette Sainte demeuroit hors de la Cité. Ce texte porte : *Childericus.... ingrediens urbem Parifiorum* , ( non *egrediens* , comme on lit dans l'édition de Dom (*f*) Bouquet, ) *portam firmari præcepit.... porta civitatis fine clave referata eft.* Mais le mot *urbem* fignifie-t-il ici la Cité , ou l'accroiffement de la Ville du côté du nord ? Le peuple eft perfuadé (*g*) que la maifon de la Sainte étoit fituée à l'endroit où eft aujourd'hui la Chapelle des Haudriettes dans la rue de la Mortellerie ; & cette perfuafion n'eft pas fans fondement ; puif-

( *a* ) ( *b* ) Bouquet, * Tom. III. pag. 370. not. C.
( *c* ) Vita S. Genov. Sup. pag. xix.
( *d* ) Sauval, Antiq. de Paris, Tom. II. pag. 341.

( *e* ) Voyez l'An 358. page 27.
( *f* ) Bouquet * Tom. III. pag. 370.
( *g* ) Du Breuil , Antiq. de Paris , édit. Paris 1612. pag. 975.

qu'on verra (*a*) plus bas qu'en cet endroit-là même, ou fort près de là, étoit anciennement un Monaftere, où l'on confervoit encore fon lit en 821.

Les miracles de fainte Génevieve qu'on ne fauroit nombrer, & la protection vifible de Dieu qu'elle attiroit fans ceffe fur le peuple de Paris, l'ont fait regarder avec juftice comme l'Ange tutélaire de la Ville ; & depuis treize cens ans la vénération extrême que ce peuple conçut pour elle de fon vivant, ne s'eft jamais ralentie. Se-roient-ce les nouveaux Conquérans qui lui auroient donné le nom de *Génevieve*, en latin *Genovefa*? car probablement elle étoit née Romaine ou Gauloife ; & le nom de *Génevieve* paroît être Franc ou Teutonique d'origine, comme celui de *Marcouefe*, femme ou concubine du Roi Clotaire I, qui a la même terminaifon. Quoi qu'il en foit, fa renommée s'étoit étendue jufqu'en Orient ; & c'eft par l'entremife de quelques Syriens, négocians à Paris, que S. Si-méon (*b*) Stylite, qui l'honoroit comme une Sainte, apprenoit quel-quefois de fes nouvelles. Le Docteur Jean (*c*) de Launoy a cru que ces marchands, qui plus de cent ans après (*d*) étoient encore en grande vogue à Paris, y avoient une églife dédiée fous le nom de S. Pierre auprès de S. Merri, & que c'eft d'eux que la rue des Ar-fis (*Vicus de Affyriis*) a tiré fon nom. Adrien (*e*) de Valois s'eft moqué de cette étymologie, laquelle néanmoins, felon un favant (*f*) Académicien pourroit bien avoir quelque fondement. Mais ou-tre que l'ancienne églife de S. Pierre, contigue à la rue des Arfis, ne paroît nulle part avoir porté le nom de cette rue, outre qu'il y en a une autre paroiffiale de ce même nom dans la Cité, laquelle par conféquent n'a aucune affinité avec cette même rue, ne pourroit-on pas croire fans recourir foit aux Affyriens avec Jean de Lau-noy, foit à la maladie des Ardens avec Adrien de Valois, que le nom de la rue *des Arfis* n'a point d'autre origine que celui de l'églife de S. André *des Ars*? Il eft prouvé dans les Antiquitez de Paris par (*g*) du Breuil, que le territoire où celle-ci eft fituée portoit an-ciennement le nom de *Laas*, mot Celtique fuivant un favant (*h*) An-tiquaire de nos jours, qui l'interprete par *marais*. On a donc dit d'abord S. André en *Laas*, ou S. André de *Laas*, & enfuite par corruption S. André des *Ars* ; car on rejete ici l'orthographe de

( *a* ) Voyez l'An 821.

( *b* ) Vita S. Genov. edit. in-8°. Parif. 1697. pag. xix.

( *c* ) Launoi. de Bafilic. Parif. cap. 10. Tom. II. Part. I. pag. 599.

( *d* ) Voyez l'An 591.

( *e* ) Valef. de Bafilic. Parif. cap. 16. pag.

482 & 485.

( *f* ) Bonamy, Mém. de l'Acad. des Infcript. & Belles Lettres, Tom. XV. pag. 665.

( *g* ) Du Breuil, Antiq. de Paris, édit. Paris 1612. pag. 345.

( *h* ) Le Beuf, Differt. Tom. II. pag. 155.

ceux qui écrivent *des Arcs* ou *des Arts*, laquelle n'eſt fondée ſur rien. Le nom d'*Arſis* eſt abſolument le même que celui d'*Ars*; & le voiſinage de la riviere qui pouvoit rendre marécageux le terrein de la rue des Arſis auſſi bien que celui des deux égliſes de S. Pierre & de S. André, rend très plauſible l'étymologie de cet Antiquaire.

Vers la même année 475 ſainte Génevieve engagea les Pariſiens à bâtir à leurs dépens par le miniſtere du Prêtre Genès, ou comme Dom (*a*) Félibien le préſume avec (*b*) raiſon, à rebâtir une égliſe ſur le tombeau de S. Denys; car il eſt bien croyable qu'après un ſiége de cinq ans l'ancienne ne ſubſiſtoit plus. Ce fut ſur un des ponts de la Ville que deux porchers s'entretinrent de deux fournées de chaux qui n'étoient pas éloignées de là, & qui ſervirent à la conſtruire: un jour que les ouvriers manquoient de boiſſon, la Sainte fut priée de les animer au travail, pendant qu'on iroit promptement en chercher à la Ville; elle alloit quelquefois de ſa maiſon à cette égliſe en pleine nuit, au milieu des boues & de la pluie, accompagnée de quelques autres filles, avec un cierge ou un (*c*) flambeau pour les éclairer: elle y envoya une fois douze poſſédez, les mains liées derriere le dos; ils y allerent en ſilence, & elle les ſuivit de près. Toutes ces circonſtances, qui ſont expreſſément tirées de la vie (*d*) de ſainte Génevieve, prouvent ſans réplique, que cette égliſe devoit être aſſez peu éloignée de la Ville. Dom Félibien qui veut comme tant d'autres que les corps des ſaints Martyrs aient toujours été dans le lieu où ils ſont encore aujourd'hui, & que par conſéquent ce fut en ce lieu là même que ſainte Génevieve fit bâtir une égliſe en leur honneur, croit pouvoir réſoudre les difficultez que la vie authentique de cette Sainte forme contre ſon ſentiment, en ſuppoſant (*e*) qu'elle demeuroit à la Chapelle, village ſitué à moitié chemin de Paris & de l'Abbaye de S. Denys en France. Mais eſt-ce là répondre ſérieuſement? & outre que la ſuppoſition eſt bien gratuite, peut-on ſe figurer que des filles Chrétiennes entreprennent des pélérinages d'une lieue en pleine nuit, par la pluie, à travers les champs, & avec un ſimple flambeau pour ſe conduire? Il n'y a point de milieu: ou il faut s'inſcrire en faux contre la vie de ſainte Génevieve, ou on doit reconnoître de bonne foi que S. Denys & les compagnons de ſon martyre furent enterrez beaucoup plus près de Paris que n'eſt l'Abbaye de S. Denys, ou la montagne même

(*a*) Félib. Hiſt. de S. Denys, pag. 14.
(*b*) Voyez Vers l'An 273 ou 287. p. 21.
(*c*) Voyez la note ſur le Poëme d'Abbon
(*d*) Vita S. Genov. Sup. pag. xiv. & ſeqq.
(*e*) Félib. Hiſt. S. Denys, Diſſert. prélimin. §. 1.

II. 2.

de Montmartre ; & que par une conféquence néceffaire l'églife que fainte Génevieve fit bâtir fur leur tombeau ne devoit pas être bien éloignée de la ville ? Où étoit-elle donc fituée ? fur le chemin qui alloit (a) de Paris à *C'atoloeus*, dans la rue S. Denys même, ou dans le voifinage de cette rue. Mais en quel endroit précifément ? c'eft ce que l'on ignore, comme on ne fait pas non plus en quel lieu précifément étoient fituées les Chapelles anciennes de fainte Colombe, de faint Michel, & fans doute d'autres églifes encore. Peut-être celle de S. Denys étoit-elle fituée à l'un des deux bouts de la rue Aubry-le-Boucher. Que Dom Félibien fe flatte (b) tant qu'il voudra d'avoir ramené M. de Tillemont à fon fentiment, les objections de ce dernier, tirées de la vie de fainte Génevieve, n'en font pas moins les mêmes, & n'en demeurent pas moins dans toute leur force.

## L'AN 481.

Mort (c) du Roi Childéric I. Il eft enterré près de Tournai, au-delà de l'Efcaut, à l'endroit où eft maintenant l'églife de S. Brice, qui fait partie de la ville, mais qui eft du Diocefe de Cambrai. Son tombeau fut découvert en (d) 1653 ; & diverfes richeffes qui s'y trouverent, après avoir été portées à l'Archiduc Léopold, alors Gouverneur des Pays-bas, ont enfin paffé dans la Bibliotheque du Roi à Paris, où elles font aujourd'hui.

## CLOVIS I.

Clovis I fon fils lui fuccede. Il mourut felon Grégoire (e) de Tours après trente ans de regne : on verra (f) plus bas que Clotaire I, l'un de fes fils, mourut fur la fin de l'an 561 dans la cinquante & unieme année de fon regne ; & que le V^e Concile d'Orléans fut tenu en 549, l'an 38 du regne de Childebert I : donc Clovis I mourut en 511 : donc il commença de regner en 481.

## VERS L'AN 500.

3 *Janvier*. Mort de fainte Génevieve. La date du jour eft tirée de celui auquel l'Eglife célebre fa fête. Pour ce qui eft de l'année, tout ce qu'on en peut dire de bien pofitif, c'eft que ce fut quelque temps avant Clovis I. Elle mourut âgée de plus (g) de quatre-

(a) Voyez Vers l'An 273. ou 287. pag. 23. & Vers l'An 630.
(b) Félib. Hift. de S. Denys, Differt. prélim. §. 1.
(c) Bouquet, * Tom. II. Index Chronol.
(d) Mabillon, Mém. de l'Acad. des Infcript.

& Belles-Lettres, Tom. II. pag. 689 & 690.
(e) Greg. Tur. l. 2. c. 43.* Tom. II. p. 185.
(f) Voyez l'An 561.
(g) Vita S. Genov. edit. in-8°. Parif. 1697. pag. xxxiij.

vingts ans; & ce fut (a) en fon honneur, c'eft-à-dire du moins
à fa recommandation, que Clovis I, & fainte Clotilde fa femme,
firent bâtir une églife, qui eft celle de S. Pierre, dont on va (b)
bientôt parler. Les Bollandiftes (c) ont obfervé qu'en 429, lorfque S. Germain évêque d'Auxerre paffa par le village de Nanterre,
lieu de la naiffance de fainte Génevieve, pour aller combattre l'hé-
réfie Pélagienne en Angleterre, la Sainte ne devoit pas avoir
moins de huit ou neuf ans, puifqu'elle confacra alors (d) fa virginité à
Dieu; d'où ils concluent avec raifon qu'elle étoit née vers l'an 420,
& qu'en lui donnant quatre-vingts ans de vie, elle doit être morte
vers l'an 500. L'Hiftorien (e) de l'Eglife de Paris a fuivi exactement le même calcul; & après cela il paroît inutile de difcuter l'o-
pinion de ceux (f) qui fixent fa mort à l'année 512.

## L'An 507.

Clovis I, & la reine fainte Clotilde fa femme, font bâtir (g) l'é-
glife des faints Apôtres, ou de S. Pierre & S. Paul, fur une montagne au midi de la Ville, dont on a déja (h) parlé. Herman Contract (i) met cette fondation en 505; Dom (k) Bouquet en 508;
& Dom (l) Félibien vers l'an 509. Mais d'un côté la Chronologie d'Herman Contract eft fort défectueufe; & d'un autre côté Dom
Félibien & Dom Bouquet n'apportent aucune preuve de la leur. Seroit-ce par cette raifon que les Auteurs (m) de la nouvelle Gaule
Chrétienne fe font contentez de dire d'une maniere vague & indéterminée, que cette églife fut fondée peu de temps avant l'an
511? Cependant il y a, ce femble, ici quelque chofe de plus pofitif. Il paroît par la vie (n) de fainte Clotilde, que Clovis entreprit cette fondation dans le temps qu'il fe difpofoit à aller combattre Alaric; & que dès qu'il fut parti, fainte Clotilde mit la main
à l'œuvre. Or cette expédition eft de l'an 507, puifque fuivant le
témoignage de Grégoire (o) de Tours, Clovis I mourut pendant
le cours de la cinquieme année qui fuivit la défaite d'Alaric; &

(a) Ibid. pag. xxxiv.
(b) Voyez l'An 507.
(c) Bolland. Januar. Tom. I. pag. 137.
(d) Vita S. Germ. Autiffiod. apud Bolland.
Jul. Tom. VII. pag. 211.
(e) Du Bois, Hift. Ecclef. Parif. Tom. I.
pag. 53. & 54.
(f) Charpentier, Hift. Chronol. de Sainte
Génev. page 1. D'Antine, Calendrier perpé-
tuel, page 155. Rivet, Hift. liter. de la France, Tome III. pag. 151.

(g) Greg. Tur. lib. 2. cap. 43. * Tom. II.
pag. 185.
(h) Voyez l'An 360 ou 361. pag. 30.
(i) Herman. Contract. * Tom. III. pag.
319.
(k) Bouquet, ibid. in margine.
(l) Félib. Hift. de Paris, Tom. I. pag. 22
& 231.
(m) Gall. Chrift. Tom. VII. pag. 700.
(n) Vita S. Clotild. * Tom. III. pag. 399.
(o) Gregor. Turon. Sup. ibid.

F

qu'il faut rapporter cette mort à la fin de l'an (*a*) 511. Donc la fondation de l'Abbaye de S. Pierre eſt de l'an 507 préciſément. Au ſurplus, ſi l'on a dit un peu plus haut qu'elle fut entrepriſe à la ſollicitation de ſainte Génevieve, il ne s'enſuit pas pour cela que les fondemens en aient été jetez de ſon vivant. Clovis, qui commença cet ouvrage, le laiſſa imparfait : mais après ſa mort ſainte Clotilde (*b*) y mit la derniere main; & Adrien (*c*) de Valois prouve qu'elle y fonda en même temps un Monaſtere, c'eſt-à-dire une Abbaye de Moines; en quoi il a rétraſté ce qu'il avoit avancé quelques années (*d*) auparavant d'après (*e*) du Breuil, que Clovis y mit des Chanoines. Cette Abbaye a pris dans la ſuite des temps (*f*) le nom de ſainte Génevieve même, ſoit qu'elle ait été bâtie ſur le tombeau de la Sainte, ſoit que ſon corps y ait été apporté depuis; & elle n'eſt plus connue aujourd'hui ſous un autre nom.

Le premier de ſes Abbez qui ſoit venu à notre connoiſſance, eſt Optat. Il eſt fait mention de lui en cette qualité dans le Livre (*g*) des miracles de ſainte Génevieve, écrit par un Religieux du même Monaſtere, qui vivoit en (*h*) 863; & on conjeſture (*i*) que c'eſt le même qu'Optat, qui mourut évêque d'Auxere en 533.

Dans cette ſuppoſition, Frotband, qualifié auſſi Abbé dans un livre (*k*) des miracles de S. Hilaire de Poitiers, qui eſt aſſez récent, a dû ſuivre Optat : mais on ne ſauroit dire préciſément en quel temps il vivoit, & peut-être y a-t-il eu un aſſez long intervalle entre l'un & l'autre.

Il ſera parlé (*l*) plus bas d'un Amphiloque, qui pourroit avoir été auſſi Abbé de ſainte Génevieve.

Ceux qui ont multiplié dans Paris, ou près de cette Ville les Palais de nos Rois, n'ont pas manqué d'en mettre un ſur la montagne de ſainte Génevieve; & Henri Sauval ou ſes éditeurs ſont de ce nombre après (*m*) du Breuil auſſi bien que l'Hiſtorien (*n*) de l'Univerſité de Paris : Clovis I en avoit un, dit (*o*) celui-là, auprès de l'Abbaye de ce nom; & ſuivant le moine Helgaud, ajoute-t-il,

(*a*) Voyez l'An 561.
(*b*) Vita S. Genov. edit. in-8°. Pariſ. 1697. pag. xxxiv.
(*c*) Valeſ. de Baſilic. reg. cap. 4. pag. 31.
(*d*) Valeſ. Rer. Franc. l. 6. Tom. I. p. 313.
(*e*) Du Breuil, Antiq. de Paris, édit. Paris 1612. pag. 268.
(*f*) Voyez l'An 814.
(*g*) Bolland. Januar. Tom. I. pag. 147 & 148.
(*h*) Ibid. pag. 149 & 151.

(*i*) Gall. Chriſt. Tom. VII. pag. 704. Le Beuf, Mém. pour l'Hiſt. d'Auxerre, Tom. I. pag. 849.
(*k*) Bolland. Sup. ibid. pag. 796.
(*l*) Voyez l'An 541.
(*m*) Du Breuil, Antiq. de Paris, édit. Paris 1612. pag. 268.
(*n*) Du Boulay, Hiſt. Univerſit. Pariſ. Tom. I. pag. 107.
(*o*) Sauval, Antiq. de Paris, Tom. I. pag. 386.

le Roi Robert en avoit un autre à l'endroit où est aujourd'hui (*a*) S. Nicolas des Champs. On examinera en son lieu (*b*) le texte d'Helgaud, sur lequel Dom Michel (*c*) Germain se fonde mal-à-propos, aussi bien que Sauval & d'autres (*d*) écrivains pour prouver l'existence de ce dernier. Mais à l'égard de celui de la montagne de sainte Génevieve, on peut dire avec le même Dom (*e*) Germain que c'est un Palais bâti par les modernes à bien peu de frais, un château en l'air, ou pour parler sans figure, qu'il n'a jamais existé que dans l'imagination de ceux qui en ont parlé, puisqu'il n'y en a pas la moindre preuve. Et quelle place encore ont-ils été choisir pour cela! Un Palais de nos Rois au milieu d'un cimetiere public! Il est vrai qu'un Savant (*f*) Académicien sur la foi de Grégoire de Tours parle d'un Parc que le Roi Chilpéric I avoit sur cette montagne, & où il donna un jour à manger à quelques Evêques. Mais premierement un Parc n'est point un Palais; & de plus Grégoire de Tours s'exprime (*g*) de maniere à faire entendre que ce prétendu Parc n'étoit qu'une espece de tente faite de branchages d'arbres, & à la hâte, dans laquelle le Roi se retiroit par intervalle pendant que l'on faisoit le procès à Prétextat évêque de Rouen.

## L'A N 508.

Clovis I, après avoir défait & tué l'année précédente Alaric, Roi des Wisigoths, dans la bataille de Vouillé, emporte à Paris (*h*) les trésors de ce Prince, qu'il avoit enlevez de Toulouse au printemps (*i*) de cette année; il fait en même temps de cette Ville la Capitale (*k*) de ses Etats; & si avant son regne ce n'étoit pas encore une de celles où l'on battît monnoie, il faut croire qu'il y en établit une fabrique : car il nous reste deux tiers de sol d'or, que l'on croit être (*l*) de ce Prince, & dont l'un porte expressément au revers, qu'il a été fait à Paris.

L'Empereur Constantin, dit l'Auteur, (*m*) d'une savante Dissertation que l'on a déja cité, avoit établi un Juge ordinaire à Paris sous le nom de *Comte* ; & ce nouvel établissement, ajoute-t-il, n'a-

(*a*) Ibid. pag. 465.
(*b*) Voyez vers l'An 1000.
(*c*) Diplomat. lib. 4. cap. 110. pag. 311.
(*d*) Brice, Descript. de Paris, édit. Paris 1752. Tom. II. pag. 38.
(*e*) Diplomat. Sup. ibid. pag. 310.
(*f*) Le Beuf, Mém. de l'Acad. des Inscript. & Belles-Lettres, Tome XVII. pag. 196.
(*g*) Greg. Tur. lib. 5. cap. 19. * Tom. II. pag. 243 & 244.

(*b*) Epitom. Greg. Tur. cap. 25. * Tom. II. pag. 4.
(*i*) Daniel Hist. de France, édit. Paris in-fol. 1713. Tom. I. pag. 48.
(*k*) Greg. Tur. lib. 2. cap. 38. * Tom. II. pag. 183.
(*l*) Le Blanc, Traité des Monnoies, édit. Paris 1690. pag 14.
(*m*) Le Roy dans Félib. Hist. de Paris, Tom. I. Dissert. pag. 93.

voit point altéré celui des Défenseurs. Ceux-ci, selon sa supposition continuerent leurs fonctions sous l'autorité du Comte, comme ils avoient fait auparavant sous celle du Président de la Province ; & leur ministere subsista dans les Gaules autant que l'Empire. Ainsi, continue-t-il, la ville de Paris qui eut un Comte Romain pour Juge supérieur, continua d'être administrée en premiere instance par les Nautes en qualité de Défenseurs, jusqu'à ce qu'elle passât sous la domination des François : mais lorsqu'elle fut devenue la Capitale du Royaume, ces Comtes ne furent plus tirez que (*a*) de la Nation Françoise. Cependant, dit-il encore, les Nautes Défenseurs continuerent de rendre la justice en premiere instance, particulierement dans le fait de leur commerce, de faire vaquer au recouvrement des deniers publics ou des impôts, de prendre soin des affaires communes de la Ville : mais le titre & le nom de Défenseur ayant été éteint, le ministere demeura pour toujours entre les mains des Nautes. Ainsi au lieu qu'ils ne l'avoient eu auparavant, que parce que les Défenseurs auxquels il appartenoit avoient toujours été pris parmi eux, il leur devint propre ; & lorsqu'on nommoit des chefs pour diriger le corps de ces Commerçans, comme on a toujours continué de faire dans la suite, c'étoit proprement donner des Magistrats municipaux à la Ville, & des Juges à sa jurisdiction. De là le corps des Négocians par eau fut désormais regardé comme le corps municipal : ses biens fonds & ses priviléges devinrent réellement le domaine & les priviléges de la Ville : au titre éteint de *Défenseurs de Cité* on substitua ceux de *Citoyens* ou *Bourgeois* dans la personne des chefs du commerce par eau, titre qu'ils porterent par excellence, & comme étant à la tête de l'état populaire qu'ils administroient. Ce corps municipal perdit aussi le nom de *Nautæ Parisiaci*, ou *Nautes Parisiens*, pour prendre celui de *Mercatores aquæ Parisius*, ou *Marchands de l'eau de Paris* : enfin l'ancienne confédération de ces négocians fut désormais exprimée par le mot de *Hanse*, qui a la même signification dans la langue Germanique d'où il est tiré, & qui étoit celle de nos premiers François lorsqu'ils établirent leur domination dans les Gaules. Cette Hanse a été aussi appellée sous la premiere race *Compagnie Françoise* ; & c'est là l'origine de l'*Hôtel de Ville de Paris*.

Le savant écrivain dont tout ceci est tiré, suppose toujours que les Défenseurs ont été créez avant les Nautes, supposition qui a été suffisamment détruite (*b*) plus haut. Il ne prouve pas non plus l'établissement de ces Comtes de Paris ; & on peut très-bien révoquer

(*a*) Le Roy dans Félib. Hist. de Paris,     (*b*) Voyez l'An 702 de Rome, pag. 8. Tom. I. Dissert. pages 78, 79, 93 & 94.

en doute qu'il y en ait jamais eu du temps des Romains. Dans la
Notice des Dignitez de l'Empire, dreſſée bien après Conſtantin,
on ne trouve point d'autre Comte pour les Gaules que (*a*) *Comes*
*Tractus Argentoratenſis* ; & c'étoit une Dignité militaire. On y trouve auſſi des Officiers de finance, qui étoient *ſub diſpoſitione*, les uns
(*b*) du *Comes ſacrarum largitionum*, les autres du *Comes rerum pri-*
*vatarum* ; mais ce n'eſt pas de quoi il s'agit ici. On ſait que depuis
Conſtantin les Dignitez de l'Empire étoient les unes purement civiles, & les autres purement militaires. Au temps de la Notice,
*Provincia Lugdunenſis Senonia*, dont Paris faiſoit partie, étoit gou-
vernée quant au civil par un Préſident (*c*) *Præſes*. Dans la même
Notice, ſous le titre *Præpoſituræ Magiſtri militum præſentalium*, on
lit (*d*) *In Provincia Lugdunenſi Senonia Præfectus Claſſis Andericiano-*
*rum, Pariſiis* : Voilà pour le Militaire. Il ne ſe trouve rien de plus ;
& on ne voit nulle part qu'avant l'établiſſement de la Monarchie
Françoiſe dans les Gaules, il ſoit fait mention des Comtes de Paris, comme le ſuppoſe gratuitement l'Auteur de la Diſſertation, qui,
à cela près, explique néanmoins fort heureuſement l'origine de l'Hôtel de Ville de Paris ; ſi ce n'eſt que l'expreſſion de *Compagnie Fran-*
*çoiſe* uſitée ſous la premiere race de nos Rois paroît encore être pluſtôt une ſuppoſition de ſa part, qu'une réalité fondée en preuves.

Ce même Auteur ajoute que le Siége des anciens Défenſeurs
étoit ſitué hors de la Ville ; qu'il rempliſſoit l'eſpace qui s'étend depuis & joigant l'Arcade du grand Châtelet juſques vers le lieu où
étoit ci-dèvant l'égliſe ou Chapelle de S. Leufroi ; qu'il ne conte-
noit que 16 toiſes & 4 pieds de ſuperficie, c'eſt-à-dire ſans doute,
que chacun de ſes côtez, en ſuppoſant la place carrée, avoit 25
pieds de long ; & qu'ayant changé de nom dès les premiers temps
de la Monarchie, il fut appellé *Locutorium Civium*, c'eſt-à-dire, *le*
*Parloir des Bourgeois*. Sauval (*e*) dit même, que ſuivant quelques-
uns, avant que d'être transféré entre S. Leufroi & le grand Châtelet, il avoit été placé à la Vallée de miſere à l'endroit où étoit une
maiſon qu'on appelloit encore de ſon temps *la Maiſon de la Marchan-*
*diſe* ; & c'eſt là en effet où du Breuil (*f*) le met du temps même de
Childebert I. Mais tout ceci demande à être examiné de plus près :
car il y a eu auſſi un Parloir des Bourgeois à la Montagne ſainte
Génevieve. Celui-ci doit être même plus ancien que l'autre, ou que
les deux autres, ſi c'en ſont deux différens ; & très-vraiſemblable-

(*a*) Bouquet, Tom. I. pag. 127.
(*b*) Ibid. pag. 126 & 117.
(*c*) Ibid. pag. 127.
(*d*) Ibid. pag. 128.

(*e*) Sauval, Antiq. de Paris, Tom. II.
pag. 480.
(*f*) Du Breuil, Antiq. de Paris, édit. Paris 1612. pag. 1006.

ment Adrien de Valois a cru que c'eſt à cauſe de lui que la Montagne a été appellée anciennement *Mons* ou *Collis Locutitius*; car il
a ſoutenu (*a*) que ce mot, *Locutitius*, n'a rien de commun avec celui de *Lutecia*, ou ſi l'on veut même, avec celui de *Lucotecia* dont
Ptolémée s'eſt ſervi; & on veut bien croire qu'il n'a pas donné dans
l'imagination de du Breuil, qui pour l'expliquer a eu recours (*b*) aux
*audiences* que Clovis I donnoit à ſon peuple dans le prétendu Palais de ſainte Génevieve. Giſlémar, qui écrivoit à la fin (*c*) du IX<sup>e</sup>
ſiecle, eſt le premier Auteur connu qui ait employé (*d*) l'expreſſion
*Locutitius*; mais elle ſe trouve auſſi dans la Charte du Roi Childebert I de l'an 558, dont il ſera parlé (*e*) en ſon lieu. Cependant
on a dû voir à la tête (*f*) de ces Annales, que la véritable origine
de ce mot, auſſi-bien que du nom *Lutecia*, doit ſe tirer des carrieres dont toute la montagne eſt remplie dans l'eſpace de plus d'une
lieüe à la ronde. Mais pour revenir au Parloir des Bourgeois, il
eſt bien croyable qu'il ſubſiſtoit dès les commencemens de la premiere race de nos Rois: il eſt auſſi tout naturel de penſer qu'il devoit être ſitué alors vers l'extrémité du fauxbourg méridional, puiſque c'eſt dans ce fauxbourg, comme on l'obſervera (*g*) plus bas,
qu'étoit le principal quartier des Négocians: mais comme la Ville
avoit peu d'étendue (*h*) de ce côté-là, il ſemble qu'on ne peut le
placer mieux que vers le pied de la montagne à l'entrée de la Place Maubert. Dans la ſuite (*i*) on l'a reculé juſqu'auprès des Jacobins; & on en a enfin conſtruit un autre (*k*) près du grand Châtelet. Au ſurplus ce Parloir a pris par ſucceſſion de temps le nom
d'*Hôtel commun de la Ville* ou d'*Hôtel de Ville* ſimplement; & on
a appellé *Prevôt* l'Officier qui étoit à la tête des Marchands.

Le Corps de Ville, ajoute l'Auteur (*l*) de la Diſſertation que
l'on vient de citer, a pris auſſi pour ſymbole ou pour deviſe un bateau ou une barque de Marchands, comme on le voit dans les Sceaux
du temps de S. Louis: cette barque, dit-il encore, a paſſé depuis
dans les Armoiries de la Ville, où ce n'eſt que dans les derniers
temps qu'on lui a ſubſtitué un Navire; & tout cela eſt bien autrement probable que l'idée de (*m*) Paſquier, adoptée par (*n*) Sauval,

---

(*a*) Valeſ. Notit. Gall. *Pariſii.* pag. 440.
(*b*) Du Breuil, Antiq. de Paris, édit. Paris
1612. pag. 268.
(*c*) Act. SS. Bened. Sec. IV. Part. II. pag.
598.
(*d*) Ibid. Sec. I. p. 254. ou Bouquet,* 
Tom. III. pag. 437.
(*e*) Voyez l'An 558.
(*f*) Voyez plus haut, pag. 3.
(*g*) Voyez l'An 583.

(*b*) Voyez l'An 702. de Rome, pag. 9 &
l'An 585 ou 586.
(*i*) Voyez l'An ....
(*k*) Voyez l'An ....
(*l*) Le Roy, dans Félib. Hiſt. de Paris,
Tome I. Diſſert. pag. 47 & 48.
(*m*) Paſquier, Recherches de la France,
édit. Amſterdam, 1723. Tom. II. pag. 276.
(*n*) Sauval, Antiq. de Paris, Tom. I.
pag. 45.

que cette nef n'eft que l'image de l'ancien **Paris**, ou de l'Ile qui le renfermoit, dont les deux extrémitez repréfentent affez bien, difent-ils, la proue & la pouppe d'un Vaiffeau. Cependant l'Abbé (*a*) du Bos conjecture que ce Navire, loin de repréfenter une fimple barque ou un bateau de Marchands, doit être un véritable Vaiffeau de la nature de ceux qui compofoient la flotte deftinée à la garde de la riviere de Seine contre les incurfions des Pirates, & dont le baffin, dit-il, étoit anciennement à Paris dans le lieu vraifemblablement où eft aujourd'hui l'églife Cathédrale, fuivant ce paffage tiré de la Notice des Dignitez de l'Empire, que l'on a cité un peu plus haut, *In Provincia Lugdunenfi Senonia Præfectus claffis Andericianorum*, *Parifiis*. Enfin, felon lui, ce furent les Matelots de cette flotte qui drefferent vers l'an 25 de J. C. en l'honneur de Jupiter le monument dont on a fait mention plus haut. Mais où trouve-t-on que vers cette année-là, c'eft-à-dire fous le regne de Tibere, les Romains euffent déja penfé à l'établiffement d'une pareille flotte? où trouve-t-on que fon baffin fût fitué à Paris? qu'il le fût au-deffus pluftôt qu'au-deffous de la Ville? & d'un autre côté fi celui qui la commandoit avoit fon fiége à Paris, fes matelots y étoient-ils également fixez? enfin puifque la flotte portoit le nom d'*Andrefy*, fe feroient-ils appellez *Nautæ Parifiaci* fur ce monument, pluftôt que *Nautæ Andericiani*?

## L'An 511.

14 *Juillet*. Héraclius étoit évêque de Paris: il affifta ce jour-là (*b*) au premier Concile d'Orléans.

26 *ou* 27 *Novembre*. Clovis I meurt à Paris après trente ans de regne, & eft enterré dans l'églife (*c*) des SS. Apôtres, ou de S. Pierre, qu'il avoit fondée. La date du 26 Novembre eft de l'Abbé (*d*) de Longuerue. Le Pere (*e*) le Cointe, fondé fur deux anciens Calendriers ou Nécrologes, marque cette mort au 27 Novembre; en quoi il a été fuivi par Dom (*f*) Félibien, & par l'Hiftorien ou le Généalogifte (*g*) des grands Officiers de la Couronne. A l'égard de l'année, on a vû (*h*) plus haut qu'il faut s'en tenir à l'an 511.

(*a*) Du Bos, Monarch. Franç. liv. 1. chap. 9. édit. 1742. Tom. I. pag. 78.
(*b*) Concil. Labbe, Tom. IV. pag. 1409.
(*c*) Greg. Tur. lib. 2. cap. 43. * Tom. II. pag. 185.
(*d*) Longuerue, Annal. * Tom. III. p. 684.
(*e*) Coint. ad ann. 511. cap. 52. Tom. I. pag. 289.
(*f*) Félib. Hift. de Paris, Tom. I. pag. 22.
(*g*) Hift. des Gr. Off. de la Cour. Tom. I. pag. 4.
(*h*) Voyez l'An 481.

## CHILDEBERT I.

Après la mort de Clovis I, ſes Etats furent partagez (*a*) entre ſes quatre fils. Thierri I eut le royaume de Metz, & eut pour ſucceſſeur ſon fils Théodebert I, qui fut pareillement ſuivi de Théodebald ou Thibaud ſon fils; Clodomir fut Roi d'Orléans; Childebert I de Paris; & Clotaire I de Soiſſons.

### VERS L'AN 512.

Héraclius étoit encore évêque de Paris. Ce fut vers cette année, ſuivant les Auteurs (*b*) de la nouvelle Gaule Chrétienne, que S. Remi évêque de Reims lui écrivit, auſſi-bien qu'aux évêques de Sens & d'Auxerre, une lettre que les mêmes (*c*) Auteurs avoient cru auparavant écrite vers l'an 523.

Il a eu pour ſucceſſeurs Probat, dont on ne fixe point (*d*) la date; & après celui-ci, Amélius dont il ſera parlé ſous l'an 533.

### L'AN 525 ou 526.

Childebert I, & Clotaire I ſon frere, poignardent (*e*) à Paris Thibaud & Gonthier, deux fils de Clodomir roi d'Orléans, leur autre frere. Sainte Clotilde fait enterrer ces jeunes Princes dans l'égliſe de S. Pierre, aujourd'hui ſainte Génevieve. Adrien (*f*) de Valois met cet événement en 533. Cependant Clodomir étoit mort en 524: l'ambition de ces deux freres leur auroit-elle permis d'attendre juſqu'en 533 pour envahir leurs Etats? Le Pere (*g*) le Cointe s'eſt déterminé pour l'an 526 ou environ, ſur ce que ſuivant Grégoire de Tours les deux jeunes Princes étoient agez l'un de dix ans, l'autre de ſept ans; & cette nouvelle raiſon eſt aſſurément très-forte contre Adrien de Valois; car s'ils avoient été tuez en 533, le plus jeune des deux n'auroit pas eû alors moins de neuf à dix ans. Un ſavant (*h*) Critique fait obſerver de plus que les jeunes Princes ne furent ſacrifiez à l'ambition de leurs oncles qu'après que les jours du deuil de Clodomir leur pere furent paſſez, mais auſſi aſſez peu de temps après: il faut donc néceſſairement fixer ce tragique événement ou à l'an 525 même, ou au pluſtard à l'an 526.

S. Séverin étoit en ce temps-là, ou du moins fort peu de temps

(*a*) Greg. Tur. lib. 3. cap. 1. * Tom. II. pag. 187.
(*b*) Gall. Chriſt. Tom. IX. pag. 12.
(*c*)(*d*) Ibid. Tom. VII. pag. 16.
(*e*) Greg. Tur. lib 3. cap. 18. * Tom. II. pag. 196 & 197.

(*f*) Valeſ. Rer. Franc. lib. 7. Tom. I. pag. 389.
(*g*) Coint. ad ann. 526. cap. 4. Tom I. pag. 348.
(*h*) Le Beuf, Diſſert. Tom. III. pag. 22.

après,

après, Abbé d'un Monaftere voifin de la Ville dans le fauxbourg du midi; & S. Cloud ou Clodoald, autre fils de Clodomir, échappé au meurtre de fes freres, s'étant mis (*a*) fous fa difcipline, prit de lui l'habit monaftique. L'églife de cette Abbaye pourroit bien être celle (*b*) de S. Laurent, dont on parlera (*c*) un peu plus bas; & la même églife, ou pluftôt une Chapelle du Monaftere, dans laquelle le faint Abbé fut enterré, ayant pris fon nom par fucceffion de temps, eft devenue une des plus grandes Paroiffes de la Ville, avec titre d'Archiprêtré.

Si l'on s'en rapporte à l'Hiftorien (*d*) de l'Eglife de Paris, & à Dom (*e*) Félibien, Adrien de Valois a eu tort de croire (*f*) que cette églife reconnoît pour patron S. Séverin Abbé à Paris, pluftôt que S. Séverin Abbé d'Agaune; & la feule preuve qu'ils en rapportent, c'eft que la fête du Saint s'y célebre le 11 Février, jour de la mort de l'Abbé d'Agaune, non le 24 Novembre, jour où l'on fixe la mort de l'autre. Il ne faut point difputer fur les faits. Mais jufqu'à quel fiecle remonte la fête du 11 Février dans cette églife? & fur quel fondement s'eft-elle déterminée pour ce jour-là pluftôt que pour le 24 Novembre? Sur la tradition? elle eft bien caduque, fi pour détruire la préfomption qui eft toute entiere en faveur de l'Abbé de Paris, il n'eft pas prouvé qu'elle foit extrêmement ancienne.

Lorfque les fils de Clodomir furent affaffinez, il y avoit felon toutes les apparences un Palais (*g*) dans la Cité. On a même tout lieu de croire qu'il étoit fur pied dès le temps de Childéric I; & que ce fut là que fainte Géneviève obtint de ce Prince (*h*) la grace de quelques criminels. C'eft fans doute dans ce Palais que Childebert & Clotaire devoient être logez lorfqu'ils envoyerent demander les jeunes Princes à la reine Clotilde leur ayeule, laquelle occupoit apparemment le Palais des Thermes. Childebert après le meurtre fortit de la Ville, & fe retira dans les (*i*) fauxbourgs: il avoit donc un Palais dans la Ville. C'eft dans ce même Palais de la Ville, c'eft-à-dire, dans ce qu'on appelle aujourd'hui la Cité, que logeoit, du moins quelquefois le Roi (*k*) Charibert I; & c'eft encore là fans doute qu'il demeuroit lorfqu'il eut cédé (*l*) à la rei-

---

(*a*) Vita S. Clodoaldi, * Tom. III. p. 423.
(*b*) Voyez le Mercure de France, Janvier 1749. pag. 22.
(*c*) Voyez Vers l'An 547; vers l'An 560; & l'An 583.
(*d*) Du Bois, Hift. Ecclef. Parif. Tom. I. pag. 72.
(*e*) Félib. Hift. de Paris, Tome I. pag. 24.
(*f*) Valef. de Bafilic. Parif. cap. 14. pag.

479.
(*g*) Bonamy, Mém. de l'Acad. des Infcript. & Belles-Lettres, Tome XV. pag. 676.
(*h*) Voyez Vers l'An 475. pag. 37.
(*i*) Greg. Tur. lib. 3. cap. 18. * Tom. II. pag. 197.
(*k*) Idem lib. 4. cap. 26. * ibid. pag. 215.
(*l*) Fortunat. lib. 6. Carm. 8. * ibid. pag. 510.

G

ne Ultrogotte, & aux Princeſſes ſes filles, le Palais des Thermes. Dom Michel (*a*) Germain a reconnu l'exiſtence de celui de la Cité du temps de Childebert I ; mais on s'appuie ici ſur d'autres preuves que les ſiennes.

---

## TROISIEME PLAN,

Où il faut ajouter 1°. la Chapelle de *S. Clément* : 2°. une égliſe de *S. Denys* vers le lieu où eſt aujourd'hui le coin de la rue Aubry-le-Boucher. 3°. l'Abbaye de *S. Pierre*, aujourd'hui Ste Génevieve : 4°. celle de *S. Laurent*, aujourd'hui S. Séverin : 5°. un *Palais* dans la Cité, à l'extrémité occidentale de l'île : 6°. le *Parloir aux Bourgeois* à l'entrée de la Place Maubert, entre la rue Galande, & la rue des Noyers.

---

## L'An 531.

Cette année, ſuivant Dom (*b*) Bouquet, Clotilde fille de Clovis I, & femme d'Amalaric roi des Wiſigoths, revenant en France, mourut (*c*) ſur la route. Son corps apporté depuis à Paris, fut enterré dans l'égliſe de S. Pierre, aujourd'hui ſainte Génevieve, auprès de celui de ſon pere.

## L'An 533.

23 *Juin*. Amélius étoit évêque de Paris : il ſouſcrivit ce jour-là (*d*) au IIe Concile d'Orléans.

## Vers l'An 540.

Une eſpece de peſte, qui attaquoit ſingulierement les aines, ſe fait ſentir (*e*) à Paris comme dans le reſte de la France.

## L'An 541.

On conjecture qu'Amphiloque étoit Abbé ou de (*f*) S. Denys, ou de (*g*) S. Pierre, aujourd'hui ſainte Génevieve : mais il a pu l'être également de S. Laurent ; & l'on peut croire que l'un de ſes

(*a*) Diplomat. lib. 4. cap. 110. pag. 309.
(*b*) Bouquet * Tom. II. pag. 191.
(*c*) Greg. Tur. lib. 3. cap. 10. * ibid.
(*d*) Concil. Labbe, Tom. IV. pag. 1783.
(*e*) Vita S. Johan. Keom. apud Bolland.
Januar. Tom. II. pag. 860. & Bolland. ibid. pag. 861. not. D.
(*f*) Mabill. Annal. Bened. lib. 12. cap. 2. Tom. I. pag. 341.
(*g*) Gall. Chriſt. Tom. VII. pag. 704.

fuccesseurs dans l'un ou dans l'autre de ces Monasteres, fut Ger-moald, dont on parlera sous l'an 644.

Amélius étoit encore évêque de Paris. Ce fut en son nom que l'Abbé Amphiloque, dont on vient de parler, souscrivit (*a*) cette année au IVᵉ Concile d'Orléans.

## L'An 543.

Childebert I jete les fondemens de l'église de sainte Croix & S. Vincent, aujourd'hui S. Germain-des-Prez, pour y placer un reliquaire précieux (*b*) de la vraie Croix, & l'étole ou la tunique (*c*) de S. Vincent martyr, qu'il avoit apportez avec lui de Sarra-gosse en Espagne. Le Pere (*d*) le Cointe reprend l'Interpolateur d'Aimoin, pour avoir substitué le mot de *tunique* à celui d'*étole* ; mais à tort suivant Dom Mabillon, qui observe (*e*) que le mot *Sto-la* ayant été pris anciennement pour toute sorte de vétement, rien n'empêche que ce ne fût en effet la tunique dont S. Vincent se servoit ordinairement pour se vétir. Au reste Adrien (*f*) de Valois met ce fait en 543 ; Dom (*g*) Mabillon le met en 555 ; & Dom (*h*) Bouillart, suivi par les Auteurs (*i*) de la nouvelle Gaule Chré-tienne, le recule jusqu'à l'an 556 ou environ : mais on ne peut gueres supposer que Childebert ait attendu si tard. Peut-être néanmoins qu'à la priere de S. Germain évêque de Paris, ce Prince aura conçu le dessein vers l'an 555 ou 556, d'élever en l'honneur de S. Vin-cent, & pour l'usage d'une grande Abbaye, une Basilique plus ma-gnifique que celle qu'il avoit fait bâtir, ou dont il avoit jeté les fondemens à son retour d'Espagne ; car il y a lieu de croire (*k*) que le Roi en substitua une seconde à la premiere ; & comme il est marqué dans la vie (*l*) de S. Droctovée, que Childebert donna cette église à S. Germain pour y établir un Monastere, cela ne doit s'entendre que de la seconde. Gislémar, Auteur de cette vie, qui vivoit à la fin du IXᵉ siecle, dit (*m*) que ce nouveau vaisseau fut bâti en for-me de Croix ; qu'avant lui il étoit couvert de cuivre doré ; & que par cette raison on l'avoit appellé long-temps S. *Germain le doré*.

( *a* ) Concil. Labbe, Tom. V. pag. 389.

( *b* ) Vita S. Droctovei, * Tom. III. pag. 437.

( *c* ) Gesta Reg. Franc. cap. 26. * Tom. II. pag. 758. Aimoin. interpol. lib. 2. cap. 19 & 20. * Tom. III. pag. 57.

( *d* ) Coint. ad ann. 542. cap. 32. Tom. I. pag. 624.

( *e* ) Mabill. Annal. Bened. lib. 5. cap. 42. Tom. I. pag. 134.

( *f* ) Valef. Defenf. de Basilic. Part. I. cap. 4. pag. 44.

( *g* ) Mabill. Sup. ibid.

( *h* ) Bouillart, Hist. de S. Germ. des Prez, pag. 4. & 297.

( *i* ) Gall. Christ. Tom. VII. pag. 416.

( *k* ) Voyez Vers l'An 577.

( *l* ) ( *m* ) Vita S. Droctovei, * Tom. III. pag. 437.

Au furplus Adrien (*a*) de Valois prouve que dès les premiers temps on l'a appellée l'églife de fainte Croix & S. Vincent ; mais ce qu'il ajoute (*b*) qu'on lui a auffi donné quelquefois le nom de S. Etienne, qui étoit celui d'un de fes principaux autels, n'eft fondé que fur un vers du Poëme (*c*) d'Abbon, où il eft parlé d'une églife de S. Etienne Martyr, & que l'on doit abfolument entendre (*d*) de la Cathédrale, laquelle a été long-temps (*e*) défignée fous ce nom. Grégoire de Tours (*f*) donne fimplement à celle de S. Germain-des-Prez le nom de S. Vincent ; Fortunat, évêque de Poitiers, celui (*g*) de Ste Croix fimplement ; & Ufuard (*h*) joint ces deux noms enfemble. Mais vers le milieu du VIII^e fiecle, comme on l'obfervera (*i*) plus bas, elle a commencé à n'être plus connue que fous le nom de S. Germain, qu'elle portoit déja du temps de S. Ouën, évêque de Rouen, qui même ne lui en donne (*k*) point d'autre, fi fon texte n'a point été interpolé.

## Vers l'An 545.

3 *Juin*. Sainte Clotilde, veuve du Roi Clovis I, meurt à Tours. Son corps apporté à Paris par fes fils Childebert I & Clotaire I, eft enterré (*l*) auprès de celui de fon mari dans l'églife de S. Pierre, aujourd'hui fainte Génevieve. La date du jour eft tirée de la vie même (*m*) de fainte Clotilde ; & celle de l'année eft de Dom (*n*) Mabillon, qui remarque que fuivant le texte de Grégoire de Tours, la Sainte mourut du vivant d'Injuriofus évêque de Tours, lequel paroît être mort en 546.

## Vers l'An 547.

L'évêque de Paris, qui fans doute n'eft point (*o*) autre qu'Amélius, ne vivoit plus. L'Hiftorien (*p*) de l'églife de Meaux met fa mort vers l'an 545 ; en quoi il n'eft pas abfolument répréhenfible : mais il a tort de s'exprimer de maniere à faire croire que le Pere le Cointe fuit la même date.

(*a*) Valef. de Bafilic. reg. cap. 5. pag. 34.
(*b*) Idem de Bafilic. Parif. cap. 4. pag. 450.
(*c*) Abbo. II. 310.
(*d*) Du Bois, Hift. Ecclef. Parif. Tom. I. pag. 510 & 558. Bouquet, * Tom. VIII. pag. 20. not. A.
(*e*) Voyez l'An 360 *ou* 361. pag. 29. & l'An 690 *ou* 691.
(*f*) Greg. Tur. lib. 4. cap. 20. * Tom. II. pag. 213.
(*g*) Vita S. Germani in Act. SS. Bened. Tom. I. pag. 240.

(*b*) Ufuard. Martyrol. 23 Decembr.
(*i*) Voyez l'An 754.
(*k*) Vita S. Eligii lib. 1. cap. 26. in Spicil. in-4°. Tom. V. pag. 180.
(*l*) (*m*) Vita S. Chrotild. * Tom. III. pag. 401.
(*n*) Mabill. ibid. not. C.
(*o*) Coint. ad ann. 547. cap. 7. Tom. I. pag. 706 & 707.
(*p*) Hift. de l'Eglife de Meaux, Tom. I. pag. 8 & 622.

*Vers Pâques.* Premier incendie de Paris, du côté de S. Laurent. Le feu commence par les maifons qui étoient (*a*) fur le Pont : le Roi qui étoit alors à Paris, eft éveillé par les cris des habitans : S. Lubin évêque de Chartres éteint le feu par fes prieres. De tout ceci Adrien (*b*) de Valois conclut que cette églife de S. Laurent devoit être non celle d'aujourd'hui, qui eft fort éloignée de la Ville du côté du nord, mais une autre du côté du pont méridional, & peu éloignée foit du pont même, foit du Palais des Thermes où logeoit le Roi. Cependant il n'eft pas prouvé que le Roi fût cette nuit-là au Palais des Thermes ; & puifqu'il fut éveillé par les cris des habitans, il eft bien plus naturel de croire (*c*) qu'il étoit couché au Palais de la Cité, comme S. Lubin l'étoit apparemment à l'Evêché. Mais d'un autre côté l'églife de S. Laurent devoit être voifine du pont ; car fi entre ce pont & cette églife il y avoit eu l'efpace qui fe trouve aujourd'hui entre la Cité & la Paroiffe de S. Laurent, les fauxbourgs étoient déja affez étendus (*d*) de ce côté-là, pour qu'il y eût auffi dans ce même efpace quelque autre églife, ou quelque édifice confidérable ; & l'Hiftorien auroit dit tout fimplement que le feu commença du côté de cette églife ou de cet édifice, pluftôt (*e*) que d'aller chercher une autre églife plus éloignée. Donc celle de S. Laurent, dont parle cet Hiftorien, n'eft point celle qui fubfifte aujourd'hui bien au delà de la porte S. Martin. De plus Grégoire (*f*) de Tours affure qu'en 583 la riviere fut tellement enflée à Paris, qu'il arriva plufieurs naufrages entre la Ville & l'églife de S. Laurent ; & de là il s'enfuit encore néceffairement (*g*) que cette églife étoit peu éloignée tant de l'ancienne Ville que de la riviere. Malgré cela Dom (*h*) Bouquet & d'autres (*i*) Savans perfiftent à croire après Dom Michel (*k*) Germain, que l'églife de S. Laurent dont parle Grégoire de Tours n'eft point différente de celle d'aujourd'hui ; & pour le prouver, deux d'entre eux s'appuyent fur un Diplome de Childebert III, qui fe trouve dans la (*l*) Diplomatique, & où il eft parlé de deux églifes, l'une de S. Laurent, l'autre de S. Martin, comme étant fituées du côté de l'Abbaye de S. Denys en France. C'eft que les uns confondent ces deux églifes, qui étoient

---

(*a*) Vita S. Leobini, * Tom. III. pag. 431.
(*b*) Valef. de Bafilic. reg. cap. 3. pag. 21. & Defenf. Notit. Gall. pag. 162 & 163.
(*c*) Diplomat. lib. 4. cap. 110. pag. 310.
(*d*) Voyez les Années 358, 360, 366, & Vers l'An 581.
(*e*) Mercure de France, Janvier 1749. pag. 15.
(*f*) Greg. Tur. lib. 6. cap. 25. * Tom. II.

pag. 279.
(*g*) Voyez l'An 583.
(*h*) Bouquet, * Tom. II. pag. 271. not. G. & pag. 279. not. D.
(*i*) Bonamy, Mém. de l'Acad. des Infcript. & Belles-Lettres, Tom. XV. pag. 657 & 675. Le Beuf, Differt. Tom. I. pag. 26 & 27.
(*k*) Diplomat. lib. 4. cap. 110. pag. 309.
(*l*) Ibid. lib. 6. cap. 28. pag. 482.

fans doute vers l'an 650, comme Adrien (*a*) de Valois a bien voulu l'accorder, ou pluſtôt en (*b*) 710, au lieu où elles ſont encore
aujourd'hui, avec l'égliſe de S. Laurent dont il s'agit ici, & avec
l'égliſe ou la Chapelle de S. Martin dont il ſera parlé (*c*) plus bas;
& que les autres, quoique d'un avis contraire ſur celle de S. Martin, penſent néanmoins comme les premiers ſur celle de S. Laurent : auſſi ces derniers croient-ils que l'incendie de l'an 547 commença par les maiſons qui étoient ſur le pont ſeptentrional. L'é-
gliſe de S. Laurent dont parle Grégoire de Tours étoit abbatiale,
comme on le verra ( *d* ) bientôt; & par cette raiſon elle ne paroît
pas devoir être diſtinguée de celle dont S. Séverin étoit (*e*) Abbé.

## L'AN 549.

Saffarac étoit évêque de Paris : il ſouſcrivit cette année (*f*) au
V⁰ Concile d'Orléans.

## VERS L'AN 550.

Le Monétaire de Paris, qui avoit été guéri d'une maladie par
l'interceſſion de ſainte Creſcence, vierge, fait bâtir ſur ſon tombeau, près d'une égliſe que Grégoire (*g*) de Tours appelle *Ecclesia
ſenior*, une Chapelle dont on n'a point d'autre connoiſſance, & qui
fut peut-être détruite au IX⁰ ſiecle pendant (*h*) les guerres des Normans. On entend communément par *ecclesia ſenior* l'égliſe Cathédrale : mais le tombeau devoit être de l'autre côté de la riviere,
puiſque ſelon l'ancien uſage la Sainte n'avoit pu être enterrée dans
la Ville même; & un ſavant (*i*) Antiquaire conjecture qu'il étoit
vers le bout de la rue de la Bucherie, du côté de la Place Maubert. Ce lieu en effet n'eſt pas éloigné de la Cathédrale; mais la
riviere qui ſépare l'une de l'autre, ſemble écarter en même temps
toute idée de voiſinage. Ne ſeroit-il donc pas plus ſimple d'entendre ici l'expreſſion *Ecclesia ſenior* de l'égliſe de S. Marcel, non pas
en ſuppoſant, comme l'a ſoutenu contre toute raiſon le Docteur
Jean (*k*) de Launoy, que ce fût là l'ancienne égliſe Cathédrale de
Paris, mais en expliquant le mot *ſenior* par celui d'*antiquior* ſeulement, ou *vetuſtior*; enſorte que Grégoire de Tours n'ait voulu

(*a*) Valeſ. Defenſ. Notit. Gall. pag. 164.
(*b*) Voyez l'An 710.
(*c*) Voyez Vers l'An 560, & l'An 585 ou
586.
(*d*) Voyez Vers l'An 560.
(*e*) Voyez l'An 525 ou 526. pag. 48 & 49.
(*f*) Concil. Labbe, Tom. V. pag. 397.

(*g*) Greg. Tur. de Glor. Conf. cap. 105.
edit. Ruinart, pag. 984.
(*h*) Valeſ. Defenſ. Notit. Gall. pag. 172.
(*i*) Le Beuf, Diſſert. Tom. I. pag. 297 &
298.
(*k*) Launoi. de Baſilic. Pariſ. cap. 1. Tom.
II. Part. I. pag 587.

dire rien autre chose, sinon que la Chapelle de sainte Crescence étoit bâtie près d'une église plus ancienne, & qui peut-être tomboit déja de vétusté. Or cela posé, rien n'empêche plus d'admettre la tradition des Chanoines de S. Marcel, qui étoient persuadez du tems de Claude (a) Chastelain, & qui le font peut-être encore, que le tombeau de la Sainte étoit vers la voute méridionale de leur église.

La date de l'an 550, ou environ, que l'on emploie ici, est de Dom (b) Félibien; mais on n'en peut donner qu'une très-vague. Tout ce qu'on sait de cette Sainte, c'est qu'elle mourut long-temps avant que cet Oratoire fût bâti en son honneur; & qu'il fut bâti avant que Grégoire de Tours, qui est mort en 595, eût achevé son livre de la Gloire des Confesseurs. Les Bollandistes (c) font mémoire de sainte Crescence au 19 Août sur une autorité qui n'est rien moins que décisive, comme ils l'avouent eux-mêmes; & il est surprenant qu'il ne soit fait aucune mention de cette Sainte dans le Bréviaire de Paris.

## L'AN 552.

Second Concile de Paris, où Saffarac évêque de cette Ville est déposé. La date de l'année paroît bien prouvée dans la nouvelle (d) Gaule Chrétienne contre le Pere (e) Sirmond, suivi par le Pere (f) Labbe, qui ont mis ce Concile en 555, & contre le Pere (g) le Cointe, qui l'a mis en 551.

Eusebe I succéde à Saffarac. On a contesté l'existence de cet évêque : mais outre que son nom se trouve dans l'Interpolateur (h) d'Aimoin, nous lisons dans la vie (i) de S. Cloud, que ce Prince fut ordonné prêtre par un Eusebe évêque de Paris; & comme celui-ci ne peut être Eusebe, qui succéda à Ragnemode successeur de S. Germain, à moins qu'on ne veuille supposer que S. Cloud prit l'Ordre de prêtrise à l'âge de 70 ans ou environ, ce qui passe toute croyance, il faut nécessairement que ce soit un autre Eusebe, qui ait précédé S. Germain. Enfin ce ne fut point Saffarac qui précéda immédiatement S. Germain; car Saffarac fut déposé, comme on vient de le dire, & S. Germain suivant l'Interpolateur d'Aimoin succéda à un évêque mort. Les Auteurs (k) de la nouvelle

(a) Chastelain, Martyrol. univers. pag. 771.

(b) Félib. Hist. de Paris, Tom. I. pag. 27.

(c) Bolland. Aug. Tom. III. pag. 729.

(d) Gall. Christ. Tom. VII. pag. 17.

(e) Sirmond. Concil. Tom. I. pag. 301.

(f) Concil. Labbe, Tom. V. pag. 811.

(g) Coint. ad. ann. 551. cap. 5. Tom. I. pag. 778.

(h) Aimoin. interpol. lib. 2. cap. 18. * Tom. III. pag. 57. not. A.

(i) Vita S. Clodoaldi, * ibid. pag. 424.

(k) Gall. Christ. Tom. VII. pag. 18.

Gaule Chrétienne ajoutent comme par furcroît de preuves, que fuivant la vie de S. Droctovée, Eufebe fut fait évêque de Paris après
la dépofition de Saffarac: cependant il eft à remarquer que Giflémar, auteur de cette vie, qui dit à la vérité (a) que S. Germain fuccéda à Eufebe, ne nomme pas feulement une feule fois l'évêque
Saffarac.

12 *Septembre*. S. Serdot, évêque de Lyon meurt à Paris après
(b) la tenue du Concile. La date du jour eft tirée de la nouvelle
(c) Gaule Chrétienne, où l'on marque cette mort en 551, & où
on femble dire auffi qu'elle arriva avant la tenue du Concile : deux
nouvelles fautes qu'il faut corriger.

## Vers l'An 555.

Mort (d) d'Eufebe I, évêque de Paris.
S. Germain, Abbé de S. Symphorien d'Autun, lui (e) fuccede,

## L'An 556 ou 557.

Troifieme Concile de Paris: S. Germain, évêque de Paris, y
(f) affifte. Suivant la nouvelle (g) Gaule Chrétienne, il s'eft tenu
en l'année même 557 ; mais on le date de la 46e année du Roi
Childebert qui concourt avec les deux années 556 & 557.

## L'An 558.

*Janvier*. Childebert I, qui avoit rebâti fomptueufement l'églife
Cathédrale, fi cependant c'eft cette églife que Fortunat décrit dans
une piece (h) de vers, qui felon l'Abbé (i) de Vertot, après l'Auteur (k) de la vie de S. Droctovée, regarde pluftôt celle de S. Germain des Prez, fait de grandes largeffes (l) à cette même Cathédrale, en confidération de S. Germain, évêque de Paris. On s'eft
infcrit en faux contre la charte de donation, parce que de la maniere dont du Breuil la rapporte, elle eft datée de la dix-feptieme
année du regne de Childebert, ce qui revient à l'an 528 ; & que
cependant S. Germain n'étoit pas alors évêque. Mais il eft prou-

---

(a) Vita S. Droctovei,* Tom. III. p. 436.
(b) Greg. Tur. lib. 4. cap. 36. * Tom. II.
pag. 221.
(c) Gall. Chrift. Tom. IV. pag. 32 & 33.
(d) Ibid. Tom. VII. pag. 18.
(e) Vita S. Germani, * Tom. III. pag.
443.
(f) Concil. Labbe, Tom. V. pag. 814.
(g) Gall. Chrift. Tom. VII. pag. 18.

(b) Fortunat. lib. 2. carm. 11. * Tom. II.
pag. 479.
(i) Vertot, Mém. de l'Acad. des Infcript.
& Belles-Lettres, Tom. III. pag. 245.
(k) Vita S. Droctovei in Act. SS. Bened.
Tom. I. pag. 254 & 255.
(l) Charte de Childebert I. dans du Breuil,
Antiq. de Paris, édit. Paris 1612. pag. 45. &
dans Bouquet,* Tom. IV. pag. 621.

vé

vé (a) que c'eſt une faute dans du Breul, & que l'original du titre porte, non l'an 17 de Childebert, mais l'an 47 ; ce qui revient au mois de Janvier 558.

Dom Félibien qui met (b) vers l'an 555 la reconſtruction de l'égliſe de Paris, ajoute (c) que vers cette même année tous les monumens du Paganiſme furent détruits par ordre du Roi. On a en effet des Lettres (d) de Childebert I ſur ce même ſujet ; mais il n'y a rien dans ce qui nous en reſte, qui puiſſe fixer la date du fait. Un ſavant (e) Académicien rapporte à l'an 554 ces Lettres, ou cet Edit du Roi, que d'autres rejetent (f) à l'an 553 ; & le Pere (g) du Bois penſe au contraire qu'elles doivent être poſtérieures au IIᵉ Concile de Tours où S. Germain aſſiſta, parce que ce Concile ordonna de détruire les reſtes de l'idolâtrie : mais il ne fut tenu qu'en (h) 567, huit ou neuf ans après la mort de Childebert I.

23 *Décemb. e.* Childebert I meurt à Paris dans la quarante-huitieme année de ſon regne. La date du jour eſt tirée de la vie (i) de S. Droctovée ; & celle de l'année, de la Chronique (k) de Marius.

*Même jour.* S. Germain évêque de Paris dédie ſolennellement l'égliſe de ſainte Croix & S. Vincent, qui depuis a pris ſon nom : il y enterre Childebert I ; & ſuivant l'Interpolateur (l) d'Aimoin, la Reine Ultrogotte aſſiſta à la Dédicace avec ſes deux filles. Gislémar aſſure poſitivement dans la vie (m) de S. Droctovée que la mort de Childebert, & cette Dédicace, ſont du même jour & de la même année ; mais il fixe ces deux événemens à l'an (n) 559. Il ajoute que Nicet évêque de Lyon, Félix évêque d'Orléans, Domitien évêque de Chartres, & Victur évêque du Mans, furent préſens à la cérémonie. Nicet vivoit alors, ſelon les Auteurs (o) de la nouvelle Gaule Chrétienne, qui fixent auſſi en cet endroit à l'an 559 ( auſſi bien que Dom (p) Ruinart, & Dom (q) Rivet ) la Dédicace de l'égliſe de S. Vincent, quoique depuis (r) ils l'aient miſe en 558. Pour ce qui eſt de Domitien évêque de Chartres,

( a ) Bolland. Mai. Tom. VI. pag. 777.
( b ) Félib. Hiſt. de Paris, Tom. I. pag. 26.
( c ) Ibid pag. 14.
( d ) Conſtitutio Childeberti. * Tom. IV. pag. 113.
( e ) Moreau de Mautour, Mém. de l'Acad. des Inſcript. & Belles-Lettres, Tom. III. pag. 298.
( f ) D'Antine, Liſtes Chronol. pag. 472.
( g ) Du Bois, Hiſt. Eccleſ. Pariſ. Tom I. pag. 84.
( h ) Concil. Labbe, Tom. V. pag. 851.
( i ) Vita S. Droctovei, * Tom. III. pag. 437.
( k ) Marius, Chronic. * Tom. II. pag. 17.
( l ) Aimoin. interpol. lib. 2. cap. 29. * Tom. III. pag. 61. not. A.
( m ) Vita S. Droctovei, Sup. ibid.
( n ) Ibid. pag. 438.
( o ) Gall. Chriſt. Tom. IV. pag. 434.
( p ) Ruinart, Diſſert. * Tom. II. pag. 722.
( q ) Rivet, Hiſt. liter. de la France, Tom. III. pag. 311.
( r ) Gall. Chriſt. Tom. VII. pag. 19 & 417.

H

& de Félix évêque d'Orléans, ce sont deux personnages suppo-
sez suivant les mêmes Auteurs (*a*) de la Gaule Chrétienne. Et à
l'égard de S. Victur, Dom (*b*) Mabillon assure que long-temps
avant l'an 559 il n'étoit plus évêque du Mans. Ainsi ce sont là
autant de fautes dans Giflémar. Or si cet écrivain s'est trompé sur
ces trois points, il a bien pu se tromper aussi sur l'année de la mort
de Childebert, & de la Dédicace de l'église de S. Vincent. Mais
à l'égard du jour, on ne présume pas qu'il ait pu aussi aisément
prendre le change : il étoit Moine de S. Germain des Prez : Usuard,
autre Moine du même lieu, a également mis au même jour dans son
Martyrologe (*c*) l'enterrement du Roi & la Dédicace de l'église :
il falloit donc qu'il fût notoire dans cette Abbaye qu'en un seul &
même jour le Roi mourut, qu'il fut enterré, & que l'église fut dédiée. C'étoit une singularité dont il n'étoit pas facile de perdre la
mémoire. De dire, pour concilier en quelque maniere Giflémar
avec la Chronique de Marius, que Childebert mourut en 558,
mais que la Dédicace de l'église ne se fit qu'en 559, il n'y a pas
d'apparence. Après la mort de Childebert, suivant le témoignage
de Grégoire (*d*) de Tours, Clotaire I son successeur exila Ultrogotte sa veuve & ses deux filles. Leur exil duroit sans doute encore en
559, puisqu'on ne les voit reparoître à la Cour ou à Paris que sous
le Roi (*e*) Charibert I : elles ne purent donc point assister cette année-là à la cérémonie de la Dédicace : cependant on a vû plus haut
qu'elles y assisterent : ce fut donc en 558. Mais ce qui est pleinement décisif, c'est qu'un grand nombre de Seigneurs & d'Evêques
étant arrivez à Paris pour célébrer la fête de Noël avec le Roi,
S. Germain, pour rendre la Dédicace plus solennelle, ne crut pas
devoir la différer (*f*) à un autre temps : il est donc impossible de
rejeter à une année les funérailles du Roi, & la Dédicace de l'é-
glise à une autre année.

A l'égard du jour même des funérailles, les Auteurs (*g*) de la nouvelle Gaule Chrétienne, qui s'en tiennent au 23 Décembre 558
pour la mort de ce Prince, ont cependant avancé qu'il ne fut enterré que peu de temps après. Mais où est donc la preuve de ce re-
tardement ? Ils prétendent trouver (*h*) la date du jour de la mort
dans le texte d'Usuard ; & avant eux, le Pere (*i*) le Cointe avoit

---

( *a* ) Gall. Christ. Tom. VIII. pag. 1097 &
1414.
( *b* ) Mabill. ad vitam S. Droctovei, * Tom.
III. pag. 437. not. F.
( *c* ) Usuard. Martyrol. 23 Decembr.
( *d* ) Greg. Tur. lib. 4. cap. 20. * Tom. II.
pag. 213.

( *e* ) Fortunat. lib. 6. Carm. 4. * ibid. pag.
505.
( *f* ) Vita S. Droctovei, * Tom. III. p. 437.
( *g* ) Gall. Christ. Tom. VII. pag. 19.
( *h* ) Ibid. pag. 418.
( *i* ) Coint. ad ann. 558. cap. 65. Tom. I.
pag. 845.

cru l'y trouver auſſi. Cependant Uſuard emploie l'expreſſion *De-poſitio*, qui ſignifie auſſi bien (*a*) *l'enterrement* que la mort. Après tout, s'il ne s'agiſſoit que de raiſons de convenance, il vaudroit mieux avancer d'un jour la mort de Childebert, que de reculer d'un ou pluſieurs jours celui de ſes funérailles. Il fut enterré le jour même de la Dédicace 23 Décembre, mais peut-être étoit-il mort le 22, ou la nuit du 22 au 23 : ce fut derriere (*b*) le grand Autel qu'on plaça ſa ſépulture, c'eſt-à-dire, dans le chœur même, & ſous une arcade du mur (*c*) de clôture, vis-à-vis la Chapelle de S. Claude, en ſuppoſant l'égliſe telle qu'elle eſt aujourd'hui ; & dans la ſuite on a auſſi enterré la Reine Ultrogotte ſa femme ſous le même mur (*d*) vis-à-vis la Chapelle de S. Félix, en ſuppoſant l'égliſe diſpoſée alors comme elle l'eſt (*e*) aujourd'hui. Il eſt inutile après tout ceci de réfuter plus amplement Dom (*f*) Félibien, qui ſuppoſe que la Dédicace ſe fit en 557.

S. Germain en dédiant l'égliſe de S. Vincent, fit en ſa faveur pluſieurs donations, diſent encore les Auteurs (*g*) de la Gaule Chrétienne ; & ils ont en vûe ſans doute une ancienne notice de ces diverſes donations que l'Hiſtorien (*h*) de ce Monaſtere a imprimée. Mais cette notice eſt ſans date ; & la ſeule charte que l'on ait du ſaint Prélat (*i*) dans l'Abbaye, eſt datée du 12 des Calendes de Septembre, la cinquieme année du Roi Charibert I ; ce qui revient à l'an 566 : c'eſt celle par laquelle il exempta ce Monaſtere de la Juriſdiction de l'Ordinaire, & qui a été vivement attaquée & défendue de part & d'autre vers le milieu du ſiecle dernier. Il y en a une autre qui renferme la donation de la Terre d'Iſſy, & de l'égliſe ou chapelle de S. Andéol, martyr, aujourd'hui S. André des Ars, & que les mêmes Auteurs (*k*) ont imprimée, quoiqu'ils n'aient pas jugé à propos d'imprimer l'autre, qu'ils avoient très-mal rapportée précédemment (*l*) à l'an 556. Mais celle-ci, datée du 6 Décembre, la quarante-huitieme année du regne de Childebert, eſt de Childebert même ; & ſi elle a eu auſſi ſes contradicteurs, quoique Dom (*m*) Félibien, Dom (*n*) Bouillart, & Dom (*o*) Bou-

---

(*a*) Du Cange, Gloſſar. latin. *Depoſitio.*
(*b*) Ruinart. Diſſert.* Tom. II. pag. 724.
(*c*) (*d*) Voyez le plan de l'Egliſe dans l'Hiſtoire de S. Germain des Prez, par Dom Bouillart, pag. 309.
(*e*) Voyez la note ſur le Poëme d'Abbon II. 358.
(*f*) Félib. Hiſt. de Paris, Tom. I. p. 30.
(*g*) Gall. Chriſt. Tom. VII. pag. 19.
(*h*) Bouillart, Hiſt. de S. Germ. des Prez,

Piece juſtif. 3. pag. 4.
(*i*) Ibid. Piece juſtif. 2. pages 2 & 3. & Félib. Hiſt. de Paris, Tom. III. pag. 16.
(*k*) Gall. Chriſt. Tom. VII. Inſtrum. 1. p. 1.
(*l*) Ibid. Tom. IV. pag. 34.
(*m*) Félib. Hiſt. de Paris, Tom. III. pag. 15 & 16.
(*n*) Bouillart, Sup. Piece juſtif. 2.
(*o*) Bouquet,* Tom. IV. pag. 622 & 623.

quet, qui l'ont pareillement imprimée, aient eu raifon d'affurer qu'on en conferve encore l'original dans l'Abbaye, il n'en eft pas moins vrai que fuivant les réflexions d'un Critique (*a*) favant & défintéreffé, qui l'a examinée avec la derniere rigueur, les difficultez qu'on lui oppofe n'ont point affez de force pour détruire fon authenticité. On ne parle ici de cette derniere, que pour obferver que la Chapelle de S. Andéol, dont l'Abbaye de S. Germain des Prez a confervé le patronnage jufqu'en (*b*) 1345, étoit fur pied dès l'an 558. Cependant il eft bon d'ajouter que dans l'imprimé de Dom Félibien cette Chapelle eft mal nommée *Oratorium S. Aurioli*: l'Original porte expreffément *S. Andeoli*. Sauval ou fes éditeurs, qui ne favent, difent-ils, où étoit cet Oratoire, & qui nient toujours par provifion (*c*) que ce foit S. André des Ars, pouvoient-ils s'y tromper? Difons encore, que dans ce diplome, où les mêmes Editeurs de (*d*) Sauval difent qu'il eft fait mention de l'églife de S. Côme, il n'en eft pas feulement dit un mot. Ces écrivains ne l'ont donc pas lu, quoiqu'ils le traitent hardiment de fuppofé.

Giflémar dit (*e*) que S. Droctovée, Moine de S. Symphorien d'Autun, fut établi premier Abbé du Monaftere de S. Vincent; en quoi il a été fuivi par Dom (*f*) Mabillon, & par les Auteurs (*g*) de la nouvelle Gaule Chrétienne. Cependant l'Interpolateur d'Aimoin, moine de S. Germain des Prez, auffi bien que Giflémar, dit (*h*) en termes précis, qu'après que S. Germain eût bâti l'églife de S. Vincent, il y mit Authaire pour Abbé: il dit encore (*i*) que S. Droctovée n'en fut fait Abbé qu'après la mort d'Authaire; & il eft bien croyable qu'il n'a point tiré cet Authaire du néant. Il y a eu, dit Dom Mabillon, un Authaire Abbé de S. Germain des Prez fous le regne de Thierri fils de Clovis II; & comme il a pu l'être encore fous le regne de Childebert fils de Thierri, l'Interpolateur d'Aimoin a bien pu confondre les deux Childeberts, & rejeter au temps du premier un Abbé qui n'a vécu que fous le dernier. Cela eft poffible fans doute; mais le contraire eft très-poffible auffi: il l'eft même davantage. Car enfin ce n'eft point le regne d'un Childebert, mais l'épifcopat d'un Germain, que l'Inter-

---

(*a*) Coint. ad ann. 558. cap. 60. & feqq. Tom. I. pag. 843 & feqq.

(*b*) Voyez l'An 1345.

(*c*) Sauval, Antiq. de Paris, Tom. II. pages 357 & 571.

(*d*) Ibid. Tom. I. pag. 14.

(*e*) Vita S. Droctovei in Act. SS. Bened.

Tom. I. pag. 252.

(*f*) Mabill. Ann. Bened. lib. 5. cap. 48. Tom. I. pag. 138.

(*g*) Gall. Chrift. Tom. VII. pag. 419.

(*h*) Aimoin. interpol. lib. 2. cap. 10. Tom. III. pag. 57. not. B.

(*i*) Ibid. cap. 36. pag. 65. not. A.

polateur fait concourir ici avec le temps d'un Abbé Authaire : or il n'y a eu qu'un Germain évêque de Paris : donc l'Interpolateur n'a pas pu en confondre deux, ni prendre l'un pour l'autre : donc l'Abbé Authaire dont il parle a dû nécessairement vivre du temps de S. Germain.

Mais pomrquoi donc cet écrivain se seroit-il trompé plustôt que Giflémar ? parce que Giflémar est plus ancien que lui ? Il savoit donc parfaitement ce que celui-ci avoit écrit ; & s'il l'a contredit, il a eu sans doute ses raisons pour le faire : on vient de voir que Giflémar n'est pas infaillible. Cependant pour ne le pas condamner en tout, rien n'empêche de croire qu'il n'a regardé S. Droctovée comme le premier Abbé du Monastere, que parce qu'il fut nommé le premier après la Dédicace, lorsque cette Abbaye eut enfin pris sa derniere forme. En effet depuis la fondation, sinon de l'église en 543, comme on l'a vû plus haut, du moins du Monastere vers l'an 555 ou 556, jusqu'au jour de la Dédicace, n'y a-t-il donc point eu là de Moines ? & s'il y en a eu dès l'origine, comme on n'en peut plus douter après les preuves qu'en a données Adrien (a) de Valois, quoique la chose n'eût pas besoin d'être prouvée, puisque Childebert I n'avoit donné cette église à S. Germain que dans cette intention-là, il doit y avoir eu pareillement pour les gouverner, un Abbé, ou du moins un Supérieur soit amovible, soit fixe, auquel par cette raison l'Interpolateur a donné le nom d'Abbé. Cet Abbé ne peut point être S. Droctovée, puisque celui-ci n'a commencé à l'être qu'après la Dédicace : c'est donc l'Abbé Authaire dont parle l'Interpolateur ; & il ne falloit pas si légerement méconnoître l'un, & récuser le témoignage de l'autre. On verra (b) plus bas qu'à la vérité l'Interpolateur d'Aimoin, tout Moine de S. Germain qu'il fût, n'a pas été parfaitement instruit sur la suite de ses Abbez, si cependant son intention étoit de n'en omettre aucun : mais de ce qu'il a ignoré les noms de quelques-uns, ou de ce qu'il a négligé de parler d'eux, il ne faut pas conclurre qu'il ait été pour cela assez mal-habile pour renverser l'ordre des autres, ni que manque de réflexion ou de connoissance il ait fait marcher les premiers ceux qui ne devoient venir que les derniers. Le Pere (c) le Cointe admet ici son témoignage, & y trouve beaucoup de vraisemblance ; il fixe même à l'an 561 la mort de l'Abbé Authaire ; mais par conjecture seulement & sans doute trop tard,

(a) Valef. de Basilic. reg. cap. 5. pag. 47.   l'An 735. & seqq.
(b) Voyez l'An 720, l'An 731, & Avant   pag. 866.
(c) Coint ad ann. 561. cap. 6. Tom. I.

si c'est seulement par sa mort qu'il a eu un successeur. Tout ce qu'on peut dire de plus juste sur ce sujet, c'est qu'Authaire ne paroît pas avoir vécu, ou du moins gouverné long-temps; & que S. Germain lui substitua S. Droctovée, ou dans le temps de la Dédicace, ou assez peu de temps après.

Childebert I n'ayant laissé (*a*) que des filles, Clotaire I son frere lui (*b*) succede, & réunit en sa personne tous les Etats de la Monarchie.

# CLOTAIRE I.

## Vers l'An 560.

S. Domnole, qui fut depuis évêque du Mans, étoit Abbé d'un Monastere (*c*) de S. Laurent à Paris. Cette Abbaye tiroit son nom de celui de l'église de S. Laurent, dont on a déja (*d*) parlé, & qui étoit sans doute la principale église du lieu. On a dit encore que ce pourroit bien être celle-là même, ou du moins une autre enclavée dans le même Monastere, qui a pris dans la suite le nom de S. Séverin.

Il y avoit aussi dans le voisinage de cette Abbaye une église ou chapelle de S. Martin, bâtie par un particulier (*e*) sur la place même où S. Martin fit le miracle dont on a parlé (*f*) plus haut. S. Domnole que l'on vient de nommer, & que le Roi Clotaire I vouloit faire évêque d'Avignon, y alla faire sa priere (*g*) pour obtenir de Dieu que la chose n'arrivât pas. Elle étoit donc sur pied du temps de ce Prince; & on est surpris qu'Adrien (*h*) de Valois n'y ait pas fait d'attention, lorsqu'il a avancé qu'elle n'avoit été bâtie que sous le regne de Gontran & de ses freres. Mais il est bien plus étonnant que les Auteurs (*i*) de la nouvelle Gaule Chrétienne aient mis ce fait en 581, & qu'ils aient soutenu en même temps que cette date est de Grégoire de Tours même. Grégoire de Tours ne fixe point d'autre date que celle du regne de Clotaire I; & Clotaire I mourut vingt ans avant l'an 581. Il faut croire que ces Auteurs ont laissé glisser là une faute d'impression: 581 pour 561.

(*a*) (*b*) Greg. Tur. lib. 4. cap. 20. * Tom. pag. 328.

II. pag. 213.

(*c*) Idem. lib. 6. cap. 9. * ibid. pag. 271.

(*d*) Voyez Vers l'An 526. & Vers l'An 547.

(*e*) Greg. Tur. lib. 8. cap. 33. * Tom. II.

(*f*) Voyez Vers l'An 390.

(*g*) Greg. Tur. lib. 6. cap. 9. * Tom. II. pag. 272.

(*h*) Valef. de Basilic. Parif. cap. 8. pag. 459.

(*i*) Gall. Chrift. Tom. I. pag. 798.

## L'AN 561.

*Après le 26 ou 27 Novembre.* Mort du Roi Clotaire I dans la cinquante & unieme année ( *a* ) de son regne, depuis la mort de Clovis I son pere ; mais qui ne regna que trois ans ou environ sur la ville de Paris, depuis la mort de Childebert I son frere. La date de l'année est tirée de la Chronique (*b*) de Marius. A l'égard du jour, ce ne fut pas, dit le Pere ( *c* ) le Cointe avant le 10 Novembre, puisque le 10 Novembre 585, jour auquel fut tenu le IIe Concile (*d*) de Mâcon, Gontran son fils ne comptoit encore que la vingt-quatrieme année de son regne ; & c'est ce qui prouve en même temps que Clovis I ne mourut pas non plus avant le 10 Novembre 511. Mais en mettant la mort de celui-ci au 26 ou au 27 du même mois, comme on l'a marquée plus haut, Clotaire I étoit entré à pareil jour de l'an 561 dans la cinquante & unieme année de son regne.

Chilpéric, l'un des fils de Clotaire I, s'empare du Royaume de Paris : mais ses freres le chassent presqu'aussi-tôt de cette Ville. Ils tirent au sort, & ce Royaume écheoit ( *e* ) à Charibert, qui étoit l'aîné. Or puisque le sort en décida, ce ne fut point sa qualité d'aîné qui le lui valut, quoique Dom (*f*) Félibien l'ait cru ainsi.

# CHARIBERT I.

## L'AN 564.

13 *Mars.* S. Pience, évêque de Poitiers, appellé vulgairement S. Pien, ou plustôt S. Pient, meurt (*g*) à Paris. La date de l'année est tirée de la nouvelle (*h*) Gaule Chrétienne ; & elle ne peut pas s'écarter beaucoup de la véritable. Celle du jour est prise uniquement de celui de sa Fête, suivant Dom (*i*) Ruinart, quoique les Auteurs de la Gaule Chrétienne doutent qu'il ait un culte public dans l'Eglise. Pour ce qui est du lieu de la mort, c'est assurément la maniere la plus naturelle (*k*) d'entendre le texte de Gré-

( *a* ) Greg. Tur. lib. 4. cap. 21. * Tom. II. pag. 214.
( *b* ) Marius, Chronic. * ibid. pag. 17.
( *c* ) Coint. ad ann. 561. cap. 6. Tom. I. pag. 866.
( *d* ) Concil. Labbe, Tom. V. pag. 979.
( *e* ) Greg. Tur. lib. 4. cap. 22. Tom. II. pag. 214.

(*f*) Félib. Hist. de Paris, Tom. I. pag. 33.
(*g*) Greg. Tur. lib. 4. cap. 18. * Tom. II. pag. 212.
(*h*) Gall. Christ. Tom. II. pag. 1145.
(*i*) Ruinart. ad Greg. Tur. Sup. * ibid. not. K.
(*k*) Bolland. Mart. Tom. II. pag. 275.

goire de Tours, qui s'exprime ainſi à ce ſujet : *Quum Pientius epiſ-*
*copus ab hac luce migraſſet apud Pariſius civitatem Paſcentius qui tunc*
*abbas erat baſilicæ S. Hilarii ei ſuccedit ex juſſu regis Chariberti.* Cependant Dom Ruinart & les Auteurs de la Gaule Chrétienne re-
marquent, que ſuivant Beſly le ſaint Prélat mourut à Melle dans
ſon Dioceſe ; & ſi cela eſt, dit Dom Ruinart, il faut mettre une
virgule dans le texte de Grégoire de Tours après le mot *migraſſet* ;
car le ſens de cet Auteur ſera, que S. Pient étant mort, Paſcent
Abbé de S. Hilaire, qui étoit alors à Paris, fut nommé par le Roi
pour lui ſuccéder. Sans doute. Mais auſſi ſi cela n'eſt pas, il faut
mettre cette virgule après le mot *Civitatem* ; & le ſens ſera, que
S. Pient étant mort à Paris, l'Abbé Paſcent lui ſuccéda. Or quelle
eſt donc la preuve bien déciſive que S. Pient ſoit mort dans ſon
Dioceſe ? Dom Ruinart n'en avoit point de cette nature ; auſſi n'a-
t-il ſuivi Beſly qu'en doutant : mais les Auteurs de la Gaule Chrétienne vont plus loin ; ils aſſurent le fait.

## L'A n 567.

*Vers la fin de Novembre.* Le Roi Charibert I meurt (*a*) à Paris, & eſt enterré dans l'Abbaye de S. Vincent, qui s'eſt toujours
crue (*b*) en poſſeſſion de ſon corps, quoiqu'on ignore aujourd'hui
le lieu précis de ſa ſépulture. Dom (*c*) Ruinart prouve que l'Auteur (*d*) des Geſtes des Rois des Francs, qui dit que ce Prince mourut à Blaye, & qu'il fût enterré dans l'égliſe de S. Romain du même lieu, s'eſt trompé en cela ; & peut-être en effet auroit-il confondu Charibert II, frere de Dagobert I, & Roi d'une partie de l'A-
quitaine, avec Charibert I ; quoique cette idée, qui eſt celle de
l'Hiſtorien (*e*) des Grands Officiers de la Couronne, n'ait pas plu
au ſavant Auteur (*f*) de la nouvelle Hiſtoire de Languedoc. Celle (*g*) des Grands Officiers marque au 7 Mai la mort de celui qui
regna à Paris ; mais le Pere (*h*) Daniel prouve que ce Prince mourut vers la fin de Novembre 567, 1°. parce que ce fut cette année-là même que le Roi Chilpéric I épouſa Galſuinde à Rouen, &
qu'il ne fut maître de cette Ville qu'après la mort de Charibert :

(*a*) Greg. Tur. lib. 4. cap. 16. * Tom. II.
pag. 216. & de Glor. Confeſſ. cap. 19. * ibid.
pag. 467.
(*b*) Bouillart, Hiſt. de S. Germ. des Prez,
pag. 7 & 8.
(*c*) Ruinart. ad Greg. Tur. Sup. * ibid.
pag. 467. not. A.
(*d*) Geſta reg. Franc. cap. 31, * ibid. pag.
560.

(*e*) Hiſt. Généal. des Gr. Off. de la Cour.
Tome I. pag. 10.
(*f*) Vaiſſette, Hiſt. de Languedoc, Tome
I. pag. 331.
(*g*) Hiſt. Généal. des Gr. Off. de la Cour.
Tome I. pag. 6.
(*h*) Daniel, Hiſt. de Fr. édit. Paris, in-fol.
1713. Tome I. Chronol. de Charibert.

2°.

2°. parce que le IIᵉ Concile de Tours assemblé cette année par ordre de Charibert, ne fut terminé que le 16 Novembre.

## GONTRAN. SIGEBERT I. CHILPÉRIC I.

Le Roi Charibert n'ayant laissé que des filles, ses trois freres Gontran Roi de Bourgogne, Sigebert I Roi d'Austrasie, & Chilpéric I Roi de Soissons, partagent sa succession. Mais comme chacun d'eux vouloit avoir la ville de Paris, ils conviennent (*a*) de la posséder tous trois par indivis, à condition qu'aucun des trois n'y entreroit sans le consentement des deux autres. L'Abbé (*b*) du Bos prétend que dès le temps même du partage qui fut fait de la Monarchie Françoise entre les quatre fils de Clovis I, la ville de Paris leur appartint à tous par indivis; mais on ne voit point que ses preuves aient fait impression sur les Savans.

### L'An 573.

11 *Septembre*. Quatrieme Concile (*c*) de Paris tenu dans l'Eglise de S. Pierre, ajourd'hui sainte Génevieve, & assemblé par ordre du Roi (*d*) Gontran. Promotus, sacré Evêque de Châteaudun, y fut déposé.

### L'An 574.

L'armée de Sigebert I ravage les environs de Paris; & quelques soldats ayant pillé (*e*) l'église de S. Denys, sont frappez de mort sur le champ.

### L'An 575.

Le Roi Sigebert entre dans Paris (*f*) sans le consentement de ses freres; & il est tué peu de temps après, dans la quatorzieme année (*g*) de son regne. Le Pere (*h*) le Cointe prouve que Marius (*i*) s'est trompé en fixant cette mort à l'an 576.

Childebert II son fils lui (*k*) succede.

---

(*a*) Greg. Tur. lib. 7. cap. 6. * Tom. II. pag. 295.
(*b*) Du Bos, Monarch. Franç. liv. 4. chap. 18. édit. 1742. Tome II. pag. 235. & liv. 5. chap. 2. pag. 265.
(*c*) Concil. Labbe, Tom. V. pag. 918.
(*d*) Greg. Tur. lib. 4. cap. 48. * Tome II. pag. 228.
(*e*) Idem lib. 4. cap. 50. * ibid. pag. 229. & de Glor. Mart. lib. 1. cap. 72. edit. Ruinart.

(*f*) Greg. Tur. lib. 7. cap. 6. * Tom. II. pag. 295.
(*g*) Idem lib. 4. cap. 52. ibid. pag. 230.
(*h*) Coint. ad ann. 575. cap. 2. Tom. II. pag. 155.
(*i*) Marius, Chronic. * Tom. II. pag. 18.
(*k*) Greg. Tur. lib. 5. cap. 1. * ibid. pag. 233. & Bouquet, ibid. not. B.

I

## GONTRAN. CHILDEBERT II. CHILPÉRIC I.

### AVANT L'AN 576.

L'églife de S. Gervais étoit fur pied. S. Germain Evêque de Paris, qui n'eft mort qu'en 576, en ouvrit miraculeufement (a) les portes en préfence de Fortunat évêque de Poitiers, fon Hiftorien, qui attefte le fait.

### L'AN 576.

Le Roi Chilpéric I vient (b) à Paris ; & ce fut, à ce qu'il paroît, fans le confentement (c) de Gontran, malgré la convention dont on a parlé (d) plus haut.

28 *Mai.* Mort (e) de S. Germain évêque de Paris. Il eft enterré (f) dans l'Abbaye de fainte Croix & S. Vincent, qui porte aujourd'hui fon nom, dans la Chapelle de S. Symphorien, qu'il avoit fait conftruire pour lui fervir de fépulture, & où font auffi enterrez (g) Eleuthere fon pere, & Eufébie fa mere. Grégoire de Tours arriva proche de la prifon (h) dans le temps qu'on portoit le corps du faint évêque au lieu de fa fépulture ; d'où il s'enfuit que cette prifon devoit être fur le chemin de la Cathédrale à l'Abbaye de S. Vincent : ce qui fe prouve encore par les circonftances d'un incendie dont il fera parlé (i) bientôt. On peut croire qu'elle étoit dans une Tour conftruite à l'extrémité du Pont fur la rive gauche de la riviere ; car dans la Charte de fondation de l'Abbaye de S. Germain des Prez, qui eft de l'an 558, & dont on a parlé (k) plus haut, il eft fait mention de cette tour en ces termes : *Cum molendinis inter portam Civitatis & turrim pofitis.* On voit encore aujourd'hui de femblables prifons dans les deux Châtelets qui terminent le petit Pont & le Pont au Change.

Nous n'avons rien dit jufqu'à préfent de l'Ecole epifcopale de Paris, parce que l'occafion ne s'en eft point encore préfentée. Il ne faut point douter que cette école, comme toutes les autres de même nature, (car chaque églife Cathédrale avoit (f) la fienne )

(a) Vita S. Germani, in Act. SS. Bened. Tom. I. pag. 243.
(b) Greg. Tur. l. 5. c. 1. * Tom. II. p. 233.
(c) Idem. lib. 7. cap. 6. * ibid. p. 295.
(d) Voyez l'An 567.
(e) Vita S. Germ. Sup. ibid. pag. 245. & Greg. Tur. lib. 5. cap. 8. * Tom. II. p. 237.
(f) Greg. Tur. de Glor. Confeff. cap. 90.

edit. Ruinart. pag. 972.
(g) Act. SS. Bened. Sec. III. Part. II. pag. 93. & Abbo I. 496, 501 & feqq.
(h) Greg. Tur. Sup. ibid.
(i) Voyez l'An 585 ou 586.
(k) Voyez l'An 558.
(l) Rivet, Hift. lit. de la France, Tome III. pag. 22 & 24.

ne remonte jufqu'aux premiers temps, & que l'Evêque lui-même, ou quelque Eccléfiaftique diftingué par fa doctrine, n'y difpofât de jeunes élevès à la fcience eccléfiaftique, en les faifant paffer fuccef-fivement par les divers dégrez des autres études qui y conduifent; tels que la Grammaire, la Dialectique, la Rhétorique, &c. Mais il n'eft fait mention pour la premiere fois de celle de Paris en parti-culier, que du temps de S. Germain, dans une piece de vers (*a*) que Fortunat adreffa au Clergé de la Cathédrale, & où on voit que pen-dant l'Office Divin les enfans mêloient leurs voix au chœur avec celles des Anciens; car ces enfans ne peuvent être que ceux qu'on élevoit dans l'école épifcopale, & auxquels on donnoit toutes les inftructions convenables à leur âge. Dom (*b*) Mabillon avoit cru voir dans cette piece de vers, que les inftrumens de mufique étoient en ufage à la Cathérale de Paris du temps de S. Germain; mais il ne s'agit là que des voix graves des hommes faits, & des voix ai-güës & perçantes des enfans, comme Dom (*c*) Liron l'a très-bien remarqué. Au refte l'Auteur (*d*) de l'Hiftoire Litéraire de la Fran-ce prétend que fous ce faint Prélat non-feulement l'école épifcopale de Paris fut très-floriffante, mais qu'elle conferva encore pendant tout le VIIe fiecle quelques traits de fa fplendeur.

Ragnemode fuccede (*e*) à S. Germain.

## L'A N 577.

Chilpéric I, qui s'étoit enfin rendu le maître à Paris, y fait bâ-tir un (*f*) Cirque pour donner des fpectacles au peuple: mais peut-être ne fit-il que réparer ou remettre fur pied un autre Cirque plus ancien. Adrien (*g*) de Valois, qui le penfe ainfi, ajoute que les Romains avoient auffi à Paris un Amphithéâtre appellé *les Arenes*; & il le place dans le lieu où eft aujourd'hui l'Abbaye de S. Victor. D'autres Savans (*h*) ont cru qu'il étoit à l'endroit qu'occupent les Peres de la Doctrine Chrétienne, entre S. Victor & fainte Géne-vieve; ou (*i*) qu'il étoit au fauxbourg S. Victor, entre les murs de l'Univerfité, & la Villeneuve S. René, & que les Peres de la Do-

(*a*) Fortunat. lib. 2. Carm. 10. * Tom. II. pag. 478.
(*b*) Mabill. Difquifit. de Curfu Gallic. §. 3. edit. in-4°. Parif. 1729. pag. 412.
(*c*) Liron, Aménitez de la Critique, Tom. I. pag. 328 & 329. & Singular. Hiftor. Tome I. pag. 142 & 143.
(*d*) Rivet Sup. ibid. pag. 429.
(*e*) Greg. Tur. lib. 5. cap. 14. * Tom. II. p. 239. & Chron. Virdun.* Tom. III. p. 358.

(*f*) Greg. Tur. lib. 5. cap. 18. * Tom. II. pag. 243.
(*g*) Valef. Notit. Gall. *Parifii*, pag. 439. & Præfat. pag. 16.
(*h*) Félib. Hift. de Paris, Tome I. pages 17 & 18. Montfaucon, Mem. de l'Acad. des Infcript. & Belles-Lettres, Tome XIII. pag. 432.
(*i*) Sauval, Antiq. de Paris, Tom. II. p. 363.

I ij

étrine Chrétienne avec la rue des Morfondus en font aujourd'huï partie : ce qui revient affez au même. Ce lieu, difént-ils , a été appellé long-temps *le Clos des Arenes* ; & il eſt prouvé en effet ( *a* ) qu'en 1284 il y avoit près de S. Victor des vignes fituées en un lieu qui portoit en core en ce temps-là le nom des *Arenes*.

Cinquiéme Concile (*b*) de Paris , tenu dans l'églife de S. Pierre , aujourd'hui Sainte Génevieve. S. Prétextat évêque de Rouen y fut dépofé.

## VERS L'AN 577.

Chilpéric I fait rebâtir la Chapélle de S. Symphorien , où S. Germain étoit enterré , fi l'on peut donner ( *c* ) ce fens-là au teftament (*d*) de Bertran , évêque du Mans , & éleve du faint Evêque de Paris , dans lequel néanmoins on lit formellement *Bafilica novæ quam inclytus Chilpericus quondam rex conſtruxit*. Mais ne peut-on pas pluſtôt foupçonner avec Gérard (*e*) du Bois , qu'il y a là une faute , & qu'au lieu de *Chilpericus* il ne faille lire *Childebertus* ?

## L'AN 577 ou 578.

Mérouée, fils de Chilpéric I, eſt affaſſiné ( *f* ) près de Térouanne. Marius (*g*) a mis cette mort en 578 : cependant d'habiles Chronologiſtes (*h*) l'ont fixée à l'an 577. Le corps du Prince apporté à Paris dans la fuite , a été enterré dans l'églife (*i*) de S. Vincent , aujourd'hui S. Germain des Prez.

## L'AN 580.

*Mai.* Ragnemode évêque de Paris fait emprifonner (*k*) un impoſteur qui promenoit de ville en ville de fauſſes reliques. Les Auteurs (*l*) de la Nouvelle Gaule Chrétienne, qui donnent à cet homme le nom de Didier , l'ont confondu avec un autre , qui felon Grégoire (*m*) de Tours ne parut que fept ans après dans la ville de Tours. Dom (*n*) Félibien étoit tombé dans la même faute.

( *a* ) Valef. Notit. Gall. Præfat. pag. 16.
( *b* ) Concil. Labbe , Tom. V. pag. 925.
( *c* ) Bouillart, Hift. de S. Germain des Prez, pag. 9 & 307.
( *d* ) Teftament de Bertrand, évêque du Mans dans Corvaifier Hift. des évêques du Mans , p. 194.
( *e* ) Du Bois , Hift. Ecclef. Parif. Tom. I. pag. 129.
( *f* ) Greg. Tur. lib. 5. cap. 19. * Tom. II. pag. 246.

( *g* ) Marius , Chronic. * ibid. pag. 18.
( *h* ) Coint. ad ann. 577. cap. 43. Tom. II. pag. 186.
( *i* ) Greg. Tur. lib. 8. cap. 10. * Tom. II. pag. 317.
( *k* ) Idem. lib. 9. cap. 6. * ibid. pag. 335 & 336.
( *l* ) Gall. Chrift. Tom. VII. pag. 321.
( *m* ) Greg. Tur. Sup. ibid.
( *n* ) Félib. Hift. de Paris , Tome I, p. 37.

*Août.* Grande mortalité (*a*) à Paris, furtout fur les enfans. Dagobert (*b*) fils de Chilpéric I meurt à Braine. Son corps apporté à Paris eft enterré dans l'églife de S. Denys. .

Clovis, autre filsdu Roi Chilpéric I, eft affaffiné (*c*) à Noify près de Chelles. Son corps découvett depuis eft apporté auffi à Paris, & inhumé (*d*) auprès de celui de Mérouée fon frere.

Chilpéric I fait emprifonner (*e*) à Paris les Ambaffadeurs que Mirion roi de Galice envoyoit au Roi Gontran, & les tient pendant un an en prifon.

## Vers l'An 580.

10 *Mars.* Mort de S. Droctovée, Abbé de S. Vincent, aujourd'hui S. Germain des Prez. On fe conforme ici pour la date de l'année, non aux Bollandiftes qui la fixent (*f*) en 576 ou 577, fondez fur un mal-entendu de l'expreffion latine que l'on va citer ; mais aux Auteurs (*g*) de la nouvelle Gaule Chrétienne. Celle du jour eft tirée de la vie même (*ʋ*) du faint Abbé. Le Pere (*i*) le Cointe met cette mort précifément en 581 ; mais l'Interpolateur d'Aimoin, fur lequel il s'appuye, dit fimplement (*k*) qu'elle arriva vers le temps, *per idem tempus*, où fe fit le miracle dont on va (*l*) parler. Il fut enterré felon (*m*) Giflémar Auteur defa vie, derrière l'autel de S. Germain, du côté du couchant. Dom (*n*) Ruinart, & après lui les Auteurs (*o*) de la Nouvelle Gaule Chrétienne, mettent fa fépulture au nord, dans une Chapelle de S. Pierre qui ne fubfifte plus ; mais il n'y a point là de contradiction. S. Germain & S. Droctovée furent enterrez l'un & l'autre au bas de l'églife du côté du couchant : il y avoit là deux autels, ou deux chapelles, l'une au midi de l'autre ; S. Germain fut enterré dans celle du midi & S. Droctovée dans celle du nord.

Scubilion, difciple de S. Germain dans fon monaftere d'Autun auffi bien que S. Droctovée, fuccede (*p*) à celui-ci dans l'Abbaye de S. Vincent.

(*a*) Greg. Tur. lib. 5. cap. 35. * Tom. II. pag. 253.
(*b*) Idem ibid. & Fortunat. lib. 9. Carm. 5. * ibid. pag. 523.
(*c*) Greg. Tur. * ibid. cap. 40. pag. 256.
(*d*) Idem. lib. 8. cap. 10. * ibid. pag 317.
(*e*) Idem. lib. 5. cap. 42. * ibid. pag. 257.
(*f*) Bolland. Mart. Tom. II. p. 40. not. B.
(*g*) Gall. Chrift. Tom. VII. pag. 420.
(*ʋ*) Vita S. Droctovei. in Act. SS. Bened.

Tom. I. pag. 257.
(*i*) Coint. ad ann. 581. cap. 3. Tom. II. pag. 221.
(*k*) Aimoin. interpol. lib. 3. cap. 16. * Tom. III. pag. 73. not. B.
(*l*) Voyez l'An 581.
(*m*) Vita S. Droctov. Sup. ibid.
(*n*) Ruinart. Differt. * Tom. II. pag. 722.
(*o*) Gall. Chrift. Tom. VII. pag. 420.
(*p*) Aimoin, interpol. Sup. ibid.

## L'An 581.

Chilpéric I vient à Paris (*a*) avec la Reine Frédégonde sa femme. Comme il entroit dans la Ville au sortir de la Cité, il se fit à l'entrée de l'église de S. Vincent un insigne miracle (*b*) sur un paralytique. De ces deux expressions, *Ville* & *Cité*, qui sont de Grégoire de Tours, & dont la différence se faisoit peut-être déja sentir du temps de sainte Génevieve, comme on a pu l'observer (*c*) plus haut, un savant (*d*) Critique conclut avec raison qu'une partie des fauxbourgs de Paris formoit déja une nouvelle Ville. Elle étoit comme la Cité environnée de murs; du moins du côté du nord; & c'est à cette enceinte sans doute qu'il faut rapporter l'expression *veteris muri* qui se trouve dans un devis de l'enceinte méridionale, faite long-temps depuis par ordre de Philippe Auguste. M. Bonamy de l'Académie royale des Inscriptions & belles-Lettres, a copié lui-même ce devis sur un Registre de Philippe Auguste, qui est conservé au Trésor des Chartes; & voici mot pour mot ce qu'il porte.

*Taschia murorum Parisiensium. Circuitus Villæ ex parte parvi Pontis habet XIIᶜ. tesias & LX. & pro una quaque tesia C solidos; cum tornellis de spissitudine veteris muri ex parte magni Pontis, & tribus pedibus altitudinis grossi muri, & desuper clipeum & Kernellum; & sex portæ; & una quæque porta debet constare VI*ˣˣ. *lib. Summa VII*ᵐ. *& XX lib.*

On voit qu'il ne s'agit ici que de l'enceinte méridionale, mais qu'il y est fait mention de celle qui étoit du côté du grand Pont, c'est-à-dire, du côté du nord; & que celle-ci y est appellée *le vieux mur*. Tous nos Historiens modernes affirment, sans hésiter, que cette enceinte septentrionale a été construite sous le regne de Philippe Auguste en même temps que celle du midi: mais où en est donc la preuve? le devis que l'on vient de transcrire ici porte expressément que les murs de l'enceinte du côté du petit Pont auront la même épaisseur que le vieux mur qui étoit du côté du grand Pont. Quel est ce vieux mur? Si l'on répond que c'est celui de l'enceinte attribuée à Philippe Auguste, je demanderai, dit le savant Académicien que l'on vient de citer, si l'on pouvoit appeller *vieux mur* un mur qu'on suppose bâti en même temps que celui de l'enceinte méridionale? Reste

(*a*) Greg. Tur. lib. 6. cap. 5. * Tom. II. pag. 268.
(*b*) Idem de Glor. Confess. cap. 90. edit. Ruinart. pag. 972. Aimoin. interpol. lib. 3.
cap. 16. * Tom. III. pag. 73. not. B.
(*c*) Voyez vers l'An 475. pag. 37.
(*d*) Le Beuf, Dissert. Tom. I. pages 23 & 24.

donc à dire, conclut-il avec raifon, que par ce vieux mur il faut entendre l'ancienne enceinte qui fubfiftoit dès la premiere race de nos Rois au pluftard.

Cette ancienne enceinte, fi l'on en croit l'auteur (a) du Traité de la Police, auffi-bien que (b) Sauval, commençoit à la Porte de Paris proche le grand Châtelet; continuoit le long de la rue S. De-nys, où il y avoit une porte près la rue dès Lombards; paffoit en-fuite entre cette rue des Lombards & la rue Trouffevache; puis au Cloître S. Merry, où il y avoit une feconde porte; tournoit par la rue de la Verrerie entre les rues Barre-du-Bec & des Billettes; defcendoit rue des deux Portes, traverfoit la rue de la Tixéran-drie & le Cloître S. Jean, proche duquel étoit une troifiéme porte, dite Porte Baudets ou Baudoyer; & finiffoit fur le bord de la rivie-re entre S. Jean & S. Gervais. On fe fert ici de tous ces noms mo-dernes pour faire mieux entendre la defcription de cette feconde clôture. Mais le même favant (c) Académicien y trouve beaucoup à redire. Le mur, felon lui, commençoit auprès du For-l'Evêque ( on écrit ainfi, parce qu'on réfutera en fon lieu le fentiment d'A-drien (d) de Valois qui veut qu'on écrive *Four-l'Evêque.*) Ce mur s'étendoit enfuite le long du Cimetiere des Innocens; traverfoit la rue S. Denys, où étoit une porte; continuoit enfuite jufqu'à la Porte S. Merry; & traverfant la rue S. Antoine près de la vieille rue du Temple, alloit aboutir au Port au Bled entre les rues des Barres & Geoffroy-Lanier. Au fujet de cette derniere defcription, à la-quelle on croit devoir fe conformer ici, parce qu'en effet il eft prou-vé que (e) la cenfive de S. Eloi s'étendoit vers l'orient jufqu'au-de-là de S. Gervais, & que d'ailleurs l'enceinte devoit avoir (f) deux milles de circuit, l'Académicien reprend encore d'autres Savans, pour avoir avancé, (g) qu'à la gauche de la rue S. Denys ce n'étoit qu'une campagne, & qu'il y avoit une forêt auprès de fainte Oppor-tune. Le terrein nommé (h) *Champeaux,* qui s'étendoit, dit-il, depuis les Innocens jufqu'à S. Nicolas des Champs, prouve bien au contraire qu'il n'y avoit prefque là que des terres en labour.

Au refte la Porte Baudets que l'on vient de nommer, doit être fort ancienne, auffi-bien que le nom qu'elle porte; car ce nom eft fans

( a ) La Mare, Traité de la Police, Tome I. pag. 72.
( b, Sauval Antiq. de Paris, Tome I. p. 29.
( c ) Bonamy, Mem. de l'Acad. des Infcript. & Belles-Lettres, Tome XV. pages 686 & fuiv. & Tome XVII. pages 291 & 292.
( d ) Valef. Notit. Gall. Præfat. pag. 17.
( e ) Bonamy, Sup. ibid.

( f ) Voyez l'An 861.
( g ) Le Beuf, Differt. Tome I. pages 24 & 137. Félib. Differt. fur les Antiq. Celt. dans l'Hift. de Paris, Tome I. page cxxx. & Hift. de Paris, ibid. page 100. Brice, Defcript. de Paris, édit. Paris 1752. Tome II. page 20.
( h ) Voyez l'An 877 ou 878.

doute le même que celui des *Bagaudes*, qui fur le déclin de la domination Romaine dans les Gaules s'étoient fortifiez (*a*) dans le
lieu qui porte aujourd'hui le nom de S. Maur des foffez; & la Porte
Baudets, *Porta Bagaudarum* étoit celle qui au fortir de Paris fe
trouvoit précifément à l'entrée du chemin qui y conduifoit. Cette
étymologie, qu'un fçavant (*b*) Antiquaire de notre temps ne fauroit gouter, explique pourtant encore fort naturellement le nom
de *Badaud* que l'on donne familierement, mais par une efpece de
dérifion au peuple de Paris. Ce font, à ce qu'on peut croire, ceux
de la Cité qui auront commencé à appeller *Badauds*, c'eft-à-dire,
*Bagaudes*, ceux de la Ville du côté du Nord, parce qu'ils habitoient
le quartier où cette Porte étoit fituée.

## L'AN 582.

L'églife de S. Julien près de la rive gauche de la Seine étoit fur
pied ; & Claude (*c*) Chaftelain prouve, ce femble, affez bien que le
vrai Patron de cette Eglife, auffi bien que de celle de S. Julien des
Ménétriers, n'eft autre que S. Julien l'Hofpitalier, dit auffi *le Pauvre* : il croit que S. Grégoire de Tours, qui étoit Auvergnat, &
qui y logeoit (*d*) ordinairement lorfqu'il venoit à Paris, pourroit
bien être le premier qui y auroit établi la dévotion de S. Julien de
Brioude, martyr ; & il eft vrai qu'elle reconnoît depuis long-temps
ces deux patrons, quoiqu'elle ait retenu le nom de S. Julien *le
Pauvre*. On lui a auffi donné quelquefois (*e*) celui de S. Julien *le
Vieux* pour la diftinguer de celle de S. Julien des Ménétriers, qui
eft beaucoup plus récente ; & aujourd'hui encore plufieurs ne la
connoiffent point fous un autre nom. Grégoire de Tours qui en
parle en plus (*f*) d'un endroit, l'honore du titre de *Bafilique*, expreffion dont il fe fert fouvent pour (*g*) défigner une églife deffervie par des Moines ; & Adrien (*h*) de Valois remarque que l'un
de fes textes, celui du VIe livre, regarde la 21e année du regne
de Chilpéric I ; ce qui revient à l'an 582. Cette Bafilique après
avoir appartenu par fucceffion de temps à l'Abbaye de Longpont en
qualité de Prieuré, n'eft plus maintenant qu'une fimple Chapelle à
peine vifible, parce qu'elle fe trouve placée au fond d'une cour dans
une maifon particuliere.

(*a*) Voyez Vers l'An 644.
(*b*) Le Beuf, Differt. Tome I. page 28.
(*c*) Chaftelain, Martyrol. Rom. pages 108
& 109.
(*d*) Greg. Tur. lib. 9. cap. 6. * Tom. II.
pag. 336.

(*e*) Valef. de Bafilic. reg. cap. 1 pag. 6.
(*f*) Greg. Tur. Sup. ibid. & lib. 6. cap.
17. * ibid. pag. 276.
(*g*) Valef. de Bafilic. reg. cap. 3. page 19.
(*h*) Idem de Bafilic, Parif. cap. 8. pag.
456.

Adrien

Adrien (*a*) de Valois prouve par le même texte du sixiéme livre de Grégoire de Tours, qu'il y avoit alors à Paris, ou dans un de ses fauxbourgs, une Synagogue de Juifs; & un savant (*b*) Académicien croit avec beaucoup de vraisemblance qu'elle n'étoit pas éloignée de l'église de S. Julien, puisqu'un Juif nouvellement converti, nommé *Phatir*, ayant assassiné un autre Juif dans le temps qu'il alloit un jour de sabbat à cette Synagogue, se réfugia aussitôt dans S. Julien avec ses domestiques, qui étoient dans la place voisine. Les Juifs avoient encore au (*c*) XII<sup>e</sup> siecle un Cimetiére dans ce quartier-là, c'est-à-dire, dans la rue Galande, du côté de la Place Maubert.

## L'An 583.

*Février*. La Seine est si considérablement enflée, qu'entre la ville & l'église de (*d*) S. Laurent, il y eut de fréquens naufrages, & que plusieurs personnes y périrent. Mais pourquoi des naufrages simplement? Si l'église de S. Laurent dont il s'agit ici étoit celle qui subsiste encore aujourd'hui sous le même nom, & que l'eau de la Seine eût débordé jusques-là, que de maisons submergées! que d'édifices renversez! les murs mêmes qui forment la clôture de la nouvelle Ville n'auroient-ils pas été entraînez en plus d'un endroit par la violence des eaux? Les Ponts enfin auroient-ils pu résister à leur impétuosité? Tout cela seroit arrivé sans doute; & c'étoit bien un autre désastre à remarquer que de simples naufrages, dans une Ville surtout qui avoit déja pris de si grands accroissemens de ce côté-là, comme on l'a vû (*e*) plus haut. Cependant Grégoire de Tours ne parle que de naufrages: d'où il faut conclurre qu'il n'arriva pas d'autre malheur considérable; & par une suite nécessaire, que le débordement ne s'étant pas étendu si loin, l'église de S. Laurent dont il est fait mention dans cet Historien, ne devoit pas (*f*) être éloignée de la riviere, comme on l'a aussi déja (*g*) observé. Il n'en est plus parlé dans la suite. Sauval, qui abandonne ici le Docteur Jean de Launoy, son maître & son oracle, dit (*h*) qu'on ne sauroit présentement déterrer cette église; & Adrien de Valois (*i*) a cru qu'elle auroit bien pu être détruite pendant les guerres des Nor-

---

( *a* ) Ibidem.
( *b* ) Bonamy, Mem. de l'Acad. des Inscript. & Belles-Lettres, Tome XV. pages 664 & 682.
( *c* ) Voyez l'An . . . .
( *d* ) Greg. Tur. lib. 6. cap. 25. * Tom. II. pag. 272.

( *e* ) Voyez l'An 581.
( *f* ) Mercure de France, Janvier 1749, pages 16 & suiv.
( *g* ) Voyez Vers l'An 547.
( *h* ) Sauval, Antiq. de Paris, Tome I. page 199.
( *i* ) Vales. Défens. Notit. Gall. pag. 172.

mans. Mais on croit en avoir dit affez (*a*) dans ces Annales, pour faire foupçonner au moins que ce pourroit bien être celle qui eft connue aujourd'hui fous le nom de S. Séverin.

La Seine du côté du midi, comme l'a remarqué un favant (*b*) Académicien, n'étoit pas alors rétrécie, comme elle l'eft aujourd'hui, par le Terrein derriere la Cathédrale, par des maifons & des quais bâtis dans fon lit, & par quatre Ponts conftruits dans un affez court efpace, qui ont contraint une partie des eaux de refluer dans l'autre bras du côté du nord. Il y avoit là plufieurs Ports pour la commodité des Marchands, entr'autres un Port au bois, où on a bâti depuis la rue de la Bucherie. Il ne faut donc pas croire, comme d'autres écrivains (*c*) ont voulu le perfuader, que ce bras méridional, quoique moins large que l'autre, fût fi étroit dans ces premiers temps, que pendant l'été il étoit prefque réduit à fec. Tout ce qu'on pourroit accorder, c'eft que dans certains temps on le paffoit à gué; & fi l'on admet cette fuppofition, ce fera peut-être là l'origine du nom de *S. Germain-le-Vieux*, églife fituée de ce côté-là dans la Cité, & qui alors feroit en latin, non *ecclefia S. Germani veteris*, mais *S. Germani de Vado*. On propofera cependant, (*d*) plus bas une autre étymologie de ce même nom.

17 *Avril*. Chilpéric I vient à Paris, & Grégoire (*e*) de Tours dit formellement à cette occafion, que ce fut malgré la convention dont on a parlé (*f*) plus haut; d'où il s'enfuit évidemment que quelque acte d'autorité qu'il y ait exercé depuis la mort du Roi Charibert I, il n'en eft pas moins vrai que cette Ville n'étoit pas à lui feul, & qu'elle appartenoit toujours à fes freres, ou à ceux qui les repréfentoient, auffi-bien qu'à lui.

18 *Avril*. Ragnemode, évêque de Paris, baptife (*g*) dans cette Ville le Prince Thierry, fils du Roi Chilpéric I.

Leudafte, Comte de Tours, fuyant la colere de la Reine Frédégonde, fe caffe la jambe entre deux pieces de bois (*h*) fur le Pont méridional peu de jours avant que d'être tué par l'ordre de cette Princeffe. On voit par le texte de Grégoire (*i*) de Tours, qu'il y avoit alors de ce côté-là un grand nombre de boutiques de Marchands. Le favant (*k*) Académicien que l'on a déja cité, &

---

( *a* ) Voyez Vers l'An 526, Vers l'An 547, & Vers l'An 560.

( *b* ) Bonamy, Mém. de l'Acad. des Infcript. & Belles-Lettres, Tome XV. page 683.

( *c* ) Le Beuf, Differt. Tome I. pages 18 & 298.

( *d* ) Voyez l'An 585.

( *e* ) Greg. Tur. lib. 6. cap. 27. * Tom. II. pag. 279 & 280.

( *f* ) Voyez l'An 567.

( *g* ) Greg. Tur. Sup. ibid.

( *h* ) ( *i* ) Idem lib. 6. cap. 32. * ibid. pag. 283.

( *k* ) Bonamy, Sup. ibid. page 664.

qui croit que la place publique voisine du Palais des Thermes, de laquelle on a parlé (*a*) plus haut, en étoit bordée, les place aussi (*b*) le long de la riviere depuis le Pont jusques vers S. André des Ars; & vraisemblablement ce Pont devoit aussi en être couvert de part & d'autre.

## L'AN 584.

Thierri, fils de Chilpéric I, qui avoit été baptisé l'année précédente, meurt (*c*) à Paris.

On punit du dernier supplice dans cette Ville (*d*) des femmes accusées de sorcelerie. A cette occasion Mummole, qualifié *Præfectus* dans Grégoire (*e*) de Tours, est appliqué à la torture; & on lui fait souffrir de grands tourmens. Le Président (*f*) Fauchet a cru qu'il étoit Préfet de Paris, sur quoi on a déja fait (*g*) plus haut quelque observation. Adrien de (*h*) Valois se persuade au contraire qu'il étoit Maire du Palais; & il devoit plustôt dire Maire de Chilpéric I, si ce qu'un nouvel écrivain (*i*) a observé est vrai, que les prédécesseurs du Maire Landri dont on parlera (*k*) plus bas, n'étoient que les Maires du Roi; au lieu que dans la suite ayant été élus par la nation, ils sont devenus les Maires du Royaume.

*Septembre.* Rigonte, fille du Roi Chilpéric I, part de Paris (*l*) en grande pompe pour aller épouser en Espagne Récarede, fils du Roi Leuvigilde.

*A la fin de Septembre ou au commencement d'Octobre.* Chilpéric I est assassiné (*m*) dans la Cour de son château de Chelles. Son corps rapporté à Paris, & enterré dans l'église de S. Vincent, aujourd'hui S. Germain des Prez, fut trouvé en (*n*) 1646 & en 1656 avec ceux de Clotaire II, de la Reine Bertrude sa femme, de Childéric II, de la Reine Bilichilde sa femme, & du jeune Prince Dagobert leur fils; celui de Chilpéric I sous une arcade du mur de la tour (*o*) voisine du grand Autel du côté du nord, dite autrefois le

---

(*a*) Voyez l'An 360. page 26.
(*b*) Bonamy, Sup. ibid. page 682.
(*c*) (*d*) (*e*) Greg. Tur lib. 6. cap. 35. * pag. 284.
(*f*) Fauchet, Antiq. Fr. liv. 4. chap. 4. fol. 114 verso, & 115 recto.
(*g*) Voyez l'An 702 de Rome, page 8.
(*h*) Valef. Rer. Francic. lib. 11. Tom. II. pag. 165.
(*i*) Montesquieu, Esprit des Loix, liv. 31. chap. 3. page 497.
(*k*) Voyez l'An 603 ou 604.

(*l*) Greg. Tur. lib. 6. cap. 45. * Tom. II. pag. 290.
(*m*) Idem * ibid. cap. 46. pag. 290 & 291.
(*n*) Extrait des Registres manuscrits des choses mémorables arrivées dans l'Abbaye de S. Germain des Prez depuis l'introduction de la Congrégation de S. Maur dans ce Monastere; Registre I. pages 29 & suiv.
(*o*) Voyez le Plan de l'Eglise dans l'Histoire de Saint Germain des Prez, par Dom Bouillart, page 309.

Clocher de S. Placide, & aujourd'hui de S. Cafimir. Sauval ou fes éditeurs fe font trompez en difant (*a*) qué cette découverte fut faite en 1643. Dom Mabillon qu'ils n'ont point confulté, leur auroit appris (*b*) qu'il faut la rapporter, comme on le marque ici, aux deux années 1646 & 1656.

Clotaire II, fils de Chilpéric I, lui fuccede (*c*) fous la régence & la tutelle de la Reine Frédégonde fa mere, & du Roi Gontran fon oncle.

## GONTRAN. CHILDEBERT II. CLOTAIRE II.

La Reine Frédégonde, veuve de Chilpéric I, entre dans Paris, & fe réfugie (*d*) avec fes tréfors chez l'évêque Ragnemode.

Le Roi Gontran y vient auffi (*e*) à fa follicitation peu de jours après elle.

Childebert II de fon côté s'avance (*f*) vers cette Ville; mais les Parifiens ne veulent pas le recevoir.

### L' A n 585.

Le Roi Gontran revient à Paris (*g*) pour le baptême de Clotaire II, dont il devoit être le parrain; mais cette cérémonie eft différée.

### L' A n 585 ou 586.

Second incendie de Paris. Le feu commence (*h*) par les maifons voifines de la prifon & d'une des portes de la Ville du côté du midi, par conféquent près du Pont méridional; de là, comme de fon centre, il fe répandit d'un côté jufqu'à une autre porte, près de laquelle étoit la Chapelle de S. Martin dont on a parlé (*i*) plus haut; & de l'autre côté il ne fut arrêté que par la riviere. Toute la Ville fut enveloppée dans cet incendie à l'exception des églifes & de leurs prefbyteres. Cependant par cette expreffion *toute la Ville*, peut-être ne faut-il entendre que l'enceinte méridionale, terminée au midi par la Chapelle où l'Oratoire de S. Martin, & au nord par le bras gauche de la riviere, à l'exclufion de la Cité. Celui qui avoit bâti cet Oratoire vivoit encore; il s'y réfugia avec fa femme & tout ce

---

(*a*) Sauval, Antiq. de Paris, Tome II. page 340.
(*b*) Mabill. Mem. de l'Acad. des Infcript. & Belles-Lettres, Tome II, page 693.
(*c*) Greg. Tur. lib. 7. cap. 7. * Tom. II. pag. 295.
(*d*) Idem. * ibid. cap. 4. pag. 294.

(*e*) (*f*) Idem * ibid. cap. 5. & 6. pag. 295.
(*g*) Idem lib. 8. cap. 1. * ibid. pag. 313.
(*h*) Idem * ibid. cap. 33. pag. 328.
(*i*) Voyez Vers l'An 390, & Vers l'An 560.

qu'il possédoit : il fut ainsi préservé du feu , & sauva en même temps sa maison avec quelques autres maisons voisines. C'est la derniere fois qu'il est parlé de cette Chapelle dans l'histoire : elle n'étoit bâtie que de (*a*) branchages ; & elle ne paroît pas avoir subsisté long-temps depuis , soit qu'elle soit tombée d'elle-même , soit qu'on l'ait abattue pour faire place à d'autres bâtimens , soit enfin qu'elle ait été unie à l'église voisine de S. Séverin , qui compte en effet S. Martin au nombre de ses patrons. On a rebâti une autre église sous le même nom assez loin de la Ville du côté du nord ; & celle-ci étoit sur pied dès le VIIe siecle , ou (*b*) au commencement du VIIIe. Adrien de Valois avoit d'abord (*c*) rapporté cet incendie à l'an 586 ; mais dans la suite (*d*) il a mieux aimé le fixer à l'an 585.

Le récit qu'en a fait Grégoire de Tours prouve démonstrativement deux choses : 1°. que la Chapelle de S. Martin qui résista aux flammes ne doit point être confondue avec l'église de S. Martin des Champs , puisqu'elle étoit à une des Portes de la Ville ; & que quelque étendue que l'on puisse donner à la Ville de Paris sur la fin du VIe siecle , il est bien certain (*e*) que du côté même du nord ses portes n'étoient pas alors reculées jusques-là : 2°. que cette Chapelle , loin d'être située au nord , étoit au contraire au midi , hors de la Cité , dans le quartier qu'on appelle aujourd'hui *de l'Université*. En effet , puisque l'incendie commença au pont méridional ; que d'un côté tout fut brûlé jusqu'à une porte voisine de l'Oratoire de S. Martin , & que de l'autre tout le fut pareillement jusqu'à la riviere , il faut nécessairement que ce dernier côté fût celui du nord ; il faut même que la Chapelle de S. Martin située au midi fût à quelque distance de la Cité.

Cette Chapelle étoit voisine d'une des Portes de la Ville : donc comme il y avoit déja une nouvelle enceinte (*f*) du côté du nord , il y en avoit une aussi du côté du midi. Il est marqué dans la Charte de fondation de l'Abbaye de S. Germain des Prez , qu'elle fut fondée près des murs de la Ville , *prope muros Civitatis* ; & il est vrai qu'on peut entendre par ces murs avec l'Auteur (*g*) du Traité de la Police , ceux de l'ancienne Ville , ou de la Cité. S'il s'agissoit néanmoins de ceux de la nouvelle enceinte du côté du midi , il seroit hors de doute que ces murs subsistoient en 558 ; mais on n'en a jamais trouvé aucun vestige, du moins n'en a-t-on aucune connoissan-

---

(*a*) Greg Tur. Sup. ibid.
(*b*) Voyez Vers l'An 547, & l'An 710.
(*c*) Valef. Rer. Francic. lib. 13. Tom. II. pag. 311.& de Basilic. Paris. cap. 8. pag. 459.
(*d*) Idem. Defens. Notit. Gall. pag. 169.

(*e*) Mercure de France , Janvier 1749 , page 8.
(*f*) Voyez l'An 581.
(*g*) La Mare , Traité de la Police , Tome I. page 71.

cè; & peut-être n'y avoit-il là qu'un fimple foffé, qui aura été comblé par fucceffion de temps, ou un mur fi foible qu'il fera facilement tombé de lui-même fans qu'on fe foit jamais mis en devoir de le relever, à moins qu'il n'ait été abattu jufqu'aux fondemens par le Norman Ragenaire ou Renier en 845 ; car, dit un favant (a) Académicien, S. Julien le Pauvre & S. Séverin étoient encore réputez fauxbourgs fous Louis le jeune.

## QUATRIEME PLAN.

Où il faut ajouter une *enceinte de murs* pour une partie des Fauxbourgs du côté du nord, conformément au Difcours fur l'An 581 ; & une *autre enceinte*, ou du moins un *foffé*, du côté du midi. Celle-ci doit renfermer l'églife de *S. Laurent*, aujourd'hui *S. Séverin* ; la chapelle de *S. Andéol*, aujourd'hui *S. André des Ars* ; l'églife de *S. Julien le Pauvre* ; la chapelle de *S. Martin* en deçà de la rue des Noyers, près d'une Porte à laquelle on donnera le nom de *Porte du Lépreux* ; enfin une *Prifon* près du Pont méridional. Hors de cette enceinte, du même côté du midi, il faut mettre l'Abbaye de *Ste Croix & S. Vincent* ; & dans le voifinage de S. Julien une *Synagogue* ; outre la chapelle de *Ste Crefcence* près de S. Marcel. Du côté du nord, dans l'enceinte même, il faudra mettre l'églife de *S. Gervais*. Enfin dans la Cité il faudra mettre la chapelle de *S. Martial*.

Quelles étoient les bornes de cette enceinte du midi ? on ne le fait pas pofitivement. Sauval (b) décide qu'elle commençoit au petit Pont pour finir à la rue de Bièvre jufques fur le bord de l'eau ; & que la place Maubert y étoit comprife auffi-bien que fon voifinage. Le Continuateur du Traité de la Police, qui fuppofe (c) contre toute raifon qu'elle ne fut faite que vers l'an 900, foupçonne au contraire qu'elle s'étendoit depuis la rue de Bièvre jufqu'au Pontneuf : mais c'eft trop affurément. La place Maubert ne devoit pas y être comprife, du moins en entier ; & il femble que de ce côté-là c'eft bien affez de la commencer à l'extrémité de la rue de la Buche-

( a ) Bonamy, Mem. de l'Acad. des Infcript. page 29.
& Belles-Lettres, Tome XV. page 670.     ( c ) Le Clerc-du-Brillet, Traité de la Police, Tome IV. pages 398 & 399.
( b ) Sauval, Antiq. de Paris, Tome I.

rie, vers ce qu'on appelle *les petits Dégrez*. C'eſt auſſi la prolonger trop loin que de la faire aboutir au Pont-neuf : l'île de la Cité ne paſſoit pas alors la rue de Harlay ; c'eſt donc vis-à-vis de cette rue ſeulement que l'enceinte devoit ſe terminer. Elle n'en renfermoit pas moins, comme le dit l'Académicien que l'on vient de citer, les égliſes de S. Julien, de S. Séverin, & de S. André des Ars. Et à l'égard de l'Oratoire de S. Martin, il pouvoit être ſitué vers l'endroit où eſt aujourd'hui la Chapelle de S. Yves, ou un peu en deça.

Cependant il ne faut pas ſe figurer, comme un Savant (*a*) de nos jours ſe l'eſt perſuadé, que ce fauxbourg ou cet accroiſſement de la Ville du côté du midi, étoit ſi peu de choſe, qu'on n'y voyoit gueres que des cabanes pour les vignerons & les jardiniers. Il a été au contraire prouvé juſqu'ici, que c'étoit, pour ainſi dire, le quartier affeété aux Négocians : qu'outre leurs maiſons & leurs magaſins, qui ne devoient pas conſiſter en de ſimples cahutes, on y voyoit un Port pour l'abord des marchandiſes, le Parloir des Bourgeois, & une place publique : que les Juifs y logeoient, & qu'ils y avoient une Synagogue : qu'il étoit rempli d'égliſes, de chapelles, & de monaſteres : qu'enfin il touchoit à un Cirque, à un Amphithéâtre, à un Camp fixe, à deux Abbayes très-conſidérables, & à un Palais digne des Rois qui y faiſoient leur ſejour. Or tout cela eſt bien oppoſé à l'idée meſquine que ce ſavant Antiquaire à voulu nous en donner.

## L'A N 587.

28 *Novembre*. Traité d'Andelot (*b*) entre les Rois Gontran & Childebert II, par lequel le tiers de la Ville & du territoire de Paris, qui avoit appartenu à Sigebert I, pere de Childebert II, eſt cédé à Gontran, ſans préjudice du tiers qu'il poſſédoit de ſon chef.

## GONTRAN. CLOTAIRE II.

## L'A N 591.

Ragnemode évêque de Paris meurt (*c*) avant le baptême de Clotaire II. La Reine Frédégonde met l'évêché à prix.

Euſebe II, Syrien, & du nombre de ceux de cette nation qui trafiquoient (*d*) à Paris, l'achete ; & celui-ci a eu pour ſucceſſeur Faramode frere de Ragnemode, dont les Auteurs (*e*) de la nouvelle

---

(*a*) Le Beuf, Diſſert. Tome I. page 17.   (*c*) (*d*) Idem lib. 10. cap. 26. * ibib. pag.
(*b*) Greg. Tur. lib. 9. cap. 20. * Tom. II.   381.
pag. 343 & 345.   (*e*) Gall. Chriſt. Tom. VII. pag. 22.

Gaule Chrétienne ne fixent point la date. Ils disent que c'eft à Fa-ramode, ou Faramond, que Grégoire de Tours termine fon Cata-logue des Evêques de Paris. Mais 1°. cet Hiftorien ne lui donne que le nom de Faramode; & fur ce nom il n'y a point de varian-tes: 2°. il ne dit nulle part qu'il ait été évêque de Paris; on fait de lui feulement (a) qu'après la mort de Ragnemode, Faramode fon frere fut un de ceux qui concourrurent pour lui fuccéder: 3°. Grégoire de Tours n'a dreffé aucun Catalogue des Evêques de Pa-ris: 4°: enfin, fi l'on entend par Catalogue les noms des Evêques que l'on peut recueillir de fes écrits, ces Auteurs qui s'expriment de maniere à faire entendre qu'ils ont fuivi exactement cette lifte, l'ont cependant beaucoup amplifiée, puifque fur la foi des ancien-nes notices de l'Eglife de Paris, ils ont mis au rang de ces évêques Mallon, Maffus, Marc, Aventin, Victorin, Paul, Prudent, Vi-vien, Félix, Flavien, Urficin, Apédeme, Héraclius, Probat, Amélius, Eufebe I, & Faramode. On ne s'infcrit point en faux contre ces Notices, quoiqu'on ne foit pas obligé non plus d'y ajou-ter une foi entiere, puifqu'il eft certain (b) qu'elles ont été dreffées trop tard pour pouvoir mériter le nom de pieces authentiques. Mais enfin de ving-trois évêques que l'on compte dans la Gaule Chré-tienne depuis S. Denys jufqu'à Faramode incluſivement, en voici dix-fept, qui ne font pas feulement nommez dans Grégoire de Tours; & le Catalogue prétendu de cet Hiftorien fe réduit à fix évê-ques, favoir, S. Denys, S. Marcel, Saffarac, S. Germain, Ra-gnemode, & Eufebe II.

Faramode eut pour fucceffeur Simplice, dont on parlera fous l'an 601.

## L'AN 593.

28 *Mars*. Le Roi Gontran meurt faintement (c) à Challon fur Saône, après avoir déclaré Childebert II fon neveu, héritier de fes Etats. Ainfi Childebert II dut alors avoir pour fa part les deux tiers de la ville de Paris, l'autre tiers demeurant à Clotaire II, com-me fils de Chilpéric I. Dom (d) Bouquet foutient que Childebert II n'a jamais régné à Paris; & on peut à la rigueur lui paffer le fait: Chilpéric I & fa femme Frédégonde y avoient mis bon ordre. Mais il n'en avoit pas moins le droit, foit depuis la convention de l'an 567, foit depuis que Gontran l'avoit déclaré fon héritier; & l'on

(a) Greg. Tur. lib. 10. cap. 26. * Tom. II. pag. 381.
(b) Liron, Singular. Hiftor. Tome IV. page 75, * & pages 86 & fuiv.

(c) Fredeg. Chronic. cap. 14. * Tom. II. pag. 419. Bouquet, ibid. not. H. Bolland. Mart. Tom. III. pag. 718.
(d) Bouquet * Tom. III. pag. 472. not. A.

peut

peut dire que c'eſt l'infraction de ce droit qui a été cauſe en partie
de toutes les guerres civiles qui ont ſuivi la mort du Roi Charibert
I, & de tous les meurtres qui ſe ſont commis dans la famille royale
par les deux reines Frédégonde & Brunehaut , juſqu'à la fin mal-
heureuſe de cette derniere Princeſſe.

## CHILDEBERT II. CLOTAIRE II.

Bataille de Troci, après laquelle ſuivant la remarque d'Adrien
(a) de Valois, Childebert II qui y fut battu, s'empara néanmoins
de Paris; & il en doit être quelque choſe, puiſque l'on va voir que
Frédégonde s'empara de Paris à ſon tour en 596.

### L'AN 596.

Mort (b) de Childebert II.
Ses deux fils lui (c) ſuccedent : Théodebert II en Auſtraſie, &
Thierri II en Bourgogne ; ſans compter la part que chacun d'eux de-
voit avoir ſur la ville de Paris. On donne à ce dernier le nom de
Thierri II, eu égard à Thierri fils de Clovis I, & Roi de Metz, quoi-
que celui-ci n'ait jamais régné à Paris ; & au premier , celui de
Théodébert II , parce qu'avant lui il y avoit eu un autre Roi d'Au-
ſtraſie ou de Metz, nommé Théodebert I , fils du même Thierri I.

## THÉODEBERT II. THIERRI II. CLOTAIRE II.

La Reine Frédégonde avec ſon fils Clotaire II s'empare (d) de
Paris ; & ce fut là ſans doute le ſujet de la guerre qui fut bientôt
déclarée entre Clotaire II & les fils (e) de Childebert II.

### L'AN 597 ou 598.

Mort (f) de la Reine Frédégonde, veuve de Chilpéric I. Herman (g) Contract, & le Pere (h) Pagi, mettent cette mort en 598.
Frédégaire (i) la rapporte à la ſeconde année du regne de Thierri II. Cette Princeſſe eſt enterrée auprès de ſon mari (k) dans l'é-
gliſe de S. Vincent, aujourd'hui S. Germain des Prez , c'eſt-à-dire,

(a) Valeſ. Rer. Franc. lib. 16. Tom. II.
pag. 470.
(b)(c) Fredeg. Chronic. cap. 16. * Tom.
II. pag. 420.
(d) Ibid. cap. 17.
(e)(f) Ibid. & cap. 20.

(g) Herman. Contract. * Tom. III. p. 324.
(b) Pagi ad ann. 598. cap. 9. Tom. II.
pag. 712.
(i) Fredeg. Sup. ibid.
(k) Geſta Reg. Franc. cap. 36. * Tom. II.
pag. 565. Ruinart. Diſſert. * ibid. pag. 724.

L

dans le Chœur fous une arcade du mur (a) de clôture, vis-à-vis la porte de la Sacriftie, en fuppofant l'eglife telle qu'elle eft aujourd'hui; & l'on voit encore près du grand Autel, du côté de l'Evangile la pierre qui étoit fur fon tombeau avec fa repréfentation, qui eft peut-être le plus ancien monument (b) qui nous refte de la premiere race depuis Clovis I. Sauval dit (c) que le tombeau de Frédégonde paroît être du même temps que les figures du Portail de l'églife, auffi-bien que les tombeaux de Childebert I, d'Ultrogotte fa femme, de Chilpéric I, de Clotaire II, & de Bertrude femme de ce dernier. Sauval ne voit que ce que voit Jean de Launoy fon Docteur: mais en quel recoin de l'Abbaye a-t-il donc découvert la tombe particuliere de la Reine Ultrogotte, qui depuis plus d'un fiecle ne fubfifte plus, ou n'eft plus vifible?

## L'AN 600.

Bataille de Dormelle, où Clotaire II eft défait par les troupes des deux freres Théodebert II & Thierri II. Elle fut fuivie d'un Traité par lequel (d) Clotaire II fut obligé de céder à Thierri II tout le pays fitué entre la Seine, la Loire, la mer & les frontieres de la Bretagne, à l'exception d'une douzaine de places entre la Seine, l'Oife, & la mer; & Paris dut être compris dans cette ceffion, puifqu'on va bientôt voir (e) que Clotaire II ne tarda pas à fe remettre en poffeffion de cette Ville.

## L'AN 601.

Simplice étoit Evêque de Paris. On le prouve dans la nouvelle (f) Gaule Chrétienne par une Lettre que S. Grégoire le Grand lui écrivit auffi-bien qu'à Mélance de Rouen & à quelques autres évêques des Gaules, fur la miffion d'Angleterre: c'eft la 58e du Livre XI dans l'édition du Pere de fainte Marthe, ou la 52e dans les éditions précédentes. Cependant le Pere (g) le Cointe rejete les fufcriptions de cette Lettre: elles ont prefque toutes été ajoutées, dit-il, par des écrivains poftérieurs; & pour ce qui eft de Mélance en particulier, comme il mourut en 598, ajoute-t-il, il eft impoffible que le Pape S. Grégoire lui ait écrit en 601. Le Pere de

(a) Voyez le Plan de l'Eglife dans l'Hiftoire de l'Abbaye, par Dom Bouillart, page 309.
(b) Ruinart ad Chronic. Fredeg. * Tom. II. pag. 420. not. E.
(c) Sauval, Antiq. de Paris, Tome II. p. 340.

(d) Fredeg. Chronic. cap. 20. * Tom. II. pag. 420. & 421.
(e) Voyez l'An 603 ou 604.
(f) Gall. Chrift. Tom. VII. pag. 22.
(g) Coint. ad ann. 598. & ad ann. 601. Tom. II. pag. 457. & 481.

(a) Sainte-Marthe lui répond que ces suscriptions se trouvant dans presque tous les anciens manuscrits, il ne peut y avoir que de la témérité à s'inscrire en faux contre elles; & en cela il est juste d'admettre son témoignage, & la conséquence qu'il en tire. La durée de l'épiscopat de Mélance l'embarrasse davantage. Pour résoudre la difficulté, il se jete dans une discussion aussi longue qu'inutile sur les années du regne de DagobertI; & il prend enfin comme par désespoir le parti d'abandonner sur ce sujet la Chronologie de Frédégaire, la seule néanmoins qui mérite d'être suivie. L'article de Mélance est traité dans le XIe tome de la nouvelle Gaule Chrétienne: on s'y conforme exactement au calcul de Frédégaire; & on n'en prolonge pas moins l'épiscopat de Mélance jusqu'en 601.

Simplice eut pour successeur S. Céraune, dont on parlera sous l'an 614.

## L'An 603 ou 604.

Landri, Maire du Palais de Clotaire II, s'empare (b) pour ce Prince d'une partie du Royaume de Thierri II; & la Ville de Paris doit y avoir été comprise. Adrien (c) de Valois dit que ce fut en 603, peu de temps avant la bataille d'Etampes. Ce fut sans doute avant cette bataille; mais si ce ne fut que peu de temps auparavant, on peut rapporter cet événement à l'an 604, aussi-bien qu'à l'an 603.

## L'An 604.

A la fin de Décembre. Thierri II ayant défait l'armée de Clotaire II près d'Etampes, entre dans Paris (d) victorieux.

## Vers l'An 606.

22 Septembre. Mort de Scubilion, Abbé de S. Vincent, aujourd'hui S. Germain des Prez. On s'est conformé à la même date, tant du jour que de l'année dans la nouvelle (e) Gaule Chrétienne; mais on s'y contente de dire qu'on l'a lue ainsi, sans marquer en quel endroit. C'est dans l'Interpolateur (f) d'Aimoin sur la onzieme année de Thierri II.

Didier a succédé (g) à Scubilion.

(a) Ste Marthe, edit. Gregor. M. Tom. II. pag. 1143. not. A.
(b) Fredeg. Chronic. cap. 25. * Tom. II. pag. 422.
(c) Valef. Rer. Franc. lib. 16. Tom. II. pag. 525.
(d) Fredeg. Chronic. cap. 26. * Tom. II. pag. 422.

(e) Gall. Christ. Tom. VII. pag. 410.
(f) (g) Aimoin: interpol. lib. 3. cap. 92. (male pro 91) edit. in-8°. Paris. 1567. p. 293. Dom Bouquet n'a point imprimé cette interpolation, on ne sait pourquoi; quoiqu'il ait coutume de mettre l'Interpolateur en notes au bas des pages.

## L'A N 612.

Le Roi Théodebert II est assassiné (a) par ordre de la Reine Brunéhaut. La date de l'année se prouve par la Chronique de Frédégaire, suivant laquelle (b) cet événement doit être fixé à l'année qui précéda la mort de Thierri II.

## THIERRI II. CLOTAIRE II.

## L'A N 613.

Mort (c) du Roi Thierri II dans la dix-huitieme année de son regne.

Clotaire II extermine la race de ce Prince, & réunit en sa personne (d) toute la Monarchie Françoise.

## CLOTAIRE II.

## L'A N 614.

18 Octobre. Sixieme Concile de Paris (e), tenu dans l'église de S. Pierre, aujourd'hui sainte Génevieve. Les Actes du Concile marquent qu'il fut tenu la 31e année du regne de Clotaire II, par conséquent en 614.

S. Céraune étoit alors Evêque de Paris selon les Auteurs (f) de la Nouvelle Gaule Chrétienne, aussi-bien que selon le Pere (g) le Cointe, & Dom Rivet, qui ne peuvent que le conjecturer, puisqu'ils n'en apportent aucunes preuves, quoique ce dernier assure positivement (h) que la chose est incontestable. Les premiers disent qu'il fut enterré le 27 Septembre dans l'église de sainte Génevieve ; mais ils ne décident rien sur l'année de sa mort. Le dernier ajoute qu'il est marqué au même jour dans le Martyrologe Gallican ; mais qu'à cause de la fête de S. Côme & S. Damien on remet la sienne au lendemain dans le Bréviaire de Paris.

S. Céraune eut pour successeur Leudebert, dont on parlera sous l'an 625.

---

(a) Gesta Reg. Franc. cap. 38. * Tom. II. pag. 566. & Chronic. S. Benigni, * ibid pag. 428. not. I.

(b) Fredeg. Chronic. cap. 38. ibid.* pag. 428.

(c) Idem cap. 39. * ibid. pag. 429.

(d) Append. ad Chron. Marii.* ibid. p. 20.

(e) Concil. Labbe, Tom. V. pag. 1649;

(f) Gall. Christ. Tom. VII. pag. 23.

(g) Coint. ad ann. 614. cap. 36. Tom. II. pag. 674.

(h) Rivet, Hist. liter. de la France, Tome III. page 526.

## L'AN 619.

Mort (a) de la Reine Bertrude femme de Clotaire II. Dom Ruinart, éditeur de la Chronique de Frédégaire, remarque (b) que les manuscrits varient sur la date de l'année : que les uns rapportent cette mort à l'an 38 du regne de Clotaire; d'autres à l'an 36; d'autres à l'an 35; d'autres enfin à l'an 30 ; & il s'est déterminé dans le texte pour l'an 35. Mais l'Auteur (c) des Gestes de Dagobert, & (d) Aimoin, sur lesquels il n'y a point de variantes, la rapportent à l'an 36 de Clotaire; ce qui revient à l'an de J. C. 619; & ces deux autoritez paroissent devoir l'emporter sur toutes les variantes contraires de Frédégaire. On ne sait où les Auteurs (e) de la nouvelle Gaule Chrétienne ont pris que la Reine Bertrude mourut vers l'an 606. Elle fut enterrée, non dans l'Abbaye de S. Ouën de Rouen, comme le Pere (f) le Cointe a bien voulu le croire sur le témoignage d'un prétendu (g) Fridégod, Auteur d'une vie (h) de S. Ouën, qui est cependant très-peu exact; mais à Paris dans l'Abbaye de S. Vincent, aujourd'hui S. Germain des Prez, où du temps de du Breul, qui mourut au commencement (i) du XVIIe siecle, on en étoit bien persuadé, puisque celui-ci dans ses Antiquitez de Paris atteste (k) que l'on y voyoit son tombeau, aussi-bien que celui de Clotaire II son mari, avec leurs épitaphes ; & où en effet leurs corps furent découverts en (l) 1646 & en 1656 dans le Chœur ; celui de Bertrude sous une Arcade du mur (m) de clôture près de la tour voisine du grand Autel, du côté de l'Epitre, appellée aujourd'hui le Clocher de sainte Marguerite. On a déja observé (n) que Sauval a mal marqué cette découverte en 1643.

## VERS L'AN 622.

Mort (o) de Didier, Abbé de S. Vincent, aujourd'hui S. Germain des Prez.

Guascion lui (p) succede.

(a) Fredeg. Chronic. cap. 46. * Tom. II. pag. 432.

(b) Ruinart, * ibid. not. A.

(c) Gesta Dagob. cap. 5. * ibid. pag. 581.

(d) Aimoin. lib. 4. cap. 8. * Tom. III. p. 121.

(e) Gall. Christ. Tom. VII. pag. 420.

(f) Coint. ad ann. 619. cap. 6. Tom. II. pag. 703.

(g) Rivet, Hist. liter. de la France, Tom. VI. pages 273 & suiv.

(h) Bolland. Aug. Tom. IV. pag. 819.

(i) Voyez l'An 1614.

(k) Du Breul, Antiq. de Paris, édit. Paris 1612. page 305.

(l) Voyez plus haut page 75.

(m) Voyez le Plan de l'Eglise dans l'Histoire de l'Abbaye, par Dom Bouillart, page 309.

(n) Voyez l'An 584.

(o) (p) Aimoin. interpol. lib. 4. c. 8. édit. in-8°. Paris. 1657. p. 323. Cette interpolation manque dans l'édition de Dom Martin Bouquet.

## L'An 625.

Leudebert étoit évêque de Paris : il a soufcrit cette année (a) au Concile de Reims. La date de l'année a été démontrée par le Pere (b) le Cointe ; & il n'y a plus aujourd'hui deux fentimens fur ce fujet.

Leudebert a eu pour fuccefleur Audebert, dont on parlera fous l'an 644, fuppofé néanmoins, ce dont il eft permis de douter avec Adrien (c) de Valois, que Leudebert & Audebert foient en effet deux perfonnes différentes.

## L'An 627.

20 *Avril*. Dodon étoit (d) Abbé de S. Denys. Il paroît même fur une Charte que Dom (e) Félibien foupçonne être de l'An 620, ou environ.

## L'An 628.

*Septembre ou Octobre*. Mort (f) du Roi Clotaire II dans la 45ᵉ année de fon regne. On ne doute plus de l'année. Le Pere (g) le Cointe entre autres l'a fixée de maniere à ne plus fouffrir aucune difficulté. A l'égard du jour, l'Abbé (h) de Longuerue a cru devoir obferver qu'il étoit incertain, quoique dans quelques Nécrologes il foit marqué au 28 Septembre. Cependant on a vû plus haut que Chilpéric I fon pere mourut ou à la fin de Septembre, ou au commencement d'Octobre 584 ; d'où il s'enfuit que la 45ᵉ année de fon regne a du commencer aufli ou avec les premiers jours du mois d'Octobre, ou avec les derniers jours du mois de Septembre ; & les Nécrologes n'ont rien qui ne s'accorde parfaitement avec ce calcul. Rien n'empêche en effet que Chilpéric I n'ait été affafliné quelques jours avant le 28 Septembre 584 ; & cela pofé Clotaire II à pareil jour de l'an 628 étoit entré dans la 45ᵉ année de fon regne. Ce Prince fut enterré auprès de la Reine Bertrude fa femme, c'eft-à-dire contre le mur (i) de clôture du chœur au midi, & à l'oppofite du tombeau de Chilpéric I, dans l'Abbaye (k) de S. Vincent,

(a) Concil. Labbe, Tom. V. pag. 1689.
(b) Cointe ad ann. 625. cap. 14. Tom. II. pag. 751.
(c) Valef. Rer. Franc. lib. 20. Tom. III. pag. 207.
(d) Félib. Hift. de S. Denys, Piéces Juftif. Part. I. N°. 2. page 4.
(e) Ibid. N°. 1. page 3.
(f) Fredeg. Chronic. cap. 56. * Tom. II.

pag. 435.
(g) Cointe ad ann. 628. cap. 1. & feqq. Tom. II. pag. 791 & feqq.
(h) Longuerue, Annal. * Tom. III. pag. 685.
(i) Voyez le Plan de l'Eglife dans l'Hiftoire de S. Germain des Prez par Dom Bouillart, page 309.
(k) Fredeg. Chronic. Sup. ibid.

aujourd'hui S. Germain des Prez, où fon corps fut découvert en (a) 1646 & en 1656.

## DAGOBERT I.

Dagobert I, qui avoit été créé Roi d'Auftrafie pendant la 39e année (b) de Clotaire II fon pere, qui concourt avec les années de J. C. 622 & 623, lui fuccede (c) à Paris & dans fes autres Etats. Il cede (d) néanmoins de gré ou de force à Charibert II, ou Aribert, fon frere puifné, une partie de l'Aquitaine.

## L'An 629.

Il époufe Nanthilde à Paris la feptieme (e) année de fon regne. Dom (f) Ruinart met ce mariage en 628. Mais Dagobert après la mort de fon pere, avant que de fe rendre à Paris, alla d'abord à Metz, de là à Reims & à Soiffons, enfuite en diverfes villes de Bourgogne, où il tint plufieurs affemblées; & il eft difficile de fuppofer que tout cela ait pu fe faire en trois mois de temps. Auffi Adrien (g) de Valois a-t-il cru devoir fixer le mariage de Nanthilde en 629.

## Vers l'An 630.

22 Avril. Dagobert I retire (h) les reliques de S. Denys, & de fes Compagnons martyrs, de l'Eglife que fainte Génevieve avoit fait bâtir (i) fur leur tombeau: il les transfere dans le lieu où elles font aujourd'hui à deux lieues de Paris; & y fait bâtir en leur honneur une nouvelle églife qu'il dote & qu'il décore avec une magnificence vraiment royale. Ceci combat l'opinion de ceux (k) qui prétendent que les corps des trois Saints n'ont jamais changé de place; qu'ils furent inhumez à S. Denys en France même, & que ce fut là que fainte Génevieve leur bâtit une églife. La tranflation des reliques de S. Denys, difent-ils, n'eft appuyée que fur le témoignage de l'Auteur qui a écrit les Geftes du Roi Dagobert I, écrivain du IXe fiecle, & extrêmement fabuleux. Mais enfin tout ce que

(a) Voyez l'An 619.
(b) Fredeg. Sup. * ibid. cap. 47. p. 432.
(c) Idem * ibid. cap. 56. pag. 435.
(d) Idem * ibid. cap. 57.
(e) Idem * ibid. cap. 58. pag. 436.
(f) Ruinart. ad Fredegar. ibid.
(g) Valef. Defenf. de Dagoberto, cap. 1. pag. 12 & 13.
(h) Gefta Dagob. cap. 17. * Tom. II.

pag. 584.
(i) Voyez Vers l'An 475. page 39.
(k) Félib. Hift. de S. Denys, Differt. Prélimin. §. I. Gall. Chrift. Tom. VII. pag. 332 & feqq. Valef. Defenf. de Bafilic. Part. II. pag. 164 & feqq. Mabill. Annal. Bened. lib. 12. cap. 2. Tom. I. pag. 340 & feqq. & Œuvres Pofthumes, Tome II. pages 336 & fuiv. Le Beuf, Differt. Tome I. pages 1 & fuiv. &c. &c.

dit cet Auteur ne tient pas de la chimere : ceux-là mêmes qui dé-
clament le plus hautement contre lui avouent (*a*) qu'il étoit fort
inftruit de ce qui regardoit l'Abbaye de S. Denys, dont il étoit religieux : il n'y a rien d'incroyable, rien même que de très-poffible
dans cette tranflation ; & fi on la regarde comme une fable, il faut
par une conféquence néceffaire regarder auffi comme une fable tout
ce qu'on lit dans la vie de fainte Génevieve au fujet de l'églife de
S. Denys bâtie par cette Sainte aux portes de Paris. Or on a vû
(*b*) plus haut que c'eft ce qu'il n'eft pas poffible de fe perfuader. Il
eft vrai que l'Auteur des Geftes dit que les reliques des Martyrs
furent transférées *in alium ejufdem vici locum*, ce qui femble ne fignifier autre chofe qu'une fimple tranflation d'un endroit du Bourg
où elles étoient, dans un autre endroit du même Bourg ; & fi c'eft
là exactement fa penfée, on ne peut nier qu'en cela il ne fe foit trompé : il vivoit dans un temps où il paroît qu'on commençoit à le
croire ainfi ; & on ne le croyoit fans doute que parce qu'il étoit
de tradition que de maniere ou d'autre les reliques avoient été transférées. Mais ne peut-il pas fe faire auffi que par le mot *vicus*, l'Auteur des Geftes ait entendu le chemin qui conduifoit de Paris à
*Catolocus* ? Dom (*c*) Félibien lui-même trouve cette interprétation
fi naturelle, qu'il tâche même d'en tirer avantage. On a conjecturé (*d*) plus haut que *Catolocus* pourroit bien être Chantilly : mais
que ce foit Chantilly ou tout autre lieu que l'on voudra au-delà
de S. Denys, la nouvelle églife fut bâtie par Dagobert fur la route
qui y conduifoit, comme l'étoit l'ancienne ; & l'Auteur des Geftes
n'a peut-être voulu dire que cela.

　　On met ici vers l'an 630 la conftruction de la nouvelle églife de
S. Denys, parce que felon l'Auteur (*e*) des Geftes elle fut bâtie
au commencement du regne de Dagobert ; & que ce fut là que Lan-
dégifile, frere de la Reine Nanthilde, mort en (*f*) 631, fut (*g*) enterré.

　　Depuis cette tranflation, l'ancienne églife, qui fuivant ce que
l'on a auffi (*h*) obfervé étoit peut-être bâtie vers le coin de la rue
Aubry-le-Boucher, n'a pas été pour cela abandonnée. On verra
plus bas qu'elle étoit encore fur pied en 857, & que peut-être elle
ne fut entierement détruite que pendant le fameux fiége que les
Normans mirent devant Paris en 885 & 886.

---

(*a*) Bouquet, * Tome II. Préface, pag. 15.
(*b*) Voyez Vers l'An 475. pages 39 & 40.
(*c*) Félib. Hift. de S. Denys, Differt. prélimin. §. I.
(*d*) Voyez Vers l'An 273 ou 287. page 23.

(*e*) Gefta Dagob. cap. 17. * Tom. II. pag.
584.
(*f*) Bouquet, * Tom II. Index Chronol.
(*g*) Gefta Dagob. cap. 26. * ibid. p. 586.
(*h*) Voyez Vers l'An 475. page 40.

## VERS L'AN 632.

S. Eloi fonde dans la Ville, fur un terrein que le Roi lui avoit donné, un Monaftere (a) où il raffemble jufqu'à trois cens Religieufes, & leur donne Sainte Aure pour Abbeffe. Le Pere (b) le Cointe met cette fondation en 632, & les Auteurs (c) de la nouvelle Gaule Chrétienne en 632 ou 633 ; & tout ce qu'on en peut dire, c'eft qu'elle eft poftérieure (d) à celle de l'Abbaye de Solignac, qui eft de l'an (e) 631, & qu'elle précéda l'épifcopat de S. Eloi, qui eft de l'an (f) 640. Il paroît qu'il y avoit déja là une Chapelle de S. Martial, & que S. Eloi la rebâtit (g) à neuf pour en faire l'églife des Religieufes. Ce Monaftere, auquel on a donné indifféremment jufques dans le XIIe fiecle (h) les deux noms de Sainte Aure & de S. Eloi, & qui a enfin retenu plus communément celui de fon faint Fondateur, a occupé un affez grand efpace, foit dès le temps même de fa fondation, foit dans les années fuivantes : il s'étendoit, dit (i) du Breul, fur tout le terrein qui eft renfermé entre ce qu'on appelle aujourd'hui les rues de la Calendre, de la Barillerie, de la vieille Drapperie, de Ste Croix, & la rue aux Févres ; & ce circuit en a retenu le nom de *Ceinture de S. Eloi.* Dans la fuite (k), c'eft-à-dire, non vers l'an 900, comme l'ont avancé fans preuve les Auteurs (l) de la nouvelle Gaule Chrétienne, mais plutôt en 1107, lorfque cette même églife fut donnée aux Religieux de S. Maur des foffez, on l'a partagée en deux ; celle de S. Martial, & celle de S. Eloi. Sauval a cru (m) que l'églife de S. Pierre des Arfis étoit l'Infirmerie de cet ancien Monaftere ; mais outre qu'il l'a cru bien gratuitement, puifqu'elle eft même fituée hors de la Ceinture, comment a-t-il pu accorder cette idée avec celle de Jean de Launoy fon Docteur, qu'il avoit adoptée en adoptant en entier fon Traité fur les Eglifes de Paris, qu'il a même traduit en françois pour groffir fes Antiquitez, que cette même églife eft celle des Affyriens, laquelle après avoir été ruinée par les Normans, a été transférée (n) dans la Cité ?

(a) Vita S. Eligii cap. 17. * Tom. III. pag. 555.
(b) Coint. ad ann. 632. cap. 11. Tom. II. pag. 856.
(c) Gall. Chrift. Tom. VII. pag. 279 & 280.
(d) Vita S. Eligii Sup. ibid.
(e) Gall. Chrift. Tom. II. pag. 566.
(f) Coint. an ann. 640. cap. 20. Tom. III. pag. 105 & feqq.

(g) Vita S. Eligii cap. 18. Sup. ibid.
(h) Labbe, Eloges Hiftor. & Meflangé, page 587.
(i) Du Breul, Antiq. de Paris, édit. Paris 1612. page 101.
(k) Voyez l'An 1107.
(l) Gall. Chrift. Tom. VII. pag. 280.
(m) Sauval, Antiq. de Paris, Tome I. pag. 384.
(n) Voyez Vers l'An 475. page 38.

M

## L'AN 633.

Edit (*a*) de Dagobert I, dont les (*b*) Bollandistes fixent la date
à l'an 635, pour chasser les Juifs de Paris & de tous ses Etats.
Quelques-uns se convertissent ; les autres se retirent, & ne repa-
roissent plus que sous le regne de Charles le Chauve. Ce fait, que
Dom (*c*) Félibien n'assure que sur le témoignage de l'Auteur (*d*)
du Traité de la Police ; & pour la preuve du quel celui-ci renvoie
bien à tort au VI^e Livre de Grégoire de Tours, qui étoit mort
long-temps auparavant, ne peut se prouver que par la Chronique
(*e*) de Frédégaire ; mais Dom (*f*) Bouquet observe que les Savans se méfient en cela même de l'autorité de cette Chronique.

Le Louvre, maison royale, destinée peut-être dès son origine
aux équipages de la chasse du loup, étoit sur pied, s'il faut ajouter foi à une Charte de Dagobert I, datée du 7 des Calendes de
Juin, la 5^e année de son regne, à compter sans doute depuis la
mort de son pere ; ce qui revient au 26 Mai 633. Cette Charte
est citée dans l'Histoire (*g*) de l'Université de Paris ; mais les Savans ne conviennent pas (*h*) de son authenticité, quoiqu'elle soit
rappellée dans d'autres lettres de Charles le Chauve moins sus-
pectes. Sauval (*i*) combat l'opinion de ceux qui ont cru que cette
Maison avoit été bâtie par Childebert I, & en cela il n'y a peut-
être aucun reproche à lui faire : mais il n'en est pas de même du
raisonnement sur lequel il s'appuye. Grégoire de Tours, dit-il,
Frédégaire, & Aimoin, qui ont parlé de tous les édifices faits par
Childebert, ne disent pas un mot de celui-là. Et où a-t-il donc
pris que ces trois Historiens aient parlé de tous les édifices de Childebert ? Il ajoute, pour donner l'étymologie du nom de *Louvre*,
que (*k*) dans un vieux Glossaire Saxon, le mot *Leovar*, qu'il faut
prononcer, dit-il, à peu près comme nous prononçons *Louvre*,
est traduit par celui de *Castellum* : mais c'est peut-être là une explication du mot, plustôt qu'une traduction litérale, comme il arrive
assez souvent dans ces sortes de livres. L'Auteur auroit pu mettre également *Chambort*, *Castellum*, comme on met *Seine*, *Fluvius* ;

(*a*) Félib. Hist. de Paris, Tome I. pag. 50
& 51.
(*b*) Bolland. Mart. Tom. III. pag. 591.
(*c*) Félib. Sup. ibid.
(*d*) La Mare, Traité de la Police, Tome
I. page 280.
(*e*) Fredeg. Chronic. cap. 65. * Tom. II.
pag 438.

(*f*) Bouquet, * ibid. not. F.
(*g*) Du Boulay, Hist. Universit. Parif. Tom.
I. pag. 107.
(*h*) Bonamy, Mem. de l'Acad. des Inscript.
& Belles-Lettres, Tome XV. page 690.
(*i*) Sauval, Antiq. de Paris, Tome II.
page 7.
(*k*) Ibid. page 9.

ce qui ne fignifie nullement que *Caftellum & Fluvius* foient les mots latins qui repréfentent exactement les mots françois *Chambort & Seine*. Quoi qu'il en foit, l'Auteur (*a*) de l'Hiftoire litéraire de la France dit que le Louvre doit fes commencemens à Philippe-Augufte, ce que l'on examinera (*b*) en fon lieu : cependant fi ce nom eft Saxon ou Teutonique, le château du Louvre doit être beaucoup plus ancien que ce Prince; on ne lui auroit pas donné fous fon regne un nom tiré de cette langue, qui depuis plufieurs fiecles n'étoit plus en ufage en France.

## Vers l'An 634.

S. Eloi fait bâtir l'églife de S. Paul (*c*) hors de la Ville, pour fervir de fépulture aux Religieufes du Monaftere de fainte Aure. La date de l'année eft du Pere (*d*) le Cointe : il eft certain par le texte de S. Ouën dans la vie (*e*) de S. Eloi, que la fondation du Monaftere a précédé celle de cette églife ; & on fent bien que l'une a dû fuivre l'autre de près. On voit encore aujourd'hui dans ce quartier-là un affez grand bâtiment, nommé *la Grange de S. Eloi*, qui dit-on ne peut être (*f*) qu'une ancienne dépendance de l'Abbaye de fainte Aure. Cependant cette grange pourroit bien n'être pas différente de celle que Raoul II, Abbé de S. Maur des Foffez, acquit en (*g*) 1210 près de l'églife de S. Paul, pour en faire un hofpice.

S. Ouën ajoute que l'Abbé Quintilien ou Quintinien, auquel il donne le titre de *Bienheureux*, eft enterré dans cette églife. De quel Monaftere étoit-il Abbé? c'eft ce que S. Ouën ne marque pas. Les Auteurs (*h*) de la nouvelle Gaule Chrétienne conjecturent avec affez de vraifemblance, que l'Abbaye de fainte Aure étoit double dès fon origine, comme tant d'autres Monafteres de filles, c'eft-à-dire, qu'outre la Communauté de Religieufes, qui étoit la principale, il y avoit auffi une Communauté de Religieux établie pour leur adminiftrer les Sacremens & tous les autres fecours fpirituels ; & ils croient que c'eft de cette Communauté d'hommes que le B. Quintinien étoit Abbé. Ils ajoutent néanmoins, pour donner plus de poids à leur conjecture, que dans les Antiquitez de Paris par

---

(*a*) Rivet, Hift. liter. de la France, Tom. IX. page 5.
(*b*) Voyez l'An....
(*c*) Vita S. Eligii, cap. 18. * Tom. III. pag. 555.
(*d*) Coint. ad ann. 634. cap. 6. Tom. III. pag. 13.

(*e*) Vita S. Eligii * Sup. ibid.
(*f*) Valef. de Bafilic. Parif. cap. 9. pag. 462.
(*g*) Félib. Hift. de Paris, Tome I. page 256.
(*h*) Gall. Chrift. Tom. VII. pag. 280.

du Breul on lit que Quintilien étoit Abbé de Ste Aure ou S. Eloi.
L'autorité de du Breul sur un fait aussi ancien que celui-là ne seroit
pas d'une grande force; mais après tout il n'a rien avancé de ce
qu'on lui fait dire, ni même rien qui en approche. Il rapporte (a)
un titre de la découverte qui fut faite du corps de cet Abbé en
1490 dans l'église de S. Paul; & le Monastere dont il étoit Abbé
n'y est nullement nommé : on y voit seulement que son corps fut
trouvé sous l'Autel de S. Eloi & Ste Aure, lequel étoit situé sous
la tribune où on lisoit l'Evangile aux fêtes solennelles. Or il y a
bien de la différence entre le Monastere de Quintilien, & l'Autel où il fut enterré. Dom Mabillon semble supposer que les hommes étoient à S. Paul, pendant que les filles étoient à S. Martial
dans la Ville, puisque dans sa Table (b) des Monasteres de Paris
il en distingue deux, l'un sous le nom de *Parisiense virginum S.*
*Martialis*; l'autre sous le nom de *Parisiense S. Pauli*; & tout cela
encore une fois est fort vraisemblable. Les Auteurs (c) de la nouvelle Gaule Chrétienne disent encore que le B. Quintilien mourut
le 12 Février (c'est en effet le jour où les (d) Bollandistes font
mention de lui); & que son corps, à ce que l'on croit, repose
aujourd'hui sous le petit Autel de la Chapelle de la Communion.

## VERS L'AN 636.

S. Josse vient (e) à Paris, où il séjourne quelque temps. La date
de l'année est du Pere (f) le Cointe. Le lieu que le Saint choisit
pour sa demeure hors de la Ville, du côté du nord, est devenu
depuis, à ce qu'on (g) croit, & est encore aujourd'hui une des
Eglises paroissiales de la Ville sous son invocation.

Mort (h) de Guascion, Abbé de S. Vincent, aujourd'hui S. Germain des Prez.

Germain lui (i) succede. Ici l'Interpolateur d'Aimoin commence à donner à ce Monastere le nom de S. Germain; & en effet on
a vû (k) plus haut que S. Ouën, qui vivoit au milieu de ce siecle,
ne lui en donne point d'autre dans la vie qu'il a écrite de S. Eloi.

(a) Du Breul, Antiq. de Paris, édit. Paris
1612. pages 818 & 819.
(b) Mabill. Annal. Bened. Tom. I. pag.
771.
(c) Gall. Christ. Sup. ibid.
(d) Bolland. Februar. Tom. II. pag. 575.
(e) Vita S. Judoci, apud. Surium 13 Decembr. édit. Coloniæ 1581, pag. 997.

(f) Coint. ad ann. 636. cap. 7. Tom. III.
pag. 32.
(g) Du Saussay, Martyrol. Gallic. 13 Decembr. pag. 1091 & 1002.
(h) (i) Aimoin. interpol. lib. 4. cap. 31.
Tom. III. pag. 133. not. B.
(k) Voyez l'An 543.

## L'An 637.

Il y avoit à Paris du temps de Dagobert I une Porte voisine d'une prison, dite la Prison (*a*) de Glaucin; & Dagobert qui y percevoit des droits en fit don à l'Abbaye de S. Denys. Un savant (*b*) Académicien prouve contre (*c*) du Breul, que cette Porte & cette Prison n'étoient point près de S. Denys de la Chartre; mais que la Porte étoit celle de S. Merri, qui dans la suite a été reculée au coin de la rue Garnier ou Grenier de S. Lazare. A l'égard de la Prison, peut-être n'existoit-elle, du moins sous le nom de Glaucin, que du temps de l'Auteur des Gestes, qui écrivoit au commencement du IX<sup>e</sup> siecle.

## Vers l'An 637.

Troisieme incendie de Paris. Le Monastere de Ste Aure & l'église de S. Martial penserent (*d*) périr dans les flammes. S. Eloi qui, à ce qu'il paroît, n'étoit pas encore évêque, détourna ce malheur par ses prieres.

---

### CINQUIEME PLAN,

Où il faut ajouter l'Abbaye de *S. Martial*, ou de *Ste Aure & S. Eloi*; l'église de *S. Paul*; l'hermitage de *S. Josse*; l'église de *Ste Colombe* où est *S. Bond*; le château du *Louvre*; & une *Prison* près de la Porte *S. Merri*. A l'Abbaye de Ste Croix & S. Vincent il faut mettre *S. Vincent & S. Germain*. A celle de S. Laurent il faut mettre *S. Séverin*. On peut ôter la chapelle de *S. Martin* près de la Porte du Lépreux, aussi bien que l'oratoire de *Ste Crescence*; & il ne faut plus de *Synagogue*. Mais on peut ajouter la chapelle de *S. Christophe*; car il en sera bientôt parlé.

---

Vers le même-temps il y avoit à Paris une église de (*e*) Ste Colombe bâtie encore très-vraisemblablement par S. Eloi, & dont

---

(*a*) Gesta Dagob. cap. 33. * Tom. II. pag. 588.
(*b*) Bonamy, Mém. de l'Acad. des Inscript. & Belles-Lettres, Tom. XV. pag. 685.
(*c*) Du Breul, Antiq. de Paris, édit. Paris 1612. page 115.
(*d*) Vita S. Eligii lib. 1. cap. 10. * Tom. III. pag. 555.
(*e*) Ibid. cap. 30. in Spicileg. in-4°. Tom. V. pag. 183.

94.                     D A G O B E R T  I.

Adrien (*a*) de Valois a avoué qu'il ignoroit la fituation. Un favant
(*b*) Antiquaire conjecture fort heureufement, qu'ayant dépendu
dans la fuite de l'Abbaye de S. Maur des Foffez, elle devoit être
placée à l'endroit où l'on voit aujourd'hui la chapelle de S. Bond,
dont il prétend que le vrai patron eft S. Bauld, folitaire du Diocefe de Sens.

## L'A N 638.

19 *Janvier.* Le Roi Dagobert I meurt à S. Denys en France
dans la feizieme année de fon regne. La date du jour eft tirée de
l'Auteur (*c*) de fes Geftes, & (*d*) d'Aimoin; & celle de l'année eft
tirée de (*e*) Frédégaire. Il n'eft plus queftion de difputer fur celle-
ci dont les Savans conviennent aujourd'hui, depuis que tant d'há-
biles Chronologiftes, & fur-tout Adrien (*f*) de Valois, ont démontré que les feize années de fon regne doivent être comptées
depuis celle où il fut fait Roi d'Auftrafie, c'eft-à-dire depuis les
trois mois, ou les trois mois & demi, qui fe font écoulez entre les
premiers jours d'Octobre 622, & le 19 Janvier 623, comme on
l'a obfervé (*g*) plus haut. Le Pere Germon, Jéfuite, a fait (*h*) de
grands efforts pour fapper les fondemens de cette Chronologie :
il en a voulu fur-tout aux Chartes de la Diplomatique de Dom
Mabillon; & les Journaliftes (*i*) de Trévoux, auffi-bien que l'Abbé (*k*) Raguet, ont fué fang & eau pour faire valoir fon livre. Mais
quand toutes les Chartes de la Diplomatique feroient fauffes, il
n'en demeureroit pas moins certain par le calcul de Frédégaire,
que ce fut en 638 que mourut le Roi Dagobert I. Et que peut-on
oppofer de folide à cet Auteur?

## C L O V I S  I I.

Après la mort de ce Prince, Sigebert II fon fils aîné continua
de regner (*l*) dans l'Auftrafie, dont il avoit été créé Roi dès l'an
(*m*) 634; & Clovis II fon fils puifné lui fuccéda à Paris (*n*) & dans

( *a* ). Valef. de Bafilic. Parif. cap. 10. pag. 463.
( *b* ) Le Beuf, Differt. Tome III. pag. xliv & fuiv.
( *c* ) Gefta Dagob. cap. 41. Tom. II. pag. 593.
( *d* ) Aimoin lib. 4. cap. 33. * Tom. III. pag. 134.
( *e* ) Fredeg. Chronic. cap. 79. *Tom. II. pag. 443 & 444.
( *f* ) Valef. Defenf. de Dagob. cap. 1 & 3. pag. 6. & feqq.
( *g* ) Voyez l'An 628.
( *b* ) Germon. de Veter. reg. Franc. Diplom. 3. voll. in-12. Parif. 1703 & 1706.
( *i* ) Mém. de Trévoux, Janvier 1704. Février 1705. Mai 1706. Juin 1706. Avril 1707. Août 1707. Janvier 1709.
( *k* ) Raguet, Hift. des Conteft. fur la Diplomat. in-12. Paris 1708.
( *l* ) Fredeg. Chronic. cap. 75. * Tom. II. pag. 442.
( *m* ) Gonye-de-Longuemare, Differt. fur la Chronol. des Rois Méroving. pages 3 & 107.
( *n* ) Fredeg. Chronic. cap. 79. *Tom. II. pag. 444.

ſes autres Etats ſous le nom de Royaume de Neuſtrie. Ce Prince étoit à peine âgé de cinq ans. La Reine Nanthilde ſa mere gouverna le Royaume avec Ega, Maire du Palais.

## L'An 640 ou 641.

Ega, Maire du Palais de Neuſtrie, meurt (*a*) à Clichy, & Erchinoald eſt mis en ſa place. La date de l'an 640 eſt de Dom Martin (*b*) Bouquet ; & celle de l'an 641, de Dom Urbain (*c*) Plancher.

## L'An 641 ou 642.

Mort (*d*) de la Reine Nanthilde. Elle eſt enterrée à S. Denys en France. La date de l'an 641 eſt tirée de la Chronologie de Dom (*e*) Bouquet ; cependant ſuivant Dom Urbain (*f*) Plancher elle vivoit encore en 642.

## Vers l'An 644.

25 *Octobre*. Audebert, qui peut-être n'eſt pas différent de Leudebert dont on a parlé (*g*) plus haut, étoit évêque de Paris. Germoald, Abbé, peut-être de S. Pierre, aujourd'hui Ste Génevieve, peut-être auſſi de S. Laurent, aujourd'hui S. Séverin, ſouſcrivit ce jour-là pour lui au IIIe Concile de Challon, que le Pere (*h*) Sirmond, ſuivi par le Pere (*i*) Labbe, a mal fixé à l'an 650 ou environ ; car le Pere (*k*) le Cointe ſemble avoir prouvé qu'il fut tenu vers l'an 644. Si Germoald a été Abbé de Ste Génevieve, ſon premier ſucceſſeur pourroit bien être celui dont le nom étoit terminé par ces trois ſyllabes, *noaldus*, & dont on parlera ſous l'an 690 ou 691.

A l'égard d'Audebert, les Auteurs (*l*) de la nouvelle Gaule Chrétienne avancent ſon épiſcopat juſqu'en l'an 638, fondez ſur ce qu'il ſouſcrivit, diſent-ils, à une Charte de cette année par laquelle Clovis II donna à Blidégiſile, Diacre, ou Archidiacre de l'égliſe de Paris, l'ancien Château, ou pluſtôt l'emplacement & les ruines du vieux Château des Bagaudes, dit alors le Château

---

(*a*) Idem, cap. 83 & 84. * ibid. pag. 445.
(*b*) Bouquet, * ibid. Index Chronol.
(*c*) Plancher, Hiſt. de Bourg. liv. 2. ch. 106. Tome I. page 103.
(*d*) Geſta Dagob. cap. 49. * Tom. II. pag. 594. Aimoin. lib. 4. cap. 40. * Tom. III. pag. 137.
(*e*) Bouquet, Sup. ibid.

(*f*) Plancher, Sup. ibid. chap. 107.
(*g*) Voyez l'An 625.
(*h*) Sirmond, Concil. Gall. Tom. I. pag. 489.
(*i*) Labbe, Concil. Tom. VI. pag. 387.
(*k*) Coint. ad ann. 644. cap. 2. Tom. III. pag. 173.
(*l*) Gall. Chriſt. Tom. VII. pag. 23.

des Foffez, fitué à deux lieues de Paris fur la Marne, pour y
bâtir une Abbaye, qui en a pris dans la fuite le nom de S. Maur
des Foffez. Mais outre que cette Charte, que le Pere (a) le Cointe, Gérard (b) du Bois, Dom (c) Félibien, Dom (d) Bouquet, &
(e) eux-mêmes, ont imprimée, eft au moins interpolée, comme
le Pere (f) le Cointe l'a prouvé, le nom de l'évêque de Paris ne
s'y trouve point. Peut-être Audebert l'étoit-il du moins en 640 ;
car on ne fait en quelle année mourut Leudebert, que l'on fuppofe avoir été fon prédéceffeur. Les Auteurs (g) de la nouvelle
Gaule Chrétienne, qui s'attachent encore à cette derniere date,
ne la prouvent que par la Charte même de fondation du même
Monaftere, qu'ils ont auffi (h) imprimée d'après l'Hiftoire (i) de
l'Eglife de Paris ; & il eft vrai que cette Charte eft datée de la
troifieme année du regne de Clovis II, qui revient à l'an 640,
& qu'Audebert l'a foufcrite comme évêque de Paris. Mais puifqu'ils avouent (k) que Dom Mabillon n'ofoit en garantir les foufcriptions, quelles fi fortes raifons ont-ils donc pour les garantir
eux-mêmes ? Non-feulement ces foufcriptions font fort douteufes,
puifque Dom (l) Mabillon ne les garantiffoit pas ; mais le corps
même de la piece n'eft pas exempt de dépravation, comme les
mêmes Auteurs (m) femblent l'avouer encore, du moins tacite-
ment, en citant le Pere (n) le Cointe qui le prouve. Et comme
de tout cela il réfulte qu'il ne falloit point fe fier à ces deux Chartes, il réfulte auffi qu'il ne falloit employer tout au plus qu'avec
bien des adouciffemens les deux dates de 638 & 640 ; & ne fixer
enfin à la rigueur l'épifcopat d'Audebert, s'il faut le diftinguer de
Leudebert, qu'à l'année où fe tint le IIIe Concile de Challon.

Audebert eut pour fucceffeur S. Landri, dont on va parler.

## L'AN 651.

Grande famine (o) à Paris. S. Landri pouvoit bien être alors
évêque de cette Ville ; & ce fera à cette occafion que non content

---

(a) Coint. ad ann. 638. cap. 124. Tom. III. pag. 82 & 83.

(b) Du Bois, Hift. Ecclef. Parif. Tom. I. pag. 171.

(c) Félib. Hift. de Paris, Tome III. p. 20.

(d) Bouquet, * Tom. IV. pag. 633.

(e) Gall. Chrift. Tom. VII. Inftrum. Charta II. pag. 2.

(f) Coint. Sup. ibid.

(g) Gall. Chrift. Tom. VII. pag. 23.

(h) Ibid. Inftrum. Charta III. pag. 3.

(i) Du Bois, Sup. ibid. pag. 172 & 173.

(k) Gall. Chrift. Sup. Inftrum. pag. 4. not. A.

(l) Mabill. Annal. Bened. lib. 12. cap. 58. Tom. I. pag. 372.

(m) Gall. Chrift. Tom. VII. pag. 284.

(n) Coint. ad ann. 640. cap. 40 & 41. Tom. III. pag. 117 & feqq.

(o) Gefta Dagob. cap. 50. * Tom. II. pag. 594.

d'avoir

d'avoir vendu ſes meubles pour le ſoulagement des pauvres, il aura encore fait bâtir en leur faveur près de ſa Cathédrale un Hopital, qui a pris dans la ſuite le nom d'Hôtel-Dieu, ſuivant la tradition de l'Egliſe de Paris, qui, à ce que diſent les (*a*) Bollandiſtes,
l'a conſignée dans les différentes réviſions de ſon Bréviaire, quoique ſuivant la remarque d'un ſavant (*b*) Critique, ce ne ſoit que
depuis l'an 1636. Un autre (*c*) Savant croit que ce fut en 660 que
S. Landri bâtit cette maiſon de piété: mais on ne voit point les
preuves ſur leſquelles il ſe fonde; peut-être néanmoins n'a-t-il voulu dire autre choſe, ſinon que S. Landri étant mort cette année-là,
( en ſuppoſant vraie la fauſſe Chronologie qui ne fait commencer
le regne de Clovis II qu'en 644 ) on ne peut pas reculer plus loin
cette fondation.

Du Breul (*d*) dit qu'Erchinoald, Comte de Paris, & Maire du
Palais, donna à l'Egliſe de Paris ſa maiſon avec ſa chapelle de S.
Chriſtophe, & le village de Créteil ſur Marne. Si ce fait eſt bien
prouvé, on pourroit croire que la donation d'Erchinoald fut faite
à l'occaſion de cette famine, & que ce furent là en partie les premiers fonds de l'Hôtel-Dieu qui fut érigé par S. Landri : les Hiſtoriens (*e*) ont loué Erchinoald pour la grande bonté de ſon cœur.
On a vu juſqu'en 1747 dans le Parvis de N. D. près de l'Hôtel-Dieu
même, une grande ſtatue de pierre entierement défigurée, & preſque périe de vétuſté, à laquelle le menu peuple donnoit les noms
(*f*) de *Maître Pierre le jeûneur*, & de *Monſieur le Gris*. Pluſieurs
l'ont priſe pour (*g*) Eſculape, Dieu de la Médecine, d'autres pour
(*h*) Mercure; mais ne ſeroit-ce pas pluſtôt Erchinoald lui-même,
dont l'Egliſe ou le peuple de Paris auroit voulu conſacrer la mémoire dans le lieu même qu'il avoit fondé, ou comblé de ſes bien-
faits? Cependant un Savant Antiquaire tâche de prouver dans un
Mémoire qu'il a lu à l'Académie Royale des Inſcriptions & Belles-
Lettres, dont il eſt membre, & qui n'eſt pas encore imprimé, que
c'eſt la figure de J. C. même, laquelle avoit été miſe à la porte de
l'ancienne égliſe Cathédrale, figure très-reſſemblante à celle que
l'on voit aujourd'hui adoſſée contre le pilier de la grande porte de
la même égliſe; & dans la nouvelle édition de la Deſcription de

(*a*) Bolland. Jun. Tom. II. pag. 293.
(*b*) Le Beuf, Differt. Tom. II. pag. lj.
(*c*) Moreau de Mautour, Mém. de l'Acad.
des Inſcript. & Belles-Lettres, Tome III. pag. 299.
(*d*) Du Breul, Antiq. de Paris, édit. Paris 1612. page 85.

(*e*) Fredeg. Chronic. cap. 84. * Tom. II.
pag. 445. Geſta Dagob. cap. 48. ibid p. 594.
(*f*) Piganiol, Deſcript. de Paris, édit.
Paris 1742. Tome I. page 351.
(*g*) Du Breul, Sup. ibid. page 80.
(*h*) Sauval, Antiq. de Paris, Tome III. page 55.

N

Paris par Germain (*a*) Brice on lit à peu près la même chofe.

A l'égard du titre de Comte de Paris, que du Breul donne à Erchinoald, Dom (*b*) Félibien affure qu'il prend en effet cette qualité dans fa Charte de donation; & il cite en marge la 22e Charte du petit Paftoral de l'Eglife de Paris: mais cette Charte n'eft peut-être imprimée nulle part; du moins Dom Félibien ne l'a-t-il point donnée parmi fes Pieces juftificatives. Sauval attefte (*c*) d'un côté, qu'il l'a lue dans le grand Paftoral; d'un autre côté il la cite (*d*) comme étant du petit Paftoral: mais tantôt c'eft felon lui l'acte 12 de ce recueil, tantôt c'eft l'acte 22. Il ajoute (*e*) au même endroit, que la Charte eft datée de la huitieme année du regne de Charles-le-Chauve; & dans un autre (*f*) endroit, en fe contredifant lui-même, il dit qu'elle eft de l'an 877: ce qui de maniere ou d'autre ne peut convenir au temps d'Erchinoald. Auffi foutient-il qu'Erchinoald n'y eft feulement pas nommé; & qu'il n'y eft fait mention que de S. Chriftophe de Créteil. Enfin pour trancher toute difficulté, il maintient l'acte fuppofé; & c'eft ce qui ordinairement ne lui coute rien. L'Auteur du Traité de la Police, qui en fait auffi mention, le rapporte (*g*) à l'an 666, autre date qui ne peut fe foutenir, fi la Charte eft d'Erchinoald même, puifqu'Erchinoald, comme on le marquera plus bas, mourut en 659; & qu'ainfi, en fuivant même le calcul de ceux qui mettent le commencement du regne de Clovis II en 644, il faudroit rapporter cette mort à l'an 665.

Qui pourra débrouiller ce cahos? Celui qui avec des yeux fûrs, & exempt de toute partialité pourra à fon tour s'inftruire par lui-même de ce qui en eft. Jufques-là le Lecteur fenfé ne peut manquer de fufpendre fon jugement. Du Breul & Félibien ont-ils accufé jufte? Si cela eft, la chapelle de S. Chriftophe qui étoit fur pied du temps d'Erchinoald, pouvoit bien être voifine de la Cathédrale; & ce fera celle qui ayant été érigée depuis en églife paroiffiale (*h*) de l'Hôtel-Dieu, & de quelques maifons voifines, fut démolie en 1748, pour faire place aux nouveaux bâtimens des Enfans-trouvez: peut-être auffi ne faudroit-il point chercher ailleurs cette Chapelle qu'au village de Créteil; mais il fera toujours vrai de dire, que foit à Paris, foit à Créteil, elle étoit fur pied dès le

(*a*) Brice, Defcript. de Paris, édit. Paris 1752. Tome IV. page 269.
(*b*) Félib. Hift. de Paris, Tom. I. p. 54.
(*c*) Sauval, Antiq. de Paris, Tome I. pages 95 & 96.
(*d*) (*e*) Ibid. page 381; & Tome II.

page 410.
(*f*) Ibid. Tom. I. page 382.
(*g*) La Mare, Traité de la Police, Tome I. page 98.
(*h*) Du Bois, Hift. Ecclef. Parif. Tom. I. pag. 560.

VIIᵉ fiecle. Faut-il au contraire ajouter foi à la dépofition de Sauval, & fuppofer le titre vrai, quoiqu'il l'accufe de faux? alors il
n'y aura plus de preuve que la chapelle de S. Chriftophe de Paris
exiftât du temps d'Erchinoald; on prouvera feulement que pendant
le IXᵉ fiecle il y en avoit une de ce nom à Créteil. Mais la Charte
dont il eft queftion n'eft pas unique fur cette matiere : nous en avons
une feconde; & il réfulte de celle-ci, comme on le verra (a) plus
bas, qu'avant la fin du VIIᵉ fiecle même il y avoit ou à Paris ou à
Créteil une églife de S. Chriftophe. Après tout il eft certain que
fous l'épifcopat (b) d'Inchad il y en avoit une de ce nom à Paris; que c'étoit celle de l'Hôtel-Dieu; & que les Chanoines de la
Cathédrale y alloient à certains temps marquez laver les pieds des
pauvres.

## L'An 653.

S. Landri étoit certainement évêque de Paris : il avoit donné
à l'Abbaye de S. Denys en France un privilége que Clovis II
confirma (c) le 22 Juin de cette année, la feizieme de fon regne.
C'eft donc bien à tort que quelques Critiques (d) trop hardis ont
nié l'exiftence de cet évêque. Au refte on l'a confondu (e) avec un
autre S. Landri, évêque régionaire, ou chorévêque de Meaux
& de Paris, qui a vécu dans le même fiecle, & qui très-vraifemblablement eft celui à qui font adreffées les formules de Marculfe.

## Vers l'An 654.

Mort de Germain, Abbé de S. Vincent ou S. Germain des
Prez. Le Pere (f) le Cointe s'appuye du témoignage du Continuateur (g) d'Aimoin, pour prouver qu'il mourut peu de temps
avant Clovis II.

Sigon ou Sigefroi I lui fuccede.

10 *Juin*. Mort de S. Landri, évêque de Paris. La date du jour
eft tirée de celui de fa fête. Celle de l'année ne peut être fixée au
jufte; mais il ne doit pas avoir vécu beaucoup au-delà de celle-ci.
Le faint évêque, fi l'on en croit la tradition de l'Eglife de Paris,
qui s'eft perpétuée dans différentes révifions de fon Bréviaire, fut

( a ) Voyez l'An 690 ou 691.
( b ) Voyez l'An 829.
( c ) Mabill. Diplomat. lib. 6. N°. 7. pag.
466 & 467. & Bouquet* Tom. IV. pag. 636.
( d ) Valef. Rer. Francic. lib. 10. Tom. III.
pag. 207. & 208. Launoi. Tom. III. Part. I.
pag. 156 & 169. Sauval, Antiq. de Paris,

Tome I. page 119. & Tome II. page 254.
( e ) Le Beuf, Differt. Tom. II. pag. xxxiij.
& fuiv.
( f ) Coint. ad ann. 642. cap. 45. Tom.
III. pag 153.
( g ) Aimoin. Continuat. lib. 4. cap. 43.
edit. in-8°. Parif. 1567. pag. 380.

enterré hors de la Ville dans une églife, dite alors de S. Vincent, & qui porte aujourd'hui le nom de S. Germain l'Auxerrois; mais dans la fuite des temps on en a érigé une autre (*a*) fous fon nom dans l'enceinte de la Ville même, c'eft-à-dire, dans la Cité. Il n'a cependant eu qu'affez tard un culte public, même dans fa propre Eglife; & le plus ancien monument où il foit qualifié Saint, n'eft que de l'an (*b*) 1171.

S. Landri a eu pour fucceffeur Chrodobert ou Robert, dont il fera parlé fous l'an 656.

On vient de nommer pour la premiere fois l'églife de S. Germain l'Auxerroïs; & ce qu'on en a dit ne fe trouve même appuyé que fur une tradition, à laquelle il ne faut pas fe fier en tout; car il eft faux, comme plufieurs (*c*) Savans l'ont obfervé, que cette églife ait porté dès fon origine le nom de S. Vincent: opinion d'ailleurs fi peu ancienne, qu'elle n'a été adoptée pour la premiere fois (*d*) dans le Bréviaire de Paris qu'en 1636. Pour ce qui eft de fon antiquité, fi l'on en croit (*e*) du Breul, & d'autres Ecrivains (*f*) récens, elle auroit été bâtie par le Roi Childebert I, par conféquent avant l'an 558; & les Auteurs de la nouvelle Gaule Chrétienne ne s'éloignent pas beaucoup de ce fentiment, puifqu'ils veulent (*g*) qu'elle fût déja fur pied en 581. Ils ont lu, difent-ils, dans un très-ancien manufcrit, que cette année-là même il y avoit quatre Abbayes aux portes de Paris, S. Laurent vers l'orient, Ste Génevieve au midi, S. Germain des Prez au couchant, & S. Germain l'Auxerrois au nord. Mais quel eft donc ce manufcrit? De quel âge eft-il? Et dans quelle Bibliotheque le trouve-t-on? Car enfin on ne feroit pas fâché de le lire auffi-bien qu'eux. Ils ajoutent qu'un des derniers Auteurs de l'Hiftoire de l'Eglife, de la Ville, & de l'Univerfité de Paris (c'eft M. Grancolas) l'avoit lu également comme eux. Mais encore un coup ne le citer que de cette maniere, c'eft vouloir que le Public ne le life pas, ou s'expofer à entendre dire qu'il n'a jamais exifté. Ce qui eft certain, c'eft qu'il n'y a point de preuve que M. Grancolas l'ait jamais lu. Cet Ecrivain parle à la vérité (*h*) des quatre Abbayes prétendues dans les mêmes termes que les Auteurs de la Gaule Chrétienne: mais il ne dit point qu'il s'expri-

( *a* ) Voyez l'An . . .
( *b* ) Le Beuf, Differt. Tome II. page xlij.
( *c* ) Valef. de Bafilic. Parif. cap. 12. pag. 468. Le Beuf, Differt. Tome II. pages xij & fuiv.
( *d* ) Le Beuf, ibid. page lij.
( *e* ) Du Breul, Antiq. de Paris, édit. Paris 1612 page 785.

( *f* ) Corrozet, Antiq. de Paris, édit Paris 1550. fol. 24. recto. Nicole Gilles, Chroniq. de France, édit. Paris 1557. fol. 19. verfo. Brice, Defcript. de Paris, édit. Paris 1752. Tome I. page 193.
( *g* ) Gall. Chrift. Tom. VII. pag. 252.
( *h* ) Grancolas, Hift. de l'Egl. de la Ville, & de l'Univerf. de Paris, Tome I. page 191.

me ainſi ſur la foi d'aucun manuſcrit; & après ce qui a été prouvé
(*a*) plus haut touchant l'égliſe de S. Laurent, il n'eſt pas poſſible
de ſe perſuader que celui qui a déterminé ces Auteurs ſoit d'une
antiquité ſi reſpectable.

Il peut néanmoins ſe faire, comme l'a conjecturé un ſavant (*b*)
Antiquaire, que peu de temps après la mort du ſaint Evêque d'Auxerre, on ait conſtruit en ſon honneur au-deſſous de Paris, ſur la
rive droite de la Seine, & ſur le chemin de Nanterre, une Chapelle, qui n'aura pas tardé à devenir une égliſe conſidérable, d'a-
bord Abbatiale, puis Collégiale & Paroiſſiale, & l'une des quatre
Filles de l'Archevêque, enfin Paroiſſiale ſimplement, & qui juſqu'à préſent a retenu ſon nom. Au reſte dans le temps du ſiége
de Paris par les Normans, au IX<sup>e</sup> ſiecle, on l'appelloit (*c*) *S. Germain le rond*, ſans doute à cauſe de ſa conſtruction; & il ſemble
qu'elle portoit encore ce nom bien avant dans le XII<sup>e</sup> ſiecle, puiſque dans une Bulle du Pape Alexandre III de l'an (*d*) 1165 elle
eſt encore appellée *Monaſterium S. Germani rotundi*.

## L'A N 655.

Après la mort de Sigebert II Roi d'Auſtraſie, arrivée le 1 Février (*e*) de cette année, Grimoald, Maire du Palais de ce Prince,
qui avoit voulu élever ſur le thrône Childebert ſon propre fils, au
préjudice de Dagobert, fils & légitime héritier de Sigebert, eſt enfermé dans une priſon (*f*) à Paris par ordre de Clovis II, & y
meurt miſérablement, comme il le méritoit.

Ici la Chronologie de nos Rois, qui avoit déja ſouffert de grandes difficultez au ſujet des ſeize années du regne de Dagobert I,
recommence à s'embrouiller. Adrien (*g*) de Valois, qui ne donne
que ſeize années de regne à Clovis II, met ſa mort en 654: Dom
(*h*) Mabillon, qui lui en donne dix-huit, la met en 656; mais il
fixe, comme on vient de le voir, à l'an 655 la mort de Sigebert II
Roi d'Auſtraſie, & celle de ſon Maire Grimoald: le Pere (*i*) le
Cointe veut que Sigebert & Grimoald ſoient morts en 654, & Clovis II en (*k*) 655: enfin l'Abbé de Longuerue, qui a compoſé des

(*a*) Voyez Vers l'An 547, & l'An 583.
(*b*) Le Beuf, Differt. Tome II. page 12.
(*c*) Abbo I. 175. & II. 35.
(*d*) Valeſ. de Baſilic. Pariſ. cap. 15. pag. 481.
(*e*) Mabill. Annal. Bened. lib. 14. cap. 34. Tom. I. pag. 431.
(*f*) Geſta Reg. Franc. cap. 43. * Tom. II.

pag. 568.
(*g*) Valeſ. Rer. Franc. lib. 20. Tom. III. pag. 214.
(*b*) Mabill. Differt. * Tom. III. pag. 708.
(*i*) Coint. ad ann. 654. cap. 3. Tom. III. pag. 388 & 389.
(*k*) Idem. ad ann. 655. cap. 7. ibid. pag. 411.

Annales de France depuis la fixieme année du regne de Dagobert I,
c'eſt-à-dire, depuis l'an 628 de J. C. juſqu'à l'an 754, rapporte (a)
à la feule & même année 656 les trois morts de Sigebert II, de
Grimoald, & de Clovis II; & cette différence de calcul influe fur
léur chronologie juſqu'à la mort de Childebert III, qu'ils s'accordent tous à mettre en 711. Il faut cependant fe déterminer ici;
& l'on croit devoir s'en tenir à celui de Dom Mabillon, qui paroît
le mieux prouvé tant pour la mort de Sigebert II en 655 par la vie
(b) de S. Didier évêque de Cahors, que pour celle de Clovis II en
656 par la vie (c) de S. Jean de Réome.

A la mort de Sigebert, ou pluſtôt à celle de l'uſurpateur Childebert, Clovis II fe trouva feul poſſeſſeur de tous les Etats de la
Monarchie; mais, comme on le voit, il n'en jouit pas long-temps.
L'Auteur d'une Diſſertation qui remporta le prix à l'Académie de
Soiſſons en 1746, après avoir fixé (d) la mort de Sigebert au 1
Février 655, celle de Grimoald avec la fin du regne du faux Childebert (e) au mois d'Août fuivant, & celle de Clovis II en (f) 656,
prétend néanmoins (g) que celui-ci ne fut maître de toute la Monarchie que pendant trois mois. N'y a-t-il donc que trois mois
d'intervalle entre le mois d'Août 655, & l'année 656?

## L' A N 656.

*Avant le* 10 *Mars.* Clovis II meurt (h) & eſt enterré à S. De-
ñys en France. Voyez ce que l'on vient de dire fous l'an 655.

## C L O T A I R E　I I I.

Clovis II avoit laiſſé trois fils, Clotaire III qui lui fuccéda le
premier, & qui regna feul dans toute la Monarchie juſqu'en 661
fous la régence (i) de la Reine Ste Bathilde fa mere; Childéric II,
à qui Clotaire fon frere donna en 661 le Royaume (k) d'Auſtrafie,
& qui dix ans après, lui fuccéda encore en Neuſtrie & en Bourgogne; & Thierri III, qui ne monta fur le thrône, ou qui n'y fut affer-
mi, que pluſieurs années après la mort de fon pere, comme il fera

(a). Longuerue, Annal. * Tom. III. pag.
685.
(b)(c) Mabill. Diſſert. * Tom. III. pag.
708 & 713.
(d) Gouye-de-Longuemare, Diſſert. fur
la Chronol. des Rois Méroving. pag. 11. &
108.

(e)(f) Ibid. & page 18.
(g) Ibid. page 19.
(h) Chroniq. de S. Denys, liv. 5. * Tom.
III. page 304.
(i) Vita S. Bathild. cap. 5. * ibid. p. 572.
(k) Vita S. Lantberti, cap. 3. * ibid. pag.
585.

marqué (*a*) plus bas. On fuivra dorénavant ici jufqu'au commencement de la feconde Race la chronologie de l'Auteur de la Differtation que l'on vient de citer, lorfqu'on fe croira obligé de s'écarter en quelque chofe de celle de Dom Martin Bouquet.

Chrodobert, ou Robert, étoit évêque de Paris lorfque Clovis II mourut, & fut alors un des principaux Confeillers (*b*) de la Reine régente. Il foufcrivit le 26 Août, la troifieme année de Clotaire III, par conféquent en 658, à un privilége (*c*) qu'Emmon évêque de Sens donna au Monaftere de Ste Colombe. Les Auteurs (*d*) de la nouvelle Gaule Chrétienne rapportent la date de ce privilége à l'an 658 ou 659 indéfiniment; par où ils femblent douter fi Clovis II ne vivoit pas encore le 26 Août 656. L'Abbé (*e*) de Longuerue le penfoit ainfi en effet; & il tâchoit de le prouver par la vie de S. Jean de Réome: mais fa preuve ne paroît rien moins que décifive.

Le Pere (*f*) le Cointe, fondé fur un paffage du vénérable Bede, range dans un autre ordre les premiers fucceffeurs de S. Landri: il le fait fuivre immédiatement par Importun; & après celui-ci il met fucceffivement Chrodobert, Sigobrand, & Agilbert. C'eft qu'il n'a pas cru que Bede ait pu fe tromper, & qu'il a préféré fon autorité à celles de la vie de Ste Bathilde que l'on vient de citer, & du privilége de l'Abbaye de N. D. de Soiffons, que l'on citera (*g*) plus bas.

## L'AN 659.

Mort (*h*) d'Erchinoald, Maire du Palais.
Le fameux Ebroin lui (*i*) fuccede.

## L'AN 662.

6 *Septembre*. Chrodobert étoit encore évêque de Paris. Il foufcrivit ce même (*k*) jour, la feptieme année de Clotaire III, à un privilége de Bertefroi, évêque d'Amiens, pour l'Abbaye de Corbie; & il doit être mort peu de temps après.

Sigobrand, dont on va parler, lui fuccéda.

(*a*) Voyez l'An 670 ou 671, & l'An 674.
(*b*) Vita S. Bathild. Sup. ibid.
(*c*) Mabill. Annal. Bened. lib. 14. cap. 63. Tom. I. pag. 448.
(*d*) Gall. Chrift. Tom. VII. pag. 25.
(*e*) Longuerue, Annal. * Tom. III. pag. 688.

(*f*) Coint. ad ann. 654. cap. 20. & ad ann. 664. cap. 8. Tom. III. pag. 395 & 558.
(*g*) Voyez l'An 665.
(*h*)(*i*) Contin. I. Fredeg. cap. 92. * Tom. II. pag. 449.
(*k*) Concil. Labbe, Tom. VI. pag. 529.

## V E R S　L'A N　664.

Sigobrand, évêque de Paris, qui par fes hauteurs s'étoit attiré de puiffans ennemis, eft tué (a) dans une émeute. Il n'eft pas marqué expreffément dans les textes que l'on vient de citer, ni dans ceux que l'on citera encore bientôt, de quelle Eglife étoient évêques Chrodobert, Sigobrand, & Importun : mais les anciens Catalogues des évêques de Paris ne permettent pas de douter qu'ils n'appartiennent à cette Eglife.

Importun, dont on va paler fous l'an 665, a fuccédé immédiatement à Sigobrand.

Une maladie affreufe dépeuple une grande partie de la ville de Paris. Ste Aure qui en eft frappée, meurt (b) avec 160 de fes Religieufes ; & toutes font enterrées à S. Paul. Le Martyrologe univerfel de Chaftelain met la fête de la fainte Abbeffe au 4 Octobre ; & Baillet (c) dit qu'en effet elle mourut ce jour-là, mais qu'à caufe de celle de S. François d'Affife on remet à Paris la fienne au lendemain. D'habiles Critiques (d) ont rapporté le fléau, dont on parle ici, auffi-bien que la mort de Ste Aure, à l'an 666 ; mais il y a tout lieu de croire que ce fut la même maladie, qui félon le vénérable (e) Bede ravagea en 664 l'Angleterre & l'Irlande. Ce feroit peut-être encore cette pefte, dont il eft dit dans la légende (f) de S. Aquilin, prêtre & martyr à Milan, que le Saint délivra Paris par fes prieres. La même légende dit encore que S. Aquilin fut élu fucceffivement évêque de Cologne & de Paris ; mais qu'il refufa l'un & l'autre évêché. Si l'on peut fe fier à cette piece, ce feroit immédiatement après la mort de Sigobrand, qu'il auroit été élu évêque de Paris.

## L'A N　665.

26 Juin. Importun étoit évêque de Paris. Il foufcrivit ce jour-là même, la dixieme (g) année de Clotaire III, à un privilége de Draufin, évêque de Soiffons pour l'Abbaye de N. D. de la même ville. Les Copiftes récens avoient altéré ou falfifié la date de ce privilége, qui porte abfolument, non la quatorzieme année du re-

(a) Vita S. Bathild. cap. 10. * Tom. III. pag. 574. & Mabill. * ibid. not. A.
(b) Vita S. Eligii, cap. 51. * ibid. pag. 561.
(c) Baillet, Vies des Saints, 4 Octobre.
(d) Du Bois, Hift. Ecclef. Parif. Tom. I. pag. 201. Bouquet, Chronol. * Tom. III.

pag. 561.
(e) Beda, Hift. Angl. lib. 3. cap. 27. edit. Coloniæ, Tom. III. pag. 79.
(f) Bolland. Januar. Tom. II pag. 971.
(g) Germain, Hift. de l'Abb. de N. D. de Soiffons, page 423.

gne

gne de Clotaire, comme l'a fuppofé le Pere (*a*) le Cointe, ni d'autres années auffi fauffes que celle-là ; mais fuivant le témoignage de Dom Michel (*b*) Germain, la dixieme année du regne de ce Prince.

Agilbert, dont on va parler, a fuccédé immédiatement à Importun.

## L'An 668.

Le vénérable Agilbert, qui avoit été évêque en Angleterre, mais qui avoit quitté fon évêché pour revenir en France, étoit évêque de Paris. Il reçut chez lui (*c*) vers la fin de cette année l'évêque Théodore, que le Pape Vitalien envoyoit dans la grande Bretagne. Le Pere (*d*) le Cointe qui lui donne Sigobrand pour prédéceffeur immédiat, & Gérard (*e*) du Bois qui le fait fuccéder immédiatement à Importun, veulent néanmoins également qu'il ait été évêque de cette Ville dès l'an 664 même ; & il eft vrai que le vénérable (*f*) Bede le dit ainfi ; mais on ne peut nier que cet Hiftorien ne fe foit trompé. Agilbert de retour en France donna à la vérité en 664, comme le Pere (*g*) le Cointe le prouve fort bien, la confécration épifcopale à S. Wilfrid : mais parce qu'il étoit évêque de Paris peu de temps après, il ne s'enfuit pas qu'il le fût dès-lors ; & c'eft à quoi fans doute le vénérable Bede n'a pas fait attention.

## Vers l'An 669.

Le corps de fainte Aure eft rapporté du cimetiere ou de la Chapelle de S. Paul dans l'églife de fon Abbaye. Ce fut cinq ans après la mort de la Sainte fuivant Dom (*h*) Félibien, qui avoit en main apparemment les preuves de cette date, quoiqu'il n'ait pas jugé à propos d'en faire part au public ; & comme il fixe cette mort à l'an 666, la tranflation a dû fe faire felon lui en 671. Ce corps eft confervé aujourd'hui dans l'églife de S. Eloi, qui eft un refte (*i*) de cette ancienne Abbaye.

## L'An 671.

10 *Mars*. Clotaire III étoit encore en vie, fuivant une charte

---

(*a*) Coint. ad ann. 668. cap. 5. Tom. III. pag. 606.
(*b*) Germain, Sup. ibid. page 425.
(*c*) Vita S. Theodori, in Act. SS. Bened. Tom. II. pag. 1032.
(*d*) Coint. ad ann. 664. cap. 10. Tom. III. pag. 559.

(*e*) Du Bois, Hift. Ecclef. Parif. Tom. I. pag. 102 & 105.
(*f*) Beda, Hift. Angl. Sup. lib. 3. cap. 28. pag. 80.
(*g*) Coint. Sup. ibid.
(*h*) Félib. Hift. de Paris, Tome I. page 58.
(*i*) Voyez Vers l'An 632.

O

imprimée dans la (*a*) Diplomatique. Dom Mabillon, qui rapportoit alors cette Charte au regne de Clotaire III, ayant cru dans la suite (*b*) qu'elle ne convenoit pas au temps de ce Prince, l'a rejetée à celui de Clotaire II ; & les Auteurs (*c*) de la nouvelle Gaule Chrétienne sont demeurez dans le doute à ce sujet. Mais la Charte porte la souscription de l'évêque Agilbert ; & comme elle regarde l'ancienne Abbaye de Bruyeres, ou Brieres, au Diocese de Paris, il est plus que probable que c'est l'évêque de Paris même qui l'a souscrite. Or Agilbert évêque de Paris vivoit sous Clotaire III, non sous Clotaire II ; c'est donc au regne de Clotaire III qu'il faut la rapporter. Elle est datée de la seizieme année de ce regne ; quoique Claude (*d*) Chastelain, qui a voulu faire ici le Diplomaticien, ait cru qu'il convenoit d'y substituer *anno XIV* à *anno XVI* ; & c'est aussi pendant cette seizieme année que ce Prince mourut. On le croit (*e*) enterré ou à Chelles ou à S. Denys.

　　Thierri III, son frere, soutenu par Ebroin, Maire du Palais, lui succede (*f*) dans les deux royaumes de Neustrie & de Bourgogne.

## T H I E R R I　I I I.
### *Pour la premiere fois.*

　　Ce Prince est déthrôné (*g*) au bout de trois mois ; & Childéric II, autre fils de Clovis II, déja Roi d'Austrasie depuis l'an 661, se met encore en possession de ces deux autres Royaumes.

## C H I L D É R I C　I I.

### V ERS L'A N 671.

　　Childéric II se vit à peine maître de toute la Monarchie, que les Austrasiens d'au-delà du Rhin, & ceux qui habitoient l'Alsace, accoutumez à avoir un Roi particulier, rappellerent d'Irlande (*h*) sur la fin de l'année 671, ou au commencement de l'an 672, Dagobert II, fils de Sigebert II Roi d'Austrasie, & petit-fils comme Childéric II du Roi Dagobert I ; ensorte que Childéric II ne se trouva plus maître que de la Neustrie & de la Bourgogne.

( *a* ) Diplomat. pag. 468 & 469.
( *b* ) Mabill. Œuvres posth. Tome II. page 346.
( *c* ) Gall. Christ. Tom. VII. pag. 279 & 338.
( *d* ) Chastelain, Martyrol. univers. page 881.

( *e* ) Hist. Généal. des Gr. Off. de la Cour. Tome I. page 11.
( *f* ) Gesta Reg. Franc. cap. 45. * Tom. II. pag. 569.
( *g* ) Ibid. & vita S. Leodegar. cap. 3. * ibid. pag. 613.
( *h* ) Vita S. Wilfridi, * Tom. III. p. 601.

## L'An 673.

Leudese, fils d'Erchinoald, est établi (a) Maire du Palais à la place d'Ebroin.

## L'An 674.

*Avant le mois d'Avril.* Childéric II est assassiné (b) avec sa femme Bilichilde, & un de ses fils nommé Dagobert, dans la forêt de Lauconie, qu'un savant (c) Antiquaire croit être celle qui s'étendoit autrefois dans le Vexin François du côté de Loconville & de Boissy-le-bois. Leurs corps apportez à Paris sont enterrez dans l'église de S. Vincent & S. Germain, où leurs cercueils furent découverts en (d) 1646 & en 1656 dans le chœur même, celui de Childéric II joignant (e) celui de Chilpéric I, celui de Bilichilde joignant celui de son mari, & celui du petit Prince sur celui de la Reine, tous les trois au nord & à l'opposite du tombeau de Clotaire II. Sauval (f) a mal rapporté cette découverte à l'an 1643.

## THIERRI III.

### *Pour la seconde fois.*

Thierri III sort du monastere de S. Denys en France, où il avoit été (g) enfermé en 671, & succede (h) à son frere Childéric II dans les deux Royaumes de Neustrie & de Bourgogne.

Ebroin qui avoit été confiné (i) à Luxeuil lorsque Thierry III fut enfermé à S. Denys, & qui après la mort de Childéric II s'étoit sauvé de sa prison, tue (k) Leudese Maire du Palais, & enleve l'Austrasie Belgique à Dagobert II, en y élevant un phantôme de Roi (l) sous le nom de Clovis III, qu'il supposoit fils de Clotaire III.

## L'An 675.

Ebroin abandonne son faux Clovis, & remet cette partie de

(a) Fredeg. Chronic. cap. 95. * Tom. II. pag. 450.
(b) Ibid. & Vita S. Lantberti, in Act. SS. Bened. Sec. III. Part. II. pag. 465.
(c) Le Beuf, Dissert. Tome I. pages 361 & 362.
(d) Voyez plus haut page 75. notes N. & O.
(e) Voyez le Plan de l'Eglise dans l'Histoire de l'Abbaye par Dom Bouillart, page 309.

(f) Sauval, Antiq. de Paris, Tome II. page 340.
(g) Sigebert. Chronic. ad ann. 667.* Tom. III. pag. 343.
(h) Chronic. S. Benigni, & Centul. * ibid. pag. 317 & 351.
(i) Sigebert. Chronic. Sup. ibid.
(k) Fredeg. Chronic. cap. 96. * Tom. II. pag. 450.
(l) Vita S. Leodegarii, cap. 8. * ibid. pag. 617.

l'Auſtraſie (a) ſous l'obéiſſance de Thierri III, qui en récompenſe lui rend la dignité de Maire du Palais.

## L'A N 679.

2 3 *Décembre*. Dagobert II Roi d'Auſtraſie étant mort, Thierri III devoit ſe trouver maître de toute la Monarchie; mais les Ducs Pepin & Martin, couſins-germains, le premier, fils d'Anſegiſe & pere de Charles Martel; le ſecond, fils, à ce que l'on (b) préſume, de Clodulſe évêque de Metz, frere d'Anſegiſe, ſe firent déclarer Ducs ou Gouverneurs (c) de l'Auſtraſie.

## VERS L'AN 680.

2 5 *Janvier*. Mort de ſainte Bathilde, Reine de France, veuve de Clovis II. Elle eſt enterrée dans l'Abbaye de Chelles où elle s'étoit retirée. La date du jour eſt tirée de la Chronique (d) de S. Riquier; & c'eſt auſſi celui où l'Egliſe honore ſa mémoire.

Le vénérable Agilbert, évêque de Paris, mourut vers cette même année, ſuivant l'hiſtoire (e) de l'Egliſe de Meaux, où on lui donne le titre de Saint, quoiqu'il n'ait point de culte public dans l'Egliſe, & où l'on ajoute que ſon corps fut porté dans l'Abbaye de Jouarre; ce qui ſuppoſe qu'il mourut ailleurs: mais on n'a rien d'aſſuré (f) ni ſur le jour, ni ſur l'année de ſa mort. Les Auteurs (g) de la nouvelle Gaule Chrétienne, qui ſemblent croire qu'il mourut à Jouarre même, ne nous apprennent rien de plus à ce ſujet, ſinon qu'il vivoit encore en 670, peut-être auſſi en 680; & qu'en 691 il avoit un ſucceſſeur.

Ce ſucceſſeur fut Sigofroi, ou Sigefroi, dont on parlera ſous l'année 690 ou 691,

## L'A N 681.

Ebroin (h) eſt aſſaſſiné.
Waratton eſt élu à ſa place (i) Maire du Palais.

## L'A N 683.

Waratton eſt dépoſſédé (k) de la Mairie du Palais par ſon propre fils Giſlémar.

( a ) Vita S. Leodegar. cap. 12. * Tom. II. pag. 619. & Annal. Metenſ. * ibid. pag. 678.
( b ) Valeſ. Rer. Franc. lib. 21. Tom. III. pag. 292 & 293.
( c ) Contin. II. Fredeg. cap. 97. * Tom. II. pag. 451. Chroniq. de S. Denys, liv. 5. chap. 24. * Tom. III pag. 306.
( d ) Chronic. Centul. * Tom. III. p. 351.

( e ) Hiſt. de l'Egl. de Meaux, Tome I. page 41.
( f ) Chaſtelain, Martyrol. univerſ, pages 744 & ſuiv.
( g ) Gall. Chriſt. Tom. VII. pag. 27.
( h ) ( i ) ( k ) Contin. II. Fredeg. cap. 98. * Tom. II. pag. 451.

## Vers l'An 683.

Mort de Sigon, ou Sigefroi I, Abbé de S. Vincent, ou S. Germain des Prez. Le Continuateur (*a*) d'Aimoin femble faire entendre qu'il mourut dans le même temps ou à peu près que S. Ouën évêque de Rouen. Or S. Ouën mourut en (*b*) 683.

Babon I fuccede à Sigon, fuivant le même Continuateur, que le Pere (*c*) le Cointe a adopté. Les Auteurs (*d*) de la nouvelle Gaule Chrétienne, qui ne reconnoiffent qu'un Babon, & qui fe voient contraints de le rejeter au VIIIᵉ fiecle, mettent ici de fuite fans aucunes dates, Sigon, Childéran, & Honfroi. Mais dans quel Auteur préférable au Continuateur d'Aimoin ont-ils donc lu que Babon n'étoit point ici à fa place? On a déja fait (*e*) une obfervation à ce fujet. A l'égard de Childéran & d'Honfroi, il eft fait mention d'eux dans les (*f*) interpolations d'Aimoin ; & le Pere (*g*) le Cointe tâche d'en fixer les dates : mais il n'a pour cela que de trop foibles conjectures. Ces deux Abbez furent fuivis d'Authaire II, dont on parlera fous l'an 690 ou 691.

## L' A n 684.

Waratton recouvre la dignité (*h*) de Maire du Palais par la mort de fon fils Giflémar.

## L' A n 686.

Mort (*i*) de Waratton, Maire du Palais. On lui fubftitue Bercaire.

## L' A n 687.

Bataille de **Tertri**, après laquelle Pepin de Herftal, pere de Charles Martel, fe rend maître (*k*) de Paris & de tout le Royaume. Il conferve cependant à Thierri III le nom de Roi.

---

( *a* ) Aimoin. Continuat. lib. 4. cap. 46. edit. Parif. 1567. in-8°. pag. 384.
( *b* ) Gall. Chrift. Tom. XI. pag. 14.
( *c* ) Coint. ad ann. 684. cap. 21. & feqq. Tom. IV. pag. 117 & 118.
( *d* ) Gall. Chrift. Tom. VII. pag. 421.
( *e* ) Voyez l'An 558. page 61.
( *f* ) Aimoin. Continuat. Sup. cap. 47. pag. 385.

( *g* ) Coint. ad ann. 687. cap. 8. Tom. IV. pag. 177 & 178. ad ann. 691. cap. 61. ibid. pag. 261. & ad ann. 694. cap. 8. ibid. pag. 299.
( *b* ) Contin. II. Fredeg. Sup. ibid.
( *i* ) Idem. cap. 99. * ibid. pag. 452.
( *k* ) Annal. Metenf. * Tom. II. pag. 679 & 680.

# THIERRI III.

## L'An 688.

Norbert (*a*) eſt mis par Pepin auprès du Roi Thierri à la place de Bercaire.

## L'An 690 ou 691.

Sigofroi ou Sigefroi, étoit évêque de Paris.

Authairé II étoit Abbé de S. Vincent & S. Germain, aujourd'hui S. Germain des Prez.

Landebert étoit Abbé de S. Germain, c'eſt-à-dire de S. Germain l'Auxerrois.

Un autre Abbé, dont le nom finit par ces trois ſyllabes, *noaldus*, ſemble être celui de S. Pierre ou Ste Génevieve ; & ſon premier ſucceſſeur connu fut Herbert, dont on parlera ſous l'an 845.

Wandremar, Abbé, étoit peut-être celui de l'Abbaye de S. Laurent, ou S. Séverin.

Une Abbeſſe, dont le nom paroît terminé par ces trois lettres, *ata*, étoit à ce qu'on croit celle du Monaſtere de Ste Aure, ou de S. Martial & S. Eloi. Peut-être auſſi l'étoit-elle d'un autre Monaſtere de filles dont on a parlé (*b*) plus haut, & dont il ne reſte plus aujourd'hui d'autre veſtige qu'une ſimple Chapelle, dite *des Haudriettes*.

Landétrude étoit peut-être Abbeſſe de l'Hôtel-Dieu ; peut-être auſſi ſon Abbaye étoit-elle ſituée au village de Créteil, au-deſſus de Paris.

Tout cela eſt tiré d'un teſtament connu ſous le nom de Charte (*c*) de Vandemir, daté de la dix-ſeptieme année du regne de Thierri III. Le Monaſtere de Landétrude y eſt déſigné ſous le nom de *Domno Chriſtivilo* ; & les Savans (*d*) ne font aucune difficulté de reconnoître ſous ce nom celui de *S. Chriſtophe* ; d'où ils concluent qu'il s'agit là de l'Hôtel-Dieu : car on a vû (*e*) plus haut que peut-être une Chapelle de ce nom a fait partie de cette Maiſon de piété dès ſon origine.

Mais comment le mot *Chriſtivilo* peut-il ſignifier S. Chriſtophe ? & comment a-t-on pû l'employer au lieu du mot grec ou latin *Chriſtophorus*, c'eſt-à-dire, *Porte-Chriſt*, qui a dû être ſi connu & ſi commun ? Les Bollandiſtes (*f*) ont recherché dans une ſavante

(*a*) Geſta Reg. Franc. c. 48. * Tom. II. pag. 570.
(*b*) Voyez Vers l'An 475. page 37. Voyez auſſi l'An 821.
(*c*) Diplomat. lib. 6. N°. 14. p. 472.

(*d*) Mabill. Annal. Bened. lib. 18. cap. 9. Tom. I. pag. 594. Le Beuf. Diſſert. Tome II. page vij.
(*e*) Voyez l'An 651. pages 97 & ſuiv.
(*f*) Bolland. Jul. Tom. VI. p. 125 & ſeqq.

Differtation pourquoi ce faint Martyr eft repréfenté avec une taille gigantefque, & pourquoi on a placé fa ftatue à l'entrée d'un fi grand nombre d'églifes, comme il fe voit à celle de N. D. de Paris. On pourroit auffi demander pourquoi les Peintres & les Sculpteurs ne le repréfentent point autrement que portant l'enfant Jéfus fur fes épaules : mais il femble que le mot *Chriftivilo* répond à toutes ces queftions. Que nos premiers François aient donné à S. Chriftophe un nom tiré de leur propre langue, pluftôt qu'un nom grec ou latin, il n'y a rien là que de très-croyable. Or *Bild* dans la langue Germanique fignifie *image*, *figure*, *ftatue* ; & *Bilden* fignifie *faire des ftatues* : & rien n'empêche de fuppofer que S. Chriftophe étoit un Sculpteur ou Statuaire qui s'appliquoit à faire des figures de l'enfant Jéfus, qu'il portoit enfuite aux portes des églifes pour les diftribuer, ou pour les débiter au peuple chrétien. Il n'y a nulle différence à faire entre *bild* & *vild* ; & de-là s'eft formé comme de lui-même le mot *Chriftivild*, ou *Chriftivil*. On ne voit rien dans tout ceci qui ne foit fort plaufible ; & il eft aifé d'en faire l'application aux ftatues de S. Chriftophe. La taille gigantefque ne doit point arrêter. Ou S. Chriftophe étoit naturellement d'une très-haute ftature, ou comme il a plu aux Sculpteurs & aux Peintres de mettre fur fes épaules l'enfant Jéfus, tenant le globe du monde dans fa main, ils ont cru devoir en faire un homme extrêmement haut, fort, & robufte, pour fupporter un fi pefant fardeau.

Ajoutons maintenant que de temps immémorial le Patron de l'églife de Créteil eft S. Chriftophe. Or le mot *Créteil* repréfente fi parfaitement celui de *Chriftivil*, qu'on ne peut s'empêcher de croire que ce lieu fut d'abord appellé *S. Chriftivil* ou *S. Créteil*, en latin *Sanctus* ou *Domnus Chriftivilus* ; mais que par fucceffion de temps le nom de *S. Chriftophe* ayant pris le deffus, on n'a plus défigné que fous celui-ci le faint Patron de l'églife, pendant que l'ancien nom de *Créteil* s'eft maintenu pour fignifier le Village. Or cela pofé il eft hors de doute que le Monaftere dont Landétrude étoit Abbeffe pouvoit être fitué à Créteil auffi-bien qu'à Paris auprès de la Cathédrale.

On apprend encore par la charte de Vandemir, qu'un des Saints titulaires de cette églife Cathédrale étoit S. Etienne, parce qu'en effet elle en comprenoit plus d'une, & qu'outre la principale qui étoit confacrée fous le nom de la Ste Vierge, il y en avoit une autre dédiée fous l'invocation de ce premier Martyr, dans laquelle, peut-être à caufe de la caducité de celle de la Ste Vierge, on acquittoit alors le Service divin, & qu'on a appellée dans la suite (*a*) S. *Etienne le vieux* , soit pour la diftinguer de quelques autres églifes de même nom plus récentes , soit parce qu'elle étoit tombée de vétufté , & qu'il n'en reftoit plus que les murs , tels qu'on les voyoit encore fous le regne de (*b*) Louis le Gros. Cette églife de S. Etienne qui étoit au midi , & dans laquelle fe font tenus quelques Conciles , ne fubfifte donc plus depuis long-temps. On en voyoit encore une troifieme au nord fous le nom de S. Jean Baptifte ; & c'étoit fans doute celle qui dans fon origine renfermoit les fonts Baptifmaux ou le Baptiftere dont il eft fait mention dans la vie (*c*) de S. Germain évêque de Paris , & dans celle (*d*) de Ste Génevieve : auffi étoit-ce la Paroiffe du Cloître , & on l'appelloit S. *Jean le rond*. Mais celle-ci a été démolie en 1749 pour élargir l'entrée du Cloître de ce côté-là ; & en même-temps on en a transféré le titre & le fervice paroiffial dans celle de S. Denys du Pas , dont on a déjà dit (*e*) un mot , & fur laquelle il n'eft pas encore temps de s'étendre plus amplement.

On parlera en fon lieu des fucceffeurs de l'évêque Sigefroi & de l'Abbé Authaire II. Pour ce qui eft de ceux de Landebert , de Landétrude , & des autres , on ne les connoît point.

## L'A N　691.

Thierri III meurt au commencement de l'année , après avoir regné dix-fept ans (*f*) complets , & eft enterré (*g*) dans l'Abbaye de S. Vaft d'Arras.

## C L O V I S　I I I.

Clovis III. fon fils aîné lui fuccede (*h*) fous le gouvernement de Pepin de Herftal.

## L'A N　692.

1 *Novembre*. Sigefroi étoit encore (*i*) évêque de Paris ; mais il mourut peu de temps après , & eut pour fucceffeur
Turnoald , dont on va parler.

## L'A N　693.

28 *Février*. Turnoald étoit (*k*) évêque de Paris. Seroit-ce l'Abbé

(*a*) (*b*) Du Bois, Hift. Ecclef. Paris. Tom. I. pag. 350, & 558.

(*c*) Vita S. Germ. in Act. SS. Bened. Tom. I. pag. 237.

(*d*) Vita S. Genovefæ , * Tom. III. p. 369.

(*e*) Voyez Vers l'An 273 ou 287. p. 22.

(*f*) Contin. II. Fredeg. cap. 101. * Tom. II. pag. 452.

(*g*) Bouquet , * Tom. III. pag. 367.

(*h*) Contin. II. Fredeg. Sup. ibid.

(*i*) Gall. Chrift. Tom. VII. pag. 27.

(*k*) Ibid. pag. 28.

préfumé

préfumé de S. Pierre ou Ste Génevieve, dont il a été fait mention (*a*) un peu plus haut, en parlant de la Charte de Vandemir?

## L'An 695.

*Avant le 23 Mars.* Mort de Clovis III, après avoir régné (*b*) quatre ans complets.

## CHILDEBERT III.

Childebert III fon frere lui (*c*) fuccede.

*Vers le mois de Mars.* Mort (*d*) de Norbert, Maire du Palais. Grimoald eft établi Maire (*e*) du Palais par fon ayeul Pepin de Herftal.

## L'An 697.

*6 Avril.* Authaire II étoit encore (*f*) Abbé de S. Vincent & S. Germain, aujourd'hui S. Germain des Prez; mais cette même année il eut Waldromer pour fucceffeur. Dom (*g*) Mabillon a douté fi celui-ci ne feroit pas le même que Wandremar, qualifié Abbé dans la Charte de Vandemir que l'on a citée (*h*) plus haut; & les Auteurs (*i*) de la nouvelle Gaule Chrétienne affurent fans le prouver, qu'il eft hors de doute que c'eft le même. Voici cependant une raifon de douter, qui ne paroît pas devoir être méprifée. Wandremar étoit Abbé dès l'an 690 ou 691, puifquil eft fait mention de lui en cette qualité dans la Charte de Vandemir; & Waldromer n'a commencé à être Abbé qu'en 697. Il eft donc impoffible que l'un foit le même que l'autre, à moins que Wandremar n'ait quitté fon Abbaye pour paffer à celle de S. Germain des Prez. Or c'eft ce qui valoit bien la peine d'être prouvé; fans quoi le doute de Dom Mabillon demeure dans toute fa force. On lit dans les interpolations (*k*) d'Aimoin, qu'après la mort de l'Abbé Honfroi, Gondremar lui fuccéda. Dans l'ancien Nécrologe (*l*) de l'Abbaye il eft auffi fait mention de l'Abbé Wandremar, qui donna à ce Monaftere un lieu fitué fur la Seine, dit la Celle; & de là il s'enfuit également deux chofes: 1°. que l'Interpolateur n'a point connu l'Abbé

---

(*a*) Voyez l'An 690 ou 691, page 110.
(*b*) (*c*) Contin. II. Fredeg. Sup. ibid.
(*d*) (*e*) Chronic. Moiffac. * Tom. II. pag. 653.
(*f*) Gall. Chrift. Tom. VII. pag. 421.
(*g*) Mabill. Annal. Bened. Tom. I. pag. 542. & 594.

(*h*) Voyez l'An 690 ou 691, page 110.
(*i*) Gall. Chrift. Sup. ibid.
(*k*) Aimoin. Continuat. lib. 4. cap. 48. edit. Parif. 1657 in 8°. pag. 386.
(*l*) Bouillart, Hift. de S. Germ. des Prez, Preuves, page cxij.

P

Authaire II, ou qu'il n'a pas jugé à propos de parler de lui ; 2°.
que Gondremar, ou Gaudremar, ou Wandremar, est en effet le
même que Waldromer ; mais il ne s'enfuit pas pour cela que le
Wandremar de S. Germain des Prez ne soit pas différent du Wandremar de la Charte de Vandemir.

Celui de S. Germain des Prez a eu pour successeur Thédelmar,
ou Chédelmar, dont il sera parlé sous l'an 702 ou 703.

## VERS L'AN 700.

29 *Août.* S. Médéric, ou Merri, Prêtre & Abbé au Diocese
d'Autun, peut-être de S. Martin, comme le soupçonnent Dom
(*a*) Mabillon, & après lui les Auteurs (*b*) de la nouvelle Gaule
Chrétienne, s'étant venu renfermer à Paris près d'une des portes
de la Ville du côté du nord, où il y avoit une chapelle de saint
Pierre, y finit saintement (*c*) sa vie. La date du jour est tirée de
celui de sa fête. Celle de l'année, que l'on ne peut fixer au juste,
est tirée d'une conjecture de Dom (*d*) Mabillon. Cependant un
savant (*e*) Académicien met cette mort en 774, ou environ, sans
dire sur quelle autorité il se fonde ; & Sauval, qui ne cite pas
non plus ses garants, la met (*f*) au 29 Août 768, sous le regne,
dit-il, de Charlemagne, comme si Charlemagne avoit regné du
vivant de Pepin le Bref son pere, qui ne mourut qu'au mois de
Septembre de la même année. La Chapelle où S. Merri fut enterré, & qui selon la pensée d'Adrien (*g*) de Valois devoit être con-
tigüe à un petit Monastere, a pris (*h*) insensiblement le nom du Saint,
& est devenue depuis une église Paroissiale & Collégiale du nombre de celles qu'on appelle les quatre filles du Chapitre. On re-
marquera (*i*) plus bas, qu'elle a été aussi honorée du titre d'*Abbaye*.

Faut-il rapporter ici ce que dit encore Sauval (*k*), ou ce que ses
éditeurs lui font dire au sujet de cette église, que c'étoit anciennement une Chapelle dédiée à *S. Pierre, qui a été canonisé en 255 par
S. Denys ?* Que de bévûes dans ce peu de mots ! Cela est si imper-
tinemment ridicule, que pour sauver son honneur on veut bien
croire que l'Imprimeur l'a mal servi, & que son manuscrit portoit que cette chapelle de S. Pierre avoit été consacrée par S. Denys en 255. Mais où en seroit la preuve ? S. Merri, ajoute (*l*) le

(*a*) Mabill. Act. SS. Bened. Sec. III. Part.
I. pag. 8.
(*b*) Gall. Christ. Tom. IV. pag. 449.
(*c*) Mabill. Sup. ibid. & Bolland. Aug.
Tom. VI. pag. 521 & 523.
(*d*) Mabill. ibid. pag. 10.
(*e*) Bonamy, Mém. de l'Acad. des Inscript.

& Belles-Lettres, Tome XV. page 686.
(*f*) Sauval, Antiq. de Paris, Tom. I. p. 361.
(*g*) Vales. de Basilic. Paris. cap. 15. pag.
480.
(*h*) Voyez l'An 820 ou 821.
(*i*) Voyez l'An 937.
(*k*) (*l*) Sauval, Sup. ibid.

même écrivain, demeura, fuivant fa vie écrite par le Prêtre Faure, au fauxbourg de Paris avec un de fes religieux nommé S. Frou, dont on garde le corps en cette églife dans une châffe d'argent : il fut enterré en la chapelle de S. Pierre vers l'an 879 ou 884. Mais à qui fe rapportent ces trois mots, *il fut enterré ?* à S. Merri ? il ne fut donc enterré fuivant le calcul même de Sauval que plus de 110 ans après fa mort : à fon difciple S. Frou ? le difciple ne fut donc enterré que plus de 110 ans après la mort de fon maî-tre. Certainement il s'agit là de S. Merri même ; & Sauval a con-fondu entre la mort du faint Abbé, & celle de fa tranflation qui arriva en effet en 884. Au refte on ignore parfaitement le nom (*a*) de celui qui a écrit fa vie ; il n'y eft fait aucune mention ni de la mort, ni de la fépulture de S. Frou ; & on ne conferve du corps de ce dernier dans l'églife de S. Merri que (*b*) le crâne, deux vertebres, & une côte.

## L'An 702 ou 703.

25 *Février*. Thédelmar, ou Chédelmar, étoit (*c*) Abbé de S. Vincent & S. Germain, aujourd'hui S. Germain des Prez.

Il a eu pour fucceffeur Babon II, dont on parlera fous l'an 720.

---

### SIXIEME PLAN,

Où il faut ajouter *l'Hôtel-Dieu* ; S. *Chriftophe* ; S. *Ger-main l'Auxerrois* ; S. *Pierre* à l'endroit où eft aujourd'hui S. Merri ; S. *Laurent* ; & S. *Martin des Champs* ; & entre ces deux dernieres églifes une place où fe tenoit la *foire de S. Denys*. A côté, & joignant la Cathédrale du côté du midi, il faut mettre une églife de S. *Etienne* ; & du côté du nord une églife de S. *Jean-Baptifte* fervant de Baptiftere.

---

## L'An 710.

Les deux églifes de S. Laurent & de S. Martin au nord de la Ville fubfiftoient alors, comme on le prouve par un privilége de Childebert III, rapporté dans la Diplomatique (*d*) de Dom Ma-

---

(*a*) Bolland. Aug. Tom. VI. pag. 520.    pag. 680.
(*b*) Mabill. Sup. ibid. pag. 12. not. A.    (*d*) Mabill. Diplomat. lib. 6. N°. 28. pag.
(*c*) Placitum Childeberti, * Tom. IV.    482.

P ij

billon. Suivant ce privilége, Clovis II & les Rois ses succeffeurs avoient accordé un marché ou une foire à l'Abbaye de S. Denys en France ; & il y avoit déja en 710 plufieurs années que cette foire étoit transférée près de Paris entre les deux églifes de S. Laurent & de S. Martin. Il ne s'enfuit pas de là néceffairement que ces deux églifes fuffent déja fur pied lorfque le lieu de la foire fut changé. Cela fe peut : mais il fe peut faire auffi qu'elles n'aient été bâties que quelque temps après ; & le texte de la Charte peut fort bien fignifier que la foire de S. Denys avoit été transférée dans une place, qui en 710 fe trouvoit fituée entre les deux églifes de S. Martin & de S. Laurent. C'eft fans doute cette foire, dont un favant (a) Critique a mal placé la fondation vers l'an 633. L'églife de S. Laurent eft devenue paroiffiale dans la fuite des temps ; & celle de S. Martin, après avoir été décorée du titre d'Abbaye à deux reprifes (b) différentes, n'eft plus depuis plufieurs fiecles qu'un Prieuré conventuel de l'Ordre de Cluni.

Gairin étoit (c) Comte de Paris ; & comme on n'en connoît point de plus anciên que lui, Gerard (d) du Bois foupçonne que fous nos premiers Rois il n'y avoit point d'autres Comtes de Paris, que les Comtes du Palais.

Le premier fucceffeur qu'on lui connoiffe eft Gairefroi, dont il fera parlé fous l'Interregne qui fuivra l'an 737. Dom (e) Félibien met Sonachilde & Gairefroi à la fuite de Gairin : mais Sonachilde ou Sonichilde étoit (f) une femme ; & Dom Félibien en parle lui-même quelques lignes plus haut comme de la mére de Gripon, fils de Charles Martel.

## L'AN 711.

14 *Avril.* Childébert III meurt (g) après avoir régné feize ans complets ; & eft enterré dans l'églife de S. Etienne de Choify près de Compiegne. La date du jour eft tirée de la Chronique (h) de S. Médard de Soiffons.

---

(a) Le Roy dans Félib. Hift. de Paris, Tome I. Differt. page 76.
(b) Voyez l'An 983 & l'An 1060.
(c) Mabill. Diplomat. l. 6. N°. 28. p. 482.
(d) Du Bois, Hift. Ecclef. Parif. Tom. I. pag. 590.
(e) Félib. Hift. de Paris, Tome I. page 65.

(f) Mabill. Diplomat. *in Indice* ; & Hift. Généal. des Gr. Off. de la Cour. Tome I. page 24.
(g) Contin. II. Fredeg. cap. 104. * Tom. II. pag. 453.
(h) Chronic. S. Medardi Sueffion. * Tom. III. pag. 367.

## DAGOBERT III.

Dagobert III son fils lui (*a*) succede.

## L'An 714.

Grimoald, Maire du Palais, est (*b*) assassiné.
Théodoald son fils lui (*c*) succedé.
16 *Décembre.* Mort (*d*) de Pepin de Herstal, qui avoit domi-
né souverainement dans tout le royaume depuis plus de vingt-sept
ans sous quatre Rois. Plectrude sa veuve gouverne l'Etat (*e*) avec
le Maire Théodoald.

## .L'An 715.

Les François se soulevent contre Plectrude & Théodoald : ils
choisissent Raginfroi ou Rainfroi (*f*) pour Maire du Palais.
*Peu après le 24 Juin.* Dagobert III meurt (*g*) laissant au berceau
un fils nommé Thierri. Mais les François, au lieu de reconnoître alors ce jeune Prince pour leur Roi, élevent sur le throne un
fils de Childéric II.

## CHILPÉRIC II.

Ce Prince, connu d'abord sous le nom de (*h*) *Daniel*, & qui
prit sur le throne celui de Chilpéric, avoit été râsé & destiné à l'E-
glise. Il trouva un puissant ennemi en la personne de Charles Martel, qui s'étant fait élire Duc d'Austrasie cette même année 715, le
défit d'abord en deux batailles, l'une (*i*) à Amblef en 716, l'autre (*k*) à Vinci le 21 Mars 717; éleva ensuite en 718 sur le thrône d'Austrasie Clotaire IV fils ou de Dagobert III, ou plustôt
(*l*) de Thierri III; & le défit encore pour la troisiéme fois en (*m*) 719
à la bataille de Soissons.

## L'An 716 ou 717.

Turnoald étoit encore évêque de Paris. Le Pere (*n*) le Cointe
s'efforce de prouver qu'il abdiqua l'évêché en 709 ; qu'il se fit alors

---

(*a*) (*b*) (*c*) (*d*) (*e*) Contin. II. Fredeg.   pag. 73. not.
Sup. * ibid.                    (*m*) Annal. Nazar. * Tom. II. pag. 639.
(*f*) Ibid. & cap. 105. * ibid.     (*n*) Coint. ad ann. 709. cap. 5. & seqq.
(*g*) (*h*) (*i*) Idem. cap. 106. * ibid.  Tom. IV. pag. 496 & 497. ad ann. 716. cap.
(*k*) Chronic. S. Galli, * Tom. V. pag. 30.  3. pag. 579. ad ann. 717. cap. 2. pag. 590. &
(*l*) La Lande, Supplem. Concil. Gall.  ad ann. 768. cap. 42. Tom. V. pag. 728,

moine à S. Denys en France ; & qu'il en étoit abbé en **717**. Mais on lui foutient dans la nouvelle (*a*) Gaule Chrétienne que tout cela eft faux ; & que le diplome de Chilpéric II, daté de la feconde an-née de fon regne, fur lequel il fe fonde, portant fimplement ces mots, *S. Dionyfii…. ubi Donnus Turnoaldus epifcopus cuftos præeffe videtur*, on ne fauroit conclurre de là ni qu'il fût abbé de S. Denys, ni qu'il eût abdiqué l'évêché de Paris.

Il a eu pour fucceffeurs (*b*) Adulphe & Bernecaire, dont on ne fixe point les dates ; & après celui-ci S. Hugues, dont on parlera fous l'an **722**.

## L' A N  720.

Clotaire IV, qui ne peut paffer que pour un phantôme de Roi, étant mort cette année ; Charles Martel fe foumit fur le champ (*c*) à Chilpéric II, qui fe vit ainfi maître de l'Auftrafie, auffi-bien que de tout le refte de la Monarchie.

Babon II, que l'Interpolateur d'Aimoin n'a point connu, ou dont il a négligé de parler, étoit alors (*d*) Abbé de S. Vincent & S. Germain, aujourd'hui S. Germain des Prez.

Il a eu pour fucceffeur Sigefroi II, dont on parlera fous l'an **731**.

*Décembre.* Chilpéric II meurt (*e*), & eft enterré à Noyon.

## T H I E R R I  I V, dit *de Chelles.*

Thierri IV, furnommmé *de Chelles*, parce qu'il avoit été éle-vé dans ce Monaftere, fils de Dagobert III, fuccede (*f*) à Chil-péric II.

## L' A N  722.

S. Hugues déja évêque de Rouen, obtient encore cette année (*g*) les évêchez de Paris & de Bayeux, avec les Abbayes de S. Vandrille & de Jumiege. On s'étoit trompé dans la nouvelle (*h*) Gaule Chrétienne, en marquant que ce fut en **722** qu'il fut fait évê-que de Rouen. Le Pere le Cointe prétend qu'il obtint cet évêché en (*i*) **722**, qu'il fut fait Abbé de S. Vandrille en (*k*) **723**, évê-

---

(*a*) (*b*) Gall. Chrift. Tom. VII. pag. 28.
(*c*) Contin. II. Fredeg. cap. 107. * Tom. II, pag. 454.
(*d*) Mabill. Annal. Bened. Tom. II. pag. 60 & 61. & Gall. Chrift. Tom. VII. pag. 422.
(*e*) (*f*) Contin. II. Fredeg. Sup. ibid. & Chroniq. de S. Denys, liv. 5. chap. 25. * Tom. III. pag. 309.

(*g*) Chronic. Rotomag. apud Labbe, Biblioth. Tom. I. pag. 365. Gall. Chrift. Tom. XI. pag. 17.
(*h*) Gall. Chrift. Tom. VII. pag. 28.
(*i*) Coint. ad ann. 722. cap. 4. & feqq. Tom. IV. pag. 668.
(*k*) Idem ad ann. 723. cap. 3. ibid. pag. 684.

que de Paris en (*a*) 724, évêque de Bayeux en (*b*) 726, & Abbé de Jumiége, en (*c*) 728; mais il ne prouve nullement cette Chronologie.

## L'AN 730.

8 *Avril*. S. Hugues, évêque de Paris, meurt (*d*) dans l'Abbaye de Jumiége, & y est enterré.

Il a eu pour successeur (*e*) Mersèid, Fédol, après celui-ci peut-être Radbert, ensuite Ragnecapt, & Madalgaire, de tous lesquels on ne sauroit fixer les dates; puis Déodefroi ou Théodefroi, dont on parlera sous l'an 757.

## L'AN 731.

Mort (*f*) de Rainfroi, ancien Maire du Palais.

Sigefroi II, que l'Interpolateur d'Aimoin n'a point connu, ou qu'il a omis à dessein, étoit (*g*) Abbé de S. Vincent & S. Germain, aujourd'hui S. Germain des Prez.

Il a eu pour successeur Authaire III, dont on va parler.

## AVANT L'AN 735.

Authaire III, dont l'Interpolateur d'Aimoin n'a point non plus jugé à propos de parler, étoit (*h*) Abbé de S. Vincent & S. Germain, aujourd'hui S. Germain des Prez.

Il a eu pour successeur Lanfroi, dont on va parler.

## L'AN 735.

Lanfroi étoit (*i*) Abbé de S. Vincent & S. Germain, aujourd'hui S. Germain des Prez.

## L'AN 737.

*Avril*. Mort de Thierri IV, dans la dix-septieme (*k*) année de son regne.

Charles Martel gouverne l'État en Souverain.

---

( *a* ) Idem ad ann. 724. cap. 37. ibid. pag. 721.
( *b* ) Idem ad ann. 726. cap. 36. ibid. pag. 752.
( *c* ) Idem ad ann. 728. cap. 7 ibid. pag. 767.
( *d* ) Chronic. Fontanell. in Spicileg. in-4°.
Tom. III. pag. 207.
( *e* ) Gall. Chrift. Tom. VII. pag 29.
( *f* ) Annal. Nazar. * Tom. II pag. 640.
( *g* ) ( *h* ) ( *i* ) Gall. Chrift. Tom. VII. pag. 422.
( *k* ) Chronic. S. Remigii breviffimum, * Tom. II. pag. 691.

## INTERREGNE.

C'eſt le Pere (*a*) Sirmond qui l'a découvert le premier ; & ſuivant la petite Chronique (*b*) de S. Remi de Reims, il fut de ſept
ans. C'eſt auſſi ce que prétend l'Auteur (*c*) de la Diſſertation ſur la
Chronologie des Rois Mérovingiens, en marquant néanmoins que
ce ne furent pas ſept ans complets, mais ſeulement commencez. Or
ſuivant lui-même l'Interregne commença au mois d'Avril 737,
date de la mort de Thierri IV, & finit avant le mois de Mars
743, temps ou Childéric III étoit dans la premiere année de ſon
regne. Y a-t-il donc entre ces deux termes ſept ans commencez ?
on n'y voit pas même ſix ans complets. Le plus grand nombre des
Savans (*d*) ne donnent aujourd'hui que cinq ans de durée à cet
Interregne ; & il ſemble en effet qu'il n'a duré que cinq ans complets, ou ſix ans commencez, parce que très-vraiſemblablement,
quoiqu'en diſe le Pere (*e*) Labbe, qui le prolonge juſqu'en 744
pour le faire durer ſept ans, Childéric III monta ſur le thrône en
742 après le mois d'Avril : du moins eſt-il certain qu'au 2 Mars 744
il étoit dans la ſeconde (*f*) année de ſon regne.

Pendant l'Interregne Gairefroi, mal nommé Guinefroi dans
(*g*) Sauval, étoit Comte (*h*) de Paris.

Le plus ancien de ſes ſucceſſeurs connus, eſt Gérard, dont on
parlera ſous l'an 759.

### L'A N 741.

22 *Octobre.* Charles Martel meurt (*i*) à Quierſy ſur Oiſe, &
eſt enterré à S. Denys en France. Dom Mabillon, qui d'abord
(*k*) avoit mis cette mort au 13 Octobre, l'a fixée enſuite (*l*) au
22 du même mois.

Carloman & Pepin le Bref ſuccedent (*m*) à Charles Martel leur
pere dans le gouvernement de l'Etat pendant le reſte de l'Interregne ſans prendre le titre de Rois. Ils ſe contenterent de la qua-

(*a*) Sirmond. Concil. Gall. Tom. I. pag.
621 in notis, col. 1.
(*b*) Chronic. S. Remigii breviſſimum,
* Tom. II. pag. 691.
(*c*) Gouye de-Longuemare, Diſſert. pages 94, 95, & 98.
(*d*) Mabill. Diplomat. lib. 6. pag. 631.
Foncemagne, Mém. de l'Acad. des Inſcript.
& Belles-Lettres, Tome VI. page 723. Bouquet, * Tom. II. Index Chronolog.
(*e*) Labbe, Eloges hiſtoriq. page 71.
(*f*) Concil. Sueſſion. anni 744. apud Lab-

be Concil. Tom. VI. pag. 1552.
(*g*) Sauval, Antiq. de Paris, T. II. p. 411.
(*h*) Mabill. Diplomat. lib. 6. N°. 48. pag.
496. & 631.
(*i*) Contin. III. Fredeg. cap. 110. * Tom.
II. pag. 458.
(*k*) Mabill. Act. SS. Bened. Sec. III. Part.
II. Præfat. pag. 11.
(*l*) Idem Annal. Bened. lib. 21. cap. 61.
Tom. II. pag. 113.
(*m*) Contin. III. Fredeg. Sup. ibid. & Annal. Metenſ. * Tom. II. pag. 686.

lité

lité de Ducs des François, sous laquelle ils commanderent en maîtres absolus ; le premier, dans l'Austrasie tant en deçà qu'au-delà du Rhin ; & le second, dans la Neustrie & la Bourgogne.

## L'AN 742.

## CHILDÉRIC III.

Pepin & Carloman élevent à la royauté Childéric III, qui étoit fils ou (a) de Thierri III, ou (b) plustôt de Chilpéric III. Sur l'année de cet événement voyez ce que l'on vient de dire au sujet de l'Interregne.

## L'AN 752.

Childéric III déposé par l'autorité de Pepin est relégué (c) dans l'Abbaye de S. Bertin.

## PEPIN dit *le Bref.*

1 *Mars.* Pepin le Bref, Chef de la seconde race de nos Rois, est proclamé & couronné (d) à Soissons par S. Boniface, Archevêque de Mayence. Dom (e) Bouquet pense que ce fut dans une assemblée générale des François, qui se tenoit le 1 Mars, suivant la coutume de ce temps-là ; & comme ces assemblées ont pris le nom de *Parlemens*, ne seroit-ce pas là ce qui auroit fait dire à (f) Sauval que ce fut le Roi Pepin qui institua le Parlement de Paris en 755 ?

## L'AN 754.

25 *Juillet.* Translation (g) de S. Germain, évêque de Paris. Le corps est tiré de la Chapelle de S. Symphorien, & mis en terre derriere le grand autel de l'église Abbatiale, en présence du Roi Pepin, & de ses deux fils Carloman & Charles. Depuis ce temps-là cette église, à laquelle on donnoit déja assez communément le nom du saint évêque par préférence à ceux de sainte Croix & de S. Vincent, ses premiers patrons, n'a presque plus été appellée

( a ) Chronic. Fontanell. cap. 8. * Tom. II. pag. 660.
( b ) Mabill. Diplomat. lib. 6. N°. 197. pag. 610. not.
( c ) Chronic. Fontanell. cap. 13. * Tom. II. pag. 662. & 663. & Annal. Bertin. apud du Chesne, Hist. Franc. Tom. III. pag. 151.
( d ) Annal. Tilian. * Tom. II. pag. 653.

Annal. Fuld. * ibid. pag. 677.
( e ) Bouquet, * Tome V. Préface, page 2.
( f ) Sauval, Antiq. de Paris, Tome II. page 391.
( g ) Hist. Translat. S. Germ. in Act. SS. Bened. Sec. III. Part. II. pag. 95. Usuard. Martyrol. 25 Jul.

autrement (*a*) que *S. Germain*, ou *S. Germain des Prez*, à cause de sa situation dans les prairies voisines de la riviere.

**28** *Juillet.* Pepin le Bref est sacré (*b*) à S. Denys en France avec sa femme Bertrade, & ses deux fils, par le Pape Etienne II. La date du jour est tirée de Dom (*c*) Bouquet. C'est le premier Roi de France que l'on trouve avoir été sacré.

Mort (*d*) du Roi Childéric III. On le croit enterré dans l'Abbaye de S. Bertin.

## L'An 757.

**23** *Mai.* Déodefroi, ou Théodefroi, étoit (*e*) évêque de Paris. Il paroît que c'est lui qui souscrivit ce jour-là (*f*) à un privilége de Chrodegang évêque de Metz pour l'Abbaye de Gorze. Sauval, qui l'appelle *Disroi*, dit (*g*) qu'il étoit évêque de Paris lorsque Charlemagne fonda l'Université de cette Ville. On verra plus bas que cette fondation ne peut être rapportée au plustôt qu'à l'an 788 ; & qu'alors c'étoit Erchanrad I, non Théodefroi, qui étoit évêque de Paris.

Il a eu pour successeur le même Erchanrad, dont on parlera sous l'an 775.

Tassilon, Duc de Baviere, confirme (*h*) sur le corps de S. Germain le serment de fidélité qu'il avoit déja prêté au Roi la même année à Compiegne.

## L'An 759.

Gérard I étoit (*i*) Comte de Paris.

## L'An 767.

Septieme Concile (*k*) de Paris tenu à Paris même au sujet des saintes images, & de la formule *Filio-que* du Symbole.

On lit dans la nouvelle (*l*) Gaule Chrétienne, que l'Abbé Dodon, qui selon Dom Mabillon fut envoyé cette année à Rome par Pepin le Bref, pourroit bien avoir été Abbé de sainte Génevieve. Mais il est bon d'observer que Dom Mabillon, loin de regarder ce Dodon comme un Abbé, critique (*m*) au contraire le Pere le Coin-

---

(*a*) Felib. Hist. de Paris, Tome I. page 67.
(*b*) (*c*) Chronic. Centul. * Tom. III. pag. 352. Chronic. Virdun. * ibid. pag. 363. Hilduin. apud Bouquet, * Tom. V. p. 436. not. A.
(*d*) Chronic. Iperii apud Labbe, Meslange curieux, pag. 450.
(*e*) Gall. Christ. Tom. VII. pag. 29.
(*f*) Concil. Labbe, Tom. VI. pag. 1700.

(*g*) Sauval, Antiq. de Paris, Tome I. page 365.
(*h*) Eginhart. Annal. * Tom. V. pag. 198.
(*i*) Mabill. Diplomat. lib. 6. N°. 44. pag. 493. & Bouquet, * Tom. V. pag. 703.
(*k*) Concil. Labbe, Tom. VI. pag. 1703.
(*l*) Gall. Christ. Tom. VII. pag. 704.
(*m*) Mabill. Annal. Bened. Tom. II. p. 212.

te pour lui en avoir donné la qualité. J'avois , dit-il , conjecturé moi-même avant le Pere le Cointe, que Dodon avoit été Abbé de Hornbach dans le Diocefe de Metz ; mais il eft fort douteux , ajoute-t-il , qu'il ait porté le titre d'Abbé ; & je crois, dit-il enco- re , qu'il ne faut point le diftinguer du Comte Dodon , qui avoit été chargé en 761 d'une pareille ambaffade. Ajoutons qu'en fup- pofant même que Dodon ait été Abbé, il n'y a aucune preuve qu'il l'ait été de fainte Géneviéve pluftôt que de tout autre Monaftere ; car quoique les Auteurs de la Gaule Chrétienne affurent qu'il porte dans les monumens le titre d'Abbé à Paris , ou dans le Diocefe de Paris, on peut affurer à fon tour qu'il n'en eft rien , & que ces mo- numens-là n'exiftent point, jufqu'à ce qu'ils les aient indiquez. Et comment l'auroit-on fait Abbé de Hornbach , s'il étoit marqué fi pofitivement que fon Abbaye fût à Paris.

## L'A n 768.

24 ou 25 *Septembre.* Pepin le Bref meurt , & eft enterré à S. De- nys en France. Les monumens hiftoriques paroiffent ne s'accor- der ni fur le lieu, ni fur le jour de fa mort. Eginhart (*a*) , les An- nales (*b*) de Moiffac , celles (*c*) de Fulde, & Herman (*d*) Con- tract , le font mourir à Paris. D'autres Annales & d'autres Chroni- ques marquent pofitivement (*e*) qu'il mourut à S. Denys. Quelques- unes enfin (*f*) n'ont rien de précis que fur le lieu de fa fépultu- re , qu'elles mettent toutes à S. Denys en France. Adrien de Va- lois dit que ce Prince mourut à Paris , c'eft-à-dire , ajoute-t-il (*g*) , à S. Denys ; mais malgré fon interprétation, la chofe paroît tou- jours ou douteufe , ou décidée pour la ville même de Paris , à un (*h*) Académicien, qui fe contente de dire fimplement , qu'il mou- rut à Paris , fans expliquer ce mot par celui de S. Denys. Il fem- ble néanmoins que les écrivains de ce temps-là , fur-tout les étran- gers , ne fe font exprimez fur cette Abbaye comme fi elle étoit tou- jours à Paris , que parce qu'elle y avoit été autrefois. Il n'eft pas douteux , par exemple, que Pepin le Bref & fes deux fils n'aient été facrez dans cette Abbaye : cependant les Annales (*i*) de Fulde ,

( *a* ) Eginhart. Vita Caroli M. * Tom. V. pag. 90.
( *b* ) Annal. Moiff. * ibid. pag. 69.
( *c* ) Annal. Fuld. * ibid. pag. 327.
( *d* ) Herman. Contract. * ibid pag. 363.
( *e* ) Annal. Loifel. * ibid. pag. 36. Annal. Lambec. * ibid. pag. 64. Ado Chronic. * ibid. pag. 318. Chron. Lamb. Schafnab. * ibid pag.

( *f* ) Chroniq. de S. Denys, * ibid. pag. 324. Annal. Metenf. * ibid. pag. 340.
( *g* ) Valef. Defenf. de Bafilic. pag. 282.
( *h* ) Bonamy, Mém. de l'Acad. des Infcript. & Belles-Lettres , Tome XV. page 659.
( *i* ) Annal. Fuld. * Sup. pag. 326.

Herman (*a*) Contract, & Marien (*b*) Scot, difent qu'il le fut à Paris. A l'égard du jour de fa mort, il n'y a pas de quoi difputer. Les uns la mettent au 24 Septembre, les autres au 25 ; & il peut bien fe faire qu'il foit mort la nuit du 24 au 25. Si l'un des Continuateurs (*c*) de Frédégaire le fait mourir avant le 18 Septembre, c'eft qu'il étoit mal inftruit, puifqu'on a une Charte (*d*) de ce Prince, datée du 23 du même mois, la dix-feptiéme année de fon regne. On fait qu'il s'eft également trompé (*e*) fur le nombre des années de ce regne.

## CHARLES I, *dit* CHARLEMAGNE.

Charlemagne & Carloman, tous deux fils de Pepin le Bref, lui (*f*) fuccedent ; le premier, dans la portion que Pepin avoit eue autrefois ; & le fecond, dans celle qui avoit appartenu à Carloman fon oncle.

9 *Octobre.* Charlemagne eft facré (*g*) à Noyon, & Carloman à Soiffons.

### L'AN 775.

12 *Février.* Mort (*h*) de Lanfroi, Abbé de S. Germain des Prez.

Wichad lui (*i*) fuccede.

28 *Juillet.* Erchanrad I étoit (*k*) évêque de Paris. Il eft affez furprenant que les favans Bollandiftes (*l*) n'aient voulu reconnoître qu'un feul Erchanrad, qui doit être le IIe de ce nom, & qu'ils aient cru pouvoir biffer du Catalogue des évêques de Paris Inchad, qui a fiégé entre l'un & l'autre. C'eft ainfi, comme on l'a vû (*m*) plus haut, que d'autres écrivains, pour pouvoir retrancher S. Landri du même Catalogue, ont imaginé de ne faire qu'un feul & même évêque de Leudebert, d'Audebert & de Chrodobert.

### L'AN 778.

1 *Novembre.* Mort (*n*) de Wichad, Abbé de S. Germain des Prez.

(*a*) Herman. Contract. * Tom. V. p. 362.
(*b*) Marian. Scot. * ibid. pag. 368.
(*c*) Contin. IV. Fredeg. cap. 137. * ibid. pag. 9.
(*d*) Mabill. Diplomat. lib. 6. No. 47. pag. 495 & 496.
(*e*) Bouquet, * Tom. V. pag. 9. not. D.
(*f*) Eginhart. * Tom. V. pag. 90.

(*g*) Annal. Petav. * ibid. pag. 13.
(*b*) (*i*) Gall. Chrift. Tom. VII. pag. 423.
(*k*) Ibid. pag. 29. & Bouquet, * Tom. V. pag. 734 & 735.
(*l*) Bolland. Jul. Tom. V. p. 423. not. E.
(*m*) Voyez l'An 652.
(*n*) Gall. Chrift. Sup. ibid.

## L' A N 779.

27 *Mars*. Robert I étoit (*a*) Abbé de S. Germain des Prez.

Il paroît que Gérard étoit encore (*b*) ce jour-là même Comte de Paris. C'eſt du moins le ſens que les Auteurs (*c*) de la nouvelle Gaule Chrétienne donnent au diplome de Charlemagne qui prouve que Robert I étoit alors Abbé de S. Germain des Prez.

Le premier ſucceſſeur qu'on lui connoiſſe eſt Etienne, dont il ſera parlé ſous l'an 802.

## L' A N 780.

Le célebre Alcuin moine (*d*) de l'égliſe Cathédrale d'York, attiré par Charlemagne, paſſe (*e*) d'Angleterre en France ; & Arnon ſurnommé Aquila, ſon frere, y vient auſſi très-vraiſemblablement dans le même temps. Celui-ci qui embraſſa la vie monaſtique à S. Amand, en fut depuis Abbé, & dans la ſuite évêque de Saltzbourg. Alcuin enſeigna dans le Palais : il y donna des leçons (*f*) à Charlemagne même, à Giſle & à Riĉtrude, filles de ce Prince, à S. Angilbert devenu depuis ſon gendre & Abbé de S. Riquier, & à un grand nombre d'autres jeunes Seigneurs de la Cour ; & il leur apprit à s'en tenir au calcul & à l'uſage de l'Egliſe Romaine pour la célébration de la Pâque. Auſſitôt après lui parut dans la même école un certain (*g*) Clément, Irlandois ou Ecoſſois, qui ſuivant le rit des Chrétiens d'Alexandrie, fixoit le jour de Pâques au XIV<sup>e</sup> de la Lune, lorſqu'il concouroit avec le Dimanche ; mais la doĉtrine de celui-ci ne fit pas fortune en France.

## L' A N 781.

*A Pâques*. Louis le Débonnaire, inſtitué Roi d'Aquitaine par Charlemagne ſon pere, eſt ſacré (*h*) en cette qualité à Rome par le Pape Adrien I.

## L' A N 783.

30 *Avril*. Mort (*i*) de la Reine Hildegarde, femme de Charlemagne. Elle eſt enterrée à S. Arnoul de Metz. La date tant du

---

(*a*) (*b*) Diploma Caroli M. apud Bouquet, * Tom. V. pag. 742.
(*c*) Gall. Chriſt. Sup. ibid.
(*d*) Mabill. Aĉt. SS. Bened. Sec. IV. Part. I. pag. 163 & ſeqq.
(*e*) Rivet, Hiſt. liter. de la Fr. Tom. IV. page 296. & Tome VI. Avertiſſem. page xij.

(*f*) Mabill. Aĉt. SS. Bened. Sec. IV. Part. I. pag. 180.
(*g*) Ibid. Præfat. pag. 131.
(*b*) Annal. Tilian. * Tom. V. pag. 20.
(*i*) Diploma Caroli M. * ibid. pag. 748 & 749.

jour que de l'année a été suivie exactement dans l'Histoire (*a*) des grands Officiers de la Couronne. Cependant les (*b*) Bollandistes, qui donnent à cette Princesse le titre de *bienheureuse*, ont fixé sa mort au 30 Avril 803.

12 *Juillet.* La Reine Berthe ou Bertrade, veuve de Pepin le Bref, meurt (*c*) à Choisy, où elle est d'abord enterrée ; mais dans la suite on a porté son corps à S. Denys en France auprès de celui de son mari.

## L'An 788.

Charlemagne s'appliquant à rétablir l'étude des Lettres dans tout son Royaume, y envoie de Rome (*d*) des Maîtres pour apprendre aux François le chant Romain ou Grégorien ; il y emmene aussi avec lui des Grammairiens & des Calculateurs, c'est-à-dire, des Arithméticiens, comme il y avoit attiré (*e*) quelques années (*f*) auparavant le fameux Alcuin. L'Auteur de l'Histoire de l'Université de Paris dit (*g*) qu'il établit ces maîtres dans son Palais, & en cela il doit avoir raison : car sous ce Prince & sous ses premiers successeurs on voit qu'il y avoit dans le Palais une école très-célebre, & qu'Alcuin même y avoit enseigné, pour ne pas dire que c'est lui qui paroît en avoir jeté les premiers fondemens. Mais il n'en est pas de même de ce que cet Auteur ajoute, aussi bien que d'autres écrivains (*h*) de réputation, que ce Palais n'est autre que le Louvre, ou que dans la suite le Louvre a pris sa place ; & que c'est par cette raison que l'église de S. Germain l'Auxerrois a été quelquefois appellé l'*École*, nom qui est demeuré, dit-il, à un port voisin, qu'on appelle encore aujourd'hui *le Port de l'Ecole*. On verra (*i*) plus bas combien cette étymologie est mal fondée. Un savant (*k*) Académicien croit avec plus de vraisemblance que cette Ecole fut établie dans le Palais des Thermes. Cependant il n'est pas marqué que ce Palais fût un de ceux de Paris plustôt que tout autre ; car nos Rois en avoient un très-grand-nombre : & quoique la présomption soit en faveur de la Capitale du Royaume, quoiqu'il paroisse certain que ce fût à Paris (*l*) qu'Alcuin enseigna les Prin-

(*a*) Hist. des Gr. Off. de la Cour, Tome I. page 29.
(*b*) Bolland. April. Tom. III. pag. 788.
(*c*) Annal. Metenf. * Tom. V. pag. 344.
(*d*) Monach. Engolism. Vita Caroli M. * ibid. pag. 185.
(*e*) Chronic. Biblioth. Thuan. * ibid. pag. 380.
(*f*) Voyez l'An 780.

(*g*) Du Boulay, Hist. Universit. Parif. Tom. I. pag. 107 & 190.
(*h*) Thomassin, Discipl. de l'Eglise, Tome II. page 234.
(*i*) Voyez Vers l'An 900, & l'An ...
(*k*) Bonamy, Mém. de l'Acad. des Inscript. & Belles-Lettres, Tome XV. page 659.
(*l*) Mabill. Act. SS. Bened. Sec. IV. Part. I. Præfat. pag. 132.

cesses filles de Charlemagne, d'autres savans hommes (a) ne doutent
nullement que cette Ecole ne fût tantôt fixe à Paris, & tantôt am-
bulatoire, ou à la suite de la Coûr. Le Docteur Jean de Launoy a
écrit amplement sur cette fameuse école; & Dom (b) Liron l'ac-
cuse de s'être écarté du vrai : tout ce que ce Docteur met en avant,
dit-il, pour prouver qu'il y a eu des écoles réglées dans le Palais
des Empereurs Charlemagne, Louis le Débonnaire, & Lothaire,
ne roule que sur des fondemens ruineux. Il n'établit pourtant rien
que sur les témoignages (c) d'Alcuin qui y a enseigné, d'un Concile de Quierfy, du Pape Léon III, de Jonas évêque d'Orléans,
d'Aimar de Chabannois, & d'Angélôme moine de Luxeuil. Or
ces preuves-là ne font rien moins que des fondemens ruineux; &
quiconque les lira sans préoccupation, en conclurra avec Dom (d)
Mabillon tout ce que Jean de Launoy en a conclu.

L'Ecole du Palais n'est pas la seule que Charlemagne ait fondée. Ce Prince en établit un très-grand nombre d'autres sur le modele de celle-là, puisqu'il ordonna (e) qu'il y en eût de pareilles dans
toutes les maisons épiscopales, & dans tous les monasteres foumis
à sa domination. A Paris, en particulier, on ne tarda pas à se conformer à la volonté du Prince: l'Abbé de S. Germain des Prez,
comme on le verra (f) bientôt, en ouvrit une dans son Abbaye;
& il n'est pas croyable que l'évêque du lieu & l'Abbé de sainte Génevieve, sans nommer les autres, n'en aient fait autant chez eux.
Jean de Launoy prétend (g) qu'à l'exception de l'Ecole du Palais,
Charlemagne n'en a point établi d'autres publiques à Paris: mais
n'est-ce pas les avoir établies que de les avoir ordonnées? Il est vrai
que ces dernieres écoles, du moins plusieurs d'entr'elles, pourroient
bien avoir été uniquement destinées à l'instruction du Clergé, soit
séculier, soit régulier: il faut encore reconnoître qu'en fort peu de
temps elles se sont ralenties jusqu'au point que le Concile de Paris
tenu en 829 sous Louis le Débonnaire, se crut obligé de prier l'Empereur (h) de les établir ou de les renouveller dans les trois endroits les plus florissans de son Empire: mais il n'en est pas moins
vrai que toutes ces Ecoles tant épiscopales que monastiques, & singulierement l'Ecole du Palais, doivent être regardées comme le

( a ) Thomassin, Discipl. de l'Eglise, Tome II. page 232. Rivet, Hist. liter. de la France, Tome IV. page 10.

( b ) Liron, Amén. de la Critiq. Tome I.
pages 235 & suiv.

( c ) Launoi. Tom. IV. Part. I. pag. 10.
& 11.

( d ) Mabill. Sup. ibid. pag. 131 & seqq.

( e ) Concil. Cabilon. anni 813. cap. 3. a-
pud Labbe, Concil. Tom. VII. pag. 1272 &
1273.

( f ) Voyez Vers l'An 790.

( g ) Launoi. Sup. ibid. rag. 8.

( h ) Concil. Parif. anni 829. lib. 3. cap.
12. apud Labbe, Sup. ibid. pag. 1663.

premier germe de celles qui se sont formées dans la suite à Paris , & qui dès la fin du IXe siecle , ou plustôt dès le commencement du Xe , n'ayant plus souffert (*a*) d'interruption , ont pris enfin dans le XIIe siecle sous le nom d'*Université* distinguée par Facultez , la forme qu'elles ont aujourd'hui. Ainsi Charlemagne passe à juste titre pour le Fondateur de l'Université. Sauval qui l'assure avec presque tous les Savans dans un endroit (*b*) de ses écrits , le nie dans un autre (*c*) endroit : c'est même , selon lui , une rêverie que de le regarder comme tel. Mais écartons toute équivoque & toute dispute de mots : l'Université s'étant formée dans le sein des Ecoles publiques ; & ces Ecoles publiques étant redevables de leur établissement à Charlemagne , on peut bien , sans rêver , soutenir que c'est avoir fondé l'une que d'avoir fondé les autres.

Après Alcuin , Clément l'Ecossois , & ces autres savans que Charlemagne envoya d'Italie en France , ou qu'il y emmena avec lui , l'Ecole du Palais eut pour maîtres (*d*) Claude , que Louis le Débonnaire (*e*) fit ensuite évêque de Turin , & que sa doctrine contre le culte des saintes images a rendu fameux dans l'Histoire de l'Eglise ; puis le célebre (*f*) Amalaire , chorévêque de l'Eglise de Lyon , & (*g*) Angélôme , moine de l'Abbaye de Luxeuil , sous le même Louis le Débonnaire ; ensuite le fameux (*h*) Scot , dit Erigene , sous Charles le Chauve ; & après celui-ci sous le même Charles le Chauve & (*i*) sous Louis le Begue , Mannon (*k*) qui fut depuis Prevôt de l'Abbaye de S. Claude. A tous ces maîtres Dom (*l*) Mabillon , & après lui l'Auteur (*m*) de l'Histoire litéraire de la France , joignent un certain Thomas , qui présida , disent-ils , à l'Ecole du Palais sous Charles-le-Chauve , & à qui Walafrid Strabon adressa en cette qualité une piece de vers. Cette piece est à la vérité adressée *ad Thomam , præceptorem Palatii* ; mais il s'est trouvé un Savant , qui prétend (*n*) prouver par le texte même de Walafrid , que *Præceptor* signifie ici *Comes* , c'est-à-dire , un Officier préposé pour juger certaines causes civiles. Le même Auteur (*o*) de l'Histoire litéraire de la Fran-

( *a* ) Rivet , Hist. liter. de la France , Tome IV. pag. 10.

( *b* ) Sauval, Antiq. de Paris , Tome I. page 365.

( *c* ) Ibid. Tome II. page 352.

( *d* ) Jonas Aurelian. in Biblioth. PP. edit. Paris. 1677. Tom. XIV. pag. 167.

( *e* ) Ughel. Ital. sacra, Tom. IV. p. 1025 & 1026.

(*f*) (*g*) (*h*) Mabill. Act. SS. Bened. Sec.

IV. Part. I. Præfat. pag. 133.

( *i* ) Rivet , Sup. ibid. pages 225 & 226.

( *k* ) Vita S. Ratbodi Traject. in Act. SS. Bened. Sec. V. pag. 27.

( *l* ) Mabill. Sup. ibid.

(*m*) Rivet , Sup. ibid. pag. 224.

( *n* ) Canisius, edit. Antverp. 1725. Tom. II. Part. II. pag. 238. not. A.

( *o* ) Rivet , Sup. ibid.

ce

ce veut encore que S. Aldric, Archevêque de Sens, ait tenu l'Ecole du Palais entre Claude de Turin & Amalaire. On lit dans la vie (*a*) de ce faint Prélat que Louis le Débonnaire l'inftitua *præceptorem Palatinum*. Mais Dom (*b*) Mabillon interprete ce mot par celui de *Chancelier*, c'eft-à-dire cet Officier qui dreffoit les Diplomes du Prince appellez *Præcepta* ; & ce qui prouve en effet que *Præceptor* ne fignifie pas ici un maître pour enfeigner les Sciences, c'eft la fuite du texte dont voici les propres termes : *eum Præceptorem Palatinum inftituit, ut vita imperialis aulæ & majora negotia fuæ difcretionis arbitrio definirentur*.

Au refte, quoique Dom (*c*) Bouquet, fondé en (*d*) autorité, fixe à l'an 787 l'arrivée des maîtres Italiens à Paris, on a cru pouvoir la reculer d'un an ou environ, fur-tout s'il s'agit de ceux que Charlemagne amena avec lui, parce qu'il ne paroît pas que ce Prince fût de retour en France en 787, au lieu qu'il y étoit certainement en (*e*) 788.

## Vers l'An 790.

A l'imitation de l'Ecole du Palais, & conformément à l'ordonnance de Charlemagne, Robert I Abbé de S. Germain des Prez établit dans fon Abbaye (*f*) une Ecole qui a produit dans la fuite plufieurs écrivains, tels que (*g*) Giflémar, Auteur de la vie de S. Droctovée Abbé du même monaftere : Ufuard, Auteur (*h*) du Martyrologe de fon nom : Aimoin, Chancelier (*i*) du Monaftere, qui eut la direction de cette Ecole, & dont nous avons l'hiftoire de l'Invention & de la Tranflation du corps de S. Vincent au Monaftere de Caftres, Diocefe d'Albi ; une autre Hiftoire de la Tranflation des faints martyrs Georges, Aurele, & Natalie, de la ville de Cordoue à S. Germain des Prez ; un livre des miracles de S. Germain ; & quelques autres ouvrages : Abbon, difciple du même Aimoin, qui a écrit en vers (*k*) l'Hiftoire du fameux fiége de Paris par les Normans en 885 & en 886, & dont on a (*l*) auffi quelques fermons : le Continuateur (*m*) ou les Continuateurs d'Aimoin de Fleury, &c.

Il en fut de même fans doute des autres monafteres de la

(*a*) Vita S. Aldrici Senon. in Act. SS. Bened. Sec. IV. Part. I. pag. 570.
(*b*) Mabill. ibid. not. B.
(*c*) Bouquet, * Tom. V. Index Chronol.
(*d*) Monach. Engolifm. Vita Caroli M. * ibid. pag. 185.
(*e*) * Ibid. pag. 752.
(*f*) Gall. Chrift. Tom. VII. pag. 424.

(*g*) Rivet, Sup. ibid. pag. 396.
(*h*) Ibid. pages 436 & fuiv.
(*i*) Ibid. pages 641 & fuiv.
(*k*) *On trouvera le Poëme d'Abbon à la fin de ce Volume.*
(*l*) Spicil. in-4°. Tom. IX. p. 79 & feqq.
(*m*) Rivet, Sup. Tom. VII. p. 220 & 221.

R

Ville & du Diocefe. Sauval (*a*) reconnoît lui-même, que fous
la feconde race de nos Rois, & même fous la premiere, les Moines de fainte Génevieve & de S. Germain l'Auxerrois enfeignoient
les fciences à leurs jeunes religieux dans leurs maifons. Mais quelle
idée défavantageufe ne nous donne-t-il pas de ces anciennes Ecoles monaftiques! il faut l'entendre s'exprimer lui-même fur ce fujet:
« On croit, dit-il (*b*), dans le premier Tome de fes Antiquitez, que
» depuis la naiffance de la Monarchie jufqu'à l'onzieme & douzieme
» fiecle, les Mufes renfermées dans les Cloîtres, & pires qu'efcla-
» ves, dépendoient des monafteres, qui les traitant miférable-
» ment, ne nous ont laiffé que des ouvrages pitoyables; » & Sauval a trouvé cette phrafe fi belle, que de peur que le Lecteur ne la
laiffât échapper, il a cru devoir la répéter mot pour mot dans fon
(*c*) fecond Tome.

Du temps de Sauval les Ecoles en France étoient bien autrement floriffantes que ne le furent fous les deux premieres
races de nos Rois les Ecoles monaftiques : à quel dégré de fupériorité ne devoit-il donc pas atteindre au-deffus des écrivains de
ce témps-là? Ses trois volumes d'Antiquitez devroient être un chef-
d'œuvre d'érudition, d'exactitude, & de faine critique. Or com-
parez-les maintenant avec ces écrits *pitoyables* des anciens Moines; & voyez, je vous prie, fi vous trouverez dans ceux-ci autant
d'écarts & de faux raifonnemens, autant d'ignorance dans les
faits & dans les dates, autant de méprifes & de bévûes que dans
ceux-là.

## L'An 794.

Erchanrad I étoit encore évêque de Paris, s'il eft vrai, comme
Gérard (*d*) du Bois le croit, qu'il ait affifté cette année au Concile de Francfort; mais il n'y en a point de preuves.

Les Catalogues marquent (*e*) qu'Erchanrad I a eu pour fucceffeur immédiat Ermanfroi; & enfuite Inchad, dont on parlera
fous l'an 811.

## L'An 800.

25 *Décembre*. Charlemagne eft facré & couronné Empereur (*f*) à
Rome par le Pape Léon III.

---

(*a*) Sauval, Antiq. de Paris, Tom. I. p. 352.  
(*b*) Ibid. pag. 17.  
(*c*) Idem, Tome II. page 352.  
(*d*) Du Bois, Hift. Ecclef. Parif. Tom. I.  
pag. 289.  
(*e*) Coint. ad ann. 796. cap. 137. Tom. VI. pag. 580.  
(*f*) Annal. Tilian. * Tom. V. pag. 23.

## L'An 802.

Fardulfe ou Fardoul, Abbé de S. Denys en France, & Etienne, Comte de Paris, étoient (*a*) ce qu'on appelloit alors *Miffi Dominici*, c'eſt-à-dire, *Envoyez du Prince*, dans les territoires de Paris, Meaux, Melun, Provins, Etampes, Chartres, & Poiſſy. L'Auteur (*b*) du Traité de !a Police fait Etienne Comte de Paris dès l'an 778 ; mais on a vû plus haut que très-vraiſemblablement Gérard I l'étoit encore en 779.

## L'An 803.

Il eſt fait mention cette année dans les Capitulaires (*c*) de Charlemagne des *Echevins* de Paris. Ces Officiers ſur les fonctions deſquels du Breul (*d*) n'eſt pas aſſez exact, étoient différens de ceux que l'on connoît aujourd'hui ſous le même nom. Ceux-là étoient (*e*) les Conſeillers ou Aſſeſſeurs du Comte dans l'adminiſtration de la juſtice : la juriſdiction, les fonctions & les prérogatives très-conſidérables de ceux-ci, feront détaillées (*f*) en leur lieu.

## L'An 806.

Charlemagne donne à Louis le Débonnaire ſon fils le tiers (*g*) de la France.

## L'An 811.

22 *Février*. Robert I, Abbé de S. Germain des Prez, meurt cette année au pluſtard. La date du jour eſt tirée de l'ancien Nécrologe (*h*) de l'Abbaye. Pour ce qui eſt de l'année, on prouve qu'en 811 même il avoit

Irminon pour ſucceſſeur ; puiſque cette même année Charlemagne fit ſon (*i*) teſtament, auquel celui-ci ſouſcrivit. Les Auteurs de la nouvelle Gaule Chrétienne, pour prouver qu'il étoit Abbé au moins en 812, citent (*k*) un Diplome de cette année, par lequel Charlemagne lui fit don du fief de Jonſac en Saintonge ; & ils diſent que cette piece eſt imprimée au N° XIV de la premiere partie des Pieces Juſtificatives de l'Hiſtoire de S. Germain des Prez. Or

(*a*) Capitul. Reg. Franc. * ibid. pag. 661.
(*b*) La Mare, Traité de la Police, Tome I. page 98.
(*c*) Capitul. Reg. Franc. Sup. *ibid. p. 663.
(*d*) Du Breul, Antiq. de Paris, édit. Paris 1612, page 1005.
(*e*) Du Cange, Gloſſ. latin. *Scabini.* Bonamy, Mém. de l'Acad. des Inſcript. &

Belles-Lettres, Tome XVII. page 29.
(*f*) Voyez l'An…
(*g*) Diploma Caroli M. in Capitul. Reg. Franc. * Tom. V. pag. 771.
(*b*) Bouillart, Hiſt. de S. Germ. des Prez, Preuves, page cx.
(*i*) Eginhart. * Tom. V. pag. 102 & 103.
(*k*) Gall. Chriſt. Tom. VII. pag. 424.

elle ne se trouve ni à ce numéro, ni en aucun autre endroit soit du premier, soit du second livre de ces Pieces Justificatives, quoique Dom Bouillart, Auteur de cet Ouvrage, ait fait mention du fait dans le corps (*a*) de l'Histoire, où il cite en effet toute autre autorité qu'un Diplome de Charlemagne.

Inchad étoit (*b*) évêque de Paris.

Etienne étoit encore (*c*) Comte de Paris, & avoit pour femme Amaltrude.

Il a eu pour successeur Bégon ou Bigon, dont on parlera sous l'an 816.

## L' A N 813.

*Vers l'Automne.* Charlemagne associe à l'Empire (*d*) Louis le Débonnaire son fils.

## L' A N 814.

28 *Janvier.* Charlemagne, Roi de France & Empereur, meurt (*e*) à Aix-la-Chapelle, & est enterré dans l'église de cette Ville qu'il avoit bâtie.

## L O U I S I, dit *le Débonnaire.*

Louis le Débonnaire son fils lui succede (*f*) au Royaume de France & à l'Empire.

Il vient à Paris, & visite les églises de S. Etienne, de S. Germain des Prez, & de sainte Génevieve. Ceci est tiré d'un Auteur (*g*) contemporain, qui entend sans doute par S. Etienne la Cathédrale, ou cette église qui faisoit partie de la Cathédrale, & dont on a parlé (*h*) plus haut, quoique Dom (*i*) Bouquet se persuade qu'il s'agit là de l'église de S. Etienne du Mont. Le Docteur Jean (*k*) de Launoy a cru que Loup, Abbé de Ferrieres, qui vivoit sous Charles-le-Chauve, est le premier, ou un des premiers écrivains qui ait donné à l'église de sainte Génevieve le nom de cette Sainte, parce qu'Hincmar dans la vie de S. Remi de Reims ne lui donne encore que le nom de S. Pierre; & en cela il touche presque au but: mais au lieu de Loup de Ferrieres, il devoit citer Ermold Nigel, qui vivoit sous Charlemagne & sous Louis le

( *a* ) Bouillart, Hist. de S. Germ. des Prez, page 23.

( *b* ) ( *c* ) Gall. Christ. Tom. VII. pag. 30. Bouquet, * Tom. V. pag. 663. not. B.

( *d* ) Eginhart. Annal. * Tom. V. pag. 100. Thegan. * Tom. VI. pag. 75.

( *e* ) Thegan. * ibid. pag. 76. Astronom.

cap. 20. * ibid. pag. 96.

( *f* ) Thegan. * ibid.

( *g* ) Ermold. Nigell. II. 144. * ibid. p. 28.

( *h* ) Voyez l'An 690 ou 691. pages 111 & 112.

( *i* ) Bouquet, * Tom. VI. pag. 28. not. C.

( *k* ) Launoi. Tom. II. Part. I. pag. 591.

Débonnaire, puifqu'on voit ici que cet Auteur, au lieu du nom
de S. Pierre, n'emploie que celui de *fainte Génevieve.* Il pouvoit
du moins citer le teftament d'Anfegife, Abbé de S. Vandrille,
mort en 833, dans lequel il eft également fait mention (a) de
cette églife fous le même nom de *fainte Génevieve.*

## L'An 816.

Mort (b) de Bégon ou Bigon, dit auffi Picopin, Comte de
Paris, qui avoit époufé Alpaïde, fille de l'Empereur.

On croit (c) qu'un de fes fils lui fuccéda au Comté de Paris;
& peut-être celui-ci eft-il le même qu'Eggébart, dont il fera parlé
fous l'an 834.

## L'An 818.

17 *Avril.* Mort (d) de Bernard, Roi de Lombardie, fils naturel de Pepin, l'un des fils de Charlemagne. Par cette mort Louis
le Débonnaire fe trouve feul poffeffeur de toute la Monarchie.

30 *Avril.* Mort (e) d'Irminon, Abbé de S. Germain des Prez,
qui a fait de grands biens à fon monaftere.

Hilduin I lui (f) fuccede; & celui-ci qui a été auffi (g) Archichapelain de l'Empereur Louis le Débonnaire, eft le même que
celui qui a été encore (h) Abbé de S. Denys en France, & de S.
Médard de Soiffons.

Louis le Débonnaire vifite une feconde fois (i) les églifes de S.
Etienne, ou de la Cathédrale, de S. Germain des Prez, & de
fainte Génevieve.

3 *Octobre.* Mort (k) de l'Impératrice Hirmingarde ou Ermengarde, première femme de Louis le Débonnaire.

## L'An 820 ou 821.

19 *Octobre.* Louis le Débonnaire confirme (l) la jurifdiction que
l'évêque de Paris avoit fur la terre *de fainte Marie* dans l'île, c'eft-
à-dire, dans celle des deux îles fituées à l'orient ou au deffus de la
Ville, qui étoit la plus voifine de la Cathédrale; & c'eft fans doute
par cette raifon qu'elle a pris le nom d'île *Notre-Dame.* L'autre qui

(a) Spicileg. in-4°. Tom. III. pag. 243.
(b) Annal. Lambec. * Tom. VI. pag. 170.
(c) Bouquet, * Tom. VI. page 35. not. C.
(d) Thegan. * ibid. pag. 79.
(e) Call. Chrift. Tom. VII. pag. 424.
(f) Aimoin. Continuat. edit. Parif. in-8°.
1567. lib. 4. cap. 114. pag. 532. & lib. 5. cap.
10. pag. 578.

(g) Bouquet, * Tom. VI. pag. 559.
(h) Gall. Chrift. Sup. pag. 425.
(i) Ermold. Nigell. III. 74. * Tom. VI.
pag. 43.
(k) Aftronom. cap. 31. * ibid. pag. 102.
(l) Diploma Ludovici Pii * ibid. pag.
524 & 525. & apud Baluz. Capitul. Reg.
Franc. Tom. II. pag. 1418 & 1419.

n'étoit séparée de celle-ci que par un canal étroit, a été appellée
*l'Ile aux Vaches*, suivant Dom (*a*) Félibien, qui n'en donne point
la preuve ; & lorsqu'on a voulu dans la suite n'en faire qu'une des
deux, en comblant le canal qui les séparoit, on a bâti l'église de
S. Louis dans la partie de cette île aux vaches : d'où il est arrivé
que quoique l'île retienne assez souvent le nom d'*Ile Notre-Dame*,
cependant on lui donne aujourd'hui plus communément celui d'*Ile
S. Louis* ; mais cette jonction ne s'est faite que vers les commencement du dernier siecle.

L'Empereur confirme en même temps & par le même acte la
jurisdiction que l'Eglise de Paris avoit sur le territoire de S. Germain l'Auxerrois, auquel il donne ici le nom de *Monastere*, parce
que cette église, comme on l'a vû (*b*) plus haut, étoit dès son origine desservie par des Moines sous la conduite d'un Abbé. Dans
l'espace qui s'étendoit depuis l'église de S. Merri jusqu'à ce monastere il y avoit d'abord du côté de S. Merri même un lieu nommé *Tudella*, & ensuite une rue dite *de S. Germain*, qui paroît ne
devoir point être distinguée de celle qui porte encore aujourd'hui
le même nom. Les Papes Benoît VII & Alexandre III confirmant
de nouveau en (*c*) 983 & en (*d*) 1165 cette même jurisdiction de
l'église Cathédrale, ne l'ont fait qu'en se servant des propres termes de Louis le Débonnaire ; & on lit dans leurs Bulles le mot
*Tudella* comme dans le Diplome de ce Prince ; ce qui pourroit faire
croire qu'au milieu du XII<sup>e</sup> siecle ce lieu n'avoit pas encore changé de nom, quoique ce ne soit pas là une raison décisive. La ville
de Tulle en France s'appelle en latin *Tutela* ; & il y a dans le Royaume de Navarre une autre Ville appellée *Tudela* : mais on ne marque point l'étymologie de ces noms. Si celle du mot *Tudella* dont
il s'agit ici est tirée du latin, on pourroit croire que c'étoit un jeu
de Mail, du mot *Tudes*, qui signifie un *maillet* ou une *mailloche* ; &
peut-être ce Mail occupoit-il du nord au midi le terrein qui forme
aujourd'hui les rues de la vieille Monnoie, de la Savonnerie, &
de la Tabletterie ; peut-être aussi s'étendoit-il d'orient en occident
dans les rues des Écrivains, & de la Heaumerie ; ou dans celle de
S. Jacques de la Boucherie, pour aller aboutir à la rue même de
S. Germain l'Auxerrois. On ne trace point ici une ligne droite,
telle qu'on suppose que doit être un mail : mais tout change avec
le temps. Au reste Baluze dit que dans la Charte de Louis le Dé-

(*a*) Félib. Hist. de Paris, Tome I. p. 93.
(*b*) Voyez Vers l'An 654, page 101 ; &
& l'An 690 ou 691, page 110.

(*c*) Gall. Christ. Tom. VII. Instrum.
pag. 22.
(*d*) Valef. de Basilic. Paris. c. 15. p. 481.

bonnaire on peut lire indifféremment *tudella* ou *tuella* ; mais cela n'eſt pas aiſé à comprendre : car ou il y a là un *d*, ou il n'y en a pas ; s'il y en a un, on ne ſauroit lire *tuella* ; & s'il n'y en a pas, on ne ſauroit lire *tudella*.

On voit encore par la même charte, que la Chapelle ou l'égliſe de S. Pierre près de laquelle S. Merri étoit mort, avoit déja pris le nom de ce ſaint Solitaire.

Ce Diplome porte pour date dans Baluze la ſeptieme année de l'empire de Louis le Débonnaire, ce qui revient à l'an 820 ; & dans la Collection de Dom Bouquet la huitieme année, qui revient à l'an 821. Cependant Dom (*a*) Bouquet remarque lui-même que l'une & l'autre date ſouffrent d'aſſez grandes difficultez ; & c'eſt peut-être ce qui a fait conclurre hardiment à (*b*) Sauval que le titre eſt faux : mais que doit-on attendre d'un homme ſi peu verſé dans la ſcience de la Diplomatique ?

## L'A n  821.

*En hiver.* Grand débordement de la Seine. On ne pouvoit aller qu'en bateau dans les égliſes de Paris qui étoient voiſines de la riviere. Ce fut ſous un évêque nommé *Richaldus*, ſuivant l'Hiſtorien (*c*) des miracles de ſainte Génevieve, qui vivoit en (*d*) 863 ; mais comme depuis S. Denys juſqu'en 863 on ne connoît aucun évêque de Paris de ce nom, il faut que *Richaldus* ſoit là une faute de copiſte pour *Erchanradus*, ou pluſtôt pour *Inchadus*, dont le nom a pu être converti plus facilement en celui de *Richaldus* ou *Richadus*. Ainſi quoique l'Hiſtoire faſſe mention (*e*) d'un pareil débordement arrivé en 834 avant le mois de Mars ſous l'évêque Erchanrad II, on aimera peut-être mieux rapporter celui dont parle le Religieux de ſainte Génevieve à l'an 821. Il y eut en France, ſuivant (*f*) Eginhart, une ſi grande abondance de pluies, que tous les fruits de la terre en furent perdus, & qu'on ne put rien ſemer qu'au printemps ſuivant ; les rivieres ſortirent de leur lit, & les eaux ſe répandirent au loin dans les campagnes : enfin ces débordemens furent ſuivis en 821 d'une ſi forte gelée, que les plus groſſes rivieres, telles que le Rhin, le Danube, la Seine, &c. furent entierement (*g*) priſes, & que pendant plus de trente jours on les paſſa à pied ſec, même en voitures. Si donc on ſe détermine pour l'an 821 pluſtôt que pour l'an 834, on peut ſuppoſer que le débordement de la Seine cauſé par les pluies de l'Automne de l'an 820, étoit en-

( *a* ) Bouquet, * Tom. VI. p. 525. not. A.  
( *b* ) Sauval, Antiq. de Paris, Tome I. p. 90. & Tome II. page 411.  
( *c* ) Bolland. Januar. Tom. I. pag. 148.  

( *d* ) Ibid. pag. 151.  
( *e* ) Annal. Bertin * Tom. VI. pag. 196.  
( *f* ) Eginhart. * ibid. pag. 180.  
( *g* ) Ibid. * pag. 181.

core dans toute fa force au commencement de l'hiver, c'eſt-à-
dire, en Janvier 821 ; & que la gelée ne commença à ſe faire ſentir que vers la fin du même mois. Sauval (*a*) dit qu'il a lu l'hiſtoire
des miracles de ſainte Génevieve dans l'original même, & qu'au
lieu de *Richaldus* il y a *Inchadus*. Auſſi eſt-ce au temps de l'évêque
Inchad qu'il rapporte (*b*) ce débordement, mais il le fixe en mê-
temps à l'an 834 ; & il s'enſuit de là qu'il ne connoît point, ou qu'il
ne veut point connoître l'évêque Erchanrad II. Il eſt cependant
démontré par une Charte de Charles le Chauve de l'an (*c*) 850,
qu'il y a eu un Inchad prédéceſſeur d'un Erchanrad, d'où il s'enſuit néceſſairement qu'il faut reconnoître deux évêques de Paris
de ce dernier nom.

Lorſque ce débordement arriva, il y avoit à Paris ſur la rive
droite de la Seine, une égliſe ou Chapelle, (*d*) *domus*, de S. Jean-
Baptiſte, qui dans la ſuite eſt devenue paroiſſiale, & qui porte depuis long-temps le nom de *S. Jean en Greve.*

Il y avoit auſſi près de cette égliſe un monaſtere (*e*) de filles,
dépoſitaires du lit dans lequel ſainte Génevieve étoit morte ; & l'Hiſtoire des miracles de la Sainte (*f*) remarque que les eaux s'éleve-
rent tout autour de ce lit, ſans y toucher, juſqu'au milieu des fe-
nêtres de la chambre, ou du lieu où on le conſervoit. Il eſt tout naturel de conclurre de là que ce monaſtere fut fondé dans la maiſon
même qui avoit ſervi de demeure à ſainte Génevieve : mais on
ignore juſqu'à quel temps il a ſubſiſté. Il eſt étonnant que les Auteurs de la nouvelle Gaule Chrétienne ne lui aient point conſacré
un article à part parmi les anciens monaſteres du Dioceſe de Paris.
Celui-ci a fait place dans la ſuite des temps (*g*) à un Hopital connu
ſous le nom des *Haudriettes* ; & aujourd'hui il n'y a plus là qu'une
ſimple Chapelle qui a conſervé le même nom ſous l'invocation de Ste-
Génevieve. Il n'a pas plû à Sauval (*h*) de reconnoître dans cette
Chapelle l'ancien emplacement du monaſtere dont on parle ici ; &
ce qui fait qu'il n'en croit rien, c'eſt, dit-il, qu'Etienne Haudri
pour fonder ſon Hopital, acheta des places vuides au XIIIe & XIVe
ſiecle. Belle raiſon ! comme ſi depuis la ruine du monaſtere la place n'avoit pas pu reſter vuide, & qu'on eût été obligé de la couvrir de maiſons !

(*a*) Sauval, Antiq. de Paris, Tome I. page 599.
(*b*) Ibid. pag. 199.
(*c*) Diploma Caroli Calvi apud Bouquet,
* Tom. VIII. pag. 507 & 508.

(*d*) (*e*) (*f*) Mirac. S. Genov. apud Bolland. Januar. Tom. I. pag. 148.
(*g*) Voyez l'An . . .
(*h*) Sauval, Antiq. de Paris, Tome I. page 599.

L'A N

## L'AN 825.

·1 *Novembre.* Huitieme Concile de Paris, où l'on décide (*a*) qu'il ne faut ni brifer ni adorer les images. Il n'eft pas aifé de fe rendre aux raifons qui ont porté quelques Critiques (*b*) à douter fi ce Concile a été réellement tenu. Ils fuppofent d'ailleurs qu'il feroit de l'an 824, pendant que d'un autre côté Dom (*c*) Félibien le fixe à l'an 826. Mais le plus grand nombre des favans (*d*) eft pour l'année 825.

## L'AN 829.

Hilduin I, Abbé de S. Germain des Prez partage les biens de fon Abbaye entre lui ou fes fucceffeurs, & les religieux du Monaftere qui devoient être au nombre de 120; & ce partage fut confirmé par l'Empereur le 13 Janvier (*e*) la feizieme année de fon Empire, Indiction VII; ce qui revient à l'an 829. Ainfi ce partage a précédé celui qui fut réglé la même année dans le IXe Concile de Paris entre les Evêques & leur Clergé.

Louis le Débonnaire, qui avoit déja divifé une partie de fes états entre fes trois fils Lothaire, Pepin, & Louis, change cette diftribution pour donner (*f*) à Charles le Chauve, le dernier de tous, la Rhétie, l'Allemagne, & une partie de la Bourgogne. Ce jeune Prince fut couronné le 6 Juin (*g*) de la même année.

*Même jour 6 Juin.* Neuvieme (*h*) Concile de Paris, où, entre autres réglemens on ordonna (*i*) qu'il feroit fait quatre parts des biens des églifes Cathédrales : la premiere pour l'évêque, la feconde pour fon Clergé, la troifieme pour les pauvres, la quatrieme pour la fabrique de l'églife ; & c'eft de là fans doute que les prébendes canoniales fuccédant à la vie commune des Clercs, n'ont point tardé à fe former. L'évêque Inchad partagea auffitôt (*k*) les biens de fon églife entre lui & fes Chanoines, car il femble (*l*) qu'ils portoient déja ce nom dès le temps d'Erchanrad I; & il leur donna

---

( *a* ) Bouquet, * Tom. VI. pag. 338.
( *b* ) Binius apud Labbe, Concil. Tom. VII. pag. 1542 & feqq. Sirmond. ibid. pag. 1648.
( *c* ) Félib. Hift. de Paris, Tome I. p. 75.
( *d* ) Mabill. Annal. Bened. lib. 29. cap. 71. Tom. II. pag. 495. Coint. ad ann. 825. Tom. VII. pag. 750 & feqq. Bouquet, * Tom. VI. pag. 338. not. A. Gall. Chrift. Tom. III. pag. 11. & Tom. VII. pag. 30.
( *e* ) Diploma Ludovici Pii apud Bouquet,

* Tom. VI pag. 559.
( *f* ) Thegan. cap. 35. * Tom. VI. pag. 80.
( *g* ) Diploma Caroli Calvi apud Bouquet,
* Tom. VIII. pag. 640.
( *h* ) Concil. Labbe, Tom. VII. pag. 1550. & feqq.
( *i* ) Ibid. lib. 1. cap. 15. pag. 1611.
( *k* ) Du Bois, Hift. Ecclef. Parif. Tom. I. pag. 349.
( *l* ) Ibid. pag. 561 & 562.

S

entre autres l'églife de S. Chriftophe, où, fuivant la Charte (*a*) de donation, ils alloient en certains temps marquez laver les pieds des pauvres; car c'étoit là l'églife ou la Chapelle de l'Hopital, c'eft-à-dire, de l'Hôtel-Dieu. Dom Félibien, qui obferve auffi-bien que l'Hiftorien (*b*) de l'Eglife de Paris, que ce partage eut lieu cette même année entre Inchad & fon Clergé, ajoute (*c*) qu'il fut or-donné en même temps pour les monafteres entre les Abbez & leurs Religieux: cependant il ne s'en trouve rien dans les actes du Con-cile. Cette célebre affemblée fut tenue dans l'églife de S. Etienne, c'eft-à-dire, dans une des églifes qui faifoient alors partie (*d*) de la Cathédrale, & dont on a parlé (*e*) plus haut, non dans celle de S. Etienne des Grès, comme l'a cru Baluze (*f*) fans fondement. L'oc-cafion fe préfentera (*g*) plus bas de dire encore un mot de ce Con-cile.

On a déja dit (*h*) que les évêques qui le compofoient prierent l'Empereur d'établir ou de renouveller les Ecoles publiques dans les trois endroits les plus floriffans de fon Empire. A cela on peut ajouter ici que l'Hiftorien de l'Univerfité de Paris cite (*i*) un affez grand nombre d'écrivains qui veulent que ces trois endroits foient la ville de Paris en France, & celles de Pavie & de Boulo-gne en Italie.

## VERS L'AN 831.

10 *Mars*. Mort (*k*) d'Inchad évêque de Paris.

## L'AN 832.

Erchanrad II étoit (*l*) évêque de Paris.

## L'AN 833.

Louis le Débonnaire ôte l'Aquitaine à fon fecond fils, pour la donner (*m*) à Charles le Chauve.

Il eft déthroné (*n*) par fes propres enfans.

(*a*) (*b*) Du Bois, Hift. Ecclef. Parif. Tom. I. pag. 349 & 350.
(*c*) Félib. Hift. de Paris, Tome I. pages 76, 77, & 128.
(*d*) Félib. ibid. Du Bois, Hift. Ecclef. Parif. Tom. I. pag. 350.
(*e*) Voyez l'An 690 ou 691; & les Années 814 & 818.
(*f*) Baluz. Capitul. Reg. Franc. Tom. II. pag. 1112.
(*g*) Voyez l'An 849.

(*h*) Voyez l'An 788. pag. 127.
(*i*) Du Boulay, Hift. Univerfit. Parif. Tom. I. pag. 159 & 160.
(*k*) Gall. Chrift. Tom. VII. pag. 31.
(*l*) Mabill. Diplomat. lib. 6. N°. 75. pag. 519 & 521.
(*m*) Nithard. lib. 1. cap. 4. * Tom. VII. pag. 12.
(*n*) Thegan. cap. 42 & 43. * Tom. VI. pag. 82. Aftronom. Vita Ludov. Pii, cap. 48. * ibid. pag. 113 & 114.

## L' A n  834.

L'armée de Lothaire , fils de Louis le Débonnaire , révolté contre son pere , & celle des Seigneurs qui se hâtoient de venir audevant de ce jeune Prince pour lui livrer bataille , sont prêtes (*a*) d'en venir aux mains auprès de Paris ; mais il n'y eut point de combat.

Il semble que le Comte de Paris étoit alors ce Comte Eggébart qui se mit (*b*) à la tête d'une nombreuse armée pour délivrer l'Empereur.

Il a eu pour successeur Gérard II , dont on parlera sous l'an 837.

Ebon , Archevêque de Reims , & l'un des principaux conjurez qui avoient déthrôné l'Empereur l'année précédente , ayant appris le rétablissement de ce Prince , & méditant sa fuite pour éviter le châtiment dû à son crime , est pris (*c*) dans la cellule d'un Réclus à Paris , où il s'étoit caché , & envoyé en prison dans l'Abbaye de Fulde.

## L' A n  836.

7 *Mai.* Les reliques de S. Liboire , évêque du Mans , que l'on transféroit de cette Ville à Paderborn , sont reçues (*d*) solennellement à Paris.

## L' A n  837.

Louis le Débonnaire donne à Charles le Chauve une grande partie de ses états dans laquelle (*e*) Paris étoit renfermé.

Gérard II étoit (*f*) Comte de Paris.

## L' A n  838.

Louis le Débonnaire ajoute une nouvelle portion (*g*) du Royaume , située entre la Seine & la Loire , aux domaines qu'il avoit donnez l'année précédente à Charles le Chauve.

## L' A n  839.

Louis le Débonnaire fait deux parts (*h*) de tous ses états , excepté la Baviere , & donne le choix de l'une des deux à Lothaire son fils

( *a* ) ( *b* ) Astronom. Vita Ludov. Pii, cap. 49 & 50. * Tom. VI. pag. 114 & 115.
( *c* ) Flodoard. Hist. Ecclef. Remens. * Tom. VI. pag. 214. Narratio Clericor. Remens. * ibid. p. 251. *ant* * Tom. VII. p. 257.

( *d* ) Bolland. Jul. Tom. V. pag 422.
( *e* ) ( *f* ) ( *g* ) Nithard. lib. 1. cap. 6. * Tom. VII. pag. 13 & 14.
( *h* ) Ibid. cap. 7. * pag. 15.

aîné, qui prend la partie orientale ; enforte que l'autre demeure à
Charles le Chauve.

Il joint (*a*) à cette partie occidentale l'Aquitaine, dont Pepin
II venoit de se saisir après la mort de Pepin I aussi Roi d'Aquitaine, son pere, frere de Louis le Débonnaire, arrivée l'année précédente. Cependant ce second Pepin a été remis en possession de
l'Aquitaine, dont il a joui jusqu'en 848.

## L'AN 840.

20 *Juin*. Louis le Débonnaire meurt (*b*) au Château d'Ingelheim
près de Mayence, & est enterré à S. Arnoul de Metz. Il y a une
Charte (*c*) de Charles le Chauve qui fixe la mort de ce Prince au
20 Avril ; & celle de l'Impératrice Judith sa femme au 20 Mars.
Cette derniere date n'étant point contredite, doit passer pour
certaine ; mais l'autre ne peut être regardée que comme un faute
de Copiste.

## C H A R L E S　I I, dit *le Chauve*.

Charles le Chauve, l'un de ses fils, lui succede dans les états
dont il avoit été mis en possession du vivant de son pere, pendant
que Lothaire son frere aîné continue de jouir de l'Empire & de l'I-
talie, & que Louis son autre frere continue de régner dans la Germanie.

## L'AN 841.

*Juillet & Août*. Grands préparatifs (*d*) de Charles le Chauve
à Paris & aux environs, pour se mettre en état de résister à son
frere Lothaire. Ce Prince séjourne dans cette Ville jusques vers la
fin de l'année.

Gérard II étoit encore (*e*) Comte de Paris.

Son premier successeur connu est Conrad II, dont on parlera
sous l'an 879.

## VERS L'AN 841.

22 *Novembre*. Mort d'Hilduin I, Abbé de S. Germain des Prez.
Les Auteurs de la nouvelle Gaule Chrétienne qui avoient d'abord

(*a*) Nithard. lib. 1. cap. 8. * Tom. VII.
pag. 15.
　(*b*) Ibid. & Herman. Contract. * Tom.
VI, pag. 227.

(*c*) Bouquet, * Tom. VIII. pag. 635.
(*d*) Annal. Bertin. * Tom. VII. pag. 60.
(*e*) Nithard. lib. 2. cap. 6. * Tom. VII.
pag. 19.

(*a*) fixé cette mort en 840 après Dom (*b*) Mabillon, ont mieux aimé la rapporter enſuite (*c*) à l'an 841 ou environ ; & le Pere (*d*) le Cointe croit qu'elle n'arriva qu'en 842 ou 843.

Le Roi donne pour ſucceſſeur à Hilduin (*e*) Ebroin, qui après avoir été ſon Chapelain ou Archichapelain, avoit été fait Abbé de S. Hilaire de Poitiers & de S. Maur de Glanfeuil, puis évêque de Poitiers.

## L'An 842.

L'Empereur Lothaire étant toujours à la pourſuite de Charles le Chauve, paſſe la Seine (*f*) auprès de Paris pour ſe rendre à Aix-la-Chapelle. Sauval (*g*) dit que la riviere vint à croître tout à coup, & qu'elle déborda tellement, que Lothaire ne put la paſſer. Fiez-vous à cet écrivain.

## L'An 843.

20 *Mars.* L'Impératrice Judith, mere de Charles le Chauve, meurt (*h*), & eſt enterrée à S. Martin de Tours.

## Avant l'An 845.

Il y avoit près de l'égliſe de Ste Génevieve, du côté de S. Marcel, une égliſe (*i*) de S. Michel, qu'un ſavant (*k*) Antiquaire regarde comme une Chapelle Cémétériale ; car on a vû (*l*) plus haut que ce quartier-là étoit anciennement le cimetiere principal de la Ville ; & l'uſage, dit-il, étoit de n'avoir aucun grand cimetiere ſans quelque autel ſous l'invocation de S. Michel.

## L'An 845.

*Mars.* Les Normans, qui avoient commencé dès l'an (*m*) 800 à infeſter les côtes de la mer de France, qui avoient été chaſſez en (*n*) 820 de l'embouchure de la Seine, & qui étoient entrez en (*o*) 841 pour la premiere fois par cette riviere dans l'intérieur du

(*a*) Gall. Chriſt. Tom. II. pag. 1158.
(*b*) Mabill. Annal. Bened. lib. 32. cap. 22 & 31. Tom. II. pag. 615 & 620.
(*c*) Gall. Chriſt. Tom. VII. pag. 426.
(*d*) Coint. ad ann. 842. cap. 29. Tom. VIII. pag. 687.
(*e*) Gall. Chriſt. Sup. ibid.
(*f*) Annal. Bertin. * Tom. VII. pag. 60.
(*g*) Sauval, Antiq. de Paris, Tome I. page 199.
(*h*) Chronic. Aquitan.* Tom. VII. pag.
223. Voyez auſſi l'An 840.
(*i*) Bolland. Januar. Tom. I. pag. 48.
(*k*) Le Beuf, Diſſert. Tome I. page 303.
(*l*) Voyez l'An 346.
(*m*) Mirac. S. Wandregiſ. * Tom. VII. pag. 358.
(*n*) Aſtronom. cap. 33. * Tom. VI. pag. 103. Eginhart. * ibid. pag. 180.
(*o*) Chronic. Fontanell. *Tom. VII. pag. 40.

Royaume, où ils avoient fait de grands ravages, la remontent cette année (*a*) pour la seconde fois sous la conduite de Ragenaire ou Renier avec 120 voiles, faisant un horrible dégât partout sur leur passage.

28 *Mars, veille de Pâques.* Ils viennent jusqu'à Paris (*b*) sans trouver de résistance. Les habitans avoient pris la fuite, dit un (*c*) Historien ; & la Ville n'étoit plus qu'un désert. Les Religieux tant de Ste Génevieve que de S. Germain des Prez, pour sauver du moins ce qu'ils avoient de plus prétieux, avoient emporté, les uns (*d*) le corps de Ste Génevieve leur patrone à Athies, & de là à Draver ; les autres (*e*) celui de S. Germain à Combes-la-Ville en Brie. Cependant le jour de Pâques même les Normans se jetent avec furie dans l'Abbaye de S. Germain des Prez, dont ils enlevent tout ce qu'ils peuvent emporter ; mais la dyssenterie se met parmi eux, & la plufpart en meurent. Charles le Chauve étoit alors (*f*) à S. Denys en France ; & Renier diffimulant l'extrémité où étoient les siens, lui envoie faire des propositions : on lui donne (*g*) sept mille livres d'argent, & il se retire. L'Historien des miracles de S. Germain ajoute (*h*) que lorsqu'il fut de retour en Danemark il présenta à son Roi Horic la serrure d'une des portes de la Ville, & une poutre de l'église de S. Germain des Prez : il exagéra sans doute ses prouesses ; & l'on ne doute nullement que l'Historien n'ait aussi un peu enflé sa narration en disant que les Parisiens ayant pris la fuite, leur Ville ne fut plus qu'un desert. La Ville ne signifie apparemment ici que l'enceinte de la nouvelle Ville à la gauche de la riviere, ou ce qu'on appelle aujourd'hui *le quartier de l'Université* : les habitans de ce quartier se refugierent les uns dans la Cité, qui très-vraisemblablement à cause de ses fortifications ne reçut aucune atteinte de la part des Barbares, les autres ailleurs, où ils purent. Renier eut beau faire valoir la hardiesse & le succès de son entreprise, il ne put point se vanter d'avoir emporté une poutre de l'église Cathédrale ; & la serrure de la porte de la Ville qu'il présenta au Roi Horic ne devoit être que la serrure d'une des portes de l'enceinte méridionale, peut être celle de la Porte du Lépreux dont on a parlé (*i*) plus haut.

(*a*) (*b*) Annal. Bertin. * Tom. VII. pag. 63. Chronic. Fontanell. * ibid. p. 41. & Bouquet, * ibid. not. D.

(*c*) Mirac. S. Germani, * Tom. VII. pag. 348.

(*d*) Mirac. S. Genov. apud Bolland. Januar. Tom. I. pag. 149.

(*e*) Mirac. S. Germani, Sup. * ibid. pag.

349.

(*f*) * Ibid. pag. 350.

(*g*) Ibid. & Annal. Bertin. Sup. * ibid. pag. 63.

(*h*) Mirac. S. Germani, in Act. SS. Bened. Sec. III. Part. II. pag. 109.

(*i*) Voyez l'An 585 ou 586, pages 77 & 78.

Dans le temps de l'expédition de Renier, Herbert étoit (*a*) Abbé de Ste Génevieve. On lui donne indifféremment dans la nouvelle Gaule (*b*) Chrétienne les noms d'Herbert ou Egbert, & on l'y honore outre cela, après le Pere (*c*) Charpentier, du titre de Comte : mais le livre des miracles (*d*) de la Sainte, qui est le seul monument connu où il soit fait mention de lui, ne lui donne que la seule qualité d'Abbé, & ne l'appelle point autrement qu'Herbert.

C'est le dernier Abbé connu de ce Monastere, du nombre de ceux qui ont précédé la troisieme race de nos Rois. Les Auteurs (*e*) de la nouvelle Gaule Chrétienne conjecturent que sous la seconde il y eut encore un certain Magnard : mais on verra (*f*) plus bas qu'il n'y en a aucune preuve.

**25 *Juillet.*** Le corps de S. Germain ayant été rapporté à S. Germain des Prez, les Religieux de cette Abbaye le remettent (*g*) à sa place.

Celui de Ste Génévieve est aussi reporté (*h*) dans son Abbaye ; & vraisemblablement ce fut dans le même temps : mais (*i*) au lieu de le remettre à sa place sous l'autel, où il étoit auparavant, on l'éleve sur l'Autel même. C'est un des premiers exemples que nous ayons des reliques des Saints, placées sur les Autels. Le Concile de Reims de l'an 893 est le premier, suivant le Docteur (*k*) Thiers, qui ait autorisé cette pratique en ces termes : *Nihil super altari ponatur, nisi capsæ cum sanctorum reliquiis, & quatuor Evangelia.* Mais il ne se trouve rien dans ce Concile de ce qu'on lui fait dire ici. Ce réglement est tiré d'un Sermon Synodal, qui se trouve imprimé dans la Collection des Conciles du Pere (*l*) Labbe sous la date de l'an 1009 ; & voici de quelle maniere il est conçu : *Super altare nihil ponatur, nisi capsæ & reliquiæ, aut forte quatuor Evangelia, & buxida cum corpore Domini ad infirmos.*

## L'An 846 ou 847.

**14 *Février.*** Dixieme Concile (*m*) de Paris, qui n'est qu'une suite de celui de Meaux de l'an 845. Il porte pour date l'an 846 & l'Indiction 10, qui ne convient pourtant qu'à l'an 847.

(*a*) Mirac. S. Genov. Sup. ibid.
(*b*) Gall. Christ. Tom. VII. pag. 704.
(*c*) Charpentier, Hist. Chronol. de sainte Génev. page 4.
(*d*) Mirac. S. Genov. Sup. ibid.
(*e*) Gall. Christ. Sup. ibid.
(*f*) Voyez Vers l'An 850.

(*g*) Mirac. S. Germ. in Act. SS. Bened. Sec. III. Part. II. pag. 110.
(*h*) (*i*) Mirac. S. Genov. Sup. ibid.
(*k*) Thiers, Dissert. sur les Autels, chap. 8. pages 37 & 39.
(*l*) Concil. Labbe, Tom. IX. pag. 804.
(*m*) Ibid. Tom. VII. p. 1848.

## L'An 847 ou 848.

18 *Avril.* Mort (*a*) d'Ebroin évêque de Poitiers, & Abbé de S. Germain des Prez.

Gozlen, ou Gozlin, lui (*b*) succede. On ne sait où l'Historien de cette Abbaye a lu (*c*) que celui-ci étoit oncle du Roi Charles le Chauve : il n'étoit que son cousin-germain, frere (*d*) de Louis Abbé de S. Denys en France, lequel étoit (*e*) fils de Rotrude, fille de Charlemagne. Gozlin étoit Archichancelier de l'Empereur Charles le Chauve en (*f*) 876 & (*g*) 877. Il l'a été aussi sous Louis le Begue ; & est devenu ensuite Evêque de Paris.

## L'An 848.

Les Aquitains ayant rejeté pour sa lâcheté Pepin II, Roi d'Aquitaine, fils de Pepin I, & petit-fils de Louis le Débonnaire, déferent (*h*) la couronne à Charles le Chauve qui est sacré à Orléans.

## L'An 849.

5 *Novembre.* Onzieme (*i*) Concile de Paris contre Nominoé, prétendu Roi de Bretagne. On y dépose suivant une ancienne (*k*) Chronique, tous les Chorévêques de France, qui cependant, selon l'Historien (*l*) de l'Eglise de Paris, avoient été déposez dès le Concile de l'an 829. Mais il ne faut s'en rapporter ni à l'Historien, ni au Chroniqueur. Dans le peu qui nous reste des Actes du Concile de l'an 846 il n'est pas seulement dit un mot des Chorévêques ; & dans celui de l'an 829 on leur défendit seulement (*m*) de donner la Confirmation. Le Pere (*n*) Thomassin a prouvé que dès le Concile de Ratisbonne (*o*) de l'an 800 ou environ, en conséquence d'une décision du Pape Léon III, les Chorévêques avoient été abolis ; que néanmoins il en est encore fait mention non-seulement en 829, comme on vient de le voir, mais même en 836, & en 845 ; qu'enfin il y en avoit encore du temps d'Hincmar Archevêque de Reims.

(*a*) (*b*) Gall. Christ. Tom. VII. p. 427.
(*c*) Bouillart, Hist. de S. Germ. des Prez, page 35.
(*d*) Annal. Bertin. * Tom. VII. pag. 73.
(*e*) * Ibid. pag. 95.
(*f*) Bouquet, * Tom. VII. pag. 691.
(*g*) * Ibid. pag. 704.
(*h*) Annal. Bertin. Sup. * ibid. pag. 65.
(*i*) Concil. Labbe, Tom. VIII. pag. 58. & Diploma Caroli Calvi ibid. pag. 1930.
(*k*) Chronic. Alberic. apud Bouquet, *

Tom. VII. pag. 503. not. E.
(*l*) Du Bois, Hist. Eccles. Paris. Tom. I. pag. 345.
(*m*) Concil. Paris. anni 829. lib 1. cap. 27. apud Labbe, Concil. Tom. VII. pag. 1617 & 1618.
(*n*) Thomassin, Discipl. de l'Eglise, Tome II. Part. I. pages 35 & 36.
(*o*) Concil. Labbe, Tom. VII. pag. 1152 & 1170.

## VERS L'AN 850.

Charles le Chauve, dit un savant (*a*) Académicien, remet sur pied, ou plustôt continue de rendre florissantes les Ecoles que Charlemagne avoit fondées à Paris, en y attirant les maîtres qui avoient le plus de réputation. Heiric ou Eric d'Auxerre, ajoute-t-il, y enseigna les belles lettres sous le regne de ce Prince. Cependant il n'en est rien, dit dans l'Histoire litéraire de la France; & peut-être l'Académicien veut-il parler de Remi d'Auxerre; mais celui-ci n'enseigna à Paris que vers l'an 900, plus de vingt ans après la mort de Charles le Chauve. Il est bien vrai que sous le regne de ce Prince les Ecoles du Palais, loin de dégénérer ou de s'affoiblir, reçurent un nouveau lustre (*b*) des Savans qu'il y attira de toutes parts. On a déja dit (*c*) un mot de Jean Scot & de Mannon, qui y enseignerent avec éclat. Celui-là a fait plus de bruit que l'autre; l'occasion se présentera bientôt (*d*) de parler encore de lui.

Les Auteurs (*e*) de la nouvelle Gaule Chrétienne conjecturent qu'un certain Magnard, qualifié, disent-ils, Abbé à Paris ou dans le Diocese de Paris, étoit Abbé de Ste Génevieve pendant que les Normans exerçoient leurs brigandages dans cette Ville, ou aux environs; & on leur accorde que Magnard vivoit vers l'an 850, c'est-à-dire, dans le temps qui s'est écoulé (*f*) entre la premiere & la seconde fois que ces Barbares vinrent à Paris, en 845 & 857. Mais Magnard étoit-il Abbé dans le Diocese de Paris? étoit-il même Abbé? Voici ce qu'on lit à son sujet dans le livre des miracles de Ste Génevieve: (*g*) *Contigit... ut venerabilis Magnardus nomine fratris cujusdam apes de nocte custodiens somno irruente gravaretur, &c.* & il n'y a là que le seul mot *venerabilis*, qui pourroit donner lieu de soupçonner que Magnard étoit au-dessus d'un simple Religieux. S'il est vrai qu'il fût Abbé, il fit un grand acte de vertu en voulant veiller toute une nuit pour garder les mouches à miel d'un frere ou d'un Religieux de la maison. Mais en supposant qu'il fût revétu de cette dignité, étoit-ce du monastere même de Ste Génevieve qu'il étoit Abbé? & l'Historien des miracles de la Sainte auroit-il omis cette circonstance? lui qui n'a eu garde de l'omettre en parlant d'Herbert, qui l'étoit véritablement en 845:

---

(*a*) Bonamy, Mém. de l'Acad. des Inscript. & Belles-Lettres, Tome XV. page 659.
(*b*) Rivet, Hist. liter. de la Fr. Tome IV. pages 224 & 225.
(*c*) Voyez l'An 788. page 128.
(*d*) Voyez Vers l'An 860.
(*e*) Gall. Christ. Tom. VII. pag. 704.
(*f*)(*g*) Bolland. Januar. Tom. I. p. 149.

T

*Venerabilis Magnardus*, dit-il en parlant de l'un ; *nostræ congrega-tionis* (*a*) *Abbas Herbertus*, dit-il en parlant de l'autre.

## L'A N 851.

Hilmérad, Comte du Palais, est tué (*b*) dans une bataille que Charles le Chauve perd contre les Bretons.

## L'A N 856.

Erchanrad II étoit encore (*c*) évêque de Paris : on met sa mort au 9 Mai. A l'égard de l'année il n'y a rien de précis. Il paroît qu'il mourut en 856 même, ou peut-être en 857.

Son successeur fut Enée, dont on parlera sous l'an 858.

## L'A N 857.

Les Religieux de S. Germain des Prez dans la crainte des Normans qui menaçoient Paris d'une seconde irruption, transportent encore une fois (*d*) le corps de S. Germain à Combes-la-Ville, puis à Esmant au Diocese de Sens, & enfin à Nogent-l'Artaud.

Ceux de Ste Génevieve mettent aussi à couvert hors de Paris (*e*) le corps de leur Sainte.

28 *Décembre*. Les Normans, qui depuis le brigandage qu'ils avoient exercé en 845 jusqu'aux portes de Paris, avoient conti-nué d'infester les bords de la Seine, dans laquelle ils étoient ren-trez en (*f*) 851, en (*g*) 852, en (*h*) 855, & enfin au mois d'Août (*i*) 856, se présentent enfin pour la seconde fois (*k*) de-vant cette Ville. Ils mettent le feu à presque toutes les églises des fauxbourgs, sur-tout à celle de sainte Génevieve. Cependant ils épargnerent la maison, *domum*, de S. Etienne, & les églises de S. Germain des Prez & de S. Denys, parce que celles-ci furent rachetées moyennant une grosse somme d'argent. Un ancien frag-ment (*l*) de l'Histoire de France, porte que l'Abbaye, *monaste-rium*, de S. Denys fut aussi brûlée en cette occasion : mais ou Dom Félibien ne l'a point connu, ou il n'y a (*m*) point ajouté foi, & on en voit la raison. Du temps des Normans, disoit-il, il n'y avoit à Paris ou dans le voisinage de cette Ville qu'une seule église

(*a*) Bolland. Januar. Tom. I. pag. 149.
(*b*) Chronic. Fontanell. *Tom. VII. p. 43.
(*c*) Gall. Christ. Tom. VII. pag. 33.
(*d*) Mirac. S. Germani, * Tom VII. pag. 351.
(*e*) Bolland. Sup. ibid.
(*f*)(*g*)(*h*) Chronic. Fontanell. Sup. ibid.

(*i*) Annal. Bertin. * ibid. pag. 71.
(*k*) * Ibid. pag. 72. & Chronic. Normann. * ibid. pag. 153.
(*l*) Fragm. Hist. Franc. * ibid. pag. 224.
(*m*) Félib. Hist. de l'Abb. de S. Denys, page 85. & Hist. de Paris, Tome I. page 87.

connue fous le nom de S. Denys, qui est celle de S. Denys en France : or elle fut rachetée à prix d'argent ; donc elle ne fut point brûlée. Mais nous raisonnons fur un autre principe. Il y avoit, difons-nous, deux églifes de S. Denys, l'une fondée par Ste. Géne-vieve aux portes de Paris, l'autre fondée par Dagobert I à deux lieues de Paris : donc il a bien pu fe faire qu'en mettant le feu à l'une on ait épargné l'autre. Or celle-ci eft précifément celle qui touchoit prefque à la Ville ; & elle avoit donné au rivage voifin le nom de *rivage de S. Denys*, qu'il portoit encore en (*a*) 886 depuis l'enceinte de la Ville jufques vers l'endroit où on a bâti depuis le Pont-neuf, peut-être même jufqu'affez près de S. Germain l'Auxer-rois. L'Annalifte de S. Bertin s'exprime fur ce fujet de maniere à faire fentir que les églifes de Ste. Génevieve, de S. Germain des Prez, de S. Etienne, & de S. Denys, étoient toutes dans les faux-bourgs : (*b*) *Dani*, dit-il, *Luteciam Parifiorum aggreffi bafilicam B. Petri & S. Genovefæ incendunt, & ceteras omnes, præter domum S. Stephani, & ecclefiam S. Vincentii, præterque ecclefiam S. Dio-nyfii, pro quibus tantummodo ne incenderentur multa folidorum fumma foluta eft.* On verra plus bas que celle de S. Denys étoit encore fur pied pendant le fameux fiége des années 885 & 886.

Pour ce qui eft de celle de S. Etienne, on a déja vû (*c*) que par ce mot il faut fouvent entendre l'églife Cathédrale ; c'eft auffi le fens que lui donnent ici quelques (*d*) Savans. Cependant comme les Normans n'ont jamais pu fe rendre maîtres de Paris, c'eft-à-dire de la Cité ; il n'a jamais été non plus en leur pouvoir de met-tre le feu à la Cathédrale, qui par cette raifon n'a pas eu befoin de fe racheter. Auffi Adrien (*e*) de Valois entend-il ici par l'expref-fion *domum S. Stephani* l'églife de S. Etienne des Grès. D'abord il eft fûr que le mot *domus* a été employé affez fouvent pour fignifier certaines églifes : on en a vû un exemple (*f*) plus haut à l'occafion de celle de S. Jean en Greve ; dans les Annales (*g*) de Fulde on s'en fert auffi en parlant de l'églife de S. Emmeran de Ratifbonne ; & l'on prétend même dans la nouvelle édition du Gloffaire latin de du Cange, que c'eft de là que font venus les noms de Dommartin, Dompierre ou Dampierre, & tant d'autres noms femblables de

(*a*) Voyez l'An 886, & la note fur Abbon II. 175.

(*b*) Annal. Bertin. Sup. * ibid.

(*c*) Voyez l'An 690 ou 691, page 111 & 112 ; & les Années 814, 818, & 829.

(*d*) Félib. Hift. de Paris, Sup. ibid. Bou-quet, * Tom. VII. pag. 72. not. E. Le Beuf,

Differt. Tome I. pag. 130.

(*e*) Valef. de Bafilic. Parif. cap. 11. pag. 464.

(*f*) Voyez l'An 821, page 136.

(*g*) Continuat. II. Annal. Fuld. * Tom. VIII. pag. 60.

lieux, quoiqu'il foit bien plus naturel de s'en tenir tout fimplement
aux mots *Domnus Martinus*, *Domnus Petrus*, *&c.* que l'on a dits
fans doute pour *fanctus Martinus*, *fanctus Petrus*, *&c.* comme il eft
certain qu'on a dit (*a*) *Domnus Chriftivilus*, c'eft-à-dire *Chrifto-
phorus*, pour *fanctus Chriftivilus.* Ainfi rien n'empêche ici que l'expreffion *domus S. Stephani* ne puiffe être appliquée à l'églife de
S. Etienne des Grès ; & vraifemblablement ce fera l'églife Cathédrale qui aura été rançonnée pour préferver celle-ci de l'incendie :
car il paroît que de tout temps elle a été une de fes dépendances,
auffi-bien qu'une partie du terrein de fon voifinage, puifqu'il fut
jugé au Parlement en (*b*) 1312 que le Chapitre de Paris avoit la
baffe juftice fur la moitié de la voirie de Garlande du côté de Ste
Génevieve & de S. Etienne des Grès. Auffi cette derniere églife
a-t-elle toujours été comptée parmi les quatre filles du Chapitre.

Les Auteurs (*c*) de la nouvelle Gaule Grétienne difent qu'après
la deftruction de l'Abbaye de Ste Génevieve par les Normans,
les Clercs féculiers ont pris dans ce monaftere la place des moines ; & cela fignifie qu'auffitôt après cette deftruction les Moines
n'y ont plus reparu, ou c'eft ne rien dire du tout : car on fait
bien que ceux qui occupoient encore la maifon pendant les ravages des Normans en 857, ont eu pour fucceffeurs des Chanoines féculiers ; & il ne s'agit que de favoir en quel temps précifément cette révolution eft arrivée. Or ce ne fut point immédiatement après la deftruction du monaftere, du moins après celle de l'an 857, qui eft pourtant l'époque à laquelle fe fixent les Auteurs (*d*) de la Gaule Chrétienne, fondez, difent-ils, fur l'autorité d'Aimoin & de Dom Mabillon ; puifqu'on verra bientôt que
cinq & fix ans après, en 862 & 863, les Moines étoient encore
en poffeffion de cette Abbaye. Quant à ce qui regarde Dom Mabillon & Aimoin, s'il étoit vrai qu'ils fixaffent à l'an 857 la difpa-
rution totale des Moines de Ste Génevieve, tout ce qu'il y auroit
à dire, c'eft qu'ils fe feroient trompez. Mais ils ne fe trompent ni
l'un ni l'autre. Aimoin dit qu'en 863, lorfque le corps de S. Germain fut reporté dans fon Abbaye, les Clercs de Ste Génevieve af-
fifterent à la cérémonie : (*e*) *Ex monafterio S. Petri nec non & bea-
tæ Genovefæ virginis religiofe accedentes Clerici,* &c. Mais ces Clercs
étoient des Moines fuivant le témoignage de Dom Mabillon mê-

---

( *a* ) Voyez plus haut, page 110.
( *b* ) Félib. Hift. de Paris, Tom. IV. pag.
519.
( *c* ) Gall. Chrift. Tom. VII. pag. 705.

( *d* ) Ibid. pag. 700.
( *e* ) Act. SS. Bened. Sec. III. Part. II. pag.
116.

mé : (*a*) *Monachi... S. Genovefæ*, dit ce savant écrivain ,... *Clerici... dicti ab Aimoïno, ubi agit de revectióne corporis S. Germani... in suum monasterium.*

Le même Dom Mabillon avoit avancé (*b*) en 1680, que les Normans avoient brulé pour la premiere fois l'Abbaye de S. Germain des Prez en 853; & après lui Dom Bouquet avoit dit aussi (*c*) en 1741, que cette même année 853 les Normans avoient pillé ce monastere pour la seconde fois. Mais dans la suite ils ont l'un & l'autre abandonné cette date, puisqu'ils ont jugé à propos de n'en faire aucun usage, le premier dans le IIIe Tome de ses Annales Bénédictines, imprimé en 1706; le second dans le VIIe Tome de sa Collection des Historiens de France, imprimé en 1749. Il eut pourtant été à propos qu'ils se fussent rétractez eux-mêmes positivement; & c'est peut-être parce que Dom Mabillon ne l'a pas fait que l'Auteur de l'Histoire litéraire de la France a perpétué inconsidérément cette fausse date de l'an 853 à l'article de Gislémar, dans son Ve Tome, imprimé en 1740.

D'autres écrivains, tant anciens que modernes, ont aussi rapporté faussement à certaines années diverses incursions que ces Barbares ont faites, soit dans le Royaume en général, soit à Paris en particulier; & à peine conviennent-ils entre eux de la date d'un même événement, sur laquelle il se trouve même quelquefois qu'ils se sont tous trompez. Il seroit long & ennuyeux de faire ici cette discussion. On se contentera donc, sans entrer dans le détail des erreurs d'autrui, de fixer toutes ces dates suivant les autoritez qui paroîtront les plus sûres, ou les moins récusables.

## L'An 858.

Les Normans, qui s'étoient cantonnez & fortifiez dans l'île d'Oissel entre Rouen & le Pont de l'Arche, remontoient (*d*) souvent de là par bateaux jusqu'à Paris; & les monasteres d'alentour ne se rachetoient qu'à prix d'argent, pour n'être pas réduits en cendres. Ils se saisirent dans l'une de ces courses (*e*) de Louis abbé de S. Denys en France, & de Gozlin Abbé de S. Germain des Prez.

Hilduin II, neveu d'Hilduin I, Abbé de ce dernier monastere, est mis (*f*) à la place de Gozlin, du moins pour un temps, & jusqu'à la délivrance de celui-ci. Les monumens historiques lui don-

---

(*a*) Mabill. Annal. Bened. Tom. III. p. 55.
(*b*) Idem, Act. SS. Bened. Sec. IV. Part II. pag. 598.
(*c*) Bouquet, * Tom. III. p. 437. not. D.

(*d*) Mirac. S. Germani, * Tom. VII. pag. 351.
(*e*) Annal. Bertin. * ibid. pag. 73.
(*f*) Gall. Christ. Tom. VII. pag. 428.

nent les titres de (*a*) Conseiller, d'Archinotaire, & d'Archicha-pelain de Charles le Chauve, (*b*) de Bibliothécaire, de (*c*) premier des Clercs du Palais, & de (*d*) Maître des Ecclésiastiques. Il fut encore Abbé (*e*) de S. Martin de Tours, & de (*f*) S. Bertin; & en qualité d'Archichapelain il avoit (*g*) la présséance non-seulemement sur tous les ecclésiastiques du second ordre, mais encore sur les évêques & sur leurs métropolitains.

Usuard, moine de S. Germain des Prez, revenant de Cordoue en Espagne du temps de l'Abbé Hilduin II, apporte avec lui les corps de S. Georges & de S. Aurele, avec le chef de Ste Natalie, qu'on a aussi appellée (*h*) Sabigothon, & les dépose (*i*) à Esmant, où étoient pour lors une grande partie des Religieux de l'Abbaye, qui y avoient transporté le corps de S. Germain. Claude (*k*) Chastelain dit que ces corps furent reçus à Paris le 20 Octobre de la même année 858, quoiqu'ils ne soient arrivez en cette Ville qu'en 863, comme on le verra bientôt. Peut-être a-t-il voulu dire que ce fut le 20 Octobre 858 qu'ils furent portez à Esmant.

*Décembre.* Enée, qui avoit eu quelque emploi (*l*) distingué, soit (*m*) de Notaire, soit de Sécrétaire dans le palais de Charles le Chauve, étoit alors évêque de Paris: il assista ce mois-ci au Concile (*n*) de Quiersy. Les Auteurs (*o*) de la nouvelle Gaule Chrétiene disent qu'avant que d'être évêque il avoit enseigné avec honneur dans l'école du Palais; mais ils paroissent n'avoir trouvé ce fait-là que dans l'Histoire de l'Université de Paris, qui cite (*p*) les lettres de Loup Abbé de Ferrieres, où cependant il n'y a rien de semblable. Peut-être Enée avoit-il enseigné dans l'Eccle épiscopale; mais il n'y en a point de preuve non plus.

## Vers l'An 860.

Le célebre Jean Scot, ou Erigene, se distinguoit à Paris par son génie sophistique & par ses erreurs. L'Historien de l'Université (*q*)

(*a*) Bouquet, * Tom. VII. p. 269 & 509.
(*b*) * Ibid. pag. 591.
(*c*) * Ibid. pag. 548.
(*d*) * Ibid. pag. 510.
(*e*) * Ibid. pag. 253.
(*f*) * Ibid. pag. 122 & 145.
(*g*) * Ibid. pag. 510. not. C.
(*h*) Chastelain, Martyrol. univers. pages 697 & 971. Du Bois, Hist. Ecclef. Parif. Tom. I. pag. 464.
(*i*) Hist. Transsat. SS. Georg. &c. * Tom.

VII. pag. 353 & 354.
(*k*) Chastelain, Martyrol. Rom. pag. 377.
(*l*) Lupus Ferar. Epist. 99. edit. Baluz. p. 149.
(*m*) Gall. Christ. Tom. VII. p. 33.
(*n*) Concil. Labbe, Tom. VIII. p. 655.
(*o*) Gall. Christ. Sup. ibid.
(*p*) Du Boulay, Hist. Universit. Parif. Tom. I. pag. 175 & 176.
(*q*) Ibid. pag. 184.

dit que le Pape Nicolas I ( qui siégea depuis l'an 858 jusqu'en 867 )
pria Charles le Chauve de chasser de cette Ville Jean Scot, qui
avoit été *Capital*, c'est-à-dire, suivant le même Historien, chef
ou modérateur des écoles publiques : car, ajoute-t-il (*a*), le terme
de *Capital* désignoit encore le Recteur de l'Université sous le
regne de Philippe Auguste ; & il rapporte en même temps la lettre du Pape, datée de la troisieme année de son Pontificat. Cependant Dom (*b*) Bouquet la rapporte aussi d'après le Pere (*c*)
Labbe, mais d'une maniere toute différente : il n'est fait aucune
mention dans celle-ci ni du mot, ni de la dignité de *Capital* ; & le
Pape y prie seulement le Roi de faire ensorte que Jean Scot, de
la doctrine de qui il se méfioit, lui envoyât la traduction qu'il
avoit faite d'un livre de S. Denys l'Aréopagite, pour l'examiner.
On lit dans une Chronique que Jean Scot retourna en Angleterre
en (*d*) 872 ; mais l'Auteur de l'Histoire litéraire de la France
paroît soutenir (*e*)par de bonnes raisons qu'il mourut en France.

## L'An 861.

*6 Avril jour de Pâques.* Les Normans revenus pour la troisieme
fois devant Paris, & chargez des dépouilles (*f*) des Négotians de
cette Ville qui avoient pris la fuite, mais qui étoient tombez entre leurs mains, entrent dans l'Abbaye (*g*) de S. Germain des
Prez pendant que les Moines chantoient matines. Ces Religieux
au nombre d'une vingtaine seulement, parce que le reste étoit dis-
persé ou à Esmant, ou à Nogent l'Artaud, avec le corps de S.
Germain, ou dans quelques autres terres de leur dépendance, se
cachent où ils peuvent, & par ce moyen évitent la mort à l'exception d'un seul qui fut tué. Les Normans égorgent plusieurs domestiques, pillent le monastere, & mettent le feu au Cellier. Les fauxbourgs de la Ville, & surtout celui du midi, durent souffrir considérablement de cette troisieme irruption ; mais Charles le Chauve ordonna (*h*) quelque temps après de réparer tout le dommage.

## L'An 861 ou 870.

*14 Juillet.* Ce Prince, en attendant, ayant fait bâtir à ses frais

( *a* ) Ibid. & Tom. III. pag. 3.
( *b* ) Bouquet, * Tom. VII. pag. 438.
( *c* ) Labbe, Concil. Tom. VIII. pag. 516.
( *d* ) Chronic. Thuan. * Tom. VII. p. 253.
( *e* ) Rivet, Hist. liter. de la France, Tome
V. pages 416 & 418.
( *f* ) Annal. Bertin. * Tom. VII. pag. 76.
( *g* ) Mirac. S. Germani, * ibid. pag. 351.
( *h* ) Capitul. Caroli Calvi, * ibid. p. 702.

un pont (a) fur la terre du monaftere de S. Germain l'Auxerrois, en fait don à l'Eglife de Paris. On veut que ce foit celui qui porte depuis long-temps le nom de (b) Pont au Change ou (c) le Pont Notre-Dame qu'il ait rebâti; mais il n'y a pas moyen de foufcrire à cette opinion pour plufieurs raifons.

1°. Charles le Chauve ne dit point qu'il a rebâti un Pont, mais qu'il en a bâti un : *placuit nobis... majorem facere pontem.*

2°. Ce pont fut bâti hors de la Ville *extra prædictam urbem;* & le Pont au Change auffi-bien que le Pont Notre-Dame font, pour ainfi dire, au milieu.

3°. Il devoit fervir de barriere aux Normans pour les arrêter dans leurs courfes, & les empêcher de traverfer la Ville fans permiffion, *pro.... Normannorum infeftatione.* Or le Pont au Change ou le Pont Notre-Dame étant trop avancez dans la Ville n'étoient nullement propres à cela; il en falloit un qui fût à la tête même de la Ville, c'eft-à-dire, à l'extrémité occidentale, pour mettre la place entiere à couvert, & tenir les Barbares en échec lorfqu'ils voudroient remonter la riviere.

4°. Les anciens ponts de Paris étoient couverts (d) de maifons : celui que Charles le Chauve a fait bâtir eft certainement le même que celui qui fut attaqué avec tant de furie par les Normans en 885 & 886, comme on le verra plus bas; & il n'y avoit point de maifons (e) fur celui-ci.

5°. Au cinquieme affaut que ces Barbares livrerent le 31 Janvier (f) 886 à la Tour qui défendoit l'extrémité de ce Pont du côté de S. Germain l'Auxerrois, ils la battirent à coups de béliers du côté du couchant, du côté du nord, & du côté de l'orient : ils tâcherent auffi de mettre le feu au pont avec trois barques enflammées qu'ils firent defcendre jufques-là fuivant le cours de l'eau. Ils étoient donc les maîtres du terrein qui environnoit la Tour de trois côtez; donc cette Tour étoit hors de l'enceinte; donc le Pont au bout duquel elle étoit conftruite ne peut être ni le Pont au Change, qui étoit pleinement renfermé dans l'enceinte même, ni le Pont Notre-Dame qui n'a été même bâti que longtemps depuis, comme on le verra (g) plus bas. En vain, pour éluder cette objection, diroit-on avec quelques (h) favans, que les Normans étoient bien les maîtres d'at-

(a) Diploma Caroli Calvi, * Tom. VIII. pag. 568.
(b) Félib. Hift. de Paris, Tome I. pages 91 & 92.
(c) Franç. du Chefne, Hift. des Chancel. page 98.

(d) Voyez Vers l'An 547, pages 53 & 54.
(e) Voyez la note fur Abbon I. 254.
(f) Voyez l'An 886.
(g) Voyez l'An ...
(h) Le Beuf, Differt. Tome I. page 30.

taquer

taquer ou le Pont au Change ou le Pont Notre Dame & la Tour qui terminoit celui-là du côté du nord , puifque de ce côté-là , auffi-bien que du côté du midi , ils avoient tout jeté par terre dès les années 846 ( ou pluftôt 845 ) & 857 ; enforte qu'il n'y avoit plus d'autres maifons à Paris que celles de la Cité. C'eft là une fuppo-fition purement gratuite , puifqu'il ne s'en trouve pas la moindre preuve : on ne voit nulle part que les Normans aient fait aucun ra-vage de cette nature au dedans des deux enceintes ; on ne voit pas non plus qu'ils en aient renverfé les murs , fi ce n'eft peut-être ceux de l'enceinte méridionale ; & il eft certain d'ailleurs que du côté du nord ces murs étoient encore fur pied lorfque Philippe Augufte (*a*) fit travailler à une nouvelle enceinte du côté du midi.

6°. Enfin on verra auffi que les Normans n'ayant pu obtenir en 887 de traverfer la Ville par eau , en firent le tour par terre , traînant eux-mêmes leurs bateaux à force de bras , & qu'ils firent pour cela deux milles de chemin avant que de pouvoir les remettre à l'eau. Or comment trouver ces deux milles depuis le Pont au Change ou de-puis le Pont Notre Dame jufqu'au bout de la Cité en ligne droite ? car s'il n'y avoit plus d'enceinte , ou fi tout étoit ruiné de ce côté-là , rien n'empêchoit les Normans de prendre le chemin le plus court. Com-ment les trouver même en côtoyant les murs de l'enceinte depuis l'un ou l'autre de ces deux ponts jufques vers S. Jean ou S. Ger-vais , qui font , fuivant l'opinion de quelques-uns , les deux extré-mitez de l'ancienne enceinte du côté du nord ? On les trouve au contraire bien facilement en la faifant commencer , comme on l'a marqué (*b*) plus haut vers le For-l'Evêque , & finir vers le Port au bled.

C'eft donc auffi vers le For-l'Evêque , à l'extrémité de l'île , qu'étoit fitué le Pont bâti par Charles le Chauve. Ce Prince lui donne dans fa Charte le nom de plus grand Pont , *majorem Pontem.* C'eft qu'il s'étendoit fur les deux bras de la riviere , joignant au nord la terre de S. Germain l'Auxerrois , comme on vient de le dire , & au midi celle de S. Germain des Prez , comme on l'obfervera (*c*) plus bas. Il eft certain que fi le Pont n'eût occupé que le bras fep-tentrional , il n'auroit pas beaucoup embarraffé les Normans , puif-qu'au défaut de ce canal ils auroient eu l'autre libre , du moins juf-qu'au petit Pont , qui n'étoit peut-être pas difficile à forcer. Le Pont fut donc commencé du côté de S. Germain l'Auxerrois , & con-tinué fur une même ligne fur le quai qui porte aujourd'hui le nom de *Quai des Auguftins* ; & il devoit aboutir de ce côté-là vers la rue

(*a*)(*b*) Voyez l'An 581, page 70.     (*c*) Abbo I, 469, 470, & 509. & II, 36.

Pavée. Or c'est la partie de ce Pont qui étoit du côté de S. Germain l'Auxerrois que Charles le Chauve donna à l'évêque de Paris.

### SEPTIEME PLAN.

Un nouveau Pont à l'extrémité occidentale de la Cité,
tant sur le bras droit que sur le bras gauche de la riviere.
On lui donnera le nom de *Pont de Charles le Chauve.* A
l'Abbaye de S. Vincent & S. Germain, il faut mettre
simplement *S. Germain des Prez.* A celle de S. Pierre il
faut mettre *Ste Génevieve.* A l'autre S. Pierre il faut mettre *S. Merri.* A la plus grande des deux îles qui forment
aujourd'hui l'île S. Louis, il faut mettre *Isle N. D.* On
marquera une *rue S. Germain* depuis *Tudella* jusqu'à S.
Germain l'Auxerrois, & un fauxbourg autour de cette
église. On mettra aussi l'église de *S. Jean en Greve;* une
*Abbaye de filles* à l'endroit où est la chapelle des Haudriettes; *S. Etienne des Grès;* & une chapelle de *S. Michel*
près de Ste Génevieve du côté de S. Marcel. Sur le bord
de l'eau, au-dessus de S. Germain l'Auxerrois, il faut mettre *Rivage de S. Denys;* & au pré joignant l'Abbaye de S.
Germain des Prez, du coté du couchant, on mettra *Pré
de S. Germain.*

L'Auteur de ces Annales est redevable de presque toutes ces réflexions sur le Pont de Charles le Chauve à M. Bonamy, de l'A-
cadémie royale des Inscriptions & Belles-Lettres, dont nous avons
dans les Mémoires de la même Académie plusieurs savantes Dis-
sertations sur diverses antiquitez de cette Ville: une entre autres,
(*a*) qui roule entierement sur les hostilitez que les Normans exer-
cerent à Paris avant l'an 885, & sur ce même Pont de Charles le
Chauve.

Sauval (*b*) & Piganiol (*c*) de la Force ont décidé hardiment que
le Diplome de ce Prince que l'on vient de citer, est une piece fausse;
mais il ne faut point s'arrêter à cela. On voit par ce Diplome que le
Quartier de S. Germain l'Auxerrois formoit dans ce temps-là
un des fauxbourgs de la Ville. Il y est marqué aussi que la rue de
S. Germain, sans doute celle dont on a parlé (*d*) plus haut, s'é-

(*a*) Bonamy, Mém. de l'Acad. des Inscript.  219. & Tome II. page 411.
& Belles-Lettres, Tome XVII. pages 245. &  (*c*) Piganiol, Descript. de Paris, édit. Pa-
suiv.  ris 1642. Tome I. page 620.
(*b*) Sauval, Antiq. de Paris, Tome I. page  (*d*) Voyez l'An 820 ou 821, page 134.

tendoit depuis cette églife jufqu'au nouveau Pont. Enfin il y eft encore fait mention des Vicomtes de Paris, mais fans en nommer aucun: le premier de ces Vicomtes qui foit venu à notre connoif-fance, eft Grimoard, dont on parlera fous l'an 900.

Au refte le Diplome de Charles le Chauve eft daté de la 22e année de fon regne, Indiction 3 ; & on voit bien qu'il y a faute dans l'une ou l'autre de ces deux dates. M. Bonamy (*a*) la rejete fur l'année du regne en confervant l'Indiction après le favant (*b*) Baluze. Si l'on fuppofe, dit-il, la 22e année du regne de Charles le Chauve, qui revient à l'an 861, les troubles qui agitoient le Royaume depuis dix ans, ne permettoient pas alors de conftruire un pont de cette conféquence: il vaut donc mieux, conclut-il, s'en tenir à l'Indiction 3, & fubftituer à la 22e année du regne la 31e qui revient à l'an 870. Cependant Dom (*c*) Bouquet préfere à cette date celle de l'an 861. On ne croit pas inutile d'ajouter ici que deux anciens (*d*) écrivains fe font trompez en faifant honneur de la conftruction de ce pont, non à Charles le Chauve, mais à Charles le Simple.

## L'A N 862.

Les Moines de Ste Génevieve reportent avec grande folennité le corps de Ste Génevieve dans fon Abbaye, cinq ans après l'a-voir emporté avec eux hors de Paris pour le fouftraire à la fureur des Normans, fuivant l'Hiftorien (*e*) des miracles de la Sainte, qui étoit du nombre de ces Religieux, par conféquent en 862.

## L'A N 863.

**19 *Juillet*.** Le corps de S. Germain évêque de Paris eft rapporté (*f*) de Nogent l'Artaud en fon monaftere, avec ceux de S. Georges & de S. Aurele, & avec le chef de Ste Natalie, & pofé fous l'autel de la Chapelle de S. Symphorien, c'eft-à-dire, dans une efpece de grotte ou d'oratoire pratiqué fous cet Autel, comme c'étoit anciennement (*g*) l'ufage. Le Clergé de Ste Génevieve af-fifte à la cérémonie avec les Religieux de l'Abbaye.

( *a* ) Bonamy, Mém. de l'Acad. des Infcript. & Belles-Lettres, Tome XVII. pages 290 & 291.

( *b* ) Baluz Capitul. Reg. Franc. Tom. II. pag. 1491.

( *c* ) Bouquet, * Tom. VIII. pag. 568.

( *d* ) Fragm. Hift. Franc. * Tom. VIII. p. 302. & 303. Libell. Hug. Floriac. * ibid.

pag. 318.

( *e* ) Bolland. Januar. Tom. I. pag. 149. & 151.

( *f* ) Mirac. S. Germ. in Act. SS. Bened. Sec. III. Part. II. pag. 117.

( *g* ) Mabill. in vita S. Opportunæ, ibid. pag. 236. not. B. Voyez aufi plus haut l'An 845. page 143.

On a déja obfervé (*a*) plus haut que par le Clergé de Ste Génevieve il faut entendre ici des Moines: ainfi ce n'eft que depuis l'an
863, & peut-être même après le fameux fiége de Paris par les Normans en 885 & 886, que les Moines n'ayant plus paru dans ce
monaftere, la place aura été occupée par des Clercs féculiers. Ceux-
ci eurent des Doyens à leur tête; & les Auteurs (*b*) de la nouvelle
Gaule Chrétienne en nomment deux, Bernier & Félix, dont ils
ne fixent point les dates. Cependant ils obfervent que l'un des deux
eft qualifié Evêque dans le Nécrologe même de Ste Génevieve en
ces termes : x v i *Cal. Decembr. obiit Bernerius , hujus ecclefiæ epifcopus* ; & ceci demandoit bien au moins de leur part quelque éclairciffement ; car celui qu'a donné le Pere (*c*) Thomaffin, qui lit
*præfentis ecclefiæ* au lieu de *hujus ecclefiæ*, ne paroît pas pleinement
fuffifant. Quoiqu'il en foit de cet épifcopat, fi Bernier a été évêque , c'eft-à-dire Doyen de Ste Génevieve, ce qui n'eft pas aifé à
comprendre, Félix & lui font les feuls dont on ait connoiffance
jufqu'à Ulric dont il fera parlé fous l'an 1035. Suivant un favant
(*d*) Critique il paroît que c'eft un Chanoine Diacre de Ste Génevieve , & qui en étoit Doyen au XIe fiecle , qui eft l'Auteur de la
vie interpolée de Ste Génevieve; il devoit dire, ce femble, que
cette vie a été interpolée par un Doyen de l'Abbaye nommé *Félix*,
& qui n'étoit que Diacre.

## V e r s  l ' A n  865.

Mort de Conrad I, Comte d'Auxerre & d'Altorf, frere de l'Impératrice Judith , mere de Charles le Chauve. L'Abbé (*e*) des
Thuilleries prouve qu'il y a fauté dans le Nécrologe de l'Abbaye
de S. Germain d'Auxerre, où cette mort eft marquée au 1 Mars
862 , puifque fuivant les Annales (*f*) de S. Bertin ce Comte fe
trouva encore au mois d'Août de la même année comme principal confeiller de Louis Roi de Germanie, & de Lothaire Roi de
Lorraine, à la conférence que ces deux Princes eurent à Toul
avec Charles le Chauve. Peut-être donc , ajoute-t-il, doit-on lire
dans ce Nécrologe 865 au lieu de 862. Mais un autre (*g*) favant
obferve de fon côté que dans le Nécrologe de la Cathédrale d'Auxerre la mort de Conrad eft marquée, non au 1, mais au 22 Mars;
d'où il conclut que peut-être faut-il la fixer à l'an 866 : comme fi la

(*a*) Voyez l'An 857. pages 148 & 149.
(*b*) Gall. Chrift. Tom. VII. pag 705.
(*c*) Thomaffin , Difcipl. de l'Eglife, Tome II. part. IV. page 227.
(*d*) Le Beuf, Differt. Tome I. page 32.

(*e*) Des Thuilleries, Differt, page 251.
notes.
(*f*) Annal. Bertin. * Tom. VII. page 80.
(*g*) Le Beuf, Mém. pour l'Hift. d'Auxerre , Tome II. page 35.

date du 22 Mars empêchoit qu'on ne pût s'en tenir à l'an 865. On ne parle ici de Conrad I, que parce que suivant (*a*) quelques-uns il fut Comte de Paris auſſi-bien que d'Altorf & d'Auxerre, quoiqu'il ne s'en trouve aucune preuve. Sauval le qualifie Comte de Paris dans un endroit (*b*) de ſes Antiquitez ; & dans un autre (*c*) endroit il n'en connoît pas de plus ancien que Conrad II ſon fils : tous ceux dont on a parlé (*d*) juſqu'à préſent ſont, ſelon lui, autant de Comtes imaginaires ; & s'il ſe trouve quelque titre qui faſſe mention d'eux, ce ſont, dit-il ſans façon, autant de titres faux & ſuppoſez. Mais on a pu voir en plus d'un endroit de ces Annales quel fond il faut faire ſur la Critique de cet écrivain, ou de ſes éditeurs.

## L'A n 867.

Gozlin, ancien Abbé de S. Germain des Prez, reprend (*e*) le gouvernement de ce Monaſtere ; & Louis ſon frere, Abbé de S. Denys en France, étant mort le 9 Janvier de cette année, il lui ſuccede dans ſa dignité d'Archichancelier. Gozlin ne rentra-t-il en poſſeſſion de l'Abbaye que par la mort d'Hilduin II, qui ne la poſſéda que parce que Gozlin avoit été emmené en captivité par les Normans ? c'eſt ce qu'on ne ſauroit décider. Il eſt vrai que les Auteurs (*f*) de la nouvelle Gaule Chrétienne ne mettent la mort d'Hilduin II qu'en 877 ; mais comme ils ne donnent pas la moindre preuve de cette date, peut-être y a-t-il là une faute d'impreſſion, & qu'au lieu de l'an 877 il faut lire l'an 867. Cependant il n'y a point de preuve n'on plus qu'Hilduin ſoit mort en 867 ; on ſait ſeulement par l'ancien Nécrologe (*g*) de l'Abbaye qu'il mourut le 19 Novembre.

*22 Avril.* Charles le Chauve rend à l'évêque & au Chapitre de Paris (*h*) l'île N. D. dont on a parlé (*i*) plus haut, & dont la plus grande partie avoit été uſurpée par les Comtes de Paris. Dans la ſuite la Seigneurie en eſt demeurée au Chapitre ſeul.

## L'A n 868.

*13 Novembre.* Le corps de S. Maur, Abbé de Glanfeuil en An-

---

(*a*) Félib. Hiſt. de Paris, Tome I. p. 102.
(*b*) Sauval, Antiq. de Paris, Tome I. p. 9.
(*c*) Ibid. Tome II. pages 411 & 414.
(*d*) Voyez l'An 710. ; l'*Interregne*, page 220 ; & les Années 759, 802, 811, 816, 834, 837, & 841.
(*e*) (*f*) Gall. Chriſt. Tom. VII. pag. 428.

(*g*) Bouillart, Hiſt. de S. Germ. des Prez, Preuves, page 120.
(*h*) Diploma Caroli Calvi, * Tom. VIII. pag. 601.
(*i*) Voyez l'An 820 ou 821, pages 133 & 134.

jou eſt tranféré (*a*) à deux lieues au-deſſus de Paris dans l'Abbaye des Foſſez, qui depuis ce temps-là a pris le nom de ce ſaint Abbé. A cette occaſion Enée évêque de Paris accorde à perpétuité aux Religieux de ce Monaſtere une prébende dans ſon égliſe Cathédrale ; & depuis le partage qui fut fait en 829 des biens de cette égliſe entre l'évêque & ſon Clergé, c'eſt la premiere fois que j'y vois le mot de *prébende* employé. L'Acte fut paſſé dans le Chapitre de la Cathédrale, *in Capitulo B. Mariæ*, en préſence des Archidiacres de l'Evêque, *coram noſtris Archidiaconibus* ; & c'eſt auſſi la premiere fois qu'il eſt fait mention non-ſeulement du *Chapitre* des Chanoines de Paris pour ſignifier le lieu commun de leurs aſſemblées & de leurs délibérations, quoique ce mot ſoit (*b*) plus ancien en ce ſens-là même, du moins pour les Communautez monaſtiques ; mais qu'il eſt auſſi parlé de pluſieurs Archidiacres de l'Egliſe de Paris. Il y en a trois de temps immémorial, le Grand Archidiacre, l'Archidiacre de Joſas, l'Archidiacre de Brie. Celui de Joſas eſt le ſeul dont le nom puiſſe ſouffrir quelque difficulté ; & un ſavant (*c*) Antiquaire le dérive très-naturellement du mot *Joſedum*, abrégé de *Metioſedum*, qui doit être Corbeil (*d*) ou Juvify, ancien chef-lieu de tout le canton qu'on a nommé indifféremment *Joſas* & *Hurepoix*, & dont l'étendue forme, à peu de choſe près du moins, toute celle de l'Archidiaconé de Joſas.

Jean (*e*) de Launoy s'eſt inſcrit en faux contre le titre de S. Maur des Foſſez pour deux raiſons : 1°. parce que le mot de *Prébende* n'étoit pas encore en uſage du temps d'Enée évêque de Paris : 2°. parce qu'on ne voit point que dès ce temps-là il y eût déja pluſieurs Archidiacres dans une même égliſe. Mais Adrien (*f*) de Valois répond très-ſolidement à la premiere objection, qu'il faut bien que chaque choſe ait un commencement. On peut voir de plus dans les notes de (*g*) Baluze ſur les Capitulaires de nos Rois, que le mot de *Prébende*, dans le ſens où nous l'entendons aujourd'hui, étoit en uſage non-ſeulement du temps de Charles le Chauve, mais-même du temps de Louis le Débonnaire. Enfin Gérard (*h*) du Bois prouve contre Jean de Launoy, que du temps d'Hincmar Archevêque de Reims, contemporain d'Enée de Pa-

---

(*a*) Du Breul, Supplem. Antiq. Paris. p. 127. & ſeqq. *ou* Bouquet, * Tom. VII. p. 347. Bot. C.

(*b*) Du Cange, Gloſſar. latin. *Capitulum*.

(*c*) Le Beuf, Recueil de Pieces, Tome II. pages 159 & 160.

(*d*) Voyez Vers l'An 701 de Rome, p. 6.

(*e*) Launoi, T. II. Part. I. p. 668 & ſeqq.

(*f*) Valeſ. de Baſilic. Pariſ. cap. 3. pag. 431.

(*g*) Baluz. Capitul. Reg. Franc. Tom. II. pag. 1247.

(*h*) Du Bois, Hiſt. Eccleſ. Pariſ. Tom. I. pag. 449 & 450.

ris, non-feulement ce mot étoit déja ufité; mais encore que dans cette même églife de Reims il y avoit auffi plus d'un Archidiacre en même temps.

## L'An 869.

*9 Septembre.* Lothaire, Roi de cette partie de la France orientale qui a été appellée de fon nom *Lotharii regnum*, & *Lotharingia*, en françois *Lorraine*, étant mort le 8 (*a*) Août de cette année, Charles le Chauve s'en fait facrer (*b*) & couronner roi dans l'églife de S. Etienne de Metz. Ce Royaume fut partagé l'année fuivante entre (*c*) le même Charles le Chauve & Louis Roi de Germanie fon frere.

*6 Octobre.* Mort (*d*) de la Reine Hermantrude, femme de Charles le Chauve.

## L'An 870.

*27 Décembre.* Mort d'Enée évêque de Paris. Le Pere (*e*) du Bois a prouvé exactement la date tant du jour que de l'année.

## L'An 870 ou 861.

*Voyez plus haut* l'An 861, ou 870.

## L'An 871.

*12 Mai.* Ingelwin, ou Engelwin étoit évêque de Paris. Ce fut à fa priere que Charles le Chauve donna ce (*f*) jour-là même, non le 5 Mai, comme le dit Dom (*g*) Félibien, l'Abbaye de S. Eloi à l'Eglife de Paris. Cependant les Religieufes continuerent (*h*) d'y vivre dans l'obfervance réguliere.

On voit qu'infenfiblement les Abbayes tant d'hommes que de femmes, fondées à Paris depuis les premiers temps de la Monarchie, difparoiffent les unes après les autres. Les Religieufes fe perpétuent encore dans celle-ci; mais la dignité Abbatiale y eft fupprimée. La feule Abbaye de S. Germain des Prez demeure fur pied dans toute fon intégrité; & jufqu'à la fondation de celle de S. Magloire en 965, on ne voit plus à Paris d'autre Abbaye que celle-là. Il femble donc que l'on s'accoutuma peu à peu à l'appel-

(*a*) (*b*) Annal. Bertin. * Tom. VII. pag. 104.
(*c*) Ibid. pag. 109.
(*d*) Ibid. pag. 107.
(*e*) Du Bois, Hift. Ecclef. Parif. Tom. I.

pag. 459 & 460.
(*f*) Diploma Caroli Calvi, * Tom. VIII. pag. 635.
(*g*) Félib. Hift. de Paris, Tome I. p. 94.
(*h*) Diploma Caroli Calvi, Sup. ibid.

ler tout simplement l'*Abbaye*, d'abord pendant plus de cent ans, parce qu'elle étoit unique; ensuite parce que celle de S. Magloire ne parut pas mériter de lui être comparée ni pour la dignité, ni pour la splendeur; enfin parce que les autres qui ont été érigées depuis font venues trop tard pour lui faire perdre un titre ou une dénomination d'honneur, dont elle étoit en possession depuis plusieurs siecles. Aussi voyons-nous qu'encore aujourd'hui, lorsque le Parisien dit l'*Abbaye* tout court, il n'entend parler que de celle de S. Germain des Prez. Ceci n'est qu'une conjecture; mais on ne le croit pas trop hazardée.

## Vers l'An 871.

Gozlin, Abbé de S. Germain des Prez, ayant fait de grandes réparations à son Monastere, que les Normans avoient extrêmement endommagé, retire de la Chapelle ou de la voute souterraine de S. Symphorien le corps de S. Germain, que l'on reporte (*a*) solennellement derriere le grand Autel en présence du Roi, de la Reine Richilde, de l'évêque Ingelwin, & de quelques autres Prélats.

## L'An 875.

25 *Décembre*. Charles le Chauve se fait couronner Empereur (*b*) à Rome.

## L'An 876.

13 *Janvier*. Usuard, célebre religieux de l'Abbaye de S. Germain des Prez, Auteur du Martyrologe de son nom, meurt (*c*) cette année au plus tard.

16 *Septembre*. Les Normans entrent (*d*) de nouveau dans la Seine avec une centaine de navires, conduits par le fameux Rollon, qui fut depuis premier Duc de Normandie, suivant (*e*) Dudon, Guillaume (*f*) de Jumiége, Orderic (*g*) Vital, & les Chroniques de (*h*) Rouen & de (*i*) Fécan; & rien n'empêche (*k*) en effet qu'il ne fût du moins un des chefs de cette expédition.

---

(*a*) Mirac. S. Germ. * Tom. VII. p. 352.

(*b*) Annal. Bertin. * Tom. VII. pag. 119.

(*c*) Rivet, Hist. liter. de la Fr. Tome V. page 437.

(*d*) Annal. Bertin. Sup. * ibid. pag. 121.

(*e*) Dudo lib. 2. apud du Chesne, Hist. Normann. pag. 75.

(*f*) Guillelm. Gemet. lib. 2. cap 19. ibid. pag 227.

(*g*) Orderic. Vital. lib. 1. ibid. pag. 368.

(*h*) Chronic. Rotomag. apud. Labbe, Biblioth. Tom. I. pag. 365.

(*i*) Chronic. Fiscann. ibid. pag. 325.

(*k*) Des Tuilleries, Dissert. pag. 59.

L'An

## L'An 877.

5 *Octobre*. L'Empereur Charles le Chauve meurt (*a*) empoifon-né à Brios en déçà du Mont Cénis, & eft enterré à Nantua ; mais fept ans après (*b*) on l'a tranfporté dans l'Abbaye de S. Denys en France.

## LOUIS II, dit *le Begue*.

Louis, dit *le Begue*, l'un de fes fils, qui dès l'an 866 avoit déja été établi (*c*) Roi d'Aquitaine, lui fuccede (*d*) au Royaume de France.

8 *Décembre*. Ce Prince eft couronné à (*e*) Compiegne par Hinc-mar Archevêque de Reims. La date tant du jour que de l'année eft tirée d'un de fes Diplomes, daté (*f*) du 2 Avril 878, la pre-miere année de fon regne.

## L'An 877 ou 878.

Hildebrand évêque de Séez, qui s'étoit réfugié à Moucy-le-neuf au Diocefe de Paris vers Senlis avec le corps de Ste Oppor-tune, emporte (*g*) ce faint corps, accompagné de quelques-uns de fes Chanoines, à Paris même ; c'eft-à-dire, fuivant un favant (*h*) Académicien, dans l'enceinte de cette Ville qui étoit au nord de la Cité. Sauval (*i*) trompé par (*k*) du Breul, s'eft imaginé que le lieu où l'évêque de Séez dépofa ces faintes reliques, étoit un Prieuré de filles dépendant de l'Abbaye d'Almenêche en Norman-die ; ce qui eft abfolument deftitué de toutes preuves. Il a cru en-core, auffi-bien (*l*) que d'autres écrivains, que c'étoit ancienne-ment un hermitage nommé *N. D. des Bois*, mais c'eft encore là une fuppofition uniquement fondée fur ce que quelques Auteurs ont avancé que de ce côté-là la Cité étoit toute environnée de bois, fuppofition que l'on a détruite (*m*) plus haut, en montrant que hors

(*a*) Annal. Bertin.* Sup. ibid. pag. 124.
(*b*) Chroniq. de S. Denys,* Tom. VII. pag. 147.
(*c*) Annal. Bertin. *ibid. pag. 95. & Bou-quet, ibid. not. E.
(*d*) Annal. Bertin. * ibid. pag. 124.
(*e*) Ibid. * Tom. VIII. pag. 26.
(*f*) Diploma Ludov. Balbi apud Du Bois, Hift. Ecclef. Parif. Tom. I. pag. 499.
(*g*) Mirac. S. Opportunæ, in Act. SS. Be-ned. Sec. III. Part. II. pag. 237. & apud Bol-land. April. Tom. III. pag. 269 & feqq.
(*b*) Bonamy, Mém. de l'Acad. des Infcript. & Belles-Lettres, Tome XV. page 687.
(*i*) Sauval, Antiq. de Paris, Tome I. page 332.
(*k*) Du Breul, Antiq. de Paris, édit. Pà-ris 1612. page. 828.
(*l*) Sauval, Sup. ibid. & Piganiol, Def-cript. de Paris, édit. Paris 1642. Tome II. pag. 57.
(*m*) Voyez l'An 581. page 71.

X

de la Cité l'enceinte de la Ville s'étendoit déja affez avant du côté du nord dès le VI$^e$ fiecle ; & de plus il eft prouvé par la vie (*a*) & les miracles de la Sainte , que tout le terrein , depuis cette enceinte jufqu'à Montmartre, étoit en prez, en labour , & en marais , c'eft-à-dire , ou en vrais marécages , ou en quartiers de terre deftinez à cultiver des herbages ou des légumes ; qu'enfin par cette raifon-là même une grande partie de ce terrein portoit alors le nom de *Champeaux.*

Dans ce quartier de Paris où Hildebrand fe retira , s'il n'y avoit pas déja quelque Chapelle ou quelque églife , on en conftruifit une fous l'invocation de la Sainte , à laquelle Louis le Begue donna (*b*) quelques-uns de ces prez & de ces champeaux , comme il avoit déja donné auparavant (*c*) au même évêque & à fes Chanoines la Terre de Moucy. Hildebrand conferva vraifemblablement toute fa vie le gouvernement de cette églife ; & les Chanoines s'y font perpétuez jufqu'à nos jours. C'eft une des quatre filles de l'Archevêque ; & elle eft aufli devenue paroifliale.

Dom (*d*) Mabillon a cru que ce fut Louis, roi de Germanie , qui du vivant même de Charles le Chauve fon frere fit à Hildebrand les donations dont on vient de parler : mais le Pere (*e*) Pagi a démontré folidement qu'il s'agit là , non de Charles le Chauve & de Louis roi de Germanie, mais de Louis le Begue & de l'Empereur Charles le Gros, fon coufin-germain. Il. eft fûr d'ailleurs qu'Adélelme , fucceffeur d'Hildebrand, étoit évêque de Séez (*f*) du temps de l'Empereur Charles dont il s'agit ici. Or il n'a point pu l'être fous Charles le Chauve, puifque ce Prince mourut en 877, & qu'Hildebrand étoit encore évêque en (*g*) 878. Il faut donc rapporter ces donations à Louis-le-Begue, non à Louis roi de Germanie , qui en effet ne devoit avoir rien à donner ni dans Paris, ni dans le territoire de Paris.

Tout ceci paroît folide ; & cependant Dom (*h*) Félibien , l'Auteur (*i*) de l'Hiftoire litéraire de la France , & d'autres (*k*) encore, perfiftent dans le fentiment de Dom Mabillon. Ont-ils donc quelque chofe de fi fort à oppofer aux raifonnemens du Pere Pagi ? ils ne le nomment feulement pas ; & il faut croire qu'ils ne l'ont point lu, du moins fur cet article.

(*a*) (*b*) Mirac. S. Opportunæ, in Act. SS. Bened. Sec. III. Part. II. pag. 237 & 239.

(*c*) Ibid. pag. 234.

(*d*) Mabill. ad Mirac. S. Opport. Sup. pag. 234. not. B.

(*e*) Pagi , Critic. in Annal. Baron. Tom. III. pag. 724.

(*f*) Mirac. S. Opport. Sup. pag. 234.

(*g*) Gall. Chrift. Tom. XI. pag. . . . .

(*h*) Félib. Hift. de Paris, Tome I. page 100.

(*i*) Rivet , Hift. liter. de la France , Tome VI. pages 130 & fuiv.

(*k*) Le Beuf, Differt. Tome I. page 136.

## L'An 878.

7 *Septembre*. Louis le Begue eft couronné (*a*) à Troyes par le Pape Jean VIII, qui y tenoit un Concile. Plufieurs Savans prétendent avec (*b*) Baronius, que ce couronnement a été pour l'Empire; & Dom (*c*) Mabillon, fuivi par Dom (*d*) Bouquet, foutient qu'ils le prétendent à tort : mais ils ne difent pas pourquoi ; & on ne voit pas non plus ce qui s'y oppofe. On voit au contraire qu'entre Charles le Chauve qui mourut en 877, & Charles le Gros qui fut couronné Empereur en 880 par le même Pape Jean VIII, il n'y a point eu d'autre couronnement que celui de Louis le Begue. Ce Prince avoit déja été couronné & facré pour le royaume de France par un évêque François ; on peut donc croire que fon fecond couronnement de l'an 878, fait par le Pape, a été véritablement pour l'Empire. Le Pere Daniel, qui penfe comme Dom Mabillon & Dom Bouquet, répond à ceci que (*e*) Pepin le Bref fut facré & couronné par le Pape Etienne II, après avoir reçu l'onction & la couronne royale des mains de S. Boniface Archevêque de Mayence ; & que très-certainement dans l'une comme dans l'autre cérémonie il ne fut couronné que Roi de France. Cela eft certain ; & outre que l'Empire d'Allemagne n'étoit pas encore fondé, que quand même il l'eût été, Pepin n'y avoit aucun droit, il eft également certain que ce Prince n'avoit pas trop de deux couronnemens pour s'affurer le feul thrône qu'il avoit ambitionné. Louis le Begue étoit dans une toute autre pofition : il avoit été couronné Roi de France ; & perfonne ne lui difputoit ce Royaume. Quel befoin avoit-il donc d'un fecond couronnement de la main du Pape, à moins que ce ne fût pour l'Empire ? Mais on remarque quelque chofe de plus. Le même Pape, qui dans un Privilége qu'il accorda cette même année (*f*) à l'Abbaye de Tournus, nomme trois fois Louis le Begue avec la qualité de Roi, lui donne une fois celle d'Empereur, *gloriofus Imperator*. C'étoit donc pour l'Empire même qu'il l'avoit couronné ; & que ce couronnement ait eu fon effet ou non, il ne s'enfuit pas moins que c'en fut là le véritable motif. Le nouvel Hiftorien (*g*) d'Allemagne ne fait aucune difficulté de mettre Louis le Begue au rang des Empereurs, quoiqu'il

(*a*) Annal. Bertin. * Tom. VIII. pag. 30.
(*b*) Baronius ad ann. 877. num. 20.
(*c*) Mabill. Annal. Bened. Tom. III. pag. 213.
(*d*) Bouquet, * Tom. VIII. pag. 30. not. A.

(*e*) Daniel, Hift. de Fr. édit. Paris in-fol. 1713. Tome I. page 812.
(*f*) Concil. Labbe, Tom. IX. pag. 277.
(*g*) Barre, Hift. d'Allem. Tom. III. pages 177 & fuiv.

femble avoir affecté de paffer fous filence ce fecond couronnement fait à Troyes.

## L'AN 879.

Conrad II, dit auffi *le jeune*, étoit (*a*) Comte de Paris. On donne ici à Conrad le nom de Conrad II, parce qu'il étoit fils d'un autre Conrad, affez connu dans l'Hiftoire, & dont on a parlé (*b*) plus haut; quoiqu'il n'y ait aucune preuve que le pere ait été Comte de Paris.

10 *Avril*. Louis le Begue meurt à Compiegne (*c*) le jour du Vendredi Saint, & eft enterré le lendemain dans l'églife de la Ste Vierge, aujourd'hui S. Corneille. Les Annales (*d*) de Fulde, & celles de S. Vât, marquent cette mort au 11 Avril. Ce fut fans doute le jour de l'enterrement.

## LOUIS III & CARLOMAN.

Louis III & Carloman, fes fils ainez, lui fuccedent enfemble, & font facrez (*e*) dans l'Abbaye de Ferrieres en Gâtinois par Anfegife, Archevêque de Sens.

Gozlin, Abbé de S. Germain des Prez, abandonne (*f*) ces deux Princes, & entraîne dans fon parti Conrad II Comte de Paris.

## L'AN 880.

Louis III & Carloman partagent (*g*) entre eux le Royaume. Louis prend la France & la Neuftrie; Carloman prend la Bourgogne & l'Aquitaine.

## LOUIS III.

Louis III, avec qui Gozlin, Abbé de S. Germain des Prez s'étoit fans doute réconcilié, confie à cet Abbé (*h*) conjointement avec d'autres Seigneurs, la garde du royaume de France contre les Normans.

## L'AN 881.

Conrad II Comte de Paris, meurt cette année fuivant l'Ab-

(*a*) Annal. Bertin. * Tom. VIII. pag. 33.
(*b*) Voyez Vers l'An 865.
(*c*) Annal. Bertin. Sup. * ibid.
(*d*) Annal. Fuld. * ibid. pag. 39.
(*e*) Annal. Vedaft. * ibid. pag. 80.

(*f*) Annal. Bertin. * ibid. pag. 34.
(*g*) * Ibid. pag. 33.
(*h*) * Ibid. pag. 35. & Annal. Vedaft. ibid. pag. 81.
(*i*) Annal. Vedaft. * ibid.

bé (*a*) des Thuilleries, qui cependant n'en donne aucune preuve : mais si cette date n'est pas certaine, elle ne peut pas s'écarter beaucoup de la véritable.

Sauval (*b*) croit que Rodolfe son fils, celui qui se fit Roi de la Bourgogne transjurane en (*c*) 888, lui succéda dans le Comté de Paris, & qu'il s'accommoda apparemment de ce Comté avec Eudes, fils aîné de Robert le Fort. Mais ce Rodolfe ne paroît nulle part en cette qualité ; d'où il est tout simple de conclurre avec l'Abbé (*d*) des Thuilleries, qu'Eudes succéda immédiatement à Conrad II. On parlera d'Eudes sous l'an 885.

## L'A N  882.

On lit dans la nouvelle (*e*) Gaule Chrétienne, que Gozlin Abbé de S. Germain des Prez ayant obtenu en 871 l'Abbaye de S. Amand, transféra dans celle de S. Germain le corps du saint Patron de cet autre monastere, pour le préserver de la fureur des Normans ; mais on n'y fixe point la date de cette translation, qui suivant la Chronique (*f*) de Tournai, s'il faut y ajouter foi, doit être rapportée à l'an 882. Il est vrai que les reliques d'un S. Amand évêque sont encore aujourd'hui dans l'Abbaye de S. Germain des Prez près du grand Autel du côté de l'Evangile, exposées dans une châsse à la vénération des Fideles : mais est-il bien sûr que ce soient celles de S. Amand évêque de Maëstricht ? Dom (*g*) Mabillon en doutoit en 1669 : Il semble constant, disoit-il, que le corps du saint Prélat étoit encore en 1107 dans l'Abbaye de son nom ; & comme il y a eu plusieurs saints évêques de ce même nom, celui que l'on possede dans l'Abbaye de S. Germain des Prez pourroit bien, ajoutoit-il, être un de ceux-là. Cependant en 1706 il crut (*h*) devoit assurer positivement que Gozlin Abbé de S. Amand & de S. Germain des Prez transféra le corps de S. Amand de la premiere de ces deux Abbayes dans la derniere, fondé, disoit-il, sur les propres titres des moines de S. Amand ; en quoi on voit que les Auteurs de la nouvelle Gaule Chrétienne n'ont fait que le suivre dans leur VIIe Tome, après s'être contredits sur ce

( *a* ) Des Thuilleries, Dissert. pag. 261, & Tabl. Généal.

( *b* ) Sauval, Antiq. de Paris, Tome I. page 9.

( *c* ) Continuat. Annal. Fuld. * Tom. VIII. pag. 51. & Annal. Metens. * ibid. pag. 68.

( *d* ) Des Thuilleries, Sup. ibid.

( *e* ) Gall. Christ. Tom. VII. pag. 429.

( *f* ) Chronic. Tornac. * Tom. VIII. pag. 285. & Dom Bouquet, * ibid. Index Chronol.

( *g* ) Mabill. Act. SS. Bened. Tom. II. pag. 735 & 738.

( *h* ) Ibid. Tom. III. pag. 171.

fujet, c'eft-à-dire, après avoir également affuré le (a) oui & le (b) non dans le IIIe. Mais Dom Mabillon ne produit point ces titres. On voit au contraire qu'il en a imprimé un, fuivant lequel il avoue lui-même qu'il paroît conftant que le corps du faint évêque étoit encore dans l'Abbaye de fon nom, non-feulement en 1066, mais même en 1107; & fi celui-ci eft hors de toute fufpicion, il n'eft plus poffible d'affurer que l'Abbé Gozlin ait tranféré au IXe fiecle à Paris le corps de l'évêque de Maëftricht, de maniere du moins qu'il n'en foit plus forti pour être reporté dans fon Abbaye.

4 ou 5 Août. Le Roi Louis III meurt (c) fans poftérité à S. Denys en France, & y eft enterré.

Carloman fon frere regne feul dans le Royaume.

# C A R L O M A N.

## L' A N 883.

Cette (d) année, ou peut-être (e) la fuivante, Ingelwin évêque de Paris meurt.

De fon temps l'églife de S. Marcel étoit deffervie par des Chanoines. C'eft ce que doit fignifier le mot *fratres*, employé dans une Charte que Charles le Simple donna le 8 Octobre (f) 918 en leur faveur, par laquelle le Roi confirme une donation confidérable qu'Ingelwin leur avoit faite. On donnoit à cette même églife vers l'an (g) 980 le titre honorifique d'*Abbaye*, foit que c'en eût été une véritable pendant quelque temps, comme S. Germain l'Auxerrois, & même dès fon origine; foit parce que l'ufage commençoit à s'introduire de donner ce nom à certaines églifes deffervies feulement par des Clercs féculiers ou par des Chanoines.

Gozlin, Abbé de S. Germain des Prez, fuccede à Ingelwin, & conferve pendant quelque temps encore (h) cette Abbaye avec l'évêché. Il eft fingulier que Sauval (i) ait donné indifféremment à cet évêque les noms de *Gordin ou Gauzelin*.

(a) Gall. Chrift. Tom. III. pag. 258.
(b) Ibid. pag. 822.
(c) Annal. Bertin. * Tom. VIII. pag. 36.
Annal. Vedaft. * ibid. pag. 82. & Bouquet, * ibid. pag. 215. not. C.
(d) Gall. Chrift. Tom. VII. pag. 36.

(e) Annal. Vedaft. * Tom. VIII. pag. 83.
(f) Félib. Hift. de Paris, Tome III. p. 12.
(g) Gall. Chrift. Tom. VII. Inftrum. p. 21.
(h) Voyez l'An 884, page 167.
(i) Sauval, Antiq. de Paris, Tome I. page 361.

29 *Août.* Le corps de S. Merri eft levé (*a*) folennellement de terre pour la premiere fois, à la follicitation de Théodelbert, prêtre du lieu, c'eft-à-dire Prêtre titulaire de l'églife même de S. Merri, pendant que Gozlin étoit encore Abbé de S. Germain des Prez, & en même temps évêque de Paris. On a vû que depuis le Concile de l'an 829 les Prébendes Canoniales n'ont pas tardé à fe former. A l'imitation des Chanoines, les Prêtres qui defservoient diverfes églifes ou diverfes Chapelles, tant de la Ville que des faux-bourgs, les ont fait ériger auffi en titres de bénéfices, fi même ces érections ne font pas antérieures aux Prébendes, du moins pour certaines églifes de la Campagne; & celle de S. Merri, comme on le voit ici, paroît être une des premieres qui ait été de ce nombre. Mais étoit-elle paroiffiale dès la fin du IXe fiecle, & le Prêtre qui la defservoit en titre n'étoit-il en rien différent de ce qu'on appelle aujourd'hui un Curé? Dom (*b*) Mabillon ne le penfe pas; & en effet il ne feroit pas aifé de prouver qu'en 884 S. Merri ou aucune autre églife de Paris fût déja une paroiffe en titre de la maniere dont elles le font aujourd'hui, quoiqu'il pût y en avoir dans la Campagne, loin de la Ville épifcopale, du moins pour la jouiffance des dîmes, du cafuel, & de la ferme de l'églife, comme l'a remarqué un favant écrivain (*c*) du fiecle paffé. Celle de S. Merri l'eft devenue dans la fuite, fi elle ne l'étoit pas dès lors; & de plus elle a formé une Collégiale, comme on l'a déja obfervé (*d*) plus haut.

Cette même année, ou au plus tard la fuivante, comme l'a cru l'Hiftorien (*e*) de l'Univerfité de Paris, l'évêque Gozlin fe démit de l'Abbaye de S. Germain des Prez en faveur de

Ebles, fon neveu, qui, felon les Auteurs (*f*) de la nouvelle Gaule Chrétienne, a été auffi Abbé de S. Denys en France & de S. Hilaire de Poitiers, & Archichancelier du Royaume; ou fimplement Chancelier & Miniftre d'Etat, felon François (*g*) du Chefne.

6 *ou* 12 *Décembre.* Mort (*h*) du Roi Carloman, qui ne laiffa point de poftérité. Il mourut, dit Dom (*i*) Mabillon ou le 6 Décembre felon le Nécrologe de S. Denys en France, ou le 12 Dé-

---

(*a*) Bolland. Aug. Tom. VI. pag. 524.
(*b*) Mabill. Act. SS. Bened. Sec. III. Part.
I. pag. 9 & 10.
(*c*) Thomaffin, Difcipl. de l'Egl. Tome
II. page 442.
(*d*) Voyez Vers l'An 700, page 114.
(*e*) Du Boulay, Hift. Univerfit. Parif.

Tom. I. pag. 542.
(*f*) Gall. Chrift. Tom. VII. pag. 430.
(*g*) Franç. du Chefne, Hift. des Chancel.
page 107.
(*h*) Continuat. Annal. Fuld. * Tom. VIII.
pag. 44.
(*i*) Mabill. Diplom. lib. 2, c. 26. p. 198.

cembre felon celui de S. Remi de Reims. L'Annalifte de S. Vât
(*a*) met la mort de ce Prince au 6 Décembre. Il eft enterré (*b*) à S.
Denys.

## CHARLES III, dit *le Simple.*

Charles le Simple, troifieme fils de Louis le Begue, devient par
cette mort le légitime héritier de la Couronne. Il eft mis fous la
tutele & fous la protection (*c*) de Hugues, dit *l'Abbé*, qui a été Comte
d'Orléans & d'Anjou, Duc (*d*) de France, & Abbé de S. Martin
de Tours. Cependant l'Etat étoit menacé de toutes parts; & il falloit un Roi, ou du moins un Régent très-puiffant.

## L'AN 885.

## CHARLES III, dit *le Simple.* CHARLES *le Gros,* Emp$^r$.

*Avril au pluftôt.* L'Empereur Charles le Gros, troifieme fils de
Louis Roi de Germanie, lequel étoit auffi troifieme fils de Louis le
Débonnaire, prend (*e*) le gouvernement du Royaume. L'Annalifte (*f*) de Metz met ceci en 884: mais on fait qu'il ne commence
l'année qu'à Pâques; & il eft prouvé (*g*) que Charles le Gros ne commença à gouverner la France qu'en 885, & au mois (*h*) d'Avril
au pluftôt.

L'Evêque Gozlin fortifie (*i*) la Ville contre les Normans.

Eudes, fils de Robert le Fort, étoit (*k*) Comte de Paris.

2 7 *Juillet.* Sur la nouvelle de l'approche des Normans, les Religieux de S. Germain des Prez fe retirent dans la Ville (*l*) avec
le corps de S. Germain, le bois de la vraie Croix, & fans doute
tous leurs autres reliquaires. Les prêtres & les moines des autres
églifes voifines s'y réfugient pareillement, & y portent du moins les
châffes de leurs faints patrons pour les fouftraire à la fureur des
Barbares. Un favant Antiquaire (*m*) prouve que celles de S. Mar-

(*a*) Annal. Vedaft. Tom. VIII. pag. 84.
(*b*) * Ibid. & Annal. Metenf. * ibid pag.
65.
(*c*) Gefta Conful. Andegav. in Spicileg.
in 4°. Tom. X. pag. 432.
(*d*) Plancher, Hift. de Bourgogne, Tome
I. page 231.
(*e*) Continuat. Annal. Fuld. * Tom. VIII.
pag. 49.

(*f*) Annal. Metenf. Sup. * ibid.
(*g*) Annal. Vedaft. Sup. * ibid.
(*h*) Bouquet, * ibid. pag. 215. not. G.
(*i*) Annal. Vedaft. Sup. * ibid.
(*k*) Voyez plus bas au 26 Novembre.
(*l*) Abbo I. 467.
(*m*) Le Beuf, Differt. Tome I. pages 117,
131 & 132.

cel

cel & de S. Cloud (*a*) furent déposées dans la Cathédrale, les premieres nommément le 26 Juillet; & il paroît qu'il en faut dire autant de celles de (*b*) Ste Génevieve & de (*c*) S. Germain, c'eſt-à-
dire, qu'elles furent portées dans le même aſyle vers le même
temps.

Rien n'empêche néanmoins que les Religieux de cette derniere
Abbaye n'ayent pris pour réfuge, ſuivant la tradition (*d*) de leur
monaſtere une égliſe de la Cité qui portoit alors le nom de S. Jean-
Baptiſte, & qui eſt connue aujourd'hui ſous celui de S. Germain le
vieux. On a prétendu (*e*) que S. Germain n'étant encore qu'Abbé
de S. Symphorien d'Autun, & étant obligé de venir de temps en
temps à Paris, fit bâtir cette égliſe pour lui ſervir de retraite pendant le ſéjour qu'il y devoit faire, ou que c'eſt là du moins qu'il
ſe retiroit avec ceux de ſes Religieux qui l'acccompagnoient dans
ſes voyages. Cela n'eſt point prouvé, mais on l'a cru; & il ne faut
que de pareilles croyances pour donner lieu à certaines dénomina-
tions. On verra (*f*) plus bas pourquoi cette égliſe a pris le nom de
S. Germain; & on voit ici comment a pu lui venir celui de S. Germain *le vieux*, ſi on ne veut point admettre une autre étymologie
qui a été propoſée (*g*) plus haut. En ſuppoſant cette égliſe plus ancienne que l'Abbaye même de S. Germain des Prez, ce nom lui
convenoit tout naturellement. Peut-être auſſi eſt-ce par une ſuite
de la même ſuppoſition que le Continuateur (*h*) d'Aimoin lui a
donné le nom d'*Arciſterium*, que l'on prend ici pour *Aſceterium*,
c'eſt-à-dire, un monaſtere, quoiqu'en effet *Arciſterium* puiſſe bien
ne ſignifier à la rigueur qu'un lieu de ſûreté ou un réfuge. Mais
quoiqu'Adrien (*i*) de Valois ſe ſoit récrié contre ce mot, *Aſceterium*, on ne peut nier du moins que l'égliſe de S. Germain n'ait
pu être appellée à juſte titre du nom de monaſtere depuis le ſéjour
que les religieux de l'Abbaye y firent pendant tout le temps que
dura le ſiége des Normans dont on va parler. Quelque temps après
la levée du ſiége, ces religieux croyant n'avoir plus rien à crain-
dre de la part de ces Barbares, purent bien reprendre leur châſſe,
& la garder avec eux dans l'égliſe de S. Jean-Baptiſte: d'autant
plus qu'ils ne retournerent pas ſi tôt dans leur monaſtere, & qu'a-
vant que d'y rentrer ils en firent faire une nouvelle, bien autrement

---

(*a*)(*b*) Voyez la note ſur Abbon II. 247.
(*c*)(*d*) Voyez la note ſur Abbon II. 310.
(*e*) Mabill. Annal. Bened Tom. I. pag.
136. Félib. Hiſt. de Paris, Tome I. pages 35
& 36. Gall. Chriſt. Tom. VII. pag. 21.
(*f*) Voyez l'An 888.

(*g*) Voyez l'An 583. page 74.
(*h*) Aimoin. Continuat. edit. Pariſ. in-8°.
1567. lib. 5. cap. 41. pag. 723.
(*i*) Valeſ. de Baſilic. Pariſ. cap. 12. pag.
473.

prétieufe que la précédente , comme on le verra (*a*) en fon lieu.

2 5 (*b*) *Novembre*. Premier Siége de Paris par les Normans. Quelques (*c*) Savans en comptent trois avant celui-ci ; le premier en 845 , le fecond en 857 , & le troifieme en 861 : mais on a vû plus haut fous ces mêmes années , que ce furent moins là de véritables fiéges que des hoftilitez & des irruptions ; au lieu que celui de cette année eft un fiége dans toutes les formes. Les Normans au nombre de (*d*) trente ou (*e*) quarante mille hommes , parmi lefquels fe trouvoient plufieurs de ceux qui avoient déjà un établiffement (*f*) fur la Loire & dans le (*g*) Pays Beffin , fe préfentent devant Paris , conduits par (*h*) quatre Rois de leur nation , avec 700 grandes (*i*) barques , fans compter un fi grand nombre de nacelles ou de petits bateaux , que cet armement couvroit plus de deux lieues de la riviere au-deffous de la Ville.

2 6 (*k*) *Novembre*. Sigefroi l'un de ces Rois , qui fuivant Abbon , Hiftorien du fiége , n'étoit Roi (*l*) que de nom , mais qui avoit le commandement général de l'armée , s'adreffe à l'évêque Gozlin , à qui il demande paffage pour lui & pour fes troupes , prétextant ne vouloir que remonter le fleuve au-deffus de la Ville , avec promeffe que ni le Prélat , ni le Comte Eudes , n'en recevroient aucun dommage. Gozlin répond que le Comte & lui tenoient la Ville pour l'Empereur ; que d'elle dépendoit le falut de tout le Royaume ; & qu'ils la lui conferveroient de tout leur pouvoir. Sur ce refus Sigefroi fe retire avec grandes (*m*) menaces.

2 7 (*n*) *Novembre*. PREMIER ASSAUT. Dès le grand matin il commence par attaquer la Tour qui défendoit l'extrémité du Pont du côté de S. Germain l'Auxerrois. Un favant (*o*) Antiquaire de nos jours a cru qu'il n'y en avoit que deux à Paris ; qu'au IX<sup>e</sup> fiecle elles terminoient les deux ponts du côté de la Cité ; que néanmoins ce n'étoit que des bretêches ; mais que pendant les courfes des Normans on les recula jufqu'à l'autre extrémité des ponts : & d'autres favans , comme Mézeray (*p*) , Cordemoy (*q*) , le Perç

( *a* ) Voyez l'An 888.
( *b* ) Voyez la note fur Abbon I. 170.
( *c* ) Mabill. A& SS. Bened. Sec. IV. Part. II. pag. 128. Des Thuilleries , Differt. p. 27.
( *d* ) Annal. Metenf. * Tom. VIII. p. 66.
( *e* ) Abbo I. 115.
( *f* ) Ibid. 598.
( *g* ) Abbo II. 355.
( *h* ) Abbo I. 37 & 38. & II. 57 & 220.
( *i* ) Abbo I. 28 & feqq.

( *k* ) Ibid. 36.
( *l* ) Ibid. 38. & feqq.
( *m* ) Ibid. 55. & feqq.
( *n* ) Ibid. 61 & 62.
( *o* ) Le Beuf , Differt. Tome I. pages 35 & 36.
( *p* ) Mézeray , Hift. de Fr. édit. Paris 1643. Tome I. page 298.
( *q* ) Cordemoy , Hift. de Fr. Tome II. page 370.

(*a*) Daniel, Dom (*b*) Félibien, Dom (*c*) Bouquet, &c. difent auffi qu'en 885 Paris n'étoit défendu que par deux fortereffes, fituées chacune à l'entrée de chaque pont en dehors. Mais dans tout cela il n'y a rien d'exact. C'eft fuppofer 1°. qu'en 885 il n'y avoit que deux ponts à Paris, le grand Pont ou le Pont au Change, & le petit Pont : 2°. que ce furent ces deux ponts auffi-bien que leurs fortereffes que les Normans attaquerent. Or ce font là deux très-fauffes fuppofitions, puifqu'en 861 on avoit conftruit à l'extrémité de la Ville du côté du couchant un autre pont avec fes fortereffes, que l'on peut regarder, fi l'on veut, comme deux nouveaux ponts, l'un fur un bras, l'autre fur l'autre bras de la riviere ; & que les Normans arrêtez par ceux-ci n'en attaquerent point, & ne purent point en attaquer d'autres. D'ailleurs quand bien même on feroit contraint de reconnoître qu'en 885 le Pont au Change & le Petit Pont étoient les feuls qui exiftaffent, on n'accorderoit pas également, ni que dans les premiers temps de la Monarchie leurs forte-reffes fuffent dans la Cité, ni que du temps des Normans on les eût reculées de l'autre côté de la riviere, ni enfin qu'il n'y en eût qu'une feule à chaque Pont. Il eft certain d'abord, comme on l'a vû (*d*) plus haut, que fous le regne de Childebert I il y avoit une Tour au bout du Pont méridional, ou du petit Pont, & qu'elle étoit fituée non au dedans de la Cité, mais fur la rive gauche de la riviere. Pourquoi n'en auroit-il pas été de même de la Tour du grand Pont ? car il eft tout naturel d'en fuppofer là une auffi ; & pourquoi cette Tour feptentrionale n'auroit-elle pas été pareille-ment hors de la Cité, fur la rive droite de la Seine ? Mais pour fe rapprocher du temps où les Normans affiégerent la Ville, peut-on fe figurer qu'elle n'étoit défendue que par deux Tours uniques, fituées chacune à l'extrémité de fes ponts de l'autre côté de la ri-viere, comme font aujourd'hui le grand & le petit Châtelet ? La Cité avoit un mur d'enceinte qui l'environnoit de toutes parts ; & on ne peut fe repréfenter ce mur fans le fuppofer en même temps accompagné de quelques autres tours diftribuées à certaines di-ftances les unes des autres pour la fûreté de la place. Mais puif-que ces tours font abfolument indifpenfables, on ne peut fe difpen-fer non plus d'en placer une au moins à l'endroit où elle étoit le plus néceffaire, c'eft-à-dire, au milieu du Pont même ; ou à l'extré-mité du terrein de la Cité qui partageoit le pont en deux parties

( *a* ) Daniel, Hift. de Fr. édit. Paris in-fol. 1713. Tome I. page 844.
( *b* ) Félib. Hift. de Paris, Tome I. p. 102.

( *c* ) Bouquet, Tom. VIII. pag. 4. not. A.
( *d* ) Voyez l'An 576. page 66.

prefque égales. Chacune de ces deux parties, on pourroit dire chacun de ces deux Ponts, avoit donc fa forterefe, l'une du côté de S. Germain l'Auxerrois, l'autre du côté de S. Germain des Prez ; & outre cela ils étoient défendus l'un & l'autre par une troifieme forterefe qui leur étoit commune, parce qu'elle devoit être bâtie dans la Cité même, à l'endroit où les deux Ponts fe joignoient. On dit que la chofe devoit être ainfi ; c'eft trop peu dire : non-feulement cela devoit être, mais cela étoit ; & il eft impoffible d'entendre autrement ces trois vers du Poëme d'Abbon : (*a*) *Cis urbem fpeculare phalas, citra quoque flumen* ; (*b*) *Atque ferunt pontis validis fpeculas catapultis* ; & (*c*) *Digreffique foras noftri circumdare turres.* Voilà des tours non-feulement au-delà de la riviere, mais encore en deçà, *cis urbem, citra quoque flumen* ; voilà plus d'une tour fur un même Pont, *pontis fpeculas* ; voilà enfin des tours d'efpace en efpace le long des murs de la Ville, *foras noftri circumdare turres.* Le Préfident (*d*) Fauchet a fuppofé même quatre forterefes en cet endroit, deux à chaque pont : *Au bout de chacun de ces deux ponts,* dit-il, *y avoit des tours deçà & delà ; j'entends dans l'ifle, & fur terre-ferme, s'il faut parler ainfi d'une ifle de riviere.* Mais c'eft qu'il s'eft imaginé que la Tour attaquée étoit au bout du Pont au Change, où eft aujourd'hui le grand Châtelet, au lieu qu'elle étoit au bout de celui que Charles le Chauve avoit fait conftruire à l'extrémité occidentale de la Ville, & dont il avoit fait don en 861 à l'évêque de Paris.

Cette Tour n'étoit que de (*e*) charpente, & affez peu exhauffée, car on n'avoit pas encore eu le temps de l'achever ; mais elle pofoit fur un ouvrage de mâçonnerie (*f*) fort folide. Les Normans battent fans relâche (*g*) à coups de pierres & de fleches cet edifice qui ne paroiffoit pas devoir réfifter long-temps : l'évêque Gozlin qui s'y étoit renfermé (*h*) avec le Comte Eudes, le Comte Robert frere de celui-ci, Ebles neveu de Gozlin, & d'autres braves combattans, font de leur côté tous leurs efforts pour le défendre. On fe bat auffi au pied de la Tour à coups de main, & Gozlin y eft atteint d'un trait qui ne le bleffa que légerement ; mais un jeune homme du nombre de fes Chevaliers, nommé Frédéric, y eft renverfé mort d'un pareil coup. Cependant les Affiégeans (*i*) ne purent s'emparer de la Tour, quoique fort endommagée ; ils fe retirerent avec

( *a* ) Abbo I. 19.
( *b* ) Ibid. 236.
( *c* ) Abbo II. 56.
( *d* ) Fauchet, Antiq. Franç. fol. 397 verfo.
( *e* ) Abbo I. 82 & 83.

(*f*) Ibid. 79.
(*g*) Ibid. 63.
(*h*) Ibid. 66 & feqq.
(*i*) Ibid. 74, 75, & 78.

grande perte des leurs ; & pendant (*a*) la nuit les Parifiens répa-
rèrent non-feulement tout le dommage, mais ils travaillèrent encore avec tant d'activité, qu'au lever du Soleil, comme les matériaux étoient tout prêts, la Tour fe trouva élevée beaucoup plus
qu'elle ne l'étoit auparavant.

28 (*b*) *Novembre*. Second Assaut. Les Normans recommencent l'attaque avec la même furie ; & les Parifiens fe défendent avec
la même intrépidité. Pendant que les uns s'efforcent (*c*) de fapper
le mur, les autres jetent fur eux de la poix fondue, de l'huile, &
d'autres matieres embrâfées, qui mettent leurs chévelures en feu,
en tuent plufieurs, & obligent les autres à courir promptement à
la riviere pour éteindre la flamme qui les dévore. Comme ceux-
ci renonçoient à l'entreprife, leurs femmes (*d*) leur reprochant
leur lâcheté, les raillent encore de ce qu'ils ne favoient pas fe
rendre maîtres d'un miférable four : car c'eft le nom qu'elles
donnoient par dérifion à cette Tour à caufe de fon peu d'élévation.
Cependant un renfort confidérable (*e*) de troupes toutes fraîches
fe préfente à leur défaut au pied de la Tour : ces nouveaux venus
recommencent l'affaut, font une breche (*f*) confidérable au mur,
& mettent même le feu (*g*) à la porte : mais malgré tous ces efforts le
feu (*h*) eft bientôt éteint à l'aide d'un vent (*i*) favorable ; ils font
encore repouffez par (*k*) Eudes & Ebles qui font contre eux des prodiges de valeur ; trois cens (*l*) hommes des leurs y périffent ; les
autres regagnent (*m*) enfin leurs navires couverts de honte ; & pendant la nuit fuivante (*n*) les Affiégez qui n'avoient perdu (*o*) que
très-peu de monde, travaillent fans relâche à rétablir leur Tour
dans fon premier état.

29 (*p*) *Novembre*. Sigefroi pour reprendre haleine, & en même
temps pour fe mettre entierement en état de ne plus manquer fon
coup, fe retranche au quartier (*q*) de S. Germain l'Auxerrois où
il avoit fixé fon camp, préférablement à l'églife voifine (*r*) de S.
Denys ; & pendant qu'il prépare toutes chofes pour cette nouvelle
attaque, il fait le dégât (*s*) aux environs fans épargner ni hommes ni femmes, ni vieillards ni enfans : tout eft pillé & faccagé,

( *a* ) Ibid. 76, 77, 81, 82, 83, & 90.
( *b* ) Ibid. 84.
( *c* ) Ibid. 99 & feqq.
( *d* ) Ibid. 125 & feqq.
( *e* ) Ibid. 121.
( *f* ) Ibid. 136.
( *g* ) Ibid. 144.
( *b* ) Ibid. 159 & 160.
( *i* ) Ibid. 151.
( *k* ) Ibid. 95, 96, & 107 & feqq.
( *l* ) Ibid. 167.
( *m* ) Ibid. 158.
( *n* ) Ibid. 168.
( *o* ) Ibid. 163.
( *p* ) Ibid. 172.
( *q* ) Ibid. 174, 175, & 176.
( *r* ) Ibid. 173.
( *s* ) Ibid. 178 & feqq.

ou paſſé au fil de l'épée. On ne voyoit par tout à la droite de la Seine que les maiſons fumer, & le ſang humain ruiſſeler. Au milieu de cette horrible déſolation les payens profanerent indignement preſque tous les lieux ſaints qui pouvoient être de ce côté-là ; & s'ils ne toucherent point à l'égliſe de S. Germain l'Auxerrois, c'eſt qu'elle ſe trouva renfermée dans leur camp, & qu'ils s'y étoient fortifiez contre la Ville. Ils conſerverent pourtant encore une autre égliſe dont il ſera parlé (a) un peu plus bas, & qui pourroit bien être celle de S. Denys que l'on vient de nommer, moins ſans doûte parce que celle-ci s'étoit déjà rachetée en 857, que parce qu'elle pouvoit leur être de quelque utilité. Ainſi ſe paſſa le reſte (b) de l'année 885, & le commencement de la ſuivante juſqu'au 28 Janvier.

## L'A N 886.

28 (c) *Janvier*. TROISIEME ASSAUT. Les Normans avoient fait faire (d) une machine de bois en forme de Tour à trois étages, dont le dernier n'étoit pas encore achevé. Elle étoit montée ſur ſeize roues, & portoit ſoixante hommes avec trois béliers, un à chaque étage, pour battre la Tour en ruine. Cette machine monſtrueuſe qui paroiſ-ſoit devoir tout foudroyer, ne leur réuſſit pas. Les Pariſiens abattirent (e) d'un ſeul coup de trait les deux ingénieurs qui l'avoient inven-tée, & qui ſeuls étoient en état de la conduire ; enſorte que tout ce grand appareil devint inutile aux Aſſiégeans. On compte ceci pour un troiſieme aſſaut, parce que quoique la machine ne fût pas encore à ſa derniere perfection, il ſemble néanmoins que les Nor-mans avoient commencé à la mettre en mouvement, & à la faire agir contre la Tour des Pariſiens.

29 (f) *Janvier*. QUATRIEME ASSAUT. Loin de ſe rebuter ils (g) reviennent à la charge partagez en (h) trois corps, l'un deſtiné à battre la Tour à couvert (i) ſous des peaux de bœufs fraîche-ment tuez, pour ſe garantir des matieres bouillantes que les Aſ-ſiégez pouvoient encore jeter ſur eux, comme ils avoient fait au ſecond aſſaut ; les deux autres diſperſez (k) dans divers navires pour renverſer le pont. Cette attaque plus furieuſe encore que les précédentes commença par une grêle de pierres, de fleches, & de balles de plomb, qui volerent (l) juſques dans la Ville ; ce qui mit

(a) Voyez l'An 886, *Septemb*. ou *Oɛtob*.
(b) (c) Voyez la note ſur Abbon I. 433.
(d) Abbo I. 205 & ſeqq.
(e) Ibid. 213 & ſeqq.
(f) Ibid. 224.

(g) Ibid. 227 & ſeqq.
(h) Ibid. 249 & ſeqq.
(i) Ibid. 218 & ſeqq.
(k) Ibid. 250.
(l) Ibid. 235.

tous les habìtans (*a*) dans un extrême mouvement: les cloches (*b*) fonnerent de tous côtez, & chacun fe mit en devoir non-feulement de fe défendre, mais encore d'attaquer. La Tour étoit déjà (*c*) ébranlée, & le pont couroit encore (*d*) un plus grand danger. Cependant par la valeur (*e*) des Comtes Eudes & Robert, de l'évêque Gozlin, de l'Abbé Ebles fon neveu, & de quelques autres braves Chevaliers, la Tour fut fi bien défendue, qu'à la fin du jour les Affiégeans n'en étoient pas plus avancez, & qu'ils avoient outre cela perdu (*f*) un très-grand nombre des leurs. La nuit (*g*) furvint; & ils l'employerent les uns (*h*) à dormir, les autres à veiller pour charger ceux des Affiégez qu'ils pourroient furprendre.

30 (*i*) *Janvier*. Dès le matin ils reparoiffent couverts de leurs boucliers en tortue; mais ce ne fut pas là une nouvelle attaque. Pour faciliter celle qu'ils projetoient, ils travaillerent à combler (*k*) les foffez de la Tour: ils y jeterent des fafcines, de la terre, des pierres, des animaux qu'ils tuerent exprès pour cela; ils égorgerent (*l*) même tous les prifonniers François qu'ils avoient entre les mains, & y précipiterent leurs cadavres. L'évêque Gozlin qui voyoit (*m*) du haut de la Tour une action fi dénaturée, ne put fe contenir: il jete un cri vers le Ciel, & lance dans le mouvement de fa colere une fleche qui tue le Miniftre de cette barbarie, dont le corps eft auffitôt jeté avec les autres qu'il venoit d'égorger. Tout le jour fut employé (*n*) à ce travail; & néanmoins les Affiégeans ne purent jamais venir à bout (*o*) de combler entierement le foffé.

31 (*p*) *Janvier*. CINQUIEME ASSAUT. Les Normans battent la Tour (*q*) de trois côtez à grands coups de bélier, fans pouvoir ni la jeter par terre, ni s'en rendre maîtres; & comme les efforts qu'ils avoient faits deux jours auparavant contre le pont n'avoient pas eu un plus heureux fuccès, ils y reviennent encore, & fe flatent enfin de pouvoir le réduire en cendres au moyen de trois barques (*r*) remplies de branchages & de menu bois tout enflammé, qu'ils dirigent avec des cordes (*s*) fous les arches pour y aller mettre le feu. Heureufement pour les Affiégez le pont étoit foutenu

( *a* ) Ibid. 240 & 261.
( *b* ) Ibid. 238.
( *c* ) Ibid. 240 & 252.
( *d* ) Ibid. 252 & 254.
( *e* ) Ibid. 242 & feqq.
(*f*) Ibid. 291.
( *g* ) Ibid. 293. & feqq.
( *b* ) Ibid. 297.
( *i* ) Ibid. 301 & 302.

( *k* ) Ibid. 303 & feqq.
( *l* ) Ibid. 309 & 310.
(*m*) Ibid. 312 & feqq.
( *n* ) Ibid. 311.
( *o* ) Ibid. 372 & 374.
( *p* ) Ibid. 355. & 433.
( *q* ) Ibid. 357 & feqq.
( *r* ) Ibid. 375 & feqq.
( *s* ) Ibid. 379.

par une forte (*a*) maçonnerie, contre laquelle les barques s'arrêterent: les Parifiens y accoururent (*b*) fur le champ, en éteignirent le feu, & s'en faifirent. Abbon, témoin (*c*) de tous ces événemens rapporte (*d*) les heureux fuccès des Affiégez à la protection de S. Germain leur ancien évêque, mais fur-tout à celle de la Ste Vierge, premiere patrone de la Ville, que l'évêque Gozlin & les habitans avoient invoquée les larmes aux yeux & à grands cris.

1 (*e*) *Février*. Sigefroi qui commandoit toute l'armée, retire enfin fes troupes, qui remportent dans le camp une partie de l'attirail qui avoit fervi à l'attaque de la Tour & du Pont, mais qui abandonnent fur la place deux efpeces de béliers, nommez Carcamouffes, dont les Affiégez s'emparerent auffitôt.

2 (*f*) *Février*. Pendant que ceux-ci commencent à refpirer, une partie des Barbares qui ne vouloient pas demeurer oififs, va courir (*g*) la France orientale, pour y exercer toutes fortes de cruautez & de brigandages.

Dans le même temps plufieurs de ceux qui étoient demeurez au camp paffent (*h*) la riviere pour aller piller l'Abbaye de S. Germain des Prez; mais ils tombent prefque tous entre les mains de la garnifon (*i*) qui veilloit à la confervation de la Tour méridionale; & quelques autres portant leurs mains facriléges jufques fur le tombeau du Saint, en font miraculeufement punis de mort fur le champ.

6 (*k*) *Février*. Pendant la (*l*) nuit la moitié (*m*) du Pont qui tenoit (*n*) à la Ville du côté de cette Abbaye fut renverfée par les eaux de la riviere qui s'étoit fubitement débordée jufqu'à couvrir toute la campagne voifine; & ce trifte accident qui mettoit les Parifiens hors d'état (*o*) de porter du fecours à la Tour ou à la fortereffe qui défendoit l'extrémité de ce pont fur la rive gauche de la riviere, fit efpérer aux Normans qu'ils pourroient facilement s'en rendre les maîtres. Ce Pont, au fujet duquel tous les Hiftoriens modernes fe font trompez, doit être bien diftingué de celui qu'on appelle depuis long-temps le petit Pont. On a fait entendre (*p*) plus haut que c'étoit la partie méridionale de celui que Charles le Chauve avoit fait bâtir en 861, que par conféquent il étoit fitué à l'extré-

( *a* ) Abbo I. 415.
( *b* ) Ibid. 419 & 420.
( *c* ) Ibid. 25, 26, & 595.
( *d* ) Ibid. 312 & feqq & 393 & feqq.
( *e* ) Ibid. 425 & feqq.
( *f* ) Ibid. 435 & 436.
( *g* ) Ibid. 439.

( *h* ) Ibid. 461 & feqq.
( *i* ) Ibid. 468, 469, & 470.
( *k* ) Annal. Vedaft. * Tom. VIII. pag. 85.
( *l* ) ( *m* ) Abbo I. 504 & feqq.
( *n* ) Ibid. 551.
( *o* ) Ibid. 520 & 521.
( *p* ) Voyez l'An 861, pages 151 & fuiv.

mité

mité occidentale de l'île, & qu'il devoit aboutir fur le quai des Auguftins vers la rue Pavée.

SIXIEME ASSAUT. Les Normans fans perdre de temps traverfent la riviere dès le (*a*) lendemain matin, inveftiffent la Tour, la battent fans fuccès, & y mettent enfin (*b*) le feu. Là étoient douze (*c*) braves Chevaliers, qui après quelques efforts ayant perdu tout efpoir de la fauver, fe retirerent (*d*) fur la partie du Pont qui étoit reftée fur pied, & s'y défendirent jufqu'au foir, portant de loin plufieurs coups mortels fur les Affiégeans. A la fin néanmoins forcez de fe rendre, ils mirent bas les armes, & moyennant une groffe rançon (*e*) on leur promit la vie ; mais pendant que l'un d'entre eux, nommé Ervé, reprenoit le chemin de la Ville pour aller chercher la fomme dont on étoit convenu, les perfides font trancher la (*f*) tête aux autres. Ervé ne pouvant fouffrir la vûe de cet horrible fpectacle, retourne furieux aux ennemis pour venger la mort de fes compagnons. L'un d'eux eut pourtant le bonheur (*g*) de fe retirer des mains des Barbares & de fe fauver à la nage ; mais Ervé trouva la mort qu'il étoit allé chercher : cependant la nuit étant venue, il ne fut exécuté (*h*) que le lendemain, & fon corps jeté (*i*) à la riviere comme ceux des dix autres. Ainfi périrent ces onze généreux défenfeurs de la patrie ; & Abbon qui a recueilli (*k*) leurs noms, ne fait aucune difficulté de les mettre au nombre (*l*) des Martyrs.

La chute du Pont, l'embrâfement de la Tour, la perte de ces hommes fignalez, devoient beaucoup affoiblir les Affiégez ; tout cela ne fit que redoubler leur courage, & leur donner de nouvelles forces : les Normans couvroient de leurs troupes la prairie voifine de la Tour qu'ils avoient (*m*) râfée, & du Pont ; & il ne fe paffoit point de jour que les Parifiens ne leur en tuaffent (*n*) beaucoup, & qu'ils ne fiffent auffi fur eux un grand nombre de prifonniers. Harcelez continuellement par des gens qui ne leur donnoient ni quartier ni relâche, ils crurent devoir faire diverfion, du moins pour quelque temps ; & fans perdre de vûe le fiége de la Ville qu'ils fe contenterent de tenir bloquée, ils allerent courir tout le pays d'entre la Seine & la Loire, auquel on donnoit alors plus particulierement

(*a*) Abbo I. 511.
(*b*) Ibid. 530.
(*c*) Ibid. 522.
(*d*) Ibid. 551.
(*e*) Ibid. 560.
(*f*) Ibid. 562.
(*g*) Ibid. 597.

(*b*) Ibid. 578.
(*i*) Ibid. 585.
(*k*) Ibid. 525 & feqq.
(*l*) Ibid. 564.
(*m*) Ibid. 585.
(*n*) Ibid. 581 & 582.

le nom de (*a*) *Neuſtrie*, & où ils firent un butin immenſe. Pendant que de ce côté-là ils mettoient tout à contribution, & que les Pariſiens reprenoient haleine, l'Abbé Ebles crut pouvoir en ſureté attaquer leur camp qui étoit toujours à S. Germain l'Auxerrois : il y alla avec (*b*) trop peu de monde pour pouvoir tirer un grand avantage de ce coup de main ; il ſe vit donc obligé de retourner ſur ſes pas, mais ce ne fut qu'après avoir mis le feu au camp. Les Normans de retour de leur expédition emmenerent avec eux un nombre prodigieux (*c*) de beſtiaux : ils en remplirent l'égliſe de l'Abbaye ; & toute la prairie voiſine en fut couverte auſſi loin que la vûe pouvoit porter. Il y avoit là de quoi nourrir l'armée pendant pluſieurs mois : elle en profita peu ; la contagion ſe mit parmi ces animaux ; il en périt une très-grande quantité, & il fallut jeter leurs cadavres à la riviere.

*Mars*. Cependant Henri (*d*) Duc de Saxe, ſollicité par l'évêque Gozlin, & parti de ſon pays dès le mois de (*e*) Février, vint avec un convoi de vivres au ſecours des Pariſiens ; & la première choſe qu'il fit, ce fut d'attaquer de nuit le camp ennemi ; mais s'étant trop hâté, les Normans ne perdirent là que pluſieurs tant chevaux que (*f*) bœufs, & peu de ſoldats. Peu de jours après, il y eut un pourparler (*g*) entre le Comte Eudes & leur roi Sigefroi. Le Comte preſque enveloppé par un gros de ces traîtres qui n'avoient d'autre deſſein que de ſe ſaiſir de ſa perſonne, ſauta le foſſé qui ſéparoit la Tour du lieu de l'entrevûe, & ſe tira ainſi habilement de leurs mains ; enſorte que cette conférence n'aboutit à rien. Cependant Sigefroi qui commençoit à ſe laſſer, traita en particulier avec l'évêque Gozlin moyennant (*h*) 60 livres d'argent ; il voulut même perſuader à toute l'armée (*i*) d'abandonner l'entrepriſe : mais on ne l'écouta point. A peine le Duc de Saxe (*k*) eut-il repris la route de ſes Etats, que les Barbares quittant le quartier de S. Germain l'Auxerrois, tranſporterent leur camp à S. Germain des Prez pour réunir de ce côté-là toutes leurs forces contre la Ville ; & peu s'en fallut qu'elle ne tombât enfin en leur pouvoir.

SEPTIEME ASSAUT. Ils commencerent par ſe ſaiſir (*l*) des îles qui la bordoient au levant & au couchant ; de là pénétrant juſques dans celle de la Cité même, ils en firent le tour le long des murs,

(*a*) Voyez la note ſur Abbon II. 447.
(*b*) Abbon I. 601 & ſeqq.
(*c*) Ibid. 626 & ſeqq.
(*d*) Abbo II. 3. & ſeqq.
(*e*) (*f*) Continuat. Annal. Fuld * Tom. VIII. pag. 46.

(*g*) Abbo II. 23.
(*h*) Ibid. 41 & 42.
(*i*) Ibid. 31.
(*k*) Ibid. 34.
(*l*) Ibid. 54 & ſeqq.

pour voir s'ils ne pourroient pas ou l'escalader, ou forcer le passage
à quelque porte : le danger étoit pressant. Les Assiégez tinrent ferme par tout ; ils firent même une sortie si vigoureuse sur les Assiégeans, qu'ils en culbuterent un grand nombre dans la riviere, &
qu'il en couta la vie à deux de leurs rois. Sigefroi témoin (*a*) de cette
déroute, & déjà gagné par l'argent (*b*) des Parisiens, crut enfin
n'avoir rien de mieux à faire que de reprendre avec les siens le chemin de la mer ; mais le reste des Normans persista opiniatrément à
pousser le siége avec plus de vigueur que jamais.

16 *Avril*. Mort (*c*) de Gozlin évêque de Paris, & ancien Abbé
de S. Germain des Prez. La date du jour est tirée du Nécrologe (*d*)
de ce Monastere, où les Auteurs (*e*) de la nouvelle Gaule Chrétienne veulent qu'il ait été enterré. Si ce dernier fait étoit vrai, il
faudroit que l'on eût gardé son corps dans la Ville jusqu'après la
levée du siége, car il ne paroît pas qu'avant ce temps-là on ait pu
le transporter à l'Abbaye. Mais ce que l'on peut assurer comme
certain, c'est que suivant l'Annaliste (*f*) de S. Vât il fut enterré
dans la Cité même.

Le siége épiscopal demeure vacant jusqu'au mois d'Octobre.

Pendant ce temps-là les Normans frappez d'étonnement à la
vûe des miracles qui s'opéroient continuellement (*g*) au tombeau
de S. Germain, aussi-bien que par la vertu de l'eau d'un puits (*h*)
qui se trouvoit creusé aux pieds de ce tombeau, & qui subsiste toujours, établirent dans l'église de ce saint évêque (*i*) quelques Prêtres, tant pour y acquitter l'Office divin, que pour avoir la garde
du puits. Mais les Parisiens étoient dans un triste état. Ils avoient
tant souffert jusques-là & de la faim, & de toutes les autres mise-
res inséparables d'un long siége, qu'il en mouroit tous les jours un
très-grand nombre, & que (*k*) faute de cimetiere au dedans de la
Ville, on étoit obligé de leur creuser des fosses çà & là, par tout
où l'on pouvoit ; ce qui ne contribuoit pas peu à entretenir le mauvais air & la mortalité. Le Comte Eudes touché de cette désolation
partit donc (*l*) pour aller demander un prompt secours à l'Empereur Charles le Gros ; & il l'obtint. En attendant qu'il fût de retour,
il ne se passoit point de jour qu'il n'y eût quelque combat entre les
Assiégeans & les Assiégez. L'Abbé Ebles avoit le commandement

(*a*) Ibid. 61.
(*b*) Ibid. 66.
(*c*) Ibid. 70.
(*d*) Bouillart, Hist. de S. Germ. des Prez,
Preuves, page 112.
(*e*) Gall. Christ. Tom. III. pag. 258.

(*f*) Annal. Vedast. * Tom. VIII. pag. 85.
(*g*) Abbo II. 87 & seqq.
(*h*) Ibid. 358.
(*i*) Ibid. 105, 106, 362, & 363.
(*k*) Ibid. 157 & 158.
(*l*) Ibid. 163.

(*a*) de la place ; & il n'y rentroit jamais fans avoir remporté quel-que noûvel avantage (*b*) fur les ennemis, foit qu'il attaquât ceux d'entre eux (*c*) qui veilloient à la garde de leurs troupeaux, foit qu'il veillât lui-même à la confervation de ceux des habitans, qui paiffoient fur la rive droite de la Seine, dite (*d*) *le Rivage de S. De-nys*, à caufe de l'églife voifine du même nom, quoiqu'elle fût peut-être alors ruinée. Dans un de ces petits combats deux braves Che-valiers François donnerent (*e*) la chaffe à trois cens Normans qui s'étoient avancez jufqu'au pied des murs de la Ville ; ils en tuerent plufieurs, mais ils y périrent eux-mêmes, & ce fut une grande perte pour les Parifiens.

Le Comte Eudes après avoir réuffi dans fa négociation (*f*) re-parut enfin fur le haut de Montmartre, efcorté par trois efcadrons de bonnes troupes, qui le conduifirent fain & fauf jufques dans la Ville, dont l'Abbé Eblés lui ouvrit les portes, & où il rentra malgré tous les efforts que les Normans firent pour l'en empêcher. Après cette belle action, les trois efcadrons s'en retournerent pour aller fans doute rejoindre le Duc de Saxe qui approchoit : les Normans fe mirent à leur pourfuite (*g*) jufqu'à plus de deux lieues ; mais le Comte Adélelme qui les commandoit, ne pouvant fouffrir plus long-temps cette efpece d'affront, fit enfin volte face, & les menant tou-jours battant, les contraignit de regagner la Seine & leur camp.

*Juillet.* Le Duc Saxon fuivit (*h*) de près le Comte Eudes ; & cette fois-ci ce fut pour fon malheur. Il vouloit affiéger les Normans dans leur propre camp ; mais il donna (*i*) dans un piége que ceux-ci lui tendirent. Son cheval s'abattit fous lui dans une foffe couverte à deffein de menus branchages & de gazon ; il tomba à la renverfe, & fut en même temps percé de coups dont il expira fur la place. Les Saxons ayant perdu leur chef reprirent la route de leur Pays, Sinric, le feul qui reftoit des quatre Rois Normans qui avoient for-mé le fiége, & qui avoit juré (*k*) d'y périr pluftôt que de le lever honteufement, fe mit en devoir de les pourfuivre : il monta dans une barque accompagné de cinquante hommes ; la barque coula à fond, & ils furent tous noyez. C'étoit un événement d'affez bon augure pour les Affiégez ; mais le puiffant fecours que l'Empereur venoit de leur envoyer les abandonnoit ; & jamais ils ne fe virent

(*a*) Abbo II. 166.
(*b*) Ibid. 168 & feqq.
(*c*) Ibid. 182 & 183.
(*d*) Ibid. 175.
(*e*) Ibid. 187 & feqq.
(*f*) Ibid. 195 & feqq.

(*g*) Ibid. 206 & feqq.
(*h*) Ibid. 217.
(*i*) Annal. Metenf. * Tom, VIII. pag. 66. Annal. Vedaft. * ibid. pag. 85.
(*k*) Abbo II. 220 & feqq.

dans un plus grand danger. Ils touchoient au moment où fans une protection vifible du Ciel, la Ville alloit devenir la proie de l'ennemi, & eux tous être hachez en pieces.

. *Juillet* ou *Août*. Huitieme Assaut. Les Normans (*a*) plus déterminez que jamais à emporter la place de vive force, l'environnent de toutes parts, & l'attaquent avec tant de furie, battant en même temps les murs, les tours, & les portes, qu'humainement parlant il n'étoit plus poffible aux Affiégez de ne pas fuccomber. Ils eurent d'abord recours à la Ste Vierge & aux autres faints patrons de la Ville, Ste Génevieve & S. Germain ; après quoi ils fe préfenterent devant l'ennemi avec toute la bravoure & la confiance qu'infpire une parfaite réfignation à la volonté du Ciel. Le péril étoit extrême (*b*) à la pointe orientale de l'île : ils y portent la châffe de Ste Génevieve ; & un Chevalier nommé (*c*) Gerbold, petit de taille, mais fort robufte, accompagné de cinq hommes feulement, en chaffe les ennemis. Il n'en étoit pas de même dans les autres quartiers de la Ville ; les Normans qui s'y étoient répandus (*d*) faifoient main baffe fur tout, & déjà ils s'en croyoient (*e*) les maîtres. Au milieu de la confternation (*f*) générale le peuple tout en larmes, mais animé d'une vive foi, porte le corps (*g*) de S. Germain au plus fort de la mêlée vers le pont de Charles le Chauve. Déjà (*h*) les Barbares commencent à chanceler, ils plient, ils reculent ; les Parifiens les pourfuivent l'épée dans les reins, en font un grand (*i*) carnage, en nettoient entierement la Ville, & repouffent enfin (*k*) jufqu'au de-là du Pont tous ceux qui purent leur échapper. Cet affaut avoit commencé (*l*) à midi, & il étoit déjà (*m*) huit heures du foir. Les fuyards couverts de confufion & outrez de défefpoir d'avoir été fi maltraitez, mettent le feu (*n*) à la Tour, qui ne pouvant réfifter aux flammes alloit être réduite en cendres, lorfque l'embrâfement ceffa tout à coup à l'afpect (*o*) du bois de la vraie Croix, qu'un Religieux de S. Germain des Prez y porta, la tenant fufpendue au milieu des flammes. C'étoit fans doute cette portion de la Ste Croix que le Roi Childebert I avoit donnée (*p*) à cette Abbaye dès le temps de fa fondation. Délivrez d'un fi grand péril les Affiégez (*q*) reporterent fur le champ à l'églife Cathédrale

(*a*) Ibid. 227 & feqq.
(*b*) Ibid. 247 & feqq.
(*c*) Ibid. 252 & 253.
(*d*) Ibid. 256.
(*e*) Ibid. 264.
(*f*) Ibid. 258 & feqq.
(*g*) Ibid. 279 & feqq.
(*h*) Ibid. 282 & feqq.
(*i*) Ibid. 291 & 292.
(*k*) Ibid. 288.
(*l*) Ibid. 227, 234, & 235.
(*m*) Ibid. 293.
(*n*) Ibid. 294 & feqq.
(*o*) Ibid. 301.
(*p*) Voyez l'An 543, page 51.
(*q*) Abbo II, 310 & feqq.

drale le corps de S. Germain , & rendirent à Dieu mille actions de graces.

*Septembre* ou *Octobre*. L'Empereur Charles le gros à la tête (*a*) d'un puissant corps d'armée arrive enfin lui-même au secours de la Ville. Il envoie devant lui (*b*) six cens François commandez par deux freres, Thierri & Alédramne , pour reconnoître les lieux & choisir le terrein où il pourroit camper. Ceux-ci ayant marqué l'espace qui s'étend ( *c* ) depuis la Ville même jusqu'à Montmartre , vont rejoindre l'Empereur. Les Normans (*d*) les chargent en queue ; les François chargent à leur tour les Normans , & en tuent jusqu'à (*e*) trois mille , dont la terre fut couverte depuis Montmartre jusqu'à la Seine : plusieurs de ces Barbares s'étant réfugiez dans (*f*) une église qui étoit encore sur pied de ce côté-là , on ne leur fit aucun quartier ; ils y furent tous passez au fil de l'épée. On a dit (*g*) plus haut que cette église pourroit bien être celle que Ste Génevieve avoit bâtie autrefois sur le tombeau de S. Denys : mais peut-être aussi ce monument de sa piété avoit-il été détruit dès la fin de l'année précédente comme tant d'autres : car il n'en est plus parlé dans la suite.

*Octobre*. L'Empereur pourvoit ou fait pourvoir l'Eglise de Paris d'un nouvel évêque, nommé Anschéric. Ce fut , suivant les Annales (*h*) de Metz, ce Prince lui-même qui le nomma au mois d'Octobre : cependant Dom (*i*) Félibien croit qu'il ne fit que confirmer son élection. Tout ce qu'on peut conclurre du texte (*k*) d'Abbon, c'est qu'Anschéric ne fut élevé à cette Prélature qu'après l'arrivée de l'Empereur à Paris , & vraisemblablement avant le Traité qu'il conclut avec les Normans pour leur faire lever le siége. Ce prélat a été aussi (*l*) Chancelier de France.

*Novembre*. Traité (*m*) entre l'Empereur & les Normans. Le temps étoit venu où on pouvoit enfin les exterminer malgré un renfort considérable de troupes qui arrivoit au secours des Assiégeans , conduit par (*n*) Sigefroi , le même apparemment que celui qui commandoit au commencement du siége. Mais pour les engager à se retirer , on promit honteusement de leur livrer 700 livres d'argent au mois de Mars suivant ; & en attendant le payement on leur laissa

( *a* ) Abbo II. 332 & 333.
( *b* ) Ibid. 316 & seqq.
( *c* ) Ibid. 333 & 334.
( *d* ) Ibid. 319 & seqq.
( *e* ) Ibid. 326 & 327.
( *f* ) Ibid. 324.
( *g* ) Voyez l'An 885 , page 174.
( *h* ) Annan. Metens. * Tom. VIII. pag. 86.

& 87.
( *i* ) Félib. Hist. de Paris , Tome I. page 108.
( *k* ) Abbo II. 335 & seqq.
( *l* ) Franç. du Chesne , Hist. des Chancel. pages 97 & suiv.
( *m* ) Abbo II. 338 & seqq.
( *n* ) Annal. Fuld. * Tom. VIII. pag. 46.

la liberté de fe retirer en Bourgogne ; ce qu'ils firent en effet, étant arrivez à Sens le (*a*) 30 de ce mois. Cependant comme on ne voulut pas leur permettre de paffer avec leurs bateaux fous les ponts de la Ville, quelque befoin qu'ils en euffent, ils entreprirent avec un travail furprenant de les tirer hors de l'eau, & de les tranfporter par terre (*b*) pendant l'efpace de deux milles jufqu'au deffus de la Ville. Ce fameux fiége ne dura donc que près d'un an, comme l'a remarqué l'Auteur (*c*) d'un ancien fragment d'Hiftoire, *fere per unum annum*. Il eft vrai, dit l'Abbé (*d*) des Thuilleries, que quelques Auteurs le font durer (*e*) quatre ans, & d'autres mêmes (*f*) fept ans ; mais, ajoute-t-il, c'eft qu'en effet les Normans font toujours revenus à Paris, & qu'ils n'ont quitté abfolument la France qu'en 892. On voit pourtant par le texte (*g*) d'Abbon qu'ils y revinrent encore dans la fuite, & qu'ils exerçoient de grandes hoftilitez fur la Seine & fur l'Oife en 895 felon (*h*) lui-même, ou pluftôt en (*i*) 896 & 897.

## L'An 887.

Les Normans reviennent (*k*) à Paris ou au mois de Mai, fuivant deux anciennes (*l*) Chroniques, ou peut-être dès le mois de Mars, conformément au Traité du mois de Novembre précédent ; & y occupent leur ancien camp de S. Germain des Prez : mais il faut croire que leurs bateaux s'étoient arrêtez au-deffus de la Ville. La fomme d'argent qui leur avoit été promife par ce Traité leur ayant été (*m*) comptée, ils s'en retournent ; mais par une trahifon (*n*) dont ils n'avoient déjà que trop donné d'exemples, au lieu de reprendre le chemin de la mer, ils remontent la Seine pour faire de nouvelles courfes dans l'intérieur du Pays. L'Abbé Ebles dinoit (*o*) avec l'évêque Anfchéric lorfqu'il fut informé de cette perfidie. Sur le champ il fe leve de table : va à la rencontre des traîtres, & abat (*p*) d'un coup ds fleche le chef de tout l'armement. Les Nor-

---

( *a* ) Chronic. Odoran. * Tom. VIII. pag. 237.

( *b* ) Annal. Metenf. * Ibid. pag. 69. Rhegino apud du Chefne, Hift. Norman. pag. 12.

( *c* ) Fragm. Hift. apud du Chefne, Hift. Franc. Tom. III. pag. 336.

( *d* ) Des Thuilleries, Differt. pages 29 & 36.

( *e* ) Orderic. Vital. lib. 3. apud du Chefne, Hift. Norman. pag. 459.

( *f* ) Chronic. S. Benigni Divion. * Tom. VIII. p. 241. Chronic. Virdum. * ibid. p. 286.

( *g* ) Abbo II. 583 & feqq.

( *h* ) Des Thuilleries, Sup. ibid. page 32.

( *i* ) Annal. Vedaft. * Tom. VIII. pag. 92.

( *k* ) Abbo II. 347 & feqq.

( *l* ) Chronic. Odoran. * Tom. VIII. pag. 237. Chronic. Senonenfe fanctæ Columbæ, apud Marten. Anecdot. Tom. III. p. 1450.

( *m* ) Abbo II. 393. & Annal. Vedaft. Sup. * ibid pag. 86.

( *n* ) Abbo II. 389 & feqq.

( *o* ) Ibid. 398 & feqq.

( *p* ) Ibid. 405 & 406.

mans étonnez de ce coup imprévû ceffent de ramer, demandent (*a*) pardon, prient qu'on les laiffe retourner en Bourgogne, promettent de laiffer aux Parifiens le cours de la Marne (*b*) entierement libre, & donnent des ôtages pour fureté de leur parole. On fe fie à eux; on les reçoit dans la Ville; on les traite comme freres; & les deux peuples paroiffent (*c*) n'en faire plus qu'un. Les Normans au bout de quelques jours reprennent donc (*d*) le chemin de la Bourgogne : mais les Parifiens pleins de refpect (*e*) pour la fainteté du ferment comptoient trop fur celui de ces Barbares. Nonfeulement ils emmenerent avec eux en fe rembarquant une vingtaine (*f*) de Chrétiens qu'ils firent mourir à force de coups & de mauvais traitemens ; mais n'efpérant plus trouver un grand butin à faire du côté de Sens, ils ne fe virent pas pluftôt au confluent de la Seine & de la Marne, qu'ils entrerent dans cette (*g*) feconde riviere pour fe répandre dans la Brie & dans la Champagne. Sur cette nouvelle les Parifiens ne fe poffédant plus, firent main baffe (*h*) fur tout ce qui étoit refté de Normans dans la Ville ; ils en maffacrerent cinq cens : cependant l'évêque Anfchéric, fidele obfervateur du Traité, fauva la vie (*i*) à plufieurs, qui fans doute allerent rejoindre leurs compatriotes dans la Brie.

*Novembre, après la S. Martin*. L'Empereur Charles le Gros (*k*) abandonné de fes fujets dans une affemblée tenue en Allemagne perd tous fes états.

## L'A N 888.

1 2 *ou* 1 3 *Janvier*. Mort (*l*) de l'Empereur Charles le Gros. Il eft enterré à Richenow.

Le Comte Eudes, qui avoit fi bien défendu la Ville de Paris contre les Normans, eft reconnu Roi à (*m*) Compiegne par (*n*) les François, les Neuftriens, & les Bourguignons ; & y eft facré en cette qualité par Gautier I, Archevêque de Sens.

(*a*) Abbo II. 411 & feqq.
(*b*) Ibid. 414.
(*c*) Ibid. 417 & feqq.
(*d*) Ibid. 420 & feqq.
(*e*) Ibid. 416.
(*f*) Ibid. 425.
(*g*) Ibid. 429.
(*h*) Ibid. 432 & feqq.
(*i*) Ibid. 439 & 440.

(*k*) Annal. Metenf. * Tom. VIII. pag. 67. Chronic. Hildensheim apud du Chefne, Hift. Hift. Franc. Tom. II. pag. 511.
(*l*) Continuat. Annal. Fuld. * Tom. VIII. pag. 51. Annal. Metenf. * ibid. pag. 67. & Bouquet * ibid. & pag. 98. not. E.
(*m*) Annal. Vedaft. * Tom. VIII. pag. 87.
(*n*) Abbo II. 444 & feqq.

CHARLES

## CHARLES III, dit *le Simple.* E U D E S.

Eudes après avoir foumis (*a*) les Aquitains, qui n'avoient pas concouru à fon élection, vient camper (*b*) auprès de Paris pour s'oppofer aux efforts des Normans, qui ne perdoient pas de vûe cette importante place, & qui n'avoient pas renoncé à l'entreprife de s'en rendre à la fin les maîtres. Le nouveau Roi convoque (*c*) auffi dans cette Ville une affemblée nombreufe de tous les Etats de la Monarchie, pour y prendre d'un commun accord une réfolu- tion convenable à la fituation préfente des affaires : mais les inté- rêts des uns & des autres n'étoient pas les mêmes ; & il n'y fut rien conclu.

Cependant Adémar, frere du Comte Adélelme dont on a parlé (*d*) plus haut, & un Chevalier de grande réputation, nommé Scla- démar, qui fe trouverent à cette affemblée, ayant rencontré (*e*) cha- cun de fon côté près de la Ville quelques pelottons de Normans, leur donnerent la chaffe, & en tuerenr plufieurs ; mais ce dernier qui avoit fervi autrefois fous Robert le fort, y périt malheureu- fement.

De fon côté l'évêque Anfchéric à la tête de 300 hommes fit main baffe (*f*) fur un corps d'Infanterie Normande, & en tua fix cens. Le moindre avantage de la Nation Françoife contre les Infideles étoit d'un grand prix pour elle : cependant ces Barbares fembloient tirer de nouvelles forces de leurs propres pertes ; & bientôt on les verra encore plus d'une fois en état d'infulter la ville de Paris. Dom (*g*) Bouquet met cette action d'Anfchéric en 889, auffi-bien que l'affemblée convoquée par le Roi Eudes. Les Auteurs (*h*) de la nouvelle Gaule Chrétienne la mettent en 888 ; & l'Abbé (*i*) des Thuilleries vers le mois de Novembre de la même année 888. Le texte d'Abbon femble faire entendre qu'elle arriva avant la bataille de Montfaucon (*k*) en Argonne, qui fut donnée ou (*l*) peut-être au mois de Juin, ou au mois d'Août, & que le même Abbé fixe en (*m*) 889 ; & fi en effet il eft prouvé que cette bataille eft auffi- bien de l'an 889, que l'action d'Anfchéric du mois de Novembre

(*a*) Ibid. 452 & 453.
(*b*) Annal. Vedaft. Sup. * ibid.
(*c*) Abbo II. 467 & feqq.
(*d*) Voyez l'An 886, page 180.
(*e*) Abbo II. 476 & feqq.
(*f*) Ibid. 485. & feqq.
(*g*) Bouquet, * Tom. VIII. pag. 24. *in*

*margine.*
(*h*) Gall. Chrift. Tom. VII. pag. 38.
(*i*) Des Thuilleries, Differt. pag. 31.
(*k*) Voyez la note fur Abbon II. 492.
(*l*) Abbo II. 495.
(*m*) Des Thuilleries. Sup. ibid.

ou environ, il eſt inconteſtable que celle-ci doit être de l'an 888. Mais on ne voit point ce qui prouve qu'elle eſt du mois de Novembre; & pour ce qui eſt de la bataille de Montfaucon, nous ne manquons point d'Annales & de Chroniques (*a*) qui la mettent en 888; enſorte que ſur ce point de Chronologie il reſte encore quelque petit nuage à diſſiper.

13 *Novembre*. Le Roi Eudes ſe voyant reconnu par Arnoul roi de Germanie, ſe met lui-même la couronne ſur la tête (*b*) dans l'égliſe Cathédrale de Reims. Si pourtant la bataille de Montfaucon doit être fixée à l'an 889, il faut auſſi rejeter à la même année ce ſecond couronnement; car il fut précédé de la bataille.

## L'A N 889.

*Vers l'Automne.* Second Siége de Paris par les Normans. Ils ne vouloient, diſoient-ils, que traverſer (*c*) la Ville par eau, comme pour reprendre le chemin de la mer; car ils venoient encore de Sens. On leur refuſa le paſſage: ils attaquerent la Ville de toutes leurs forces; mais Eudes leur fit quelques préſens, & ils s'en retournerent. C'eſt tout ce qu'on ſait de ce nouveau ſiége.

## L'A N 890.

*Vers l'Automne.* Troiſieme Siége de Paris par les Normans. Ces Barbares ſortant de la Marne deſcendent (*d*) juſqu'à Paris qu'ils aſſiégent encore ſans ſuccès. Cependant ils vouloient ſe retirer vers la Bretagne, comme ils firent en effet: mais la permiſſion de traverſer la Ville avec leurs bateaux qu'il n'avoient pu obtenir en 886 & en 889, leur ayant été encore refuſée cette fois-ci, ils firent ce qu'ils avoient déjà fait en 886; ils les tranſporterent par terre juſqu'au-deſſous de la Ville, où on les laiſſa ſe rembarquer. Alors les Pariſiens délivrez pour toujours de la crainte, ou du moins des inſultes de ces brigands trop formidables, commencerent enfin à joüir des douceurs de la paix. On dit que depuis l'an 890 les Normans n'ont plus attaqué la ville de Paris, parce qu'en effet on ne voit point qu'ils y ſoient revenus dans la ſuite. L'Abbé (*e*) des Thuilleries les fait pourtant reparoître encore aux portes de cette

(*a*) Annal. Vedaſt. * Tom. VIII. pag. 87. Chronic. de Norman. Geſt. apud du Cheſne, Hiſt. Franc. Tom. II. pag. 529.
(*b*) Annal. Vedaſt. Sup. * ibid. pag. 88. Chronic. Iper apud Marten. Anecdot. Tom. III. pag. 532.

(*c*) Annal. Vedaſt. * ibid. & Annal. Metenſ. * ibid. pag. 70.
(*d*) Annal. Metenſ. * ibid. Rhegino apud du Cheſne, Hiſt. Normann. pag. 12.
(*e*) Des Thuilleries, Diſſert. page 33.

Ville en 891; mais comme il ne parle point de leur expédition ou de leur tentative de l'an 890, il paroît que c'eſt celle-ci qu'il a cru devoir reculer juſqu'en 891; d'autant plus que ce fut, dit-il, en 889 que les Barbares tranſporterent une ſeconde fois leurs bateaux par terre: & peut-être n'a-t-il point tort; car tout ceci paroît encore aſſez obſcur. Dom (*a*) Félibien dit auſſi qu'en 910 Rollon, ce fameux chef des Normans à qui Charles le Simple céda enfin en 912 une partie de l'ancienne Neuſtrie, aſſiégea encore Paris; qu'il ſe préſenta même trois fois devant cette Ville; & que ce fut toujours inutilement. Mais il ne ſe trouve rien dans l'Hiſtoire qui puiſſe prouver ce quatrieme ſiége. On lit bien dans Dudon (*b*) de S. Quentin, & dans Guillaume (*c*) de Jumiége, dont l'Hiſtorien de Paris s'autoriſe, ( il auroit pu ajouter Orderic (*d*) Vital ) que Rollon aſſiégea Paris: mais il eſt viſible que ces trois écrivains n'ont eu en vûe que le ſiége des années 885 & 886, où en effet, ſuivant la remarque de l'Abbé (*e*) des Thuilleries, il a bien pu ſe trouver, quoiqu'il n'y ait pas commandé en chef. Il eſt preſqu'inutile d'ajouter qu'une partie des textes citez de Guillaume de Jumiége ne ſont qu'une fourrure (*f*) d'un écrivain poſtérieur qu'il ne faut point attribuer à l'Auteur, dont ce dernier a fauſſement emprunté le nom.

## L'An 890 ou 891.

Sur la fin de la même année 890 (*g*) au pluſtôt, ou peut-être vers le commencement de l'an 891, les Religieux de S. Germain des Prez reporterent comme en triomphe la châſſe de S. Germain leur patron dans leur égliſe, après avoir laiſſé ſuivant la tradition (*h*) du Monaſtere un bras du Saint à l'égliſe ou à la Chapelle de S. Jean-Baptiſte, qui leur avoit ſervi d'aſyle pendant tout le temps du fameux ſiége des années 885 & 886, & qui en a pris dans la ſuite le nom de S. Germain (*i*) le vieux. L'Abbé Ebles, & le Comte Eudes, celui-ci avant que de parvenir à la royauté, pénétrez de reconnoiſſance pour la protection que les Pariſiens avoient reçue de Dieu par l'interceſſion du ſaint évêque au plus fort des allarmes de ce mémorable ſiége, avoient donné une grande quantité d'or & de pierres prétieuſes pour renouveller cette châſſe: mais dans la

---

(*a*) Félib. Hiſt. de Paris, Tome I. p. 113.
(*b*) Dudo, apud du Cheſne, Hiſt. Norman. pag. 78.
(*c*) Guillelm. Gemet. lib. 2. cap. 10, 13, & 14. ibid. pag. 328 & ſeqq.
(*d*) Orderic Vital. lib. 3. ibid. pag. 459.

(*e*) Des Thuilleries, Diſſert. pages 23, 28, & ſuiv.
(*f*) Idem, Mercure de France, 1723. Décembre, Tome II. pages 1308 & ſuiv.
(*g*) (*h*) Voyez la note ſur Abbon II. 310.
(*i*) Voyez l'An 885, page 169.

suite (a) on en a fait une autre beaucoup plus magnifique que les deux précédentes ; & c'est celle que l'on voit aujourd'hui soutenue sur les mains de deux Anges au-dessus du grand Autel. On lisoit sur cette châsse faite du temps de l'Abbbé Ebles onze vers latins (b) que l'on a conservez dans la nouvelle, & qui font mention de ces grandes libéralitez tant du même Abbé, *Ebbolus abba pius*, que du Comte Eudes, *Odo Comes*, & d'un autre bienfaiteur nommé Henri, *Henrice pater*; & il est étonnant que Dom (c) Bouillart en rapportant ces vers en ait omis trois, le 5e, le 6e & le 7e. Il s'exprime aussi (d) de maniere à faire entendre que lorsqu'Eudes fit ce riche présent à la châsse du Saint, il étoit déjà proclamé roi ; & en cela il faut avouer qu'il ne parle que d'après quelques anciens (e) écrivains : cependant les vers que l'on vient de citer ne lui donnent encore alors que la qualité de Comte, *Odo Comes*. Enfin il traite Henri de Seigneur & Comte ; & Dom (f) Mabillon doute si ce ne seroit pas Henri Duc de Saxe : mais ces titres honorifiques s'accordent-ils bien avec l'expression *Henrice Pater*? Au reste l'église de S. Germain le vieux dont on vient de parler, a été érigée dans la suite en église paroissiale, & le Patronnage en a appartenu à l'Abbaye de S. Germain des Prez jusqu'en l'an 1368, qu'elle l'a cédé à l'Université.

Vers la même année 890 ou 891 les châsses de Ste Génevieve & de S. Cloud doivent avoir été aussi reportées dans leurs églises. Mais celle de S. Marcel paroît être demeurée pour toujours à la Cathédrale. Il est certain du moins, comme un savant (g) Antiquaire l'a prouvé, qu'elle y étoit encore à la fin du Xe siecle ; & comme on ne voit pas qu'elle y ait jamais été transportée dans aucune autre circonstance que dans celle du premier siége de Paris par les Normans, il faut croire que depuis ce temps-là elle y est toujours restée.

Vers le même temps encore le Roi Eudes fit bâtir dans la Cité la Chapelle du Palais sous le nom de *S. Barthélemi*, & y établit des Chanoines : fondation que le Roi Robert son frere a soutenue & peut-être augmentée dans la suite. Il est prouvé (h) que cette

(a) Voyez l'An 1409.
(b) Mabill. Act. SS. Bened. Sec. III. Part. II. pag. 121.
(c) Bouillart, Hist. de S. Germ. des Prez, page 167.
(d) Ibid. page 59.
(e) Aimoin. Continuat. edit. Parisi. in-8°. 1567. lib. 5. cap. 41. pag. 723.

(f) Mabill. Sup. ibid.
(g) Le Beuf, Dissert. Tome I. pages 103 ; 117, & suiv.
(h) Fragm. Hist. Franc. apud Du Bois, Hist. Ecclef. Paris. Tom. I. pag. 547. & apud du Chesne, Hist. Franc. Tom. III. pag. 343. & 344.

églife eft de fondation royale ; & le favant Hiftorien (*a*) de l'Eglife de Paris montre, ce femble, fort bien qu'on ne peut gueres lui donner une origine plus ancienne que les deux Rois Eudes & Robert : mais il n'en eft pas de même de ce qu'il ajoute au même endroit, conformément à la penfée d'Adrien (*b*) de Valois, que ce font ces deux mêmes Princes, qui abandonnant le Palais des Thermes à caufe des fréquentes incurfions des Normans, fe font renfermez dans la Ville, & y ont bâti le Palais de la Cité. A la bonne heure qu'ils l'aient agrandi, & qu'ils y aient fait des embelliffemens, auffi-bien que les autres Seigneurs de leur maifon qui ont poffédé le Comté de Paris jufqu'à Hugues Capet : mais il eft certain, comme on l'a fait voir (*c*) plus haut, que ce Palais fubfiftoit dès la premiere race de nos Rois.

Eudes en fondant l'églife de S. Barthélemi lui fit de grandes libéralitez ; & parmi les biens qu'elle poffeda dès les premieres années de fa fondation, un diplome (*d*) des Rois Lothaire & Louis le Fainéant nomment, entr'autres, une Chapelle dite de S. Georges, fituée au fauxbourg feptentrional fur le chemin de S. Denys en France, affez près des murs de la Ville, avec fon territoire ; une églife de la Ste Vierge, fituée dans l'étendue de l'évêché & du Comté de Paris ; un clos de vignes fur la montagne (*e*) de Belleville, donné par Hugues le Grand, pere de Hugues Capet ; quelques arpens de terre près de Montmartre donnez par le Comte Foulques, &c. On ne fait que par des titres (*f*) poftérieurs que la Chapelle de S. Georges étoit ainfi appellée dès les premiers temps ; mais on verra (*g*) dans la fuite qu'elle ne tarda pas à prendre le nom de S. Magloire. Pour ce qui eft de l'églife de la Ste Vierge, du Breul (*h*) dit qu'il y avoit alors près de S. Barthélemi une Chapelle dite *N. D. des Voutes* : mais peut-être cette Chapelle n'eft-elle pas auffi ancienne qu'il le dit ; & d'ailleurs le diplome des deux rois Lothaire & Louis le Fainéant, que l'on vient de citer, dit fimplement en marquant la fituation de cette églife, *in epifcopio Parifiaco & Comitatu*, expreffion trop vague, pour que l'on puiffe en conclurre qu'elle étoit dans la Cité même, & prefque contigue à celle de S. Barthélemi. On ne fait ici aucune réflexion fur la do-

(*a*) Du Bois, ibid. pag. 550.
(*b*) Valef. de Bafilic. reg. cap. 5. pag. 43.
(*c*) Voyez l'An 525 ou 526, pages. 49. & 50.
(*d*) Diploma Lothar. & Ludov. V. apud Du Bois. Hift. Ecclef. Parif. Tom. I. pag. 548 & 549.

(*e*) Le Beuf, Differt. Tome II, pages cij & fuiv.
(*f*) Marten. Anecdot. Tom. I. pag. 345.
(*g*) Voyez Vers l'An 979. Voyez auffi le Beuf, Sup. ibid. pages xcv, & xcviij.
(*h*) Du Breul, Antiq. de Paris, édit. Paris 1612, page 129.

nation de Hugues le Grand, parce qu'il fera bientôt temps (*a*) d'y revenir. Et à l'égard du Comte Foulques, on voit qu'il vivoit dans un temps où le Comté de Paris poffédé dès l'an 885 au pluftard par les enfans de Robert le Fort, n'eft plus forti de leurs mains juf-qu'à Hugues Capet, qui en étoit revêtu (*b*) lorfqu'il monta fur le thrône ; enforte que quoique ce Comte Foulques eût des terres près de Montmartre, il n'eft pas poffible de fe perfuader qu'il fût Comte de Paris. L'églife de S. Barthélemi d'abord royale & collégiale, puis abbatiale, comme on le verra (*c*) bientôt, fous le nom de S. Barthélemi & S. Magloire, ou même fous celui de S. Magloire fim-plement, n'eft plus aujourd'hui qu'une fimple paroiffe de la Cité fous fon ancien nom de S. Barthélemi.

## L'AN 892.

Le Roi Eudes demeurant en Aquitaine, la plus grande partie des Seigneurs François abandonnent fon parti (*d*) & embraffent celui de Charles le Simple.

2 *Octobre*. Ebles, Abbé de S. Germain des Prez, eft tué d'un coup de pierre au fiége de Brillac en Poitou, en combattant pour Charles le Simple contre Eudes. Les Auteurs de la nouvelle Gaule Chrétienne après avoir rapporté cette mort (*e*) à l'an 893, con-formément aux Annales (*f*) de Metz, femblent s'être déterminez dans la fuite (*g*) avec Dom (*h*) Mabillon & Dom (*i*) Bouil-lart pour l'an 892 : cependant ils citent François (*k*) du Chefne qui la fixe, comme ils avoient fait d'abord, à l'an 893. Dom (*l*) Félibien fuit auffi la date de l'an 893 ; mais à l'égard du jour, il le marque au 10 Octobre contre l'autorité du Nécrologe (*m*) de l'Abbaye, qui le fixe formellement au 6 des Nones, c'eft-à-dire, au 2 Octobre. La date de l'an 892 eft autorifée par les Annales (*n*) de S. Vât ; & Dom (*o*) Bouquet s'y eft conformé dans fa Chronologie.

Après la mort d'Ebles, les Religieux de S. Germain des Prez eurent Hucbold pour Abbé fuivant le Continuateur (*p*) d'Aimoin,

(*a*) Voyez l'An 965.
(*b*) Chronic. apud du Chefne, Hift. Franc. Tom. II. pag. 627.
(*c*) Voyez l'An 965.
(*d*) Annal. Metenf. * Tom. VIII. pag. 73.
(*e*) Gall. Chrift. Tom. II. pag. 1225.
(*f*) Annal. Metenf. * Tom. VIII. pag. 73.
(*g*) Gall. Chrift. Tom. VII. pag. 430.
(*h*) Mabill. Annal. Bened. Tom III. pag. 283.
(*i*) Bouillart, Hift. de S. Germ des Prez,

page 60.
(*k*) Franç. du Chefne, Hift des Chancel. page 108.
(*l*) Félib. Hift. de Paris, Tome I. p. 110.
(*m*) Bouillart, Hift. de S. Germ. des Prez, Preuves, page 119.
(*n*) Annal. Vedaft. * Tom. VIII. pag. 89 & 90.
(*o*) Bouquet, * ibid. Index Chronolog.
(*p*) Aimoin. Continuat. edit. Parif. in-8°. 1567. lib. 5. cap. 42. pag. 729.

qui femble lui donner indifféremment les deux noms de Hucbold & de Hugues, fi on n'aime mieux dire après les Auteurs (*a*) de la nouvelle Gaule Chrétienne, que Hucbold & Hugues étoient peut-être deux concurrens qui fe difputerent l'Abbaye. Mais comme il y a dans le texte du Continuateur *fupra-dictum Hugonem* , & que cependant au lieu de Hugues l'Auteur n'a nommé que Hucbold, on eft, ce femble, en droit de conclurre que Hucbold & Hugues ne font qu'une feule & même perfonne. On ne nie pas néanmoins que la mort d'Ebles n'ait pu être fuivie de quelque litige entre deux ou plufieurs contendans à l'Abbaye : mais fi l'on admet cette conjecture, les deux prétendans ne feroient pas Hucbold & Hugues qu'il ne faut pas diftinguer l'un de l'autre : ce feroient pluftôt ce même Hugues ou ce même Hucbold , & un Albéric I, dont on parlera (*b*) plus bas à l'occafion d'Albéric II ; car comme on ne fait en quel temps précifément vivoit celui-là, rien n'empêche de le placer, du moins comme prétendant à l'Abbaye , entre Ebles & le Prince Robert, dont il fera parlé avant l'an 898. Mais Hucbold l'emporta fur fon compétiteur , & conferva l'Abbaye jufqu'à (*c*) fa mort.

## L' A N 893.

28 *Janvier*. Charles le Simple fe fait couronner Roi à Reims. La date tant du jour que de l'année eft prouvée par deux Chartes de ce Prince (*d*) de l'an 919.

Le Roi Eudes , dont les forces étoient fupérieures à celles de Charles le Simple , revient (*e*) à Paris. Cependant il fe fait un accommodement entre ces deux Princes ; & le Royaume eft (*f*) divifé: la portion de Charles s'étendant depuis le Rhin jufqu'à la Seine ; celle d'Eudes depuis la Seine jufqu'à l'Efpagne , avec fubordination à Charles. Mais ils n'en vécurent pas plus en paix ; & Eudes difputa la couronne (*g*) jufqu'à la fin.

## A V A N T L' A N 898.

Mort (*h*) de Hugues ou Hucbold , Abbé de S. Germain des Prez,

Robert , frere du Roi Eudes , lui (*i*) fuccede. Les Auteurs (*k*) de la

---

(*a*) Gall. Chrift. Tom. VII. pag. 430.
(*b*) Voyez l'An 979.
(*c*) Aimoin. Continuat. Sup. ibid.
(*d*) Félib. Hift. de Paris , Tome III. pages 12 & 13.
(*e*) Annal. Metenf. * Tom. VIII. pag. 73.

(*f*) Chronic. Til. * ibid. pag. 253.
(*g*) Abbo II. 574 & feqq. Annal. Vedaft. * Tom. VIII. pag. 91.
(*h*) (*i*) Aimoin. Continuat. Sup. ibid.
(*k*) Gall. Chrift. Tom. VII. pag. 431.

nouvelle Gaule Chrétienne ne commencent à parler de lui en qualité d'Abbé que fous l'an 903. Peut-être n'ont-ils pas voulu déterminer le temps précis où il entra en poffeffion de ce monaftere ; & il eft
vrai que la chofe n'eft pas aifée à décider. Dom (*a*) Mabillon doutoit
auquel des deux Rois, Eudes ou Charles le Simple, ce Prince dut
en avoir l'obligation. Dom (*b*) Bouillart au contraire dit fans héfi-
ter, qu'il y a bien de l'apparence qu'il en fut redevable au Roi
Eudes ; car, ajoute-t-il, « il eft difficile de fe perfuader que Char-
» les le Simple, à qui Robert ne faifoit déjà que trop d'ombrage,
» eût voulu augmenter fes biens & fa puiffance d'un bénéfice fi confi-
» dérable ». Que Charles le Simple n'ait pas cru devoir être fi libéral
envers le Prince Robert, on le croira facilement. Mais d'un autre
côté, peut-être que ce Prince, foit qu'il fût déjà Comte de Paris,
foit que ce Comté fût encore entre les mains du Roi Eudes fon
frere, n'eut befoin que de fa propre autorité & de fa feule puiffance
pour s'emparer de l'Abbaye. Quoi qu'il en foit, comme il a dû ou
l'obtenir plus vraifemblablement de fon frere, ou s'en emparer &
s'y maintenir plus facilement du vivant de celui-ci, on croit que
la chofe arriva avant l'an 898, c'eft-à-dire en 897 au pluftard.
Robert, outre l'Abbaye de S. Germain des Prez, poffeda encore
celles (*c*) de S. Denys en France, de Marmoutier, & de S. Martin de Tours.

## L'AN 898.

1 *Janvier.* Le Roi Eudes meurt à la Fere dans le Laonnois, &
eft enterré à S. Denys en France. Les Annales (*d*) de S. Vât mettent fa mort au 1 Janvier, & celles (*e*) de Metz au 3 du même
mois. L'un eft apparemment le vrai jour de la mort ; l'autre, celui
de l'enterrement.

Charles le Simple regne (*f*) enfin du confentement de tous les
Grands, qui le reconnoiffent folennellement (*g*) en cette qualité
de Roi à Reims, où il eft couronné une feconde fois ; & ce renou-
vellement de regne a fervi auffi de nouvelle époque dans les diplomes de ce Prince, foit de cette année, foit des années fuivantes.
Un de ces diplomes, daté du 8 Février de cette même année 898,
porte *Data* (*h*) VI *Idus Februarii, indictione I, anno V, regnante
gloriofiffimo rege Karolo, redintegrante I.*

(*a*) Mabill. Annal. Bened. Tom. III. pag.
283.
(*b*) Bouillart, Hift. de S. Germ. des Prez,
page 60.
(*c*) Gall. Chrift. Tom. VII. p. 431 & 432.

(*d*) (*e*) (*f*) (*g*) Annal. Vedaft. * Tom.
VIII. pag. 92. Annal. Metenf. * ibid. pag. 75.
(*h*) Mabill. Annal. Bened. Tom. III. pag.
301.

CHARLES

# CHARLES III, dit *le Simple.*

Le Prince Robert entre en même temps en poffeffion du Comté de Paris, s'il n'en étoit pas déjà revétu dès le temps où Eudes fon frere monta fur le thrône.

## VERS L'AN 898.

Les Religieux de la Croix-S. Leufroi, au Diocefe d'Evreux, trop expofez aux pirateries des Normans, fe réfugient à Paris avec le corps de S. Leufroi, celui de S. Thuriaf ou Thuriave, évêque de Dol, & d'autres faintes reliques. La date précife de l'année n'eft point prouvée. Dom Mabillon femble s'en tenir également à l'an (*a*) 898, & à l'an (*b*) 918 ; ce qui ne peut fe concilier. Toujours eft-il certain que cette tranflation a dû précéder la paix faite en 912 entre Charles le Simple & Rollon chef des Normans. Dom (*c*) Bouillart la met en 898 ; & les Bollandiftes après s'être attachez (*d*) à la même date, ont cru pouvoir conjecturer dans la fuite (*e*) qu'il faut la rapporter, non au regne de Charles le Simple, mais à celui de Charles le Chauve, pendant qu'Hafting exerçoit fes brigandages. Mais ces derniers ont fans doute confondu la tranflation dont il s'agit ici avec une autre, qui felon (*f*) du Breul fut faite le 22 Juin 851, non pour tranfporter à Paris les reliques de l'Abbaye ; mais pour lever de terre le corps de S. Leufroi, & le mettre dans une châffe.

Ce fut, fuivant (*g*) du Breul & Dom (*h*) Bouillard, dans l'Abbaye de S. Germain des Prez que les Religieux de la Croix-S. Leufroi fe retirerent avec leurs faintes reliques ; & Dom Mabillon femble dire auffi la même chofe dans fes Annales (*i*) Bénédictines. Cependant le même Dom Mabillon avoit dit (*k*) ailleurs qu'il penchoit à croire que toutes ces reliques furent dépofées d'abord dans une églife ou Chapelle qui en a pris le nom de S. Leufroi, & que l'on voyoit encore de fon temps joignant les murs du grand Châtelet. Il feroit difficile d'expliquer autrement l'origine de cette Chapelle, ou au moins du nom de S. Leufroi qu'elle a porté jufqu'à fa de-

---

(*a*) Mabill. Annal. Bened. Tom. III. pag. 302.
(*b*) Ibid. pag. 359.
(*c*) Bouillart, Hift. de S. Germ. des Prez, pag. 60.
(*d*) Bolland. Jun. Tom. IV. pag. 112 & 113.
(*e*) Ibid. Jul. Tom. III. pag. 616.

(*f*) Du Breul, Supplem. Antiq. Parif. p. 79 & 80.
(*g*) Idem, Antiq. de Paris, édit. Paris 1612. page 795.
(*h*) Bouillart, Sup. ibid.
(*i*) Mabill. Sup. ibid.
(*k*) Mabill. Act. SS. Bened. Sec. III. Part. I. pag. 594.

ftruction. On penche donc auſſi à croire que ce fut là que ſe retirerent d'abord les Religieux fugitifs ; & qu'ils ne ſe tranſporterent à S. Germain des Prez que vingt ans ou environ après , lorſque Charles le Simple unit (*a*) leur Abbaye à celle-ci.

## L'AN 900.

**24 *Avril.*** Grimoard étoit Vicomte de Paris. Charles le Simple confirma ce jour-là (*b*) à ſa priere les donations qu'il avoit faites à l'égliſe de S. Chriſtophe de Créteil. On réfutera (*c*) plus bas ceux qui ſe ſont inſcrits en faux contre l'exiſtence de ce Vicomte.

Le premier ſucceſſeur qu'on lui connoiſſe eſt Teudon, dont il ſera parlé ſous l'an 926.

## VERS L'AN 900.

Le célebre Remi, moine de S. Germain d'Auxerre , vient enſeigner à Paris ; & ſuivant le Docteur Jean (*d*) de Launoy il y ouvre la premiere école publique que l'on ſache certainement avoir été établie dans cette grande Ville ; ce qui ne doit ſignifier qu'une école ouverte indiſtinctement aux étudians de tout état & de toute condition : car on a vû plus haut que depuis le regne de Charlemagne il y avoit eu des écoles réglées dans (*e*) le Palais, dans la maiſon (*f*) épiſcopale , & au moins dans quelques (*g*) Abbayes. Mais celle du Palais n'étoit ſans doute deſtinée que pour la famille royale, & pour la jeuneſſe de la plus haute diſtinction , comme les autres ſemblent n'avoir preſque été établies que pour l'inſtruction des Clercs Séculiers & des Moines. Remi d'Auxerre enſeignoit la Philoſophie à Paris dès l'an 882 , ſuivant le même Jean (*h*) de Launoy ; après quoi , ajoute-t-il , il alla enſeigner à Reims. Dom Mabillon même a ſoutenu (*i*) qu'il dirigea l'école du Palais ſous Charles le Chauve, par conſéquent avant l'an 877 ; & l'Hiſtorien de l'Univerſité (*k*) a cru auſſi qu'il enſeigna à Paris avant que de tenir école à Reims. Au contraire l'Auteur (*l*) de l'Hiſtoire litéraire de la France prétend qu'il enſeigna d'abord à Reims & enſuite à Paris, quoiqu'il ne pa-

(*a*) Voyez l'An 918.
(*b*) Diploma Caroli Simpl. apud Baluz. Capitul. Reg. Franc. Tom. II. pag. 1524.
(*c*) Voyez l'An 926.
(*d*) Launoi. Tom. IV. Part. I. pag. 62.
(*e*) Voyez l'An 788, pages 126 & ſuiv.
(*f*) (*g*) Voyez l'An 788 , page 27 ; Vers l'An 790, page 130 ; & l'An 858, page 150.

(*h*) Launoi, Sup. ibid. pag. 62 & 63.
(*i*) Mabill. Act. SS. Bened. Sec. IV. Part. I. Præfat. pag. 133.
(*k*) Du Boulay , Hiſt. Univerſit. Pariſ. Tom. I. pag. 210.
(*l*) Rivet , Hiſt. liter. de la France , Tome VI. page 100.

roiſſe pas s'accorder trop avec lui-même : car d'un côté il dit (*a*)
que Remi enſeignoit publiquement à Paris à la fin du IX<sup>e</sup> ſiecle ;
& d'un autre côté il aſſure (*b*) qu'il ne vint en cette Ville qu'après
la mort de Foulques, Archevêque de Reims, lequel cependant,
ſelon (*c*) lui-même, ne mourut qu'en l'an 900. Cet écrivain cite ici
(*d*) les Actes des Saints de l'Ordre de S. Benoît, pour prouver,
ce ſemble, que Remy d'Auxerre ne vint à Paris qu'après la mort
de ce Prélat ; & l'endroit cité prouve en effet (*e*) que S. Odon Abbé
de Cluni étudia ſous lui à Paris ; ce qui revient preſque au même ;
car S. Odon, né en (*f*) 879, étoit âgé de dix-neuf ans lorſqu'il fut
fait (*g*) Chanoine de S. Martin de Tours ; & ce ne fut qu'après cela
qu'il vint prendre à Paris des leçons de Remi d'Auxerre : d'où il
s'enſuit que Remi enſeignoit dans cette Ville après l'an 900, ou
après la mort de Foulques Archevêque de Reims ; & que par conſéquent il tint école à Reims avant que de la tenir à Paris. Seroit-ce
pour concilier les deux ſentimens oppoſez que l'Hiſtorien de l'Univerſité que l'on vient de citer, dit en un autre endroit (*h*) que Remi
d'Auxerre enſeigna d'abord à Paris, puis à Reims, & enſuite encore à Paris ? Mais on ne voit point ſur quoi fondé Dom Mabillon
s'eſt perſuadé qu'il a dirigé l'école du Palais ; enſorte que rien n'empêche de croire qu'il en fonda une particuliere, & que ce fut là le
premier dégré par lequel les études publiques, tant ſacrées que pro-
fanes, ſortant de l'intérieur du Palais, de la maiſon épiſcopale,
& des Cloîtres, pour ſe répandre au dehors, ſont enfin parvenues
à prendre la forme qu'elles ont aujourd'hui ſous le nom d'*Univerſité.*

Jean de Launoy dit (*i*) qu'après Remi d'Auxerre, S. Odon ſon
diſciple, & enſuite Wilram, Ecolâtre de l'Egliſe de Bamberg, puis
ſucceſſivement Moine de Fulde, & Abbé de Merſburg, enſeigne-
rent publiquement la Philoſophie à Paris : mais pour ce qui eſt de
S. Odon, il n'en eſt rien marqué dans ſa vie ; & à l'égard de Wilram, ou Willeram, ou Walram, l'Auteur (*k*) de l'Hiſtoire littéraire
de la France montre qu'il n'enſeigna à Paris que vers la fin du XI<sup>e</sup>
ſiecle. Jean de Launoy dit encore (*l*) qu'on ne ſait en quel lieu préciſément ces maîtres tinrent leurs écoles ; il y a pourtant, ajoute-
t-il, quelque apparence que ce fut ou à la Cathédrale, ou à S. Germain des Prez, ou à Ste Géneviève. Mais pourquoi ne ſeroit-ce

(*a*) Ibid. pages 132 & 133.
(*b*) Ibid. page 100.
(*c*) Idem, Tome V. page 690.
(*d*) Idem. Tome VI. pag. 100.
(*e*) Vita S. Odonis Cluniac. in Act. SS.
Bened. Sec. V. pag. 157.
(*f*) Ibid. pag. 151.

(*g*) Ibid. pag. 154.
(*b*) Du Boulay, Sup. pag. 290.
(*i*) Launoi, Sup. ibid. pag. 63.
(*k*) Rivet, Sup. Tome VII. pages 79,
80, & 104.
(*l*) Launoi, Sup. ibid.

pas auffi-bien à S. Germain l'Auxerrois? Ce lieu a dû attirer Remi d'Auxerre plus que tout autre ; & ce feroit là auffi l'origine la plus vraifemblable du nom que l'on a donné au port & au quai voifins de cette églife, que l'on appelle encore aujourd'hui le Port & le Quai *de l'Ecole.*

---

### HUITIEME PLAN,

Où il faut ajouter l'églife de *fainte Opportune*, & celle de *S. Barthélemi*, avec les chapelles de *S. Georges*, & de *S. Leufroi.* Il faut auffi ajouter une *églife* à Montmartre, & l'églife de *S. Pierre* près de l'Abbaye de *S. Eloi*, car on parlera bientôt de l'une & de l'autre : mais à celle-ci on ne doit point mettre encore fon furnom *des Arfis.* Il ne faut plus d'églife de S. Denys près de Paris, & on peut auffi effacer la chapelle de S. Michel près de Ste Génevieve. Il faut mettre des *Ecoles publiques* près de la Cathédrale, près de Ste Génevieve, & près de S. Germain l'Auxerrois.

---

Pour ce qui eft des autres maîtres qui ont enfeigné à Paris, ou en même temps que Remi d'Auxerre, ou peu de temps après lui, on eft non-feulement très-porté à reconnoître qu'ils ont tenu leurs écoles à la Cathédrale & à Ste Génevieve ; mais on ne doute même nullement que ce ne foit là la véritable origine tant des deux Chanceliers de l'une & de l'autre églife, que du nom *d'Univerfité* qui a été affecté fingulierement à tout ce quartier-là.

## L'A N 909.

16 *Septembre.* Le Pont que Charles le Chauve avoit bâti à l'extrémité occidentale de la Ville, étoit toujours fur pied, du moins du côté de S. Germain l'Auxerrois. Charles le Simple en confirma ce jour-là (*a*) la propriété à l'évêque Anfchéric ; car on ne penfe point comme (*b*) Sauval, ni que ce Pont-là foit le Pont au Change, ni que la Charte foit fauffe.

## Vers l'An 910.

Mort d'Anfchéric évêque de Paris. Les Auteurs (*c*) de la nou-

---

(*a*) Gall. Chrift. Tom. VII. Inftrum. pag.     ge 19. & Tome II. page 411.
16 & 17.                        (*c*) Gall. Chrift. Tom. VII. pag. 39.
(*b*) Sauval, Antiq. de Paris, Tome I. pa-

velle Gaule Chrétienne se contentent de prouver qu'il vivoit encore au mois de Septembre 909. L'Auteur (*a*) de l'Histoire littéraire de la France ayant observé de plus que Charles le Simple donna en 911 à Hervé Archevêque de Reims la dignité de Chancelier, qu'Anschéric avoit eue, conclut de là que celui-ci mourut la même année : mais comme cette raison n'est pas décisive, Anschéric pourroit bien être mort dès l'an 910.

## L'An 911.

18 *Mai.* Théodulfe étoit (*b*) évêque de Paris. Il a fait fermer de murs (*c*) le cloître de l'église Cathédrale. C'est ce que doit signifier le mot *firmare* d'une Charte que cite l'Historien (*d*) de l'Eglise de Paris, plustôt qu'une confirmation de droits ou de priviléges dans l'enceinte du Cloître, comme les Auteurs (*e*) de la nouvelle Gaule Chrétienne ont soupçonné qu'on pouvoit l'interpréter.

## L'An 912.

Louis, Roi de Germanie & de Lorraine, fils de l'Empereur Arnoul, étant mort le 21 Janvier de cette (*f*) année, Charles le Simple entre en possession de la Lorraine ; & cet événement donne une troisieme époque du regne de ce Prince dans ses Diplomes, dont la date dorénavant à la fin de ces mots, *regnante rege Karolo anno....* *redintegrante anno...*, portera encore ceux-ci : (*g*) *largiore hereditate* *indepta anno....* Au reste, si Dom (*h*) Bouquet fixe la mort du Roi Louis à l'an 911, c'est qu'il suit apparemment en cette occasion l'ancien style, suivant lequel l'année ne commençoit qu'à Pâques.

## L'An 917.

10 *Février.* Mort de la Reine Frédérune, seconde femme de Charles le Simple. La date, tant du jour que de l'année, est prouvée par une Charte de ce Prince rapportée dans la Diplomatique (*i*) de Dom Mabillon. Frédérune est enterrée (*k*) à S. Remi de Reims.

---

(*a*) Rivet, Hist. liter. de la France, Tome VI. page 183.
(*b*) Gall. Christ. Sup. ibid.
(*c*) Du Bois, Hist. Ecclef. Parif. Tom. I. pag. 535.
(*d*) Ibid. pag. 552.
(*e*) Gall. Christ. Sup. ibid.
(*f*) (*g*) Chronic. Saxon. * Tom. VIII. p.

224. & Mabill. Annal. Bened. Tom. III. pag. 338.
(*h*) Bouquet, * Tom. VIII. Index Chronol.
(*i*) Mabill. Diplomat. lib. 6. N°. 128. pag. 562.
(*k*) Idem. Annal. Bened. Tom. III. pag. 356.

## L'A N 918.

14 *Mars.* Charles le Simple unit (*a*) l'Abbaye de la Croix-S. Leufroi, Diocefe d'Evreux, à l'Abbaye de S. Germain des Prez. On
a vû (*b*) plus haut que les Religieux de la Croix réfugiez à Paris
s'étoient procuré une habitation au bout du Pont qu'on appelle
aujourd'hui *le Pont au Change*, près du lieu où on a bâti dans la
fuite le Grand Châtelet ; & que c'eft par cette raifon que l'églife
ou la Chapelle de ce réfuge a pris le nom de S. Leufroi. Mais à
l'occafion de cette union ils fe tranfporterent à S. Germain des
Prez ; & les deux Communautez n'en firent plus qu'une. Dom (*c*)
Félibien dit que le Roi confirma par cet acte du 14 Mars l'union
des deux Abbayes. C'eft qu'il fuppofe que l'union étoit déjà faite,
& que les Religieux de la Croix arrivez à Paris n'eurent point
d'autre demeure que l'Abbaye de S. Germain des Prez ; ce que
l'on ne fauroit prouver. Le Diplome du Roi porte expreffément,
non qu'il confirme l'union des deux Abbayes, mais qu'il unit l'une
à l'autre.

Cependant cette union ne fut pas de longue durée. Peu de temps
(*d*) après, & même s'il en faut croire (*e*) du Breul, avant la fin de
l'année, les Religieux de S. Germain des Prez rendirent à ceux
de la Croix-S. Leufroi leur Abbaye ; & ceux-ci s'en retournerent
chez eux. Les premiers garderent néanmoins le corps de S. Leufroi, dont ils céderent un bras aux autres. Ils garderent auffi le corps
de S. Thuriaf ; & ces deux corps font expofez aujourd'hui dans
leur églife à la dévotion des Fidéles auprès du grand Autel dans
deux châffes différentes, celui de S. Thuriaf du côté de l'Epitre,
& celui de S. Leufroi du côté de l'Evangile.

## VERS L'AN 921.

24 *Avril.* Mort (*f*) de Théodulfe, évêque de Paris.
Fulrad (*g*) lui fuccede.

## L'A N 922.

30 *Juin.* Robert, frere du Roi Eudes fe fait auffi facrer (*h*) Roi
de France à S. Remi à Reims.

( *a* ) Diploma Caroli Simpl. apud du Breul, Supplem. Antiq. Parif. pag. 84 & feqq.

( *b* ) Voyez l'An 898.

( *c* ) Félib. Hift. de Paris. Tome I. p. 111.

( *d* ) Mabill. Annal. Bened. T. III. p. 360.

( *e* ) Du Breul, Supplem. Antiq. Parif.

( *f* ) ( *g* ) Gall. Chrift. Tom. VII. pag. 40.

( *h* ) Flodoard. Hift. lib. 4. cap. 17. * Tom. VIII. pag. 163. & Chronic. * ibid. pag. 178.

# CHARLES III, dit *le Simple.* ROBERT.

## L'AN 923.

15 *Juin.* Le Prince Robert, qui s'étoit fait couronner Roi l'année précédente, est tué (*a*) dans une bataille qui fut livrée près de Soissons entre lui & le Roi Charles le Simple. Ce Prince qui étoit (*b*) Comte de Paris, & Abbé (*c*) de S. Germain des Prez, est enterré dans l'Abbaye (*d*) de S. Denys en France.

## CHARLES III, *dit le Simple.*

Hugues le Grand fils du Prince Robert, lui succede dans le Comté (*e*) de Paris, & fut aussi Abbé (*f*) de S. Germain des Prez, de S. Denys en France, & de S. Martin de Tours. On prétend, dit l'Auteur (*g*) du Traité de la Police, que dès l'an 884 il avoit obtenu du Roi Charles le Simple l'inféodation de ce Comté, à la charge de réversion à la Couronne au défaut d'hoirs mâles ; & qu'alors pour rendre la justice en son nom, il établit Grimaud sous le titre de Vicomte. C'est Grimoard, dont on a parlé (*h*) plus haut. Cet écrivain cite en même temps la Charte 104 du petit Pastoral de l'Eglise de Paris, dont le public n'est point en état de juger, puisqu'elle ne paroît point sous ses yeux ; & Dom (*i*) Félibien remarque à ce sujet qu'on se trompe sans doute sur la date & sur le nom du Roi, quoique le reste paroisse constant. Mais il semble qu'il falloit dire que l'on se trompe ou sur la date, ou sur le nom du Roi, ou sur le nom de celui à qui le Comté fut inféodé. Si cette inféodation est certaine, elle peut avoir été accordée aux deux freres Eudes & Robert en 884 par le Roi Carloman ; elle peut n'avoir été accordée qu'à Robert après la mort d'Eudes par le Roi Charles le Simple, enfin elle peut encore n'avoir été accordée qu'à Hugues par le même Roi. Mais quelle preuve a-t-on de cette inféodation ?

Herbert II, Comte de Vermandois ayant attiré Charles le Simple (*k*) jusqu'à Péronne, le retient prisonnier, & fait élire à sa place Raoul, fils de Richard le Justicier, Duc de Bourgogne.

( *a* ) Chronic. Saxon. * ibid. pag. 225.
( *b* ) Voyez l'An 898.
( *c* ) ( *d* ) Gall. Christ. Tom. VII. pag. 431 & 432.
( *e* ) Voyez les Années 946 & 955.
( *f* ) Gall. Christ. Sup. ibid.

( *g* ) La Mare, Traité de la Police, Tome I. page 99.
( *h* ) Voyez l'An 900.
( *i* ) Félib. Hist. de Paris, Tome I. p. 117.
( *k* ) Chronic. Odoran. * Tom. VIII. pag. 237.

## CHARLES III, *dit le Simple.* R A O U L.

13 *Iuillet.* Raoul fe fait facrer (*a*) & couronner dans l'Abbaye de S. Médard de Soiffons.

### L' A N 925.

Pendant que les Normans font occupez à repouffer les Beauvai-fiens, ceux de Paris vont faire (*b*) le dégât dans le Vexin-Normand.

### L' A N 926.

23 *Août.* Teudon, que l'Auteur (*c*) du Traité de la Police fait Vicomte de Paris dès l'an 923, l'étoit certainement cette année. Il donna ce jour-là (*d*) aux Religieux de S. Maur des foffez une place à Paris, où avoit été autrefois une cellule ou une Chapelle de S. Pierre pour lors ruinée, afin d'y pouvoir bâtir un lieu de réfuge en cas de befoin. La Charte dont ceci eft tirée eft mal datée de l'an 925 dans Dom (*e*) Félibien ; & la chapelle de S. Pierre qui y eft mentionnée, doit être S. Pierre des Arfis ; car c'eft auffi à S. Maur des Foffez qu'on a donné dans la fuite (*f*) l'Abbaye voifine de Ste Aure & S. Eloi. Ce font les Religieux de S. Maur qui ont fans doute relevé eux-mêmes la chapelle ou l'églife de S. Pierre, qui eft devenue poftérieurement, & qui eft encore aujourd'hui une des Paroiffes de la Cité. L'occafion s'eft préfentée (*g*) plus haut de rechercher l'origine du furnom *des Arfis* qu'elle ne portoit pas encore, mais qu'on lui a donné dans la fuite.

Teudon eft le fecond des Vicomtes certains de Paris, dont le nom foit venu à notre connoiffance. Gérard (*h*) du Bois, & après lui les Auteurs (*i*) de la Nouvelle Gaule Chrétienne difent que, fuivant quelques-uns, les évêques Gozlin & Anfchéric avoient été fucceffivement revétus de cette dignité ; & eux-mêmes ne font pas éloignez de croire qu'Eudes après avoir été déclaré Roi, & avant fon expédition d'Aquitaine, avoit donné à Anfchéric le Comté ou le Vicomté de Paris. Cependant à tout cela on ne voit gueres qu'une fimple poffibilité ; fi ce n'eft pourtant qu'à l'égard de Gozlin,

(*a*) Flodoard. Chronic. * Tom. VIII. pag. 179. & Bouquet, * ibid. not. D.

(*b*) Flodoard. Chronic. * Tom. VIII. pag. 183. Voyez auffi des Thuilleries, Differt. pag. 24 & 25. note.

(*c*) La Mare, Traité de la Police, Tome I. page 99.

(*d*) Du Bois, Hift. Ecclef. Parif. Tom. I. pag. 535.

(*e*) Félib. Hift. de Paris, Tome I. p. 116.

(*f*) Voyez l'An 1107.

(*g*) Voyez Vers l'An 475. p. 38 & 39.

(*h*) Du Bois, Sup. ibid. pag. 516.

(*i*) Gall. Chrift. Tom. VII. pag. 38.

il faut reconnoître qu'il avoit certainement (*a*) quelque part dans le gouvernement de la Ville.

Sauval (*b*) dit auffi un mot fur ce fujet. Quelques écrivains, dit-il, mettent Grimaud en 900, ou pluftôt en 847, Aleaume en 886, Teudon en 936, & Foulques en 1029 : mais, ajoute-t-il, s'ils étoient Vicomtes, ce qu'on ne peut prouver de quelques-uns que par de fauffes chartes, il n'eft marqué nulle part qu'ils le fuffent de Paris. On ne prend ici aucun intérêt à Aleaume en qualité de Vicomte ; cependant il fera bientôt encore parlé (*c*) de lui : & pour ce qui eft de Foulques, nommé *Falco* dans le Traité (*d*) de la Police, comme il ne paroît dans l'Hiftoire-que fous la III$^e$ Race de nos Rois, on examinera en fon lieu s'il a été en effet Vicomte de Paris ou non. Mais à l'égard de Grimaud, ou pluftôt de Grimoard, & de Teudon, les Chartes qui font mention d'eux, ne font point fauffes au jugement de gens (*e*) bien autrement habiles en ce genre que Sauval ou fes éditeurs. Ces Chartes regardent S. Chriftophe de Créteil, S. Pierre des Arfis, & S. Merri ; & par conféquent les Vicomtes Grimoard & Teudon, qui y font nommez, ne peuvent être regardez que comme Vicomtes de Paris, puifque rien ne s'y oppofe d'ailleurs. On a obfervé plus haut que Grimoard l'étoit en effet en l'an 900, non en 847.

Fulrad évêque de Paris meurt (*f*) cette même année 926, ou la fuivante.

Son fucceffeur fut Adélelme, dont on va parler.

## L' A N 927.

Adélelme étoit (*g*) évêque de Paris.

Il a eu pour fucceffeur Gautier I, dont on parlera fous l'an 937.

## L' A N 929.

Le Roi Charles le Simple meurt (*h*) dans fa prifon à Péronne ; & eft enterré (*i*) dans l'églife de S. Furfy du même lieu.

La couronne regardoit de droit Louis d'Outremer fon fils ; mais le Roi Raoul fe maintint fur le thrône jufqu'à fa mort.

( *n* ) Voyez l'An 885 au 26 Novembre ; & Abbon I. 243.

( *b* ) Sauval, Antiq. de Paris. Tome II. page 414.

( *c* ) Voyez l'An 937.

( *d* ) La Mare, Traité de la Police, Tome I. page 99.

( *e* ) Du Chefne, Hift. de la Maifon de Vergy, Preuves, page 68. Baluz. Capitul.

Reg. Franc. Tom. II. pag. 1524. Du Bois, Hift. Ecclef. Parif. Tom. I. pag. 516. Félib. Hift. de Paris, Tome I. page 117. Gall. Chrift. Tom. VII. pag. 40.

( *f* ) ( *g* ) Gall. Chrift. Tom. VII. pag. 40.

( *b* ) Flodoard. Chronic. * Tom. VIII. pag. 186.

( *i* ) Orderic. Vital. lib. 7. apud du Chefne, Hift. Norman. pag. 635.

Cc

## LOUIS IV, dit *d'Outremer*. RAOUL.

### L'AN 936.

15 *Janvier*. Le Roi Raoul (*a*) meurt à Auxerre, & est enterré dans l'église de sainte Colombe de Sens.

19 *Juin*. Louis d'Outremer, fils de Charles le Simple, rappellé d'Angleterre par Hugues le Grand Comte de Paris, monte enfin sur le thrône, & est couronné (*b*) à Laon. Il se rend ensuite (*c*) à Paris avec Hugues le Grand.

## LOUIS IV, dit *d'Outremer*.

### L'AN 937.

Gautier I étoit évêque de Paris.

Teudon étoit encore Vicomte de Paris.

L'église de S. Merri étoit qualifiée *petite Abbaye*.

Ces trois faits sont prouvez par une Charte (*d*) de Louis d'Outremer, datée des Calendes de Février l'an 936, ce qui revient à l'an 937. Sur la qualification d'Abbaye donnée à l'église de S. Merri, voyez ce que l'on dit ailleurs (*e*) à l'occasion de celles de S. Marcel, & de S. Martin des Champs. Dom (*f*) Félibien donne Adélelme pour successeur à Teudon en qualité de Vicomte de Paris ; & avant lui l'Auteur (*g*) du Traité de la Police avoit dit aussi qu'Adélelme l'étoit en 987 : mais comme il cite au même endroit le Poëme d'Abbon, il doit y avoir ici une faute d'impression, 987 pour 887 ; & cela posé, non-seulement Adélelme n'est point différent d'Aléaume dont il étoit question (*h*) un peu plus haut ; mais même s'il falloit l'admettre, loin d'avoir succédé à Teudon, il l'auroit précédé de plusieurs années. Il est vrai qu'Abbon parle d'Adélelme en plus d'un endroit (*i*) de son Poëme, comme d'un Seigneur qui s'étoit distingué par sa valeur pendant le fameux siége de Paris des années 885 & 886 ; mais loin de le qualifier Vicomte simplement, il lui donne au contraire formellement la qualité de Comte : il faut donc le retrancher de la liste des Vicomtes de Paris.

Le successeur immédiat de Teudon n'est point connu : il semble

(*a*) (*b*) Flodoard. Chronic. * Tom. VIII. pag. 190. Chronic. Senonense sanctæ Columbæ , apud Marten. Anecdot. Tom. III. pag. 1451.

(*c*) Flodoard. Sup. * ibid. pag. 191.

(*d*) Gall. Christ. Tom. VII. Instrum. p. 18.

(*e*) Voyez les Années 883 & 983.

(*f*) Félib. Hist. de Paris Tom. I. p. 116.

(*g*) La Mare , Traité de la Police, Tome I. page 99.

(*h*) Voyez l'An 926, page 201.

(*i*) Abbo I. 452. II. 209.

néanmoins qu'il faut mettre après lui Burchard dont on parlera sous l'an 981.

## L' A N 941.

7 *Janvier*. Gautier I étoit encore (*a*) évêque de Paris.

Il a eu pour succeſſeur (*b*) Albéric dont on ne fixe aucune date, & enſuite Conſtance, dont on parlera vers l'an 954. Dom (*c*) Félibien ſemble vouloir confondre Gautier I avec Aſcelin, qui ſuivant les Auteurs (*d*) de la nouvelle Gaule Chrétienne n'a ſiégé à Paris que vers l'an 1016. Il omet auſſi Albéric, & donne Conſtantin qui n'eſt autre que Conſtance, pour ſucceſſeur immédiat à Gautier I.

## L' A N  944.

Un très-ancien édifice Romain qui étoit ſur la montagne de Montmartre, eſt renverſé (*e*) par un orage. Un ſavant (*f*) Antiquaire prouve que c'étoient les bains de quelque riche Citoyen Romain, c'eſt-à-dire Gaulois, avant que les François fuſſent les maîtres du Pays. Il y avoit là auſſi, ſelon Flodoard, une égliſe qui fut pareillement abattue par la tempête.

## L' A N  945.

La maladie des Ardens, ou du feu ſacré, cauſe une grande mortalité à Paris & aux environs. Pluſieurs trouvent (*g*) leur guériſon dans l'égliſe Cathédrale ; & ils ſont nourris aux dépens de Hugues le Grand.

## L' A N  946.

Otton I Roi de Germanie, & depuis Empereur, tenant le parti de Louis d'Outremer aſſiége Hugues le Grand (*h*) dans Paris avec une puiſſante armée ; mais ce ne fut là qu'une irruption paſſagere, qui à peine mérite le nom de Siége.

## L' A N 954.

10 *Septembre*. Le Roi Louis d'Outremer meurt (*i*) à Reims, & eſt enterré dans l'Abbaye de S. Remi de la même Ville. La date du jour eſt prouvée par ſon (*k*) épitaphe.

Lothaire ſon fils lui ſuccede.

(*a*) Gall. Chriſt. Tom. VII. pag. 40 & 41. & ſuiv.
(*b*) Ibid. pag. 41.
(*c*) Félib. Hiſt. de Paris, Tome I. p. 117. 159.
(*d*) Gall. Chriſt. Tom. VII. pag. 45.
(*e*) Flodoard. Chronic. Tom. VIII. pag. 198.
(*f*) Le Beuf, Diſſert. Tome I. pages 140

(*g*) Flodoard. Chronic. Tom. VIII. pag. 199.
(*h*) Chronic. Saxon. ibid pag. 228.
(*i*) Flodoard. Sup. ibid. pag. 209.
(*k*) Bouquet ibid. not. A.

# LOTHAIRE.

12 *Novembre*. Ce Prince eſt ſacré (*a*) dans la même Abbaye de S. Remi; & Hugues le Grand eſt fait Duc de France.

## VERS L'AN 954.

Conſtance étoit évêque de Paris. Il a ſouſcrit en cette qualité à une Charte que Dom (*b*) Félibien, qui l'appelle Conſtantin, fixe à l'an 950; mais qui, ſuivant Dom (*c*) Mabillon ne peut gueres être que de l'an 954 au pluſtôt.

Conſtance a eu pour ſucceſſeurs (*d*) Garin, dont on ne dit rien, puis Renaud, dont il ſera parlé ſous l'an 979.

## L'AN 955.

*A Pâques*. Hugues le Grand reçoit (*e*) magnifiquement à Paris le Roi Lothaire, & la Reine Gerberge ſa mere.

## L'AN 956.

17 *Juin*. Hugues le Grand, Duc de France, Comte de Paris, Abbé de S. Germain des Prez & de quelques autres Abbayes, meurt (*f*) à Dourdan ſur Orge, & eſt enterré à S. Denys en France. Dom (*g*) Félibien dit qu'il mourut le Dimanche 16 Juin 956; mais en 956 le 16 Juin étoit un lundi. Le Nécrologe (*h*) de S. Germain des Prez marque la mort ou l'enterrement de ce Prince en ces termes: *XV Kal. Jul. Depoſitio Hugonis Ducis Francorum*; ce qui revient au 17 Juin. Si donc il mourut un Dimanche, ce fut le 15 Juin; & il aura été enterré le 17. Comment Dom (*i*) Bouillart a-t-il pu écrire qu'il mourut le 17 Juin ou le 1 Juillet 986?

Hugues Capet ſon fils lui ſuccede dans toutes ſes dignitez: c'eſt le chef de la troiſieme Race non interrompue de nos Rois.

---

(*a*) Flodoard. Chronic. * Tom. VIII. p. 209. Chronic. Hug. Floriac. * ibid. p. 323.
(*b*) Félib. Hiſt. de Paris, Tome I. page 117.
(*c*) Mabill. Annal. Bened. Tom. III. pag. 504.
(*d*) Gall. Chriſt. Tom. VII. pag. 41.
(*e*) Flodoard. Chronic. Sup. * ibid. p. 210.

(*f*) Flodoard. * ibid. & Chronic. Hug. Floriac. * ibid. pag. 323.
(*g*) Félib. Sup. ibid. page 118.
(*h*) Bouillart, Hiſt. de S. Germ. des Prez, Preuves, 114.
(*i*) Bouillart, Hiſt. de S. Germ. des Prez, page 68.

Sauveur, évêque d'Alet, aujourd'hui S. Malo, se réfugie (*a*) à Paris avec les corps de S. Magloire, de S. Malo, & d'autres corps ou reliques de divers Saints au nombre de dix-huit, accompagné de Junan, Abbé de S. Magloire de Léhon, & de quelques autres eccléfiastiques des Dioceses de Dol & de Bayeux, pendant que les Danois appellez au fecours de Richard I Duc de Normandie ravageoient la Bretagne. Dom (*b*) Lobineau qui marque cet événement à l'an 919 a peut-être voulu dire 959; ou la faute est venue de ce que fon Imprimeur a renverfé les chiffres, & qu'il a mis 919 pour 961. En effet ce fut dès l'an (*c*) 961 que le Roi Lothaire tenta fur la Normandie des entreprifes qui ne lui réuffirent pas. Thibaud le Tricheur & lui fe liguerent enfemble l'année (*d*) fuivante contre le Duc Richard; & celui-ci fit venir à fon fecours du fond du Danemark (*e*) une armée de Danois, d'Alains, & de Déires: mais ce ne fut qu'après que ces Barbares arrivez dans le Royaume eurent commencé à ravager la Bretagne, que les Bretons fugitifs apporterent à Paris les corps de leurs Saints. Le fragment d'Hiftoire que l'on cite ici femble dire qu'il y avoit déjà trois ans que la guerre duroit entre le Duc Richard & le Comte Thibaud, lorfque le Duc fit venir les Danois à fon fecours : *Verum dum per triennium hæc acerrima perduraret guerra, Richardus Comes Danos, Alanos, & Deiros in auxilium advocavit.* Il faudroit donc dire auffi avec la Chronique (*f*) de Tours, que les hoftilitez entre ces deux Princes avoient commencé dès l'an 959, quoique le Roi Lothaire n'y ait pris part ouvertement qu'en 961 ou 962. Cependant on peut fort bien entendre le texte latin en traduifant ainfi : *pendant les trois ans que dura cette guerre, Richard I fit venir les Danois à fon fecours.* Ainfi la guerre entre le Roi, le Comte, & le Duc, aura commencé à la fin de 961 ; les Danois feront arrivez en 962, les reliques des Saints de Bretagne auront été apportées à Paris en 963; & la paix aura été faite à la fin de 964. L'Hiftorien (*g*) de l'Eglife de Paris a cru pouvoir fixer à cette même année 964 ou environ les courfes des Danois dans la Bretagne, & à l'année fui-

(*a*) Fragm. Hift. Franc. apud du Bois, Hift. Ecclef. Parif. Tom. I. pag. 547. & apud du Chefne, Hift. Franc. Tom. III. pag. 343, & 344.

(*b*) Lobineau, Hift. de Bretagne, Tome I. page 78.

(*c*) (*d*) Flodoard. Chronic. * Tom. VIII.

(*e*) Fragm. Hift. Franc. Sup. ibid.

(*f*) Chronic. Turon. apud Marten. Collect. Ampliff. Tom. V. pag. 989.

(*g*) Du Bois, Hift. Ecclef. Parif. Tom. I. pag. 550.

vante l'arrivée des corps saints à Paris ; & sa chronologie a été suivie par Dom (*a*) Félibien, & par les Auteurs (*b*) de la Nouvelle Gaule Chrétienne. Mais on s'en tient ici à l'autre calcul ; la suite de l'Histoire le demande ainsi ; & s'il ne s'agit que d'opposer autorité à autorité, c'est celui qu'Adrien (*c*) de Valois & (*d*) Cordemoy ont adopté : ce fut suivant l'un & l'autre en 962 que Richard I Duc de Normandie fit venir les Danois à son secours ; & le dernier rapporte expressément (*e*) à l'an 963 tant cette désolation de la Bretagne que la translation des Saints Bretons à Paris.

Il ne faut pas cependant dissimuler une objection qui paroît assez forte, mais qui militeroit également contre l'une & l'autre Chronologie. Parmi ces dix-huit Saints Bretons le fragment cité met S. Sanson évêque de Dol. Or il paroît que le corps de ce saint évêque avoit été transporté dans l'Abbaye de S. Symphorien d'Orléans long-temps avant l'an 963. Hugues le Grand, Comte de Paris, & pere de Hugues Capet, avoit donné cette Abbaye dès le mois de Mai (*f*) 930 aux Chanoines de S. Sanson de Dol & à leur évêque Aganus. Ce fut même en conséquence de cette donation que l'église de S. Symphorien ne tarda pas à changer de nom pour prendre celui de S. Sanson, qu'elle a toujours porté depuis ; & on se persuadera facilement que les Chanoines de Dol ne s'étoient réfugiez à Orléans qu'avec le corps de leur saint Patron. Aussi Symphorien Guyon (*g*), dans son Histoire d'Orléans, & François le Maire (*h*) dans les Antiquitez de la même Ville, croient-ils que le corps de S. Sanson fut porté directement de Bretagne à Orléans, vers l'an 886 suivant le premier, en 878 ou 885 suivant le second. Mais il y a deux réponses à cette objection : 1°. les Chanoines de Dol ont bien pu se réfugier à Orléans pendant les guerres du IX^e siecle sans emporter avec eux le corps de S. Sanson ; 2°. ils ont bien pu n'en emporter qu'une partie, l'autre partie étant demeurée en Bretagne jusqu'en 963. Ainsi en 963 ou le corps entier de S. Sanson, ou du moins une partie de ce corps saint, a bien pu aussi être apportée à Paris ; d'où rien n'empêche que l'un ou l'autre n'ait pu être transporté quelque temps après, & comme on le dira bientôt en 965, soit à Orléans, soit ailleurs.

(*a*) Félib. Hist. de Paris, Tome I. page 118.

(*b*) Gall. Christ. Tom. VII. pag. 307.

(*c*) Valef. de Basilic. Parif. cap. 13. pag. 475.

(*d*) Cordemoy, Hist. de France, Tome II. page 582.

(*e*) Ibid. page 586.

(*f*) Gall. Christ. Tom. VIII. pag. 1516. & Instrum. pag. 484.

(*g*) Guyon, Hist. d'Orléans, page 236.

(*h*) Le Maire, Antiq. d'Orléans, Partie II. page 97.

17 *Octobre.* Hugues Capet dépose (*a*) lui-même les reliques des dix-huit Saints Bretons dans la Chapelle royale de S. Barthélemi près du Palais.

## L'A N 965.

Quelques-uns des Bretons qui s'étoient réfugiez à Paris en 963 avec les corps de plusieurs Saints de leur pays, voyant que les troubles qui les avoient obligez de prendre la fuite, étoient pacifiez, se disposent à s'en retourner, & à emporter leurs reliques avec eux. Hugues Capet ne put s'opposer à leur départ ; mais il exigea d'eux (*b*) qu'ils laisseroient dans l'église de S. Barthélemi une assez grande partie de ces saintes reliques, sur-tout le corps de S. Magloire. Sauveur, évêque d'Alet, & l'Abbé Junan, ne partirent point avec les autres ; ils demeurerent à Paris avec ce sacré dépôt, & ne moururent que sous le regne (*c*) de Robert, fils de Hugues Capet.

Celui-ci ayant obtenu des Bretons ce qu'il souhaitoit, conçut aussitôt le dessein d'ériger une Abbaye en l'honneur du Saint évêque de Dol. Il prit pour cela l'église même de S. Barthélemi, qu'il fallut seulement (*d*) agrandir en y joignant un monastere & des lieux réguliers. Il augmenta aussi les revenus de cette église ; & Junan en fut établi (*e*) premier Abbé. On lit dans du (*f*) Breul, qu'il y avoit près de là un jardin, dont la place servit à construire le chœur avec les collatéraux, & que les Chanoines du lieu furent alors transférez (*g*) dans la Chapelle de S. Nicolas, dite aujourd'hui de S. Michel, dans l'enclos du Palais : deux faits qui sont très-possibles, mais dont on ne voit point la preuve, quoique les Auteurs (*h*) de la nouvelle Gaule Chrétienne aient admis le dernier, & que Dom (*i*) Mabillon ait aussi supposé que cette derniere Chapelle existoit du temps du Roi Lothaire ; que dès lors même elle portoit le nom de *S. Michel* ; & que ce fut là que le Roi fit déposer le corps de S. Malo lorsque les Bretons l'apporterent à Paris : autre supposition purement gratuite ; car le Roi Lothaire ne paroît pour rien dans l'histoire de la translation des Saints de Bretagne en cette Ville ; on voit seulement qu'il confirma vers l'an 979 la fondation de l'Abbaye. Mais ce qu'il importe le plus d'examiner ici,

(*a*)(*b*) Fragm. Hist. Franc. apud du Bois, Hist. Eccles Parif. Tom. I. pag. 547. & apud du Chesne, Hist. Franc. Tom. III. pag. 343. & 344.

(*c*) Gall. Christ. Tom. VII. pag. 309.
(*d*) Fragm. Hist. Franc. Sup. ibid.
(*e*) Gall. Christ. Sup. ibid.

(*f*) Du Breul, Antiq. de Paris, édit Paris 1612. page 129.
(*g*) Ibid. page 123.
(*h*) Gall. Christ. Tom. VII. pag. 306.
(*i*) Mabill. Act. SS. Bened. Tom. I. pag. 221. not. A.

c'eſt la fondation même, ou le temps auquel il faut la fixer.

Le Moine (a) Helgaud, & Dom (b) Lobineau dans ſon Hiſtoire de Bretagne, ont donné dans deux extrémitez oppoſées, lorſqu'ils en ont fait honneur, le premier à Hugues le Grand, le ſecond au Roi Robert, l'un pere, l'autre fils de Hugues Capet. Dom Lobineau n'avoit point étudié la matiere ; & quoiqu'elle regardât dix-huit Saints de Bretagne, inutilement chercheroit-on dans les vies mêmes des Saints de cette Province qu'il a données enſuite au Public, de quoi éclaircir ce point de Chronologie. D'un autre côté Helgaud a confondu entre la fondation de l'égliſe de S. Barthélemi en qualité de Chapelle royale & collégiale, & l'érection de la même égliſe en Abbaye. En effet on a vû (c) plus haut que Hugues le Grand lui donna un clos de vignes, mais ce fut long-temps avant que les Saints de Bretagne y fuſſent mis en dépôt ; & elle n'eſt devenue Abbaye que depuis qu'ils en ont été retirez pour être reportez les uns en Bretagne même, les autres ailleurs. On a tâché de fixer la premiere de ces deux époques, & il ne s'agit plus que de fixer la ſeconde ; ce qui ne paroît pas bien difficile : car le départ des reliques & la fondation de l'Abbaye doivent être de la même année, ou très-peu s'en faut ; enſorte que prouver la date de l'un, c'eſt prouver la date de l'autre.

Le fragment d'Hiſtoire que l'on a cité plus haut, & qui doit être ici notre guide, fixe l'un & l'autre à la concluſion de la paix entre Thibaud le Tricheur Comte de Blois & Richard I Duc de Normandie, d'où s'enſuivit la reſtitution de la ville d'Evreux que le Comte fit au Duc, *pace facta inter Theobaldum Comitem, & Richardum Normanniæ Comitem, Ebroicenſe urbe reddita.* Or de là il faut conclurre d'abord que Claude (d) Chaſtelain, Dom (e) Mabillon, & Dom (f) Bouquet, ont eu grand tort de rapporter, le premier à l'an 985, les deux autres à l'an 979, la fondation de l'Abbaye ; car le Comte Thibaud étoit mort en (g) 978 ; d'où il s'enſuit qu'avant cette année 978 il avoit fait ſa paix avec le Duc de Normandie ; que par conſéquent les Bretons avoient remporté leurs reliques, & qu'enfin l'Abbaye étoit déjà fondée. Il eſt vrai que ſelon Chaſtelain, que Piganiol (h) a copié trop ſervilement,

---

( a ) Helgald. apud du Cheſne, Hiſt. Franc. Tom. IV. pag. 67.

( b ) Lobineau, Hiſt. de Bret. Tome I. page 165.

( c ) Voyez l'An 890 ou 891, page 189.

( d ) Chaſtelain, Martyrol. Univerſ. page 804.

( e ) Mabill. Annal. Bened. Tom. III. pag. 655.

( f ) Bouquet, Tom. VIII. Index Chronol.

( g ) Hiſt. Généal. des Gr. Offi. de la Cour. Tome II. page 835.

( h ) Piganiol, Deſcript. de Paris, édit. Paris 1642. Tome I. page 523.

l'autorité

l'autorité d'Elisiarn évêque de Paris intervint dans cette fondation, & qu'Elisiarn ne paroît pour la premiere fois sur les titres en cette qualité qu'en 983 : mais où a-t-il pris ce trait de la vie d'Elisiarn ? on n'en trouve rien dans les anciens monumens : il est donc tout entier de son imagination. L'Historien (a) de l'Université de Paris, rapporte cette même fondation à l'an 975 ou environ : sur quoi fondé ? il ne le dit pas. Les Auteurs (b) de la nouvelle Gaule Chrétienne, qui ont suivi son calcul, ajoutent même que c'est le sentiment de Sauval en deux endroits de ses Antiquitez de Paris qu'ils citent : mais ils se trompent assurément ; car quoique dans l'un de ces deux endroits (c) Sauval dise en effet ce qu'on lui fait dire, dans l'autre (d) au contraire il ne fait que traduire & adopter l'opinion de Jean de Launoy, qui soutient après le moine Helgaud, que l'Abbaye de S. Magloire est redevable de sa fondation à Hugues le Grand. Enfin on lit dans l'Histoire Généalogique (e) des Grands Officiers de la Couronne, que la paix fut faite entre Lothaire, Thibaud Comte de Blois, & Richard I Duc de Normandie, en 969 ; ce qui reculeroit encore la fondation de l'Abbaye de S. Magloire jusques vers l'an 970. Mais n'est-ce pas encore trop tard ? Si les Danois sont venus en 962 au secours du Duc Richard, il seroit difficile de supposer que la guerre eût été prolongée jusqu'en 969, contre l'autorité du fragment d'histoire, qui semble ne la faire durer que trois ans. Il faut donc dire, comme on a cru pouvoir l'avancer plus haut, qu'elle fut terminée à la fin de l'an 964 ; qu'alors les porteurs de reliques s'en sont retournez ; & qu'enfin l'année suivante 965 l'Abbaye a été fondée. Le Pere (f) Daniel dit que la paix fut faite en 965 ou environ ; & suivant l'Historien (g) du Comté d'Evreux ce fut aussi vers la même année que la Ville d'Evreux fut rendue au Duc de Normandie.

## Vers l'an 968.

Hugues Capet se démet de l'Abbaye de S. Germain des Prez, laquelle est remise en regle. Walon, ou Gualon, religieux de la Communauté, est élu pour lui succéder. Dom (h) Bouillart rapporte ce fait à l'an 960. Les Auteurs (i) de la nouvelle Gaule Chré-

(a) Du Boulay, Hist. Universit. Parif. Tom. I. pag. 320.
(b) Gall. Christ. Tom. VII. pag. 307.
(c) Sauval, Antiq. de Paris, Tome I. page 476. non 576.
(d) Ibid page 290, non 280.
(e) Hist. Généal. des Gr. Off. de la Cour.

Tome II. page 465.
(f) Daniel, Hist. de Fr. édit. Paris in-fol. 1713. Tome I. page 978.
(g) Le Brasseur, Hist. d'Evreux, page 77.
(h) Bouillart, Hist. de S. Germ. des Prez, page 69.
(i) Gall. Christ. Tom. VII. p. 361 & 433.

Dd

tienne aiment mieux le rapporter à l'an 968 , parce que , felon
eux , ce fut vers la même année que ce Prince abdiqua pareillement
l'Abbaye de S. Denys en France. Le Pere (*a*) Thomaffin s'eft perfuadé que ce fut moins Hugues Capet que le Roi Robert fon fils ,
ou que ce furent du moins l'un & l'autre conjointement , qui rendirent à l'Abbaye de S. Germain des Prez fes Abbez réguliers & fes
biens , fondé fur ce que le Continuateur d'Aimoin dit en un (*b*) endroit , que les Comtes de Paris s'approprierent les revenus de l'Abbé jufqu'au temps du Roi Robert , *ufque ad tempora Roberti regis
ea quæ Abbates accipiebant fibi addixerunt ;* & les Auteurs de la
Gaule Chrétienne , qui ne fe font point propofé cette objection , fe
font contentez de prouver que ce ne fut point le Roi Robert ; mais
Hugues Capet fon pere , qui remit cette Abbaye dans fon ancienne
liberté. Ils l'ont prouvé folidement ; & une de leurs preuves eft que
fuivant le Continuateur (*c*) même , ce fut du vivant & à la priere
du Roi Lothaire que Walon en fut fait Abbé , *fummis precibus Lotharii* ; d'où il s'enfuit néceffairement que ce fut plufieurs années
avant le regne de Robert. Que fignifie donc maintenant cette autre
tre expreffion , *ufque ad tempora Roberti regis* ? Il faut croire que
Hugues Capet n'abandonna pas d'abord à Walon ou tous les revenus , ou toute l'autorité de l'Abbé : peut-être ne fe démit-il que de
cette portion qui étoit attachée à la perfonne même de l'Abbé pour
fon propre ufage , fans y comprendre celle qui étoit deftinée au fervice militaire ; car l'Abbé jouiffoit de l'une & de l'autre , *quantum
(d) Abbas ad exercitum regis , vel in proprium fibi vindicaret :* peut-
être Hugues Capet fe réferva-t-il auffi l'autorité fupérieure dans le
gouvernement temporel , & fur le nouvel Abbé même. Les Auteurs
de la Gaule Chrétienne ont remarqué après Dom (*e*) Mabillon ,
que fur un différent furvenu entre l'Abbé Walon & l'Evêque de
Paris , Hugues Capet pria Airard Abbé de S. Thierri près de Reims
de le venir trouver ; il avoit fans doute des vûes fur cet Abbé ; &
ces vûes pouvoient bien avoir pour objet le gouvernement de l'Abbaye de S. Germain des Prez. Mais enfin Walon fut fait Abbé fous
le regne de Lothaire ; il mourut même avant ce Prince , comme on
le verra (*c*) bientôt ; & s'il n'eut pas d'abord ou l'autorité entiere ou
tous les revenus , cette affaire fut confommée en faveur de fes fucceffeurs fous le Roi Robert foit regnant feul , foit regnant conjointement avec Hugues Capet fon pere.

(*a*) Thomaffin , Difcipl. de l'Eglife , Tome II. page 450. & Tome III. page 269.
　(*b*) Aimoin. Continuat. edit. Paris in-8°.
1567. lib. 5. cap. 34. pag. 688.

(*c*) Idem , lib. 5. cap. 45. pag. 740.
(*d*) Ibid. lib. 5. cap 34. pag. 688.
(*e*) Mabill. Annal. Bened. T. III. p. 655.
(*f*) Voyez l'An 979.

Sous l'Abbé Walon les Religieux de S. Germain des Prez (a) rentrerent en possession d'un pré contigu à leur monastere, qui n'avoit point alors d'autre nom que (b) le Pré S. Germain, & qui avoit été aliéné par l'un des trois Abbez précédens. C'est ce pré qui a été connu dans la suite, c'est-à-dire dès l'an (c) 1267 au plustard, sous le nom de Pré aux Clercs, & qui a occasionné de si grands débats entre l'Abbaye & l'Université. L'Historien (d) de cette Université s'efforce en vain d'infirmer le témoignage du Continuateur d'Aimoin, qui atteste l'aliénation & le retrait. Il ne tient pas à lui que du temps de Charlemagne même l'Université n'eût à peu près la même forme qu'elle a aujourd'hui; & quoique destitué de toute preuve, il veut que ce soit de ce Prince qu'elle ait obtenu la propriété de ce pré pour servir aux récréations des écoliers.

## L'AN 978.

*Novembre.* L'Empereur Otton II s'étant mis à la poursuite de Lothaire, & ayant fait un grand dégât par tout sur son passage jusqu'aux portes de Paris, se présente devant cette Ville (e) à la tête de plus de 60000 hommes; & demeure trois jours devant la place. Il étoit sur le haut de Montmartre lorsqu'il fit chanter (f) *Alleluia* & *Te Martyrum candidatus* dans son armée, si haut & à si grands cris, que le peuple de Paris l'entendit. Il mit le feu au fauxbourg (g) de ce côté-là; & son neveu étant venu donner de sa lance contre la porte de la Ville y fut tué. Sauval (h) dit que sous le Roi Lothaire l'Abbaye de S. Germain des Prez fut ruinée; mais on ne lit nulle part que les troupes de l'Empereur se soient répandues sur la rive gauche de la riviere. Ce Prince ayant renoncé à l'entreprise, s'en retourna (i) vers la fête de S. André.

## L'AN 979.

Walon étoit encore (k) Abbé de S. Germain des Prez : il est mort sous le regne (l) de Lothaire.

---

(a) Aimoin. Continuat. Sup. lib. 5. cap. 45. pag. 740.
(b) Abbo I. 542, 580, 583, &c.
(c) Du Breul, Antiq. de Paris, édit. Paris 1612. page 385.
(d) Du Boulay, Hist. Universit. Parif. Tom. I. pag. 245 & 246.
(e) Glab. Rodulf. * Tom. VIII. pag. 239.
(f) Chronic. Balderic. lib. 1. cap. 96. * ibid. pag. 283.

(g) Chronic. Hug. Floriac. * ibid. pag. 323.
(h) Sauval, Antiq. de Paris, Tome II. page 641.
(i) Chronic. Balderic. Sup. cap. 97. * ibid.
(k) Gall. Christ. Tom. VII. pag. 433. Mabill. Annal. Bened. Tom. III. pag. 655.
(l) Aimoin. Continuat. Sup. ibid. pag. 741.

Son fucceffeur fut (*a*) Albéric, qui felon le (*b*) Nécrologe de l'Abbaye, & felon le Continuateur (*c*) d'Aimoin, eft le fecond de ce nom, fans qu'on fache pofitivement (*d*) en quel temps vivoit le premier; car tout ce qu'on fait de l'un & de l'autre, c'eft que le premier mourut le (*e*) 26 Août, & le fecond le (*f*) 24 Septembre: mais on fait de plus que celui-ci a vécu jufqu'à la troifieme année (*g*) du regne de Hugues Capet & de Robert, c'eft-à-dire, jufques vers l'an 99°.

8 *Juin.* Lothaire fait couronner Louis V fon fils, dit *le Fainéant,* pour regner conjointement avec lui, & fans doute auffi pour lui affurer le thrône après fa mort. La date tant du jour que de l'année eft prouvée par la Chronique (*h*) de Fleuri, & par deux Diplomes (*i*) de ce jeune Prince. On ne fait ce qui a pu déterminer Dom (*k*) Bouquet à fubftituer dans la Chronique de Fleuri la date de l'an 978 à celle de l'an 979.

## LOTHAIRE. LOUIS V, dit *le Fainéant*.

Cette même année & la fuivante, Renaud étoit (*l*) évêque de Paris.

Il a eu pour fucceffeur Lifiard dont on parlera fous l'an 983.

### VERS L'AN 979.

Les deux Rois Lothaire & Louis le Fainéant confirment (*m*) la fondation de l'Abbaye de S. Magloire, faite en 965 par Hugues Capet, Comte de Paris.

La Chapelle de S. Georges, qui dépendoit de ce monaftere hors des murs de la Ville, portoit déjà (*n*) le nom de S. Magloire. Près de cette Chapelle étoit le Cimetiere des Religieux de l'Abbaye, comme il l'avoit été auparavant des Chanoines de S. Barthélemi.

### L'AN 981.

Burchard, Comte de Corbeil & de Melun, étoit en même temps

(*a*) Gall. Chrift. Tom. VII. pag. 433.
(*b*) Bouillart, Hift. de S. Germ. des Prez, Preuves, page 118.
(*c*) Aimoin. Continuat. edit. Parif. in-8°. 1567. lib. 5. cap. 45. pag. 741.
(*d*) Voyez l'An 892, page 191.
(*e*) Bouillart, Sup. ibid. page 117.
(*f*) Ibid. page 118.
(*g*) Aimoin. Continuat. Sup. ibid.

(*b*) Chronic. Floriac.* Tom. VIII. p. 254.
(*i*) Diplom Ludov. V. apud Mabill. Annal. Bened. Tom. III. pag. 654.
(*k*) Bouquet,* Tom. VIII. pag. 254. *in margine,* & Index Chronol.
(*l*) Gall. Chrift. Tom. VII. pag. 41.
(*m*) (*n*) Diploma Lothar. & Ludov. V. apud du Bois, Hift. Ecclef. Parif. Tom. I. p. 548 & 549.

Comte de Paris, s'il faut prendre à la rigueur les termes de deux
(*a*) écrivains du XI^e siecle, qui lui donnent cette qualité. Mais
n'auroient-ils pas employé par honneur le mot de *Comte* pour celui
de *Vicomte*, comme nous employons tous les jours en abusant des
termes le mot d'Abbesse en parlant d'une simple Prieure perpé-
tuelle, & le mot d'Abbé en parlant d'un simple Clerc tonsuré, qui
n'a pas même de bénéfice? Il n'est pas naturel de penser que Hugues Capet se soit dépouillé de ce Comté avant que de monter sur
le thrône, lui qui doit même l'avoir réuni à la Couronne, puisque
depuis le commencement de son regne l'Histoire ne fait plus mention d'aucun Comte de Paris. On croit donc que Burchard étoit
Vicomte pluftôt que Comte de Paris, & qu'il succéda, du moins
médiatement, en cette qualité au Vicomte Teudon dont il a été
parlé (*b*) plus haut.

## L'A n 983.

30 *Décembre.* Lisiard, ou Elisiard, ou Lisiern, étoit évêque de
Paris. Les Auteurs (*c*) de la nouvelle Gaule Chrétienne ne met-
tent le commencement de son épiscopat que d'une maniere vague
entre les années 980 & 984. Cependant on a une Bulle (*d*) du
Pape Benoît VII, qui lui confirme la possession des Abbayes de S.
Eloi, de S. Germain le rond, de S. Marcel, de S. Cloud, de S.
Martin des Champs, &c. & elle est datée du III des Calendes de
Janvier, c'est-à-dire, du 30 Décembre. Or Benoît VII mourut le
10 Juillet 984: donc cette Bulle doit être au pluftard du 30 Décembre 983 : donc on pouvoit assurer d'une maniere positive, que
ce jour-là Lisiard étoit déjà évêque de Paris.

On voit ici deux églises de Paris, S. Marcel & S. Martin des
Champs, dont il a déjà été parlé dans ces Annales, où on a marqué en même temps (*e*) qu'elles ont été décorées du titre d'Abbayes.
C'est qu'avant la fin de la seconde race de nos Rois quelques Chanoines s'y sont établis, & que suivant l'usage de ce temps-là on
qualifioit ainsi certains Corps ou Communautez d'ecclésiastiques,
même séculiers. On a vû plus haut qu'il y avoit des Chanoines à
S. Marcel en 883 au plus tard.

Lisiard a fait relever (*f*) les murs du Cloître de la Cathédrale
que Théodulfe l'un de ses prédécesseurs avoit fait construire, mais
qui depuis avoient été abattus, ou qui étoient tombez d'eux-mêmes.

(*a*) Vita Burchardi apud du Chesne, Hist.
Franc. Tom IV. pag. 116. Relatio S. Wala-
rici, in Act. SS. Bened. Sec. V. pag. 559.
(*b*) Voyez les Années 926, & 937.
(*c*) Gall. Chist. Tom. VII. pag. 41 & 42.

(*d*) Du Bois, Hist. Ecclef. Parif. Tom. 2
pag. 352 & seqq.
(*e*) Voyez l'An 360 ou 361, page 31; &
l'An 710, page 116.
(*f*) Du Bois, Sup. ibid. pag 552.

## L'A N 986.

La Chapelle de Ste Anne, qui a pris dans la suite le nom de
S. Jacques de la Boucherie, & qui est depuis long-temps une des
Paroisses de la Ville, fut bâtie, à ce que l'on (*a*) dit, sous le regne de Lothaire ; mais on ne le prouve point : peut-être en conti-
nuant ces Annales s'en trouvera-t-il quelque preuve.

---

### N E U V I E M E   P L A N,

Où il faut marquer *le cloître de la Cathédrale, fermé de*
*murs.* A l'église de S. Barthélemi il faudra mettre *S. Bar-*
*thélemi & S. Magloire.* A la chapelle de S. Georges il faudra mettre *S. Magloire.* On peut aussi à tout hazard ajouter la chapelle de *S. Michel* dans l'enclos du Palais ; & une
chapelle de *Ste Anne* à l'endroit où est aujourd'hui S. Jacques de la Boucherie.

---

2 *Mars.* Mort (*b*) du Roi Lothaire. La date du jour est tirée
(*c*) d'une lettre de Gerbert. Ce Prince est enterré (*d*) à S. Remi
de Reims.

Louis V, dit *le Fainéant*, son fils, regne seul ; & est couronné
(*e*) à Compiegne pour la seconde fois.

## L O U I S   V , dit *le Fainéant.*

## L'A N 987.

21 *Mai.* Mort (*f*) de Louis le Fainéant. La date du jour est tirée
(*g*) du livre des prieres de la Reine Emme, femme du Roi Lothaire. Ce Prince est enterré (*h*) à S. Corneille de Compiegne ; &
en lui finit la seconde Race de nos Rois.

La Couronne regardoit Charles Duc de Lorraine, son oncle,
frere du Roi Lothaire : mais pendant que ce Prince (*i*) délibere,
Hugues Capet se met en possession du thrône.

(*a*) Sauval, Antiq. de Paris, Tome I. page 360. Piganiol, Descript. de Paris, édit.
Paris 1642. Tome II. page 2.
(*b*) Ademar. Chabann. apud Labbe, Biblioth. Tom. II. pag. 167.
(*c*) Bouquet, * Tom. VIII. p. 231. not. A.
(*d*) Idem, * ibid. pag. 209. not. A.

(*e*) Fragm. Hist. Franc. * Tom. VIII. p.
299.
(*f*) Ademar. Chabann. Sup. ibid.
(*g*) Bouquet, * Tom. VIII. p. 230. not. D.
(*h*) Fragm. Hist. Franc. * Tom. VIII.
pag. 299.
(*i*) Chronic. Saxon. * Tom. VIII. p. 230.

### F I N.

# POËME

## D'ABBON

### SUR

## LE FAMEUX SIÉGE DE PARIS

### PAR LES NORMANS,

*En 885 & 886.*

# PRÉFACE.

ABBON étoit moine de l'Abbaye de S. Germain des Prez à Paris, non de S. Germain l'Auxerrois, comme Pierre (a) Pithou l'a écrit sans réflexion; il y a dans son Poëme deux (b) vers surtout qui ne permettent pas d'en douter. « Quelques Modernes, « dit Dom (c) Rivet, le font Neuftrien; mais cette opinion, ajoute- « t-il, n'eft fondée que fur ce qu'ils placent son Monaftere de S. Ger- « main en Neuftrie, expreffion qui ne fignifie ici que le Royaume de « la France Occidentale ». Abbon étoit Neuftrien, non par cette raison, mais parce qu'il le dit lui-même, ou parce qu'il paroît le dire clairement au vers 624 de son premier Livre. Cependant par le mot de *Neuftrie* il ne faut pas entendre ici en général le Royaume de la France occidentale, mais cette partie de l'ancien Royaume de Neuftrie qui s'étendoit feulement entre la Seine & la Loire, comme on l'a obfervé dans une Note fur le vers 447 du fecond Livre. Paris n'étoit pas compris dans cette étendue de Pays, comme on l'a remarqué au même endroit; & de là il s'enfuit que Pierre (d) Pithou a encore eu tort de croire Abbon Parifien.

« On ne donne à Abbon, dit Dom (e) Rivet, que la qualité de « Diacre à la tête de quelques éditions de fes Poëfies, (c'eft-à-dire, « fans doute de fon Poëme) parce qu'il n'avoit encore reçu que cet « Ordre lorfqu'il les compofa; mais il fut depuis élevé au facerdoce; « & il eft difertement qualifié Prêtre dans le Nécrologe de S. Ger- « main ». Il n'eft pas prouvé que le Prêtre Abbon, dont ce Nécrologe fait mention (f) au 9 Mars, foit précifément le même que celui dont il eft queftion ici: cependant rien ne s'y oppofe; mais ce n'eft là qu'une vraifemblance. A l'égard de fa qualité de Diacre, pourquoi fe contenter de remarquer qu'on la lui donne dans quelques éditions? il n'en prend point d'autre lui-même dès les premiers mots de fon Epitre Dédicatoire. Ainfi fuppofé qu'il ait eté fait Prêtre dans la fuite, comme on veut bien le croire, ce n'a pu être qu'après l'an 896, puifque ce n'a pu être qu'après la publication de fon Poëme, qui s'étend jufqu'à cette année-là.

Cette date eft fi inconteftable, qu'Abbon en donne la preuve lui-

---

(a) Pithou, Præfat. in Abbonem., p. 411.
(b) Abbo II. 36. & 370.
(c) Rivet, Hift. liter. de la Fr. Tome VI. page 189.

(d) Pithou, Sup. ibid.
(e) Rivet, Sup. ibid. pag 190.
(f) Bouillart, Hift. de l'Abb. de S. Germ. des-Prez; Preuves, page cx.

même en terminant son second Livre par des événemens (a) qu'on ne peut rapporter qu'à cette même année. Comment donc a-t-il pu échapper à Dom (b) Rivet de dire qu'il publia cet ouvrage peu après le mois de Novembre 888 ? Pour justifier une proposition aussi insoutenable que celle-là, il avance qu'Abbon, qui dans son Epitre Dédicatoire donne le titre de Roi à Eudes, fils de Robert le Fort, ne lui donne dans son Poëme que celui de Comte. Mais que veulent donc dire ces expressions, *rex* (c) *venturus*, & *futurus* (d) *rex*, du premier Livre ? Ne donnent-elles pas à entendre bien clairement qu'Abbon, qui n'étoit pas prophête, représentoit alors Eudes comme un Roi futur, parce qu'il savoit par l'événement qu'il l'étoit devenu. Donc dans le temps qu'Abbon composoit son premier Livre le Comte Eudes étoit déjà élevé à la Royauté. Mais pour ce qui est du temps où il publia l'ouvrage entier, on vient de prouver démonstrativement que ce ne fut pas avant l'an 896 ; & on peut ajouter que ce fut certainement avant l'an 898, puisque, selon (e) lui-même, dans le temps qu'il le mit au jour, le Roi Eudes vivoit encore, & que ce Prince mourut en 898.

On n'ajoute rien de plus sur la personne d'Abbon. A l'égard de son Poëme, il est très-estimable pour le détail & la certitude des faits qu'il contient, car le Poëte avoit été témoin oculaire (f) des grands événemens qu'il raconte ; mais le style & la vérsification n'en valent rien. Voici de quelle maniere Dom Rivet en parle, après lui avoir donné (g) bien gratuitement le titre pompeux de *Poëme épique* : « Non (h) seulement, dit-il, Abbon a réuni dans ses vers tous » les défauts ordinaires de la Poësie de son siecle ; mais il y a aussi » laissé en plusieurs endroits une obscurité impénétrable, pour avoir » voulu prendre un essor qu'il n'a pu soutenir, & y avoir employé des » mots grecs & barbares ». Cette derniere raison ne vaut certainement rien : les mots grecs & barbares qu'Abbon a employez ne sont nullement inintelligibles ; & les vers où il s'en rencontre de cette espece, ou ne sont point obscurs, ou ne tirent point de là leur obscurité. Abbon écrivoit fort mal, & jamais plus mal que lorsqu'il vouloit tendre au mieux ; ses constructions sont presque toujours vitieuses, ses expressions souvent détournées ou prises dans un sens impropre, ses métaphores quelquefois tirées de si loin, qu'à peine la comparaison qu'elles renferment se laisse-t-elle entrevoir :

(a) Abbo II. 583 & seqq.
(b) Rivet, Sup. ibid. pag. 191.
(c) Abbo I. 489.
(d) Ibid. 45.

(e) Ibid. II. 616.
(f) Ibid. I. 595.
(g) Rivet, Sup. ibid. pag. 191.
(h) Ibid. pag. 192.

voilà la premiere caufe de l'obfcurité du texte d'Abbon. Il y a pourtant remédié en partie en s'expliquant lui-même dans une Glofe interlinéaire ; mais outre que cette Glofe n'explique pas tout, les éditions précédentes n'en expofent qu'une très-petite partie, & on y a même fouvent négligé ce qu'elle renferme de plus effentiel. Dom (a) Rivet paroît avoir cru que cette Glofe n'étoit deftinée que pour fervir d'interprétation au IIIᵉ Livre du Poëme, dont on fe contentera de dire un mot dans la Note 18 fur l'Epitre Dédicatoire ; mais fi cela eft, on ne peut nier qu'il ne fe foit encore bien trompé ici.

On dit qu'Abbon eft lui-même l'Auteur de la Glofe de fon Poëme. Du Cange le penfoit ainfi, comme on peut le voir dans fon Gloffaire latin fur les mots *Elegus* & *Gurdus* ; & on en donne des preuves dans cette nouvelle édition, tant fur ces mots, *linguas fuperjeci*, de fon Epitre dédicatoire, que fur les vers 528 & 569 du Iᵉʳ Livre, fans compter l'énigme qui commence au vers 426 du IIᵉ Livre, & que tout autre qu'Abbon n'auroit jamais cru entendre affez bien pour entreprendre de l'expliquer comme la Glofe le fait, quoiqu'elle ne paroiffe pas encore diffiper toute l'obfcurité du texte. Cependant on n'eft pas perfuadé pour cela que la Glofe entiere foit d'Abbon même, ou du moins on a de fortes raifons de croire qu'elle a été altérée en quelques endroits ; & on s'en eft expliqué dans les Notes, tant fur les vers 209, 536, 623, & 629 du Iᵉʳ Livre, que fur les vers 62, 542, & 566 du IIᵉ Livre. D'où cela vient-il ? c'eft que nous n'avons pas l'original d'Abbon ; & que par conféquent il eft très-croyable que fes Copiftes en tranfcrivant fon Poëme, ou ont quelquefois défiguré la Glofe en l'écrivant mal, ou ont même pris la liberté d'y ajouter en quelques endroits certaines interprétations de leur propre cru, qui malheureufement, loin de mettre le Lecteur fur la voie, ne peuvent, à ce qu'il femble, que l'égarer davantage. Et ceci nous conduit à une feconde caufe de l'obfcurité du texte.

Si la Glofe fe trouve altérée en quelques endroits, par quel miracle le texte fe feroit-il confervé dans fa premiere intégrité ? On a au contraire des preuves certaines de fa dépravation ; & à ce fujet on peut lire les Notes fur les vers 135, 204, 215, 401, 402, 530, &c. du Iᵉʳ Livre, & fur les vers 399, 535, &c. du IIᵉ Livre. Les MSS du Poëme d'Abbon, dont la confrontation pourroit aider à rectifier le texte, fe font fi peu multipliez, qu'il n'en refte aujourd'hui qu'un feul qui nous foit connu. Or ce MS unique, quoique fort ancien, & d'une écriture qui peut bien être du Xᵉ fiecle,

(a) Ibid.

Ee ij

( c'eſt celui où Abbon eſt mort ) n'eſt cependant point l'original
d'Abbon. En voici une preuve. Entre le vers 259 & le vers 260 du
Iᵉʳ Livre, on lit celui-ci, *Juppiter aſpiciens*, *dardos proſpexit acutos*;
& il doit paſſer pour certain que ce vers-là n'eſt point d'Abbon,
ou du moins qu'il n'eſt pas ici à ſa place : c'eſt un hors d'œuvre,
qui loin de pouvoir faire partie de la phraſe ne ſerviroit qu'à en bou-
leverſer tout le ſens; auſſi eſt-il effacé dans le MS de la maniere
dont on effaçoit dans ce temps-là, c'eſt-à-dire, en mettant des
points ſous chaque lettre, ainſi *Juppiter* &c. Peut-il tomber ſous le ſens
qu'Abbon eût écrit lui-même au milieu de ſon Poëme un vers auſſi
déplacé que celui-là ? la faute ne peut donc venir que d'un Copiſte,
qui à l'occaſion du mot *cateias* du vers 259, que la Gloſe explique
par *dardos*, ayant dans l'eſprit le vers *Juppiter aſpiciens*, *dardos* &c.
de je ne ſais quel autre mauvais Poëte, l'aura écrit là par diſtraction,
mais qui dans la ſuite s'étant apperçu de ſa mépriſe, l'aura auſſi effacé comme il le devoit. On peut voir encore dans les Notes ſur les
vers 623 & 637 du Iᵉʳ Livre d'autres raiſons qui ne prouvent pas
moins ſolidement, que le MS qui nous reſte d'Abbon ne peut être
le véritable original ; & cela poſé, doit-on être ſurpris d'en trouver
le texte corrompu en quelques endroits? on eſt étonné au contraire
de ce qu'Abbon n'ayant pas eu le talent de s'énoncer avec netteté,
les fautes ne ſe ſoient pas gliſſées dans ce MS en bien plus grand
nombre ; & voilà une ſeconde cauſe de l'obſcurité du texte.

Il y en a encore une troiſieme qui part de la défectuoſité des Exemplaires imprimez. Nous avons juſqu'à préſent ſix éditions différentes d'Abbon ; & ſi elles ne ſe reſſemblent pas toujours entre elles,
elles reſſemblent encore moins au MS, qu'elles devroient pourtant
repréſenter parfaitement. Le ſavant Pierre Pithou, à qui ce MS appartenoit, le fit imprimer pour la premiere fois à Paris en 1588
dans ſon Recueil de divers Annaliſtes, Chroniqueurs, ou Hiſtoriens de France ; & le donna (a) enſuite à l'Abbaye de S. Germain des Prez, d'où vraiſemblablement il étoit ſorti anciennement,
& où depuis qu'il y eſt rentré il fait aujourd'hui partie des MSS du même Monaſtere ſous le Nᵒ 1633. Cette premiere édition devoit naturellement être fort correcte, & elle ne l'eſt point du tout. Soit
fautes d'impreſſion, ſoit inadvertence de la part de l'Editeur, ſoit
qu'il ait auſſi voulu quelquefois corriger le texte parce qu'il ne l'entendoit pas, il eſt certain qu'il ne l'a pas toujours rendu fidelement.
Ajoutez que par la même raiſon ſa ponctuation eſt ſouvent très-

(a) *Sur la couverture du livre on lit en lettres d'or*, P. Pithœus D. D. *c'eſt-à-dire*, dono
dedit.

mauvaife ; qu'à peine a-t-il daigné faire part de la Glofe à fes lecteurs ; & que dans certains endroits même où elle eft le plus néceffaire, il l'a totalement négligée. Je ne parle point de la réim-
preffion de ce Volume de Pithou, qui fut faite à Francfort en 1594,
parce qu'ici je ne compte que les éditions faites fous les yeux mêmes des Editeurs.

Dom Jacques du Breul, Religieux de S. Germain des Prez,
donna la feconde édition en 1602 dans un Recueil qui comprend
auffi quelques Hiftoriens de France, entre autres Aimoin de Fleuri
interpolé, & d'autres pieces qui ont rapport à notre Hiftoire. Du
Breul a confulté le MS, puifqu'il a employé la Glofe bien plus fouvent que n'avoit fait Pithou : mais il faut qu'il ne l'ait point confulté
pour le texte, ou qu'il ne l'ait fait que très-rarement ; car non-feulement il a fuivi le premier à l'aveugle dans la tranfpofition des
deux vers 181 & 182 du I<sup>er</sup> Livre, mais il a encore, comme lui,
totalement omis le vers 647 du même Livre. Enfin le plus grand
nombre des fautes de l'édition de Pithou fe retrouvent dans la fienne ; & s'il l'a rectifiée en quelques endroits, il eft tombé en récompenfe dans quelques méprifes dont Pithou avoit fu fe garantir.
Mais pour ce qui eft de la Glofe, quoiqu'elle foit plus ample dans
fon édition que dans la précédente, on ne peut s'empêcher de lui
reprocher qu'il l'a encore trop abrégée, & qu'on n'y trouve point
ce qu'Abbon y a inféré de plus effentiel pour l'intelligence de fon
propre texte.

André du Chefne eft l'Auteur de la troifieme & de la quatrieme
édition. La troifieme fe trouve dans fon Recueil des Hiftoriens de
Normandie, imprimé en 1619 ; & la quatrieme dans le II<sup>e</sup> Tome
de fon recueil des Hiftoriens de France, imprimé en 1636. Dans
la premiere de ces deux nouvelles éditions on voit qu'il avoit pris
à tâche de fuivre pied à pied celle de du Breul ; mais dans la derniere il a jugé à propos de s'en écarter fouvent pour fe rapprocher
de celle de Pithou. Quelquefois il a eu raifon ; quelquefois il a eu
tort : mais la plus grande faute qu'il ait faite dans l'une comme dans
l'autre, ç'a été de ne pas tranfcrire le MS même, qui feul devoit
être fon guide, aux rifques d'en copier jufqu'aux fautes.

Jean du Bouchet a donné en 1642, dit Dom(a) Rivet, la cinquieme
édition ( celle que jai fous les yeux eft de l'an 1646) parmi les preuves de fon Traité fur l'origine de la feconde & de la troifieme Race
de nos Rois. Elle ne lui a pas couté beaucoup : car il n'a voulu que
réimprimer la derniere, c'eft-à-dire, la feconde de du Chefne ; il en a

(a) Rivet. Sup. ibid. pag. 192.

même retranché l'Epitre Dédicatoire, & la petite piece de vers qui la fuit immédiatement ; mais on n'a peut-être jamais rien imprimé avec moins de foin & de correction. Si les autres pieces justificatives de fon Ouvrage font auffi négligées que celle-là, à quoi peuvent-elles fervir ? On n'a point pu fe difpenfer de citer du Bouchet dans les Notes qui accompagnent cette nouvelle édition ; mais on ne l'a gueres fait que lorfque fes fautes fe font trouvées communes avec celles de quelques autres Editeurs : c'eût été ne point vouloir finir que de relever toutes celles qui n'appartiennent qu'à lui, ou à fon Imprimeur.

Enfin Dom Martin Bouquet, favant Religieux de la Congrégation de S. Maur, vient de donner en 1752 la fixieme édition à la tête du VIIIᵉ Tome de fa grande Collection des Hiftoriens de France. Il eût été à fouhaiter que pour la rendre parfaite, il fe fût attaché à repréfenter le MS qu'il a eu entre les mains, & fur lequel on voit bien qu'il n'a pas feulement jeté les yeux, à le rectifier même, comme il étoit très en état de le faire, dans les endroits où il eft défectueux. Mais occupé d'un travail auffi immenfe que le fien, devoit-il facrifier à un feul Auteur, & à un Auteur tel qu'Abbon, le temps qu'un homme qui n'auroit que ce feul objet en vûe feroit néceffairement obligé de lui donner ? Dom Bouquet laiffant là le MS de côté, n'avoit donc plus rien de mieux à faire que de réimprimer correctement le texte de du Chefne en y joignant quelques Notes favantes. Il l'a fait ; & ainfi cette fixieme édition eft la meilleure ou la moins mauvaife de toutes celles qui ont paru jufqu'à lui. Par cette raifon-là même, lorfqu'il fe préfentera quelque obfervation critique à faire, foit fur la ponctuation, foit fur le texte même d'Abbon, on ne citera fouvent ici que Dom Bouquet pluftôt qu'aucun des autres Editeurs : car à quoi bon critiquer du moins jufqu'à un certain point, des livres qu'on ne lit pas, ou qu'on ne lira plus ? Ce font les bons livres, ceux qui méritent la préférence fur les autres, qu'il faut corriger : plus on lit ceux-ci, plus les fautes qu'on y a laiffé échapper peuvent devenir contagieufes ; & c'eft fur quoi on ne fauroit trop précautionner les lecteurs.

Si l'on ajoutoit foi à Dom (a) Rivet, il faudroit reconnoître outre le texte latin d'Abbon, *une ancienne Glofe ou traduction en vers françois du même Poëme* ; le Préfident Fauchet la cite, dit-il, dans fon Traité de la Milice & Armes de France : mais cette prétendue Glofe ou traduction françoife n'eft précifément que la Glofe même d'Abbon, c'eft-à-dire, la Glofe ou l'interprétation latine ; & il

(a) Rivet. Sup. ibid. pag. 192.

faut que Dom Rivet n'y ait pas affez réfléchi. Voici de quelle ma- «
niere s'exprime le Préfident (*a*) Fauchet : « Or , dit-il , tous ces «
gens employez à la guerre à pied portoient arcs & flefches , ma- «
çues , dards , ou cateies , ce dit une Glofe du Poëme d'Abon , qui «
a écrit le fiege que les Normans mirent devant Paris l'an (*b*) huit «
cens oclante fept , où interpretant le mot *volatu tranfiliit propero* , «
*clipeum geftanfque cateiam* , c'eft . «

> *L'efcu au bras , & portant fa cateie ;* «
> *D'un fault leger il vole d'autre part.* «

Mais fi j'entens bien le vers du feptième Livre de l'Eneide , qui dit «
*Teutonico ritu foliti torquere cateias* , c'eft-à-dire «

> *Comme Alemans leurs cateies lançans.* «

Et autre part le même Abon qui dit *Scuta fonant, dardique volant*, c'eft «

> *Sonnent efcus & les dards volent.* «

Les cateies font ce que ledit Abon avoit auparavant appellez dards «
.... ledit (*c*) Abon dit *Plumbea mille volat fufa denfiffimè mala* ; c'eft «

> *Pommes de plomb mille volent en l'air ,* «

qu'ils lançoient , je croy , avec des fondes.... Nos gens ont ufé.... «
de (*d*) moutons pour abattre les murailles , appellez du temps de «
Charles le Simple Carcamouffes , ce dit Abon..... ainfi qu'il dit «
*Arietes Carcamouffas vulgò nominatos :* «

> *Belliers vulgairement appellez carcamouffes.* «

... Les Fondelfes lafchoient auffi des pierres ainfi que les frondes à «
main, lefquelles fe nommoient auffi bricolles..... cedit Abon..... «
*turri properantes , quam feriunt fundis....* Les Perrieres (*e*) jettoient «
des pierres.... Les Artiliers appelloient Mangonneaux ces Perrie- «
res ; mais je ne fçay pas pourquoi, car Abon en fait un inftrument, «
difant ainfi : *Conficiunt longis æquè lignis geminatu Mangana quæ pro-* «
*prio vulgi libitu vocitantur , Saxa quibus jaciunt ingentia ;* c'eft-à-dire «

> *De deux (f) tres qu'ils taillent égaux* «
> *Ils font auffi des Mangonneaux,* «
> *Ainfi que le peuple les nomme ,* «
> *Dont ils jettent pierres, &c.* »

Cet extrait eft un peu long; mais il le falloit ainfi pour faire fentir que les vers François citez par le Préfident Fauchet ne font tirez
d'aucun Poëme écrit en cette langue. Tous les vers de ce poëme
feroient égaux, au lieu qu'on en voit ici de fix pieds, de cinq pieds,

(*a*) Fauchet, de la Milice & Armes de
France, fol. 521 verfo.
(*b*) *Mauvaife Chronologie ; il falloit dire*
*l'An 885.*
(*c*) Fauchet, Sup. ibid. fol. 522 recto.

(*d*) Ibid. fol. 528 recto.
(*e*) Ibid. fol. verfo.
(*f*) *Le Préfident Fauchet en expliquant ce*
*mot*, tres, *dit en marge que ce font pieces de*
*bois longues.*

& de quatre pieds. Ils font donc tous de la façon du Préfident même, qui a cru devoir verfifier en traduifant un Poëte ; & il n'en faut point d'autre preuve que le vers *Comme Alemans* &c. par lequel il rend en françois celui de Virgile, *Teutonico ritu* &c.

Tout ce que l'on vient de dire fur les fix éditions du Poëme d'Abbon qui ont paru jufqu'à préfent, doit faire comprendre qu'il en falloit néceffairement une feptieme ; & on a eu affez de courage pour entreprendre d'y ajouter par forme de Commentaire un affez grand nombre de notes qui tendent prefque toutes à en éclaircir le texte, quoiqu'on n'ofe fe flater de n'y avoir laiffé rien d'obfcur. Les Savans trouveront peut-être qu'on les a trop multipliées ; mais on les prie de faire attention qu'elles ne font pas toutes pour eux : on écrit pour le plus grand nombre des Lecteurs ; & ce font communément ceux-ci qui ont ou moins de connoiffance, ou moins d'ufage d'un certain latin que les autres. Abbon en avoit fait de même dans fa Glofe. Comme on a cru n'en devoir rien retrancher ici, on eft bien perfuadé qu'elle paroîtra fouvent à quelques-uns ou fort inutile, ou même puérile : qu'étoit-il befoin par exemple, diront-ils, fur le vers 13 du I<sup>er</sup> Livre, *Sum polis ut regina micans omnes fuper urbes*, d'expliquer *polis* par *urbs*, *ut* par *ficut*, *micans* par *nitens*, & *urbes* par *civitates* ? On convient de tout cela : cependant Abbon a eu fes raifons pour en agir ainfi ; & on en a eu d'auffi fortes que les fiennes pour ne rien omettre, & pour imprimer le MS tel qu'il eft. Il a fallu néanmoins ufer de quelque tempérament tant fur la ponctuation que fur l'orthographe. Les anciens MSS ou n'ont aucune ponctuation, ou n'en ont qu'une extrêmement vitieufe : celui d'Abbon eft dans ce dernier cas ; & on n'a jamais reproché aux Editeurs d'avoir ponctué le texte de leurs Auteurs de la maniere dont ils ont cru le devoir faire. A l'égard de l'orthographe, celle du MS d'Abbon eft très-irréguliere ; il écrit *cimba* au lieu de *cymba*, *clipeus* au lieu de *clypeus*, *ritmus* au lieu de *rhythmus*, *argete* au lieu d'*ariete* &c. il confond fouvent les æ & les œ avec les e fimples ; de deux mots il n'en fait qu'un ; d'un feul mot il en fait deux &c. Tout cela ne pouvant que rebuter le Lecteur, on a pris le parti d'orthographier comme fi on avoit écrit fous la dictée de l'Auteur ; & pour faciliter encore davantage au Lecteur l'intelligence d'un texte qui n'eft déjà que trop obfcur par lui-même, on a fuivi l'exemple de Dom Bouquet, en employant comme lui les accens, foit fur les adverbes, foit fur les ablatifs ou fur les génitifs de certains noms.

✽

ABBONIS

# ABBONIS,

## MONACHI S. GERMANI A PRATIS

### PARISIENSIS,

# DE LUTECIA PARISIORUM

## A NORMANNIS OBSESSA,

# LIBRI DUO.

(1) *Scidula* (2) *fingularis cernui* (*humilis*) *Abbonis dilecto fratri* (3) *Gozlino.*

UNCTORUM Dei plafmatum extimus & (4) conlevita indignus Abbo, finceræ om- (*formarum*) (*puræ*) nemque (5) terrigenam fuperantis igne di- (*f. dilectionem*) (*tranfcendentis*) lectionis, amplexando fratri Gozlino, quidquid in Chri-

---

(1) *Scidula.* C'eft un diminutif de *Scida*, qu'on a dit dans la baffe latinité, fuivant le Gloffaire latin de du Cange, pour *Scheda.* Or *Scheda* fignifie en général un feuillet de papier, un écrit; mais ici ce mot eft employé pour *epiftola.*

(2) *fingularis.* Le Poëme eft pour tout le monde, pour toute forte de le-

Ff

valdè
fto utriufque vitæ manet (6) jucunditatis. Tuæ admodùm

mihimet acceptiffimæ (7) germanitatis affectio fibimet

poftcuàm
dudum deftinari crebrò popofcit, ut bellorum Parifiacæ

urbis                                    origine
polis , præcellentiffimi quoque Principis ab examine

regni hucufque Odonis , noftro genitum labore co-

cteurs indifféremment ; au lieu que l'Epitre dédicatoire eft adreffée à Gozlin uniquement. Voilà , ce femble ,.tout ce que peut fignifier ici le mot *fingularis*.

(3) *fratri Gozlino*. Dom Bouquet obferve dans une note, que ce Gozlin ne peut être l'évêque de Paris du même nom, quoique le Pere Labbe & d'autres écrivains fe le foient perfuadé ; & il s'appuye fur deux raifons: 1°. parce qu'Abbon donne le nom ou la qualité de *frere*, c'eft-à-dire , felon lui , de *moine* , à celui à qui il dédie fon Poëme; & qu'il n'auroit pas traité ainfi un évêque: 2°. parce qu'il n'écrivit & ne dédia ce Poëme qu'après la levée du fiége de Paris ; & qu'alors l'évêque Gozlin n'étoit plus en vie. Cette dernière raifon étant convainquante , il ne s'agit plus que de favoir qui étoit ce Gozlin à qui Abbon dédie fon ouvrage, & pourquoi il l'appelle *frere*. Du Boulay ( *Hift. Univerfit. Parif. Tom. I. pag.* 542 ) infifte fur ces mots de l'Epitre dédicatoire même , *fratri... àcceptiffimæ germanitatis affectio... fraterni flagri... apud magiftrum... penès germanum, &c.* & de tout cela il conclut non-feulement que Gozlin étoit moine de S. Germain des Prez comme Abbon , mais encore qu'il étoit propre frere d'Abbon felon la nature, & que celui-ci avoit étudié fous lui. Dom Bouquet eft plus réfervé. Il croit , à la vérité que Gozlin étoit moine; mais il ne fe propofe pas feulement d'examiner s'il étoit frere d'Abbon, ni s'il avoit été fon maître. Que Gozlin ait été moine , il n'y en a aucune preuve. Le mot *frater*, qui feul pourroit le faire foupçonner, eft fi bien expliqué par celui de *germanus*, qu'il n'y avoit pas lieu de s'y méprendre : ce dernier décide abfolument que le premier doit être entendu d'un frere felon la nature. A l'égard de *fraterni flagri* , & de *magiftrum* , la Glofe détermine le fens de *flagri* en l'expliquant par *amoris*, comme fi au lieu de *flagri* il y avoit *flagrantiæ* ; & *magiftrum* , loin de fe rapporter à Gozlin, regarde expreffément Aimoin , à qui Abbon adreffe la petite piece de vers qui fuit immédiatement cette Epitre en profe.

(4) *conlevita*. Abbon n'étoit encore que Diacre lorfqu'il compofa fon Poëme; & Dom Rivet ( *Hift. liter. de la Fr. Tome VI. pag.* 191) fondé fans doute fur cê mot, a raifon d'avancer que Gozlin , à qui le Poëme eft dédié , étoit Diacre auffi bien qu'Abbon.

(5) *terrigenam* ————. Ici la Glofe met f. *dilectionem* au-deffus du mot *terrigenam*. Cette f fe trouve également avant un très-grand nombre d'autres mots de la Glofe ; & elle fignifie *fupple* ou *fcilicet*.

(6) *jucunditatis*. L'orthographe du MS eft *jocunditatis*.

dicellum didicit , tam ( 8 ) contigui ſtudioſa ingenio-
li, quàm fraterni inſuper non immemor (9) flagri. Eam-
dem itaque ob gratiam fauſtiſſimè noveris ( 10 ) germane tibi hancce dirigi pagellam , cùm tam rara ne unquam penès me fruſtretur petitio , tum ſolamine omnium
apud lectorem amiciſſimi, ut cara fine tenus vice illam
mittentis fungatur ; quin etiam à (11) deviis prudenti
dexterâ relevetur. Nunquam enim otio reficiendi ob ſcho-
larum pluralitatem , cujus commoditati ubique locorum
vacaverim. Verùm quî primùm fuerit prolata , conſtat
adhuc ſequens pagina (12) membranis ſemel tantùm mu-
tatis, pòſt quoque ceu quopiam Phœbo, tuo ſagaci luſtretur
arbitrio. Denique hujus eliminatâ directionis causâ, æquum
autumatur depromi geminas etiam opuſculi (13) inchoationis. Quarum ſiquidem prima fuerit cauſa exercitatio-

---

(7) *germanitatis.* On conclut de ce mot qu'Abbon & Gozlin étoient freres
ſelon la nature. Voyez la Note 3.

(8) *contigui.* La Gloſe expliquant ce mot par *propinqui,* confirme l'opinion
où l'on eſt qu'Abbon & Gozlin étoient véritablement freres.

(9) *flagri.* On a eu tort de conclurre de ce mot qu'Abbon avoit étudié ſous
Gozlin. Voyez la Note 3.

(10) *germane.* Voyez plus haut les Notes 3 .& 7.

(11) *deviis.* La Gloſe explique ce mot par *mendatus* : mais le Copiſte a
fait là une faute lui-même ; il devoit écrire *mendatis,* c'eſt-à-dire , *mendis.*

(12) *membranis.* Pithou avoit fait là une groſſe faute en écrivant *membris*
au lieu de *membranis* ; elle ſe trouve corrigée dans les éditions poſtérieures.
Abbon veut dire apparemment qu'il n'a fait qu'un ſeul brouillon de ſon Poëme, après quoi il l'a tranſcrit au net.

nis ; tunc etenim adhuc literatoriæ tirunculus difciplinæ

*i. e.* primâ vice legebam     ſ. cauſa inchoationis

Maronis profcindebam (14) Eclogas : altera verò man-

ſuri aliarum tutoribus urbium exempli. Ceterùm tam tuæ,

quàm reliquorum quidem lectorum almæ caritati , non

ſ. ideo    poëta    nominer

iſtud metricè complecti volumen quòd vates taxer notum

eſſe    cupio       in iſto opuſculo

fore molior. Nullatenus quippe hîc quæ penès ſummos

certè    Deos agreſtes

reperiuntur figmenta poëtas. Atqui Faunos ferafve (15)

nullo in loco   *i. e.* præ gaudio             congre-

nuſquam tripudio carminis in ludum more Sileni conglo-

gavi

meraverim, neu rigidas motare cacumina quercus coëge-

rim ; tum verò ſilvæ, avefque, mœnia quoque nunquam

can-

noſtris funt comitata (16) veſtigiis , præ dulcedine can-

tilenæ        aliquo        *Inferni Deo*       Diis infernalibus

tionis : nec quovis modulamine Orco aliifve Manibus ani-

quamvis

mas tartareâ eripuerim caligine ritu Orphei. Planè etiamſi

quando affuerit velle, nuſquam tamen his actibus (17)

---

(13) *inchoationis.* C'eſt ainſi qu'il y a dans le MS, quoique Pithou & ceux qui l'ont ſuivi aient écrit *inchoationes.* On voit même par la Gloſe qui ſupplée ici *cauſas* , qu'il faut abſolument *inchoationis.*

(14) *Eclogas.* On ne ſait pourquoi Dom Bouquet écrit *Eglogas.* On lit dans le MS. *Æglogas* ; mais ce mot vient du grec Εκλεγω *eligo.* Sur le mot *proſcindebam* , qui précede, la Gloſe met *id eſt* primâ vice *legebam.* Au lieu d'*id eſt* ; on a mis ici par abrégé *i. e.* & on ſera quelquefois obligé de ſe ſervir de cette abbréviation.

(15) *nuſquam.* Les éditions précédentes ont *nunquam* contre la leçon formelle du MS , & contre l'explication de la Gloſe.

(16) *veſtigiis.* Le verbe *comitari* ſe conſtruit quelquefois avec le datif. Cicéron ( *Tuſcul. V.* 100. *alias cap.* 35.) a dit *ceteraque quæ comitantur huic vitæ,* ſans compter tous les autres accompagnemens d'une pareille vie.

(17) *favit poſſe.* On retrouvera cette même expreſſion dans le Poëme, I. 196. *Poſſe favebat eis* &c.

[Poëta

favit poſſe. Ergo nec Poſitor quidem nuncupor, nec fig-
*i. e. poſſibilitatis*
menta hîc habentur; ſed noſtræ facultatis adſint præſidia.
*trinitati* *libros* *tantùm or-*
Porrò triadi noſtros credidi biblos viſu & auditu modò de-
*natos*
cuſſatos. Quorum duo quidem tam præliis Pariſiacæ urbis,
*domini*
Odonis quoque Regis, quàm profectò almi ac Herois præ-
ſertim mei Germani, ejuſdem ſedis olim egregii Præſulis,
*alibi*
effulgent miraculis, aliàs tamen quibuſlibet inauditis. Qui
autem ſupplet trinitatem (18) tertius, horumce ignarus
*Clericos* *ſtrictum*
conſtat. Nam (19) Cleronomos tametſi anguſtum (20)
*ſit* *&*
maneat, ſitum decentiſſimè ornat, tum ſcholaſticis am-
*compoſitionibus* *valdè*
bientibus gloſas ſuis in commentis obnixè complacet; al-
*aliquantulùm* *ſ. allegoriæ inquiſitio* *placuerit*
legoria verò aliquantiſper, cui ejus indago libuerit, re-

---

(18) *tertius.* Ce troiſieme livre n'a jamais été imprimé : il eſt à la Bibliotheque du Roi ſous le N.º 5570 des Manuſcrits latins ; & on le ſupprimera
ici à l'exemple des Editeurs précédens, parce qu'on le croit inutile pour l'intelligence de l'Hiſtoire.

(19) *Cleronomos.* Dans le MS au bas de la page, on lit une petite Note de
la premiere main, qui a rapport à ce mot, & qui eſt conçue en ces termes,
*Cleronomia græcè , latinè hereditas ; inde Cleronomus, id eſt heres Di* , en abrégé,
c'eſt-à-dire , *Dei* ou *Domini* :

(20) *maneat.* Il y a encore ici de la premiere main dans le MS une petite
note, qui conſiſte en ces quatre mots , *maneo te & tibi,* pour faire ſentir ſans
doute qu'Abbon conſtruit ici légitimement le verbe *manere* avec l'accuſatif.
La Note eſt juſte. On lit dans Virgile ( *Georg.* I. 168. ) *Si te digna manet*
*divini gloria ruris* , c'eſt-à-dire , *ſi te ſpectat vera laus beati ruris.* Cela poſé ,
Abbon a voulu dire *tametſi anguſtum* ( que la Gloſe explique par *ſtrictum* , c'eſt
à dire *ſtricta oratio* , parce que ce troiſieme livre eſt auſſi en vers ) *ſpectet Cle-*
*ricos.* Et de là il s'enſuit contre la ponctuation de Dom Bouquet , 1 º. qu'il
faut une virgule après *maneat* , immédiatement avant *ſitum* ; 2 º. qu'il n'en
faut point après *ſitum* ; 3 º. que *ſitum* eſt pour *ſtatum,* c'eſt-à-dire, *conditionem :*
enſorte que dans la penſée d'Abbon , ce troiſieme livre , deſtiné aux Clercs
ou aux Eccléſiaſtiques, convient parfaitement à leur état.

&
obfcuris
nitet : (21) cùm per femet quoniam mutis inhæret verbis,
gloſas
propriâ manu linguas (22) fuperjeci. Pedes autem in om-
ſ. hujus · in tantum · ut valdè ſ. verſus
nibus opuſculi verſibus adeò delegerim, quò perrariſſimos

forte ignorantiâ, potiùſve oblivione liquerim (23) clau-
ſ. verſus · ſolertiâ
dos : qui tamen periergiâ quæſo induſtriâque legentis

debitæ virtuti reſtituantur. Penthemimeris nempe, feu
acceptâ
cùm cata (24) triton trochæon ephthemimeris, ratâ
exemplo aliorum metrorum · diviſiones
(25) ſimilitudine per omnia currunt cæſuræ, quanquam

(26) bucolicè (27) per tomen perpauca. Communibus

---

(21) *cùm.* Ce mot n'eſt ici ni prépoſition ni conjonction ; c'eſt un adverbe qui a rapport à *tum ſcholaſticis*, qui eſt plus haut. Toutes les éditions ont *cui* au lieu de *cùm* ; & on voit par la Gloſe combien cette leçon eſt vitieuſe.

(22) *linguas ſuperjeci.* Il faut néceſſairement conclurre de là, que c'eſt Abbon lui-même qui eſt l'Auteur de la Gloſe de ſon Poëme. Mais voyez ſur ce ſujet les réflexions que l'on a faites dans la Préface.

(23) *claudos.* Voyez par exemple les vers 6 & 18 du I.er Livre.

(24) *cata triton trochæon.* C'eſt la céſure que Deſpautere ( *edit. Pariſ. in-fol.* 1557 *pag.* 365. ) appelle *trochaïca tertia*, qui conſiſte non en une ſyllabe comme les autres, mais en deux ſyllabes formant un trochée immédiatement après le ſecond pied, pour commencer un dactyle dont le troiſieme pied doit être formé ; comme dans ce vers de Virgile ( *Eclog. IV.* 2. ). *Non omnes arbuſta juvant, &c.* Abbon dit donc ici que les céſures de ſes vers ſont ou à la cinquieme demie-meſure, *Penthemimeris*, c'eſt-à-dire, après le ſecond pied, à l'ordinaire ; ou à la ſeptieme demie-meſure, *ephthemimeris*, c'eſt-à-dire, après le troiſieme pied ; en employant pour celle-ci la céſure qu'on appelle trochaï- que-troiſieme. Les deux premiers vers de tout ſon Poëme ſont de cette derniere ſorte : *Dic alacris ſalvata Deo* &c. *Sic dudum vociata geris*, &c.

(25) *ratâ ſimilitudine.* Abbon dit que c'eſt à l'exemple des Anciens qu'il s'eſt attaché à fixer ſes céſures ou au cinquieme demi-pied, ou du moins au ſeptième.

(26) *bucolicè.* La céſure bucolique, ou pour parler plus correctement, le vers bucolique conſidéré du côté de la céſure eſt ſoumis à deux regles ſuivant Deſpautere : ( *edit. Pariſ. in-fol.* 1557. *pag.* 365. ) 1°. il ne doit point avoir de céſure après le quatrieme pied ; 2°. ce quatrieme pied doit être un dactyle ; comme dans ce vers de Virgile ( *Eclog. I.* 3. ) *Nos patriæ fines & dulcia linqui-*

*mus arva.* Mais il ſemble que ce n'eſt pas dire aſſez ; & en voici la raiſon. Abbon dit qu'on trouvera dans ſon Poëme fort peu de vers à céſure bucolique, *buco-licè per tomen perpauca* : or à s'en tenir aux deux ſeules conditions que marque Deſpautere, il s'en trouveroit non pas un très-petit nombre, mais un grand nombre dans le Poëme d'Abbon ; tels ſont par exemple dès le commencement du Iᵉʳ Livre les vers 2, 7, 15, 38, 76, 83, 86, 95, &c : il faut donc que ces ſortes de vers ſoient ſoumis ou à des loix différentes, ou à un plus grand nombre de loix que celles de Deſpautere. Le Grammairien Maurus Servius Honoratus dans le même Deſpautere ( *pag.* 586. ) en parlant du vers bucoli-que, donne celui-ci pour exemple, *Ruſtica ſilveſtri reſonat benè fiſtula cantu,* où l'on voit que le premier pied eſt un dactyle, auſſi bien que le quatrieme & le cinquieme, & qu'après chacun de ces trois pieds il ne reſte aucune céſure. Or il y a en effet dans le Poëme d'Abbon très-peu de vers de cette eſpece ; tel eſt le 15ᵉ du Iᵉʳ Livre, *Inſula te gaudet, fluvius ſua fert tibi gyro* &c.

(27) *per tomen.* Il y a dans le MS *ptomen*, & les éditions précédentes y ſont conformes : Dom Bouquet avertit ſeulement dans une Note, que ce mot eſt peut-être là pour *per tomen*. Mais pourquoi peut-être ? Il eſt viſible que le Co-piſte a oublié de mettre ici ſous le *p* la petite marque d'abbréviation dont il ſe ſert ordinairement pour ſignifier *per* ; & c'étoit aux éditeurs à y ſuppléer. Sur le mot *tomen*, qui eſt tiré du grec τομη *ſectio, cæſura*, voyez la Note pré-cédente.

(28) *bannitæ.* La Gloſe expliquant ce mot par *ſyllabæ*, il ſemble que la conſtruction de la phraſe entiere doit être, *rarò uſus ſum communibus modis ſyl-labæ cum diæreſi & epiſynaleiphâ.* Mais où trouve-t-on que *bannita* ait jamais ſignifié *ſyllaba* ? Du Cange qui le dit dans ſon Gloſſaire latin, n'en apporte pour preuve que ce ſeul & unique endroit de la Gloſe d'Abbon, qui eſt pré-ciſément le ſujet de la conteſtation. De plus, que ſignifieroit ici *communibus modis* ? que la diéreſe & l'épiſynalephe ſont uſitées communément dans la Poë-ſie ? Abbon lui-même ſavoit bien le contraire ; auſſi déclare-t-il qu'il ne s'en eſt ſervi que rarement. On conjecture donc que le Copiſte a omis par mégarde la lettre ſ, c'eſt-à-dire, *ſupple*, avant le mot *ſyllabæ* ; ou pluſtôt qu'ayant ou-blié d'écrire le mot *ſyllabæ* dans le texte, où il doit être, il y aura ſuppléé après coup en l'écrivant dans l'entreligne. Cela poſé, la conſtruction ſeroit *non denſè uſus extiti ſyllabæ cum diæreſi & epiſynaleiphâ, bannitæ communibus modis.* On objectera que l'emploi du génitif *ſyllabæ* avec le verbe *uti* n'a point d'exem-ple ni dans la haute, ni dans la moyenne, ni dans la baſſe latinité. La réponſe à l'objection eſt, ou qu'Abbon n'en étoit peut-être pas moins homme à faire une pareille faute, ou que ſon Copiſte a écrit mal-à-propos *bannitæ* pour *ban-nitâ* ou *bannitis* à l'ablatif. Peut-être auſſi faut-il lire *extitit* au lieu d'*extiti*, & faire du mot *uſus* non un participe, mais un nom ſubſtantif ; enſorte que la conſtruction ſoit, *uſus ſyllabæ cum diæreſi & epiſynaleiphâ, bannitæ communibus modis, non denſè extitit.* Mais pour cela il faudroit à la Gloſe *fuit* ; & elle met *fui.*

(29) *diæreſi.* La diéreſe coupe une ſyllabe en deux. *Suadent* eſt de deux ſyl-

conjunctione     frequenter     fui
epifynaleiphâ non densè ufus extiti. Igitur largiente divino
submisistravit     f. expediam
munere fuggeffit hæccine mihi facultas. Quid plura? (31)
&     certé
Catalecticus cunctus exiftit verfus; tum multa prorfus alia
lectori

---

labes, dont la premiere *fua* eft longue ; de cette fyllabe longue on en fait deux,
dont la premiere eft breve : il y en a un exemple au vers 103 du I.er Livre.

(30) *epifynaleiphâ.* L'épifynalephe unit deux fyllabes en une feule. Le mot
*aftreis* eft de trois fyllabes : Abbon n'en fait qu'une des deux dernieres au vers
331 du II.e Livre.

(31) *Catalecticus.* Un vers catalectique, felon Defpautere, (*edit. Parif. in-
fol.* 1557. *pag.* 584 *& feqq.*) eft un vers auquel il manque une fyllabe, à la
différence du vers acatalectique, auquel il n'en manque aucune. Tous les vers
de l'Enéide de Virgile font catalectiques ; & tous ceux du Poëme d'Abbon
le font auffi. Comment cela ? le voici. Ces vers, que l'ufage eft d'appeller
hexametres, font de véritables vers dactyliques de l'efpece de ceux auxquels
on a donné le nom de vers héroïques ; car eu égard au nombre des pieds, on
compte dix-neuf fortes de vers dactylïques. Il y en a de trois pieds hyperca-
talectiques, c'eft-à-dire, de trois pieds & d'une céfure, ou d'une fyllabe de
plus : tels font ceux dont eft compofée la petite piece de vers qui fuit immédiatement cette Epitre dédicatoire. Il y en a de fix pieds juftes, dits par cette
raifon acatalectiques, comme *Sidera pallida diffugiunt face territa luminis.* Et il
y en a de fix pieds moins une fyllabe, dits catalectiques, comme tous ceux de
l'Enéide de Virgile, des Métamorphofes d'Ovide, & du Poëme d'Abbon.
Tous ces vers ne devroient être compofez que de dactyles ; mais dans les grandes pieces la délicateffe de l'oreille & la néceffité ont introduit des fpondées,
à l'exception néanmoins du cinquieme pied, où le dactyle s'eft maintenu de
rigueur, fi ce n'eft dans des cas fort rares. Or comme il manque une fyllabe
au fixieme pied, on s'eft accoutumé infenfiblement à regarder ce fixieme pied
comme un fpondée, femblable en tout à ceux qui fe font introduits dans les
quatre premiers pieds à la place des dactyles, ou entremélez avec eux ; & de
là eft venu cette efpece d'oracle de Defpautere (*fup. pag.* 364.) *Ne credas
effe in fextâ regione trochæum,* oracle faux ; car ce dernier pied étant un dactyle
tronqué de fa derniere fyllabe, puifque le vers eft dactylique-catalectique, il
faut néceffairement que ce fpondée prétendu ne foit autre chofe qu'un véritable trochée. Tout change avec le temps, & les vers dactyliques de fix pieds
juftes ont tellement difparu qu'à peine les connoîtroit-on aujourd'hui fans ce
que nous en ont appris les Grammairiens. Les vers héroïques au contraire,
mêlez de dactyles & de fpondées, ont tellement pris le deffus, que les plus
célebres Poëtes latins, Lucrece, Virgile, Ovide, &c. n'en ont point employé d'autres dans leurs longs Poëmes. Qu'eft-il arrivé de là ? que les vers
hexametres, tels qu'ils les ont compofez, femblables aux étalons des poids &
mefures, font enfin devenus le modele fur lequel il faut mefurer tous les vers.

du

_utilia_ _ap_ _inferta_ _propter_
lectori feria parebunt indita. Nec tamen putetur hoc ob

_f. ob_
aliud factum nifi materiam vel à tuâ, dulciffime (32) fra-

_f. prudentiâ_ _periti_
ter, prudentiâ hauriendam, feu cujufpiam alterius diferti,

quum ad manus venerit, metrici. Dactylici quidem ver-

_aperiunt_ _pro fuam_
ficuli trimetri præpofiti caufam enucleant fui; fed minimè

_fed_ _non_ _f. meruerunt_
exauditi. Verùm quod haud apud magiftrum, faltem me-

_f. te_
reantur nancifci penès (33) germanum.

_Gaudia, quot radii Phœbo, tibi fint & honores_
_fine_ _pro &_
_Cum (34) fine, in finem clam quoque fine, Deo._

ᴇxᴘʟɪᴄɪᴛ (35) ᴇᴘɪsᴛᴏʟᴀ.

---

du même genre: ce font donc là aujourd'hui les véritables vers Hexametres
acataledtiques, c'eft-à-dire, auxquels il ne manque rien. Un vers qui auroit
une fyllabe de moins, tel que celui-ci, _Pulchra Puella comas ambit fibi palmiti-_
_bus,_ auquel les Grammairiens ( _Defpauter. fup.pag._ 586.) ont donné le nom
de Pentametre-Hypercataledtique, devroit être appellé au contraire Hexame-
tre-cataledtique; & le vers _Sidera pallida,_ &c. que l'on a cité plus haut,
n'étant plus regardé comme un vers de fix pieds juftes, mais comme un vers de
fix pieds & d'une fyllabe de plus, au lieu de conferver le nom d'Acataledtique,
devroit être appellé Hexametre-Hypercataledtique. S. Auguftin qui a un fy-
ftême particulier fur le Méchanifme des vers, & fur la maniere de les fcander,
explique tout ceci bien autrement, & peut-être avec plus de juftefle, dans
fon Traité de la Mufique.) edit. _Parif._ 1679. _Tom._ I. _pag._ 503 _& feqq._) Mais
il n'eft pas queftion d'examiner ici le fonds des chofes: il s'agit uniquement
de la maniere dont Abbon les a conçûes; & on voit bien que fes principes
étoient les mêmes que ceux de la foule des Grammairiens.

(32) _frater._ Voyez la Note 3.
(33) _germanum._ Voyez la Note 3.
(34) _fine._ Ce mot fe rapportant à _Deo,_ il faut ponctuer comme on a fait
ici, & ne pas fe contenter avec Dom Bouquet d'une feule virgule après le
mot _finem,_ où même il n'en faut point.
(35) _Epiftola._ Pithou, du Breul, du Chefne dans fa feconde édition, &
Dom Bouquet, ont mis _Præfatio_ au lieu d'_Ep._ en abrégé, c'eft-à-dire, _Epiftola,_
qui eft expreffément dans le MS.

## VERSICULI AD MAGISTRUM *DACTYLICI

Magifter
O PEDAGOGE *facer meritis,*
fulgens
Aïmoïne, *piis radians,*
cœlefti honore
Digneque *fidereo decore,*
Valdè poftulat . clientulus deofculans
Perrogitat *mathites liniens*
f. cum
5 Ore pedes digitofque tuos
humilis fedulè
Cernuus Abbo *tuus jugiter;*
accipe i. e. verfus dat
Sume botros *tibi quos tua fert*
i. e. tuus difcipulus immaturos i.e. maturefcant; i. e. corrigantur ipfi verfus. * f. racemi
Vitis adhuc *virides.* * Rubeant
orrectione emendationibus
Imbre tuo *radiifque tuis.*
i. e. jugiter feminas i. e. doces, colis, corrigis
10 Continuò *feris atque fodis*
ipfam vineam, *id eft* ipfum difcipulum
Tu, celebrande, *putas & eam;*

---

(*) *Dactylici.* Voyez la Note 31 fur l'Epître dédicatoire. Ceci eft une autr
Epître, qu'Abbon adreffe à Aimoin, Religieux de S. Germain des Prez, fo
maître, dont il a été parlé dans les Annales, *page* 129.

1. *Pedagoge.* La véritable orthographe feroit *Pædagoge*, mais il faut ic
*Pedagoge* pour la mefure du vers.

2. *Aïmoïne.* L'orthographe du MS eft *Aymoine*: mais ce mot eft ici de cin
fyllabes, dont les trois premieres forment un dactyle, & les deux derniere
un trochée; & par cette raifon il faut l'écrire avec deux *i tréma.*

8. *Rubeant.* On a accompagné ici ce mot d'une étoile; & on en a fait autan
à cette explication de la Glofe, *f. racemi.* C'eft une marque dont l'éditeur f
fervira toutes les fois que tel ou tel mot de la Glofe ne pourra point être plac
immédiatement au-deffus du mot du texte auquel il fert d'éclairciffement o
d'interprétation.

10. *Continuò feris* &c. Dans le MS on lit en marge de la premiere main
*Sæpe difcipulus ferebat magiftro corrigendos verfus, quos per incuriam negligebat,*
*ideò fic promebat dicens,* Continuò &c.

conaris *i. e.* ut ornetur , emendetur

*Nuncque cupis niteat pluviis*

*Alterius , jubare alterius :*
　　*f.* viti, *i. e.* difcipulo
*Dulce cui tribuas rogo mel ;*
*i.e.* quia tua　　vitis　　& racemus　eſt
*Nam tibi palmes & uva manet.*
　　genuit
*Floruit has mihi Parifius ,*
　　　civitas　　　colenda　　multùm
*Nobilis urbs veneranda nimis ,*
praelia　obfecrans　　　　　*f.* me
*Bella precans fua ferre tibi ,*
　cognita　　*f.* urbis
*Agnita cujus ut orbe vago*
repleat　aëra　　　victoria
*Sepiat æthera palma volans ;*
　　gloria
*Doxaque regnet ubique micans*
　　　　de
*Ore tuo gradiente fuper.*

---

19 *Agnita* &c. La conftruction eſt , *ut palma hujus urbis, agnita orbe vago ,
volans fepiat æthera.*

21. *Doxaque* &c. Doxa eſt un mot grec , qui fignifie *gloria.* C'eſt donc à
dire, à ce qu'il femble, *& gloria* ( ejufdem urbis ) *micans ore tuo gradiente de-
fuper , regnet ubique ;* & par *ore tuo* il faut entendre les inftructions ou les corrections d'Aimoin, auquel Abbon s'adreffe. On n'entreprend point de juftifier
un pareil galimatias ; & d'un autre côté il ne paroît pas qu'Aimoin ait voulu
prendre la peine de corriger Abbon; il auroit eu trop à faire : c'eſt la conféquence que l'on tire de ces derniers mots de l'Epitre dédicatoire , *quod haud
apud magiſtrum* &c.

236.

## \* *INCIPIT LIBER PRIMUS*

### BELLORUM PARISIACÆ URBIS.

D<sup>hilaris</sup> I C alacris, ſ. quia ſalvata Deo Lutecia ſummo, <sup>Pariſius</sup>

<sup>aliquando</sup> Sic dudum vocitata, geris modò nomen ab urbe <sup>ſ. fueras</sup>

<sup>Græcorum</sup> Iſiâ, Danaûm latæ mediâ regionis,

---

(\*) *Incipit* &c. Ce titre eſt différemment exprimé dans les différentes éditions du Poëme. Il y a dans celle de Pithou , *Abbonis de obſidione Lutetiæ Pariſiorum à Normannis libri duo.* Du Breul a mis , *Incipit liber primus de bello Pariſiacæ urbis.* Du Cheſne met dans ſa Collection des Hiſtoriens de Normandie , *Abbonis liber primus de bello Pariſiacæ urbis* ; & dans celle des Hiſtoriens de France , *De bellis Pariſiacæ urbis & Odonis Comitis liber primus.* Du Bouchet a adopté ce dernier titre. Enfin Dom Bouquet a cru devoir mettre , *Incipit liber primus de bellis Pariſiacæ urbis.* On voit que ce qui a porté du Cheſne à ajouter au titre dans l'une de ſes deux éditions les mots *& Odonis Comitis* , ce ſont ceux-ci de l'Epitre dédicatoire d'Abbon, *Quorum* ( librorum ) *duo quidem tam præliis Pariſiacæ urbis, Odonis quoque regis, quàm... Germani... præſulis effulgent miraculis.* Cela poſé, du Cheſne devoit donc ajouter encore , *& de miraculis S. Germani.* Mais il ne s'agiſſoit pas de donner ici un Titre factice ; il falloit s'en tenir ſcrupuleuſement , comme on a fait dans cette ſeptieme édition , au véritable titre du Manuſcrit.

1. *Lutecia.* Il a été un temps où on écrivoit *Lutetia* ; & c'eſt ainſi même qu'on a orthographié ce mot dans toutes les éditions précédentes. Mais on ne peut nier que ce ne ſoit une faute ; puiſqu'en grec, ſuivant Ptolémée c'eſt Λυκοτικίκ ; & qu'en effet , comme on l'a obſervé dans les Annales ( *pages* 2 *&* 3 ) ce mot eſt compoſé des deux mots Celtiques *leug* & *tec.* Adrien de Valois & le plus grand nombre des Savans n'écrivent jamais autrement que *Lutecia.* Ici , comme plus bas au vers 7 , *Lutecia* eſt compoſé de deux longues & de deux breves ; mais au vers 335 , & II 467 &c. les trois premieres ſyllabes compoſeront un dactyle. Abbon prend communément ces ſortes de licences, ſur-tout dans les noms propres.

2. *geris modò nomen* &c. Mauvaiſe étymologie. Voyez les Annales , pages 1 & 2.

3. *Iſiâ.* Ville fabuleuſe & inconnue à tous les Géographes tant anciens que modernes. Mais quand elle ſeroit auſſi réelle qu'elle eſt chimérique, l'étymologie du Poëte n'en ſeroit pas mieux fondée. Du Breul , du Cheſne dans ſes

f. urbs i. e. ftatione micat     honorabiliori

Quæ portu fulget cunctis venerabiliori.

f. urbem i. e. Græca cupiditas frequentat   valdè cupida   opum

5 Hanc Argiva fitis celebrat peravara gazarum,

i. e. medium Latinum medium Græcum * figura

Quod nothum * fpecies metaplafmi modò nomen,

focia      Parifius   componit   decenter

O collega, tibi, Lutecia, pingit honeftò

vocaris tu   à   mundo

Nomine, Parifiufque novo taxaris ab orbe,

juftè   i. e. eft   fimilis

Ifiæ quafi par, meritò pollet tibi confors.

i. e. quia f. in     requiefcens     &

Nam medio Sequanæ recubans, culti quoque regni

Accufativus fingularis pro Genitivo plurali. i. e. extollis te per fublimia pfallendo

Francigenûm, temet ftatuis per celfa canendo,

urbs ficut     nitens     civitates

Sum polis ut regina micans omnes fuper urbes;

f. de portu   fulges   f. portibus

Quæ ftatione nites cunctis venerabiliori.

---

deux éditions, du Bouchet, & Dom Bouquet, fuppofent à tort que la Glofe ajoute ici *nam Parifius dicitur.*

6. *métaplafmi.* Ce mot étant compofé de deux breves & de deux longues, le vers cloche d'une fyllabe ou d'un demi-pied ; à moins qu'Abbon n'ait voulu en faire un mot de deux fpondées.

8. *Parifius.* Les trois premieres fyllabes de ce mot forment ici & ailleurs dans ce Poëme un dactyle. Fortunat au contraire fait la premiere breve & la feconde longue, comme dans ce vers, *Celfa Parifiaci Cleri reverentia pollens ;* & dans celui-ci, *Ipfe Parifiacâ properat Dionyfius urbe.* Il dit dans un autre endroit, en faifant la premiere fyllabe longue, *Dilige regnantem celfâ Parifius arce ;* mais peut-être dans ce dernier vers faut-il lire *Parrifius* au lieu de *Parifius.* Santeul, à l'exemple de Fortunat, a auffi fait la premiere breve, & la feconde longue : il dit dans une de fes Hymnes pour S. Landri, *Lux Parifinæ facra femper urbi ;* & dans une autre pour S. Merri, *Quis Parifini novus Hofpes agri.*

10. *Sequanæ.* Ici, auffi-bien que par tout ailleurs, Abbon fait breve la premiere fyllabe de *Sequana,* qui cependant eft longue de fa nature & dans ce mot, & dans celui des Peuples *Sequani.* Ptolémée & Strabon écrivent conftamment Σηκυανας & Σηκυανϙ. Lucain a dit, *Optima gens flexis in gyrum Sequana frenis ;* Fortunat, *Pervenit quà fe pifcofo Sequana fluctu ;* & Santeuil après eux, *Sequana quum primùm reginæ adlabitur urbi.*

11. *per celfa.* Dans les fix éditions précédentes on lit *percelfa* en un feul mot : c'en font deux que la Glofe explique par ceux-ci, *per fublimia.*

Quicunque   von defiderat   gazas                         adorat
Quifque cupifcit opes Francorum, te veneratur ;
        *i. e. de te*                              affert
15 Infula te gaudet , fluvius fua fert tibi gyro
        conjuncto      mœnia     blandientia     *adverbium*
Bracchia complexo muros mulcentia circùm ;
        *i. e.* tua                          litora        aquæ
Dextra tui pontes habitant tentoria lymphæ
      f. tua     f. pontes    f. pontium              defenftrices
Lævaque claudentes: horum hinc inde tutrices .
de ifta parte              turres        ultra
Cis urbem fpeculare phalas, citra quoque flumen.
      *i. e.* propterea , quia tam digna es   civitas      Normannorum donum
20 Dic igitur , præpulchra polis, quod Danea munus

---

16. *mulcentia circùm.* C'eft pour *circummulcentia.*

17. *Dextera tui* &c. Le mot *tui* eft ici au génitif, puifque fuivant la Glofe il tient lieu de l'adjectif *tua* ; & on en verra d'autres exemples dans ce Poëme. Voyez plus bas la Note fur le vers 567. La conftruction eft donc , *dextra tua & læva tua , quæ claudunt pontes, habitant litora,* ou *habitant pontes qui claudunt litora.* Mais quelle maniere de s'exprimer ! Si *tui* n'étoit pas pour *tua,* la conftruction feroit *tui pontes claudentes* ( *urbem* ) *habitant dextra lævaque tentoria lymphæ.*

18 *horum hinc inde.* Il n'y a point ici d'élifion entre les mots *horum* & *hinc* ; ce qui n'eft pas fans exemple : Lucrece a dit , *Corporum officium eft quoniam premere omnia deorfum* ; mais comme alors la fyllabe devient breve, Abbon pouvoit éviter cette faute en mettant *hinc atque inde.* Peut-être néanmoins a-t-il cru pouvoir la faire longue à caufe de la céfure.

*tutrices.* La Glofe explique ce mot par celui de *defenftrices,* qui n'eft pas d'un meilleur latin , & qui eft encore plus barbare. Le Poëte a hazardé de même le mot *feftrice* qu'on lira plus bas au vers 483.

19. *phalas.* On peut écrire *falas* auffi bien que *phalas* ; mais du Cange préfere cette derniere orthographe. Suivant Pithou la Glofe explique ce mot par *caftella.* Suivant du Chefne dans fa feconde édition, du Bouchet & Dom Bouquet , elle l'explique par *turres feu caftella.* Enfin fuivant du Breul & le même du Chefne dans fa premiere édition, elle l'explique par *turres* fimplement ; ce qui eft exactement vrai. Du Cange dit que ce font des tours de bois deftinées à l'attaque d'une place: mais ici par licence poëtique ce feroit un mot générique ; car Abbon l'employe pour fignifier des tours deftinées, non à l'attaque , mais à la défenfe de la Ville.

*citra.* Du Chefne dans fa premiere édition avoit mis *circa* ; mais dans la feconde il a corrigé cette faute. Sur cette expreffion, *cis urbem* & *citra flumen,* voyez les Annales fur l'an 885 , au 27 Novembre.

20. *Danea.* Abbon fait la premiere fyllabe de ce mot tantôt longue & tantôt breve. Voyez I. 75 &c. II. 362 &c.

Litavit        filia      Dei inferni vel erebi. *Sobolem pro cuncta progenie posuit.*
Libavit tibimet soboles, Plutonis amica,

  *i. e.* quando    episcopus          suaviffimus    dominus
Tempore quo præful Domini, & dulciffimus heros

                   nutriebat
Gozlinus temet paftorque benignus alebat.

*Vox urbis. i. e.* dixit; *f.* civitas    dicere            nonne :
Hæc, inquit, miror. Narrare poteft aliquifne ?

                 ipfe       dic   *i. e.* propterea quia vidifti.
25 Nonne tuis idem vidifti oculis ? refer ergo.

*Vox poëtæ* ego quidem   præceptis     obediam    voluntariè.
Vidi equidem, juffifque tuis parebo libenter.

    ifta        certè   obtulerunt     munera    crudeles
Hæc tibi nempe litaverunt libamina fævi,

    excelfas         extra    minores
Septies aërias centum præter juniores

    multò           durcones  qui numeraret    ipfas naviculas
Quamplures numero naves numerante carentes;

    eft    adverbium     nominare
30 ( Exftat eas moris vulgò barcas refonare )

  quibus   in tantum repletus        profundus
Queis adeò fartus Sequanæ gurges fuit altus,

       *i. e.* dimidium         dum fugeret
Ufque duas modicumque fuper leugas fugiendo,

Ut mirareris flúvius cui fe daret antro;

Anno 885.

---

29. *naves.* Pithou dit que la Glofe explique ce mot par celui de *durcones*; & cela eft vrai. Les cinq éditions fuivantes marquent au contraire qu'elle l'explique par *ducones*; ce qui eft une faute vifible, & qui ne peut venir que de ce que les éditeurs fe copient ordinairement les uns les autres fans examen. Voyez au fujet de ces deux mots *naves* & *durcones*, la note fur celui de *durcones* au vers 123.

30. *barcas.* Il fembleroit d'abord que ce mot fe rapporte à *juniores naves*; mais ces nacelles ou ces petits bateaux font expliquez dans la Glofe par le mot *durcones*: c'eft donc aux grands bateaux que *barca* doit fe rapporter; & c'eft ainfi que l'a entendu le Père Daniel ( *Hift. de Fr. édit. Parif. in-f.* 1713. *Tom.* I. *page* 845. )

*refonare.* Du Breul, les deux éditions de du Chefne, du Bouchet, & Dom Bouquet, ont mis dans le texte *nominare* au lieu de *refonare*; & par-là ils font faire au Poëte une faute de quantité qui ne doit point être mife fur fon compte: il en fait affez d'autres, fans le charger encore de celle-là. Le texte porte *refonare*, & la Glofe *nominare*.

31. *Queis.* Le MS porte *quis*; mais on voit qu'il faut écrire *queis*, puifque fuivant la Glofe ce mot eft là pour *quibus*.

<sup>arbor</sup>         <sup>cooperuerat</sup>
**Anno 885.** Nil parens, abies quoniam velaverat illum,

                <sup>humidæ</sup>       <sup>Ex istis enim arboribus</sup>
35 Ac quercus, ulmique simul, madidæ sed & alni.   <sup>erant naves compositæ.</sup>

                       <sup>die</sup>
    Urbem quo tetigere quidem Titane secundo

<sup>eximii</sup>          <sup>venit</sup>
Egregii Sigefredus adit Pastoris ad aulam,

         <sup>s. suis</sup>      <sup>imperabat</sup>
Solo rex verbo sociis tamen imperitabat;

<sup>capite</sup>   <sup>inclinato</sup>                   <sup>incipit dicere</sup>
Vertice flexo ad Pontificem sic inchoat ore :

40    *O Gozline, tibi gregibusque tuis miserere,*
    <sup>i. e. ut non</sup>      <sup>consentias</sup>
*Ne pereas, nostris faveas dictis rogitamus.*
<sup>concede</sup>       <sup>solummodò</sup>      <sup>valeamus</sup>
*Indulge siquidem tantùm transire queamus*
       <sup>lædemus</sup>       <sup>nullo modo</sup>
*Hanc urbem; tangemus eam nunquam, sed honores*
       <sup>pro conabimur</sup>
*Conservare tuos conemur, Odonis & omnes.*
    <sup>s. Odo</sup>       <sup>colebatur</sup>           <sup>quia post consulatum imperium suscepto.</sup>
45 *( Hic Consul venerabatur, rex atque futurus,*
  <sup>s. ipsius</sup>     <sup>defensor</sup>         <sup>nutritor</sup>
*Urbis erat tutor, regni venturus & altor. )*

                <sup>fidelissima</sup>   <sup>s. verba</sup>
Hæc contra Domini præsul fidissima jecit :
  <sup>commendata</sup>            <sup>rege</sup>
*Urbs mandata fuit Carolo nobis Basileo ,*
             <sup>fermè</sup>   <sup>mundus</sup>
*Imperio cujus regitur totus propè cosmus.*

                                         Post

---

34. *parens.* C'est-à-dire , *apparens.*

36. *Titane secundo.* Puisque *Titane* est ici pour *die* suivant la Glose, l'expression *Titane secundo* signifie nécessairement le lendemain.

37. *Sigefredus.* Ici la premiere syllabe de ce mot est breve aussi bien que la seconde. Plus bas aux vers 55 & 436 , Abbon fait la premiere longue ; & pour pouvoir en faire autant de la seconde , il écrit *Sigemfredus* ou *Sigenfredus.*

45. *Consul.* C'est-à-dire *Comte* ; car les deux mots *Comes* & *Consul* étoient devenus synonymes : sur quoi on peut lire une savante Dissertation de M. Bonamy de l'Académie royale des Inscriptions & Belles-Lettres dans les Mémoires de la même Académie , (Tome *XVII. pages* 18 & *suiv.* ).

Poſt Dominum, regem dominatoremque Potentum;
<br>depopulationem

Excidium per eam regnum non quòd patiatur,
<br>　　　　　　　　　　　tueatur　　　　tranquillum

Sed quòd ſalvetur per eam, ſedeatque ſerenum:
<br>　　　　adverbium dubitandi commodata

Ut nobis ſi fortè tibi commiſſa fuiſſent
<br>　　　　　　　　　　　　　　　ædificia

Mœnia, ( quodque peregiſſes juſtum tibi narras, )
<br>adeſſe

Quid fore ſancires? Sigemfredus, Caput, inſit,
<br>　　　　　　　　　　　poſteà　　　　ſ. ſancirem

Enſis honore meum canibus demùm quoque dignum;
<br>　　　　　pro niſi　　　noſtris dictis con

Toxica, ni tamen his precibus cedas, tibi tela
<br>　　　　　　apponent

Noſtra miniſtrabunt caſtella die veniente,
<br>ſ. die　　ſ. miniſtrabunt　　　　　　　ſingulis

Decedente famis peſtem, hoc peragentque quotannis.
<br>i. e. verba dixit　　　　　receſſit　ſ. ſuos　　collegit

Hæc ait, atque dehinc abiit, ſocioſque coëgit.
<br>initium　　　accepit　　　prælium

Sic caput Aurorâ rapuit perdente duellum;
<br>certè　　　　　de navibus　ad turrim　feſtinantes

Nempe ruunt omnes ratibus, turri properantes

---

54. quodque peregiſſes &c. C'eſt-à-dire, vous voudriez être obéi comme ayant droit de l'être, & n'ayant rien commandé que de juſte. Quodque eſt ici pour quodcunque.

56. Enſis honore &c. Il ſemble que ce ſoit un ſerment, Par l'honneur de mon épée, ou par mon épée, ſi je vous avois donné une ville à garder, je me croirois après cela digne d'être jeté aux chiens : cependant faites attention à ce que nous vous demandons, ſinon &c. Mais ſans ſuppoſer un ſerment, on peut conſtruire ainſi : Sancirem caput meum, quod eſt dignum honore enſis, eſſe dignum canibus.

57. Toxica. Ce mot ſeroit-il pris ici adjectivement pour le joindre à tela, comme s'il y avoit tela venenata? Si l'on ne veut point admettre cette ſuppoſition, il faut néceſſairement ſous-entendre & avant tela, & conſtruire ainſi, cras noſtra caſtella miniſtrabunt tibi tela & toxica.

61. Sic caput &c. La conſtruction eſt, ſic rapuit duellum, il commença la guerre, ou l'attaque de la Ville, aurorâ perdente caput, après le lever de l'aurore, ou l'aurore tirant à ſa fin.

62. turri. Cette Tour étoit ſituée au bout du Pont que Charles le Chauve avoit fait bâtir en 861 à l'extrémité occidentale de la Cité. Voyez les Annales ſur l'an 885, au 27 Novembre.

_f. turrim   percutiunt          fortiter_

Anno 885. Quam feriunt fundis acriter, complentque fagittis.

         fr·mit       pavefcunt             movertur, titubant

Urbs refonat, cives trepidant, pontefque vacillant;

     fimul currunt           auxilium       augmentant

65 Concurrunt omnes, turrique juvamen adaugent.

      i. e. in hâc fpeculâ              corufcabant

Hîc Comites Odo, fraterque fuus radiabant

          f. cum illis

Rotbertus, pariterque Comes Ragenarius; illîc

              f. radiabat

Pontificifque nepos Ebolus, fortiffimus Abba.

           f. cum        f. eft

Hîc modicùm Præful jaculo palpatus acuto,

              f. cum

70 Hîc ejus juvenis miles fimili Fridericus

    percuffus            occubuit

Eft ictus gladio; miles periit; feniorque

         dum medicaretur

Convaluit, fefe medicante Dei medicinâ.

   : : : : : :    f. chriftianis    finem vitæ    f. Dáni      fævas

Hîc vitæ multis extrema dedere; fed acres

---

64. _Urbs refonat_ &c. Les mots _refonat_ & _trepidant_, que la Glofe interprete par _fremit_ & _pavefcunt_, & que le Poëte explique lui-même au vers 91 par _pavitat_ & _ftrepitant_, peuvent bien marquer que les habitans fe crurent dans un grand danger, mais non pas qu'ils furent abattus jufqu'au découragement, puifqu'au contraire ils donnerent pendant tout le temps que dura le fiége, de fi grandes preuves de leur courage & de leur bravoure. Il femble donc que les verbes _refonare_ & _trepidare_ expriment ici le grand empreffement des Parifiens à porter du fecours à la Tour affiégée. Ils y accoururent à la hâte du centre & des extrémitez de la Ville en fi grande affluence, que les ponts en furent ébranlez, fuivant cette expreffion du même vers d'Abbon, _pontefque vacillant._ Dans Virgile _trepidare_ fignifie fe hâter, fe mettre en mouvement: il a dit ( Æneid. IV. 121. ) _dum trepidant alæ_; & ( Æneid. IX. 418. ) _dum trepidant, ti hafta Tago_ &c.

66. _Odo._ Dans Abbon la premiere fyllabe de ce nom eft tantôt longue, comme ici & au vers 246; & tantôt breve, comme plus bas aux vers 96, 107, 245, &c.

68. _Ebolus._ Ici les deux premieres fyllabes de ce mot font breves: au vers 108 la premiere fera breve, & la feconde longue: & au vers 244 ce feront deux longues. Quelquefois Abbon dit _Ebalus_ au lieu d'_Ebolus_, comme plus bas ll. 399. & 405.

70. _Fridericus._ C'eft l'orthographe du MS. Toutes les éditions précédentes portent _Fredericus._

73. _Hîc vitæ_ &c. Il y avoit ici dans la Glofe un mot ou deux qui ne font

ƒ. quas in cutem infer             redeunt

Pluribus infligunt plagas, tandemque recedunt,       *Anno 885.*

mortuos

Exanimes Danos fecum multos referentes.

vertebat

Jam occidui medium vergebat ad ultima Thule,

partis             fol        *i. e à toto cœlo*

Climatis auftralis quoque Apollo fequutus Olympo,

Nil prorfus fpecies turris renitens erat adhuc

Perfectæ, fundamentis tantùm benè ftructis,

Ac modicùm ductis fursùm factifque feneftris

Gaudebat; belli fed eâdem nocte peracti.

parietibus

Altiùs hæc circumductis crevit tabulatis;

ƒ. turris     dimidiæ

Lignea fefcuplæ fiquidem fuper additur arci.

---

plus lifibles; ce font les feuls de la Glofe entiere qu'il n'a pas été poffible de déchiffrer.

76. *Thule.* Le MS orthographie mal *Tile.* C'eft *l'ultima Thule* des anciens, qui ne connoiffoient rien au de là dans notre hémifphere du côté du couchant, & que l'on croit être ou l'île d'Iflande ou celle de Thilentel, la plus feptentrionale des Orcades. Dans cette phrafe le Gloffateur explique *vergebat* par *vertebat*, *climatis* par *partis*, *Apollo* par *Sol*, & *Olympo* par *à toto Cœlo*: on lui auroit fu bien meilleur gré s'il en avoit donné la véritable conftruction. Il femble néanmoins qu'il faut la faire ainfi: *Jam Sol climatis Auftralis, fequutus ab Olympo medium occidui, vergebat ad ultimam Thulen*; & *quoque* eft une cheville pour remplir la mefure du vers. Mais que veut dire ce verbiage? *Sol climatis Auftralis* fignifieroit-il que le Soleil étoit alors par rapport à nous de l'autre côté de la ligne équinoctiale?

82. *tabulatis.* Le mot *tabulatum* fignifie proprement un plancher: cependant la Glofe l'explique ici par *parietibus*; & l'adjectif *circumductis* prouve que c'eft en effet la penfée du Poëte.

83. *fefcuplæ.* Comme *fefcuplex* & *fefcuplum* fignifie dans les bons Auteurs *une fois & demie autant*; le Préfident Fauchet ( *Antiq. Franç. fol.* 398 *recto* ) en traduifant ce vers d'Abbon, a cru pouvoir dire que les Parifiens *hauſſerent de bois la Tour d'une fois & demie autant qu'elle étoit.* Mais il faudroit pour cela qu'il y eût *fefcuplex*, au lieu qu'il y a *fefcuplæ* qui fe rapporte néceffairement à *arci*. C'eft donc l'ancienne charpente, ou ce qui reftoit encore fur pied de la Tour attaquée, qui avoit une fois & demie autant d'élévation que la nouvelle charpente qui y fut ajoutée pendant la nuit. Ainfi en prenant *fef-*

Anno 885.   Sol igitur Danique simul turrim resalutant;
        fidelibus

85   Prælia devotis jaciunt immania valdè;
     dardi        ex utrâque parte

     Pila volant hinc inde, caditque per aëra sanguis;
                       laceratæ

     Commiscentur eis fundæ, laceræque balistæ;

     Nil terras interque polos aliud volitabat.
                         perforata

     At turris nocturna gemit dardis terebrata;

90   Nox fuit ejus enim genitrix, cecini quoque suprà.
                       cornua

     Urbs pavitat, cives strepitant, & classica clamant

---

*cuplæ* dans sa signification rigoureuse, ces nouveaux travaux ne formerent que les deux cinquiemes de la hauteur du total. Cependant ce n'est pas encore là le sens de l'Auteur, puisque, suivant la Glose *sescuplæ* est ici pour *dimidiæ*. Abbon veut donc dire, ou que ce qui restoit de la Tour n'alloit qu'à la moitié de la hauteur du total après que les Parisiens l'eurent exhaussée pendant la nuit, d'où il s'ensuivroit que selon lui ils lui donnerent une fois autant d'élévation qu'il lui en restoit; ou que la moitié en ayant été abattue pendant le jour, ils l'exhausserent considérablement pendant la nuit, sans specifier de combien. Au reste le Pere Daniel (*Hist. de Fr. édit. Paris in-fol. 1713. Tome I. page 845.*) suppose que le Comte Eudes « ayant prévu ce qui étoit arrivé,
» avoit donné ses ordres pour préparer une bonne charpente de poutres & de so-
» liveaux » qui répareroit tout le dommage; mais puisqu'on n'avoit encore que commencé le bâtiment de la Tour, & qu'elle n'étoit pas encore achevée suivant Abbon (*l. 78 & 79.*) comme le Pere Daniel (*page 844.*) le reconnoît lui-même, n'est-il pas plus naturel de supposer que les matériaux de cette charpente étoient déjà tout préparez, & qu'il ne s'agissoit plus que de les mettre en œuvre? Sans cela combien de jours auroient pu suffire pour un pareil travail?

85. *devotis.* Dom Bouquet écrit *devoti* au lieu de *devotis* que l'on lit dans toutes les éditions précédentes conformément au MS, & qu'en effet la Glose n'explique point par *fideles*, mais par *fidelibus*.

91. *Urbs pavitat, cives* &c. C'est ainsi qu'il y a très-distinctement dans le MS, aussi bien que dans les éditions de Pithou & de du Breul. Du Chesne s'y est aussi conformé dans sa premiere édition; mais dans sa seconde il a mis *Urbs pavet, ac cives* &c. en quoi il a été suivi fort mal à propos par du Bouchet & par Dom Bouquet. Sur les mots *pavitat* & *strepitant*, voyez la Note sur le vers 64.

*clamant.* Dom Bouquet avertit dans une Note, que du Chesne a fait ici une faute en écrivant *damnant* au lieu de *clamant.* La faute doit être rejetée

Anno 885.

Abſque morâ tremulæ cunctos ſuccurrere turri;

Chriſticolæ pugnant, belloque reſiſtere curant.

Belligeros inter cunctos gemini radiabant
                *ſ. erat*           *Ebolus*

5 Plus aliis fortes, alter Comes, alter & Abba,
           *ſ. erat*

Alter Odo victor, bellis invictus ab ullis,

Confortando fatigatis vires revocabat;
                     *occidens*

Luſtrabat jugiter ſpeculam, perimens inimicos.
      *&*                 *ferris*

Qui verò cupiunt murum ſuccidere muſclis,
     *ſ. Normannis*

10 Addit eis oleum, ceramque picemque miniſtrans;

Mixta ſimul, liquefacta foco, ferventia valdè;
   *ſ. talia de*     *h*    *crines*

Quæ Danis cervice comas uruntque trahuntque.
       *ſ. illa ferventia*

Occidunt autem quoſdam, quoſdamque ſuadent
*fluminis*

Amnis adire vada. Hoc unà noſtri reſonabant:
*undique uſti*

15 *Ambuſti Sequanæ ad pelagos concurrite, vobis*
          *crines pro magis ornatas*

*Quò reparent alias reddendo jubas mage comtas.*

*Epixeuxis*

---

d'abord ſur Pithou, car c'eſt lui qui l'a faite le premier. Du Breul l'avoit corrigée en imprimant *clamant* conformément au MS. Du Cheſne lui-même dans
ſa première édition avoit ſuivi du Breul, & ce n'eſt que dans ſa ſeconde édition
qu'il a fait d'après Pithou la faute qu'on lui reproche; en quoi du Bouchet l'a
copié trop ſervilement.

   99. *muſclis.* Ce mot eſt ici pour *muſculis*; & *muſculus* dans Céſar ( *de Bello
civili lib. 2. cap. 10.*) étoit une machine de guerre ſous laquelle ceux qui tra-
vailloient à ſapper une muraille ſe mettoient à couvert; ce qui s'éloigne peu
de la penſée de Pithou, adoptée par du Breul, qui interprete *muſclis* par *cuni-
culis.* Mais comme ici la Gloſe l'explique par *ferris*, il paroît qu'Abbon l'a
employé pour ſignifier non la machine même, mais l'engin ou l'inſtrument
avec quoi on ſappoit.

   103. *quoſdam quoſdamque.* Eſt-il néceſſaire d'obſerver que dans l'édition de
du Breul on a omis l'un de ces deux *quoſdam* ?

percuſſit

Fortis Odo innumeros tutudit. Sed quis fuit alter ?

ſ. Odonem

Alter Ebolus huic ſocius fuit æquiperanſque ;

ſ. Normannos

Septenos unâ potuit terebrare ſagittâ,

deridens    ſ. vivos

110 Quos, ludens alios, juſſit præbere coquinæ.

ſ. duobus    ſ. in pugnâ    ſ illos  i. e. tertius  ſ. fuit

Hiſce prior mediuſve fuit , circumve nec ullus.

deſpectâ    morte

Fortiter aſt alii ſpretâ nece belligerabant :

sed    gutta    una    ignes, calores ſ. comparata

Verùm ſtilla quid eſt ſimplex ad caumata mille ?

Ro græcum    fideles    ſuſtinebat, confortabat

P geminum fidos rarò quamvis vegetabat,

Mi    crudeles    deinde    mille    quadraginta    mille    eſt

115 M que truces poſthac chile ( ſaranta chile id extat )

ſ. Normanni    pro adeunt    continuum turpes

Hice recenter eunt vicibus turrim, juge fœdi

---

110. *juſſit præbere coquinæ.* Ils étoient déjà tout embrochez ; il n'y avoit plus qu'à les faire rotir. Cela eſt bas , & tout-à-fait indigne tant de la gravité du Poëme, que de celle de l'Auteur.

113. *caumata.* Du cange prouve dans ſon Gloſſaire latin, que *cauma* ſigni-fie une grande chaleur, un grand feu ; & il reprend Spelman de l'avoir pris pour un flot ou un grand amas d'eau. Mais ceci n'eſt que pour l'exactitude grammaticale ; car de maniere ou d'autre , la penſée eſt toujours la même dans le fonds. Dire *qu'eſt-ce qu'une goute d'eau au prix de la mer ?* ou dire *qu'eſt-ce qu'une goute d'eau pour éteindre un grand feu ?* c'eſt toujours la même force de comparaiſon.

114. *P geminum &c.* La Gloſe obſerve que le P grec doublé ( c'eſt notre R) marque 200, & que le M grec ( c'eſt auſſi notre M ) marque 40. Il faut obſer-ver de plus que σαραντα ou *ſaranta* eſt un mot grec abrégé de τεσσεραχοντα ; en ſorte que *ſaranta chile* eſt la même choſe que *M chile* , c'eſt-à-dire *quarante mille.* Or tout cela doit ſignifier qu'il n'y avoit que 200 combattans Chrétiens , *fidos,* pour défendre une fortereſſe attaquée par 40000 payens, *truces.* Il y a dans le MS, & dans les cinq éditions qui ont précédé celle de Dom Bouquet , *ſeranta* au lieu de *ſaranta.* Dom Bouquet a mis *ſaranta* qui eſt plus correct ; & on a cru en cela devoir l'imiter ici.

116. *fœdi.* Cette expreſſion déſigne les Normans , que le Poëte charge or-dinairement de diverſes épithetes odieuſes, telles que *ſoboles Plutonis amica* au vers 21 ; *ſævi* au vers 27 ; *truces* au vers 115 ; *atrox* au vers 249 ; *nequam* au vers 354 &c. comme au contraire il ne donne au Pariſiens que des épithetes honorables , telles que *devoti* au vers 85 ; *fidi* au vers 114 ; *populus benignus* au vers 248 &c.

Anno 885.

       _multiplicant_

Ingeminant bellum; clamor fremitufque fit altus,

Ingentefque replent voces hinc inde ruentes
               _fcuta_

Æthera, faxa fremunt parmas quatientia pictas;
               _perforata_

20 Scuta gemunt, galeæ ftrident, trajecta fagittis.
  _ad hunc locum, i. e. ad turrim * de_           _circumeunt_

Huc * prædâ redeunt equites, certamina ftipant,
   _fani_     _f. Normanni_        _ex cibis_

Incolumes adeunt fpeculam, faturique ciborum;
        _naves_

Anteque durcones multi repetunt morientes
          _f. fpeculam_

Quàm lapides jaciant, illamque gravent lapidando,
         _animam_

25 Dulce quibus flamen Danæ fpirantibus aiunt

Quæque fuo lacerans crines lachrymanfque marito:
          _fili_

Unde venis; fornace fugis? fcio, nate Diabli,
          _victoria_

Hanc nullus poterit veftri fuperare triumphus,
  _pro nonne_      _panem_     _carnes_    _vinum_    _obtuli_

Non tibi nunc Cererem? vel apros, Bacchumque litavi?
         _reiteras_

30 Tamque citò quare repedas ad tegmina ftratûs?

_fyncope._

---

  120. _trajecta._ Cet adjectif ne peut fe rapporter qu'à _fcuta_, ce qui fait ici une conftruction très-vitieufe; mais avec Abbon il n'y faut pas regarder de fi près.

  123. _durcones._ Suivant le Gloffaire latin de du Cange, _durcones_ font _navigia fluviatilia_, des navires de riviere, c'eft-à-dire, des bateaux. Abbon avoit dit plus haut au vers 28 & 29, _aërias naves, præter juniores naves_; & la Glofe explique là _juniores naves_ par _durcones_: elle devoit donc expliquer ici _durcones_ par _juniores_ ou _minores naves._ Cependant _naves_ en général n'eft point mal, pour faire entendre que le Poëte emploie ici l'efpece pour le genre.

  125. _flamen._ Il y a _flumen_ dans toutes les éditions précédentes, excepté dans celle de Pithou qui porte _flamen_ conformément au MS; & on voit bien que ce n'eft pas une faute de l'écrivain, puifque la Glofe explique ce mot par _animam._

  127. _fornace._ Terme de dérifion & de mépris. Ces femmes ne regardoient la Tour affiégée que comme un four à caufe de fon peu d'élévation. _Fornax_ & _clibanus_ du vers 133. font ici fynonymes.

  130. _ftratus._ Dom Bouquet qui emploie ordinairement les accens, n'en a

cupis       pro apponi
Anno 885. *Hæc iterum geſtiſne tibi poni? redeuntne,*

glutto
*Helluo, ſic alii? ſimilem mereantur honorem.*

propter parvam   quantitatem   turris   curvus, pandus
*( Clibanus ob humile quantum ſpeculæ ſinuatus*

dedit
*Sæva per ora duit quamvis ignobile nomen. )*

fundamenta    cupiunt   ſ. turris
135 *Ima dehinc ardent ejus diſcindere ſciſci:*

magnum       apertum       ſ. apparuit
*En immane foramen, hians, majus quoque dictu.*

intrinſecùs       vocati
*Apparent penitùs Proceres jam nomine citi,*

galeatos
*Criſtatoſque vident cunctos, quibus atque videntur,*

per ſingulos viros
*Conſpiciuntque viritim omnes non introeuntes;*

pavor       pro præſumſit
140 *Horror enim vetuit quod non audacia ſumſit.*

Orbita

---

point mis ſur ce mot; cependant il doit être au génitif: *repedare ad tegmina ſtratûs*, retourner au gîte.

133. *Clibanus.* Voyez la Note ſur le vers 127.

*ſpeculæ.* Ce mot eſt au datif; & le ſens de la parentheſe eſt, *Clibanus ob parvam ſuam quantitatem dedit ſpeculæ in ore feminarum illarum nomen ignobile fornacis.*

135. *ſciſci.* La Gloſe auroit bien mieux fait de nous donner l'intelligence de ce mot, que de s'amuſer à nous dire qu'*ardent* ſignifie *cupiunt*, ou à expliquer cent autres endroits ſemblables que l'on entend fort bien ſans elle. Mais peut-être y a-t-il ici une faute de Copiſte, & qu'au lieu de *ſciſci* qu'on lit très-diſtinctement dans le MS, il faut écrire *ſciſſi.* On va voir dans le vers ſuivant, qu'il y avoit déjà une breche conſidérable à la Tour, *En immane foramen* &c. Ce ſeroit là le ſens du mot *ſciſſi.* Au moyen de cette breche on pouvoit plus facilement mettre la Tour en pieces, & la renverſer juſqu'aux fondemens, *ima diſcindere.* Ainſi en écrivant *ſciſſi* au lieu de *ſciſci* il n'y a plus de difficulté. Il eſt vrai que ce mot ſe rapporte à la Tour, & qu'en ſous-entendant ſoit *turris*, ſoit *arx*, ſoit *ſpecula*, il falloit mettre *ſciſſæ* au lieu de *ſciſſi*; mais en ſous-entendant *clibanus*, qui eſt le mot employé deux vers plus haut, *ſciſſæ* ne vaudroit plus rien, & le Poëte devoit mettre *ſciſſi.* Quelque plauſible, quelque néceſſaire même que paroiſſe cette correction dans le texte d'Abbon, on ſe méfie tant de ſes propres lumieres, qu'on a mieux aimé repréſenter le MS tel qu'il eſt.

139. *non introeuntes.* Le Préſident Fauchet ( *Antiq. Franç. fol. 398 recto*) traduit *ceux de dedans*; & le latin en effet ne peut ſignifier que cela ici.

142

rotā
Orbita mox à turre teres jaculatur in illos :
*i. e.* sex Normannos repellens        inferno
Bisternis arcens animas direxit averno,

Perque pedes tracti numerum complent morientum,
   deinde            ignem     *f.* qui est
Tum foribus posuere larem, Vulcania cura,
   occidere         sperantes
5 Hinc multare viros rentes, & perdere turrim.
  focus
Fit rogus horribilis, fumusque teterrimus inde.
                subintrat
Nubila militibus miscet, succedit & umbris
                  longâ
Scilicet arx piceis horâ veluti diuturnâ.

Nam tulit hæc minimè sufferre diu sibi notos,
0 Sed nostri Dominus miserescens vertere jussit
 partem
In sortem cæcam populi nebulam generantis ;
    *f.* bellum              studuit
Fortiùs ille furens Mavors regnare sategit.
              *i. e.* Parisio
Signifer en geminus concurrit ab urbe benignâ,

---

142. *Bisternis.* On lit dans les six éditions précédentes *bis ternas* en deux mots au lieu de *bisternis* ; & *bis ternas* s'accorde fort bien avec *animas.* Cependant le MS porte absolument *bisternis* qu'on peut lire en un seul mot ; & peut-être Abbon en a-t-il voulu faire une façon de parler adverbiale.

147. *succedit.* La Tour entre dans la fumée, c'est-à-dire, est toute enveloppée de fumée. Virgile emploie le verbe *succedere* pour dire *entrer dedans,* comme dans ce vers ( *Æneid.* I. 631. ) *Tectis, juvenes, succedite nostris ;* & dans cet autre ( *Æneid.* VIII. 123. ) *Nostris succede penatibus hospes.*

149. *tulit.* Il faut sous-entendre *Dominus,* qui est exprimé au vers suivant.

151. *In sortem cæcam* &c. Le Pere Daniel ( *Hist. de Fr. édit. Paris, in-fol.* 1713. *Tome* I. *page* 847. ) a fort bien entendu ce vers. « Tout étoit perdu « dit-il, si le vent avoit donné contre la Tour ; mais par un très-grand bonheur « il portoit la flamme du côté des ennemis, & l'éloignoit de la Tour. »

152. *Mavors.* Le Poëte applique ici le nom de Mars au véritable Dieu, qui s'appelle en effet le Dieu des armées.

153. *Signifer en geminus* &c. C'étoient sans doute deux Porte-enseignes, ou comme nous dirions, encore, deux cornettes. On va voir de quelle maniere ces deux Officiers avoient la tête affublée ; & c'est peut-être de cet affublement

Ii

*turrim*

Anno 885. Lancea bina gerens speculam conscendit, amictum

                       *pavor*        *Normannorum*

155 Auribus immodicis croceum, formido Danorum;

          *pro quorum*   *ejecit*

Tunc centena quium pepulit cum sanguine vitam

       *sagitta*                *velox*

Centeno catapulta nimis de corpore pernix;

        *s. per*

Hospitiumque comas ducti lintresque revisunt,

Lemnius hîc moritur claudus magno superante

                *àquæ*

160 Neptuno; humectant latices incendia fusi,

                    *crudeli*

Pestiferæ gentis miles percussus acerbo

Rotbertus felix jaculo spiravit ibidem;

---

là même, où l'on distinguoit deux oreilles extrêmement hautes ou longues, & que l'on pouvoit prendre pour des cornes, que le mot de *Cornette* a tiré son origine. Voici, ce semble, la construction de ce vers & des deux suivans: *Geminus signifer, formido Danorum, concurrit ab urbe, conscendit* (que) *speculam, gerens bina lancea,* (&) *amictum croceum auribus immodicis.* On voit bien que *bina lancea* est un barbarisme pour *binas lanceas,* à moins qu'on ne veüille construire autrement, & dire: *lancea bina,* (seu) *geminus signifer... concurrit ab urbe... gerens amictum croceum,* &c. Mais que veut dire *amictum croceum auribus immodicis?* Seroit-ce un couvre-chef de couleur de safran, & à longues oreilles? D'abord il faut admettre ces oreilles; & c'en est peut-être assez pour y rapporter les deux mots, *formido Danorum,* en construisant: *amictum croceum auribus immodicis,* (qui suit) *formido Danorum.* Mais on peut former quelque doute sur *croceum.* Ne seroit-ce pas un habillement de tête fait en forme de cloche, c'est-à-dire étroit par en haut, & large par en bas, plustôt qu'un habillement de couleur jaune? Du Cange dans son Glossaire latin, au mot *Crocea,* est tenté de substituer à ce mot celui de *Clocea* dans deux endroits du Cérémonial Romain; & il renvoié au mot *Clocca* ou *Cloca,* où il parle en effet de certains habillemens ainsi appellez, parce qu'ils étoient faits en forme de *Cloches.*

155. *immodicis.* Pithou a fait une faute en imprimant *immodis.* Dans toutes les autres éditions il y a *immodica,* qui ne fait aucun sens, & qu'il est impossible de construire avec le reste de la phrase. Le MS porte bien distinctement *immodicis.*

*croceum.* Peut-être faut-il lire *clòceum.* Voyez la Note sur le vers 153.

156. *Tunc centena* &c. La construction est, *de quorum centeno corpore centena catapulta nimis pernix pepulit vitam cum sanguine.*

159. *Lemnius claudus.* C'est le Dieu Vulcain, c'est-à-dire, le feu.

162. *Rotbertus felix* &c. On ne sauroit dire qui étoit ce Robert. Dom Bouil.

*f. ex*
Atque Deo pauci vulgo periere juvante.

*deinde*
Erubuere tamen poſthâc veluti lupus audax

*ſilvam profundum*
5 Nil rapiens prædæ, repetitque quidem nemus altum,

Subtilemque nimis ſecum retulere fugellam;

*Deo inferni*
Tercentum exanimos flentes Charone receptos;

*ſequens*
Nox comitans turris ſtuduit vulnus medicari.

*fine*
Hæc duo bella ſui reſidens in limite currûs

*frigidus complere*
o Ante November adeſt gelidus, ſupplere Decembri

Anno 885.

Metaphora.

lart n'y a pas penſé lorſqu'il a écrit (*Hiſt. de S. Germ. des Prez, page* 51.)
qu'il s'agit ici de Robert le fort : il ne ſe ſouvenoit pas que ce Seigneur ne vivoit
plus alors, puiſqu'il avoit été tué par les Normans en 866. On ne comprend
pas mieux comment il a pu échapper au P. Daniel (*Hiſt. de Fr. édit. Paris in-
fol.* 1713. *Tome I. page* 847.) de dire que c'eſt *Robert, frere du Comte Eudes.* De
quel Comte Eudes entend-il donc parler ? Robert, frere de celui qui fut Comte
de Paris, puis couronné Roi, tâcha à ſon tour de déthrôner Charles le Simple long-temps après le ſiége qu'Abbon décrit ici, & ne fut tué qu'en 923.
D'un autre côté le Préſident Fauchet (*Antiq. Franç. fol.* 398 *recto*) dit que les
Normans perdirent à ce ſecond aſſaut un de leurs chevaliers nommé Henri :
mais où a-t-il trouvé cela ? auroit-il lu dans le texte d'Abbon *Henricus* au lieu
de *Rotbertus* ? De maniere ou d'autre ce ſeroit là une grande mépriſe : car ce
Chevalier, quelque nom qu'il portât, étoit François & non Normand ; &
Abbon le trouve heureux d'avoir été tué en cette occaſion par les Payens,
*Rotbertus, miles felix, percuſſus jaculo peſtiferæ gentis.*

165. *repetitque.* C'eſt-à-dire & *repetens* ; car ce mot ſe rapporte à *lupus*,
comme celui de *rapiens.*

166. *fugellam.* Dans l'édition de Dom Bouquet il y a un point après *fugellam* ; & il n'y a ni point ni virgule après le mot *receptos* du vers ſuivant : ce
qui ne peut faire aucun ſens. Après *fugellam* il ne faut qu'une virgule ; & après
*receptos* il faut un point : *tercentum exanimos* eſt gouverné à l'accuſatif par *flentes* ; & *flentes* ſe rapporte à *Normanni*, qui eſt le nominatif ſous-entendu
d'*erubuere* & de *retulere.*

170. *Decembri.* Dans les ſix éditions précédentes on lit *December*, qui rend
la phraſe inexplicable. Il y a formellement *Decembri* dans le MS ; & voici la
conſtruction des trois vers 169, 170, & 171 : *November gelidus, reſidens in
limite ſui currûs, adeſt ſupplere hæc duo bella ternis ſolibus ante quàm cederet Decembri caudam anni.* Ainſi la penſée du Poëte eſt que les deux aſſauts furent
livrez ſur la fin de Novembre, trois jours avant que le mois de Décembre

diebus     finem     daret

Solibus is caudam ternis quàm cederet anni.

rubeo

Sole fuos fulvo radios fundente fub æthre,

in parte    circumeunt f. Gentiles    jacentes

Sorte Dionyfii luftrant equidem recubantes

fancti

Macharii Sequanæ ripas, & caftra beatum

rotundum         palis

175 Germanum circa teretem componere vallis

aggere

Commixto lapidum cumulo glebifque laborant.

filvas

Poft montes & agros, faltus campofque patentes

f. Normanni        feri

Ac villas equites peragrant, peditefque cruenti,

---

vint terminer l'année. Cela pofé, comme il y eut une nuit d'intervalle entre l'un & l'autre affaut, il faut dire que le premier fut donné le 27 ; & le fecond, le 28 : d'où il s'enfuit que la conférence ou le pourparler du Roi Sigefroi avec l'évêque Gozlin, eft du 26 ; & que les Normans étoient arrivez le 25 à Paris. Il eft vrai, comme on le verra bientôt, que le troifieme affaut ne fut donné que le 28 Janvier fuivant, c'eft-à-dire deux mois entiers après le fecond, & que cela fait un long efpace de temps entre l'un & l'autre : mais outre que les Normans employerent ce temps à piller & à faccager tous les environs, il leur fallut faire de grands préparatifs pour la nouvelle attaque qu'ils médi- toient, & qui fut fi longue qu'elle dura quatre jours entiers fans compter les nuits. On ne voit pas qu'il foit poffible d'expliquer autrement ces trois vers ; & de quelque maniere que l'on veuille entendre l'expreffion *folibus ternis*, il fera toujours vrai de dire que le Pere Daniel (*Hift. de Fr. édit. Paris in-fol.* 1713. *Tome I. pag.* 847.) en a mal pris le fens, lorfqu'il a dit que ce fecond affaut fut donné le dernier jour de Novembre. Mais il eft bon outre cela de remarquer pour la Chronologie, que dans le calcul du Poëte l'année com- mence avec le mois de Janvier, ou du moins à Noël.

173. *Sorte Dionyfii* &c. En lifant ce vers & les deux fuivans, on ne peut s'empêcher de fe repréfenter une églife de S. Denys dans le voifinage de S. Germain l'Auxerrois. Ce doit être celle que Ste Génevieve avoit fait bâ- tir, laquelle fut rachetée à prix d'argent en 857, de peur que les Normans n'y miffent le feu, mais qui peut-être fut enfin détruite pendant les horreurs de ce fiége.

175. *Germanum circa teretem.* On lit de même plus bas II. 35. *Germani te- retis contemnunt littora fancti.* C'eft S. Germain l'Auxerrois. Voyez les Anna- les vers l'an 654. Mezeray (*Hift. de Fr. édit. Paris*, 1643. *Tome I. page* 299) & Cordemoy (*Hift. de Fr. Tome II. page* 371.) ont pris le change ici bien groffiérement en prenant cette églife pour celle de S. Germain des Prez,

Infantes, pueros, juvenes, canamque fenectam,
           *occidunt*

80 Atque patres natofque necant, necnon genitrices;
   *mulieris*

Conjugis ante oculos cædem tribuere marito;
         *mariti*     *occifio*

Conjugis ante oculos ftrages guftat mulierem,
                  *j. guftat mors*

Ante patrum faciem foboles, necnon genitricum;

Efficitur fervus liber, liber quoque fervus,                    *Epizeuxis.*
  *famulus*

85 Vernaque fit dominus, contra dominus quoque verna;

Vinitor, agricolæque fimul cum vitibus omnes,

Ac tellure, ferunt crudeles mortis habenas:

Francia jam dominifque dolet, famulifque relicta;
  *domino*

Heroë gaudebat nullo, lachrymifque rigatur:
                 *pro domino*

90 Nulla domus ftabilis vivo regitur dominante,
         *dives*   *divitiis*     *multis*

Ah! tellus opulenta gazis nudatur opimis;
               *nigris*  *confummantibus* *æqualiter*

Sanguivomis, laceris, atris, edacibus æquo
 *plagis*                   *devoratione*

Vulneribus, prædis, necibus, flammis, laniatu
                     *devaftant*

Profternunt, fpoliant, perimunt, urunt, populantur
 *crudelis*    *fcelerata*   *multitudo*      *crudelis*

95 Dira cohors, funefta phalanx, coetufque feverus.
        *mox*

Poffe favebat eis actutùm velle, quòd ipfum

---

181. 182. Il importe fort peu dans le fonds lequel de ces deux vers doit
marcher le premier. Celui qui eft ici le 181ᵉ n'eft que le 182ᵉ dans les éditions précédentes, où par la même tranfpofition le 182ᵉ eft devenu le 181ᵉ.
Le MS les arrange dans l'ordre où ils font ici.

196. *Poffe favebat eis actutùm* &c. Abbon s'eft fervi de la même expreffion
dans fon Épitre dédicatoire. Ici la conftruction eft, *velle favebat eis poffe actutùm*, c'eft-àdire, ils n'avoient qu'à vouloir pour pouvoir; & ce qui fuit, *quòd
ipfum omnia* &c. n'a peut-être point d'autre fens que *quoniam*, ou *nam geftabant*

Anno 885. Omnia ſe viſum geſtabant ante cruentum.

pauperes   valdè fugiunt      ſuperbi homines    montes

Valles diffugiunt humiles, tumidi priùs alpes,

armati      valdè amant    ſilvas

Arma ſimul diamant lucos cum corde fugaci;

ſ. illis

200 Nemo patet, fugiunt omnes, heu! nemo reſiſtit,

ornamentum               pulchri

Sic decus a regni pro poſſe tulere venuſti;

ornamentum    navibus

Sic celebris ſpecimen cymbis portant regionis.

exercitus   ſ. Normannorum

Terribiles inter acies tamen adſtitit acta

de

Anno 886. Pariſius ridens media imperterrita tale.

ſ. opus

205     Ergo bis octonis faciunt, mirabile viſu,

---

*omnia ante ipſum cruentum à ſe viſum*, car ils portoient toutes leurs cruautez dans le cœur; & c'en étoit aſſez pour en voir bientôt les effets. Dans l'édition de Pithou on a mal à propos ſéparé *actutum* en deux mots, *ac* & *tutum*; & dans celle de du Bouchet on a fait auſſi une faute bien groſſiere en écrivant *poſce* au lieu de *poſſe*.

198. *Valles diffugiunt humiles* &c. C'eſt-à-dire, que les Grands devenus pétits prennent la fuite, & vont s'enfoncer dans l'épaiſſeur des forêts.

201. *decus a regni*. On ne voit point ce qui gouverne le mot *regni* au génitif. Le MS au lieu de *decus* ne met que *dec* avec un ſigne d'abbréviation; & cette abbréviation eſt peut-être pour *or*; en ſorte qu'il faudroit peut-être lire *decora*. Je dis, peut-être, car il faut avouer que cette abbréviation, qui eſt fréquente dans le MS, y tient toujours lieu des deux lettres *us*. De plus la Gloſe explique le mot abrégé par *ornamentum*, non par *ornamenta*.

204. *tale*. Voici encore ſelon toutes les apparences une faute de Copiſte; & on ne doute nullement qu'au lieu de *tale* il ne faille lire *tela*. En admettant cette correction, le ſens de la phraſe eſt, *Pariſius acta* (c'eſt-à-dire, *jactata* ou *quaſſata*) *inter acies terribiles, inter media tela, ſtetit imperterrita & ridens*. On voit qu'Abbon a voulu profiter de cette expreſſion de Virgile (*Eclog.* X. 45. & *Æneid.* X. 237.) *tela inter media*, comme il a copié plus bas (II. 118.) mot à mot le dernier vers de l'Enéide.

205. *bis octonis* &c. Les éditeurs précédens expliquent ceci dans une note marginale de trois ou pluſieurs chariots à ſeize roues; & c'eſt auſſi de cette maniere que Mézeray (*Hiſt. de Fr. édit. Paris,* 1643 *Tome I. pag.* 299.) Dom Félibien (*Hiſt. de Paris, Tome I. pag.* 103.) Dom Bouillart (*Hiſt. de S. Germ. des Prez, pag.* 52.) &c. l'ont entendu. Le Pere Daniel (*Hiſt. de Fr. édit. Paris, in-fol.* 1713. *Tom. I. page* 847.) au lieu de trois chariots, dit

menſuræ conjunɕta trinitati
Monſtra rotis ignara modi compaɕta triadi

quercûs unumquodque
Roboris ingentis, ſuper ariete quodque cubante,

ſ. ariete
Domate ſublimi cooperto. Nam capiebant

ſ. illius arietis ſ. arietis
Clauſtra ſinûs, arcana uteri, penetralia ventris,

o Sexaginta viros, ut adeſt rumor, galeatos.

Unius obtinuere modum formæ ſatis amplæ;

i. e dum ternum perageretur
Completis autem geminis, ternum peragendo,

per artem à turri allidere baliſta
Mittitur arte phalâ vexare phalarica binos

Magiſtros verhere
Artifices, nervis jaculata uno quoque plectro;

---

que les Normans n'oppoſerent à la Tour qu'une ſeule machine de bois en façon de tour à pluſieurs étages; & cette explication paroît beaucoup plus naturelle. Cependant l'expreſſion *pluſieurs étages* eſt encore trop indéterminée:
il ſemble que les mots *triadi roboris ingentis*, & *ternum peragendo*, ſignifient
expreſſément qu'il y en avoit trois, du moins deux entierement achevez, &
un troiſieme commencé. Cordemoy, qui dans le texte de ſon Hiſtoire de France
(*Tome II. pag.* 371.) a expliqué ce paſſage d'Abbon comme tant d'autres,
de pluſieurs chariots, ſemble néanmoins dans la vignette qu'il a miſe à la tête
du regne de Charles le Gros, l'avoir entendu autrement, & avoir donné lieu
à l'interprétation du Pere Daniel. On ne voit en effet dans cette vignette
qu'une ſeule machine de charpente à trois étages, qui s'approche de la Tour
pour la battre en ruine.

   207. *ariete.* Il y a dans toutes les éditions, comme dans le MS, *argete*,
qui eſt une mauvaiſe orthographe; il faut écrire *ariete*, ou du moins *arjete*. La
conſtruɕtion eſt, *ariete cubante ſuper quodque monſtrum*, ou *ſuper unoquoque
monſtro*, pour *tabulato*; c'eſt-à-dire qu'à chacun des trois étages de la machine
il y avoit un bélier.

   209. *Clauſtra ſinûs* &c. Dom Bouquet n'a mis aucune virgule dans ce vers;
il ſemble pourtant qu'il en faut trois, une après *ſinûs*, une après *uteri*, & une
après *ventris*. Le Poëte dit ici la même choſe de trois manieres différentes; &
tout cela ne ſignifie que l'intérieur ou la capacité de la machine. Cependant de
la maniere dont la Gloſe s'exprime, on diroit que chaque bélier des Normans
renfermoit ſoixante hommes; ce qui ſeroit ridicule. La Gloſe pourroit
donc bien être ici une petite addition du Copiſte, qui n'aura pas entendu ſon
Auteur; ou ſi elle eſt de l'Auteur même, il aura employé le mot *bélier* pour ſignifier la machine même qui en portoit trois.

215 Sic nobis lethum primi meruere paratum:
         *unitate percuſſionis*        *i. e.* dualitas Normannorum
     Moxque monade necata obiit ſæviſſima dias.

     Mille ſtruunt etiam celſis tentoria rebus,
      *coriis*
     Tergoribus collo demtis tergoque juvencûm:
        *tres*       *contegere*    *ſ.* tentoria
     Bis binos treſſiſve viros clypeare valebant;
   *i. e.* tentoria            *coriatas*
220 Quæ pluteos calamus vocitat crateſve Latinus.

     Nox nullam recipit requiem, nullumque ſoporem,
                     *fabricant*
     Veloces acuunt, reparant, cuduntque ſagittas,

     Expediunt clypeos, vetereſque novi efficiuntur.

     Cumque ſenis Phœbi fulgor jam ſcandit in almas
225 Quadrigas agilis, noctemque repellit opacam,

     Atque ſuos oriens oculos demitttit in urbem,

                                      En

---

215. *Sic nobis lethum* &c. Il faut ſous-entendre la particule *à*, & le ſens eſt, *ſic primi Normannorum meruere lethum paratum à nobis*. Ici *primi Normannorum* ſignifie *artifices*, c'eſt-àdire, les Ingénieurs, les inventeurs & conducteurs de la machine.

216. *Moxque monade necata* &c. La conſtruction eſt, *moxque ſæviſſima dias necata monade obiit*, où l'on voit que *necata* eſt au nominatif; & cela ſignifie, comme on le voit par la Gloſe, que les deux Ingénieurs Normans furent terraſſez d'un ſeul coup. Tous ceux qui au lieu d'une ſeule machine à trois étages ont ſuppoſé trois chariots, n'ont rien entendu à ce vers. Les éditions précédentes portent ſimplement *mox*; mais dans le MS il y a *moxque*.

217. *Mille.* Cordemoy (*Hiſt. de Fr. Tome II, page* 371.) & Dom Félibien (*Hiſt. de Paris, Tome I. page* 103.), ont pris ce mot au pied de la lettre: ils fabriquerent, diſent-ils, *mille* mantelets. D'autres aimeront mieux expliquer *mille* d'un très-grand nombre en général.

219. *Bis binos treſſiſve* &c. Suivant Dom Félibien (*Hiſt. de Paris, Tome I. page* 104..) cela ſignifie *quatre* ou même *juſqu'à ſix hommes.* C'eſt qu'il joint *bis* à *treſſis* comme à *binos*; mais rien n'oblige à doubler *treſſis*, & on peut bien traduire *trois ou quatre hommes.*

226. *demittit.* Du-Breul & du Cheſne dans ſa premiere édition ont mis *dimittit.*

Anno 886.

*i. e.* Normanni

En proles Satanæ subitò castris furibundæ

egrediuntur

Erumpunt, trepidis nimiùm telis oneratæ :

Ad turrim properant; tenues ut apes sua regna

plenis                    *herbæ species*

30 Distentis adeunt humeris casiâque thymoque ,

Arboreisque simul vel amœni floribus agri ,

non       aliter

Haud secùs infelix populus contendit ad arcem

arcubus

Pressis fornicibus humeris ferroque tremente :                *Methaphora*

Ensibus arva tegunt, Sequanam clypeis, & in urbem

35 Plumbea mille volant fusa densissimè mala ,

Atque ferunt pontis validis speculas catapultis ;

Mars hinc inde furit surgens, regnatque superbus :

---

*mittit* : mais celui-ci dans sa seconde édition a mis *demittit* ; & c'est la véritable leçon du MS.

227. *furibundæ.* C'est ainsi qu'il y a dans le MS , non *furibundi*, comme on lit dans toutes les éditions précédentes.

228. *nimiùm.* Du Chesne qui avoit écrit ainsi dans sa première édition conformément au MS, a laissé glisser dans sa seconde *nimirum*, qui est une grosse faute d'impression que du Bouchet n'a pas manqué d'adopter ; mais Dom Bouquet l'a corrigée dans la sienne.

235. *Plumbea mille volant* &c. Dans ce vers là la quantité est fort mal observée ; mais comme ce n'est pas là le seul défaut du Poëme, on ne s'y arrête point. *Plumbea mala* signifient des balles de plomb ; & on les lançoit avec des frondes, dit le Président Fauchet dans son Traité de la Milice & armes de France (*fol.* 522. *recto*) où il traduit ce vers ainsi, *Pommes de plomb mille volent en l'air.*

236. *ferunt pontis.* Il y a *pontes* dans le MS ; mais il est impossible de construire ce mot avec le reste de la phrase. On lit dans les six éditions précédentes, *pontis*, dont la construction est aisée, & qui semble en effet devoir être préférée à *pontes*. Pour ce qui est de *ferunt*, il n'y a dans le MS que *fer* avec un signe d'abbréviation ; mais ce doit être *ferunt.*

*speculas.* Ceci prouve que le pont étoit défendu par des forts, tant à l'une qu'à l'autre de ses deux extrémitez, conformément à ce que le Poëte a dit plus haut au vers 19. *phalas cis urbem , citraque flumen.*

Kk

curva
Anno 886. Totius ecclesiæ convexa boando metalla

Flebilibus vacuas fupplent clamoribus auras ;

240 Arx nutat, cives trepidant, ingenfque tubarum

Vox refonat, cunctofque pavor cum turribus intrat;

Hîc proceres multi, fortefque viri renitebant :

Antiftes Gozlinus erat primas fuper omnes ;

Huic erat Ebolufque nepos, mavortius Abba,

245 Hîc Rotbertus, Odo, Ragenarius, Utto, Erilangus:
f. erant
Hi Comites cuncti ; fed nobilior fuit Odo,
fagittas
Qui totidem Danos perimit quot fpicula mittit.

Dimicat infelix populus, pugnatque benignus :

Tres armavit atrox cuneos, quibus obtulit arci

---

238. *metalla.* Du Breul, du Chefne, & Dom Bouquet, mettent en marge, *id eft campanæ*, comme fi c'étoit l'interprétation de la Glofe. L'interprétation eft jufte ; mais la Glofe ne dit rien fur ce mot.

243. *primas.* Ce mot ne fignifie pas *Primat fur tous les Grands de la Cour*,
comme l'explique François du Chefne ( *Hift. des Chancel.* page 91.) Ce n'eft
qu'une expreffion générale qui s'applique à toute fupériorité. Abbon l'emploie
plus bas II. 542. pour marquer la royauté d'Eudes.

245. *Ragenarius.* Pithou, du Breul, & du Chefne dans fa premiere édition
ont mis *Ragenarius* conformément au MS. Mais le même du Chefne dans fa
feconde édition, fuivi par du Bouchet & par Dom Bouquet, ont jugé à propos
de mettre *Regenarius.*

247. *fpicula.* Il y a ici une groffe faute d'impreffion dans l'édition de Pithou, où on lit *fpecula* au lieu de *fpicula.*

249. *Tres armavit atrox* &c. Le Pere Daniel ( *Hift. de Fr.* édit. Paris, in-
fol. 1713. Tome I. page 847.) a pris le change ici. « Le Comte Eudes, dit-il,
« ayant fait fortir de la Ville un affez grand nombre d'Infanterie, partagea ce
» corps en trois bataillons : il deftina le plus gros à la défenfe de la Tour pour
» foutenir & pour relever ceux à qui on avoit confié la garde de ce pofte ; il
» mit les deux autres fur le Pont pour repouffer les ennemis s'ils l'attaquoient
» &c. » Or ces trois bataillons prétendus du Comte Eudes font précifément trois

cum f. obtulit cuneos navigio

250 Majorem, picto ponti geminofque parone ,

turrim   pontem

Hanc fat opinati fuperare, hunc fi potuiffent.

Hæc bellum patitur, multò majora fed ille;

Hæc depicta gemit vario fub vulnere rubra;

Ille virûm luget vires obitufque fluentes.

255 Sanguine nulla via urbis adeft intacta virorum;

Profpiciens turrifque nihil fub fe nifi picta

Scuta videt, tellus ab eis obtecta latebat.

Inde fuper cernens lapides confpexit acerbos;

---

corps de troupes Normandes. Le Pere Daniel auroit-il lu *Odo* au lieu d'*atrox*,
qui ne peut fignifier ici que les Normans ? Dom Félibien (*Hift. de Paris*, *Tome
I. pag.* 104.) dit que le premier de ces trois corps fut deftiné à battre la Tour,
le fecond à battre le Pont, & le troifieme à foutenir ces deux batteries. Ce
n'eft point là la penfée d'Abbon, fuivant lequel le plus fort ou le plus nom-
breux des trois attaqua la Tour *arci majorem*; & les deux autres conjointement
attaquerent le Pont *geminos ponti* Or ces deux derniers enfemble étoient plus
forts que le premier tout feul: auffi les Normans vouloient-ils faire de plus
grands efforts contre le Pont que contre la Tour. Pourquoi ? parce que s'ils venoient à bout du Pont ils fe perfuadoient avec raifon que la Tour ne pouvoit
plus leur manquer, *Hanc fat opinati fuperare , hunc fi potuiffent.*

250. *picto.* Puifqu'il faut fous-entendre *cum* devant *picto*, fuivant la Glofe,
ce mot *picto* fe rapporte à *parone*, non à *Ponti*. Mais peut-être *cum* eft il tranf-
pofé dans la Glofe, & qu'au lieu de joindre cette particule avec *picto*, le Copifte devoit la joindre avec *parone.* On verra plus bas fur le vers 623 un exemple bien fenfible de pareille tranfpofition dans la Glofe.

254. *virûm.* Ce mot eft ici au génitif pluriel pour *virorum.* Ainfi Dom
Bouquet qui emploie les accens devoit écrire *virûm*, comme il a écrit *juven-
ûm* au vers 218. On voit ici auffi bien que plus bas II. 232. que les Parifiens
fe défendoient de deffus les Ponts, & que plufieurs périrent à l'attaque de celui-ci; d'où il faut conclurre qu'il n'étoit point couvert de maifons, comme
l'étoient les deux autres plus anciens, connus aujourd'hui fous les noms de petit Pont & de Pont au Change. C'eft auffi de cette maniere que Cordemoy l'a
repréfenté dans la vignette qu'il a mife à la tête du regne de Charles le Gros,
quoiqu'il ait pris ce pont pour le Pont au Change.

Ac diras ut apes denſæ tranare cateias ;

260 Inter ſeſe aliud turrimque nihil metit æther.

    Vox immenſa, metus major, ſtrepituſque fit altus :

    Hi bellant, iſti pugnant reſonantibus armis ;

    Prælia Normanni exacuunt crudelia ſanè.

    Nullus habet terræ totidem qui vivere natus

265 Indutos gladiis pedites ſpectaret in unum,

    Et tantâ miraretur teſtudine pictâ :

    Hâc ſibi confecere polum vitam nutrientem,

    Quem nullum ſuperare caput cupiebat eorum.

    Aſt infra capiunt tetræ necis arma frequenter ;

270 Mille dabant pugnam pariter ſtantes in agone ;

---

259. *ut apes denſæ.* Le MS porte *denſe* ; & il y a de même dans toutes les éditions précédentes, excepté dans celle de du Bouchet, où on lit *denſæ.* Mais l'orthographe du MS ne prouve rien, parce qu'on y confond trop ſouvent les *e* avec les *æ*, & les *æ* avec les *e* ſimples. Ainſi on peut ſe conformer ici à la maniere d'écrire de du Bouchet ; & cela avec d'autant plus de raiſon, que Virgile ( *Georg. IV.* 75. ) en parlant des abeilles a dit, *Et circa regem, atque ipſa ad prætoria denſæ miſcentur.* Abbon a affecté ſouvent d'employer les propres expreſſions de Virgile : c'eſt même le Poëte qu'il s'étoit propoſé pour modele lorſqu'il entreprit d'écrire en vers l'Hiſtoire du Siége de Paris, *Maronis,* dit-il dans ſon Epitre dédicatoire, *proſcindebam Eclogas.* Certainement il ne pouvoit choiſir mieux : mais il lui falloit outre cela le génie ; & il ne l'avoit point.

263. *Normanni.* On ne lit jamais *Nortmanni* dans le MS avec un *t*, comme Dom Bouquet l'écrit après quelques-unes des éditions précédentes, mais toujours *Normanni, Normannos* &c.

264. *Nullus habet* &c. Ceci eſt extrêmement obſcur. La conſtruction ſeroit-elle, *nullus natus* ou *filius terræ habet totidem vivere, qui ſpectaret,* ou *videret tot pedites* &c. ? le reſte ſemble marquer que les Normans étoient ſi bien à couvert ſous leurs boucliers, qu'on ne leur voyoit point la tête ; & qu'ils s'en étoient fait une eſpece de Ciel ſous lequel ils croyoient mettre leur vie en ſûreté.

Anno 886.

Mille, fimul turrim quoniam contingere cuncti

Haud unà poterant, turmis certare ftudebant.

brachiis
Arx fpeculans nudis quoniam chelis inimicus

Ingeminat populus certamen, & ore patenti

ivos                    curvos, i. e. arcus non tenfos tetendit
75 Erectas taxos arcus convertit in uncos,

Metonymia.

f. Normannorum
Unius hinc jaculum tranfmittitur os in apertum,

contegere
Quem fubitò conans ˄lius clypeare migrantem,

traxerat
Nempe cibum guftat primus quem repferat ore.

i. e. trinitatem
Adveniens autem numerum qui clauderet almum,

80 Hos nitens geminos auferre latenter, & ipfe

Perculfus pharetrâ turri veniam quoque pofcit.

Metonymia.

Sub clypeis illos alii conduntque trahuntque;

Unde furore nimis pingues bellum renovarunt.

---

273. *Arx fpeculans.* Voici un nominatif abfolu, qui eft un pur Gàllicifme : *Ceux de la Tour voyant que* &c... *un d'entre eux jeta un trait,* &c.

*quoniam.* Ce mot eft ici pour *quòd,* expreffion très-ufitée dans la baffe latinité au lieu du *que* retranché. Ainfi le fens de la phrafe eft, *Quum Parifii viderent Normannos ingeminare certamen* &c. Et cela pofé, il ne faut qu'une virgule après le mot *uncos* du vers 275, quoique Dom Bouquet y ait mis un point.

275. *taxos.* La Glofe explique ce mot par *ivos,* expreffion barbare, mais qui prouve qu'au IXe fiecle le mot *if* étoit ufité dans notre langue. Cet exemple pouvoit entrer dans le Gloffaire de du Cange avec celui de l'Hiftorien des miracles de S. Martin de Vertou.

278. *cibum guftat.* Plaifanterie baffe ; mauvais burlefque.

281. *Perculfus.* Il y a ainfi dans le MS au lieu de *percuffus* qu'on lit dans l'édition de Dom Bouquet.

*turri veniam pofcit.* Cela ne fe reffent-il pas encore de la mauvaife plaifanterie du vers 278 ? Un homme profterné, demander pardon à la Tour, parce que le voilà étendu par terre d'un coup de fleche !

283. *furore nimis pingues.* Nous dirions *bouffis de rage.*

Scuta cient planctus faxis ferientibus ipſa ;

285   Sanguineaſque vomunt voces galeæ ſubeuntes

     Æthera ; crudeli lorica mucrone foratur.

     Reſpicienſque ſuas , & quos fundaverat artus ;

     Omnipotens fabricas modicùm Danis ſuperari ;

     Exhibuit noſtris animos vireſque valentes ,

290   Impertitus eis ſenſus equidem tremebundos.

     Tum pereunt miſeri , plureſque vehuntur ad altos

                                           naves
     Ponentes animas torquentibus arma phaſelos.

     Jam Titan celeres miſſos præmittere curat

                                 requiem
     Oceano pompare toros , otium quibus abdat ;

295   Torvaque plebs quæ jam cecini tentoria turri

     Texta tulit ſilvis flenti cæſiſque juvencis ,

---

284. *Scuta cient* &c. Tout ceci eſt pour exprimer le bruit excité par les boucliers jetez pêle mêle par terre, & par les caſques qui ſe choquoient dans l'air les uns contre les autres.

290. *eis.* C'eſt-à-dire *Normannis*,

292. *torquentibus arma.* C'eſt-à-dire , *a torquentibus arma*. La place eſt couverte de morts & de mourans ; ceux-ci ſont emportez dans leurs navires par ceux qui combattoient encore, qui avoient encore les armes à la main.

293. *celeres miſſos.* Ou c'eſt le mot *miſſos* qui ſignifie ici les chevaux du Soleil , car on dit *admiſſarius equus* pour ſignifier un *étalon* ; ou c'eſt *celeres* qui veut dire *equos*, quoique dans le ſens propre il ſignifie *equites*.

294. *pompare toros.* Le mot *pompare* eſt de la baſſe latinité ; & la Gloſe plus bas ſur le vers 488 l'explique par *ornare*. Abbon veut donc dire ici que les chevaux du Soleil ſe diſpoſoient à orner ou à préparer le lit où il devoit prendre ſon repos. A l'égard de *toros* , il eſt indifférent qu'on le prenne pour le lit du Soleil , ou pour le rivage de la mer. Virgile ( *Æneid. VI. 674.* ) a dit *riparum toros incolimus* , pour dire, nous habitons, nous couchons ſur le bord des rivieres.

296. *tulit.* Les Normans en s'éloignant de la Tour emportent avec eux

Anno 886.

*quibus tentoriis*
Queis noctem quidam bello, quidamque sopore
　　　　　　*compofuere*
Præteriere, quibus circumtrivere meatus
　*i. e. fagittas*　　*i. e ad vibrandas*
Pennivolas acies vibrari felle madentes
　　　　　　　*cuftodientibus*
Militibus noctu eximiam cernentibus arcem.

Manè quidem flagrante novant certamina plenis
　　　　　　　　　*fcutis*　　*in*
Arma trucum terris fixâ teftudine gyro.
　　　　　　　　　　　*pro bant*
Certabant alii plures foffata ftudere
　　　　　　*turrim*　　　　*pro replebant*
Quæ circa refident illam, fulcofque replere.
　　　　　　　　　　　　　　　*um*
Hinc glebas fpecubus, frondefque dabant nemorofas;

Atque fuo fegetes etiam fœtu viduatas,

Prata fimul, virgulta quoque, & vites fine gemmis;

Hincque fenes tauros, pulchrafque boves, vitulofque;

Poftremùmque necant elegos, heu! quos retinebant

leurs mantelets, ou leurs claies faites de bois, & couvertes de peaux de bœufs.
*flenti.* C'eft-à-dire affligée, extrêmement endommagée.
298. *circumtrivere meatus.* Ce dernier mot doit fignifier ici des trous, des fentes, des ouvertures, par où on peut faire paffer quelque chofe. C'étoient des efpeces de meurtrieres que les Normans pratiquerent dans leurs mantelets, pour pouvoir jeter par là des fleches fur les Affiégez. Du Breul, du Chefne, du Bouchet, & Dom Bouquet, marquent dans leurs éditions, que la Glofe explique *circumtrivere* par *pofuere*; elle l'explique par *compofuere.*
301. *quidem.* Pithou & tous les autres éditeurs, à l'exception de Dom Bouquet, ont mal mis ici *quidam* au lieu de *quidem.*
*novant certamina* &c. La conftruction eft, *Arma Normannorum renovant certamina, terris plenis teftudine fixâ in gyro*; les Normans recommencent ou fe préparent à recommencer l'affaut, ils s'approchent de la Tour, & en couvrent tout le pied ou toutes les approches, en formant la tortue avec leurs boucliers.
303. *ftudere.* La Glofe explique la derniere fyllabe de ce mot par *bant*; c'eft-à-dire, que *certabant ftudere* eft ici pour *ftudebant*, comme au vers fuivant *certabant replere* eft pour *replebant.*
309. *elegos.* Du Cange dans fon Gloffaire latin rapporte un grand nombre

310 Captivos; fulcifque cavis hæc cuncta ferebant:
> movent

Idque die totâ ftantes agitant in agone.

Hocce pius cernens Præful clarâ lachrymando

Voce vocat Domini Salvatorifque parentem:

*Alma Redemptoris genitrix, mundique falutis,*

315 *Stella maris fulgens, cunctis præclarior aftris,*

*Cede tuas precibus clemens aures rogitantis.*

*Si tibi me libeat Miffas unquam celebrare,*

*Impius atque ferox, fævus, crudelis, & atrox;*

*Captivos perimens, laqueo necis irretiatur.*
> ab    fubitò

320 Arce repente volans telum deferre fategit:
> Normanno

Antiftes Gozlinus huic quod flendo precatur;

Qui vinctos vinctus mortis dimifit habenis,

Atque mifer fociis tendit clypeumque pedemque;

Os folvit, virtute ruit, fulcofque replevit
> f. à fe

325 Menfurans terram, fpirans animam malè natam,,

Captivos juxta tritos gladio nimis ejus.

Urbs in honore micat celfæ facrata Mariæ,

Auxilio-

---

d'exemples, qui prouvent qu'*elegus* s'eft dit pour *pauvre*, *miférable*; & la Gloſe elle-même ne l'explique pas autrement plus bas II. 91.

322. *Qui vinctos* &c. c'étoit un Normand qui avoit fait mourir pluſieurs priſonniers François, & qui eft tué lui-même du coup.

*dimifit.* Pithou, du Breul, & du Chefne dans ſa premiere édition, ont écrit *dimifit* conformément au MS. Mais le même du Chefne dans ſa feconde édition a mis *demifit*; en quoi il a été fuivi par du Bouchet, & par Dom Bouquet.

329.-

Auxilio cujus fruimur vitâ modò tuti.

Hinc indicibiles illi, ſi fortè valemus,

                                                    laudes
330 Reddamus grates, placidas reboemus & odas;

Vox excelſa tonet, laudeſque ſonet, quia dignum;

*Pulchra parens ſalve Domini, regina polorum;*

*Noſtra nites altrix, orbis conſtas dominatrix,*

*Quæ ſævis manibus Danûm, gladioque minace,*

335 *Solvere Luteciæ plebem dignata fuiſti,*

*Luteciæque ſatis poteras conferre ſalutem;*
                          mundo
*Quæ lubrico Salvatorem coſmo genuiſti.*

*Cœlicoli cœtus, Virtutes, ac Dominatus,*
     Principatus
*Primatuſque, Poteſtateſque, Thronique polorum,*
            filii
340 *O genitrix ſobolis ſummi regis celebranda,*

*Te gaudent, recolunt, laudant, venerantur, adorant,*

*O felix, uteri thalamo quæ claudere mater*
                          magnum              potuiſti
*Quem cœli nequeunt, tellus, vaſtum mare, quiſti,*

*Atque tuum delecta patrem nobis peperiſti !*

345 *Luna micans, Solem multò plus te renitentem*

*Fudiſti terris, & eas quo plena manebas*

---

329. *illi.* Il y a dans Dom Bouquet *illis,* qui ne peut être qu'une faute d'impreſſion.

330. *reboemus.* Toutes les éditions, même la première de du Cheſne, ont *reboemus* conformément au MS. Mais du Cheſne dans ſa ſeconde a mis *roboemus*; & Dom Bouquet a copié cette faute.

Anno 886. *Irradiando genus noſtri lapſum reparaſti.*

                 ſ. te

    *Ergo cui, Regina Poli, componere quibo ?*

    *Sanctior es cunctis, ſexu felicior omni,*

350 *Cultorum miſerere tui jam, nata potentis :*

    *Gloria, laus, & honor, radianſque decus tibi ſemper*

    *Sit, benedicta Dei mater ſceptris in Ieſu.*               *Diæreſis*

     Phœbus abit, noctiſque redit caligo ſerenæ,
              Normannorum              copioſis
     Excubiiſque nequam turris ſepitur opimis.

355 Aurorâ gyrante polos, gyrantur & arces:
      à
     Mortiferis ſiquidem telis quatientibus illas,
         movent            ponunt
     Arrietes conflant, unumque locant ab Eoo

     In turrim; contemplatur ſeptentrio celſa
           arietem
     In portas alium; tenuit contra latus ejus

360 Oc-que-cidens ternum. Magno cum pondere noſtri

     Tigna parant, quorum chalybis dens ſumma peragrat,

     Machina quo citiùs Danûm quiſſet terebrari.

     Conficiunt longis æquè lignis geminatis

---

352. *Sit.* Dom Bouquet écrit *ſis* au lieu de *ſit* ; en quoi il s'écarte mal-à-propos & du MS & de toutes les éditions précédentes.

   *Ieſu.* On pourroit écrire ce mot ou par un *I* voyelle, ou par un *J* conſonne.
Au premier cas ce ſeroit un vers Héroïque ordinaire ; au ſecond cas ce ſeroit
un vers Spondaïque. Mais le mot *Diæreſis*, qui eſt à la marge, prouve qu'Abbon a fait ici *Ieſu* de trois ſyllabes.

   361. *quorum chalybis dens* &c. C'eſt-à-dire, comme l'explique le Préſident
Fauchet ( *Antiq. Franç. fol.* 398. *verſo* ) que ces groſſes pieces de bois étoient
aiguiſées par un bout, & armées de pointes d'acier pour enfoncer les machines
des Aſſiégeans.

   363. *Conficiunt.... geminatis.* On a donné dans la Préface la traduction que

Mangana quæ proprio vulgi libitu vocitantur;

365 Saxa quibus jaciunt ingentia, feu jaculando

        *lobias*
Allidunt humiles fcenas gentis truculentæ.

Sæpe quidem cerebrum cervice trahunt elegorum;

                *fcuta*
Vah ! multofque terunt Danos, plures quoque peltas ;

 *illæfus*    *à*          *percuffio*
Immunis clypeus fractu nullus fuit, ictus

*clypeum*                  *f. fuit immunis*
370 Quem talis tetigit, non ullus morte mifellus.

Aft infelices foveas fupplere phalanges

       *certant*
Nequicquam tendunt ; potuere replere nec ullam.

Nitebantur enim arietibus peffumdare turrim ;

Quos quoniam nequeunt æquis deducere campis,

        *feroces*    *naves*
375 Corripiunt ternas rabidi cymbas fatis altas,

---

le Préfident Fauchet a faite de cet endroit : on a même pouffé le fcrupule jufqu'à y écrire *geminatu* au lieu de *geminatis*, comme on le lit dans fon livre,
quoique ce foit vifiblement une faute d'impreffion.

364. *Mangana.* Nous donnions anciennement le nom de *Mangonneaux* à
des efpeces de machines deftinées à lancer de gros quartiers de pierres.

366. *fcenas.* La Glofe explique ce mot par celui de *lobias*, qui a lui-même
befoin d'explication. Du Cange dans fon Gloffaire latin dit que *lobia*, ou *lau-
bia*, ou *lobium*, veut dire une galerie pour fe promener à couvert ; & que ce
mot vient du Teutonique *lo*, qui fignifie l'ombrage des arbres. *Scena* fignifie
auffi dans le propre une ramée ; & on a donné ce nom aux premiers théâtres,
parce qu'on les couvroit de branches d'arbres. A l'armée, dans l'attaque des
Places, les Affiégeans fe mettoient à couvert fous des galeries faites exprès
pour parer les traits & les fleches que les Affiégez pouvoient lancer fur eux.

367. *elegorum.* Voyez la Note fur le vers 309.

369. *ictus.* Dom Bouquet met une virgule après *ictus* ; il la faut au contraire immédiatement auparavant.

372. *Nequicquam tendunt.* Ceci prouve auffi bien que le vers 374, que les
Normans n'avoient point pu réuffir à combler entierement les foffez de la
Tour. C'eft néanmoins ce que femble infinuer le Pere Daniel ( *Hift. de Fr.*
*édit. Paris, in-fol.* 1613. *Tome I. page* 848. )

Anno 886. Frondivagis equidem filvis gravidare flagrantes;

      Poftremùm Vulcanus eis imponitur ardens,

      Flammivomas oriens dimittit eas pedetentim;

      Anquinifque trahebantur ripas fecùs ipfæ

380 Ad pontem, feu confpicuam comburere turrim.

      Silva vomit flammas, arent latices pelagique,

      Terra gemit, virides herbæ moriuntur ab igni,

      Lemnius atque potens Neptuno ftat pede trito;

      Regna poli furvus penetrat, nubefque peragrat.

385 Hinc tellus, & ager; lymphæ cœlique cremantur:

      Urbs luget, fpeculæque timent, & mœnia deflent.

      Heu! quam magna oculis manant lachrymofa beatis

      Flumina! dant pulchri juvenes, fed & alba fenectus,

      Mœrentes gemitus; matrefque jubas laniando

---

  378. *oriens dimittit eas pedetentim.* Ces bateaux defcendoient la riviere; par conféquent ils venoient du côté de l'Orient. Quelques éditions mettent ici *demittit* au lieu de *dimittit*, & encore plus mal *pedentim* au lieu de *pedetentim*.

  379. *Anquinis.* Toutes les éditions portent *anguinis*; mais il y a dans le MS *anquinis* qui eft pour *anginis*, & *angina* fignifie un câble de navire.

  381. *arent latices* &c. En lifant cette defcription, on s'imagineroit que la fcene étoit au milieu d'une verte campagne, auprès de quelque mare d'eau & pendant le mois d'Août. Or tout ceci fe paffa fur la riviere, & au mois de Janvier.

  383. *Lemnius atque potens* &c. C'eft-à-dire, *Lemnius potens pede trito ftat Neptuno*, Vulcain au pied boiteux marche fur Neptune; ou fimplement *Lemnius ftat Neptuno trito pede*, *Lemnius terit pede Neptunum*, Vulcain foule aux pieds Neptune. Mais le premier paroît préférable comme plus conforme au ftyle d'Abbon: il avoit déjà dit au vers 159 *Lemnius claudus*, & il dira encore au vers 547 *Vulcano claudo*.

Anno. 886.

90 Terga dabant ficcæ, crinefque per arva revolvunt.
*f.* feminæ pugnis

Hæ colaphis nudata fuis jam pectora tundunt;

At fecuere genas aliæ lachrymis madefactas.

Tum trepidant cives, cunctique vocant celebrandum

Germanum: *Mifere tuis, Germane, mifellis.*

5 (Parifius Præful fuerat fanctiffimus olim,

Illuftrabat eam cujus venerabile corpus.)

Mœnia Germani nomen recinunt; & in omni

Exclamat miles fpeculâ, primique virorum:

*O famulis, Germane, tuis fuccurrere difce.*

vocat
10 Littora feu liquidi laticis pelagus ciet altum,

Sidereofque thronos, quibus emicat, ut jubar almus

---

399. *fuccurrere difce.* Cette expreffion eft tirée de Virgile ( *Æneid.* I. 634.)
*Non ignara mali miferis fuccurrere difco.* Le Poëte latin a bien pu faire dire à
Didon, qu'ayant éprouvé la mauvaife fortune, elle avoit appris à s'intéreffer
pour les malheureux. Mais le Poëte François & Chrétien n'a pu qu'avec indé-
cence faire invoquer la protection d'un Saint, en lui difant d'*apprendre* à fecourir ceux qui avoient recours à lui.

400. *Littora feu liquidi laticis* &c. Cet endroit a été vifiblement corrompu
par le Copifte; & il n'eft pas poffible de l'entendre fans y faire quelque correction. C'eft, à ce qu'on croit pouvoir conjecturer, une comparaifon tirée
du mugiffement des flots de la mer, qu'on fuppofe attirez & repouffez par la
preffion de la Lune,& dont le bruit mêlé à celui des nues, répété par les échos,
fe communique de proche en proche, & fe fait entendre fort loin; enforte
que la penfée du Poëte peut être rendue ainfi en profe : *Quemadmodum Luna
verberat fidereos thronos, quibus emicat, & ciet Pelagus altum feu litora maris,
echo comitante innumeros boatus, ita* &c.

*ciet.* La Glofe explique ce mot par *vocat*; & il eft vrai que *ciere* veut dire
quelquefois *appeller à foi, faire venir*; mais quelquefois auffi il veut dire *chaffer,
repouffer*; & en général il fignifie encore *exciter, émouvoir, animer.* Or ces trois
fens pris conjointement ou féparément conviennent fort bien au flux & reflux
de la mer, ou à la mer agitée par la preffion de la Lune.

401. *Sidereos thronos.* Cette expreffion doit fignifier les nuées.

Verberat, innumerus echo comitante boatus,

Germanum respondet & urbs vocitantibus ipsum.

Concurrunt matres pariter juvenesque puellæ

405 Ad sancti tumulum suffragia poscere grata.

Infelix & ob hoc populus subiit nimis alta

Gaudia, subsannans cives, Dominique catervam.

Scuta dabant alapis reprobo risu saturatis,
      <sub>fonoro</sub>              <sub>plena</sub>

Argutoque tument horum distenta boatu

410 Guttura; & urbanis plangentibus aëra magno

Implentur sonitu, clamore minus nihil amplo :

Vox auditur in excelsis, & luctus in æthris.

At Deus Omnipotens, omnis fabricæ reparator

---

*jubar almus.* Quoique *jubar* soit communément du genre neutre, cependant Despautere ( *edit. Parif. in-fol.* 1557. *page* 37. ) dit, *jubar hic dedit olim;* & pour prouver qu'on l'a fait autrefois masculin, il cite ce vers d'Ennius, *Interea fugit albu' jubar Hyperioni' curfum.* Or dans ce vers *albus jubar* signifie la Lune. Qui ne conclurra pas de là qu'Abbon s'étoit servi de la même expreffion ; mais que son Copiste a défiguré le mot *albus* de l'original, en lui subftituant *almus* ?

402. *innumerus.* C'eft encore une corruption manifefte du texte. On croit qu'il faut abfolument lire *innumeros*, & ponctuer la phrafe comme on l'a ponctuée ici.

405. *Sancti tumulum.* Le corps de S. Germain étoit alors dans la Ville, où les Religieux de l'Abbaye l'avoient tranfporté. Ainfi les Parifiens purent bien ne pas aller jufqu'au tombeau du Saint, ou jufqu'à l'Abbaye, à caufe de l'éloignement. S'ils n'allerent que jufqu'au lieu où fon corps étoit en dépôt, le mot *tumulus* fignifieroit ici non le tombeau ; mais la châffe du Saint.

406. *Infelix populus.* Ce font les Normans qui tournent en dérifion la religion des Parifiens.

408. *Scuta dabant alapis.* Il femble que ce foit pour *fcutis dabant alapas*, ils fouffletoient leurs boucliers, ils les frappoient les uns contre les autres en faifant de grandes huées contre les Chrétiens.

Orbis, adeſt precibus ſancti rogitatus ; & ipſe ,

15 O Germane , venis humili ſucccurrere plebi

Auxilio , lapidumque ſalire ſtruem ſuper altam

Flammivomas puppes , pontem ne læderet ulla ,

Ipſe coëgiſti : pontem ſuſtentat is agger.

Continuò Domini populus deſcendit ad ignes ,

20 Quos mergens in aquis , naves cepit ſibi victor ;

Hîcque Dei ſumſit felix gaudere caterva ,

Unde priùs duxit gemitus magnoſque dolores.

Sic noſtris geritur bellumque , dieſque recedit ,

ineptis ſtultis
Noxque phalam gurdis mandat cuſtodibus ipſam.

25 Sole ſuas nondum claras ſubeunte quadrigas

Sub lucem revehunt crates ſua ad oppida furtim ,

Arrietes , Carcamuſas vulgò reſonatos ,

timor
Dimiſere duos , pallos vetuit removere ,

---

422. *duxit.* C'eſt ainſi qu'il y a dans le MS, au lieu de *ſumſit* qu'on lit dans toutes les éditions précédentes.

424. *gurdis.* Ce mot, ſuivant la Gloſe , ſignifie un ſot, un lourdaut. Or il n'eſt pas croyable que les Pariſiens n'ayent laiſſé à la garde de leur Tour que des ſoldats de cette trempe. Les Normans au contraire qui avoient pris le parti de ſe retirer, & qui ſe retirerent en effet pendant la nuit, ne durent laiſſer là que ceux d'entre eux qui étoient les moins aguerris & les moins expérimentez. Ainſi il paroît que *gurdis cuſtodibus* ſe rapporte aux Normans pluſtôt qu'aux Pariſiens.

426. *oppida.* Ce mot doit être ici pour *caſtra.*

427. *reſonatos.* C'eſt pour *dictos* ou *nominatos* , comme plus haut au vers 30. On a vû dans la Préface, que le Préſident Fauchet a traduit ce vers ainſi , *Belliers vulgairement appellez Carcamouſſes* ; mais il a fait deux fautes en liſant dans le latin *carcamouſſas* & *nominatos.*

428. *pallos.* Puiſque la Gloſe explique *pallos* par *timor* , il faut que *pallos* ſoit pour *pallor* , comme on dit *honos* pour *honor.*

Quos noftri capiunt gaudenter depeculantes ;

430 Rexque Danos retulit Sigenfredus fuper omnes ,

portas
Quem turris metuit proprios fibi vellere ocellos ;

Sicque juvante Deo dirus Mavors requièvit.

Januarii fuprema dies ftatuit triduana ,

Hæc finire fequens ftuduit certamina menfis.

435 Tertia lux hujus fuerat belli recolendæ

Sancta Genitricis tunc Purificatio Chrifti ,

Quæ noftræ tribuit plebi gaudere triumpho.

Præterea confcendit equos avibus ociores

infelix
Infortuna cohors , repetens partes Orientis ,

440 Francia quas nondum populatas triftis alebat.

Cuncta

---

430. *Rexque Danos* &c. La conftruction eft , *& Sigenfredus , rex fuper om-*
*nes , retulit Danos.*

431. *ocellos.* La Glofe expliquant ce mot par *portas* , le fens de la phrafe
eft que la Tour qui craignoit de voir enlever ou enfoncer fes portes , fe vit
enfin heureufement délivrée de fes ennemis. Seroit ce là l'étymologie du mot
françois *huis* ? Il peut venir d'*ocellus* auffi bien que d'*oftium.* Voyez encore
plus bas II. 284.

432. *dirus.* Les fix éditions précédentes portent *durus* ; mais dans le MS.
il y a *dirus.*

433. *Januarii fuprema dies* &c. Le poëte dit deux ou trois vers plus bas ,
que la fête de la Chandeleur arriva le troifieme jour après cette nouvelle attaque , c'eft-à-dire après les trois nouveaux affauts dont elle fut formée. Or ces
trois nouveaux affauts furent donnez en quatre jours confécutifs ; d'où il s'enfuit que le dernier des trois étant du 31 Janvier , *Januarii fuprema dies* , le
premier doit être fixé au 28 du même mois , & que tous les trois font de l'an
886. D'où vient donc que Dom Bouquet les partage entre les deux années
885 & 886 ? car fuivant les dates qu'il a mifes à la marge de fon édition , il
n'y a que le troifieme qui appartienne à cette derniere année , les deux autres
étant encore de l'an 885.

443.

cafas
Cuncta priùs dimiſſa necans magalia poſcit

Quæ Rotberto aderant Pharetrato agnomine claro,

Cujus erat miles tantùm obſequio modò ſolus.

Una domus retinebat eos. Miles Seniori:
video
45 Normannos contemplor; ait, curſim venientes;
recipere
Rotbertuſque ſuum cupiens admittere ſcutum

Nil vidit, populus quoniam ſuus abſtulit illud,

Quem Danicos juſſit cuneos idem ſpeculari.
cum
Enſe forum nudo petiit tamen obvius illis,

50 E quibus occidit geminos; & tertius ipſe

Incubuit morti, nullo ſibi ſubveniente.

---

442. *Rotberto Pharetrato.* Le Préſident Fauchet ( *Antiq. Franç. fol.*399 *recto*)
dit que ce Robert étoit ſurnommé *Trouſſi*; & à la marge de ce vers on lit dans
le MS, mais d'une écriture beaucoup plus récente, *Rotbertus Faretratus, id
eſt, Trouſſel, Comes.* Or il eſt bien vrai que *trouſſe* ou *carquois* ſignifie en François ce que *pharetra* ſignifie en latin. Mais eſt-il également vrai qu'il faille traduire *Pharetratus* par *Trouſſel*? Quoiqu'il en ſoit il faut un grand P à ce mot,
puiſque c'eſt un ſurnom. Dom Bouquet ne l'a écrit que par un petit *p.* Il a
paru à l'Abbé des Thuilleries ( *Diſſert.* page 256, *Notes.*) que le Comte Robert dont il s'agit ici, étoit le propre frere du Roi Eudes; auſſi dit-il qu'Adélelme ſon neveu lui ſauva la vie en cette occaſion. Mais comment un homme
auſſi clairvoyant que l'Abbé des Thuilleries ne s'eſt-il pas apperçu qu'en cet
endroit-ci même Abbon raconte la mort de Robert, & la vengeance qu'Adélelme ſon neveu en tira? *Tertius ipſe incubuit morti* aux vers 450 & 451; *Adalelmus Normanno villam victor moriente replevit* au vers 458. Donc le Comte
Robert ſurnommé *Pharetratus* n'eſt point Robert frere du Roi Eudes.

447. *populus quoniam.* C'eſt ainſi qu'on lit dans le MS. Les éditions précédentes portent *quoniam populus*, ce qui eſt bien égal; & ce dernier mot doit
ſignifier ici la troupe ou la compagnie du Comte Robert, comme au vers 453.

449. *forum nudo.* Le mot *forulus* ſuivant le Gloſſaire latin de du Cange s'eſt
dit dans la baſſe latinité pour ſignifier un *fourreau*; & *forus*, dont *forulus* n'eſt
que le diminutif, a dû ſignifier la même choſe. Ainſi *enſis nudus forum* veut
dire l'épée tirée, l'épée hors du fourreau, comme on dit *nudus caput* pour *nudo
capite.*

Mm

Anno 886. Unde nepos ejus nimiùm triſtans Adalelmus
　　　　Comitis
Conſulis intererat populo, cui talia dixit:

Eia, viri fortes, clypeos ſumatis & arma,
　　　　　vindicare　　　　　velociter　pergamus
455 Ulciſcique meum raptim properemus avunclum.
　　　ſ. verba　dixit　　　ſ. Adalelmus　pugnans
Hæc inquit, villam petiit congreſſus acerbis;
　mox　Normannos　　　　occidit　　　nec nominandos
Ilicet hos vicîtque, trucidavitque nefandos;

Normanno villam victor moriente replevit,
　　　　　　　　　　　　　　　　navigio
Nil reliqui prohibente fugâ retulere paroni.

460 Hæc eadem Rotbertus erat nitens operari.
　　　pratum　　　　　　　　pulchram　juxta
Pòſt, æquor reſidens almi niveam ſecùs aulam

Scandere Germani tentant crebriùs vocitati,

Ejus quâ ſpeciem conſtat lucere ſepulchri.

Hîc jacuit ſuimet jugiter venerabile corpus,

465 Nobiliuſque monaſterium cunctis fuit illud

Neuſtria quæ refovere ſinu diſcebat in amplo.
　　i. e. à monaſterio　　　　　　portatus
Hinc propriis fuerat famulis geſtatus in urbem:

---

453. populo. Voyez la Note ſur le vers 447.

456. acerbis. Ce mot eſt pris ici adverbialement pour acerbè, ou il faut ſous-entendre ictibus.

460. Hæc eadem &c. C'eſt-à-dire, c'eſt ce que le Comte Robert ſon oncle vouloit exécuter.

461. Pòſt, æquor &c. La conſtruction eſt, Poſtea ( Normanni ) tentant ſcandere æquor reſidens ſecus aulam S. Germani.

466. diſcebat. C'eſt ainſi qu'il y a dans le MS, auſſi bien que dans Pithou, dans la ſeconde édition de du Cheſne, & dans celles de du Bouchet, & de Dom Bouquet. Du Breul, & la premiere édition de du Cheſne portent dicebat.

467. fuerat. Il y a fuerit dans l'édition de Pithou, dans la ſeconde de du Cheſne, & dans celle de du Bouchet, conformément au MS ; mais c'eſt

ʃ. ʃanctus
Ipʃe Danos, quicunque dabant veʃtigia prato,
cuʃtodientibus
Militibus ʃpeculam cernentibus, urbis in ejus

70 Rure ʃitam, fugiente morâ tradit capiendos.
ʃancti ingrediens          deʃtruere
Eccleʃiam cujus penetrans lacerare feneʃtras,
verberibus                  i. e. ex devoratoribus
Ictibus arboreis unus vitreas lanionum,
conturbatur        crudelis
Continuò amenti rabie confunditur atrox,
Furiarum      nigris    conjunctus    S. Germano
Curribus Eumenidum piceis arctatus ab almo;

75 Morʃque ʃequens miʃerum perdit, pietate remotâ,

---

viʃiblement une faute de Copiʃte : il faut néceʃʃairement *fuerat*, comme on lit
dans l'édition de dù Breul, dans la premiere de du Cheʃne, dans celle de Dom
Bouquet, & dans les Actes des SS. de Dom Mabillon ( *Sec. III. part. II. page*
121. )
    *in urbem.* La tradition eʃt que le corps du ʃaint Evêque avoit été porté en
dépôt dans une Chapelle de S. Jean-Baptiʃte, qui porte aujourd'hui le nom de
S. Germain le vieux; mais cette tradition ne paroît pas ʃûre dans toutes ʃes
parties. Voyez plus bas la Note ʃur le vers 310 du II. livre, & les Annales ʃur
l'an 888.
    468. *prato.* C'eʃt ce qu'on a appellé dans la ʃuite *le Pré aux Clercs.* Voyez
les Annales vers l'an 968.
    469. *Militibus ʃpeculam cernentibus.* Le Pere Daniel ( *Hiʃt. de Fr. édit. Paris,*
*in-fol.* 1713. *Tome I. page* 847 ) a fait ici deux fautes conʃidérables : il ʃuppoʃe
1°. qu'il y avoit alors une garniʃon Françoiʃe dans l'Abbaye de S. Germain
des Prez, 2°. que c'étoit entre le ʃecond & le troiʃieme aʃʃaut que cette garniʃon incommodoit fort les Normans. Or il n'y avoit point d'autre garniʃon que
celle qui gardoit la Tour à l'extrémité du nouveau pont méridional, ʃur la
rive gauche de la riviere; & elle ne commença à harceler les Normans qu'entre le cinquieme & le ʃixieme aʃʃaut. Le même Hiʃtorien ajoute que pour empêcher les courʃes de cette garniʃon, les Normans firent autour de l'Abbaye
une eʃpece de circonvallation avec des forts, où ils mirent quelques troupes;
& il ne peut avoir en vûe que ce qu'Abbon dit plus bas ( *II.* 37 & *ʃeqq.* ) *cir-*
*cumeunt caʃtris æquor* &c. Mais ceci n'arriva qu'entre le ʃixieme & le ʃeptieme
aʃʃaut.
    470. *fugiente morâ.* C'eʃt-à-dire *ʃine morâ.* Abbon a répété cette expreʃʃion
plus bas II. 16.
    471. *lacerare.* C'eʃt-à-dire *ad lacerandum*, ou *dum tentat, dum incipit lace-*
*rare.*

Anno 886. Hifque fatigatus caufis inferna petivit.

              provide            aliquando
    Mi Germane facer, cura ne fpiritus olim

    Illa meus fubeat, cujus miracula canto

    Hæc & quò fupplere queam faveas precor alme.

                         postula   Spiritus Sanctus
480 Summa patris fummi Natique, rogato, Columba

    Ore meo fedeat, mentem repleat, pie Domne;

    Actibus atque facris virtutum floribus ornet,

             f. columbâ         nigris
    Expulfis feftrice facrâ vitiis procul atris.

        fubiens    Normannus
    Torriculi fcandens alius fublime cacumen

                            excelfa
485 Mutat iter per quòd fubiit, greffus quoque volvit

    Ardua præcelfi nimium per culmina Templi,

                   culmina
    Offa cui fregere facri faftigia tecti,

              cogentibus
    Germani meritis urgentibus. Hoc fuper urbis

    mœnia           futurus
    Pergama ftans venturus Odo Rex prodidit omni

---

479. *Hæc & quò* &c. C'eft ainfi qu'il y a dans le MS, quoique tous les éditeurs précédens aient imprimé *quæ* au lieu de *quò*, qui paroît ici pour *ut*. Ce vers & les deux précédens ne renferment qu'un verbiage affez inintelligible. Heureufement font-ils auffi très-inutiles pour le fonds de l'hiftoire.

483. *feftrice facrâ*. La Glofe ajoute que *facrâ* fe rapporte à *Columba* qui eft un peu plus haut; mais elle n'ajoute point ces mots, *quâ Spiritum fanctum intelligit*, que du Breul, du Chefne dans fa feconde édition, du Bouchet, & Dom Bouquet, lui font dire, quoique ce foit en effet ce que le Poëte entend par le mot *Columba*, comme la Glofe l'a expliqué au vers 480. A l'égard du mot *feftrice*, il ne fe trouve ni dans les bons Auteurs latins, ni dans ceux du moyen ou du bas âge; du moins du Cange n'en fait-il aucune mention dans fon Gloffaire; & la Glofe ne l'explique pas non plus. Ce doit être un mot forgé fur celui de *feffor*, qui fignifie un homme affis, un Cavalier. Ainfi le féminin *feftrix* veut dire une Cavaliere, une femme affife; & le Poëte fe fert de ce mot pour exprimer le Saint-Efprit, *Columba*, qu'il fuppofe fur fes levres, parce qu'il avoit dit au vers 481 *Ore meo fedeat*.

90 Stipanti femet plebi, digito manifeftans :
*circumdanti*

Ipfe Danum femet retulit vidiffe cadentem.

*f. Normannus*
Tertius adveniens oculos direxit in amplum

*fepulchrum*
Maufoleum Sancti, nolens quos liquit ibidem ;

*f. maufoleum*
Quod fubiens quartus, fuperis eft demtus ab auris ;

95 Obticuitque fub occiduâ mox forte fopitus.

*felix* *patris*
Fortunate, tui quintus, Germane, parentis.

*feftinat*
Accelerat referare torum ; primo fed ademto

Percutit hinc faxo proprium pectus, patientem

A cathedrâ cogens animam decedere peftis ;

*inferni*
oo Quæ nolens barathri tetigit cœnacula tetri.

*Germani*
Illuftrem fobolis fanctæ fervat genitorem

Dextera, læva facram prolis retinet genitricem :

*f. Germani*
Eft Eleutherius pater, eft Eufebia mater.

*heu* *i. e. media pars*
Proh dolor ! en medius cecidit pons nocte filenti

*difcurrentibus*
o5 Obfitus alluviis tumidâ bacchantibus irâ ;

*i. e. undas*
Nam fparfim Sequana circumfudit fua regna,

---

493. *quos*, Ce mot fe rapporte à *oculos*, c'eft-à-dire que ce troifieme foldat y perdit les yeux.

497. *torum*. C'eft-à-dire *fepulchrum*.

*primo fed ademto* &c. La conftruction paroît être, *fed primo faxo hinc ademto*, *peftis percutit proprium pectus, cogens animam patientem decedere à cathedrâ.* Ici *peftis* veut dire la mort ; & *cathedra* le corps.

504. *medius cecidit pons.* On ne fait où Mézeray (*Hift. de Fr. édit. Paris, in-fol.* 1643. *Tome I. page* 299.) a pu prendre qu'il n'y eut qu'une arche de rompue.

aquis                        *pro* camporum

Ànno 886. Exuviifque fuis obtexerat æquora campûm.

                 pontem

Auftralis geftabat eum vertex; fed & arcem

Quæ tellure manet Sancti fundata beati:

        *f.* pons & turris        *i. e.* pons       turri *f.* inhærebat

510 Urbis inhærebant dextris, alter fed & altri.

Manè quidem furgente Danî furgunt fimul acres;

Atque rates fubeunt, armîs onerant clypeifque;

Tranfque natant Sequanam, turrim cinguntque mifellam.

Multa dabant illi denfis certamina telis.

               cornua

515 Urbs tremuit, lituique boant, lachrymifque rigantur

Mœnia, rufque gemit totum, pelagufque remugit:

Aëra circumeunt lapides & fpicula mixtim.

Exclamant noftri, clamantque Dani, fimul omnis

---

508. *arcem.* Il y a ici une faute dans du Breul, & dans la premiere édition de du Chefne, où on lit *arcam* au lieu d'*arcem.*

509. *beati.* Il y a dans le MS *boati*; & c'eft manifeftement une faute du Copifte: auffi n'y a-t-il point de glofe fur ce mot qui en demanderoit une; mais à la marge du MS on lit d'une main très-récente, qu'il faut fubftituer *beati* à *boati.*

510. *Urbis inhærebant dextris.* Les Normans avoient leur camp à S. Germain l'Auxerrois. Ainfi en remontant la riviere ils devoient trouver fur leur droite ou à droite de la Ville, le pont méridional & la Tour qui y étoit contigue. C'eft auffi la même chofe en partant de S. Germain des Prez où Abbon écrivoit.

516. *rufque gemit totum.* Dom Bouquet met une virgule après *gemit*, & rapporte *totum* à *pelagus* qui fuit. Cela eft bien indifférent: mais il y a en cet endroit, comme en plufieurs autres du MS, quelques marques de ponctuation de la premiere main; & on s'y eft conformé ici.

518. 519. *fimul omnis terra tremit.* C'eft ainfi qu'il y a dans le MS. Dom Bouquet qui a mis *omnes* au lieu d'*omnis* après tous les éditeurs qui l'ont précédé, s'eft vû obligé par cette raifon de mettre un point après *omnes*, parce qu'en lifant ainfi il faut néceffairement rapporter ce mot à *Dani*; mais le MS porte très diftinctement *omnis.*

Terra tremit, noftri lugent, lætantur & illi;

20 Dumque volunt cives, nequeunt fuccurre turri,

Atque viris bello deferre juvamen anhelis :

Quos validè numero bellantes fub duodenò

Rhomphea vel formido Danûm non terruit unquam.
f. bellantium
Difficile eft dictu bellum, fed nomina fubfunt:

25 Ermenfredus, Eriveus, Erilandus, Odaucer,

Ervic, Arnoldus, Solius, Gozbertus, Uvido,

Ardradus, pariterque Eimardus, Gozfuinufque;
quia triginta occiderunt
Seque neci, plures fociarunt ex inimicis.
duodecim
Hi quoniam nequeunt animis curvarier atris;
plauftrum
30 Æftibus accingunt carpentum arentibus arcis

---

523. *Rhomphea vel formido Danûm.* La véritable orthographe eft *Rhomphæa*
par un *æ*; mais il faut ici un *e* fimple pour la mefure du vers. *Rhomphæa* fignifie une épée de longueur; & c'eft par où les Normans fe faifoient le plus crain-
dre, *formido Danûm.* On fait que Guillaume Longue-épée, le fecond de leurs
Ducs qui ait poffédé la Normandie à titre de vaffalité, n'a été ainfi furnommé
que parce qu'il en portoit une de cette nature, & fans doute plus longue encore que celles des autres. Le mot *vel* eft ici pour *etiam*, comme s'il y avoit
*etiam Rhomphæa.*

528. *Seque neci, plures &c.* Il faut une virgule après *neci.* C'eft comme s'il
y avoit, *& fociarunt fe neci, fed fociarunt neci plures ex inimicis.* En effet ils
n'étoient que douze, dont il ne s'en fauva qu'un; & la Glofe ajoute qu'ils
en tuerent trente. Mais où a-t-elle pris cette circonftance? Abbon témoin
oculaire du Siége devoit en être parfaitement inftruit: la Glofe en général eft
donc d'Abbon.

529. *curvarier.* C'eft-à-dire que ces douze Chevaliers ne pouvoient point fe
réfoudre à plier fous les Normans; que malgré leur petit nombre & le danger
où ils étoient, ils ne vouloient point fe rendre.

530. *Æftibus accingunt &c.* Cet endroit n'eft-il pas corrompu par l'ignorance ou par la négligence du Copifte? Il eft fûr par la fuite du difcours que
les Normans mirent le feu à la Tour au moyen de ce chariot embrâfé. Or
c'eft ce vers-ci qui devroit exprimer l'embrâfement; & de la maniere dont il

multi Normanni

Ante fores gurdi miferandæ gramine plenum.

Fulmineifque velut Phœbo fub rura procellis

pulchritudine

Nox vacuâ cœli fpecie confunditur alta,

licito

Fas nulli arridente fuum contemnere doma;

abfcondit

535   Haud fecùs occuluit fumus fpeculam, catapultis

aliquantulùm     f. ignis

Immerfis aliquantifper fervore tonante.

ex duodecim

Quifque rogi proprios flatûs ne clade perirent,

Accipitres

---

eft conçu, il n'en dit pas un mot. On voit feulement un chariot plein de foin ou de paille ; peut-être qu'*arentibus æftibus* fignifieroit encore que cette paille étoit bien feche : mais on ne voit nullement que les Normans y aient mis le feu ; & c'eft cependant ce que le Poëte devoit dire. Enfin les mots *æftibus* & *arentibus* font ici les feuls qui aient quelque rapport au feu ; & malgré cela à moins de changer quelque chofe dans la phrafe, il n'eft pas poffible d'y trouver ce qu'elle doit fignifier. Il femble donc qu'au lieu d'*æftibus* on pourroit lire *affibus* ou *axibus*, ce qui joint avec *arentibus* fignifieroit que les planches où les pieces de bois dont le chariot étoit compofé, étoient fort feches. Il femble auffi qu'au lieu d'*arentibus* on pourroit lire *ardentibus*, ou enfin qu'au lieu d'*accingunt*, on pourroit lire également *accendunt*.

532. *Fulmineifque velut* &c. Il femble que la conftruction eft, *Et quemadmodum fpecie cœli vacuâ*, c'eft-à-dire *vacuâ nubibus*, dans un temps ferein, ( dum ingruentibus ) *procellis fulmineis nox alta confunditur* ( cum ). *Phœbo arridente fub rura*, c'eft-à-dire qui darde par intervalle à travers la nue quelque rayon lumineux dans la campagne, *nulli fas eft contemnere fuum doma, ita* &c.

534. *nulli arridente*. C'eft ainfi qu'il y a dans le MS ; & cette leçon a été fuivie exactement par du Breul, & par du Chefne dans fa premiere édition ; mais Pithou qui avoit mal lu ayant imprimé *nullis ardente*, cette faute a été adoptée par le même du Chefne dans fa feconde édition, & enfuite par du Bouchet & par Dom Bouquet.

536. *aliquantifper*. La Glofe explique *aliquantifper* par *aliquantulùm* : cependant ces deux mots ne font pas fynonymes ; le dernier fignifie *tant foit peu*, le premier *pour un peu de temps* ; & c'eft celui-ci que le fens de la phrafe demande préférablement à l'autre.

537. *proprios*. C'eft-à-dire *fuos*, qui fe rapporte à *accipitres*.

*flatûs*. Ce mot doit être au génitif ; *ne perirent clade flatûs rogi*, de peur que ces oifeaux ne périffent par le fouffle enflammé du bucher, ou ne fuffent étouffez

Accipitres Ioris permifit abire folutis;

Quem dum jam cupiunt omnes extinguere, defunt

40 Vafa quibus poffint latices haurire fluentes.

Namque Danûm formidabant aufum fore nullum

Æquora jam confefforis contingere greffu,

Panfa priùs propter meritis miracula Sancti :

Haud modicam retinent folùm nifi quippe lagenam,

45 Quæ claram jaciendo focos Sequanam fuper altos

*f.* focos

Servantûm fugit digitis dilapfa fub illos.

à   *Deus ignis*          *Deus maris*

Vulcano periit claudo Neptunus inermis ;

ignis

Larque fuper turrim faliit, contrivit & omnem:

ligna

Robora congeminant gemitus oppreffa fub igni,

---

fez par la fumée: Dom Bouquet qui emploie communément les accens, n'en a point mis fur *flatûs*: auroit-il cru que ce mot eft à l'accufatif pluriel ?

538. *Accipitres.* Dans ce temps-là les Gentilshommes n'alloient nulle part fans leurs éperviers: ces oifeaux les accompagnoient par-tout: à la chaffe, à la guerre, dans le combat même ; & il faut conclurre de ce feul mot, que ceux qui défendoient alors la Tour, n'étoient pas de fimples *foldats*, tels que Dom Bouillart ( *Hift. de S. Germain des Prez, page* 54. ) nous les repréfente.

541. *Namque Danûm* &c. Abbon dit, à ce qu'il femble, que les douze Chevaliers affiégez dans la Tour ne craignoient pas que les Normans qui devoient être effrayez des punitions miraculeufes que S. Germain avoit exercées contre eux, euffent ofé ou mettre les pieds fur la terre du Saint, ou approcher de la riviere qui lui appartenoit, pour les empêcher d'aller puifer de l'eau. Mais on n'entend rien à cette penfée. Les barbares ofoient bien affiéger la Tour, ce qu'ils ne pouvoient faire fans mettre le pied fur la terre de S. Germain, puifque felon Abbon même, comme on l'a vû plus haut aux vers 469, 470, & 509, cette Tour étoit bâtie fur le territoire de ce Saint. Peut-être par *æquora Confefforis* Abbon a-t-il voulu défigner l'Abbaye même. Mais que les Normans ofaffent ou n'ofaffent pas remettre les pieds dans ce Monaftere, qu'eft-ce que cela faifoit à l'incendie de la Tour, & à la néceffité ou à la difficulté de l'éteindre ?

550 Plus bello dominante rogo. Dimittitur illa

. Militibus; pontis ſubeunt extrema relicta :

Præla conſtituunt illîc nova, ſævaque ſævis,
duodecim

Donec ad alta caput flexit Phœbus vada Ponti.

Pila dabat, rupeſque ſimul, celereſque cateias
Dei inferni            ollâ
555 Plebs inimica Deo, pranſura Plutonis in urnâ.
ſ. duodecim
Sed quia conflictus talis ſuperare nequibat,

Militibus clamare *fidem* cœpit, ſed inanem,

*Ad noſtram properate viri ; nolite timere.*
milites
Proh dolor ! alloquiis ſeſe credunt malè finctis,

---

552. *ſævaque ſævis.* C'eſt-à-dire, *imò ſæva adversùs ſævos homines.*

553. *Donec ad alta* &c. Cela ne ſignifieroit-il pas *juſqu'au coucher du Soleil ?* car le Soleil en ſe couchant devoit regarder le pont en face.

554. *Pila dabat* &c. Il faut conclurre de ceci qu'il n'y avoit point de maiſons ſur ce pont, non plus que ſur celui qui lui étoit aligné du côté du nord. Sans cela comment les Aſſiégez & les Aſſiégeans auroient-ils pu ſe tirer des fleches les uns aux autres, & ſe parler ?

559. *Proh dolor !* &c. Le Pere Daniel (*Hiſt. de Fr. édit. Paris, in-fol.* 1713. Tome I. page 850.) & Dom Félibien ( *Hiſt. de Paris,* Tome I. page 105.) en racontant ce trait d'Hiſtoire, ont embelli leur narration aux dépens de l'exactitude. On diroit à les entendre, 1°. que les douze priſonniers furent mis à mort ; & il n'y en eut qu'onze, puiſque l'un d'entre eux ſe ſauva à la nage : 2°. qu'ils furent tous égorgez ; & on leur trancha la tête : 3°. que cette exécution ſe fit avant qu'Ervé partît pour aller chercher la rançon ; & il eſt bien plus naturel de penſer que ce ne fut qu'après ſon départ : 4°. que ce même Ervé fut percé dans ce moment-là même de mille coups ; & il ne fut exécuté que le lendemain. Mézeray ( *Hiſt. de Fr. édit. Paris, in-fol.* 1643. *Tome I.* page 299.) avoit raconté la choſe un peu autrement, mais en y mettant auſſi beaucoup du ſien comme les autres : « Ervé, dit-il, refuſant la grace qu'à
» cauſe de ſa beauté majeſtueuſe les Normands lui offroient, ſe rua tout au tra-
» vers d'eux l'épée la main ; & après en avoir renverſé plus d'une cinquantaine,
» tomba deſchiqueté d'autant de playes, plus couvert du ſang de ſes ennemis
» que du ſien même ». Voilà un Roman tout pur que Germain Brice ( *Deſcript. de Paris, édit. Paris* 1752.) a pourtant copié preſque mot à mot. Enfin Cor-

Anno 886.

560 Sperantes pretio redimi potuiſſe ſub amplo ;

    aliter
Non aliàs verò caperentur luce ſub illâ.

Heu ! nudi gladium ſubeunt gentis truculentæ ,

        ſanguine
Et cœlo mittunt animas livore fluente ;

Martyrii palmam ſumunt , caramque coronam.

  i. e. paribus    poſtquam    à
565 Mox reliquis ut viſus adeſt gentilibus Erveus ;

                                  ſ. erat
Rex, quoniam facie ſplendens formâque venuſtus ,

                  præedone
Creditur , atque ſui donis graſſante tuetur :
longè                  dum cerneret     ſocios
Protenus intuitu fuſo cernendo ſodales.

---

demoy ( *Hiſt. de Fr. Tome II. page* 373. ) n'eſt pas plus exact dans ſon récit.
Il prétend même contre le texte formel d'Abbon, qu'Ervé ne fut pas mis à
mort. Quelle maniere d'écrire l'hiſtoire ! peut-on défigurer ainſi la vérité ?

566. 567. *Rex…creditur.* Cela ne ſignifie pas que les Normans prirent Ervé
pour le Roi de France : ils ne connoiſſoient que trop bien l'Empereur Charles le Gros ; & ils ſavoient parfaitement que ce Prince regnoit ſouverainement
alors ſur toute la Nation Françoiſe. Mais comme ils avoient dans leur armée
pluſieurs Rois ſubordonnez à Sigefroi, ils crurent apparemment qu'il en étoit
de même des François, & qu'Ervé pouvoit bien être un Roi de cette eſpece ,
ſubordonné à l'Empereur.

567. *ſui donis graſſante tuetur.* Ces quatre mots doivent ſignifier que les
Normans firent quartier à Ervé, ou qu'ils lui donnerent la vie à cauſe de la
rançon promiſe. Qui le croiroit ? cependant cette rançon eſt certaine, puiſqu'on lit plus haut au vers 560, *Sperantes pretio redimi potuiſſe ſub amplo* , &
qu'Ervé lui-même dit plus bas au vers 575, *pecunia prorſus nulla meam tractet
vitam.* Le verbe *tuetur* doit donc être pris ici paſſivement, comme s'il y avoit
*ſervatur* , *vitâ donatur* , *vivus dimittitur.* Le mot *graſſante* ſuivant la Gloſe eſt
pour *præedone* : c'eſt donc comme s'il y avoit *à præedone* ou *à præedonibus*, c'eſt-à-
dire , *à Normannis.* Enfin *ſui donis* pourroit ſignifier *dono ſui*, on lui fit don de ſa
propre perſonne , on le rendit à lui-même ; mais c'eſt peut-être pluſtôt pour
*ſuis donis*, c'eſt-à-dire *ob ſua dona, propter ſuam pecuniam,* parce qu'il étoit garant
de ſa rançon & de celle des autres. On a vû plus haut au vers 17 *dextra tui*
pour *dextra tua*, au vers 347 *genus noſtri* pour *genus noſtrum* , & dans l'Epitre
dédicatoire *cauſam ſui* pour *cauſam ſuam* ; & on verra encore plus bas au vers
631 *mei ſilvas* pour *meas ſilvas* , & II. 531 *numen ſui* pour *numen ſuum.*

568. *Protenus.* Il y a dans toutes les éditions *protinus* ; mais la preuve

decollari
Anno 886. Dilectos plecti, tanquam leo fanguine vifo

570 Ipfe furit, conanfque manus vitare tenentûm,

                        quafi
Undique vi volvit femet, ceu nexus, ut arma

       i. e. ad ulcifcendum
Sumeret ulcifci proprios, focialeque vulnus ;

Obtentuque carens ipfo, fic infuperatâ

   dementes
Lymphantes potuit quâ voce tonavit in aures :

575 Cædite me tensâ cervice, pecunia prorfus

Nulla meam traçlet vitam. Morientibus iftis

           me
Vivere quid finitis? Fruftratur veftra cupido:

Quæ lux haud ejus micuit, fed craftina flatu.

---

qu'il faut *protenus* comme dans le MS, c'eft que la Glofe explique ce mot par *longè*. C'eft auffi fa vraie fignification, comme dans Virgile ( *Æneid. VII. 514.* ) *quâ protenus omne contremuit nemus.* Ce mot fe trouve encore dans le même fens plùs bas II. 24; & Dom Bouquet qui a mis *protenus* dans ce dernier endroit, n'a pas oublié de marquer que la Glofe l'explique par *procul.*

569. *plecti.* La Glofe explique ce mot par *decollari*; & il n'y a qu'Abbon lui-même qui ait pu lui donner cette fignification particuliere : il faut l'en croire. Cependant fuivant la Chronique de S. Vaft ( * Tome *VIII. page* 85.) on leur fit fouffrir diverfes fortes de tourmens, *diverfis interficiuntur modis.*

571. *volvit femet.* Toutes les éditions portent *voluit* au lieu de *volvit.* Mais Ervé partoit accompagné de quelques Normans, qui devoient fans doute le conduire jufqu'à la Ville & recevoir fa rançon. Il voulut fe débarraffer d'eux pour aller fe jeter fur les meurtriers de fes Compagnons malgré les efforts que les autres faifoient pour le retenir. C'eft affurément là le fens des trois vers 570, 571, & 572; & cela pofé, le mot *voluit* ne faifant aucun fens raifonnable, il faut abfolument lire *volvit.*

573 *Obtentu carens ipfo.* C'eft-à-dire, ne pouvant reprendre fes armes pour aller venger la mort des autres.

*Infuperatâ... voce.* C'eft-à-dire *infuperabili, altiffimâ.*

575. *tensâ cervice.* Ces deux mots confirment la Glofe *decollari* du vers 569, & détruifent en même temps les idées romanefques des Hiftoriens que l'on a citez dans la Note fur le vers 559.

577. *Fruftratur.* Ce verbe eft pris ici paffivement pour *fruftra eft.*

578. *flatu.* C'eft ici le dernier foupir. Ainfi le fens du vers entier eft, qu'Er-

Quæ voces, quæ lingua, quod os edicere poſſunt

ab  in                                        Germani
580 Bella tot his prato egregii commiſſa relati ;

Quotque necaverunt Normannos ? quot & urbi

Duxerunt ſecum vivos? Jam nullus eorum

                Germani
Tunc audebat agrum ſandi conſcendere latum,

Quorum præ terrore virûm certamina promo.

585 Corpora crudeles Sequanæ tradunt ſine vitâ,

Laus quorum jugiter nomenque per ora virorum ,

Inſigneſque ſimul mortes & bella volabunt,

                    ornare            ſ. diſcat
Sol radiis donec noctis pompare tenebras,

Luna diem ſtellæ pariter componere diſcant.

Silemſis.

590 Proſternuntque dehinc ſpeculam de morte dolentem

Cuſtodum. Cecidit, telo quatiente, Danorum

        di          animam
Signifer ; hic artus miſit flatumque Charoni.

Nemo meis ſuper hoc dictis inſurgere bello

Decertet; ſiquidem nemo nil verius ullus

                        oculis      vidi
595 Expediet, quoniam propriis obtutibus hauſi.

vé ne fut pas mis à mort ce jour-là , mais le lendemain. Dom Bouillart ( *Hiſt.*
*de S. Germ. des Prez, page 55.*) dit que malgré tous les reproches qu'il fit
aux Normans , *il ne put s'attirer la mort à lui-même.* C'étoit auſſi la penſée
de Cordemoy, comme on l'a obſervé ſur le vers 559 ; & on voit qu'ils n'ont
entendu ni l'un ni l'autre ce vers d'Abbon.

580. *prato.* Voyez la Note ſur le vers 468.

588. *Sol radiis* &c. C'eſt-à-dire , juſqu'à ce que le Soleil devienne l'Aſtre
de la nuit,& juſqu'à ce que la Lune & les étoiles deviennent les aſtres du jour.

590. *Proſternuntque.* Dans l'édition de Dom Bouquet il y a *proſternunt* ſimplement; on a oublié la particule *que.*

595. *quoniam.* Relévera-t-on ici la faute de Dom Rivet ( *Hiſt. liter. de
la Fr. Tome VI. p.* 191.) qui au lieu de *quoniam* a lu *qui?*

Sic etiam nobis retulit qui interfuit ipfe,

Atque natando truces gladios evadere quivit.

Tum Sequanam faliunt, Ligerimque petunt, patriamque.

Has inter geminas peragrant, prædam capientes

600 Quam regio ipfa meo pandet juffu dominante.

Interea fperans Ebolus, fortiffimus Abba,

Gentiles quòd in hanc iffent cuncti, prope folus

---

596. *qui interfuit.* C'eft un des douze Chevaliers qui avoient foutenu l'affaut de la Tour, & qui s'étant tiré des mains des Normans eut encore le bonheur de fe fauver à la nage.

598. *Sequanam faliunt.* En partant du camp, qui étoit à S. Germain l'Auxerrois, pour tirer vers la Loire, il falloit paffer la Seine, mais il ne falloit pas pour cela la remonter. On ne comprend donc rien à ce que dit Cordemoy (*Hift. de Fr. Tome II. p. 373.*) que « la rupture du petit Pont & l'embrâfement de la Tour donnerent aux Normans le paffage qu'ils demandoient, & que dès ce moment une partie de leurs troupes allerent du côté de Chartres ». Il y avoit fur le bras gauche de la Seine deux ponts, celui qui fut rompu, & au-deffus de celui-là le petit Pont qui fubfiftoit en entier, & qui fuffifoit fans doute pour arrêter encore les Normans pendant quelque temps. Il n'eft donc point vrai que la rupture du premier leur ait ouvert le paffage pour remonter la Seine jufqu'au deffus de Paris, chofe qu'ils n'ont jamais pu faire, puifqu'au bout de quelque temps, lorfqu'on leur permit de fe retirer en Bourgogne, ils fe virent obligez de traîner leurs bateaux par terre. Mais indépendamment de cela, il eft inconteftable qu'ils n'avoient aucun befoin de ces bateaux pour aller courir la Beauce.

*Ligerim.* Il y a dans le MS *Ligerum*, & ce mot eft peut-être de l'Auteur; peut-être auffi eft-ce une faute du Copifte.

*patriamque.* Ceci prouve, comme le Préfident Fauchet (*Antiq. Franç. fol. 499 recto*) l'a cru, que ces Normans là étoient du nombre de ceux qui avoient un établiffement dans la Bretagne, ou fur la Loire vers Nantes.

599. *Has inter geminas.* L'exactitude grammaticale demande abfolument *hos inter geminos*: mais peut-être Abbon fous-entend-il *aquas*; peut-être auffi avoit-il dans l'efprit les noms François de ces deux rivieres, qui étoient fans doute de fon temps du genre féminin, comme ils le font encore aujourd'hui.

600. *Quam regio ipfa pandet* &c. Mot à mot: *que le Pays décrira lui-même par mon ordre.* C'eft qu'Abbon va bientôt faire parler la Neuftrie. Elle commencera au vers 623, à fe plaindre, & à entrer dans le détail de toutes les richeffes que les Normans lui ont enlevées pendant ce malheureux fiége.

faltu cecidit
Arce ruit, dardumque ferens caftella petivit

Illorum, haftamque vibrans projecit in ipfa :

05 Non fonipes retulit nobis hunc, nec tulit illuc.

Confeftim fociûm nixus munimine, fæva

ignis
Caftra petit, murofque ferit, quò Lemnius adfit

Ipfe jubet; pugnant noftri, conftantiùs illi.

fonorus                                    exit
Argutus nimiùm fremitus jam fumat ab illis ;

10 Exiliuntque foras, vulgufque fugant fine taĉtu :

Extiterant plures quoniam nobis. Tamen illis

Obvius hic Ebolus fociique, fimul ftetit heros,

Haud illum fuerant audentes tangere ferro ;

Quingentis etiam fi tunc fubnixus adeffet

15 Qualis & ipfe fuit, caftris fefe daret ultro ;

de corporibus
Aft animas propriâ de fede repelleret omnes.

---

607. 608. *quò Lemnius adfit ipfe jubet.* C'eft-à-dire, *ipfe jubet Lemnium adeffe*, il fait mettre le feu au camp. Ainfi il ne faut point de virgule après *adfit*, comme Dom Bouquet en a mis une.

610. *vulgus fugant fine taĉtu.* C'eft-à-dire, que les Normans mirent en fuite cette populace fans coup férir.

612. *Ebolus fociique* &c. Dom Bouquet joint *fociique* avec *fimul*, & renferme ces trois mots dans une parenthefe. Le fens paroît plus net en joignant au contraire *fociique* avec *Ebolus*, & *fimul* avec *ftetit* ; c'eft-à-dire en conftruifant ainfi : *tamen fimul* (atque) *hic Heros Ebolus cum fociis ftetit obvius illis*, ou *ftetit hîc* ; car le mot *hic* peut bien être ici un adverbe, comme l'a penfé Françcois du Chefne (*Hift. des Chancel. p.* 108.)

613. *fuerant.* Ce mot eft ici pour *fuerunt* ; c'eft-à-dire que les Normans n'oferent l'attaquer.

614. *etiam fi.* Dom Bouquet eft le feul des éditeurs d'Abbon, qui de ces deux mots n'en ait fait qu'un. *Etiamfi* en un feul mot fignifie *quand même, quoique* ; ce qui feroit ici un contrefens. La penfée du Poëte eft, *Quin etiam, fi Ebolus tunc fubnixus fuiffet quingentis viris* (talibus) *qualis ipfe erat* &c.

616. *Aft.* Ce mot eft ici pour la conjonĉtion *imò*.

Anno 886. At quia militibus caruit, sic ludere ceffat.

Neuſtria, nobilior cunctis regionibus orbis,

Quæ vaſtè fueras procerum genitrix dominantûm,

620 Ne pigeat captâ turri producere, quæſo,

traxere            victorias    à te
Quot vel quas hauſere Dani palmas tibi, necnon

Ubera quot pecorum mulſere, tuum peragrando
plenum                    divitiis    Vox Neuſtria
Diſtentum variis tractum gazis. Tamen olim,

Mi ſoboles, aliquis cenſere poteſt? etiamſi

625 Affuerint cunctæ volucres, erumpere voces

Tot nequeunt hominum, quot equûm, pecudumq;, boûmq;
Sublegere

---

618. *Neuſtria.* Le MS met toujours *Nuſtria* & *Nuſtricus.* Sur l'étendue qu'il faut donner ici à la Neuſtrie, Voyez la Note ſur le vers 447 du IIᵉ Livre.

623. *Tamen olim.* Dom Bouquet joint ces deux mots avec ce qui ſuit, comme s'il y avoit, *Tamen, mi ſoboles, aliquiſne cenſere poteſt aliquando?* c'eſt-à-dire, *Eh mais! mon enfant, pourra-t-on jamais en faire le dénombrement?* & dans cette ſuppoſition que l'on adopte ici, parce qu'elle paroît heureuſement imaginée, la Neuſtrie commence à parler au mot *tamen.* Le Gloſſateur, ou pluſtôt ſon copiſte, a donc fait ici deux fautes très-conſidérables; l'une en mettant les deux mots *vox Neuſtriæ* ſur *mi ſoboles*, comme ſi ce n'étoit qu'à ces deux-ci que la Neuſtrie commençât à parler; l'autre en ajoutant ſur le mot *olim* ces trois mots-ci, *fuit plenum divitiis*; ce qui joint avec *tamen*, loin de préſenter aucun ſens raiſonnable, ne peut faire qu'un contreſens. Ajoutez que *plenum* dans cette phraſe, *fuit plenum divitiis*, étant du genre neutre, & ne pouvant ſe rapporter qu'au mot *tractum* du texte, qui eſt du genre maſculin, il ne peut plus y avoir là qu'un barbariſme inſoutenable. On a tâché dans cette édition de remédier à tout le mal, 1°. en tranſpoſant les mots *vox Neuſtriæ* ſur le mot *tamen*; 2°. en ne mettant aucune gloſe ſur *olim*; 3°. en retranchant le mot *fuit*, qui ne peut être qu'une mauvaiſe fourrure du Copiſte; 4°. en tranſportant le mot *plenum* de la Gloſe ſur le mot *diſtentum* du texte, & le mot *divitiis* ſur le mot *gazis*; car aſſurément c'eſt là leur véritable place.

624. *mi ſoboles.* Mon fils, mon enfant. Ce mot marque qu'Abbon étoit Neuſtrien de naiſſance, comme on l'a obſervé dans la Préface.

*cenſere.* Ce verbe eſt ici dans le ſens de *recenſere.*

628.

furati funt

Sublegere mihi natos natafque, fuûmque.

Flumina balatu agnorum, mea gramine læta

pro fonabant

Prata fonant denfo mugitu tempe juvencûm;

630 Cervorumque nemus rauco clamore remugit;

Grunnitufque mei filvas fcindebat aprorum.

Hæc mihi fubduxere truces, fi nofcis & audis.

Vox Pofitoris          vidi      ftans

Hæc oculis equidem petii fiftens fuper urbis

numerò

Mœnia, nec vifu claudebantur, neque rhythmo.

---

628. *flumina balatu* &c. La conftruction doit être, ce femble, *mea flumina fonabant balatu agnorum ; mea tempe , mea prata læta gramine fonabant mugitu denfo juvencûm.*

629. *tempe.* Au lieu de *tempe*, on lifoit dans le MS *tempore* ; & fur ce mot il y avoit auffi une glofe. Or cela feul prouve démonftrativement 1°. que le MS n'eft point de la main d'Abbon, qui n'auroit pas écrit *tempore* pour *tempe* ; 2°. que du moins toute la Glofe peut bien n'être pas de lui non plus : car il n'auroit pas glofé un mot qui n'étoit pas de fon texte. Le Copifte qui avoit fait la faute, ou un autre pour lui, y a remédié, en grattant avec la pointe du canif le mot de la Glofe, & en effaçant auffi les deux lettres *or* de *tempore*.

631. *mei.* C'eft ainfi qu'il y a dans le MS, auffi bien que dans toutes les éditions qui ont précédé celle de Dom Bouquet, qui a cru devoir fubftituer *mihi* à *mei*. Il eft certain qu'en fuppofant le pronom poffeffif *meus* comme étant adjectif de *grunnitus*, la phrafe a d'autant moins de fens , que le pluriel *grunnitus mei* ne peut s'accorder avec le verbe *fcindebat* au fingulier ; outre qu'il ne s'agit point de faire grogner ici la Neuftrie , mais les fangliers : en forte que dans cette fuppofition il faut abfolument fubftituer *mihi* à *mei*. Mais fi *mei* eft le génitif d'*ego*, & que *filvas mei* n'ait point d'autre fens que *filvas meas*, alors c'eft toute autre chofe ; & *grunnitus* demeurant au fingulier , il n'y a plus rien à changer dans la phrafe. Or Abbon paroît avoir été homme à croire que *filvas mei* étoit une expreffion bien plus élégante ou tout autrement poëtique que *filvas meas*. Voyez la Note fur le vers 567.

*aprorum.* Pithou a fait une groffe faute en mettant *agrorum* pour *aprorum.*

632. *fi nofcis & audis.* C'eft-à-dire, comme vous me l'entendez dire, & comme vous le favez bien par vous-même.

634. *nec vifu claudebantur neque rhythmo.* Ce bout de vers eft affez mal exprimé. Le Poëte veut dire que ces beftiaux étoient en fi grand nombre , qu'ils couvroient toute la campagne, où ils s'étendoient plus loin encore que la vûe ne pouvoit porter.

635  At quoniam cingî nequeunt pratis nec ab agris,
<sub>ſtabulum</sub>
     Efficitur boſtar Germani Antiſtitis aula ;
                              <sub>vitulis     curvis in naribus</sub>
     Completur tauris, ſuculis, ſimiſque capellis.
                                              <sub>ora aperiunt</sub>
     Longa trahunt illic ſuſpiria, tumque dehiſcunt ;
                              <sub>ſpiritus</sub>
     Corpora flant dulces ventos cruciante dolore.
               <sub>Normanni        ſ. animalia</sub>
640  Adveniunt ſtabulatores, ea ferre coquinæ

     Nitentes, quum jam maneant epulæ innumeratis

     Vermibus, Eccleſiâ quorum fœtore repletâ
     <sub>extra Eccleſiam              ſ illa animalia</sub>
     Exportant, Sequanæ referunt, non nempe coquinæ ;

     Eccleſiamque piant bovibus, nec cæditur ultra.
         <sub>Vox Neuſtriæ</sub>
645      Legiſti prædas ; etiam cognoſce trophæa.

---

637. *ſuculis.* La Gloſe explique ce mot par *vitulis*, qui eſt une interprétation fauſſe ; car *ſucula* ſignifie non un *veau*, mais une *jeune truye.* Peut-être
néanmoins que la Gloſe eſt bonne, & que c'eſt le texte qui eſt corrompu.
Abbon peut bien avoir écrit *buculis*, & l'avoir interprété par *vitulis* ; & ſon
Copiſte peut bien auſſi avoir écrit par inadvertance *ſuculis* au lieu de *buculis.*

638. *dehiſcunt.* Les éditeurs précédens n'ont point mis de virgule après *dehiſcunt* ; & tous en mettent une après *corpora* qui ſuit immédiatement, joignant ces deux mots enſemble, de maniere que dans leurs éditions l'un eſt le
nominatif de l'autre. Or la Gloſe les ſépare ſi bien l'un de l'autre, qu'elle explique *dehiſcunt* par *ora aperiunt* ; en ſorte que le nominatif de ce verbe eſt le
mot *animalia* ſous-entendu. Ainſi le ſens des deux vers 638 & 639 eſt que ces
beſtiaux ſoupirent, bâillent & meurent enfin.

639. *dulces ventos.* Ces deux mots ne s'allient pas facilement avec *cruciante
dolore.* Peut-être le Poëte a-t-il voulu dire que ces animaux moururent dou-
cement après avoir beaucoup ſouffert. Il ſemble auſſi qu'il ait voulu mettre
ici du pathétique en nous les repréſentant comme mourans de douleur de ſe
voir enlevez à leur patrie. Le vrai eſt que la maladie ſe mit parmi cette grande
quantité de beſtiaux renfermez dans un lieu ſi étroit, qu'ils en moururent
preſque tous ; & que la corruption gagna ſi promptement, que lorſque les
Normans voulurent en tuer une partie pour leur nourriture, ils les trouverent déja mangez des vers : ce qui les obligea de les tirer hors de l'Egliſe,
& de les jeter à la riviere. C'eſt là le ſens du texte juſqu'à ces mots, *Legiſti
prædas.*

fuperfuit

Reftitit oppida quæque capi fuprema voluntas;

Obfuit at Domino tribuente infirma poteftas.

Carnoteno innumeros conflictus applicuerunt

Allophyli; verùm liquere cadavera mille

650 Hîc, quingenta fimul, rubeo populante duello.

Una dies iftum voluit fic ludere ludum

---

646. *Reftitit* &c. C'eft-à-dire, il ne reftoit plus aux Normans après avoir fait un fi grand butin dans la Neuftrie, que de fe rendre maîtres de toutes les places de cette contrée : c'étoit bien leur deffein ; mais Dieu ne leur en donna pas le pouvoir.

647. *Obfuit at* &c. Ce vers entier ne fe trouve dans aucune des éditions précédentes, Pithou l'ayant omis le premier, & ceux qui font venus après lui n'ayant fait que le copier fervilement, ou fe copier les uns les autres ; ce qui prouve qu'aucun d'entre eux, ceux même qui avoient le MS en leur poffeffion, comme Dom Jacques du Breul & Dom Martin Bouquet, n'ont pas feulement pris la peine de le confulter ici. Cependant ce vers-là eft abfolument effentiel ; & fans lui on voit bien que le fens demeure fufpendu, & que la phrafe n'eft pas complette.

648. *Carnoteno*. Pithou, du Chefne dans fa feconde édition, du Bouchet après lui, & enfuite Dom Bouquet, marquent que la Glofe explique ce mot par *Carnotum* ou *Carnoto*. Les deux autres éditions ne mettent ici aucune Glofe, & il n'y en a point non plus dans le MS. S'il en falloit une, ce feroit *fupple pago*.

649. *Allophyli*. C'eft-à-dire *extranei*. C'eft un mot grec qui fignifie à la lettre *alterius tribùs*. Dom Bouquet écrit *Allofili*; & c'eft auffi l'orthographe du MS : mais il faut *allophyli* par un y. Dom Bouquet avoit bien obfervé plus haut fur le vers 634 en imprimant *ritmo* conformément au MS, qu'il faut écrire *rhythmo*. Il marque auffi après du Breul, du Chefne, & du Bouchet, que la Glofe explique le mot *Allophyli* par *Normanni*, quoiqu'elle ne l'explique point du tout.

650. *rubeo*. C'eft-à-dire *fanguineo*. Il y a dans Pithou *rubet* au lieu de *rubeo* : c'eft une faute d'impreffion.

*duello*. Dom Bouquet ne met qu'une virgule après ce mot, qui pourtant termine fort bien la phrafe ; & ceux qui l'ont précédé n'y ont mis ni point ni virgule. Seroit-ce parce qu'ils ont cru que *duello* fait ici une efpece d'allufion aux deux braves Chevaliers Godefroi & Odon que le Poëte va nommer ? mais *duellum* fignifie tout fimplement *bellum*, comme plus haut au vers 61, & même dans les meilleurs Auteurs.

Anno 886. His ducibus, Godefredo, necnon & Odone :

Belligeri fuerant Uddonis Confulis ambo.

Idem Odo præterea oppofuit fe fæpius illis,

655 Et vicit jugiter victor. Heu ! liquerat illum

Dextra manus bello quondam, cujus loca cinxit

Ferrea penè vigore nihil infirmior ipsâ.

f. fuerunt    Normanni

Nec fatius quidquam fortiti apud hi Cinomannos ;

Haud equidem reliquæ cefferunt fuaviùs urbes.

fol

660 Jam, quia Apollo rogat, calamus requiem mereatur.

*Terminatur primus ;*

---

652. *Godefredo nec non & Odone.* Du Breul, du Chefne dans fa feconde édition, du Bouchet, & Dom Bouquet, mettent ici en note, *Godefredus & Odo ;
milites Odonis Comitis* ; & cette note fe trouve auffi dans le MS à la marge,
mais d'une écriture bien poftérieure à celle du texte & de la Glofe. Au refte
Gérard du Bois ( *Hift. ecclef. Parif. Tom. Tom. I. pag. 505.* ) croit que ce Comte
Odon ou Uddon étoit Comte de Chartres.

656. 657. *cujus loca cinxit ferrea.* C'eft-à-dire, *cujus locum tenebat manus
ferrea.*

659. *Haud cefferunt fuaviùs.* C'eft-à-dire, *nihilo fegniùs fe gefferunt.*

660. *quia Apollo rogat.* Le Poëte feint qu'il eft déjà nuit, qu'il eft temps de
ceffer d'écrire, & de remettre au lendemain la fuite de fon travail.

*incipit*

ORDITUR SECUNDUS

*urbis*

BELLORUM PARISIACÆ POLIS CODICELLUS.

*sol* *orientalia*

SURGITO, Mufa celer, lampas accendit Eoa

*partes* *præcedere*

Climata, luciferam propera prævertere plantam.

Saxoniâ vìr Aïnricus fortifque, potenfque,

Venit in auxilium Gozlini Præfulis urbis.

5 At tribuit victus illi, lethumque cruentis

---

1. *Surgito, Mufa* &c. Le Poëte feint que le jour commence, & qu'il eft temps de reprendre la plume.

2. *luciferam plantam.* Ces deux mots ne paroiffent pas aifez à entendre. Il y a une efpece de plante nommée *bouillon*, en latin *verbafcum* & *lychnitis*, dont la tige renferme une moëlle qui fervoit autrefois de meche pour les lampes, & dont on fait encore en quelques endroits des falots ou des flambeaux pour fe conduire pendant la nuit. Auffi Danet remarque-t-il dans fon Dictionnaire François-latin, qu'on lui a encore donné les noms de *Candela regia*, de *candelaria*, & de *lanaria*, tous mots à peu-près fynonymes de *lychnitis*, qui vient de *lychnus*. Ne feroit-ce pas avec un flambeau de cette nature que fainte Géne-vieve alloit quelquefois de nuit avec fes compagnes jufqu'à l'églife de S. Denys? Cela pofé, les deux mots *lucifera planta*, qui fignifient au propre *le bouillon*, doivent au figuré fignifier *la lampe*, c'eft-à-dire *la nuit*, parce qu'on s'éclaire pendant la nuit à la faveur de la lampe. Voici donc, ce femble, la penfée du Poëte: *Ma Mufe, le foleil eft levé, n'attendons pas que la nuit revienne nous furprendre; hâtons-nous de la prévenir, & profitons du jour pour travailler.*

3. *Aïnricus.* On écrit depuis long-temps *Henricus*; mais il faut conferver ici l'orthographe du MS, & employer même l'i *tréma*, comme ont fait Pithou, du Chefne dans fa feconde édition, & Dom Bouquet, pour faire fentir que le Poëte fait ce mot de quatre fyllabes, non-feulement ici, mais encore plus bas aux vers 9, 15, 34 &c.

5. *At tribuit victus illi* &c. C'eft-à-dire qu'il vint fort heureufement pour fauver Gozlin & les Parifiens, & qu'il fit un grand butin fur les Normans, *cruentis*; mais que cependant il leur tua peu de monde. Suivant le Pere Barre dans fon Hiftoire d'Allemagne, (*Tome III. pages* 220 & 221.) où il a cru devoir détailler les principales circonftances de ce fiége, le Comte de Saxe prit le temps que les Normans donnoient un nouvel affaut à la place; & il en fit

Anno 886. Heu paucis ; auxit vitam noſtris ; tulit amplam

His prædam. Sub noĉte igitur quâdam penetravit

Caſtra Danûm , multos & equos illic ſibi cepit.

Agmen Aïnrico cædente nimis lanionum ,

10 Efficitur celſus nimiùm clamor fremituſque ;

ſomnus            urbis

Deſerit unde quies noſtros , & mœnia vallant.

Immodicas voces flavêre Dani morientes ;

Immenſo reſonant cives clangore paventes ,

Ut ſolitum paterentur ab his ex more laborem.

15 Sic & Aïnricus poſtremùm caſtra reliquit ;

( Culpa tamen ) fugiente morâ defertur ad arcem :

acres

Pila miniſtrabant acidas referendo ſalutes ;

un grand carnage ; mais cet Hiſtorien ajoute ici pour embellir ſa narration bien
des choſes , qui aſſurément ne ſe trouvent point dans le texte d'Abbon.

11. & mœnia vallant. C'eſt-à-dire , & noſtri mœnia vallant.

14. Ut ſolitum paterentur ab his &c. Dans ce vers le mot ut, qui eſt peut-être
pour ne , ne préſente qu'un ſens fort équivoque. De plus on ne voit point quel
eſt le nominatif de paterentur , ni quel eſt le ſubſtantif du mot his : car il y a
ici des Pariſiens , des Saxons , des Normans ; & ces deux mots peuvent s'entendre des premiers comme des derniers. Quoi qu'il en ſoit , la phraſe entiere
n'exprime que le mal ou la peine que les uns devoient ſouffrir de la part des
autres ; & il eſt inutile de s'y arrêter davantage.

16. Culpa tamen. Si ces deux mots que l'on met ici en parentheſe , ne ſignifient pas que ce fut une faute dans le Duc de Saxe d'abandonner ſi promptement
l'entrepriſe qu'il avoit formée ſur le camp ennemi , on ne voit point quel peut
être le ſens de la phraſe ; car il ſeroit ridicule de joindre culpa avec defertur ,
dont le nominatif ne peut être qu'Henricus. Si le Duc de Saxe pluſtôt que de ſe
jeter ſi promptement dans la Ville , eût continué de faire main-baſſe ſur les
ennemis , il ne s'en ſeroit peut-être pas échappé un ſeul. C'étoit du moins la
penſée d'Abbon , puiſqu'il ſe plaint quelques vers plus haut qu'il n'y en eut
en cette rencontre qu'un petit nombre de tuez , cruentis heu paucis !

fugiente morâ. C'eſt-à-dire ſine morâ , comme plus haut. l. 470.

Janua militibus referatur ; cominus acre

Urgetur bellum ; clypei labuntur & enfes.

20 Vita meos adamat dextros, oditque finiftros ;

Infeftos adamat mors, vita gubernat amicos.

Inde fopor repetit cives, miferofque fugella.

   Rege Sigemfredo, fimul aft Odone loquente
procul
Protenus à fpeculâ, currentes agmine multo

25 Ducere fortè truces fecum conantur Odonem ;

Qui primùm feriendo phalæ foffata volatu
dardum
Tranfiliit propero, clypeum geftanfque cateiam ;

---

20. *Vita meos* &c. Ces deux vers ne fignifient rien autre chofe, finon que dans cette action plufieurs Normans furent tuez & qu'aucun Saxon ne périt. Le Poëte appelle les Saxons *dextros* & *amicos*.

  24. *fpeculâ*. Dom Bouquet, qui ne met point ici de virgule, en met une après *multo*. On a cru qu'il valoit mieux n'en point mettre après *multo*, & en mettre une après *fpeculâ*.

  26. *feriendo phalæ foffata*. Le Préfident Fauchet ( *Antiq. Franç. fol.* 399 *verfo.* ) explique cela fort bien en difant que le Comte Eudes *donnant de fa javeline contre terre, tout armé qu'il étoit, franchit le haut du foffé d'entre lui & les Danois ;* c'eft-à-dire qu'il mit ainfi le foffé entre les Danois & lui. Mais Cordemoy. ( *Hift. de Fr. Tome II. pag.* 374. ) Dom Félibien ( *Hift. de Paris, Tome I. page* 106. ) & Dom Bouillart ( *Hift. de S. Germ. des Prez, p.* 55. ) ont tout confondu ici. Ce fut, felon eux, dans le temps même que le Duc de Saxe attaquoit le camp ennemi, que le Comte Eudes croyant que les Normans fe difpofoient à un nouvel affaut, fortit de la Ville, fauta le foffé, alla hardiment à eux, & en fut enveloppé. Or il n'y a dans tout cela rien moins que de l'exactitude. Ce fut après que le Duc de Saxe fut entré dans la Ville, que le Comte Eudes en fortit, non pour aller combattre les Normans, mais pour aller conférer avec leur roi Sigefroi : il fauta le foffé non en allant aux ennemis, mais en revenant de cette entrevûe, parce qu'il alloit être fait prifonnier s'il n'eût fu fe tirer habilement de leurs mains.

  27. *Cateiam.* Virgile ( *Æneid. VII.* 741. ) s'eft fervi de ce mot en difant *Teutonico ritu foliti torquere cateias ;* & on voit par ce vers que dans la langue des Germains c'étoit le nom propre d'une arme que la Glofe exprime ici par

fortis
More ſuo functus bello verſus ſtetit heros.

Exiliere viri domino ſuffragia dantes,

30 Nobilibuſque ſtupent ejus ſuper actibus omnes.

Conſpiciens Sigemfredus noſtros in agone

Eſſe feros, inquit ſociis : *Hanc linquite ſedem ,*

eſt
*Hîc non ſtare diu noſtrum manet , hinc ſed abire.*

re
Ergo ſuas ut Aïnricus ſeceſſit ad aulas,

35 Germani teretis contemnunt littora ſancti,

                                 Æquivocique

---

*dardum ,* autre mot barbare qui ſignifie un *dard.* Le Préſident Fauchet dans
ſon Traité de la Milice & Armes de France ( *fol. 521 verſo*) en expliquant ce
paſſage d'Abbon, rapporte les deux vers François qui ſuivent, & qui n'en ſont
que la traduction :

         *L'eſcu au bras , & portant ſa cateie ,*
         *D'un ſault leger il vole d'autre part.*

Mais on a obſervé dans la Préface qui eſt à la tête de ce Poëme, que ces deux
vers doivent être de la façon du Préſident même , & nullement d'aucune traduction qui en ait jamais été faite en vers François.

28. *More ſuo functus bello.* Cela ſignifie apparemment que le Comte Eudes
ſe ſignala à ſon ordinaire en cette rencontre périlleuſe.

*verſus.* Ce mot paroît être là pour *reverſus ,* c'eſt-à-dire *reverſus ad nos* , ou
pour *converſus ,* qui ſignifieroit tournant le viſage aux Aſſiégez , & tournant
le dos aux ennemis, parce qu'il venoit de franchir le foſſé.

30. *actibus.* C'eſt ainſi qu'il y a dans le MS, au lieu d'*artibus* qu'on lit dans
toutes les éditions précédentes.

34. *ſuas ut Aïnricus* &c. Le Continuateur des Annales de Fulde ( * Tom.
VIII. pag. 46. ) ſemble dire que le Duc de Saxe ne quitta Paris qu'après les
Rogations , qui cette année-là tomberent au 2 Mai ; & de là il s'enſuivroit que
ce ne fut qu'après la mort de l'Evêque Gozlin , & avant le ſeptieme aſſaut :
ce qui ne peut en aucune maniere ſe concilier avec le texte d'Abbon, qui
certainement mérite toute croyance. Mais le ſens du Continuateur peut fort
bien être que le Duc de Saxe ne rentra dans ſes états qu'après les Rogations ;
ce qui s'accorde fort bien avec ſon départ au mois d'Avril , avant la mort de
Gozlin , & même avant le ſeptieme aſſaut.

35. *Germani teretis.* On a déjà dit plus haut I. 175. que *Germanus teres ,*
c'eſt-à-dire *S. Germain le rond ,* ſignifie l'égliſe de *S. Germain l'Auxerrois.*

                                                        36.

Anno 886.

Æquivocique legunt, cujus factis benè vefcor.

pratum

Circumeunt caftris æquor; fed & undique vallo

Clauditur en dominufque meus quafi carcere latro,

Ipfe nihil peccans; murus circumdedit ejus

40 Ecclefiam noftro celfam cogente reatu.

Denique rex dictus denas capiens argenti

Sex libras nitidi nobis causâ redeundi,

Normannis fefe cunctis comitantibus, optat

Mel dulcis fluvii lymphis conferre marinis,

---

36. *Æquivocique* &c. Du Breul ( *Antiq. de Paris*, *édit. Paris* 1612. *page* 786. ) traduit ainfi le vers précédent & celui-ci : *ils contemnent le rivage de S. Germain le rond*, *& choififfent l'autre de même nom*, *combien que cela foit équivoque.* Mais on ne fait ce que peuvent fignifier ces cinq derniers mots, qui d'ailleurs font de trop ; car le latin *æquivoci legunt* étoit fuffifamment rendu par le françois *choififfent l'autre de même nom*. En effet le mot *æquivoci* ne fignifie point ici *équivoque*, mais *qui porte le même nom.*

*factis benè*. C'eft pour *benefactis* en un feul mot.

41. *Denique rex* &c. Le fens de ces deux vers n'eft nullement équivoque ; cependant Dom Mabillon, Dom Bouillart & le Pere Daniel ( *Hift. de Fr. édit. Paris, in-fol.* 1713. *Tome I. page* 852. ) s'y font laiffé tromper. Celui-ci dit même que les Normans étoient fur le point de livrer à l'Abbaye de S. Germain des Prez un affaut, dont Abbon ne parle nullement ; mais que les Religieux offrirent de l'argent pour fe racheter du pillage, & que les foldats s'en contenterent : tous faits controuvés. L'Abbaye, loin de pouvoir foutenir un fiége ou un affaut, étoit totalement abandonnée : les Normans s'y camperent fans la moindre difficulté comme dans une place déferte ; & ce furent les Parifiens en général qui offrirent de l'argent à ces Barbares pour les engager à lever le fiége de la Ville, non les Religieux de l'Abbaye qui en donnerent pour racheter leur monaftere. A l'égard de la faute de Dom Mabillon & de Dom Bouillart, qui eft encore plus confidérable que celle du Pere Daniel, il en fera parlé plus bas dans la Note fur le vers 310.

*argenti*. Le mot *Diærefis*, qui eft à la marge, prouve, ce femble, qu'Abbon a voulu écrire *arienti* par un *i* au lieu d'un *g*, pour faire ce mot de quatre fyllabes.

42. *nobis*. Il y a dans toutes les éditions précédentes *à nobis* ; & c'eft affurément le fens de la phrafe : mais le MS porte fimplement *nobis*.

45 Qualiter ofque freti caudam Sequanæ rapit albam,

Æquoreumque caput pennis quatitur fequaninis

*f.* optat    pag.
Oftentare, fed his autem nolentibus infit:

*Eia, Dani, muros urbis luftrate potentes,*

*Pergama circumſtaque viri veftite valentes,*

50 *Et fcapulas arcu validifque onerate fagittis.*

*Quifque ferat lapides, fed & undique tela miniftret;*

*Hoc etiam bellum conabor & ipfe videre.*

Quo fermone quiefcenti furgunt fimul omnes,

*f.* infulis
In-que-fulas penetrant urbis fedes quibus extat;

55 Mœnia circumeunt trucibus gladiis onerati,

Digreffique foras noftri circumdare turres.

---

45. *Qualiter ofque freti* &c. Tout cela fignifie que le Roi Sigefroi propo-
foit à fes Normans de reprendre le chemin de la mer par l'embouchure de la
Seine. Il faut paffer à l'Auteur fa métaphore tirée des parties du corps animal,
*os, cauda, caput, pennæ.*

47. *nolentibus.* Du Breul marque que la Glofe ajoute ici le mot *pacem*: il a
pris le change. La Glofe met *pag* en abrégé, c'eft à-dire *paganis*, pour expliquer le mot *his* du texte; & c'eft ce *pag* que du Breul a pris pour *pacem.*

49. *Pergama.* La Glofe explique plus bas au vers 230 ce mot par *mœnia.*

50. *arcu.* Pithou, du Chefne dans fa feconde édition, & Dom Bouquet ont
fait ici une faute en mettant *artu* au lieu d'*arcu.*

54. *Infulas urbis.* On a obfervé dans les Annales fur l'an 701 de Rome,
qu'il y avoit là trois iles, mais qu'anciennement la Ville étoit uniquement
renfermée dans la plus grande des trois. C'étoit encore la même chofe du temps
d'Abbon: la plus grande étoit la feule qui fût habitée, du moins la feule qui
eût forme de Ville & qui fût fortifiée.

55. *Mœnia circumeunt.* Ceci prouve qu'on pouvoit faire le tour de la ville
en dehors, entre les murs & la riviere. Comment croire donc ce qu'a imaginé
le Pere Daniel ( *Hift. de Fr. édit. Paris in-fol.* 1713. *Tome I. page* 852.) qu'au
feptieme affaut les Normans « difpoférent quantité de bateaux, qu'on joignit
» enfemble d'une maniere propre à foutenir les échelles pour efcalader la Ville ?»

Occidunt Reges geminos, plurefque aliorum;
valdè
Fallacefque fugam diamant, verique triumphum.

Amnis in auxilium nobis Sequanæ fuit altus;
aliquos
60 Quos forbens penitus merfit, tranfmifit averno.

Sigemfredus ovans ridens morientibus inquit:
repugnacula
*Nunc vallate, viri, pinnas, urbem capitote;*

*Menfurate metris ædes quas hìc habitetis.*

Inde fuis: *Abeamus,* ait; *tempus venit ecce*
65 *Quo gratum fuerit nobis iftinc abiiffe.*

Mox hilaris Sequanam liquit pro munere fumto.
f. munera
Sic alii facerent, eadem fi tunc meruiffent.

Quis fentire poteft patulâ quod fubditur aure?

---

57. *Reges geminos.* Il n'eft pas aifé de deviner pourquoi le Pere Barre dans fon Hiftoire d'Allemagne (*Tome III. page 222.*) au lieu de traduire *deux Rois,* traduit *deux Officiers généraux*: il eft vrai qu'il ne donne pas même le titre de Roi à Sigefroi qui commandoit toute l'armée ennemie.

60. *Quos.* La Glofe explique ce mot par *aliquos,* moyennant quoi il faut ajouter la conjonction *&* avant le verbe *tranfmifit.* Mais fans tout cela la phrafe eft très-correcte, *Sequana tranfmifit Averno* (eos) *quos merfit.*

62. *pinnas.* La Glofe explique ce mot par *repugnacula*; & c'eft affurément une faute du Copifte pour *propugnacula.*

*capitote.* Pithou, du Chefne dans fa feconde édition, & du Bouchet, ont mal mis *cupitote* au lieu de *capitote.*

67. *facerent.* Dom Bouquet n'a point mis de virgule après ce mot: on voit par la Glofe qu'il en faut une.

68. *Quis fentire poteft* &c.. Ceci n'a plus de rapport à ce qui précede, & ne regarde que la mort de Gozlin que le Poëte va raconter. C'eft comme s'il difoit, *fera-t-on affez fenfible à ce que l'on va entendre?* Auffi le MS commence-t-il ce vers 68 par un très-grand *Q*: on diroit en termes d'Imprimerie par une lettre de deux points, ou de trois points. Dom Bouquet a donc eu tort de ponctuer autrement qu'on n'a fait ici, & de ne pas finir la phrafe précédente avec le mot *meruiffent* qui termine le vers 67.

Anno 886. Terra gemat, pontufque, polum latus quoque mundus.

70 Gozlinus, Domini Præful, mitiſſimus heros,

　　　　　　　　　　　　　　　virtutibus　　　　　　　　ſ. aftra
　　Aftra petit Domino migrans, rutilans velut ipſa :

　Noſtra manens turris, clypeus, nec non bis acuta
　　　　gladius
　Rhomphea, fortis & arcus erat, fortiſque fagitta.

　Heu ! cunctis oculos fontes terebrant lachrymarum,

75 Atque pavore dolor contritis viſcera ſcindit.
　　　　tempore
　Tempeſtate ſub hâc Hugo princeps obit Abba;

　Evrardo Senones viduantur Præſule docto.

　Gaudia tunc hoſtes adipiſcuntur ſua læti,
　　　　ſ. hoſtes
　Qui vigiles madidæ per opaca ſilentia noctis

80 Germanum nitidâ clarum vidiſſe figurâ
　　　　　　　fines
　Se perhibent, metaſque ſui luſtraſſe locelli,

　Lumine geſtantem rutilanti ſæpe laternam,

　Quo ſancti redolent artus forſan tumulati.

---

69. *polum.* Ce mot, qui eſt un barbariſme au neutre, ſeroit-il ici au génitif pluriel pour *polorum* ? la conſtruction ſeroit alors, *mundus latus polorum* pour *latus inter polos,* c'eſt-à-dire, tant qu'il peut s'étendre depuis un pôle juſqu'à l'autre. Le Pere Labbe ( *Melang. Hiſtor. page* 112. ) a cru devoir lire *polus* au lieu de *polum.* Il vaudroit mieux mettre *latus polos* en ſous-entendant le **νᾶτα** des Grecs. Mais il y a *polum* dans le MS.

71. *velut ipſa.* Dom Bouillart ( *Hiſt. de S. Germ. des Prez, page* 56. ) a lu *velut ipſe ;* mais peut-être eſt-ce là une faute d'impreſſion.

74. *terebrant.* François du Cheſne ( *Hiſt. des Chancel. page* 90. ) a mal lu ici *tenebrant.*

82. *ſæpe.* C'eſt-à-dire que cette viſion ſe préſenta aux Normans à diverſes repriſes pendant la même nuit.

83. *forſan.* Il faut joindre ce mot non avec *tumulati,* mais avec *quo lumine,* comme s'il y avoit *illo eodem forte lumine quo* &c. Les Normans virent S. Ger-

Inſtabant ejus feſtæ follennia lucis:

85 Objurgantur & hi Caſtellanis, quia ſacra

Non celebrant; alto inde ruunt cum mente cachinno:

garbis
Mergitibus plauſtrum per rura movent gravidatum,

Cuſpide terga boûm verſo nimiùm ſtimulantes.

Protinus his propriæ claudis ſine crimine cauſæ,

90 Conneⳅunt alios, plureſque dehinc, alioſque;

miſeri
Certabant elegi ſcapulis cornuque juvenci.

Jamque lavant proprias rubeo de ſanguine coſtas,

Nonque valent axem terris disjungere fixum,

Attonitique ſtupent domni miracula ſanⳅi.

95 Solvuntur tauri, ſtimuluſque ferox requievit;

Lux ſegetis recidiva rotas ſpoliis vacuavit,

main tenant à la main une lanterne ou une lampe, qui pouvoit bien être celle qui bruloit continuellement devant le corps ou devant le tombeau du Saint; car ces mots, *quo redolent artus tumulati*, ne peuvent ſignifier que cela.

85. *Caſtellanis.* Ce ſont les Pariſiens qui font des reproches aux Normans de ce qu'ils ne chomment pas la fête de S. Germain.

86. *alto ruunt cum mente cachinno.* Ce ſont les Normans qui à leur tour ſe moquent des Pariſiens, comme s'il y avoit, *ruunt in altos cachinnos*. S'il travaillent, ce n'eſt pas qu'ils ignorent qu'il ſoit fête; ils le font même exprès & parce qu'ils le ſavent, *cum mente*, pour marquer le mépris qu'ils en font.

88. *verſo.* Il faudroit *verſâ.* pour l'exaⳅitude grammaticale.

89. *propriæ ſine crimine cauſæ.* Les bœufs boitoient; & cependant ils avoient bien fait leur devoir, ils n'étoient point en faute.

96. *Lux recidiva.* C'eſt-à-dire *le lendemain.* La conſtruⳅion eſt, *Lux recidiva vacuavit rotas ſpoliis ſegetis*, le lendemain, comme il n'étoit plus fête, il n'y eut plus de difficulté; le chariot marcha ſans peine, & on put facilement le décharger. Du Cange dans ſon Gloſſaire latin, au mot *Dodus*, cite ce vers d'Abbon, & lit *rediviva* au lieu de *recidiva*; mais le MS porte très-diſtinⳅement *recidiva*, & il eſt inutile d'y rien changer, puiſque *recidivus* ſignifie *qui renaît, qui revient, qui ſe renouvelle*, auſſi bien que *qui retombe.*

Anno 886. Atque suis claudum revocavit motibus **axem**.

*J. Normannorum*
Effugiens horum quidam jussus jugulari,

*sepulcrum*
Templa subintroiit Sancti, tenuit quoque **bustum**;

100 Pellitur inde miser profugâ pietate necandus.

Væ miseris! multant elegum, multantur & ipsi;

Quod munus dederant socio, simili pietate

*consequutum*
Germani meritis nactum cuncti meruerunt,

Cœlitus afflicti nimiùm pro talibus ausis.

105 Unde Sacerdotes statuere locum venerantes,

Qui missas cursusque sacros illic celebrassent.

*s. sævi*
Tunc omnes cuiquam prohibent hinc tollere quidquam;

Quod violans unus, proprio deferre cubili

---

97. *claudum*. Toutes les éditions ont *dodum*, & marquent à la marge ou que la Glose explique ce mot par *clodum*, ou qu'il faut lire *clodum* au lieu de *dodum*. Or il est certain que dans le MS il n'y a ici aucune glose, & que ce mot y est écrit de manière qu'on peut lire aussi-bien *clodum* que *dodum*. Cela posé, le sens de la phrase devoit déterminer les éditeurs, non pour *dodum* qui ne signifie rien, mais pour *clodum*, c'est-à-dire *claudum*, qui exprime fort bien l'état endommagé d'un essieu, ou d'un chariot qui ne peut marcher.

101. *elegum*. Du Breul, du Chesne, du Bouchet, & Dom Bouquet marquent dans leurs éditions, que la Glose explique ce mot par *miserum*. C'est ainsi en effet qu'elle l'explique ailleurs; mais ici elle ne l'explique point du tout.

103. *nactum*. Du Chesne dans sa seconde édition, du Bouchet, & Dom Bouquet, lisent *natum* au lieu de *nactum*. On voit par la Glose combien cette leçon est vitieuse.

105. *Sacerdotes*. Ce mot est ici à l'accusatif; & le nominatif de *statuere* est *Normanni* sous-entendu. Quelques-uns ont cru sans preuve que ces Prêtres étoient des Religieux mêmes de l'Abbaye. Voyez plus bas la Note sur le vers 310.

106. *cursus sacros*. Du Breul, du Chesne, du Bouchet, & Dom Bouquet, marquent que la Glose explique ces deux mots par *horas canonicas*. C'est à la vérité ce qu'ils signifient; mais la Glose ne dit rien ici.

Anno 866.

Ecclefiæ tegmen ftuduit, fub quo manifeftè

110 Effigies ejus repetita fuit puerilem

Scilicet eventu nulli fimilante minuta,

Nota quibus fuerat pridem, nec nofcitur ullo

Oppidò ; miror ubi venæ nervique laterent ;

Offaque fugerunt pariter fugiente medullâ.

115 Vifcera fpeluncæ tenuis foveam petiere.

Major habebatur magnis ( mirabile factum )

Is qui nuncque minor pueris moriens patet effe,

illius
Vitaque cum gemitu fugit indignata fub umbras.

Vifus adeft cuidam Domini fanctiffimus idem,

120 Pectore carpenti requiem per nubila noctis,

Marcelli fanctis precibus necnon Clodoaldi

---

110. *Effigies ejus* &c. Voici un très-grand homme, une efpece de géant, *major magnis*, comme il y a au vers 116, qui devient extrêmement racourci ; ce n'eft plus qu'un petit enfant, *minor pueris*, felon le vers 117 ; & il ne faut qu'un trou pour l'enterrer, *fpeluncæ tenuis foveam*, fuivant le vers 115. Tout cela doit être exprimé en abrégé dans les deux vers 110 & 111. Mais il pa-roît impoffible d'en faire la conftruction, à moins de donner un fens actif à *repetita fuit*, comme s'il y avoit *repetiit*. Dans cette fuppofition voici la phrafe d'Abbon rendue en profe : *effigies ejus minuta eventu fimilante nulli*, par un événement qui n'a point fon femblable, *repetiit* ( effigiem ) *puerilem*. On pour-roit croire encore qu'en confervant *repetita fuit* dans fon fens paffif, il n'y au-roit qu'à fous-entendre le ϰατα des Grecs, *repetita fuit fecundùm effigiem puerilem.*

113. *Oppidò.* Dom Bouquet écrit ce mot fans accent ; & cependant il doit être ici adverbe.

119. *cuidam.* C'eft un Chrétien ou un Parifien, à qui S. Germain apparoît.

*idem.* Dom Bouquet met un point après ce mot ; & il ne faut tout au plus qu'une fimple virgule.

121. *fanctis.* C'eft ainfi qu'il y a dans le MS ; cependant toutes les éditions précédentes ont *fancti.* Voyez plus bas fur ce vers la Note fur le vers 247.

**A B B O N I S**

Accipiens liquidam manibus benedicere lympham ;

Unde rigans urbem graditur per mœnia circùm ;

Huicque viro proprium promfit nomen ; fed & urbi

125 Spem fpondens , faciem liquit fe confpicientem.

Nobilis hâc & in urbe fuit vir carne liquefcens ,

Deficiens etiam flatu , metuebat obire ,

Caftellumque capi Normannis. Tempore in ipfo

Attulit huic cives fomnus fe linquere velle ,

130 Urbs armis quoniam cunctis deferta manebat.

Clericus inde venuftatis miræ aftitit illi ,

Ore loquens placido , rutilans vultuque fereno :

*Quid*

---

124. *proprium promfit nomen.* On ne fait fi c'eft le Saint qui fe nomma lui-même à cet homme , ou fi c'eft qu'il appella cet homme par fon propre nom ; mais cela eft fort indifférent.

125. *faciem liquit* &c. On feroit tenté de croire que dans la penfée d'Ab-bon S. Germain laiffa à cet homme pour gage de fa parole fon portrait, ou une image qui le repréfentoit. Au moins Abbon veut-il dire qu'il imprima dans fon imagination de vives traces de fa reffemblance.

127. *flatu.* Il y a dans Pithou *flatas* , fans doute pour *flatus* ; car tous les éditeurs qui l'ont fuivi ont mis auffi *flatus* ; mais on lit *flatu* dans le MS , & il le faut ainfi : *liquefcens carne , deficiens flatu.* Tout cela marque un homme qui fe meùrt ; & il n'y a rien à changer dans la conftruction.

129. *attulit fomnus.* C'eft-à-dire, le fommeil lui repréfenta , il s'imagina voir en fonge que les Parifiens vouloient abandonner la Ville. Mais Dom Bouillart ( *Hift. de S. Germ. des Prez, page 56.* ) trompé par Cordemoy ( *Hift. de Fr. Tome II. page 374.* ) a réalifé ce fonge : « la divifion, dit-il, commen-» çoit à fe mettre dans la Ville, les uns vouloient la rendre aux ennemis, les » autres ne le vouloient pas. Tous les principaux, excepté l'Abbé Eble, avoient » trouvé moyen d'en fortir pour fe réfugier ailleurs. Un Chevalier, en-» tre autres , prit la même refolution ; mais S. Germain lui apparut la nuit &c. » Tout cela eft imaginé. Et comment ces deux écrivains n'ont-ils pas vû qu'un homme mourant n'eft pas en état de prendre la fuite ?

*Quid metuis ? furgens tremulos depone timores ;*

*Oblitâque fugâ quamplures cerne paratos*

135 *Ad bellum.* Surgens alacer, muros videt omnes

Vallatos cuneis juvenum galeis oneratûm ;

Voxque tonat : *Tutoribus his defenditur hæc urbs.*

*Aft ego fum Germanus, ait, hujus quoque Præful.*

*Confortare, nihil formidabis ; quoniam nunc*
                        *prædabitur*
140 *Faucibus haud fceleratorum graffabitur hæc urbs.*

Affatur fanctus, redamatque virum caro flatûs ;

Affatur felix, fugitque virum mala peftis ;

Alloquitur Sanctus, lecto furrexit egrotus ;

Almis flaminibus fofpes procedit egrotus ;

145 Explicuit vifu noctis quod noverat ipfe.

Luce dehinc quâdam dum geftabatur & almi

Militibus propriis corpus per mœnia circùm,

Urbanis feptum fectantibus, Omipotentem

Periphrafis.

---

137. *Tutoribus* &c. Ce mot avec le refte du vers eft en caracteres Romains dans l'édition de Dom Bouquet : il falloit mettre le tout en caractere Itali-que. Voyez plus bas fur ce vers la Note fur le vers 247.

140. *Faucibus* &c. C'eft-à-dire apparemment, la Ville ne fera point dévo-rée, ne fera point engloutie par les Normans.

141. *caro flatûs.* On met ce dernier mot au génitif, parce qu'on croit que *caro flatus* eft ici pour *caro vitæ*, une chair bien vive & bien animée, un corps en parfaite fanté.

145. *vifu.* Pithou, du Chefne dans fa feconde édition, du Bouchet, & Dom Bouquet, ont mis *vifa* au lieu de *viju* qui eft dans le MS.

147. *Militibus propriis.* Ce font les Moines de l'Abbaye, comme on le voit par la Glofe fur le mot *icto* du vers 152.

Pro rogitando Deum votis fub voce canorâ,

    à pagano
150 Cæditur allophylo de portatoribus unus,

       lapide
Nomine Gozbertus, calclo ; percuffor in umbras

       percuffo monacho
Tartareas fugit moriens, icto patiente

Nil fuper hoc lapidis jactu, Sancto auxiliante.

Intereà cædis validæ corrupta procellis

155 Urbs patitur gladium exteriùs , lethi quoque peftis

Eheu ! nobilium plebes penitus laniabat

Interiùs ; nec erat nobis tellus, obeuntum

Quæ præbere fepulturam membris potuiffet

  prope . c. cum manibus
Cominus ; ulla dies nec erat quæ non generaffet

160 Urbanos interque fuburbanos truculentos

   dies
Bella, nec ulla abiit propè ,quæ non interfectos

Peftiferos fecum duxiffet ad antra gehennæ.

    futurus
Rex igitur venturus Odo tranfmittitur inde

Francorum Carolo fuprafato Bafileo,

165 Quatenus auxilio celeri fuccurreret urbi.

---

156. *nobilium plebes.* Il femble que cela veuille dire un peuple de nobleffe, une grande quantité de Gentilshommes.

 *laniabat interiùs.* Dom Bouquet met un point & une virgule après *laniabat,* & ne met rien après *interiùs.* On a ponctué ici autrement à caufe de l'oppofition qu'il doit y avoir entre cet *interiùs* & le mot *exteriùs* du vers 155 ; ce qui n'empêcheroit pas qu'on ne pût encore, s'il étoit néceffaire, fous-entendre *interiùs* avec ce qui fuit, pour fignifier qu'il n'y avoit point de cimetiere au-dedans de la Ville : mais le mot *cominus* du vers 159 ne laiffe rien à fous-entendre.

 157. *tellus, obeuntum* &c. Dom Bouquet ne met point de virgule après *tellus,* & il en met une après *obeuntum.* Il faut abfolument ponctuer comme on a fait ici.

Pôſt nullus procerûm remanet niſi Martius Abba,

Sæpe ſupra cujus memoratio ſcripta relucet.

Ipſe equites ex more Danûm veſtire coëgit

Sex ſolos redeunte die quâdam, ſuper arva

170 Tranſque volant illi Sequanam, campoſque peragrant;

Ex variis plenos armis ſævoque ſopore

Normannoſque necant totidem fuerant quot & ipſi.

Naſcitur hinc ſtrepitus caſtris: horum reſonante

Voce truces carpunt clypeos, noſtrique carinam.

175 Noſtra Dionyſii tondebant littora ſancti

---

166. *Martius Abba.* C'eſt Ebles, Abbé de S. Germain des Prez. Dom Bouquet après Dom Félibien ( *Hiſt. de Paris*, *Tome I. page* 110.) a relevé dans une Note la faute du Pere Daniel (*Hiſt. de Fr. édit. Paris, in-fol.* 1713. *Tome I. page* 853.) qui d'un ſeul homme en fait ici deux en diſant que *l'Abbé Mars fit faire de temps en temps quelques petites ſorties ſous la conduite d'Eble.*

171. *Ex variis.* Du Cheſne, du Bouchet, & Dom Bouquet, au lieu d'*ex* ont mis *&*, qui devient inutile dès qu'il y a au vers ſuivant *Normannoſque.*

174. *carinam.* Ce mot en poëſie ſignifie communément un navire, un bateau. Mais il étoit beaucoup plus facile, & même beaucoup plus ſûr, pour les ſix Cavaliers François de s'en retourner à cheval, comme ils étoient venus, que de ſe ſauver dans une chalouppe, qu'ils n'avoient pas ſans doute, & dont ils ne devoient pas non plus avoir beſoin. Il eſt donc plus naturel de donner à *carinam* le ſens qu'on a donné à ce mot dans la baſſe latinité. Du Cange obſerve qu'on a dit *carina* pour *convivium*, & *carinare* pour *conviciari, illudere.* Ainſi *noſtri carpunt carinam* veut dire *les nôtres ſe moquent d'eux.*

175. *Noſtra Dionyſii &c.* Voici encore cinq ou ſix vers qui ſemblent prouver démonſtrativement que l'Abbaye de S. Denys en France étoit originairement ſituée aux portes de Paris du côté de S. Germain l'Auxerrois. Les Pariſiens envoyoient paître leurs troupeaux ſur la rive droite de la riviere qu'Abbon appelle ici *le rivage de S. Denys*; & ils le pouvoient avec d'autant plus de facilité, que les Normans avoient abandonné cette rive pour aller camper à l'Abbaye de S. Germain des Prez. Cependant comme ceux-ci étoient les maîtres de la riviere, & que ces beſtiaux paiſſoient ſous leurs yeux, ils trouvoient de temps en temps l'occaſion ou le moment favorable d'en enlever quel-

Anno 886.

Norman̄i

Pecora, quæ duxere ſibi crebrò ſpeculata :

ſed

Verùm illis Ebolus jugiter fuit obvius Abba,

ſ. Ebolus

Qui quorum Comitem quâdam ſtravit vice telo ;

Unde Dani linquunt ripam referuntque cadaver.

180 Mox Ebolus ſenos equites dimiſit ab arce ;

ſex · Normannos

Quatuor, biternoſque necant certamine diro.

---

ques uns. L'Abbé Ebles, qui très-certainement ne quittoit point la Ville où ſa préſence étoit trop néceſſaire pour qu'il s'en abſentât, & où même par cette raiſon le Comte Eudes l'avoit laiſſé pluſtôt que de le députer vers l'Empereur, *nullus procerùm remanet niſi Martius Abba*, cet Abbé voyoit diſtinctement de là tout ce qui ſe paſſoit ; il ſort, avance quelques pas, tue le chef des marauders d'un coup de dard ; & envoie à la pourſuite des autres ſix Cavaliers, qui partent ſur le champ de la Tour ſeptentrionale pour leur donner la chaſſe. Que l'on acccorde tout cela, ſi l'on peut, avec la ſuppoſition communément reçue, que l'Abbaye de S. Denys en France a toujours été dans le lieu où elle eſt aujourd'hui à deux lieues de Paris. Si l'on ſuppoſe au contraire, ce qui a déja été prouvé dans les Annales par le texte de la vie de ſainte Génevieve, que l'ancienne égliſe de cette Abbaye, qui ſubſiſtoit encore du temps d'Abbon, n'étoit pas éloignée de S. Germain l'Auxerrois, alors le rivage de S. Denys dont parle Abbon ſera préciſément celui qui porte aujourd'hui le nom de Quai de la Mégiſſerie ; & il ne reſtera plus aucune difficulté dans le texte de cet Auteur, ni ici, ni aux vers 173, 174, & 175 du Ier Livre.

181. *Quatuor, biternoſque* &c. Il y a ici deux fautes dans les éditions précédentes. D'abord Pithou, du Breul, du Cheſne dans ſes éditions, & Dom Bouquet, écrivent *quattuor* par deux *tt*, parce qu'ils veulent inutilement faire un dactyle de ce mot. Dans *quatuor* par un ſeul *t* ou par deux *tt*, la premiere ſyllabe eſt toujours longue. Virgile & Horace qui ont ſouvent employé ce mot, ne la font jamais breve. Reſte donc les deux dernieres ſyllabes *tuor*, qui à la vérité ſont breves de leur nature, mais qu'Abbon a cru pouvoir par licence réunir en une ſeule pour en faire une autre longue, & avoir ainſi le ſpondée dont il avoit beſoin. C'eſt un exemple de l'épiſynalephe, dont il a dit dans ſon Epitre dédicatoire qu'il avoit uſé quelquefois : au lieu de *quatuor* en trois ſyllabes par un *u* voyelle après le *t*, il a fait *quatvor* de deux ſyllabes par un *v* conſonne, comme Virgile (*Georgic*. I. 482.) au lieu de *fluviorum* de quatre ſyllabes par un *i* voyellle, a fait *fluvjorum* de trois ſyllabes par un *j* conſonne dans ce vers *Fluviorum rex Eridanus* &c. En ſecond lieu Pithou, du Cheſne dans ſa ſeconde édition, du Bouchet, & Dom Bouquet, au lieu de *biternos* ont imprimé *hi ternos* ; & on voit que c'eſt bien à

Nocte quidem cives crebriùs pecorum fub opacâ

Normannos
Cuftodes adeunt, quofdamque fugant, aliofque

Attribuunt jugulis ; hoc egeruntque frequenter ;

f. cives
185 Indicioque tulere Danos urbi fine flatu,

Atque fimul vivos, ut fic credi potuiffent.

Inque-fulam penetrant folito quâdam vice ritu

Mœnia quà refident urbis fævi ▪centi :

quorum  f. duo ex noftris
Protinus enfe quiûm bino ftravere novenos,

commendavere
190 Vulnera depofuere quibus triginta, nec extat

Poffe datum quarti lumen fpectare diei.

Congreffi noftrûm gemini, qui morte fruentes

Egregiâ, fanctos vexere pedes fuper aftra ;

Nam fenior Segebertus erat, junior Segevertus.

195 Fortè deinde tribus cuneis cinctus galearum

---

tort, puifque la Glofe explique *biternos* par *fex*. Abbon avoit déjà dit *bifternis*
plus haut I. 142.

182. 183. *pecorum cuftodes*. Les Normans faifoient paître leurs beftiaux
auffi bien que les Parifiens ; mais on ne voit pas fi c'étoit fur la rive droite ou
fur la rive gauche de la Seine. Ils étoient plus les maîtres de celle-ci que de
l'autre ; & ce devoit être une proueffe que de faire de ce côté-là quelqu'entreprife fur eux.

188. *quà*. Pithou, du Chefne dans fa feconde édition, du Bouchet &
Dom Bouquet, ont imprimé *quæ* ou lieu de *quà* qu'il falloit mettre conformément au MS.

194. *Segebertus*. C'eft la leçon du MS. Cependant toutes les éditions précédentes, excepté celle de Pithou, portent *Sigebertus*.

195. *tribus cuneis*. Dom Félibien ( *Hift. de Paris*, Tome I. page 107.) a cru
que le Comte Eudes amenoit ces trois efcadrons au fecours des Parifiens : ils
lui fervoient feulement d'efcorte ; & à peine fut-il rentré dans Paris, qu'Adélelme qui les commandoit les remmena avec lui.

Armipotens montis super Odo cacumina Martis

apparuit
Enituit, cujus clypeos novus irradiavit

Sol, croceo Oceani thalamo vastipede spreto.

Hunc priùs Elios adamans quàm rura salutat,

200 Quem visu capiunt cives, & amore sub alto.

Ast hostes prohibere fores turris cupientes

Transiliunt Sequanam, vallantes littora circùm.

Reddidit Odo tamen Castellanis equitando

Se medios inter sævos, Ebolo referante

turris
205 Huic portas; cunctique stupent hoc nobile factum.

Hinc ejus socios retrò statim redeuntes

pro
Ferreus insequitur hostis post terga meando :

Plus geminis etiam leugis interfuit illis

s. in          ante
Dictus Adalelmus superis pridem Comes idem :

---

199. *Elios.* C'est un mot grec qui signifie le Soleil. Il est certain que le Comte Eudes étant sur le haut de Montmartre, le soleil devoit venir à lui avant que d'éclairer la plaine qui est situeé à l'occident de cette montagne.

204. *Ebolo referante* &c. Dom Bouillart. ( *Hist. de S. Germain des Prez* page 57. ) dit qu'Ebles sortit de la Ville pour en faciliter l'entrée au Comte Eudes, qu'il força les passages se faisant jour au travers des Assiégeans, & qu'il le joignit ainsi. Dom Bouillart ajoute ordinairement beaucoup de choses au texte d'Abbon ; mais ici il le contredit, puisque, suivant ce Poëte, ce fut le Comte Eudes qui s'ouvrit un passage jusqu'à la Ville malgré les Assiégeans, & que l'Abbé Ebles lui en ouvrit seulement les portes.

205. *Huic portas.* Pithou, du Chesne dans sa seconde édition, du Bouchet, & Dom Bouquet, écrivent *hinc portas.* Cela est assez indifférent ; mais dans le MS il y a *huic.*

209. *Adalelmus.* Adélelme, dont il a été parlé plus haut l. 452. & qui avoit escorté le Comte Eudes jusques dans Paris, s'en retournoit avec son escorte : les Normans se mettent à ses trousses, le poursuivent jusqu'à plus de

210 *Eia*, fuis inquit, *fatiùs pergamus in illos*

    *Quàm nos hîc illi inveniant.* Adalelmus hoc inquit.

    Peftiferi petiere fugam, noftrique trophæum.

    Scuta tonant, dardique volant, & corpora Danûm

    Confulis arva tegunt gladio regnante Adalelmi.

215   Non dimifit eos, donec repedare coëgit

    Ad fluvium, pofthac & ovans victorque reverfus.

    En & Aïnricus, fuperis crebrò vocitatus,

    Obfidione volens illos vallare, necatur;

    Inque fuos nitens Sequanam tranfire Danorum

---

deux lieues : Adélelme fait volte face, charge les Normans à fon tour, les met en fuite, & les oblige enfin de regagner leur camp. Cordemoy ( *Hift. de Fr. Tome II. page* 375. ) & Dom Bouillart ( *Hift. de S. Germain des Prez pag.* 57. ) ont tout confondu ici. Ils fuppofent qu'Adélelme n'arriva à Paris qu'après le Comte Eudes; que les Normans s'oppoferent auffi à fon paffage; qu'il les battit; & qu'il entra malgré eux. Or ce n'eft point en entrant dans la Ville, mais en s'en retournant, qu'Adélelme battit les Normans; & c'eft là le fens des mots *retrò redeuntes* du vers 206, fans quoi les vers 215 & 216 font inintelligibles.

213. *Scuta tonant &c.* Le Préfident Fauchet dans fon Traité de la Milice & Armes de France ( *fol.* 521 *verfo* ) cite ce vers, où il lit *fcuta fonant* au lieu de *fcuta tonant*; & traduit ainfi : *Sonent efcus, & les dards volent.*

214. *Confulis arva tegunt* &c. Il ne faut point de virgule après *tegunt*, comme il y en a une dans l'édition de Dom Bouquet, où il femble que *Confulis* eft gouverné au génitif par *arva*; au lieu que la conftruction eft, *tegunt arva, gladio Adalelmi Confulis regnante.*

217. *fuperis.* On voit ici, & plus haut au vers 209 par la Glofe qui joint à ce mot la prépofition *in*, comme s'il y avoit *in fuperioribus verfibus*, que *fuperis* ne fignifie que *fuprà.*

218. *necatur.* Il eft étonnant que Gérard du Bois ( *Hift. ecclef. Parif. Tom. I. page* 505. ) dont nous avons un élégant abrégé du Poëme d'Abbon, ait rapporté ce trifte accident au temps qui s'écoula entre la chute du Pont & la mort de l'évêque Gozlin, contre le témoignage d'Abbon même & de l'Annalifte de Metz ( * *fom. VIII. page* 66. ) qui atteftent formellement que le Duc de Saxe vint deux fois cette année au fecours des Parifiens.

219. *Inque fuos nitens &c.* Ceci peut fignifier également ou que le Roi Sin-

220 Rex Sinric , geminis ratibus ſpretis, penetravit

Cum ſociis ternam quinquagenis , patiturque

Naufragium , medio fluvii fundum petiturus,

Quo fixit comiteſque ſimul tentoria morti.

Hic ſua caſtra priùs Sequanæ contingere fundum

225 Quo ſurgens oritur dixit, quàm linquere regnum

Francorum. Fecit Domino tribuente quod inquit.

Denique quum médius Titane incenditur orbis

Quumque ſitit tellus, pecorique libet magis umbra ,

                           Sibilat

---

ric vouloit rejoindre ſes propres troupes , ou qu'il vouloit aller combattre celles du Duc Henri ; car *ſuos* eſt équivoque.

220. *geminis ratibus ſpretis* &c. Sinric trouva apparemment que ces deux
bateaux étoient ou trop mauvais, ou trop petits, pour porter cinquante hommes ; ce qui fit qu'il monta dans un troiſieme. Cordemoy ( *Hiſt. de Fr. Tome*
*II. page 377.* ) a fait ici deux fautes bien conſidérables: 1°. il dit que Sinric
pouſſa ſon cheval dans l'eau, & qu'il ſe noya: 2°. il met ſa mort à la fin du
huitieme aſſaut, quoiqu'il faille la rapporter au temps du départ des Saxons
qui étoient venus au ſecours de la Ville.

224. *Hic ſua caſtra priùs* &c. Le Préſident Fauchet ( *Antiq. Franç. fol.* 400
*recto*) traduit ainſi: *accompliſſant la promeſſe qu'il avoit faite d'enfondrer pluſtôt avec*
*ſon armée en la riviere, que jamais partir de France ;* mais cette traduction n'explique point les mots, *quo ſurgens oritur.* Le ferment de Sinric ne ſeroit-il pas, que
lui & ſon armée *boiroient pluſtôt toute l'eau de la Seine depuis ſa ſource*, que de
quitter le royaume ? En ce ſens, *quo* paroît devoir être pris abverbialement pour
*ab illà parte quà.*

227. *medius orbis,* Dom Bouquet marque dans une Note marginale , que
ces deux mots doivent s'entendre ici du mois de Juin. Le Préſident Fauchet
( *Antiq. Franç. fol.* 400 *verſo*) appuyé ſans doute ſur les vers 234 & 235, les
entend plus naturellement de l'heure du diner ; & en cela il a été ſuivi par
Gérard du Bois ( *Hiſt. ecclef. Pariſ. Tome I. page* 506. ) Ces expreſſions d'Abbon , *quum incenditur Orbis, quum ſitit tellus* &c. donnent bien à entendre qu'on
étoit alors dans les grandes chaleurs de l'été: mais puiſque ce dernier aſſaut a
ſuivi la mort du Duc de Saxe, qui n'arriva qu'au mois de Juillet , il faut néceſſairement le fixer ou au mois de Juillet , ou au mois d'Août.

*f.* quum   ventus fuavis
Sibilat & gratus filvas Zephyrus per amœnas,

   mœnia
230 Pergama lethiferis ftipantur ab hoftibus urbis,

  Quæ paffim patiebatur certamen, & unum

  Bellabant muri, fpeculæ, pontes quoque cuncti;

  Pugnabat Pelagus contra tellus magis ampla.

  cornua    *f.* à
  Claffica valdè tonant menfis difcedere cives;

    cornua
235 Heus! clamant litui, convivia temnite cuncti.

  Urbs terrore, fimul cives, invaditur omnis;

  Nullus in urbe locus fuerat qui bella lateret.

  turres
  Pila phalas laceræque tegunt nimiùm catapultæ,

  Arva velut pluviæ, plumbi necnon onerofi

240 Poma dabant peltis gemitus, & grandia faxa:

  Hæc nobis illi tribuebant præmia femper.

  At contra lapides rapidos pariterque baliftas

  Direxere feris noftri, celerefque fagittas.

  His aër feritur hinc inde volantibus amplùm:

---

232. *pontes quoque cuncti.* Si l'on ne fuppofe que deux ponts à Paris dans le temps du Siége, il ne devoit plus en refter qu'un dès le fixieme affaut donné au mois de Février, puifque la riviere avoit emporté l'un des deux, du moins en grande partie. Et que fignifie donc l'expreffion *pontes cuncti* ? Elle eft abfolument fauffe, fi on n'admet pas les quatre ponts dont il a été parlé dans les Annales fous l'an 861, c'eft-à-dire, outre les deux anciens, cèlui de Charles le Chauve qu'on peut regarder comme en formant deux autres, parce qu'il s'étendcit fur les deux bras de la riviere.

234. *tonant menfis difcedere.* Ce dernier verbe étant régi à l'infinitif par le premier, il ne faut point de virgule après *tonant,* comme il y en a une dans l'édition de Dom Bouquet.

245 Non inter cœlos aliud tranabat &arva;
bellum

Mars magis atque magis regnat, tumidufque fuperbit.

Virgo Dei Genovefa caput defertur ad urbis,

Quo ftatim meritis ejus noftri fuperarunt;
muris

Inde fugaverunt etiam pinnis procul illos.
in

250 Robore qui multus fuerat, fed corpore parvus,
pro armatis

Gefferit hoc miles quinis comitatus ab armis

---

247. *Genovefa.* La châffe de fainte Génevieve avoit été portée dans la Ville
comme celles de S. Germain, de S. Marcel, & de S. Cloud. Il n'y a pas de
preuve pofitive pour ces deux dernières; mais il feroit difficile de penfer autrement : il femble même que c'eft ce qu'Abbon indique affez clairement, quoique d'une maniere indirecte, dans le vers 121 de ce IIe Livre, *Marcelli fanctis precibus , nec non Clodoaldi ;* & dans le vers 137, *tutoribus his defenditur
hæc urbs.* Le favant Abbé le Beuf ( *Differt. Tome I. page* 132.) ne doute nullement de ce tranfport.

*caput defertur ad urbis.* Selon du Boulay ( *Hift. Univerfit. Parif. Tome I.
page* 207.) *caput urbis* fignifie ici la Cathédrale; où en eft la preuve ? De
plus ce n'eft pas là précifément où étoit le danger : les Normans attaquoient
non l'églife Cathédrale, mais le terrein où elle étoit fituée ; c'eft-à-dire l'extrémité fupérieure de la Ville, ou la pointe orientale de l'île ; c'eft là le *caput
urbis* qu'il falloit défendre ; & c'eft là auffi fans doute que fut portée la châffe
de fainte Génevieve pour l'oppofer aux ennemis. Dom Félibien ( *Hift. de Paris , Tome I. page* 108.) ne l'a point entendu autrement. Cette châffe devoit
être en dépôt dans quelque églife de la Ville; peut-être même n'étoit-elle
point ailleurs qu'à la Cathédrale.

248. *Quo.* C'eft-à-dire *in quo capite* ; ce qui prouve que *caput urbis* ne fignifie pas ici l'églife Cathédrale, mais la partie fupérieure de la Ville du côté de
l'orient.

251. 252. *miles.... Gerboldus.* Suivant le Pere Daniel ( *Hift. de Fr. édit. Paris
in-fol.* 1713. *Tome I. page* 854.) C'étoit un brave *foldat* ; mais pourquoi pas un
brave *Chevalier* ? eft-ce que dans le ftyle d'Abbon *miles* fignifie moins un Chevalier qu'un fimple foldat ? Le favant Auteur des Mémoires pour l'Hiftoire
d'Auxerre ( *Tome II. page* 40.) croit que ce Gerbold eft celui du même nom
qui fut Comte d'Auxerre. Selon lui il perça fept Normans d'un feul trait de
fa catapulte : mais il y a là fans doute quelque méprife ; car c'eft de l'Abbé
Ebles, non de Gerbold, qu'Abbon I. 109. a dit *feptenos unâ potuit terebrare
fagittâ.*

Gerboldus, nufquam cujus petiit catapultæ
*terram*
Sanguinei roftrum ficcam fine fluminis undâ.
*f. urbis*
Partibus ex aliis longè furgunt acriora

255 Prælia, plangores clypeíque cient, galeæque
Stridores; noftri bellant, fed fortiùs illi;
Defecere fatigati bello quoque dextri.

Proh dolor ! alta nimis flentes lamenta trahebant :
Cana fenecta gemit multùm, florenfque juventa;
260 Plorabant monachi, lachrymatur clericus omnis;
*replet*
Aëra voce tonant, luctus fed & æthra faceffit.

Hi triftes animos urbem metuendo revelant
*jecere*
Hofte capi, cœlo læti torquere cachinnos
*fperantes*
Mœnia vocifonos rentes lucrare feveri;
265 Femineufque jubas fexus lugens lacerando
*fcopabat*
Verrebat terras proprio de crine foluto :

Eheu ! nuda fuis quatiebant pectora pugnis;
Un-que-gulis facies fecuerunt, triftia & ora.
Voce rogant lachrymosâ omnes : *Germane beate*,

---

*nufquam cujus* &c. C'eft-à-dire dont les fleches ou dont les javelots ne font
jamais tombez à terre, fans y faire couler en même temps des ruiffeaux de
fang.

257. *dextri.* Le Préfident Fauchet ( *Antiq. Fr. fol.* 400 *verfo* ) a bien mal
entendu ce mot, en le traduifant par *ceux du côté droit.* Il fignifie fimplement
ici les *Parifiens* ou les *Chrétiens*, comme *finiftri* fignifie les *Normans.* C'eft ainfi
qu'Abbon a dit plus haut au vers 20 en oppofant les Saxons aux Normans,
*Vita meos adamat dextros oditque finiftros.*

270 *Auxiliare tuis, alioquin nunc moriemur :*

    *O pie, nunc fuccurre citus, fuccurre, perimus.*

    Germanum reboat tellus, necnon fluviufque;

    Littora, & omne nemus pariter circùm refonabat :

    *O Germane facer, nobis miferere, rogamus.*

                              signa

275 Templorum campana boant, mœrentia clamant;

    Vocibus his & humus tremuit, flumenque remugit :

    Urbs extrema verens inftantis carpere lucis,

                            replebat

    Omnia lamentis lachrymans fpargebat amaris.

    Omnibus en Germanus adeft recolendus in orbe

280 Corpore fubfidioque fimul, nil vota moratus,

    Quo majora tenebantur certamina Martis,

                                 f. à

    Signiferofque Danûm lucrari morte coëgit.

---

272. *reboat.* Il y a ainfi dans le MS ; & on ne lit *roboat* à la place de *reboat* que dans la mauvaife édition de du Bouchet, & dans celle de Dom Bouquet.

278. *Omnia lamentis lachrymans* &c. Au lieu d'*omnia* il y a dans le MS *oma*; mais avec un figne d'abbréviation que l'écrivain n'emploie jamais que pour le mot *omnia*, non *omina*, comme on lit dans la feule édition de Dom Bouquet, qui a voulu de ce mot faire le fubftantif d'*extrema* qui eft au vers précédent. Auffi au lieu de *lachrymans* qu'on lit bien diftinctement dans le MS, s'eft-il cru obligé de fubftituer *lachrymas*, qui eft une faute d'édition dans la feconde de du Chefne, & dans celle de du Bouchet. C'eft le verbe *fpargebat* qui a fans doute occafionné cette faute ; on a cru que le fens de l'Auteur devoit être *fpargebat lachrymas* : mais on s'eft trompé ; le fens de l'Auteur eft *fpargebat omnia*, pour *replebat omnia*, comme on le voit par la Glofe : nouvelle preuve qu'*omina* eft un mot hazardé ici avec trop peu de réflexion.

281. *Quo.* C'eft-à-dire *quo loco*, dans le lieu où étoit le fort de l'attaque.

282. *lucrari morte coëgit.* Ici *lucrari* eft pris paffivement ; & la conftruction eft, *coëgit figniferos Danum lucrari à morte*, c'eft-à-dire *coëgit mortem lucrari figniferos Danum*, le Saint commanda à la mort de s'emparer, de fe faifir des Officiers Normans qui portoient le drapeau. Toutes les éditions ont mis ici

LIBER II.

longè  f. ab
Atque dehinc alios perplures, protenus urbe

Ponte fimul pellens illos, quem maxima turris

285 Ante fuos domnum fpeculans congaudet ocellos.

Unde fatigati vires revocant fibi fortes,

Atque refiftere decertant bellando protervis,
protervi
Qui turrim repetunt, pontem vel mœnia linquunt.

Mille fimul fpeculæ ftabant, omnes quia pugnæ

290 Multo non unà poterant numero prohibente.
cadunt      in humum
Dilabuntur humi vario trajecta mucrone
ficut                    f. Normannorum
Vifcera, quò pluviæ cœlo, ratibufque feruntur.

---

dans le texte avant *morte* la particule *à* qui ne doit point y être, puifque la Glofe marque qu'il faut la fous-entendre.

283. *perplures.* Toutes les éditions ont *per plures* en deux mots ; il n'en faut faire qu'un.

284. *Ponte fimul... maxima turris* &c. La conftruction eft, *maxima turris fpeculans illum Domnum* ( S. Germain ) *ante fuos ocellos, congaudet.* Le mot *ocellos* doit fignifier ici les portes de la Tour, comme plus haut I. 431. Le Préfident Fauchet ( *Antiq. Franç. fol.* 400 *verfo.* ) entend tout ceci du Pont méridional, & de la Tour qui le fermoit du côté de la Ville. Mais il n'y avoit plus là de Pont, ou du moins il n'y en avoit plus que la moitié ; & depuis le mois de Février qu'il étoit tombé dans l'eau, les Parifiens n'avoient eu affurément ni le temps ni les moyens de le rétablir. Il s'agit donc ici néceffairement & du Pont feptentrional, c'eft-à-dire de la partie feptentrionale du Pont de Charles le Chauve, & de la Tour du même côté qui avoit foutenu les trois premiers affauts.

285. *fpeculans congaudet.* Cette tour n'étant point du côté de l'Abbaye, ne voyoit jamais S. Germain ; elle le vit en cette occafion, & elle en fut ravie.

290. *Multo non unà* &c. Toutes les éditions portent *multa* au lieu de *multo* qui eft dans le MS, & qui fe rapporte à *numero.* Dom Bouquet n'a point mis d'accent fur *una*, & il en faut un ; car ce mot eft ici adverbe, pour *fimul.*

292. *feruntur.* La Glofe ajoute fur ce mot, ou fur celui de *ratibus*, qu'il faut fous-entendre *Normannorum.* Mais ne faut-il pas tranfporter cette Glofe fur le mot *vifcera*, où il paroît qu'elle convient beaucoup mieux ?

Dea maris

Jam capiente jubar migrans fub marmora Thetis

à Gentilibus

Oceano, foribus turris fubmittitur altus

295 Valdè focus : flammæ præcelfa cacumina turris

Cingebant ; armis pugnant ignique finiftri.

portas

Linquitur arx dextris, valvafque jubent aperire,

Optantes prorsùs pretiofam fcandere mortem

Plus, quàm fallacum fidei committere femet.

300 Nemo ftetit fupra fpeculam folus nifi fæpe

Jam Sancti famulus dicti, lignum crucis almæ

In flammas retinens ; oculis hæc vidit & inquit :

Denfus enim fumus nimiùm velaverat illam.

Tum portis igitur referatis aridus enfe

---

293. *jubar migrans fub marmora Thetis.* Le mot *jubar*, qui fignifie ici le Soleil, eft à l'accufatif ; & *Thetis* eft au génitif. Le mot *marmor* fignifie les eaux de la mer, comme dans Virgile (*Georg. I. 254.*) *infidum remis impellere marmor.*

301. *famulus.* Dom Félibien (*Hift. de Paris, Tome I. page 108.*) & Dom Bouillart (*Hift. de S. Germ. des Prez, page 58.*) entendent ceci l'un d'un *homme,* l'autre d'un *domeftique* de l'Abbaye de S. Germain des Prez ; c'eft expliquer les mots trop littéralement. *Famulus* doit fignifier un religieux de l'Abbaye, comme au vers 467 du Ier Livre ; & comment auroit-on laiffé un reliquaire auffi prétieux que celui de la vraie Croix en la garde & en la difpofition d'un fimple domeftique ?

*lignum crucis almæ.* Suivant le Pere Daniel (*Hift. de Fr. édit. Paris in-fol.* 1713. *Tome I. pag. 855.*) on avoit arboré la Croix fur les retranchemens de la Tour pour animer les foldats à la défendre contre les Infideles ; & cela fe peut abfolument : mais Abbon n'en dit rien. Tout ce qu'on fait de lui, c'eft qu'au plus fort de l'incendie, & lorfqu'il n'y avoit plus d'efpérance de fauver la Tour, un Religieux de S. Germain des Prez tint fufpendu au milieu des flammes le bois de la vraie Croix, & que tout à coup l'embrâfement ceffa. Le Pere Daniel ajoute qu'après cet infigne miracle on reporta la Croix dans la Ville. Dom Bouillart (*Hift. de S. Germ. des Prez, page 58.*) dit auffi qu'on

305 Portuni madido moritur Vulcanus inermis;

Subtilemque fugam petiere, cadavera torvi

Multa reportantes fecum, Mavorfque quievit.

Hæc virtute Crucis fanctæ victoria noftris

Ceditur, & meritis Germani Antiftitis almi,

martyris
310 Quem revehunt ad Bafilicam Stephani quoque teftis

---

reporta la fainte Croix & le corps de S. Germain dans l'églife de S. Etienne. Cela eft très-croyable; mais Abbon dit uniquement qu'on reporta la châffe de S. Germain dans cette églife.

305. *Portuni.* Toutes les éditions ont *portu ni* en deux mots, à l'exception de celle de du Breul & de la premiere du Chefne, où on lit contre la mefure du vers *portu in*; mais d'une maniere ou d'autre, que peuvent fignifier ces deux mots? En lifant *Portuni* en un feul mot la conftruction eft, *aridus Vulcanus moritur inermis enfe madido Portuni,* c'eft-à-dire, *Vulcain périt défarmé,* ou *n'ayant point d'armes qui puiffent réfifter à l'épée de Portun.* On voit que le Poëte oppofe ici un Dieu de la Fable à un autre Dieu, comme il a fait plus haut au Livre I. vers 159, en difant, *Lemnius hic moritur claudus, magno fuperante Neptuno;* au vers 383, *Lemnius atque potens Neptuno ftat pede trito;* & au vers 547, *Vulcano periit claudo Neptunus inermis.* Ici ce n'eft plus le Dieu des eaux que le Poëte devoit oppofer au Dieu du feu, puifque le feu de la Tour fut éteint moins par l'effet naturel de l'eau, que par la préfence & par la vertu du bois de la vraie Croix. Mais quel rapport Abbon a-t-il pu trouver entre la Croix du Sauveur & le Dieu Portun? le voici à ce que l'on imagine. *Portun,* ou Palémon, ou Mélicerte, eft felon la Fable le Dieu qui préfide aux *ports.* Or l'Eglife a toujours regardé l'arbre de la Croix comme l'Arche qui nous fauve du naufrage, & qui nous conduit au *port* du falut. C'eft ainfi qu'elle s'exprime dans fes Offices en lui adreffant la parole, *Sola digna tu fuifti* portum *præparare arca mundo naufrago.* Refte l'épithete *madido,* qui femble avoir befoin encore de quelque explication. Abbon n'auroit-il pas feint que pour donner la mort à un Dieu tout de feu, tel que Vulcain, il falloit que l'épée de Portun fût toute d'eau? On eft encore en droit de croire, quoiqu'Abbon n'en dife rien, que ceux qui défendoient la Tour firent d'abord tout ce qu'ils purent pour la fauver de l'incendie à force d'y jeter de l'eau; & que ce ne fut que parce qu'ils ne purent en venir à bout, qu'ils prirent enfin le parti d'abandonner ce pofte; mais que par la vertu de la vraie Croix, l'eau qui jufques-là n'avoit pu furmonter le feu, eut alors la force de l'éteindre. En fe repréfentant cette idée, on ne trouve plus rien d'obfcur dans l'*épée humide* de Portun.

310. *revehunt ad bafilicam Stephani.* Du Boulay (*Hift. Univerfit. Parif.*

Gaudentes

*Tom. I. page* 208. ) veut que ce foit S. Etienne des grès. Mais quelle néceſfité, ou quelle raiſon y avoit-il de porter dans cette égliſe la châſſe de S. Germain? pouvoit-on même riſquer pendant la tenue du Siége de porter aucune châſſe dans quelque égliſe que ce fût hors de la Ville? On avoit pris au contraire bien ſagement la précaution de réfugier au-dedans celles qui étoient au dehors; & ſi quelques-unes d'entre elles y ſont demeurées pour toujours, d'autres ont dû y demeurer du moins juſqu'après la levée du Siége. Il s'enſuit de-là que la baſilique de S. Etienne dont il eſt queſtion ici, ne pouvoit être ſituée que dans l'enceinte même de la Cité, & que par conſéquent il ne faut point la diſtinguer de l'égliſe Cathédrale, comme Dom Bouquet l'a marqué dans une Note après Dom Félibien ( *Hiſt. de Paris, Tome I. page* 108.) & après Dom Bouillart ( *Hiſt. de S. Germain des Prez., page* 58.) puiſqu'en effet dans toute l'étendue de la Cité nous n'en connoiſſons point d'autres de ce nom. On a déja obſervé ſur le vers 247 de ce IIᵉ Livre, que c'eſt là très-vraiſemblablement qu'avoient été portées les châſſes de ſainte Gépevieve, de S. Marcel, & de S. Cloud. Pourquoi n'en auroit-il pas été de même de celle de S. Germain? On dit plus. Il faut abſolument que la choſe ait été ainſi, puiſqu'Abbon dit qu'en cette circonſtance elle fut, non pas portée, mais reportée à S. Etienne, *revehunt*; & c'eſt ſans doute ce qui a fait dire au ſavant Abbé le Beuf ( *Diſſert. Tome I. page* 131.) qu'Abbon aſſure poſitivement, que la châſſe de S. Germain étoit conſervée dans la Cathédrale.

La tradition de l'Abbaye, que Dom Mabillon a conſignée dans ſes Actes des SS. de l'Ordre de S. Benoît ( *Sec. III. Part. II. page* 121.) & dans ſes Annales Bénédictines ( *Tome III. page* 253.) eſt que les Religieux la mirent en dépôt dans l'égliſe de S. Germain le vieux, à laquelle avant que de s'en retourner chez eux ils laiſſerent un bras du Saint, en reconnoiſſance du ſéjour qu'ils y avoient fait pendant la tenue du Siége. On ne nie point le ſéjour que les Religieux de l'Abbaye ont pu faire dans cette égliſe : il falloit bien qu'ils ſe réfugiaſſent quelque part ; & elle étoit tout auſſi propre qu'aucune autre pour leur prêter un territoire où ils puſſent acquitter l'Office divin, & vaquer à leurs exercices ſpirituels. On accorde encore la donation qu'ils lui firent d'un bras de leur ſaint patron. Mais il n'étoit pas néceſſaire pour cela que la châſſe du Saint eût ſéjourné avec eux dans cette égliſe : elle étoit même plus en ſûreté à la Cathédrale ; & puiſqu'Abbon dit que ce fut à S. Etienne qu'elle fut reportée, on conclut que ce fut là auſſi qu'elle avoit été portée d'abord.

Cependant Dom Jacques du Breul entend tout ceci bien autrement. On conſerve dans la Bibliotheque de S. Germain des Prez un exemplaire de ſon édition d'Abbon, où pour expliquer ces mots, *baſilicam Stephani teſtis*, il a écrit à la marge de ſa propre main la note ſuivante, *Ita nominat baſilicam S. Germani, quæ priùs dicata fuit SS. Stephano, Vincentio, & aliis*; & Adrien de Valois ( *de Baſil. Pariſ. cap.* 4. *page* 450.) adopte ce Commentaire, pour lequel Dom Mabillon ( *Annal. Bened. Tom.* III. *page* 255.) a auſſi témoigné beaucoup

Gaudentes

beaucoup de penchant. Ainſi ſelon ces ſavans écrivains Abbon parle du retour de la châſſe de S. Germain dans ſa propre égliſe; & pour appuyer ce ſentiment, Dom Mabillon propoſe deux raiſons, qui très-certainement ne valent
rien.

Premierement, dit-il, ſelon Abbon lui-même au commencement de cé
IIᵉ Livre, les Religieux de S. Germain des Prez avoient obtenu des Normans
moyennant ſix livres d'argent la liberté de retourner dans leur monaſtere. Dom
Mabillon a en vûe les vers 41 & 42, où on lit, *Denique Rex dictus* (Sigefroi )
*denas capiens argenti Sex libras nitidi nobis cauſâ redeundi.* Mais outre qu'il ne
voit dans ces deux vers que ſix livres d'argent au lieu de ſoixante, on ne peut
s'empêcher de lui reprocher qu'il les a pris entierement à contreſens. Ce ne
ſont point les Religieux de S. Germain qui compoſent avec Sigefroi pour
pouvoir librement retourner chez eux : c'eſt le Comte Eudes & les Pariſiens
qui traitent avec ce chef des Normans pour engager ceux-ci à lever le ſiége ;
& le Traité n'eut point ſon effet pour lors. Les Savans n'ont point entendu autrement ces deux vers : *Sigifroy*, dit le Préſident Fauchet ( *Antiq. Franç. fol.* 399
*verſo* ) *n'eſpérant prendre la Ville par force, accorda avec Eudes de lever le ſiége
moyennant ſoixante livres d'argent qu'on leur devoit bailler.* Gérard du Bois ( *Hiſt.
ecclef. Pariſ. Tome I. page.* 505 *&* 606.) dit pareillement : *Sigefredus tædio
diuturnæ obſidionis, ex pactione initâ cum Odone eam ſolvere parabat, conventum-
que fuerat de ſexaginta libris argenti, quâ pecuniâ acceptâ barbarus diſceſſurum ſe
pollicebatur ; ſed interceſſerunt Dani &c.* Et comment Dom Mabillon ne s'eſt-
il pas apperçu qu'un peu plus bas, aux vers 338, 339, & 340, le Poëte s'exprime encore dans les mêmes termes, & d'une maniere qui détruit abſolument
ſon interprétation, lorſqu'il dit, *Annuiturque feris licitum Senones adeundi,
Septies argenti libris cauſâ redeundi, Martis menſe datis, centum ſua ad impia
regna ?* On laiſſe là Dom Bouillart ( *Hiſt. de S. Germ. des Prez, page* 561 )
qui n'a fait que copier les deux mauvaiſes raiſons de Dom Mabillon, en ſubſti-
tuant ſeulement ſeize livres aux ſix livres de celui-ci, & aux ſoixante livres
du texte.

La ſeconde raiſon que Dom Mabillon apporte pour prouver que la baſilique de S. Etienne dont parle Abbon, eſt celle de S. Germain des Prez, & que
les Religieux y retournerent avec la châſſe de S. Germain avant la fin du Siége, c'eſt que ſuivant Abbon même les Normans frappez d'étonnement à la
vûe des miracles qui s'opéroient au tombeau du Saint, y établirent des Prêtres,
leſquels ſans doute étoient moines, *haud dubiè monachos*, pour y faire le ſer-
vice divin. Abbon a dit en effet plus haut aux vers 105 & 106 : *Unde* ( Normanni ) *ſacerdotes ſtatuere locum venerantes, Qui miſſas curſiſque ſacros illîc ce-
lebraſſent.* Mais Dom Mabillon y penſe-t-il ? D'abord il n'y a pas la moindre
preuve que ces Prêtres-là fuſſent moines, & moines de l'Abbaye. Abbon parlera plus bas aux vers 362 & 363., d'un d'entre eux qui vendoit bien cher

aux malades l'eau du puits de l'églife : or il n'eft gueres poſſible de fe perfuader que ce Prêtre là fut un moine de la maiſon ; & ſi cela eût été, il eſt encore moins croyable qu'Abbon ne ſe fût pas fait un devoir de ſe taire pluſtôt
que de révéler la turpitude de ſon confrere. En ſecond lieu dans la ſuppoſition même que quelques moines de l'Abbaye ſoient retournez au monaſtere
ſous la ſauvegarde des Normans pour y acquitter l'Office divin, il eſt certain qu'ils n'emporterent pas alors avec eux le corps de S. Germain, puiſque
quelque temps après, lorſque les Normans mirent le feu à la Tour, il étoit encore dans la Ville. Les vers 105 & 106 ne ſervent donc de rien pour prouver
qu'il fut reporté dans ſon égliſe avant la fin du ſiége ; & d'un autre côté le
vers 310 ne prouve pas non plus ni que cette égliſe portât le nom de S.
Etienne, ni que ce fût hors de la Ville que le corps de S. Germain fut tranſ-
porté auſſitôt après l'extinction de l'incendie de la Tour. Du Breul a beau
remarquer que l'égliſe Abbatiale fut fondée ſous l'invocation de S. Etienne
auſſi bien que ſous celle de S. Vincent, il ne s'enſuit pas de là qu'on lui ait
jamais donné le premier de ces deux noms : elle le fut également ſuivant le
Diplome de Childebert I ſous l'invocation de ſainte Croix, de S. Ferréol, de
S. Julien, de S. Georges, de S. Gervais, de S. Protais, de S. Nazaire, & de
S. Celſe ; & cependant il ne ſe trouve aucun Hiſtorien, aucune Chronique,
aucune Charte, aucun Ecrivain avant du Breul, qui lui ait donné l'un ou
l'autre de tous ces noms, à l'exception néanmoins de celui de ſainte Croix,
ce qui ne décide rien ici, puiſque ce n'eſt pas celui dont Abbon s'eſt ſervi.

Enfin que l'on ſuppoſe, tant que l'on voudra, quelques moines retournez
à l'Abbaye, & y faiſant leur ſéjour pendant le fort même du ſiége, ce qui n'eſt
nullement prouvé, on ne peut pas ſuppoſer de même que la châſſe de S.
Germain y fût de retour avec eux avant que la Communauté entiere s'y trou-
vât raſſemblée & réunie : c'eût été affronter le danger, & ſe fier follement à
une nation qui ne ſavoit que trop fauſſer ſa parole & ſes ſermens. Gérard du
Bois ( Hiſt. eccleſ. Pariſ. Tome I. page 507. ) ne met ce retour de la châſſe &
des Religieux dans leur monaſtere qu'après le Traité conclu entre l'Empereur
& les Normans, par lequel ceux-ci eurent la liberté de faire des courſes dans
la Bourgogne pendant ſix mois. Cela n'eſt pas prouvé ; & c'étoit peut-être
encore trop riſquer : mais dans cette ſuppoſition-là même, ce ne fut donc pas
auſſitôt après l'incendie de la Tour que le corps de S. Germain fut reporté
dans ſon Abbaye, & les mots baſilica Stephani teſtis doivent ſignifier une autre
égliſe que celle de S. Germain des Prez. Dom Mabillon lui-même ( Act. SS.
Bened. Sec. III. Part. II. pag. 121. ) avant que d'inventer de mauvaiſes raiſons pour appuyer l'opinion inſoutenable de du Breul, n'avoit mis qu'en 888,
après l'élection du Comte Eudes à la royauté, le retour de la châſſe de S. Germain dans ſon Abbaye ; & Sauval ( Antiq. de Paris, Tome I. page 382. ) auſſi
bien que Dom Bouillart ( Hiſt. de S. Germ. des Prez, page 59. ) ont cru devoir ſuivre ce calcul ; mais Dom Félibien ( Hiſt. de Paris, Tome I. page 110. )

Gaudentes populi, præcelsâ *Te* reboantes

                                  Anno. 886.

Voce *Deum, te laudamus, Dominumque fatemur.*

Urbis erat Præful clarus, tutamen & urbis

        *f.* urbis

Mœstitiam alterutrim naćtæ fic lætitiamque.

        *f.* Carolus            vento

**15**    Funditùs his animo verfus tanquam mare Coro,

Cernere, Francigenis inquit, *properate fub urbem.*

                sedibus

Sexcentis, *ftatum noftris fuggeftibus aptum.*

        servi f. aufi funt agere        f. Francigeni

*Talia me coram fures?* Juffis opus addunt.             *Eclipfis*

        de Franciâ

Dum tamen hos trames revehit Primatis ad aulam,

                      eorum      pagani

**20** Sećtantur, glomerant cuneos poft terga nefandi:

  *f.* Normanni prælium     *f.* Franci     f. Normanni

Committunt, fuperant, cædunt, fugiunt, moriuntur.

        paganorum

Templa fugax cœtus penetrat confinia muris:

Vićtorum gemini quandam ( mirabile narro )

---

aime mieux s'en tenir à l'an 890 : & c'eft auffi le pluftôt qu'on puiffe le fixer, puifque ce ne fut que fur la fin de cette même année que les Parifiens fe virent entierement délivrez des Normans.

    311. *Te reboantes.* C'eft ainfi qu'il y a très-diftinćtement dans le MS, non *voce boantes,* comme portent toutes les éditions précédentes.

    316. *properate.* Il y a dans le MS *proparate.* C'eft une faute de Copifte.

    317. *Sexcentis.* Dom Bouquet écrit ce mot en lettres italiques comme s'il faifoit partie du difcours de l'Empereur. Ce n'eft point cela du tout. *Sexcentis* fe rapporte à *Francigenis* du vers précédent ; & marque le nombre de ceux à qui l'Empereur donnoit fes ordres.

    *ftatum.* Ce mot doit être ici pour *ftationem.*

    319. *hos.* La Glofe ajoute ces deux mots *de Franciâ,* qui éclairciffent le texte, mais qu'il convenoit mieux d'ajouter à *revehit.*

    321. *cædunt.* Puifque ce n'eft qu'au mot *fugiunt* de ce vers, que la Glofe ajoute *fupple Normanni,* il faut néceffairement écrire *cædunt* par un *æ,* non *eedunt* par une fimple, comme il y a dans toutes les éditions précédentes.

    323. *Vićtorum gemini.* Il s'agit ici des deux freres Thierri & Alédramne, que le Poëte va nommer. Ainfi Dom Bouquet a eu tort de mettre une virgule

                                     paganorum

Anno 886. Ecclefiam irrumpunt, farfam de morte relinquunt;

                                 f. illi duo

325 Pôft & equos faltu repetunt, paribufque cohærent.

Sic ternis Sequanam Martifque cacumina ftratis

Sexcenti copulant ex millibus, hinc remeantque.

                victores

Namque triümphantes fratrum promfit geminorum

Fama fuiffe Theoderici procerum aft Aledramni.

330     En Princeps de quo canitur circumdatus armis

      Omnigenis, cœlum veluti fplendoribus aftreis,

Induperator adeft Carolus, comitatus opimo

Diverfi populo labii, tentoria figens

Sub Martis pedibus montis, fpeculamque fecundùm;

---

après *victorum*, & de ne mettre ni point ni virgule après *muris* du vers précédent. Le Préfident Fauchet ( *Antiq. Franç. fol.* 401 *recto*) traduit *gemini* par *deux freres jumeaux* ; il femble qu'il falloit dire fimplement *deux freres*.

   324. *farfam de morte relinquunt.* Ils rempliffent cette églife de corps morts. *Farfam*, mot barbare eft ici pour *fartam*, comme Pierre de Blois a dit *farfura* pour *fartura*, fuivant du Cange dans fon Gloffaire latin.

   326. *Sic ternis* &c. La conftruction eft, *Sic fexcenti copulant Sequanam & Martis cacumina ex ternis millibus ftratis.* C'eft-à-dire que les fix cens François tuerent trois mille Normans, & qu'ils joncherent de leurs corps tout le terrein qui s'étend entre la Seine & Montmartre.

   329. *Theoderici.* C'eft l'orthographe du MS.

   *Aledramni.* Cet Alédramne paroît être celui à qui les François avoient commis en 885 la garde du Fort qu'ils venoient de conftruire à Pontoife, fuivant les Annales de S. Vaft ( * *Tome VIII. page* 84. )

   331. *fplendoribus aftreis.* Du Chefne dans fa feconde édition, du Bouchet, & Dom Bouquet, ont mis *aftris* : mais il y a *aftreis* dans le MS ; & Gérard du Bois ( *Hift. ecclef. Parif. Tom.* I. *pag.* 515.) en citant ce vers, met auffi *aftreis*, comme on lifoit dans les éditions de Pithou, de du Breul, & dans la première de du Chefne.

   334. *fecundùm.* Dans le nouveau *Gallia Chriftiana* on a mal mis *fecundam* au lieu de *fecundùm*.

335 Redditur Ecclſiæque diù paſtor viduatæ

Nobilis egregiuſque ſacræ pompatus honore

Totius Anſchericus virtutis germine clarus.

Annuiturque feris licitum Senones adeundi,

Septies argenti libris causâ redeundi

340 Martis menſe datis centum ſua ad impia regna.

gelaſcebant
Tunc glaciabantur torpentis ſæcla Novembris.

Sic Carolus rediit moriturus ſine propinquo.

· Nomina tunc enſem quorum perpeſſa fuiſti

pro bas
Nec vocitare prius, pigra ô Burgundia bello,

nobilibus                                          nutritis filiabus
345 Neuſtria præcluibus thalamum niſi comeret altis,

ſed                    f. nomina Normannorum
Jam tibi conſilio facilis; verùm modò jam ſcis.

· Inde revertentes, prato ſua caſtra reponunt

Jam dicto, templum Sancti velut ante colentes.

Quatuor hîc dominuſque mei Germanus in uſum

350 Contractos nimiùm membris priſcum revocavit;

---

337. *Anſchericus.* C'eſt l'orthographe du MS.

343. *Nomina tunc* &c. Le ſens de ce vers & des trois ſuivans eſt, à ce qu'il ſemble, que la Bourgogne n'avoit éprouvé que tard les armes des Normans, *pigra bello* ; que juſques-là elle auroit même totalement ignoré la langue de cette nation, *non vocitabat priùs nomina Normannorum,* ſi ce n'eſt que les femmes Neuſtriennes avec leſquelles les Bourguignons s'allioient de temps en temps, *niſi Neuſtria comeret thalamum nobilibus puellis,* n'euſſent pu lui en faciliter l'intelligence, ou lui en donner quelque connoiſſance, *conſilio facilis* ; mais qu'enfin elle ne l'avoit que trop bien apriſe pour ſon malheur, *verùm modò jam ſcis.*

348. *colentes.* Ce mot eſt ici pour *venerantes* pluſtôt que pour *incolentes.*

349. *dominus mei.* C'eſt-à-dire *dominus meus,* comme plus haut I. 567. *ſui doni* pour *ſuis donis* ; & l. 631. *mei ſilvas* pour *meas ſilvas.*

nervos
Motibus atque suis admoverat organa fibris,
                                   re
Subducto genibus dudum pedibusque parato
Jure suo. Extinctisque fenestris unius orbi
Restituit radios Solis spectare micantes.

355     Bessino hûc adiens inter sævos Comitatu
Læsa nihil quodam meritis sed tuta beati
Femina pòst quædam meruit lumen quoque cæca ;
     sancti
Cujus ad accubitat puteus vestigia, cujus           *Epanalensis.*

---

353. *Extinctisque fenestris* &c. C'est un autre miracle : celui-ci opéré sur un aveugle. On marque dans les éditions précédentes, excepté dans celle de Pithou, qui cependant met *funestris*, au lieu de *fenestris*, que le mot *fenestris* est expliqué par *oculis* dans la Glose ; mais la Glose ne l'explique point du tout.

*orbi.* C'est-à-dire *orbibus*. Ce mot doit signifier ici le globe ou l'orbite de l'œil, c'est-à dire l'œil même.

355. *Bessino hûc adiens* &c. Ceci peut servir à prouver que dès ce temps-là il y avoit quelques Normans fixez dans le Pays Bessin, ou dans le Comté de Bayeux. C'est une remarque du Président Fauchet ( *Antiq. Franç. fol. 401 recto.* )

356. *quodam.* Au lieu de ce mot qui est dans le MS., toutes les éditions portent *quoddam*, qui ne rend pas la phrase plus claire. En conservant *quodam*, la construction paroît être : *Pòst* ( c'est-à-dire *posteà* ) *quædam femina læsa hâc adiens cæca ex Bessino, quodam Comitatu, nihil* ( tuta ) *meritis* ( suis ) *sed tuta* ( meritis ) *beati* ( Germani ), *meruit lumen.*

358. *puteus.* Dom Bouquet marque dans une Note, que ce puits subsiste encore aujourd'hui, sans en dire davantage. Il est au fond du Chœur, près du mur qui en forme la clôture, & on y descend par un escalier dont les premieres marches sont posées derriere une porte de menuiserie appliquée contre le mur en dehors, vis-à-vis la Chapelle de S. Benoît.

*vestigia.* C'est-à-dire *les pieds.* De là la maniere dont le grand Autel est disposé aujourd'hui depuis l'an 1645, il est à l'entrée du Chœur, joignant la croisée de l'église ; mais anciennement, & jusqu'en 1644, ce n'étoit point cela. Le grand Autel étoit vers le milieu du Chœur, entre les deux piliers qui séparent, l'un les Chapelles de S. Clément & de S. Laurent du côté du nord ; l'autre, les Chapelles de sainte Madelene & de S. Christophe, du côté du midi. Plus loin, à quelque distance, étoit l'Autel de S. Germain, dit aussi Autel matu-

Qui potabit aquas, exemplo febre laborans
mox

360 Auxilio Sancti fidens, capiet medicinam.
aquis

His panem cupiens quædam componere, juſſit

Vi ſibi ſcotta Danûm deferri, namque Sacerdos

---

tinal. Plus loin encore, & près du mur de clôture, étoit l'Autel de S. Michel. Entre ces deux derniers Autels s'élevoient quatre hautes colonnes de pierre qui ſoutenoient la Châſſe de S. Germain & d'autres châſſes encore. Enfin ſous ces quatre colonnes, & près de l'Autel de S. Germain, étoit le cercueil de pierre où le corps du ſaint évêque avoit été mis après ſa mort, & qui de la Chapelle de S. Symphorien où il avoit choiſi ſa ſépulture, avoit été transféré en cet endroit-là en 754. Ainſi le puits étoit alors aux pieds du Saint. En changeant toute cette ancienne diſpoſition du Chœur, on a transporté le cercueil de pierre ſous le nouveau grand Autel.

361. *His panem cupiens quædam &c.* Il y a deux manieres d'expliquer le mot *quædam*: ou c'eſt l'adjectif de *ſcotta* du vers ſuivant; ou c'eſt l'adjectif de *mulier* ſous-entendu. De la premiere façon la conſtruction eſt, *Sacerdos templa tuens, cupiens componere panem his* (aquis), *juſſit vi ſibi deferri quædam ſcotta Danûm; nam* (ille ſacerdos) *vendebat puteum ægris pretio magno.* De la ſeconde maniere la conſtruction eſt, *Quædam* (mulier) *cupiens componere panem his* (aquis), *ſacerdos templa tuens juſſit vi ſibi deferri ſcotta Danûm; nam vendebat &c.* & dans cette ſeconde conſtruction le nominatif de *juſſit* doit être *ſacerdos* comme dans la premiere; car ce ne peut être *quædam mulier*; quelle autorité pouvoit avoir cette femme pour ſe faire apporter des offrandes des Normans, elle qui au contraire devoit préſenter la ſienne? Il eſt vrai que de cette ſeconde façon, *mulier cupiens* eſt un nominatif abſolu, ou qui n'a point de régime, ce qui eſt oppoſé au génie de la Langue latine. Mais on a déjà vû plus haut I. 263. un exemple d'un pareil Gallicisme; & avec Abbon il faut uſer d'indulgence. On croit devoir préférer cette ſeconde conſtruction à la premiere.

362. *ſcotta.* Il n'y a aucune gloſe ſur ce mot dans le MS; & les Bollandiſtes (*Mai. Tom. VI. pag. 806.*) ont cru pouvoir l'expliquer par celui de *Gotta*; mais *Gotta* eſt un mot qu'ils n'expliquent point eux-mêmes, & que du Cange n'a point connu. Peut-être leur Imprimeur a-t-il mis ici par mépriſe *Gotta* pour *Cotta*, qui, ſelon du Cange ſignifie des *Coites*, c'eſt-à-dire des matelats. Cependant il n'y a rien à changer ou à corriger dans le MS d'Abbon. *Scottum* ſelon le même du Cange ſignifie *pecunia, cenſus, pars, ſymbolum*; & de là ſont venus notre mot françois *eſcot* & le mot *Rome-Schot*, ou *Rome-Scot*, dont on ſe ſert encore aujourd'hui en Angletererre, pour ſignifier ce qu'on appelle en ce pays-là *le denier de S. Pierre.* C'eſt donc ici l'offrande ou l'argent que ce Prêtre exigeoit de ceux qui venoient puiſer de l'eau.

Anno 887. Templa tuens puteum vendebat egris pretio amplo ;

commendatus
Depofitus flammæ panis, mox ipfe figuram

denique     Dana
365 Sanguinis accepit rubeam. Pôft altera forté

f. haurire
Scitur vi conans latices, haufiffe cruorem.

Quis tanti peragrare poteft miracula fancti ?

Ora mihi fi mille aderant, totidem quoque linguæ

Vocibus explentes aër, cœlumque boatu,

370 Gefta mei narrare patris numerumve nequiffem.

Hic Germanus, hic eft qui paffus adhuc renitere

Haud mundo, cunctis nimiùmque ftupenda peregit.

Fundere figna priùs didicit genitricis in alvo,

Anteque virtutem celfam quàm cernere lucem.

375 Talia quis, lector, Sanctorum gefferit unquam ?

dic     i. r. fi audes
Cedo, facer forfan, fodes, Baptifta Johannes.

Ergo

---

363. *tuens.* Dans le Gloffaire de du Cange, où ce vers eft cité au mot *fcottum*, on a imprimé *ruens* au lieu de *tuens*; & cette faute s'eft perpétuée dans la nouvelle édition du même Gloffaire.

365. *fortè.* Ce mot peut fe rapporter ou à *fcitur*, ou à *conans* du vers fuivant. Au premier cas Abbon n'auroit appris ce miracle que par hazard, on ne fait comment. Au fecond cas ce n'eft plus la même chofe : Abbon parle avec affurance, comme un h'ome qui fait bien ce qu'il dit; & *fortè* n'eft plus qu'un fimple terme de relation ou de récit, qui fignifie *par avanture*.

371. *qui paffus adhuc renitere* &c. C'eft-à-dire, qui ne brillant plus dans ce monde par fa vie, y brille toujours par fes miracles & par fes prodiges. Il y a dans quelques éditions *retinere* ; mais le MS porte *renitere*.

374. *celfam.* Dom Bouquet qui met une virgule après *celfam*, rapporte ce mot à *virtutem*. On peut la mettre également après *virtutem*, & rapporter *celfam* à *lucem*.

387.

Anno 887.

Ergo meus fimilis Germanus huic habeatur.

Ifte cadaveribus ternis vitam revocavit,

Reftituens lapfis proprias fedes animabus.

380    Urbs, age, Parifius, fub queis defenfa fuifti
       *vox urbis*
   Principibus? Me quis poterat defendere, Primas

Hic nifi Germanus, virtus & amor meus omnis?

Poft regem regum, fanctamque ejus Genitricem,

Rex meus ipfe fuit, Paftorque, Comes quoque fortis.

385 Hic enfis bis-acutus adeft meus, hic catapulta,

Is clypeufque, patens murus, velox fed & arcus.
   *f. de*        *populi*
His, quia fat filvæ refonant, philomela quiefcat.
               *miraculorum*
   Plectra revolvamus vocis poft terga ftuporum;

Fœdere quo fragili fuerant infecta loquamur

390 Agmina Normannûm, Francis è finibus antra

Ad fua nolentum defcendere; fed Sequanina

Imò fluenta cupifcentum tua rurfus adire,

Quæ, argentum fibimet retinendo, novalia monftrent.
      *f. cupiebant*
O Burgundia, non: fimulata cupido latebat;

395 Quod fequitur cordi affuerat, fed hoc tamen ori.

---

387. *quia fat filvæ* &c. C'eft-à-dire, On ne parle que de cela dans le monde, tout l'Univers en retentit; il eft dònc inutile que j'en parle davantage. *Philomela* eft le Poëte lui-même.

388. *poft terga ftuporum.* C'eft-à-dire, A la fuite de ces miracles difons maintenant de quelle maniere &c.

393. *novalia.* Ce mot doit fignifier des terres nouvellement enfemencées.

Tt

Concipiunt igitur Thetis nitendo quadrigas
fine
Munere clam gratum pontes tranfcendere jufto.

Ilicet Anfcherici defertur Epifcopi ad efcas,
menfis
Aft Ebalif, ( ferclis inerant Titane fecante

---

396. *Thetis nitendo quadrigas.* Le verbe *niti* doit fignifier ici *mettre en mouvement* ; & *quadrigæ Thetis* font des *barques* ou des *bateaux*. Tout ceci appartient à l'an 887. Cependant en lifant Dom Félibien ( *Hiſt. de Paris* , Tome I. page 109. ) on croiroit que le Comte Eudes avoit déjà été élevé à la royauté.

397. *Munere clam gratum* &c. Il faut joindre *gratum* avec *concipiunt* du vers précédent ; car le fens doit être , *il leur plut de* &c. *ils crurent pouvoir* &c. & *clam munere juſto* doit fignifier *comme s'ils n'avoient pas été payez* ; mais il falloit mettre *clam munus juſtum.* La preuve que les Normans avoient reçu les 700 livres d'argent dont on étoit convenu avec eux , fe tire de ces mots du vers 393 , *argentum fibimet retinendo.*

*pontes tranfcendere.* Les Normans après avoir reçu au mois de Mars 887 la fomme qu'on leur avoit promife pour quitter le royaume & retourner dans leur pays , fe font rembarquez deux fois : 1°. en remontant la Seine contre la foi du Traité ; & ce fut alors que l'Abbé Ebles les arrêta tout court en perçant d'un coup de fleche le conducteur de la flotte : 2°. en remontant la même riviere de Seine fuivant le nouvel accord que les Parifiens firent avec eux , à condition qu'ils n'entreroient point dans la Marne ; & ce fut à ce fecond embarquement qu'ils transporterent leurs bateaux par terre jufqu'au deffus de Paris. Le Pere Daniel ( *Hiſt. de Fr. édit. Paris, in-fol.* 1713. Tome I. pag. 855.) a embrouillé tout ceci en ne faifant mention que d'un feul traité, dans lequel, dit-il, il n'étoit point ſtipulé que les bateaux des Normans pourroient paffer fous les ponts de Paris ; & cela avant que le chef ou le conducteur de leur flotte eut été tué par l'Abbé Ebles. Ce Traité de la maniere dont il en parle ne peut être autre que celui de l'Empereur, par lequel non-feulement il ne pouvoit pas être ſtipulé que les Normans feroient libres de remonter la Seine lorfqu'ils auroient reçu leur argent, mais par lequel il étoit même expreffément ſtipulé au contraire , qu'ils reprendroient le chemin de la mer. L'autre Traité eſt poſtérieur à la mort du conducteur de la flotte : par celui ci il fut permis aux Normans de rentrer dans la Bourgogne ; mais malgré cette permiffion on ne voulut pas que leurs bateaux remontaffent la riviere le long de la Ville , & c'eſt pourquoi ils les transporterent par terre.

399. *Titane fecante* &c. C'eſt-à-dire *à midi* ; & c'etoit là en effet l'heure du diner : mais ou Abbon ne s'eſt pas bien exprimé, ce qui eſt très-croyable ; ou fon copiſte a fait là quelque faute. Le fens de la phrafe doit être, le ſtyle du Cadran regardant le foleil en face, & le coupant, pour ainfi dire, en deux parties égales : ainfi en confervant les expreffions du Poëte il falloit dire , *gnomone poli* , le ſtyle

horologio

100 Lucifluam cernente poli gnomone figuram )

alveos
Multiplici remo contundere pocula lymphæ,

Scandere Gentiles undas conclamat Eoas

Parifius. Surgit fecurus uterque ciborum,
       movent        muros      replent
Arma ciunt, ripafque legunt, pinnafque faceffunt.

      trahit        jacit
105 Hîc Ebalus raptat chordam, vibratque fagittam,

Quam Nauclerus in afcellam per navis hiatum

Prævius accepit, modicùm terebroque foratum.

Sic Auriga necis cafus pelagique phafelus
certè              Normanni
Quin patitur : reftant igitur, ceduntque fub arcem
      cur dicuntur Acephali ?         perdunt
110 Acephali; quoniam Chriftum perdunt, caput ipfum.
deinde     pacem         cum
Aft verò veniam depofcunt, obfidibufque

Jusjuranda parant aliud non tangere littus

Ni Sequanæ, greffumque referre citò, velut antè.

---

du Pôle, c'eft-à-dire pofé felon la hauteur ou l'élévation du Pôle, *cernente fi-guram lucifluam* ( & ) *fecante Titanem*, ou pluftôt *Titana* pour la mefure du vers; ou bien *cernente* (&) *fecante figuram lucifluam Titani*' pour *Titanis*, afin de rendre breve la derniere fyllabe. C'en eft affez, ce femble, pour expliquer Abbon, qui n'eft ni Virgile, ni Horace.

403. *fecurus ciborum.* C'eft-à-dire, quittant le repas, ne fe fouciant plus de manger, comme dans Ovide ( *Trift.* I. *Eleg.* I. 49. ) *fecurus famæ*, qui fe fou-cie peu de fa réputation.

407. *terebro.* On ne trouve point dans le Gloffaire de du Cange *terebrum* pour *terebra.*

408. *Auriga necis cafus* &c. le mot *auriga* eft ici pour *Nauclerus*, d'autant plus qu'il y a plus haut *quadrigas* pour *naves*; & la conftruction paroît être, *Auriga patitur cafus necis, & phafelus* ( patitur cafus ) *pelagi.*

409. *cedunt.* Toutes les éditions précédentes, excepté celle de Dom Bou-quet, ont *cædunt* au lieu de *cedunt*, qui eft la véritable leçon.

410. *caput.* Ce mot eft pour *Nauclerum*, le pilote, le maître du navire.

Anno 887. Nam nobis déderant tranquillum Matrona flumen

*f.* tranquillum

415 Quidquid alit, folitò *fecurum* quod vocitamus.

*f.* fecurum

Hoc noftris violare Danos ingens erat horror;

Unde forum, fœdus pariter commune fiebat,

Una domus, panis, potus, fedes, via, lectus.

Commixtum fibimet populum mirantur utrumque.

420 Quod pactum Senones primùm ftatuere migrando,

Hactenus & fervaverunt, quoadufque fecundò

Mœnibus invitis fuperos latices adipifci

---

414. *Nam nobis dederant* &c. La conftruction eft, *Nam dederant tranquillum nobis quidquid flumen Matrona alit.*

415. *fecurum.* C'eft à peu-près ce que nous exprimerions par le mot de *fauvegarde.* Ce mot n'eft point en ce fens-là dans le Gloffaire latin de du Cange, quoiqu'on y trouve dans le même fens celui de *Securitas.*

416. *Hoc noftris violare* &c. La conftruction eft, *ingens erat horror noftris Danos violare hoc* ( fecurum.) Les Parifiens ne pouvoient croire que les Normans fuffent capables de fauffer leur ferment, tant la chofe leur paroiffoit horrible. Sur cette affurance ils n'eurent plus avec eux qu'une même table & un même lit.

418. *via.* On ne voit point ce que ce mot peut fignifier, fi ce n'eft que les Parifiens n'affignerent point aux Normans pour leur habitation des quartiers féparez, comme on en agiffoit avec les Juifs; mais qu'ils leur permirent d'habiter les rues qu'ils habitoient eux-mêmes, & de demeurer pêle-mêle parmi eux.

421. *quoad ufque fecundò &c.* Cet endroit eft extrêmement embrouillé. On croit néanmoins pouvoir l'entendre de la maniere fuivante, en fuppofant à l'ablatif le mot *fas,* qui eft indéclinable : *fas dato* ( raptare ) *barcas per flumina, meruere adipifci fecundò fuperos latices ;* ( fed ) *raptant fecum Catholicos* &c. C'eft-à-dire, les Parifiens ayant permis aux Normans de fe rembarquer, ces Payens (après avoir tranfporté leurs bateaux par terre jufqu'au-deffus de la Ville ) eurent toute liberté de remonter la Seine une feconde fois; mais ils emmenerent avec eux quelques Chrétiens &c. Il y a dans toutes les éditions *has* au lieu de *fas* ; mais outre que *fas* fe lit très-diftinctement dans le MS, on voit bien par la Glofe qu'il n'eft pas poffible de lui fubftituer un autre mot.

422. *Mœnibus invitis.* Ces deux mots femblent exprimer le regret des murs,

licitum        *i. e.* licito fubeundi        trahunt

Fas meruere dato barcas per flumina, raptant    

*f.* qui erant fines

Eheu! Catholicos fecum per littora vitæ ;

425   Bis denos fiquidem aut necibus lorifve plicarunt.

*Carbo fi fuerit munitus flamma & cinere femper vivit, alioquin moritur.*

Mox adhibent propriis vitam fine mandere caftris,     *Ænigma.*

*i. e.* lignis & cineribus       *f.* duorum

Vallatam geminis mortem, fine tegmine prunas :

*f.* caftra

Quæ noftri precibus fperarunt tuta tenere.

---

non pas de voir les Normans fe rembarquer fimplement ; car fi c'eût été pour abandonner totalement la Ville & le Royaume, rien ne devoit caufer plus de joie aux Parifiens : mais de ce que ces Barbares fe rembarquoient pour aller féjourner une feconde fois dans un pays qu'ils n'avoient déja que trop ravagé.

424. *per littora vitæ.* Comme les bords d'une riviere font fes extrémitez, le Poëte dit, fuivant la Glofe, que les Chrétiens qui fe laifferent emmener par les Normans, trouverent la fin de leur vie en s'embarquant avec eux. Telle eft la jufteffe & le brillant de la comparaifon.

*lorifve plicarunt.* Le mot *plicarunt* doit être ici pour *applicarunt* ; & le mot *loris* fignifie fans doute les étrivieres, ou le fouet.

426. *Mox adhibent* &c. Aux marges du MS on lit en divers endroits de la premiere main *Syncope, Metaphora, Metonymia,* & d'autres noms pareils de figures de Grammaire ou de Rhétorique, lorfque le Poëte les emploie. Ici il y a *Ænigma.* C'eft une énigme en effet ; & Abbon l'a rendue fi obfcure, que malgré le fecours de la Glofe il eft très-difficile d'en pénétrer le fens. L'Auteur veut-il dire que les Normans laifferent du feu dans leur camp, pour marquer qu'ils ne l'abandonnoient pas entierement, que leur deffein étoit de le conferver, & qu'ils comptoient bien y revenir ? que cependant ce feu ne pouvoit pas être de durée, puifque d'un côté ils ne l'avoient pas couvert, *prunas fine tegmine,* & que d'un autre côté il n'y avoit perfonne pour le ranimer lorfqu'il fe ralentiroit, en lui fourniffant de l'aliment nouveau, *vitam fine mandere :* deux chofes fans quoi il falloit néceffairement qu'il s'éteignît, *vallatam geminis mortem ?* mais que fur la priere qu'ils en avoient faite aux Parifiens, ils efpéroient qu'on n'y toucheroit point, & qu'à leur retour ils le trouveroient tel qu'ils l'avoient laiffé, *fperarunt tuta tenere ?*

428. *noftri precibus fperarunt.* Il femble d'abord que le nominatif de *fperarunt* eft *noftri ;* mais dans cette fuppofition que fignifieroit *precibus ?* feroient-ce les Parifiens qui auroient prié les Normans de les laiffer prendre poffeffion de ce camp ? quel befoin en avoient-ils ? enfin n'étoient-ils pas les maîtres de s'en emparer fans demander permiffion à perfonne ? Le nominatif de *fperarunt* doit donc être *Normanni ;* & à l'égard de *noftri,* on doit le fuppofer au génitif, de maniere que *precibus noftri* puiffe fignifier la priere qu'ils nous en

fluvium

Securum frangunt, Senonés temnunt, Matronamque

430 Æquoreo curru fulcant. Mandatur & urbi.

Guttura millenis crepitant, planctu quoque, bombis.

quæ fuit inter Chriftianos & Normannos    perimitur

Pax communis abit, fœdus peffumdatur omne.

crudeles    in

Continuò cuncti torvos difquirere cives

Urbe, foro currunt, aliqui fi forte paterent.

interjectio lætantis      quingentos

435 Evax! inveniunt quingen, plagifque trucidant.

His micuit præftans Ebolus, Mavortius Abba,

f. effet

Ni cupidus nimiùm lafcivus & omnibus aptus;

Nam pulchrè nituit ftudiis quæ gramma miniftrat.

---

avoient faite. Avec Abbon il faut s'accoutumer aux amphibologies.

   *tuta tenere.* C'eft comme s'il y avoit *farta tecta confervare.*

   *430. Mandatur & urbi.* C'eft-à-dire, la ville de Paris en eut bientôt la nouvelle.

   *435. quingen.* La Glofe ne met qu'un D fur ce mot; mais D eft une lettre numérique qui fignifie cinq cent.

   *437. Ni cupidus nimiùm &c.* Le Préfident Fauchet ( *Antiq. Franç. fol.* 401 *verfo* ) prend tous ces mots, du moins les deux premiers, en mauvaife part, puifqu'il traduit *avaricieux, lafcif, & propre à tout.* Au contraire Gérard du Bois ( *Hift. ecclef. Parif Tom. I. page* 518. ) obferve que comme Abbon loue extrêmement ailleurs l'Abbé Ebles, il ne faut point prendre ici en mauvaife part, le mot *lafcivus.* Ce mot, dit-il, fignifie *promtus ad audendum, multis adjumentis inftructus ad rem benè gerendam, adeò inftructus dotibus & ornamentis, ut his quodammodò lafcivire videretur.* On ne peut nier que les mots *omnibus aptus* ne renferment un éloge, puifqu'Abbon ajoute, *nam pulchrè nituit ftudiis* &c. Mais à l'égard de *cupidus* & de *lafcivus,* on ne peut s'empêcher non plus de les prendre en mauvaife part avec le Préfident Fauchet; & on y eft forcé par la particule *ni,* qui marque affurément une reftriction, & qui forme l'ombre du tableau. Cependant *cupidus* peut auffi fignifier *ambitieux* pluftôt qu'*avaricieux.* Le fens de la phrafe eft donc, *Ebolus Abbas erat Mavortius, & aptus omnibus, nifi fuiffet nimiùm cupidus & lafcivus.* Dom Bouquet met une virgule après *cupidus* pour joindre *nimiùm* avec *lafcivus;* on peut la mettre également après *nimiùm* pour joindre ce même mot avec *cupidus:* ou pour mieux dire, *nimiùm* fe rapporte à l'un & à l'autre.

Fœderis Antiftes causâ permifit abire

oc

440 Anfchericus tentos , potius concidere debens;

Inde feri Meldis feriunt, urbem quoque vallant.

Intereà Carolus, regno vitâ quoque nudus,

Deæ terræ

Vifcera Opis divæ complectitur abdita triftis.

f. complectitur

Lætus Odo regis nomen, regni quoque numen,

445 Francorum populo gratante faventeque multo

Odonis         f. complectitur

Ilicet, atque manus fceptrum diademaque vertex.

Francia lætatur quamvis is Neuftricus effet ;

---

440. *concidere debens*. Toutes les éditions ont *occidere* au lieu de *concidere*, c'eft-à-dire qu'elles portent toutes le mot de la Glofe au lieu de celui du texte. Dom Félibien ( *Hift. de Paris , Tome I. page* 109. ) en adouciffant les termes n'a point du tout rendu la penfée d'Abbon. Le bon Evêque , dit-il , rendit la liberté aux prifonniers , eux qui méritoient pluftôt , felon Abbon , d'être paffez au fil de l'épée. La morale d'Abbon , que tout le monde n'approuvera pas , eft que le Prélat devoit lui-même les affommer , ou les mettre en pièces.

443. *Vifcera Opis divæ* &c. C'eft-à-dire eft enterré. *Ops* eft la Déeffe de la Terre.

447. *Francia lætatur* &c. Le Poëte diftingue ici trois parties de la Monarchie Françoife ; la France proprement dite , la Bourgogne , & la Neuftrie : la France tenoit le milieu entre l'une & l'autre , & commençoit fur la rive droite de la Seine , comprenant néanmoins toute la ville Paris. Adrien de Valois ( *Notit. Gall.* Francia , *page* 202. *&* Neuftria , *page* 273. ) a obfervé que vers le milieu de la feconde race de nos Rois on entendoit communément par le mot *France* cette portion de l'ancien royaume de Neuftrie, où de la France occidentale, qui s'étendoit entre la Seine, l'Efcaut, & la Meufe; aujourd'hui encore nous difons tous les jours en ce fens *S. Denys en France, Goneffe en France, Mitry en France* &c. en parlant de quelques lieux voifins de Paris, fituez à la droite de la Seine. Le même Adrien de Valois ( *ibid.* ) a obfervé encore que fous le nom de *Neuftrie* on n'entendoit fouvent alors que cette partie de l'ancienne Neuftrie qui s'étendoit feulement entre la Seine & la Loire ; & que ce Pays qui avoit été du domaine de Robert le Fort, ayant appartenu après lui au Comte Eudes fon fils, paffa enfuite au Comte Robert frere de celui-ci , & ayeul de Hugues Capet, qui le réunit enfin à la couronne.

Charles le Simple ne pouvant tenir les rênes de l'Etat, ni gouverner par

Nam nullum fimilem fibimet genitum reperire; *pro reperiebat*

Nec

---

lui-même à caufe de la foibleffe de fon âge, la plus grande partie des Grands
du Royaume placerent fur le thrône le Comte Eudes, pour oppofer fa valeur
à la furie des Barbares ; & quoique ce Prince fût Neuftrien, la France & la
Bourgogne qui auroient pu également prétendre à donner à la Monarchie un
Roi tiré de leur fein, loin d'être jaloufes de cette élection, témoignerent hautement combien elles en étoient fatisfaites: la Bourgogne, quoiqu'elle eût
un Duc de grand mérite, dit Richard le Jufticier, & qu'elle pouvoit élire ;
& la France, parce qu'elle n'avoit perfonne qu'elle pût comparer à Eudes
pour les talens militaires. C'eft affurément là toute la penfée du Poëte; & il
ne faut rien chercher de plus dans fes expreffions.

C'eft donc bien à tort que Pithou, du Breul, du Chefne dans fa feconde
édition, du Bouchet & Dom Bouquet, ont mis à la marge du texte, pour
expliquer le vers 451, cette petite note, *Regni partes*, *Neuftria five Francia*,
*Burgundia*, *Aquitania*. Le Préfident Fauchet ( *Antiq. Franç. fol.* 403 *verfo*,
& 404 *recto* ) a dit auffi conformément à cette note, qu'Eudes *fut recognu
pour Roi, ayant joint trois royaumes enfemble*, ce dit Abon, à fçavoir *Weftrie*,
*Bourgogne & Aquitaine*. Les trois royaumes, ou plutôt les trois parties du
royaume dont parle Abbon, & qu'il appelle *ternum regnum*, font précifément celles qu'il a nommées d'abord, *Francia*, *Burgundia*, *Neuftria*; & comme l'Aquitaine n'eft ici pour rien, il ne falloit pas joindre la Neuftrie avec la
France, pour ne faire des deux qu'une feule partie du tout. *Prætereà*, ajoute
Abbon immédiatement après, *aftutos petiit præceps Aquitanos*; *Mox fibi fub-
jectis*, &c. L'Aquitaine dans la penfée du Poëte n'a donc rien de commun avec
fon *ternum regnum*. Il eft vrai que la Note des Editeurs précédens paroît fondée fur ce texte du Continuateur d'Aimoin ( *edit. Parif. in-*8°. *lib.* 5. *cap.* 42.
*page* 727.) *Odonem Franci*, *Burgundiones*, *Aquitanienfefque Proceres*, *congregati in unum*, *licet reluctantem*, *tutorem Caroli pueri*, *regnique elegere guberna-
torem*, & fur cet autre d'une ancienne Chronique ( *apud du Chefne*, *Hift. Franc.
Tom. III. pag.* 350) *Franci*, *Burgundiones*, & *Aquitanenfes proceres congregati
in unum Odonem principem elegerunt fibi in regem*; mais il n'en eft pas moins
vrai que fuivant Abbon trois Royaumes avoient reconnu Eudes pour Roi,
avant que l'Aquitaine fe foumît à lui.

*Neuftricus.* L'Abbé des Thuilleries ( *Differt. page* 271. ) qui a embraffé le
fyfteme du Pere Chifflet fur l'origine de la troifieme Race de nos Rois, en
tâchant feulement de la perfectionner, étoit intéreffé à foutenir qu'ici le mot
*Neuftricus* ne fignifie pas néceffairement un homme dont la famille eft origi-
naire de Neuftrie; & il a raifon indépendamment de tout fyfteme. On vient de
voir au commencement de cette Note qu'il fuffit dans la penfée d'Abbon que le
Comte Eudes fût né en Neuftrie, ou que fes grands Domaines fuffent fituez
dans cette contrée.

448. *reperire*. On voit par la Glofe, auffi bien que par la mefure du vers,
qu'il ne faut point lire *reperiere*, comme a fait l'Abbé des Thuilleries ( *Differt.
page* 270. )

449.

Nec quia Dux illi Burgundia defuit, ejus

450 Neuſtria ad inſignis nati concurrit honorem.

Sic uno ternum congaudet ovamine regnum.
velox

Præterea aſtutos petiit præceps Aquitanos:
ſ. Aquitanis

Mox ſibi ſubjectis Francorum regna reviſit,

Mœnia Meldis adhuc Danis ſtipantibus urbis,

455 Cui Præſul. fuerat reſidens in ea Segemundus,

Præſulis Anſcherici Tetbertus belliger heros
ſ. erat        ſol        luna

Germanus Conſul. Minimè Delius neque Phœbe
requiem

Apportabat ei ſpatium ; juge ſed ſibi bellum
i. e. multùm

Undique conſtat, eiſque tamen per multa reſiſtit.
ſæpiùs

460 Perdidit innumeros quoties ex agmine ſævo

---

449. *Nec quia dux illi* &c. Le ſens de la phraſe eſt, *& Burgundia*, ou ſi-
militer *Burgundia, non quia dux illi defuit.*

451. *ternum regnum.* Voyez la note ſur le vers 447.

452. *Præterea aſtutos* &c. « Auſſitôt après le Couronnement d'Eudes, dit
» le Pere Daniel (*Hiſt. de Fr. édit. Paris in-fol.* 1713. *Tome I. page* 861.) les
» Seigneurs vinrent à l'envi de toutes les Provinces de France, du royaume de
» Bourgogne, & de celui d'Aquitaine, lui rendre leurs hommages ». On voit
que tout cela eſt conforme à la Note de Pithou que l'on vient de rapporter
ſur le vers 447. Mais que les Aquitains ſe ſoient ſi fort empreſſez à venir rendre leurs hommages à Eudes, on en peut juger par ce vers d'Abbon, *Præterea
aſtutos* &c. qui atteſte préciſément tout le contraire.

455. *fuerat reſidens.* Toutes les éditions ont *reſidens fuerat* ; mais il y a dans
le MS *fuerat reſidens*, quoique cela ſoit bien égal.

460. *quoties.* Dom Bouquet écrit *quotiens*, & c'eſt auſſi l'orthographe du
MS. Mais il paroît qu'il entend ce mot dans ſon ſens propre, qui eſt *toutes les
fois que*, puiſqu'il le fait précéder d'une virgule, comme s'il y avoit *Tetbertus
perdidit innumeros ex agmine ſævo, quoties exiliebat citra muros ad peſſumdan-
dum tetros.* Mais la Gloſe expliquant *quoties* par *ſæpiùs*, la conſtruction doit
être, *Tetbertus exiliens citra muros ut peſſumdaret tetros, perdidit ſæpiùs innumeros ex agmine ſævo.*

Vv

Anno 888. Exiliens citra muros peſſumdare tetros.
　　　　　animas　　　　　　loqui
Flamina quot tulerat telis orare nequibo.

Proh dolor ! armipotens inter mortalia defit,
　　　　　　　　　　　rege
Arma ruens, nunquam ſibi Principe ſubveniente;
　　　　　　urbs
465 Exitiumque polis poſthâc cum Præſule capto
　　　ſuſtinuit　　　　　　　　　indicium
Paſſa luit: Regi hinc felix micat omen Odoni.

Denique Luteciæ revolant ad culmina tutæ.

Convocat hûc omnes populos per regna morantes.

En ſine jam numero numerum præſtans Odo nectit:

470 Francigeni approperant altâ cum fronte ſuperbi:

Calliditate venis acieque Aquitania linguæ;

Conſilioque fugæ Burgun-adiere-diones.

Seſſio fit non longa ſatis, fruſtrata triumpho.

Neſcio quîs ſocios luſit Danoſque cecidit

---

461. *citra.* Ce mot eſt ici pour *ultra*, comme plus haut I. 19.

466. *Regi hinc felix* &c. Ceci eſt une ironie; car parmi les diverſes figures de Grammaire ou de Rhétorique que l'on lit à la marge du MS, comme on l'a obſervé ſur le vers 426, il y a ici *Ironia.*

467. *tutæ.* Du Bouchet eſt le ſeul qui liſe *tutè* au lieu de *tutæ*, & malgré toutes les défectuoſitez de ſon édition, peut-être cette leçon n'eſt-elle point à négliger.

473. *fruſtrata triumpho.* C'eſt-à-dire que cette aſſemblée n'eût pas l'effet qu'on en devoit attendre, parce que ceux d'Aquitaine & de Bourgogne qui ne vouloient que juger des coups, ne s'y préſenterent que pour voir ſeulement quel train les choſes alloient prendre.

474. *Neſcio quîs* &c. Il y a dans toutes les éditions *neſcio quæ* contre la leçon formelle du MS. Cependant le mot *quis*, qui dans ce MS n'eſt point accentué, ne laiſſe pas d'être embarraſſant. On y met ici un accent, parce que ſans cela il ſeroit au nominatif, & ſe rapporteroit néceſſairement à *Ademarus* du vers 476; en ſorte qu'on feroit dire à Abbon *un certain je ne ſais quel Adé-*

*f.* fuit
475 Non paucos, modico quamvis, ut fama, popello,
ficut
Quò ventus veniens Ademarus nomine dictus.

*f.* Normannos
Sclademarufque dehinc binos jugulis dedit, ifque

dedit
Deditus eft idem primus, primùm duit umbris

Luteciæ torvum poftquàm primò patuere,

480 Principium gladii tenuit, finemque recepit.
*f.* principium glauii　　　finem
Hoc fuper infidos, illum corpus fuper ejus.

Roberti fuerat pugnax Comitis Sclademarus,
difperferat
Difpulerat galeas terror, propriumque fub urbem

Metonymia.

---

mar &c. quoiqu'Abbon le connût fort bien, comme on verra plus bas aux
vers 537 & 538. Ainfi il n'y a point d'autre parti à prendre, que de changer *quis* en *qui* pour *quomodò*, ou de lire *quîs* pour *queis* ou *quibus*, c'eft-à-dire
*quibus artibus.* Cet Adémar, felon Abbon, trompa donc on ne fait comment
ceux de fa nation, c'eft-à-dire les Aquitains, en fe jetant plus vîte que le vent
fur un gros de Normans, dont il tua plufieurs, quoiqu'à ce qu'on dit il fût
accompagné de peu de monde.

477. *Sclademarufque dehinc* &c. Il faut deviner ici, & peut-être ne fera-
t-on pas affez heureux pour y réuffir. On fuppofe une rencontre entre quelques Normans & Sclademar. à la tête de quelques François. Dès que ces
Normans parurent devant la Ville, *poftquàm primò patuere Luteciæ,* Sclademar alla les attaquer, & le premier d'entre eux qui fut tué en cette occafion
le fut de fa main, *duit umbris primum torvum*; il en tua même deux, *binos ju-*
*gulis dedit :* mais il fut auffi le premier des François qui y périt, *is idem dedi-*
*tus eft primus umbris.* Ainfi il commença cette attaque en donnant la mort aux
ennemis, *tenuit principium gladii fuper infidos*; mais il la finit en recevant lui-
même le coup de la mort, *recepit finem fuper corpus fuum.* Il y a ici un mauvais jeu de mots entre *primus, primum & primò,* qui a dû paroître à Abbon
quelque chofe de bien élégant. Au refte comme la pénultieme fyllabe de *Scla-*
*demarus* eft longue de fa nature, ce mot formeroit ici un anapefte au lieu
d'un dactyle ; mais peut-être Abbon a-t-il écrit *Scladmarus* pour avoir un
fpondée.

482. *pugnax.* C'eft-à-dire que Sclademar avoit fervi autrefois fous le Comte
Robert, peut-être Robert le Fort.

483. *terror.* C'eft-à-dire *terror fui,* la crainte qu'on avoit de lui, la terreur
qu'il imprimoit aux autres. Les ennemis le craignoient fi fort, qu'à fon feul

Lunatas ſtadiis libitum peltas trecentis.

485 Praetereà quadringentis à mille remotis
*Genti'es* *in humum*
Acephalos proſtravit humi peditum comitatus

Agmine tercentum Paſtor certamine acerbo

Nobilis Anſchericus pollens ex virginis ore.

Sic alacres ſpolium revehunt ad mœnia multum

490 Urbani, præſtante Deo qui regnat ab alto.

Expediamus abhinc dignos Odone triumphos.

Falconem vocitant equitum quo millia vicit

Dena novemque dehinc montem peditumque profana.

Hoc illi vicibus peperit natale trophæum

---

nom ou à ſa ſeule préſence, ſans qu'il ſe fût mis en devoir de les pourſuivre, il leur étoit arrivé de fuir de leur propre mouvement, *proprium libitum*, juſqu'à trois cens ſtades, jetant leurs armures au pied des remparts, & jonchant tout le chemin de leurs caſques & de leurs boucliers. La conſtruction eſt donc *terror diſpulerat galeas, & proprium libitum* (diſpulerat) *peltas ſub urbem ſtadiis trecentis*, comme s'il y avoit *tam ſub urbem quàm uſque ad trecenta ſtadia.*

484. *Lunatas peltas.* C'eſt une expreſſion tirée de Virgile ( *Æneid. I.* 494. ) *Ducit Amazonidum lunatis agmina peltis.* Et *Æneid. IX.* 633.) *Feminea exſultant lunatis agmina peltis.*

488. *pollens ex virginis ore.* Le Préſident Fauchet ( *Antiq. Franç. fol.* 401 *recto* ) traduit *le viſage beau comme une pucelle.*

492. 493. *falconem montem.* Le Préſident Fauchet ( *Antiq. Franç. fol.* 405 *recto* ) Mézeray, *Hiſt. de Fr. édit. Paris* 1643 *Tome I. page* 307.) Gérard du Bois ( *Hiſt. eccl.ſ. Pariſ. Tom. I. page* 508. ) Dom Félibien ) *Hiſt. de Paris, Tome I. page* 109. ) & d'autres encore, veulent que ce ſoit Montfaucon près de Paris. Mais Dom Bouquet obſerve dans une Note après d'autres Hiſtoriens, tels que Cordemoy ( *Hiſt. de Fr. Tome II. page* 386. ) & le Pere Daniel, ( *Hiſt. de Fr. édit. Paris fol.* 1713. *Tome I. page* 863. ) que ce doit être Montfaucon en Argonne, entre l'Aiſne & la Meuſe. Il ſuit en cela l'Annaliſte de S. Vaſt ( * *Tom. VIII. page* 87. ) appuyé d'une ancienne Chronique Normande ( *apud du Cheſne Hiſt. Franç. Tome II. page* 529.) ; & ces deux autoritez paroiſſent déciſives.

singularis, una
495 Lux præcursoris Domini cathecasta Johannis.

Quippe latus utrimque viris comtus clypeatis

Mille legebat iter, quando tironis ab ore

Venantis canibus lepores nemorosa per arva

Panditur adventare equites per millia sævos.

*f.* nuncium
500 Id, scutumque simul recipit, colloque pependit;

Armaque cum sociis stringit penetrans inopina

Prælia. Solamen cœleste petit, rapit atque

Viscera, deponunt alii clypeos animasque:

Terga parant reliqui regalibus in quibus armis

---

494. *cathecasta.* Καθεκας⊙ est un mot grec que la Glose explique fort bien par *singularis*, & qu'il semble qu'on ne peut mieux rendre ici en François, qu'en disant, c'étoit le *propre* jour de S. Jean. Les deux mots *vicibus* & *natale*, qui sont assez mal enchâssez dans le vers qui précede, marquent, le premier fort inutilement, que c'étoit l'anniversaire de la fête, parce qu'elle revient par fois, *vicibus*, c'est-à-dire une fois l'an: le second, *natale*, que c'étoit ou la Nativité de S. Jean, 24 Juin; ou peut-être la Décollation du même Saint, 29 Août, qui selon Baillet (*Vies des SS. 29 Août*) est appellée dans les anciens Martyrologes du nom de S. Jérôme le jour *natal* de S. Jean; ce qui ne fixe pas entierement la Chronologie. Gérard du Bois (*Hist. Ecclef. Parif. Tom. I. page* 508.) suit ici Abbon pied à pied, en n'omettant que ce qui ne fait rien à son sujet, ou qu'il n'entend pas; & il s'exprime ainsi: *circa montem illum anniversario die S. Joannis Baptistæ.*

497. *tironis.* Ce mot peut bien signifier ici, comme dans la plus pure latinité, un nouveau soldat.

500. *Id.* Toutes les éditions portent *is* au lieu d'*id*; mais on voit bien par la Glose que c'est une faute.

502. 503. *rapit viscera.* C'est un geste animé pour se préparer à l'action.

504. *Terga parant* &c. La construction est, *reliqui terga parant* (c'est-à-dire *terga dant, terga vertunt*) *armis regalibus, in quibus libuit ternis ex pueris Odonis requiescere,* (c'est-à-dire *quibus libuit tribus pueris Odonis se vestire, quæ tres pueri Odonis induerant;*) le reste fut mis en fuite par trois jeunes gens de la suite du Roi Eudes, qui pour leur imprimer plus de terreur s'étoient armez des propres armes de ce Prince.

505 Ex pueris libuit ternis requiefcere Odonis.

*f.* Odo

Tum dixit propriis : *Iſtos fortaſſe ſequuntur*

*Aſt alii ; idcircò pariter ſtatum glomerate.*

*Si fuerit verbum ſuper hoc, ne differat ullus.*

montem

Adjecit: *ſubeam tumulum ſpecularier ipſe.*

510 *Si vos perculerit clangor, nullum mora vincat.*

Cornu ſuum poſcens, ſcopulum ſcandens, videt ecce

Armiſonos lento pedites incedere greſſu.

Tunc tuba, cujus ab ore boans mox omnia latè

Excitat, anfractuſque per aſtra per arva volabant,

*f.* modo

515 Omnibus atque modis, ſolido fractoque, ciebat.

---

509. *ſpecularier.* Il y a une groſſe faute d'impreſſion dans les deux éditions de du Cheſne, où au lieu de *ſpecularier*, on lit *ſpeculariter.*

514. *anfractus.* Ce mot étant le ſeul qui puiſſe être le nominatif de *volabant,* paroît auſſi ne pouvoir ſignifier que la courbure ou le circuit du cor, & poëtiquement la voix même ou le ſon qui ſe répand dans tout ce circuit avant que de ſe faire entendre au dehors. Il ſemble que le Préſident Fauchet que l'on va citer ſur le vers ſuivant, & après lui le Pere Daniel ( *Hiſt. de Fr. édit.* Paris in-fol. 1713. *Tome I. page* 864. ) aient cru voir dans ce même mot des détroits ou des défilez par où les ennemis devoient paſſer ; mais ſi cela eſt, comment faiſoient-ils donc la conſtruction de cette phraſe? On ne ſeroit pas éloigné de donner auſſi bien qu'eux au mot *anfractus* le ſens qu'ils lui donnent; mais alors il ſemble qu'il faudroit corriger le texte, & lire *volabat* au lieu de *volabant.*

515. *ſolido.* Toutes les éditions, excepté celle de Pithou, marquent que la Gloſe ajoute ici *ſinè modo*, & ce *ſinè* là eſt une groſſe faute. Il y a dans la Gloſe une *ſ* ſimplement, ſuivie de *modo* ; & cette *ſ* que le MS emploie en une infinité d'endroits, n'a point d'autre ſignification que *ſupple* ou *ſcilicet.* C'eſt en effet *modo* qu'il faut ſous-entendre ici ; & les deux mots *ſolido* & *fracto* doivent ſignifier deux manieres différentes de ſonner du cor. Le Préſident Fauchet ( *Antiq. Franç. fol.* 405 *verſo* ) ne s'y eſt pas mépris: « Le Roi Eudes, dit-il, embou-» chant ſon cor fit advancer les ſiens » ſelon le ſon gros ou greſle qu'il entonnoit » afin de ſe trouver à temps aux deſtroits ès quels les Payens devoient paſſer. »

regis
.Omne nemus refponfa dabat voci famulando.

vadit
It tuba cum celeri bombo per cuncta elementa.

dico
Nil mirum, quoniam regale caput tonat inquam.

equos       f. eos
Ergo fui infrenant currus, faltu quoque fcandunt.

a cufativum pro genitivo plurali    f. Normannus
520 Allophylûm in medium migrant ; unufque fecuris

Helmum
Vibratu pepulit conum de vertice Regis   ·

fuper            unctum
In humeros lapfum ; Domini verùm quia Chriftum

animam
Tundere præfumfit, ventum de pectore jecit

Hofpite continuò jaculator Principis enfe.

---

& où embaraffez parmi leurs bagages nos gens en eurent bon marché. » Mais
pour ce qui eft de ces *détroits*, voyez la note fur le vers précédent.

 *521. conum.* C'eft-à-dire fuivant la Glofe, *helmum*, un heaume, & c'eft
ainfi qu'il y a bien diftinctement dans le MS ; au lieu de quoi toutes les éditions
ont mis *unum*, qui ne fignifie rien. Le Préfident Fauchet ( *Antiq. Franç. fol.*
405. *verfo* ) exprime ainfi la penfée d'Abbon : Le Roi, dit-il, ayant reçu un
coup de hache, qui lui emporta la moité de fon heaume, fourra fon épée au
travers du corps de celui qui l'avoit frappé. Mézeray ( *Hift. de Fr. édit. Paris*
1643. *Tome I. page* 308. ) dit auffi que la moité de fon heaume fut abatue.
Mais pourquoi *la moitié* ? le texte dit que cette armure fut renverfée du coup
fur les épaules de ce Prince, & ne dit rien de moins. Peut-être cependant *co-
nus* ne fignifieroit-il ici que le cimier, c'eft-à-dire le haut du cafque où l'on
attachoit l'aigrette ou la plume, comme dans ce vers de Virgile ( *Æneid.* III.
468. ) *Et conum infignis galeæ criftafque comantes.* Le Pere Daniel ( *Hift. de
Fr. édit. Paris in-fol.* 1713. *Tome* I. *pag.* 864. ) dit que le cafque du Roi ré-
fifta à ce coup de hache. Dom Félibien ( *Hift. de Paris*, *Tome* I. *page* 109. )
dit que le cafque du Roi fit gliffer le coup fur fes épaules, & qu'il n'en fut
point bleffé. On voit combien peu tout cela eft exact.

 *523. jecit.* Dom Bouquet a mis un point après ce mot ; & il n'y faut ni
point ni virgule, car le nominatif de ce verbe auffi bien que de *præfumfit* dans
le même vers, eft *jaculator* du vers fuivant.

 *524. hofpite.* Ce mot eft pris là adjectivement, & doit fe rapporter à *pectore.*
C'eft donc *pectore hofpite animæ.*

 *continuò.* C'eft-à-dire, fur le champ. Ce mot eft ici adverbe ; par conféquent
il demande un accent. Dom Bouquet n'y en a point mis ; il faut qu'il l'ait pris
pour l'adjectif d'*hofpite*, qui n'eft lui-même que l'adjectif de *pectore.*

*erefcit*　　　　　　　　　　　　　　　　　　　　*ineptí*

525 Pugna adolet ; ponunt animas cum fanguine gurdí :

*fine famâ*

Infames traxere fugam, Primafque trophæum.

*decem & novem*

Millia tot Phœbo ftravit fpectante fub uno

Perpete cum gladio, donec à finibus illos

*pro*　　　　　　*ejicit*　　　*fed*

Francorum fequitur, prohibet ; verùm nihil illud

*Odonis*

530 Ad fuimet requiem juvit, quia mox Aquitanos

Anno 892 Linquere fe, numenque fui poftponere novit.

Appetit ergo furens illos, vaftans populanfque

*folummodò*　　　*f. vaftabat*　　　　　　　　　*f. effet*

Arva, modò vulgus : quamvis concludere nifus

*f eft ei*

Urbes adverfas, minimùm tamen aucta facultas.

535 Fortè fed infurrexit ei fpreto ætheris arce

Sole

---

528. *cum gladio.* Toutes les éditions portent *tum gladio*, au lieu de *cum gla-dio* qu'on lit dans le MS.

533. *modò vulgus.* C'eft ainfi qu'il y a dans le MS, quoique toutes les édi-tions portent *modo & vulgus.* On voit par la Glofe que la conjonction & eft de trop entre ces deux mots ; & que le fens eft, *Ergo furens appetit illos ; dum verò vaftat, populaturque agros, nihil vaftat nifi vulgus : nam quamvis* &c.

534. *adverfas.* Il y a dans toutes les éditions *adverfus* ; & la pénultieme lettre de ce mot eft un peu difficile à lire dans le MS, parce qu'elle s'y trouve à moitié obfcurcie par une très-ancienne tache d'encre : cependant en y regar-dant de près & avec attention, il eft aifé de fe convaincre que c'eft un *a*, non un *u.* Cela pofé, le fens fe préfente de lui-même : quoique le Roi Eudes eût tenté de bloquer quelques villes ou quelques places qui lui étoient oppofées, il ne put jamais venir à bout de s'en rendre maître. Bien plus, le Comte Adé-mar &c.

535. *ei.* C'eft-à-dire *Odoni.* Toutes les éditions portent *eis* contre la leçon formelle du MS.

*fpreto ætheris arce* &c. De quelque maniere que l'on veuille tourner & re-tourner cette phrafe, il eft impoffible de féparer les deux mots *fpreto & arce* ; & cependant il n'eft pas moins impoffible de les joindre enfemble, puifque l'un eft au mafculin, & que l'autre eft féminin. On croit donc qu'il y a ici une faute de Copifte, & qu'au lieu d'*arce* il faut lire *axe*, ou qu'au lieu de *fpreto*

il

Sole fub undivagâ pofito teftudine ponti

Conful Ademarus, Regi copulatus eidem
f. Ademari
Progenie, cujus memini. Proferpina dudum
occidit
Huic ceffit, cuneos dum profligavit Odonis.
Odonis
540 Umbra fugat ftellas, Ademarus ab agmine vitas.

Dormit Odo, confanguineus fua proterit arma.
Rex          recedit
Aftra micant, Primas vigilat; fed & avolat ipfa
i e. Ademarus          fertilis
Regia mox confanguinitas de fanguine læta.

Talia cur fiquidem recinam congefferit olim.

---

il faut lire *fpretâ*. Ce changement étant une fois admis, voici comme on peut rendre en profe la penfée d'Abbon: *Ademarus infurrexit in Odonem quando fol fpreto axe*, ou *fpretâ arce ætheris, pofitus erat fub tefudine undivagâ ponti*; c'eſt-à-dire, lorfque le Soleil ayant quitté notre Ciel étoit allé fe coucher dans l'onde. Ce fut donc pendant une nuit que les troupes d'Adémar battirent celles du Roi Eudes; & c'eſt là tout ce que fignifie la phrafe d'Abbon. Befly dans fon Hiftoire des Comtes de Poitou (*page* 28.) en a très-bien pris le fens, lorf-qu'il a dit, « Aymar ne dormoit pas de fon côté, & prenant l'occafion à pro- « pos, furprit *une nuit* Eudes & fes troupes, dont il fit une grande boucherie, ce « dit Abbon, qui vivoit lors ».

539. *Huic ceffit.* Cela fignifie, ce femble, que la Déeffe des Enfers ou de la mort étoit à fes ordres.

540. *Umbra fugat ftellas.* Le mot *umbra* ne peut fignifier ici qu'une nuit noire, des ténebres profondes: comme une nuit extrêmement obfcure fait dif-paroître les étoiles, éteint leur lumiere, de même le Comte Adémar fait dif-paroître les Combattans de l'armée du Roi Eudes, leur vie eſt éteinte fous les coups qu'il leur porte. On ne fe rend point garant de la juftefle de la com-paraifon.

542. *Aftra micant* &c. C'eſt-à-dire, les étoiles brilloient encore, le Roi fe réveille, & Adémar fe retire, content de lui avoir tué bien du monde.

543. *de fanguine læta.* C'eſt le fang qu'Adémar venoit de répandre. La Glo-fe explique *læta* par *fertilis*, qui a tout l'air d'être une addition du Copiſte. *Læta* doit fignifier ici *joyeux*, *content*, *fatisfait*, quoique Virgile (*Georg.* l. 1.) ait dit, *Quid faciat lætas fegetes.*

544. *congefferit.* Au lieu de ce mot, qui eſt dans le MS, toutes les éditions portent *cum gefferit* en deux mots, avec un point interrogant après le mot *olim*;

Xx

545   Nam libuit Regi dare propugnacula fratri *f.* libuit

      Roberto Pictavis ; Ademaro tamen haud sic :
      *f.* Pictavis                 *f.* Roberto

      Nempe sibi cepit , plus se quia diligit illo.
            *f.* Rex.

      Inde Limovicas adiens, Arvernicaque arva ,
            *i. e.* cum Rege.

      Prævalidas Willelmi acies secum videt hostis ,

550   Ni congressuras fluvius medio prohiberet.

      Perdidit ergo suos illic Willelmus honores
        pro Rege

      Hugoni regnante datos, qui Bituricensis

      Princeps extiterat Consul : quare fuit actum

      Hos inter geminos Comites immane duellum.

555   Mille super centum deflerat inclytus archos

      Claromontensis Willelmus Hugone necatos :
      Hugo       *f.* deflevit       *i. e.* à millenario       *f.* illud minus

      Iste minus numero secum majore remotum.

---

& tout cela ne peut que défigurer le texte de l'Auteur, dont le sens est , *reti- nam cur congesserit olim talia* , je vais dire pourquoi il en a agi ainsi , pourquoi il attiroit ainsi tout à lui.

    548. 549. *Inde Limovicas.... hostis.* Si *hostis* ne se rapporte point à *Willelmi* , la construction est , *Inde adiens hostis* ( c'est-à-dire *hostiliter* ) *Limovicas & ar- va Arvernica, videt acies prævalidas Willelmi congressuras secum* , *ni fluvius* [ in ] *medio prohiberet*, s'il ne s'étoit pas trouvé une rivière entre deux.

    551. *illic.* L'Imprimeur a omis ce mot dans l'édition de Dom Bouquet.

    556. *necatos.* Du Chesne dans sa seconde édition , du Bouchet, & Dom Bou- quet, ont *negatos* ; ce qui ne peut être qu'une faute d'impression dans le pre- mier, copiée par les deux autres.

    557. *Iste minus* &c. C'est une soustraction. Guillaume perdit mille & cent hommes. Voilà deux nombres , dont mille est le plus grand , & cent le plus petit. Retranchez le plus petit , *remove istud minus* , c'est-à-dire *remove mino- rem numerum à numero majore* , ce petit nombre-là marque précisément la quantité d'hommes que Hugues perdit en périssant lui-même, *secum.* Ainsi du côté de Hugues il n'y eut que cent hommes de tuez ; & de là il s'ensuit que *minus* est au neutre, gouverné à l'accusatif par *deflevit* , & non point adverbe, comme l'a cru Dom Bouquet en écrivant *minùs* avec un accent.

Hic Hugo dum tandem capitur mucrone Wilelmi;            Anno 892.

Supplicat ut pietas ejus fuccurreret illi.

*i. e.* tardè locutum eum effe

560 Olli tam ferò per verba meaffe refpondit;

*citiùs*                          *f.* Willelmi

Ociùs & dicto trans pectora lancea tranfit.

*f.* Hugonis

Hugonis. Intererant cuneis Rotgarius atque

Valdè viri Stephanus fortes, perplura Wilelmi

*propriis*

Letha fuis dantes, alter Comes, Hugoniufque

*f.* Rotgarius

565 Ipfe nepos; alter miles Stephanus nimis audax.

*f.* cepifti

Proh dolor! Hugo, necem flefti; Willelme, trophæum. *Eclipfit.*

Nuncius intereà regalem concutit aurem:            Anno 893.

Gallia quòd mentita fibi fit portat in ore

---

558. *Wilelmi.* Il faut orthographier ainfi dans ce vers, auffi bien qu'au
vers 563, pour rendre breve la premiere fyllabe de ce mot.

562. *Hugonis.* Dom Bouquet met un point après le mot *tranfit* qui précede
immédiatement; & il joint *Hugonis* avec *intererant cuneis.* Cette ponctuation
eft bonne; mais on a cru devoir la changer ici pour fe conformer au MS, qui
commence une nouvelle phrafe avec le mot *intererant*, puifque fuivant la
Glofe fur le mot *cuneis* il faut fous-entendre *Hugonis.* Le Poëte fait un dactyle
de ce dernier mot.

564. *Hugonius.* C'eft un adjectif: *Hugonius nepos* pour *nepos Hugonis.* La
feconde fyllabe eft encore breve ici comme au vers 562.

566. *trophæum.* La Glofe qui veut qu'on fupplée ici le verbe *cepifti*, eft-
elle bien fûre? Guillaume avoit perdu affez de monde dans ce combat pour
pleurer fa propre victoire. Ainfi *trophæum* peut s'accorder avec *flefti* auffi-bien
que *necem.* Befly dans fon Hiftoire des Comtes de Poitou ( *page* 28 ) ne l'a
pas entendu autrement: « Hugues, dit-il, pleura fa mort, dit Abbon, & «
Guillaume fa victoire, donnant à entendre que cette journée-là ne fut moins «
cuifante au Comte d'Auvergne victorieux qu'au Comte de Bourges vaincu & «
tué. » Mais Befly veut contre le texte d'Abbon, que le Comte d'Auvergne
ait perdu 1500 hommes dans cette action.

568. *Gallia quòd* &c. La conftruction eft, *portat in ore quòd Gallia preffa
per collum jugo Caroli, gnati Ludovici, mentita fit fibi*, c'eft-à-dire, s'eft dé-
mentie, en abandonnant le parti d'Eudes qu'elle avoit choifi pour Roi.

Gnati preſſa jugo Caroli collum Ludovici ,

570 Qui vocitatus ut ab Cœlo prænomine Balbus.

569. *Ludovici.* L'orthographe du MS eſt *Lodovici.*

570. *ut ab Cœlo prænomine Balbus.* La prépoſition *ab* ne fait point partie du texte dans le MS ; mais la Gloſe ajoute *ad* comme ſi ce mot étoit omis, parce qu'en effet le vers manquoit d'un demi-pied. Cependant que ſignifie *ad Cœlo?* Les éditions précédentes au lieu d'*ad* ont mis *à* dans le texte ; mais puiſqu'il faut ici une ſyllabe , pourquoi ne ſe pas déterminer pour *ab* pluſtôt que pour *à*? Le Copiſte paroît avoir eu *ab* dans l'eſprit , & avoir écrit *ad* par mépriſe. Au reſte *prænomine* eſt ici pour *cognomine.* Mais on ne voit pas comment le ſurnom de *Balbus* pouvoit être pour Louis le Begue comme un nom deſcendu du Ciel. On ſeroit donc tenté de croire que ces trois mots , *ut ab Cœlo* , doivent ſe conſtruire avec *gnati* ; enſorte que la penſée d'Abbon ſoit , que le Ciel même avoit donné des preuves que Charles le Simple étoit fils de Louis le Begue. Or ces preuves conſiſtoient apparemment dans la parfaite reſſemblance de l'un avec l'autre. Foulques , Archevêque de Reims diſoit à Arnoul Roi de Germanie (*Flodoard. Hiſt. ecclſ. Remenſ. lib. 4. cap. 5. * Tom. VIII. page* 159. ) « que quiconque avoit connu Louis le Begue le reconnoî-
» troit dans les traits du viſage de Charles , & que la nature *par une providence*
» *ſpéciale de Dieu* avoit imprimé ſur ſon corps des marques particulieres & ſi
» ſenſibles de reſſemblance avec le feu Roi ſon pere , qu'il étoit impoſſible de
» douter qu'il fût ſon fils. » On ſe ſert ici de la traduction du Pere Daniel ( *Hiſt. de Fr. édit. Paris in-fol.* 1713. *Tome I. page* 872. ) & on ne peut ſe diſpen-ſer d'obſerver que dans le texte latin de Foulques il ne ſe trouve rien qui ait un rapport litéral avec ces mots , *par une providence ſpéciale de Dieu.* Cepen-dant il faut reconnoître en même temps que cette petite périphraſe du tra-ducteur , loin de s'écarter de la penſée de l'Auteur , ne fait que l'étendre & la développer davantage : il ſemble que la phraſe Françoiſe eſt compoſée des deux textes latins de Foulques & d'Abbon.

Dom Mabillon ( *Annal. Bened. Tome III. Index* ) Dom Bouquet ( * *Tome VIII. page* 297. *Not.* D. ) & le Pere Barre dans ſon Hiſtoire d'Allemagne , ( *Tome III. page* 185. ) obſervent que le ſurnom de *Begue* n'a été donné au fils de Charles le Chauve qu'après ſa mort. Mais à quoi tend cette obſervation? Divers Hiſtoriens ont auſſi donné au même Prince le ſurnom de *Fainéant* , en latin *nihil* ſimplement , ( *Fragm. Hiſt. Pranc.* * Tome VIII. pag.* 297. ) ou *nihil fecit* ; ( *Chronic. S. Martini Turon.* * ibid. page* 316. ) & il eſt bien à croire que ce ne fut pas non plus de ſon vivant qu'on l'appella ainſi. Ces ſor-tes de ſurnoms tirez de quelque défectuoſité phyſique ou morale ne ſe donnent gueres publiquement à des Souverains qu'après leur mort ; & quoi qu'il en ſoit , la remarque , à ce qu'il paroît , n'eſt d'aucune utilité. Dom Mabillon dit encore ( *ibid. page* 221. ) à ce ſujet , *poſt ejus mortem Abbo Pratenſis Monachus abſolutè Balbum vocat.* Mais qu'entend-il par ce mot , *abſolutè* ? Veut-il dire qu'Abbon ne l'appelle que *le Begue* , & nullement *Louis* ? On voit ici bien expreſſément le contraire.

                    Odo
Inde movens callem, Germanica quis fibi regna
                                          in
Naviter acciperet temerè difquirere vadit
                                        rebelles
Clarus Odo, caftella petit, vincitque duelles;
  debinc                præfentiâ non gladio
Hincce fugat Carolum facie, cunctofque fequaces,
      fol
575 Delius ut pellit tenebras, ut Lucina atomos;
          Odo
Admittit humiles dudum cervice fuperbos.

Sermo quis effari poterit quoties fuga celfi

Arnulphi Induperatoris genitum tulit enfe

Odonis Cendebaldum poft terga tonante.
                              contra
580 Subfidium Caroli, virtus, fpes hic in Odonem;

Cujus ad obtutus audacia non tamen unquam
                                  Odoni
Applicuit: verùm nihil id requiei fuit illi.

En iterum mifero gemitu loquor affore fævos
  Paganos
Alllophylos; terram vaftant, populofque trucidant;
                          Odonis
585 Circumeunt urbes pedibus regnantis & ædes,

Ruricolas prendunt, nexant, & trans mare mittunt.

Rex audit nec curat Odo, per verba refpondit.

---

572. *vadit.* Dom Bouquet met un point après ce mot; & il ne met ni point
ni virgule après *Clarus Odo* qui fuit. On croit au contraire qu'il ne faut ni point
ni virgule après *vadit*, & qu'il faut un point & une virgule, ou du moins une
virgule après *Odo*.

575. *ut Lucinâ atomos.* La Déeffe Lucine ne peut être ici que la Lune;
mais on ne peut point dire qu'elle diffipe les atomes, fi ce n'eft qu'on ne les
voit point pendant la nuit, comme on les voit pendant le jour aux rayons du
Soleil.

579. *Cendebaldum.* C'eft Zuintibold, Duc de Lorraine, bâtard de l'Empereur Arnoul.

587. *refpondit.* Ceft-à-dire, *imò difertè dixit fe non curare.*

Anno 896. O quàm responsi facinus non ore dedisti

Tale tuo ! Dæmon certè proprium tibi favit :

590 Non tua mens procurat oves Christo tibi missas,

Longius ille tuum forsan nec curet honorem.

dicta   despecti

Hæc ubi fata receperunt probitate neglecti,

Exsultant hilares, barcas agitantque per omnes

Gallia queis amnes fruitur, terram pelagusque

potestate

595 In ditione tenent, totum tutore ferente.

Francia, cur latitas? vires narra, peto, priscas

Te majora triumphasti quibus atque jugasti

s. latet

Regna tibi; propter vitium triplexque piaclum.

superbia   turpis   pulchritudo

Quippe supercilium, Veneris quoque fœda venustas,

600 Ac vestis pretiosæ elatio, te tibi tollunt.

in tantum   vel   ut

Aphrodite adeo saltem quò arcere parentes

Haud valeas lecto, Monachas Domino neque sacras:

---

589. *proprium tibi favit.* Peut-être Abbon fait-il *Dæmon* du genre neutre comme *Dæmonium* ; peut-être aussi *proprium* se rapporte-t-il à *facinus*. Mais au lieu de *favit* on seroit bien tenté de substituer *flavit*. Au reste ce vers semble faire entendre qu'Eudes s'étoit servi de quelque expression indécente.

590. *missas.* C'est-à-dire *commissas.*

591. *nec curet.* C'est-à-dire *nec curabit.*

592. *probitate neglecti.* C'est une périphrase : *neglecti* ou *despecti à probitate* pour *improbi* ; & *improbi* sont les Normans. Dès que les Normans apprirent que le Roi Eudes avoit résolu de se tenir dans l'inaction, ils recommencerent leurs brigandages par tout le royaume.

601. *Aphrodite.* C'est Venus.

*parentes.* Les peres & les meres, c'est-à-dire en général les personnes mariées.

Anno 896.

Vel quid naturam, siquidem tibi sat mulieres
Despicis occurrant? agitamus fasque nefasque,

605 Aurea sublimem mordet tibi fibula vestem;
Efficis & calidam Tyriâ carnem pretiosâ;
Non præter chlamydem auratam cupis indusiari
Tegmine; decussata tuos gemmis nisi zona
Nulla fovet lumbos; aurique pedes nisi virgæ;

610 Non habitus humilis, non te valet abdere vestis.
Hæc facis: hæc aliæ faciunt gentes ita nullæ.
Hæc tria ni linquas, vires regnumque paternum;
Omne scelus super his Christi, cujus quoque vates
Nasci testantur Bibli: fuge, Francia, ab istis.

615 Psallere non tædet; desit tamen actus Odonis
Nobilis, is quanquam mulcet superas adhuc auras.
Flagito quò Positor possim per amœna Polorum
Hoste canas, lector, gratarier atria victo.

*Explicit secundus Parisiacæ urbis bellorum, Præsulisque
Germani miraculorum Libellus.*

---

603. 604. *quid naturam despicis?* C'est un reproche de Sodomie. On le voit par le reste de la phrase, *siquidem tibi sat mulieres occurrant.*
613. *Omne scelus &c.* Cette phrase est très-mal exprimée, & les mots *cujus quoque* y sont fort inutiles, puisque le sens de la phrase est *Vates Bibli Christi* (c'est-à-dire les Prophètes, ou en général les livres de l'Ecriture sainte) *testantur omne scelus nasci de his tribus vitiis.*
617. *Flagito &c.* La construction paroît être, *Lector, flagito quò canas* (ut ego) *positor possim hoste victo gratarier per atria amœna polorum.*

# ADDITIONS ET CORRECTIONS.

*P*age 2. *ligne* 9. Jacques du Breuil. *Depuis cette page inclusivement jusqu'à la page* 64 *ex-clusivement, on a toujours orthographié ainsi le nom de cet Auteur. C'est ainsi en effet qu'on le prononce : mais il est plus correct d'écrire du Breul sans i, comme on faisoit de son temps, & comme il faisoit lui-même.*

*Page* 26. *ligne* 3. *Après ces mots,* c'est-à-dire des Bains, *Ajoutez :* dont on voit encore aujourd'hui les restes rue de la Harpe, ou dans l'Hotel de Cluni proche les Maturins.

*Page* 122. *ligne* 7 *du texte en remontant :* tenu à Paris même. *Lisez :* tenu à Gentilly près de Paris.

*Page* 193. *ligne* 10 *du texte en remontant.* Bouillard. *Lisez* Bouillart.

*Page* 204. *ligne* 3 *du texte en remontant. Il y a là une méprise, Dom Bouillart dans l'endroit cité, ou plutôt à la page* 67, *fixe la mort de Hugues le Grand, comme on l'a fait dans ces Annales, au* 17 *Juin* 956. *Effacez donc ces mots,* Comment Dom Bouillart &c. *jusqu'à la fin de l'alinea.*

*Page* 213. *ligne* 4 *du texte en remontant. Ajoutez :* A l'égard de ce grand nombre d'Abbayes éteintes, du moins quant au titre Abbatial, au profit des Evêques de Paris, les Actes qui leur en ont transmis la propriété ne paroissant point, il est impossible de fixer les dates de ces diverses unions, comme on a fixé celle de l'Abbaye de S. Eloi. Cependant elles n'ont pas toutes subsisté jusqu'à nos jours. On a remarqué dans l'Histoire de l'Eglise de Meaux (*Tome I. page* 603.) que si Charles le Simple donna en 907 l'Abbaye de Rebais en Brie à Anschéric évêque de Paris, ce monastere n'en recouvra pas moins ses Abbez avant l'an 1000 ; & il en est de même de l'Abbaye de S. Martin des Champs, que le Roi Henri I a rétablie sous le gouvernement d'un Abbé.

*Page* 238. *ligne* 13 *des Notes. Ajoutez :* comme il paroît qu'il l'a fait plus bas au vers 604 dans le mot *illorum.*

*Page* 243. *Note sur le vers* 83. On a fait là un calcul, *qui toute réflexion faite doit être réformé ainsi :* Les Parisiens pendant la nuit exhausserent leur Tour de la moitié de sa hauteur précédente ; c'est-à-dire que si la veille elle avoit 30 pieds de haut, elle en eut 45 le lendemain matin. *De cette maniere on concilie facilement le dimidiæ de la Glose, avec le sescuplæ du texte. Les* 15 *pieds ajoutez sont la moitié en sus des* 30, dimidiæ, *& les* 45 *pieds, ou le total, sont une fois & demie les* 30, sescuplæ.

*Page* 245. *Note sur le vers* 103. *Ajoutez :* c'est sur la répétition consécutive de ce mot, *quosdam,* que tombe le mot *Epizeuxis,* que l'on lit à la marge du MS, comme on le lit encore à la marge du vers 184, où le Poëte a mis deux fois de suite *liber ;* car *epizeuxis* est le nom grec d'une figure de Grammaire, qu'on pourroit rendre en François par le mot *accouplement.*

*Page* 269. On a mal chiffré 195 le vers 395.

La page 271 est mal chiffrée 371.

*Page* 313. *Ajoutez en Note ce qui suit pour le mot* patiebatur *du vers* 231. Il y a dans l'édition de Dom Bouquet, & peut-être aussi dans les autres précédentes, que je n'ai pas actuellement sous les yeux, *patiebantur,* qui ne peut se rapporter qu'à *Pergama,* au lieu de *patiebatur* qu'on lit dans le MS, & qui se rapporte à *urbis,* comme le sens de toute cette phrase le demande nécessairement.

*Même page.* On a mis un accent sur le mot *amplium du vers* 244, *parce qu'il semble qu'il est pris ici adverbialement. Cependant il pourroit être adjectif du mot* aër ; *car plus bas, au vers* 369, aër *est certainement du genre neutre.*

TABLE

# TABLE
## *DES MATIERES.*

### A

ABbayes de Paris. Ste Aure. S. Barthélemi. Ste Croix. S. Denys. S. Eloi. Ste Génevieve; S. Germain l'Auxerrois. S. Germain des Prez. Les Haudriettes. *Peut-être* l'Hôtel-Dieu; S. Laurent. S. Magloire. S. Marcel. S. Martial. S. Martin des Champs. S. Merri. S. Paul; S. Pierre. S. Séverin. S. Victor. S. Vincent. *Voyez tous ces mots.*

Autres Abbayes hors de Paris, dans le Royaume, & hors du Royaume. Chelles. S. Cloud; Corbie. *Peut-être* Créteil. Gorze Hornbac. Jumiége &c. &c. *Voyez ces mots.*

Abbon, écrivain du IXe siecle : 129. 217. 218. Diverses éditions de son Poëme, & jugement tant sur l'Ouvrage même, que sur ces différentes éditions : 220 *& suiv.* Septieme & derniere édition : 225 *& suiv.*

Académie des Inscriptions & Belles-Lettres. (Mémoires de l') Faute dans un de ces Mémoires : 14.

Acatalectique, espece de vers latins & Grecs : 232.

Adélelme, évêque de Paris : 201.

Adélelme, évêque de Séez : 162.

Adélelme, Comte, neveu du Comte Robert surnommé en latin *Pharetratus*, se signale au fameux siége de Paris par les Normans : 180. 202. 273.

Adémar frere du Comte Adélelme, se signale contre les Normans : 185.

Adrien I, pape : 125.

Adulfe, évêque de Paris : 118.

Adventus, ou Aventin, évêque de Paris : 25.

Aganus, évêque de Dol : 206.

Agaune, dit depuis S. Maurice en Valais. (Abbez d') Voyez *S. Séverin.*

Agilbert, évêque de Paris : 105. Sa mort & sa sépulture : 108.

Aimoin de Fleury, (Continuateur d') Auteur critiqué : 61. 188.

Aimoin de S. Germain des Prez, écrivain du IXe siecle : 129. 142.

Airard, Abbé de S. Thierri : 210.

Alains ravagent la Bretagne : 205.

Alaric, roi des Wisigoths : 43.

Albéric, évêque de Paris : 203.

Albéric I, abbé de S. Germain des Prez : 191. 212.

Albéric II, abbé de S. Germain des Prez : 212.

Albéric, ancien Chroniqueur critiqué : 144.

Alcuin, moine célebre, passe d'Angleterre en France : 125. Il y fonde l'Ecole du Palais : 126.

S. Aldric, archevêque de Sens : 129.

Alédramne, Capitaine françois : 182. 324.

Alet. (Evêques d') Voyez *Sauveur.*

Alexandre, Empereur Romain : 24.

Alexandre III, Pape : 134.

Alise. Siége & prise de cette ville par les Romains : 7.

Allemans défaits par Jovin : 32.

Almenêche, Abbaye : 167.

Alpaide, Comtesse de Paris, fille de Louis le Débonnaire : 133.

Altorf. (Comtes d') Voyez *Conrad.*

Amalaire, Chorévêque de Lyon, & Précepteur de l'Ecole du Palais : 128.

Yy

Amalaric , roi des Wifigoths :     5*.

Amaltrude, femme d'Etienne , Comte de Paris :     132.

S. Amand, évêque de Maëftricht :     165.

S. Amand, ( Abbez de ) Voyez *Arnon.*

Amandiers : ( Rue des )     30.

Amblef : ( Bataille d' )     117.

Amelius, évêque de Paris :     50. 51. 52.

Amiens. ( Evêques d' ) Voyez *Bertefroi.*

Ammien Marcellin , ancien Auteur critiqué :     9.

Amphiloque , abbé ou de Ste Génevieve, ou de S. Denys, ou de S. Laurent :     50.

Amphithéâtre à Paris :     67.

Andelot. ( Traité d' )     79.

S. Andéol, chapelle , puis églife Paroiffiale fous le nom de S. André des Ars :     59. 60.

S. André des Ars, églife Paroiffiale : 38. 59. 60. 79. Etymologie de ce mot :     38.

Andrefy. Matelots de ce lieu , & leur flotte :     47.

Angelôme , moine de Luxeuil , & Précepteur de l'Ecole du Palais :     128.

S. Angilbert , abbé de S. Riquier :     125.

Angleterre : ( Miffion d' )     82.

Anjou ( Comtes d' ) Voyez *Hugues.*

    ( Hôtel des Comtes d' ) à Paris :     28.

Ste Anne , chapelle , puis églife Paroiffiale fous le nom de S. Jacques de la Boucherie :     214.

Anfchéric, évêque de Paris, & Chancelier de France : 182. 184. 185. 200. Sa mort :     196.
    *Voyez les Additions pour la page 213.*

Anfegife , Archevêque de Sens :     164.

Anfegife , abbé de S. Vandrille :     133.

Anfegife , pere de Charles Martel :     108.

S. Antoine : ( Rue )     71.

Antine, ( Dom Maur d' ) Auteur critiqué :     41. 57.

Apédeme , ou Apédien, évêque de Paris :     29.

Aquéducs de Paris. Voyez *Arcueil.*

Aquila. Voyez *Arnon.*

S. Aquilin , martyr de Milan :     104.

Aquitaine. ( Rois d' ) Voyez *Aribert. Carloman. Charles. Louis. Pepin.*

Archevêques. Voyez *Evêques.*

Archidiacres de Paris :     158.

Archiprêtrez de Paris. Voyez *S. Séverin* paroiffe.

Arcueil : ( Aquéduc d' )     13. 14.

Ardens , ( maladie des ) ou du feu facré :     203.

Arênes : ( clos des )     67. 68.

Aribert , ou Charibert II , roi d'une partie de l'Aquitaine :     64. 87.

Arles. ( Evêques ou Archevêques d' ) Voyez *S. Trophime.*

Armoiries de Paris, anciennes & nouvelles :     46. 47.

Arnon, dit auffi Aquila, abbé de S. Amand, puis évêque de Saltzbourg, frere du célebre
    Alcuin :     125.

S. Arnoul de Metz , Abbaye :     125. 140.

Arnoul, roi de Germanie, puis Empereur :     186. 912.

Arfis , ( S. Pierre des ) chapelle , puis églife paroiffiale :     38. 39. 89. 200.

    ( Rue des )     38.

Artéfiens dans la Grande Bretagne :     3.

Afcelin , évêque de Paris :     203.

Attila , roi des Huns :     34.

Aubri-le-Boucher : ( Rue )     40.

Audebert, évêque de Paris :     86. 95.

Auguftins : ( Quai des )     153. 177.

Ste Aure, abbeffe : 89. Sa mort : 104. Sa tranflation :     105.

    ( Abbaye de )     89. 93. 200.

    ( Abbeffes de )     89. 159.

S. Aurele , martyr. Son corps apporté à Paris :     150. 155.

Aurele, (Marc) Empereur Romain : 14.
Aurélien, Empereur Romain : 24.

### Auftrafie. ( Rois d' )

| Ordre Chronologique. | Ordre Alphabétique. |
|---|---|
| Thierri I. Théodebert I. Théodebald ou Thibaud. Sigebert I. Childebert II. Théodebert II. Thierri II. Dagobert I. Sigebert II. Childebert *ufurpateur*. Childéric II. Dagobert II. Clovis III , & Clotaire IV, *phantômes de rois*. | Childebert II. Childebert , *ufurpateur*. Childéric II. Clotaire IV , & Clovis III , *phantômes de rois*. Dagobert I. Dagobert II. Sigebert I. Sigebert II. Théodebald ou Thibaud. Théodebert I. Théodebert II. Thierri I. Thierri II. |

( Ducs ou Gouverneurs d' ) Voyez *Charles Martel, Martin, Pepin de Herftal.*

S. Auftremoine , évêque d'Auvergne ou de Clermont : 15.
Authaire I , abbé de S. Germain des Prez : 60. 61.
Authaire II , abbé de S. Germain des Prez : 110. 113.
Authaire III , abbé de S. Germain des Prez : 119.
Auvergne. (Évêques d' ) Voyez S. *Auftremoine.*
Auxerre. ( Evêques d' ) Voyez S. *Germain. Optat. S. Valérien.*
( Comtes d' ) Voyez *Conrad.*
Aventin. Voyez *Adventus.*

## B

Abon I, abbé de S. Germain des Prez : 109.
Babon II , abbé de S. Germain des Prez : 118.
Badaud. Etymologie de ce mot : 72.
Bagaudes : ( Château des ) 72. 95.
Bains de Céfar : ( Rue des ) 26.
Baluze , ( Etienne ) Auteur critiqué : 134. 135. 138.
Baptiftere de l'Eglife de Paris : 112.
Barillerie : ( Rue de la ) 89.
Bark-shire , Canton dans la Grande Bretagne : 3.
Barque , ou Bateau , anciennes Armes de la Ville de Paris : 46. 47.
Barre , ( le Pere ) Auteur critiqué : 163. 164. 293. 294. 299. 348.
Barre-du-Bec : ( Rue ) 71.
Barres : ( Rue des ) 71.
S. Barthélemi, chapelle du Palais dans la Cité , & églife collégiale , puis abbatiale, puis fimplement paroiffiale : 188. 190. 207. 112.
Batailles ; d'Amblef : 117. de Dormelle : 82. d'Etampes : 83. de Montfaucon en Argonne : 185. 340. de Paris, ou près de Paris : 6. 32. de Soiffons : 117. 199. de Tertri : 109. de Troci : 81. de Vinci : 117. de Vouillé : 43.
Bateau , ou Barque , anciennes Armes de la Ville de Paris : 46. 47.
Ste Bathilde , reine de France , femme de Clovis II : 102. Sa mort & fa fépulture : 108.
Baudets , ou Baudoyer : ( Porte ) 28. 71. 72. Etymologie de ce nom : 72.
S. Bauld , folitaire : 94.
Baviere. ( Ducs de ) Voyez *Taffilon.*
Bayeux. ( Evêques de ) Voyez *Hugues.*
Bede , ( le vénérable ) Auteur critiqué : 103 105.
Bégon , ou Bigon , ou Picopin , Comte de Paris : 133.
Belges dans la Grande Bretagne : 3.
Belleville , montagne près de Paris : 189. Sa fontaine : 10.
Benoit VII , Pape : 134. 213.
Bercaire , Maire du Palais : 109. 110.
Bernard , roi de Lombardie : 133.
Bernecaire , évêque de Paris : 118.
Bernier , Doyen de Ste Génevieve de Paris : 156.

Berte, ou Bertrade, reine de France, femme de Pepin le Bref: **122.** sa mort & sa sépulture: 126.

Bertefroi, évêque d'Amiens : 103.

S. Bertin, Abbaye : 121. 122.
    ( Abbez de ) Voyez *Hilduin.*

Bertrade. Voyez *Berte.*

Bertran, évêque du Mans : 68.

Bertrude, reine de France, femme de Clotaire II. Sa mort & sa sépulture : 85.

Besly, ( Jean ) Auteur critiqué : 64. 347.

Beverley, Bourg de la Grande Bretagne : 3.

Beuf, ( l'Abbé le ) Auteur critiqué : 2. 28. 43. 53. 54. 71. 72. 74. 79. 87. 147. 152. 156. 157. 162. 170. 314.

Bievre, riviere : 5. 9. 10. 13.
    ( Rue de ) 78.

Bigon, Voyez *Bégon.*

Bilichilde, reine de France, femme de Childéric II. Sa mort & sa sépulture : 107.

Billettes ( Rue des ) 71.

Binius, Auteur critiqué : 137.

Blaye. ( prétendu Comte de ) Voyez *Roland.*

Blidégisile, Diacre ou Archidiacre de l'Eglise de Paris : 95.

Blois. ( Comtes de ) Voyez *Thibaud.*

Bois, ( Gérard du ) Auteur critiqué : 32. 49. 57. 96. 104. 105. 130. 138. 144. 189. 200. 205. 311. 322. 334. 340. 341.

Bollandistes, Auteurs critiquez : 17. 69. 90. 97. 124. 116. 193. 327.

Bonamy, Auteur critiqué : 53. 114. 145.

S. Bond, chapelle : 94.

S. Boniface, archevêque de Mayence : 121.

Bos, ( l'Abbé du ) Auteur critiqué : 33. 34. 35. 47. 65.

Bouchet, ( Jean du ) Auteur critiqué : 221 *& suiv. jusqu'à la fin du volume.*

Bouillart, ( Dom Jacques ) Auteur critiqué : 51. 144. 188. 190. 193. 209. 250. 251. 254. 281. 285. 295. 297. 300. 304. 310. 311. 318. 320. 321. 322.

Boulay, ( César Egasse du ) Auteur critiqué : 42. 90. 126. 150. 151. 194. 195. 209. 211. 226. 314. 319. 320.

Bouquet, ( Dom Martin ) Auteur critiqué : 34. 37. 41. 53. 80. 96. 104. 129. 132. 149. 163. 171. 185. 198. 208. 212. 222. *& suiv. jusqu'à la fin du volume.*

Bourgeois de Paris. Ancienne signification de ce mot : 44.
    ( Parloir des ) Voyez *Parloir.*

Bourgogne. ( Rois de ) Voyez *Carloman. Childebert. Clotaire. Gontran. Thierri.* Voyez aussi *Rois de Neustrie,* & *Rois d'Orléans.*
    ( Ducs de ) Voyez *Richard.*

Bourgogne transjurane. ( Rois de la ) Voyez *Rodolfe.*

Bretagne ravagée par les Danois &c. 205.
    ( Roi prétendu de ) Voyez *Nominoé.*

Breul, ( Dom Jacques du ) Auteur critiqué : 2. 31. 42. 45. 46. 56. 57. 93. 97. 100. 131. 161. 189. 193. 207. 221. *& suiv. jusqu'à la fin du volume.* Sa mort : 85.

S. Brice, église à Tournai : 40.

Brice, ( Germain ) Auteur critiqué : 43. 71. 100. 282.

Briçonnet ( le Cardinal ) abbé de S. Germain des Prez : 12.

Brillet, ( le Clerc du ) Auteur critiqué : 78.

Brunehaut, reine de France, femme de Childebert II. 81. 84.

Bruyeres, Abbaye : 106.

Bucherie : ( Rue de la ) 54. 74. 78. 79.

Burchard, Comte de Corbeil & de Melun, Vicomte de Paris : 212. 213.

## C

Cachant, lieu près de Paris. Ses eaux : 13.

Cagliari. ( Evêques de ) Voyez *Lucifer.*

Calendre, ( Rue de la ) ou des Herbiers :  31. 89.

Camp fixe à Paris :  27. 28.

Camulogene, Gaulois, défend la ville de Paris contre les Romains. Ses troupes font taillées en pieces, & il est tué dans le combat :  4. 6.

Cange, ( Charles du Fresne-du-) Auteur critiqué :  231. 301. 328. 331. 332.
    Continuateurs de son Glossaire latin critiquez :  147. 148. 328.

Capital, ancien nom du Recteur de l'Université de Paris :  151.

Cardinaux : Voyez Briçonnet.

Carloman, fils de Charles-Martel, gouverne l'Austrasie en souverain :  120.

Carloman, fils de Pepin le Bref : 121. Roi de toute la partie orientale de la France :  124.

Carloman, fils de Louis le Begue, roi de toute la Monarchie conjointement avec son frere Louis III ; puis roi de Bourgone & d'Aquitaine, seul ; & enfin roi de toute la Monarchie, seul : 164. 166. Sa mort & sa sépulture :  167.

Carmélites du fauxbourg S. Jacques :  10.

Carrieres de Paris :  3.

Catalectique, espece de vers latins & Grecs :  232.

Catalogues d'évêques trop peu anciens pour être authentiques :  80.

Cathédrale de Paris : 112. 29. 56. Ses Patrons : 29. 111. 112. Son cloitre : Voyez Cloître. Eglises qui en faisoient anciennement partie : Voyez S. Etienne. S. Jean Partage des biens de cette Eglise entre l'évêque & les chanoines :  137. 138.

Catolocus, ou Catolocensis & Catulliacus vicus, lieu du martyre de S. Denys évêque de Paris :  22. 88.

Ceinture de S. Eloi, Quartier de Paris dans la Cité :  89.

S. Céraune, évêque de Paris :  84.

Cercueils & tombeaux anciens découverts à Paris :  28. 30.

Cérès, Divinité payenne :  10.

César, ( Jules ) Empereur Romain ; s'il a rebâti la ville de Paris : 7. Il pille des Temples dans la Gaule :  11.

Chaillot, village près de Paris :  22.

Challon sur Saône : ( troisieme Concile de )  95.

Champeaux, ancien nom d'un Quartier considérable à Paris :  71. 162.

Chanceliers de France. Voyez Anschéric. Ebles.

Chanceliers de Ste Géneviève & de l'Université ; leur origine :  196.

Chantilly, & route de Chantilly :  23. 88.

Chapelle, ( la ) village près de Paris :  39.

Chapelles dans Paris. Voyez S. Andéol. S. Bond. S. Christophe. Ste Colombe. Ste Crescence. S. Georges. Haudriettes. S. Jean-Baptiste. S. Julien. S. Leufroi. S. Martial. S. Martin. S. Michel. S. Nicolas. Notre-Dame. S. Pierre. S. Yves.

Chapitre. Ancien usage de ce mot dans les Collégiales séculieres :  158.

Charibert I, Roi de Paris : 49. 63. Sa mort & sa sépulture :  64.

Charibert II, ou Aribert, roi d'une partie de l'Aquitaine :  64. 87.

Charles I, ou Charlemagne, assiste à la translation de S. Germain : 121. Devient roi de toute la partie occidentale de la France : 124. Fonde des Ecoles publiques, qui ont été l'origine de l'Université : 126. Est fait Empereur : 130. Sa mort & sa sépulture :  132.

Charles II, dit le Chauve, roi d'Aquitaine, puis de toute la France, & ensuite Empereur : 137. 138. 139. 140. 141. 144. 145. 149. 160. Sa mort & sa sépulture :  161.

Charles III, dit le Simple, roi de France : 168. 190. 191. 194. 197. 198. 199. Sa mort & sa sépulture : 201. Trois époques différentes de son regne :  191. 192. 197.

Charles le Gros, Empereur & Régent du Royaume de France peudant la minorité de Charles le Simple : 162. 168. Il vient au secours des Parisiens assiégez par les Normans, & conclut avec ceux-ci un traité honteux : 182. Il est abandonné de ses sujets. Sa mort & sa sépulture :  184.

Charles, Duc de Lorraine, frere du roi Lothaire :  214.

Charles Martel se fait élire Duc d'Austrasie, & défait le roi Chilpéric II en trois batailles : 117. Gouverne tout l'Etat en Souverain : 119. Sa mort & sa sépulture :  120.

Charpentier, ( le Pere ) Auteur critiqué :  41. 143.

Chartres. ( Evêques de ) Voyez Lubin.
    ( Faux évêque de ) Voyez Domitien.

## 358      T A B L E

( Comtes de ) Voyez *Thibaud. Uddon.*

Châsses de S. Germain , évêque de Paris , de Ste Géneviève , de S. Cloud , & de S. Marcel. Voyez *ces mots.*

Chaftelain ( Claude ) Auteur critiqué :        31. 106. 150. 208. 209.

Châteaudun. ( évêque de ) Voyez *Promotus.*

Châtelets de Paris :        7. 8. 66. 70.

     Grand Châtelet :        7. 8. 66.

     Petit Châtelet :        7. 66.

Chatou , village près de Paris :        23.

Chédelmar , ou Thédelmar , abbé de S. Germain des Prez :        115.

Chelles , Abbaye :        108.

Chefne ( André du ) Auteur critiqué : 221. *& fuiv. jufqu'à fin du volume.*

     ( François du ) Auteur critiqué :        152. 190. 258. 300.

Childebert I , roi de Paris : 48. 51. 52. 90. Ses jardins : 26. 28. Sa mort & fa fépulture : 57. *& fuiv.*

Childebert II , roi d'Auftrafie , de Bourgogne , & de Paris en partie : 65. 76. 79. 80. 81. Sa mort :        81.

Childebert III , roi de France : 113. Sa mort & fa fépulture :        116.

Childebert , ufurpateur du Royaume d'Auftrafie , fils de Grimoald Maire du Palais : 101.

Childeran , abbé de S. Germain des Prez :        109.

Childéric I , roi des Francs : 34. 35. 36. Se rend maître de Paris : 37. Sa mort & fa fépulture :        40.

Childéric II , roi d'Auftrafie : puis de toute la Monarchie : 102. 106. Sa mort & fa fépulture :        107.

Childéric III , roi de France : 121. Eft dépofé : 121. Sa mort & fa fépulture :        122.

Chilpéric I , roi de Soiffons & de Paris en partie : 63. 65. 66. 67. 69. 70. 74. Sa mort & fa fépulture :        75.

Chilpéric II , roi de France : 117. Sa mort & fa fépulture :        118.

Choify , ( S. Etienne de ) Monaftere :        116.

Chorévêques en France ; quand abolis :        144.

     de Paris. Voyez *Landri.*

Chrétiens à Paris & à Touloufe avant l'arrivée de leurs premiers évêques :        21.

Chriftianifme établi dans les Gaules :        14 *& fuiv.*

*Chriftivilus.* Signification de ce mot :        110. 411.

S. Chriftophe , martyr ; pourquoi repréfenté comme un géant à l'entrée de diverfes églifes , & portant l'enfant Jéfus fur fes épaules :        111.

S. Chriftophe , chapelle de l'Hôtel-Dieu de Paris , érigée depuis en églife paroiffiale , qui ne fubfifte plus :        97 *& fuiv.* 110. 138.

Chrodegang , évêque de Metz :        122.

Chrodobert , ou Robert , évêque de Paris :        103.

Cimetieres de Paris. Un fur la montagne Ste Géneviève : 30. Celui des Innocens : 71. Celui de l'Abbaye de Ste Aure à S. Paul : 91. Celui de l'Abbaye de S. Magloire : 212. Un des Juifs :        73.

Cirque à Paris :        67.

Cité ou ancien Paris , Quartier qui comprend toute l'île où font fituez le Palais & la Cathédrale 4. 5. 26. 27. 70. Voyez *Iles.*

Citoyens de Paris. Ancienne fignification de ce mot :        44.

Claude , Précepteur de l'Ecole du Palais , puis évêque de Turin :        128.

S. Clément , Pape :        16 *& fuiv.*

S. Clément , ancien nom de l'églife collégiale de S. Marcel :        31.

Clément , Précepteur de l'Ecole du Palais :        125.

Clermont en Auvergne. ( Evéques de ) Voyez *Auftremoine.*

Clodion , roi des Francs :        35.

Clodoald. Voyez *Cloud.*

Clodomir , roi d'Orléans :        48.

Clodulfe , évêque de Metz :        108.

Cloître de la Cathédrale fermé de murs :        197. 213.

Cloîtres de diverfes autres églifes de Paris. Voyez *les noms de ces églifes.*

Clotaire I, roi de Soiſſons, puis de toute la Monarchie : 48. 52. 62. Sa mort : 63.

Clotaire II, roi de Soiſſons, puis de Paris en partie, & de toute la Monarchie : 76. 81. 83. 84. Sa mort & ſa ſépulture. : 86.

Clotaire III, roi de toute la Monarchie, puis de Neuſtrie & de Bourgogne ſeulement : 102. Sa mort & ſa ſépulture : 106.

Clotaire IV, roi d'Auſtraſie intrus : 117. Sa mort : 118.

Ste Clotilde, reine de France, femme de Clovis I. 41. 48. Sa mort & ſa ſépulture : 50.

S. Cloud ou Clodoald, fils du roi Clodomir, ſe fait moine : 49. Eſt ordonné Prêtre : 56. Sa châſſe eſt portée à la Cathédrale pour la ſouſtraire aux Normans ; 169. Puis reportée dans ſon égliſe : 188.

S. Cloud, Abbaye près de Paris : 188. 213.

Clovis I, roi de France : 40. 41. 43. Sa mort & ſa ſépulture : 47. 63.

Clovis II, roi de Neuſtrie, puis de toute la Monarchie : 94. Sa mort & ſa ſépulture : 102.

Clovis III, roi de France : 112. Sa mort : 113.

Clovis III, roi d'Auſtraſie intrus : 107.

Clovis, fils du roi Chilpéric I. Sa mort & ſa ſépulture : 69.

Cluni. ( Abbez de ) Voyez Odon.

( Hôtel de ) à Paris. Voyez les Additions pour la page 26.

Cointe, ( le Pere le ) Auteur critiqué : 51. 55. 56. 58. 59. 61. 69. 82. 85. 89. 101. 103. 105. 109. 117. 118. 119. 122. 123.

Colléges de Paris. Voyez Graſſins.

Collégiales de Paris. Voyez S. Barthélemi. S. Clément. S. Denys du Pas. S. Etienne des Grès. Ste Géneviève. S. Germain l'Auxerrois. S. Marcel. S. Merri. Ste Opportune.

Cologne. ( Concile de ) 25.

Ste Colombe de Sens, Abbaye : 103.

Ste Colombe, égliſe ou chapelle à Paris : 93.

S. Côme, égliſe paroiſſiale à Paris : 60.

Commerce de Paris : 9. 13. 14.

Communautez eccléſiaſtiques ſéculieres à Paris. Voyez Doctrine Chrétienne.

Compagnie Françoiſe : 44. 45.

Comte & Conſul, mots ſynonymes : 240.

Comté de Paris : 190. 199.

Comtes d'Anjou, de Blois &c. Voyez ces mots.

Comtes du Palais : 710. Voyez Hilmerad.

Comtes de Paris : 43 & ſuiv. 116. 190. Voyez Bégon. Conrad. Eggebart. Erchinoald. Etienne. Eudes. Gairefroi. Gairin. Gérard. Hugues. Robert.

Comteſſes de Paris. Voyez Alpaïde. Amaltrude.

Conciles de Paris. I. 29. II. 55. III. 56. IV. 65. V. 68. VI. 84. VII. 122. VIII. 137. IX. 137. X. 143. XI. 144.

Conciles de Ratiſbonne, de Sardique &c. Voyez ces mots.

Conrad I, Comte d'Auxerre & d'Altorf : 156.

Conrad II, Comte de Paris : 163. 164. Sa mort : 164.

Conſtance, Empereur Romain : 26. 27.

Conſtance Chlore, Empereur Romain : 24.

Conſtance, ou Conſtantin, évêque de Paris : 204.

Conſtance, Hiſtorien de S. Germain d'Auxerre : 17.

Conſtant, Empereur Romain : 26.

Conſtantin I, Empereur Romain : 24. 26.

Conſtantin II, Empereur Romain : 26.

Conſtantin, évêque de Paris. Voyez Conſtance.

Conſul & Comte, mots ſynonymes : 240.

Corbeil, lieu près de Paris : 6. 158.

( Comtes de ) Voyez Burchard.

Corbie, Abbaye : 103.

Cordemoy, ( Géraud de ) Auteur critiqué : 170. 252. 255. 256. 259. 282. 283. 286. 295. 304. 311. 312.

S. Corneille de Compiegne, Abbaye : 164.

Cornette, à l'armée. Etymologie de ce mot : 250.

## TABLE

360

Corrozet , ( Gilles ) Auteur critiqué :      13. 100.

Coupegueule : ( Rue )      26.

Couvens de Paris. Voyez *Carmélites. Doctrine Chrétienne. Jacobins. Maturins.* Voyez encore *Abbayes & Prieurez.*

Ste Crefcence, vierge, & chapelle en fon nom à Paris :      54. 55.

Créteil , village au-deffus de Paris, & peut-être Abbaye :    97 & *fuiv.* 110. 111. 194.

Croix-S. Leufroi. ( Abbaye de la ) Ses religieux réfugiez à Paris : 193. Ce monaftere eft uni à celui de S. Germain des Prez , puis défuni :      198.

               ( Abbez de ) Voyez *Leufroi.*

Ste Croix , ( Rue ) dans la Cité :      89.

Cures de Paris. Leur ancienneté : 167. Voyez *Paroiffes.*


## D

Dagobert I , roi d'Auftrafie, puis de toute la Monarchie : 87. 90. Sa mort & fa fépulture :      22. 94.

Dagobert II , roi d'Auftrafie : 106. Sa mort :      108.

Dagobert III , roi de France : 117. Sa mort & fa fépulture :      117.

Dagobert , fils du roi Chilpéric I. Sa mort & fa fépulture :      69.

Dagobert , fils du roi Childéric II. Sa mort & fa fépulture :      107.

Danemark. ( Rois de ) Voyez *Horic.*

Daniel , premier nom du roi Chilpéric II.      117.

Daniel , ( le Pere ) Auteur critiqué : 35. 163. 171. 244. 251. 252. 255. 258. 267. 275. 282. 297. 298. 307. 314. 318. 330. 337. 342. 343.

Danois , ravagent la Bretagne : 205. Voyez *Normans.*

Débordemens de la Seine à Paris. I. 73. II. 135. III. 135. IV. 176.

Dece , ou Decius, Empereur Romain :      19.

Défenfeurs de Cité à Paris , & ce que c'étoit :    7. 8. 13. 44. 45.

Dégrez ( petits ) lieu à Paris fur le bord de l'eau :      79.

Déires ravagent la Bretagne :      205.

S. Denys l'Aréopagite :      15.

S. Denys, premier évêque de Paris. Sa miffion dans les Gaules : 14 & *fuiv.* Son martyre : 21 & *fuiv.* Tranflation de fes reliques :      87.

S. Denys, églife & Abbaye au fauxbourg de Paris :   23. 39. 40. 146. 147. 173. 174. 182.

               ( Abbez de ) Voyez *Amphiloque. Dodon.*

               ( Rivage de )      147. 180.

La même Abbaye transférée à deux lieues de Paris, à l'endroit où elle eft aujourd'hui fous le nom de S. Denys en France :      88. 147.

               ( Abbez de ) Voyez *Ebles. Fardoul. Hilduin. Hugues. Louis. Robert.*

S. Denys de la Chartre , églife priorale à Paris :      93.

S. Denys du Pas , églife collégiale & paroiffiale à Paris :      22.

S. Denys : ( Rue )      71.

Déodefroi ou Théodefroi, évêque de Paris :      122.

Defpautere, ( Jean ) Auteur critiqué :      230. 231. 232.

Didier, abbé de S. Germain des Prez : 83. Sa mort :      85.

Diocefes de Paris & de Meaux détachez l'un de l'autre :      32.

Dioclétien, Empereur Romain :      24.

Divitiac , roi de Soiffons :      4.

Doctrine Chrétienne : ( les Peres de la )      67.

Dodon, abbé de S. Denys de Paris :      86.

Dodon, Comte, faux abbé de Ste Génevieve :      122. 123.

Dol. ( Evêques de ) Voyez *Aganus. Sanfon. Thuriaf.*

Domitien , faux évêque de Chartres :      57. 58.

S. Domnole, abbé de S. Laurent à Paris, puis évêque du Mans :      62.

Dormelle : ( Bataille de )      82.

Doublet, ( Dom Jacques ) Auteur critiqué :      16.

Dragon, ou Serpent de S. Marcel :      30.

Drapperie : ( Rue de la vieille )      89.

                                            Draufin,

Draufin, évêque de Soiſſons : 104.
S. Droctovée, abbé de S. Germain des Prez : 60. 61. 62. Sa mort & ſa ſépulture : 69.
Ducs d'Auſtraſie, de France, de Lorraine, de Saxe &c. Voyez ces mots.

## E

Eau de Paris : ( Marchands de l' ) 44.
Ebles, abbé de S. Germain des Prez, de S. Denys en France, & de S. Hilaire de Poitiers, &
   Chancelier du Royaume : 167. 172. 173. 175. 178. 179. 180. 183. 187. Sa mort : 190.
Ebon, archevêque de Reims : 139.
Ebroin, évêque de Poitiers, abbé de S. Hilaire de Poitiers, de S. Maur de Glanfeuil, & de S.
   Germain des Prez : 141. Sa mort : 144.
Ebroin, Maire du Palais : 103. 106. 107. Sa mort : 108.
Echevins de Paris. Deux ſignifications de ce mot ; 131.
Ecole : ( le Port & le Quai de l' ) 126. 196.
Ecoles publiques de Paris : 195. 196.
   A la Cathédrale : 66. 67. 127. 195. 196.
   Au Palais : 125. 126. 145. 195.
   A S. Germain des Prez : 129. 195.
   A Ste Génevieve : 127. 130. 195. 196.
   A S. Germain l'Auxerrois : 130. 195. 196.
Ecrivains : ( Rue des ) 134.
Ega, Maire du Palais de Neuſtrie : 95.
Eggébart, peut-être Comte de Paris : 133. 139.
Egliſes de Paris. Voyez Cathédrale. Abbayes. Prieurez. Collégiales. Couvens. Communautez
   ſéculieres. Séminaires. Paroiſſes. Succurſales. Hôpitaux. Colléges. Chapelles.
Egliſes de Paris érigées en titres de bénéfices : 167.
S. Eleuthere, diacre & martyr, compagnon de S. Denys : 21.
Eleuthere, pere de S. Germain évêque de Paris : 66.
Eliſiard. Voyez Liſiard.
S. Eloi, évêque de Noyon ; 89. 91. 93.
S. Eloi, Abbaye à Paris : 89. 93. 105. donnée à l'évêque de Paris : 159. 213.
   ( Ceinture de ) 89.
   ( Cenſive de ) 71.
   ( Grange de ) 91.
Emme, reine de France, femme du roi Lothaire : 214.
Emmon, évêque de Sens : 103.
Empereurs d'Allemagne. Voyez Arnoul. Charles. Lothaire. Louis. Otton.
Empereurs Romains. Voyez Alexandre. Aurele. Aurélien. Céſar. Conſtance. Conſtant. Conſtan-
   tin. Dece. Dioclétien. Gratien. Julien. Magnence. Maxime. Sévere. Valentinien.
Enceintes de Paris. Premiere Enceinte, qui fut celle de la Ville proprement dite, ou de la
   Cité : 9. 37. Seconde Enceinte, qui renfermoit une partie des fauxbourgs, tant du côté
   du nord, que du côté du midi : 77. 78. 153. Troiſieme Enceinte du côté du midi : 70. 153.
Enée, évêque de Paris : 150. 158. Sa mort : 159.
Enfans trouvez, Hôpital : 98.
Engelwin. Voyez Ingelwin.
Erchanrad I, évêque de Paris : 124. 130.
Erchanrad II, évêque de Paris : 138. Sa mort : 146.
Erchinoald, Maire du Palais, & peut-être Comte de Paris : 95. 97. Sa mort : 103. Statue
   dans le parvis de la Cathédrale, qu'on croit être la ſienne : 97.
Eric, ou Heiric d'Auxerre, ſavant du IXe ſiecle : 145.
Erigene. Voyez Scot.
Ermanfroi, évêque de Paris : 130.
Ermengarde, ou Hirmingarde, reine de France, femme de Louis le Débonnaire ; ſa mort : 133.
Ervé, célebre Chevalier François mis à mort par les Normans ; 177.
Eſpagne. ( Rois en ) Voyez Leuvigilde.

Esus, Divinité Gauloise :                         10.
Etampes : ( Bataille d' )                        83.
Etienne II , Pape :                            122.
Etienne , Comte de Paris :                  131.132.
S. Etienne, ou S. Etienne le vieux , ancienne église de Paris faisant partie de la Cathédrale, qui par cette raison a été quelquefois désignée sous ce nom : 111. 132. 133. 138. Voyez Cathédrale.
S. Etienne des grès , église collégiale :         30. 146. 147. 148.
S. Etienne du mont , église paroissiale :             152.
Etole, ou Tunique de S. Vincent :                 51.
Eudes , Comte de Paris: 165. 168. 172. 173. 175. 178. 179. 180. Roi de France : 184. 285. 186. 187. 188. 189. 190. 191. Sa mort & sa sépulture :            192.
Eudes ou Odon à la main de fer :                292.
Eusebe I , évêque de Paris :                   55. 56.
Eusebe II , évêque de Paris :                  79. 80.
Eusébie , mere de S. Germain évêque de Paris :      66.
S. Euverte, évêque d'Orléans :                  31.

Evêques de Paris.

| Ordre Chronologique. | Ordre Alphabétique. |
|---|---|
| S. Denys. Mallon. Massus. Marc. Adventus, ou Aventin. Victorin. Paul. Prudent , ou Prudence. S. Marcel. Vivien. Félix , ou plustôt Vilic. Flavien. Ursicin. Apédême, ou Apédien. Héraclius, Probat. Amélius. Saffarac. Eusebe I. S. Germain. Ragnemode. Eusebe II. Faramode. Simplice. S. Céraune. Leudebert. Audebert. S. Landri. Chrodobert, ou Robert. Sigobrand. Importun. Agilbert. Sigofroi, ou Sigefroi. Turnoald. Adulfe. Bernechaire. S. Hugues. Merseid. Fédol. Radbert , douteux. Ragnecapt. Madalbert. Déodefroi , ou Théodefroi. Erchanrad I. Ermanfroi. Inchad. Erchanrad II. Enée. Ingelwin, ou Engelwin. Gozlin , ou Gozlen. Anschéric. Théodulfe. Fulrad. Adélelme. Gautier I. Albéric. Constance, ou Constantin. Garin. Renaud. Lisiard , ou Elisiard. . . . . Ascelin. | Adélelme. Adventus, ou Aventin. Agilbert. Albéric. Amélius. Anschéric, Apédême, ou Apédien. Ascelin. Audebert. Bernechaire. S. Céraune. Chrodobert , ou Robert. Constance, ou Constantin. S. Denys. Déodefroi, ou Théodefroi. Elisiard , ou Lisiard. Enée. Engelwin, ou Ingelwin. Erchanrad I. Erchanrad II. Ermanfroi. Eusebe I. Eusebe II. Faramode. Fédol. Félix, ou plustôt Vilic. Flavien. Fulrad. Garin. Gautier I. S. Germain. Gozlin, ou Gozlin. Héraclius. S. Hugues. Importun. Inchad. Ingelwin , ou Engelwin. S. Landri. Leudebert. Lisiard, ou Elisiard. Madalbert. Mallon. Marc. S. Marcel. Massus. Merseid. Paul. Probat. Prudence, ou Prudent. Radbert , douteux. Ragnecapt. Ragnemode Renaud. Saffarac. Sigobrand. Sigofroi, ou Sigefroi. Simplice. Théodefroi , ou Déodefroi. Théodulfe. Turnoald. Ursicin. Victorin. Vilic. |

Evêques, ou Archevêques de Reims , de Sens, de Tours &c. Voyez ces mots,
Evrard , Archevêque de Sens , sa mort :             300.

F

Famine à Paris:                            96.
Faramode, évêque de Paris :                  79. 80.
Fardoul, ou Fardulfe , abbé de S. Denys en France :    131.
Fauchet, ( le Président ) Auteur critiqué : 75. 172. 223. 243. 251. 267. 271. 273. 311. 312. 315. 317. 324. 334. 336. 340. 342. 343.
Fauxbourgs de Paris :     4. 5. 9. 26. 27. 28. 32. 33. 78. 79.
      Fauxbourg de S. Germain l'Auxerrois :       154.
      Fauxbourg S. Victor :                    67.
Fédol, évêque de Paris :                      119.
Félibien, ( Dom Michel ) Auteur critiqué : 7. 29. 39. 41. 49. 55. 57. 59. 60. 63. 68. 71. 87. 90. 96. 98. 105. 116. 134. 137. 138. 146. 147. 152. 157. 159. 162. 171. 182. 187. 190.

198. 199. 200. 201. 203. 204. 206. 254. 256. 259. 282. 295. 309. 318. 330. 335. 340.
343.
Félix, faux évêque d'Orléans:                                            57. 58.
Félix, faux nom d'un évêque de Paris. Voyez *Vilic.*
Félix, Doyen de Ste Génevieve de Paris :                                 156.
Ferrieres en Gâtinois, Abbaye :                                          164.
    (Abbez de) Voyez *Loup.*
Fescenninus, (Sifinnius) Préfet à Paris :                                24.
Feu facré, maladie à Paris :                                             203.
Févres : (Rue aux)                                                      89.
Figuiers cultivez à Paris :                                             26.
Filles de l'Archevêque; églifes collégiales, auxquelles on donne ce nom. Voyez *S. Germain l'Auxerrois. S. Marcel. Ste Opportune.*
Filles du Chapitre, églifes collégiales, auxquelles on donne ce nom. Voyez *S. Etienne des grès. S. Merri.*
Flavien, évêque de Paris :                                              29.
Flotte deftinée à garder la riviere de Seine :                          47.
Foin : (Rue du)                                                        26.
Foire de S. Denys, origine de celle de S. Laurent:                     116.
For, ou Fort-l'évêque :                                                 71.
Fortunat, évêque de Poitiers :                              16. 17. 30. 67.
Foffez, (S. Maur des) Abbaye. Voyez *S. Maur.*
Foulques, archevêque de Reims :                                        195.
Foulques, comte :                                                 189. 190.
Four-l'évêque. Voyez *For-l'évêque.*
France. (Rois de) Voyez *Rois d'Aquitaine. Rois d'Auftrafie. Rois de Bourgogne. Rois des Francs. Rois de Neuftrie.. Rois d'Orléans. Rois de Soiffons.* Et à la fuite de ceux de Neuftrie, immédiatement après Thierri III, voyez les fuivans :

| *Ordre Chronologique.* | *Ordre Alphabétique.* |
|---|---|
| Clovis III. Childebert III. Dagobert III. Chilpéric II. Thierri IV. Childéric III. Pépin, dit *le Bref.* Charles I, dit *Charlemagne.* Louis I, dit *le Débonnaire.* Charles II, dit *le Chauve.* Louis II, dit *le Begue.* Louis III & Carloman, ensemble. Le même Louis III [...] r la France & la Neuftrie ; & le même Carloman pour la Bourgogne & l'Aquitaine. Le même Carloman feul dans toute la Monarchie. Charles III, dit *le Simple*, de droit, pendant que l'Empereur Charles le | Carloman. Charles I, dit *Charlemagne.* Charles II, dit *le Chauve.* Charles III, dit *le Simple.* Childebert III. Childéric III. Chilpéric. II. Clovis III. Dagobert III. Eudes. Hugues Capet. Lothaire. Louis I, dit *le Débonnaire.* Louis II, dit *le Begue.* Louis III. Louis IV, dit *d'Outremer.* Louis V, dit *le Fainéant.* Pepin, dit *le Bref.* Philippe Augufte. Raoul. Robert, frere d'Eudes. Robert, fils de Hugues Capet. Thierri IV. |

Gros gouverne le Royaume. Enfuite Eudes de fait. Puis le même Charles le Simple de droit & de fait. Enfin Robert, frere d'Eudes ; & après lui Raoul de Bourgogne; l'un & l'autre de fait. Après la mort de Charles le Simple : Louis IV, dit *d'Outremer*, de droit, & le même Raoul de fait. Après la mort de Raoul : le même Louis d'Outremer de fait & de droit. Puis Lothaire. Louis V. dit *le Fainéant.* Hugues Capet. Robert....... Philippe Augufte.

   (Reines de) Voyez *Bathilde. Berte. Bertrade. Bertrude. Bilichilde. Brunehaut. Clotilde. Emme. Ermengarde. Frédégonde. Frédérune. Galfuinde. Gerberge. Hermantrude. Hildegarde. Hirmingarde. Judith. Nantilde. Richilde. Ultrogotte.*
   (Ducs de) Voyez *Hugues.*
Francfort : (Concile de)                                                130.
Francs. (Rois des) Voyez *Childéric. Clodion. Mallobaude. Méroüée.*
Frédégaire, ancien Auteur critiqué : 90. Son quatrieme Continuateur critiqué :  124.
Frédégonde, reine de France, femme de Chilpéric I. 70. 74. 76. 79. 81. Sa mort & fa fépulture :                                                             81.
Frédéric, Chevalier de Gozlin évêque de Paris :                       1720.

Frédérune, reine de France, femme de Charles le Simple. Sa mort & sa sépulture : 197.
Fridégod, ancien Historien critiqué : 85.
Frotband, abbé de Ste Géneviève : 42.
S. Frou, disciple de S. Merri : 115.
Fulde, Abbaye en Allemagne : 139.
Fulrad, évêque de Paris : 198. Sa mort : 201.

# G

GAirefroi. Comte de Paris : 120.
Gairin, Comte de Paris : 116.
Galande. ( Rue ) 73.
Galice. ( Rois de ) Voyez *Mirion.*
*Gallia Christiana*, ( Auteurs du ) critiquez : 15. 16. 17. 29. 37. 41. 51. 55. 56. 57. 58. 59.
   60. 62. 64. 68. 80. 83. 85. 87. 89. 91. 92. 95. 96. 100. 103. 106. 109. 113. 118 122.123.
   131. 136. 138. 143. 145. 148. 150. 156. 157. 165. 166. 179. 185. 190. 191. 192. 196.
   197. 200. 206. 209. 210. 213. 324.
Galsuinde, reine de France, femme de Chilpéric I. 64.
Garin, évêque de Paris : 204.
Garnier ou Grenier S. Lazare : ( Rue ) 93.
S. Gatien, évêque de Tours : 115.
Gaudremar. Voyez *Waldromer.*
Gaulois. Leurs temples : 11.
Gautier I, archevêque de Sens : 184.
Gautier I, évêque de Paris : 202. 203.
Genès, prêtre de Paris : 39.
Ste Géneviève. Sa naissance ; elle consacre sa virginité à Dieu : 41. Ses miracles : 37. 136.
   314. Sa maison à Paris : 37. 38. 136. Elle bâtit une église de S. Denys au fauxbourg de
   cette Ville : 39. Son cierge, ou son flambeau : 293. Sa mort : 40. Sa sépulture : 29. 42. Son
   corps est emporté hors de Paris pour le souftraire aux Normans : 142. Il est reporté dans son
   Abbaye : 143. Emporté une seconde fois pour le même sujet : 146. Reporté de même : 155.
   Emporté une troisieme fois pour la même cause : 169. Reporté de même : 188. Différentes
   vies de cette Sainte. 17.
Ste Géneviève, Abbaye, anciennement S. Pierre & S. Paul : 41. 42. 65. 68. Sa fondation :
   41. Quand elle a commencé à prendre plus communément le nom de Ste Géneviève : 
   132. 133. Fondée pour des moines : 42. Est sécularisée : 156.
   ( Abbez de ) Voyez *Amphiloque. Frotband. Germoald. Herbert. Magnard Optat. Turbald.*
   Voyez aussi les pages 110 & 122.
   ( Doyens de ) Voyez *Bernier. Félix. Ulric.*
Ste Géneviève. ( Montagne de ) son ancien nom : 3. Ses carrieres : 3.
Gentilly, lieu près de Paris. *Voyez les Additions pour la page* 122.
Geoffroi Lanier : ( Rue ) 72.
S. Georges, martyr. Son corps est apporté à Paris : 150. 155.
S. Georges, chapelle de Paris, & cimetiere : 189. 212. Voyez *S. Magloire.*
Gérard I, comte de Paris : 122. 125.
Gérard II, comte de Paris : 139. 140.
Gerberge, reine de France, femme de Louis d'Outremer : 204.
Gerbold, célèbre Chevalier François, se signale au fameux siége de Paris contre les Nor-
   mans : 181.
S. Germain, évêque d'Auxerre : 41. 101.
S. Germain, évêque de Paris, auparavant abbé de S. Symphorien d'Autun : 51. 56. 57. 59. 66.
   Ses miracles : 66. 179. 181. 301. 302. 303. 304. 305. 306. 316. 317. 325. 326. 327. 328.
   329. Sa mort & sa sépulture : 66. 69. Tranflation de son corps derriere le grand Autel de
   son église abbatiale à Paris : 121. Son corps est emporté hors de Paris pour le souftraire aux
   Normans : 142. Il est reporté dans son Abbaye : 143. Emporté une seconde fois pour le
   même sujet : 146. Reporté de même : 155. Et déposé pour la seconde fois derriere le grand
   Autel : 160. Emporté une troisieme fois pour la même cause : 168. 169. Reporté de même :
   187. Sa châsse est renouvellée & enrichie par l'Abbé Ebles, & par Eudes Comte de Paris :

187. 188. & encore depuis : 188.

S. Germain l'Auxerrois, anciennement S. Germain le rond, églife abbatiale, puis collégiale & paroiffiale, & l'une des quatre filles de l'Archevêque ; & enfin paroiffiale fimplement : 100. 101. 134. 213.

( Abbez de ) Voyez *Landebert.*

Ecole publique près de cette églife : 195. 196.

S. Germain des Prez , Abbaye, anciennement Ste Croix & S. Vincent , & S. Germain le doré : 10. 51. 56. 57. & *fuiv.* 66. 68. 69. 75. Sa fondation : 51. Sa premiere dédicace ; habitée par des moines dès fon origine : 51. 57. 61. Quand elle a commencé à prendre plus communément le nom de S. Germain : 121. 122. dite auffi fimplement l'*Abbaye* , & pourquoi : 159. 160. Changemens faits dans l'églife : 326. 327. Partage des biens de ce monaftere entre l'Abbé & les Religieux : 137.

( Abbez de )

| Ordre *Chronologique.* | Ordre *Alphabétique.* |
|---|---|
| Authaire I. S. Droctovée. Scubilion. Didier. Guafcion. Germain. Sigon , *ou* Sigefroi I. Childéran. Honfroi. Babon. Authaire II. Waldromer , *ou* Wandremar , *ou* Gondremar , *ou* Gaudremar. Thédelmar , *ou* Chédelmar. Babon II. Sigefroi II. Authaire III. Lanfroi. Wichad. Robert I. Irminon. Hilduin I. Ebroin. Gozlen , *ou* Gozlin. Hilduin II. Gozlin *pour la feconde fois.* Ebles. Hucbold , *ou* Hugues I , *qui vraifemblablement eut* Albéric I *pour compétiteur.* Robert II. Hugues II , dit *le Grand.* Hugues III , dit *Caper.* Walon , *ou* Gualon. Albéric II. . . . . Briçonnet. | Albéric I. Albéric II. Authaire I. Authaire II. Authaire III. Babon I. Babon II. Chédelmar , *ou* Thédelmar. Childéran. Didier. S. Droctovée. Ebles. Ebroin. Gaudremar , *ou* Waldromer. Germain. Gondremar , *ou* Waldromer. Gozlen , *ou* Gozlin. Gualon , *ou* Walon. Guafcion. Hilduin. I. Hilduin II. Honfroi. Hucbold , *ou* Hugues I. Hugues II , dit *le Grand.* Hugues III , dit *Caper.* Irminon. Lanfroi. Robert I. Robert II. Scubilion. Sigefroi I , *ou* Sigon. Sigefroi II. Thédelmar , *ou* Chédelmar. Waldromer , *ou* Wandremar , *ou* Gaudremar , *ou* Gondremar. Walon , *ou* Gualon. Wandromar , *ou* Waldromer. Wichad. |

S. Germain le vieux , églife paroiffiale de la Cité , dite anciennement S. Jean-Baptiste : 169. 187. Pourquoi appellée du nom de *vieux* : 74. 169.

S. Germain : ( Rue ) 134. 154. 155.

Germain , abbé de S. Germain des Prez : 92. 99.

Germain , ( Dom Michel ) Auteur critiqué : 43. 53.

Germanie. ( Rois de ) Voyez *Arnoul. Louis. Otton.*

Germoald , abbé , peut-être de Ste Génevieve , peut-être de S. Laurent ou S. Séverin : 95.

Germon , ( le Pere ) Auteur critiqué : 94.

S. Gervais , églife paroiffiale : 66.

Gilles , ( le Comte ) Général Romain : 36.

Gilles , ( Nicole ) Auteur critiqué : 100.

Gifle , fille de Charlemagne : 125.

Giflémar , Maire du Palais : 108. 109.

Giflémar , écrivain du IXe fiecle : 129. critiqué : 57. & *fuiv.*

Glanfeuil , Abbaye. Voyez *S. Maur.*

Glaucin : ( prifon de ) 93.

Gobelins : ( riviere des ) 9.

Gondremar. Voyez *Waldromer.*

Gonthier , fils du roi Clodomir , eft poignardé ; fa fépulture : 48.

Gontran , roi de Bourgogne , & en partie de Paris : 65. 66. 76. 79. Sa mort : 80.

Gorze , Abbaye : 122.

Gozlen , ou Gozlin , abbé de S. Germain des Prez , puis évêque de Paris : 144. 149. 150. 157. 160. 164. 166. 167. 168. 170. 172. 175. 176. 178. 200. Sa mort & fa fépulture : 179.

Gozlin , frere du poëte Abbon : 225. 226.

Grancolas , ( Jean ) Auteur critiqué : 100.

Grange S. Eloi : 91.

Graffins : ( Collége des ) 30.

Gratien, Empereur Romain : 32.
S. Grégoire le Grand, Papé : 82.
S. Grégoire, évêque de Tours : 55. 576. critiqué : 15. 20.
Grenier S. Lazare. ( Rue ) Voyez *Garnier*.
Grimaud. Voyez *Grimoard*.
Grimoald, Maire du Palais d'Auſtraſie : 101.
Grimoald, Maire du Palais de Neuſtrie : 113. 117.
Grimoard, Vicomte de Paris : 194. 201. mal nommé Grimaud : 199. 201.
Gripon, fils de Charles Martel : 116.
Gualon. Voyez *Walon*.
Guaſcion, abbé de S. Germain des Prez : 85. 92.
Guillaume Longuë-épée, Duc de Normandie : 279.
Guillaume, Comte d'Auvergne : 346. 347.

# H

Hanſe, ou Compagnie des Marchands à Paris : 44.
Hant-shire, Canton dans la Grande Bretagne : 3.
Harlay ( Rue de ) 79.
Harpe : ( Rue de la ) 26.
Haſting, pirate Norman : 193.
Haudri, ( Etienne ) fondateur d'un Hôpital à Paris : 136.
Haudriettes, ancienne Abbayé, ou Monaſtere de filles à Paris, puis Hôpital, & enfin ſimple Chapelle : 37. 136.
Hautefeuille : ( Rue ) 26.
Heaumerie : ( Rue de la ) 134.
Heiric. Voyez *Eric*.
Hélene, impératrice Romaine, femme de Julien l'Apoſtat ; ſa mort : 28.
Helgaud, ancien Hiſtorien critiqué : 208.
Henri, Duc de Saxe, vient pour la première fois au ſecours des Pariſiens aſſiégez par les Normans : 178. Il y vient une ſeconde fois, & y périt : 180.
Héraclius, évêque de Paris : 47. 48.
Herbert, abbé de Ste Génevieve : 143.
Herbert II, Comte de Vermandois : 199.
Herbiers. ( Rue des ) Voyez *Calendre*.
Herman Contract, ancien Auteur critiqué : 41.
Hermantrude, reine de France, femme de Charles le Chauve ; Sa mort : 159.
Hervé, archevêque de Reims, & Chancelier de France : 197.
S. Hilaire de Poitiers. [ Abbez de ] Voyez *Ebles. Ebroin. Paſcent.*
Hilarus, affranchi de l'Empereur Marc-Aurele : 14.
Hildebrand, évêque de Séez : 161. 162.
Hildegarde, reine de France, femme de Charlemagne ; ſa mort & ſa ſépulture : 125.
Hilduin I, abbé de S. Germain des Prez, de S. Denys en France, & de S. Médard de Soiſſons : 15. 17. 23. 133. 137. Sa mort : 140. 141.
Hilduin II, abbé de S. Germain des Prez : 149. 157.
Hilmérad, comte du Palais : 146.
Hincmar, archevêque de Reims : 161.
Hirmingarde. Voyez *Ermengarde*.
Holderneſſe, canton dans la Grande Bretagne : 3.
Honfroi, abbé de S. Germain des Prez : 109.
Hôpitaux de Paris. Voyez *Enfans trouvez, Haudriettes. Hôtel-Dieu.*
Horic, roi de Dannemark : 142.
Hornbach, Abbaye : 123.
Hôtel-Dieu de Paris. Sa fondation : 97.
( Abbeſſes de ) Voyez *Landetrude.*
Hôtel de Ville de Paris. Son origine : 44. 45.
Hôtels de Cluni, des Comtes d'Anjou &c. Voyez *ces mots.*
Hucbold, ou Hugues I, abbé de S. Germain des Prez : 190. Sa mort : 191.

S. Hugues, archevêque de Rouen, évêque de Paris, & de Bayeux, abbé de S. Vandrille & de Jumiége : 118. Sa mort & sa sépulture :    119.

Hugues I, abbé de S. Germain des Prez. Voyez *Huchold.*

Hugues, dit *l'Abbé*, Comte d'Orléans, & d'Anjou, Duc de France, & Abbé de S. Martin de Tours : 168. Sa mort :    300.

Hugues, dit *le Grand*, Duc de France, Comte de Paris, Abbé de S. Germain des Prez IIe de ce nom, de S. Denys en France, & de S. Martin de Tours, pere du roi Hugues Capet : 189. 199. 202. 203. 204. 206. Sa mort & sa sépulture :    204.

Hugues Capet, Duc de France, Comte de Paris, Abbé de S. Germain des Prez IIIe de ce nom, & de plusieurs autres Abbayes ; puis premier Roi de la IIIe race : 204. 207. 209. 210. 214.

Hugues, Comte de Bourges :    346. 347.

Huis. Etymologie de ce mot :    272.

Hull, riviere de la Grande Bretagne :    3.

Humbre, riviere de la Grande Bretagne :    3.

Huns, ( Rois des ) Voyez *Attila.*

Hurepoix, petit canton de l'Ile de France :    158.

## I

Idolâtrie. Restes des monumens de l'Idolâtrie détruits à Paris :    57.

Idole abattue dans S. Germain des Prez :    12. 13.

Iles à Paris, & autour de Paris : 178. Trois de ces îles réunies en une seule forment aujourd'hui le Quartier qu'on nomme *la Cité* : 4. 5. Celle de N. D. ou de S. Louis, anciennement partagée en deux :    5. 133. 134. 157.

Impératrices Romaines. Voyez *Hélene.*

Impératrices d'Allemagne. Voyez *Ermengarde. Judith.*

Importun, évêque de Paris :    104.

Incendies de Paris : I. 53. II. 76. III. 93.

Inchad, évêque de Paris : 132. 137. Sa mort :    138.

Ingelwin, ou Engelwin, évêque de Paris : 159. 160. Sa mort :    166.

Injuriosus, évêque de Tours :    52.

Innocens : ( église & cimetiere des )    71.

Inondations considérables à Paris. Voyez *Débordemens.*

Interregne en France :    120.

S. Irénée, évêque de Lyon :    29.

Irminon, abbé de S. Germain des Prez : 131. Sa mort :    133.

Isia, ville fabuleuse :    236.

Isia, nom latin de la riviere d'Oise :    2.

Isis, divinité payenne, n'avoit point de culte chez les anciens Gaulois :    10. 12.

S. Ives. Voyez *Ives.*

## J

Jacobins de la rue S. Jacques : ( Couvent des )    26. 46.

S. Jacques ( Rue )    26.

S. Jacques de la Boucherie, église paroissiale, anciennement Ste Anne :    214.

Jardinet : ( Rue du )    26.

Jardins de Childebert :    26. 28.

Javelle : ( Moulin de )    6.

S. Jean-Baptiste, ancien nom de l'église paroissiale de S. Germain le vieux. Voyez *S. Germain le vieux.*

S. Jean en Greve, église paroissiale :    136.
   Cloitre de S. Jean en Greve :    71.

S. Jean le rond, ancien Baptistere de l'église Cathédrale, & église paroissiale, qui ne subsiste plus :    112.

Jean VIII, Pape :    163.

## 368      TABLE

Jonſac , fief en Saintonge :      131.

Joſas , nom d'un des trois Archidiaconnez de l'Egliſe de Paris. Origine de ce nom :    158.

Joſedum. Voyez *Metioſedum.*

S. Joſſe vient à Paris ; ſon hermitage devenu paroiſſe :      92.

Jouarre , Abbaye :      108.

Journaux de Trévoux. Voyez *Trévoux.*

Jovin , Général Romain , défait les Allemans :      32.

Judith , reine de France & impératrice, femme de Louis le-Débonnaire ; ſa mort & ſa ſépulture :      140. 141.

Juifs chaſſez de Paris & du Royaume :      90.

     ( Synagogue de )      73.

     ( Cimetiere de )      73.

S. Julien des Ménétriers , égliſe à Paris :      72.

S. Julien le Pauvre , dit auſſi le vieux, ancien monaſtere, puis prieuré, & enfin ſimple chapelle :      72. 78. 79.

Julien l'Apoſtat , Empereur Romain : 25. 26. 27. 28. Ses Bains :      26.

Jumiége , Abbaye :      119.

     ( Abbez de ) Voyez *Hugues.*

Junan , abbé de S. Magloire de Léhon , & de S. Magloire de Paris :      205. 207.

Jupiter. Monument érigé à cette fauſſe Divinité dans Paris :      14.

Juvify , lieu près de Paris :      158.

### L.

LAas , nom d'un Quartier, ou d'un territoire à Paris. Signification de ce mot :      38.

Labbe , ( le Pere ) Auteur critiqué :    29. 56. 95. 120. 226. 300.

Labiénus , Lieutenant de Céſar, aſſiége Paris, & gagne une celebre bataille contre les Gaulois :      4 & ſuiv.

Landebert , abbé de S. Germain l'Auxerrois :      110.

Landégiſile , frere de la reine Nanthilde. Sa mort & ſa ſépulture :      88.

Landétrude , abbeſſe ou de l'Hôtel-Dieu , ou de Créteil :      110.

S. Landri , évêque de Paris : 96. 97. 99. Sa mort & ſa ſépulture :      99.

S. Landri , chorévêque de Paris :      99.

S. Landri , égliſe paroiſſiale dans la Cité.      100.

Landri , maire du palais de Clotaire II.      83.

Lanfroi , abbé de S. Germain des Prez : 119. Sa mort :      124.

Lauconie , forêt :      107.

Launoy , ( Jean de ) Auteur critiqué : 15. 22. 38. 54. 89. 99. 127. 128. 132. 158. 194. 195.

S. Laurent , ancienne Abbaye à Paris :      49. 53. 54. 61. 73. 95.

     ( Abbez de ) Voyez *Domnolt. Germoald. Séverin. Wandremar.*

S. Laurent , égliſe paroiſſiale :      53. 115. 116.

Léhon , ( S. Magloire de ) Abbaye. Voyez *S. Magloire.*

Léon III , Pape :      130. 144.

Léopold d'Autriche , Archiduc, Gouverneur des Pays-bas :      40.

Lépreux. ( Porte du ) Voyez *Portes de Paris.*

Leudaſte , comte de Tours :      74.

Leudebert , évêque de Paris :      86. 96.

Leudeſe , Maire du Palais :      107.

S. Leufroi , abbé de la Croix-S. Leufroi. Son corps apporté à Paris :      193. 198.

S. Leufroi : ( égliſe ou chapelle de )    43.    198.

Leuvigilde , roi en Eſpagne :      75.

S. Liboire , évêque du Mans :      139.

Limoges. ( Evêques de ) Voyez *Martial.*

Liron ( Dom Jean-Baptiſte ) Auteur critiqué :    15. 16. 18. 20. 22. 35. 127.

Liſiard , ou Liſiern , ou Eliſiard , évêque de Paris :      213.

Lobineau ( Dom Gui-Alexis ) Auteur critiqué :      205. 208.

Locutitius ( Mons , ou Collis ) Signification de ce mot latin :      3. 46.

Lombardie. ( Rois de ) Voyez *Bernard. Pepin.*

Lombards : ( Rue des )      71.

                                               Longuemare.

Longuemaré, ( Gouye de ) Auteur critiqué :     86. 101. 103.
Lorraine. Etymologie de ce mot :     159.
    ( Rois de ) Voyez *Lothaire*. *Louis*.
    ( Ducs de ) Voyez *Charles*. *Znintibold*.
Lothaire, Empereur d'Allemagne, fils de Louis le Débonnaire :     137. 139. 140. 141.
Lothaire, roi de France :     203. 204. 205. 212.
Lothaire, roi de Lorraine :     156. 159.
S. Louis, nom d'une île & d'un Quartier à Paris :     133. 134.
S. Louis, église paroissiale :     134.
Louis I, dit *le Débonnaire*, roi d'Aquitaine, puis roi de France , & couronné Empereur : 125.
    131. 132. 133. 137. 138. 139. Sa mort & sa sépulture :     140.
Louis II, dit *le Begue*, roi d'Aquitaine, puis roi de France, & couronné Empereur : 161.
    163. 348. Sa mort & sa sépulture :     164.
Louis III, roi de toute la Monarchie conjointement avec son frere Carloman, puis roi de
    France & de Neustrie seul : 164. Sa mort & sa sépulture :     166.
Louis IV, dit *d'Outremer*, roi de France : 201. 202. Sa mort & sa sépulture :     203.
Louis V, dit *le Fainéant*, roi de France : 212. 214. Sa mort & sa sépulture :     214.
Louis, roi de Germaanie, fils de Louis le Débonnaire :     137. 140. 156. 159.
Louis roi de Germanie & de Lorraine, fils de l'Empereur Arnoul :     197.
Louis, abbé de S. Denys en France : 144. 149. Sa mort :     157.
Loup, abbé de Ferrieres en Gâtinois :     132.
Louvre, maison royale de Paris. Son antiquité :     90. 126.
S. Lubin, évêque de Chartres :     53.
Lucifer, évêque de Cagliari :     29.
*Lucotecia*, & *Lutecia*, noms latins de la ville de Paris. Fausses & véritable étymologie de ce
    mot : 2. 3. 46. De quelle maniere il faut l'orthographier :     236.
Lyon : ( Martyrs de )     25.
    ( Evêques ou Archevêques de ) Voyez *Irénée*. *Nicet*. *Serdot*.

## M

Mabillon, ( Dom Jean ) Auteur critiqué : 51. 60. 67. 87. 106. 128. 142. 149. 162. 163.
    165. 166. 170. 188. 190. 192. 193. 194. 195. 208. 297. 320. 321. 322. 348.
Mâcon : ( second Concile de )     63.
Madalbert, évêque de Paris :     119.
S. Magloire ; son corps transporté à Paris :     205. 207.
S. Magloire de Léhon. ( Abbez de ) Voyez *Junan*.
S. Magloire, anciennement chapelle & cimetiere à Paris sous le nom de S. Georges, puis ab-
    baye : 190. 212. Voyez encore *S. Barthélemi*.
    ( Abbez de ) Voyez *Junan*.
Magnard, faux abbé de Ste Génevieve de Paris :     145.
Magnence, tyran ou usurpateur de l'Empire :     28.
Mail. ( Jeu de ) Peut être y en avoit-il un à Paris au IXe siecle :     134.
Maires du Palais, ou du Royaume, & Maires du Roi. Voyez *Bercaire*: *Ebroin*. *Ega*. *Erchinoald*.
    *Gislémar*. *Grimoald*. *Landri*. *Leudese*. *Mummole*. *Norbert*. *Pepin*. *Rainfroi* *Théodoald* *Wa-*
    *ratton*.
Maisons sur les deux anciens ponts de Paris :     53. 54.
Malingre, ( Claude ) Auteur critiqué : 13. Voyez aussi l'*Avertissement*.
Mallobaude, ou Mellobaude, roi des Francs, & Maître de la Milice Romaine :     32.
Mallon, évêque de Paris :     25.
S. Malo ; son corps transporté à Paris :     205.
S. Malo, Evêché. Voyez *Alet*.
Mannon, Précepteur de l'Ecole du Palais :     128.
Mans. ( Evêques du ) Voyez *Bertran*. *Domnole*. *Liboire*. *Victur*.
Marais près de Paris sur la rive gauche de la Seine : 5. 9. Autres Marais au nord de Paris :
    10. 162.
Marais, nom d'un Quartier de Paris :     10.

Marc, évêque de Paris :     25.

S. Marcel, évêque de Paris : 29. 30. 31. Sa châsse est portée à la Cathédrale pour la souftraire aux Normans : 168. 169. & elle y est restée jusqu'à ce jour : 188. Maison où l'on croit qu'il naquit à Paris :     31.

S. Marcel, église collégiale, & l'une des quatre filles de l'Archevêque, dite anciennement S. Clément, & qualifiée aussi Abbaye : 31. 54. 166 213. donnée au évêques de Paris : 213.

Marcel, ( Guillaume ) Auteur critiqué :     13.

Marchands de l'eau de Paris :     44.

    ( Prevôts des ) Voyez *Prevôts*.

Marchez de Paris. Marché aux chevaux :     30.

Marculfe. ( Formules de )     100.

Mare, ( Nicolas de la ) Auteur critiqué : 7. 8. 9. 10. 11. 71. 90. 98. 131. 199. 201. 202.

Marius, ancien Auteur critiqué :     65.

Marmoutier. ( Abbez de ) Voyez *Robert*.

Marne, riviere ; sa jonction avec la Seine :     9.

Mars, divinité payenne adorée à Paris :     10. 12.

Ste Marthe, ( Dom Denys de ) Auteur critiqué :     83.

S. Martial, évêque de Limoges :     15.

S. Martial, chapelle, puis abbaye, puis paroisse, qui ne subsiste plus :     89. 93.

    ( Abbesses de ) Voyez *Aure*. Voyez aussi la page 110.

S. Martin, évêque de Tours :     31.

S. Martin des Champs, église ou chapelle, puis église abbatiale, & enfin priorale : 53. 54. 77. 115. 116. *Voyez aussi les Additions pour la page* 213.

S. Martin, chapelle qui ne subsiste plus :     54. 62. 76. 77. 79.

S. Martin d'Autun, Abbaye :     114.

    ( Abbez de ) Voyez *Merri*.

S. Martin de Tours. ( Abbez de ) Voyez *Hilduin. Hugues. Robert*.

Martin, Duc ou Gouverneur d'Austrasie :     108.

Martyrs ( premiers ) des Gaules :     18.

Martyrs de Lyon :     25.

Massus, évêque de Paris :     25.

Maturins ( Couvent des )     26.

    ( Rue des )     26.

Maubert : ( Place )     28. 46. 73. 78.

S. Maur, abbé de Glanfeuil. Son corps apporté à l'Abbaye des Fossez :     157. 158.

S. Maur des Fossez, Abbaye : 72. 89. 94. 95. 96. 200. Depuis quand ainsi nommée :   158.

    ( Abbez de ) Voyez *Raoul*.

S. Maur de Glanfeuil. ( Abbez de ) Voyez *Ebroin. Maur*.

Mautour, ( Moreau de ) Auteur critiqué :     57. 97.

Maxime, usurpateur de l'Empire :     33.

Maximien Hercule, Empereur Romain :     24.

Maximin, Empereur Romain :     24.

Mayence. ( Archevêques de ) Voyez *Boniface*.

Meaux, ( Diocese de ) détaché de celui de Paris :     32.

    Siége de cette Ville par les Normans :     337.

S. Médard de Soissons. ( Abbez de ) Voyez *Hilduin*.

S. Médéric. Voyez *Merri*.

Mélance, évêque de Rouen :     82. 83.

Mellobaude. Voyez *Mallobaude*.

Melun, ville au-dessus de Paris :     6.

    ( Comtes de ) Voyez *Burchard*.

Mémoires de Trévoux. Voyez *Trévoux*.

Ménétriers. ( S. Julien des ) Voyez *Julien*.

Mercure, divinité payenne, adorée, dit-on, à Paris :     10. 12.

Mérobaude, Général François :     33.

Mérouée, roi des francs :     34. 35.

Mérouée, fils du roi Chilpéric I. Sa mort & sa sépulture :     68.

S. Merri, ou Médéric, abbé à Autun, meurt à Paris : 114. Elévation de son corps :   167.

S. Merri, anciennement S. Pierre, chapelle, puis monastere & abbaye, ensuite collégiale, l'une des quatre filles du Chapitre, & paroisse : 114. 202. Quand elle a pris le nom de S. Merri :    135.

   Cloître S. Merri :    71.

Mersburg. ( Abbez de ) Voyez *Walram.*

Merseid, évêque de Paris :    119.

*Metiosedum,* & par abrégé *Josedum,* nom latin de Corbeil, ou de Juvisy :    6. 158.

Metz. ( Rois de ) Voyez *Austrasie.*

   ( Evêques de ) Voyez *Chrodegand. Clodulse.*

Mézeray, ( François Eudes-de ) Auteur critiqué :    170. 232. 254. 277. 282. 340. 343.

S. Michel, chapelle sur la montagne de Ste Génevieve :    143.

S. Michel, chapelle dans l'enclos du Palais :    207.

Milice Romaine. ( Maître de la ) Quelques Rois des Francs ont été revêtus de cette dignité :    32. 33.

Miracles opérez à Paris : 33. 37. 65. 66. 70. 76. 77. 136. 181. 203. 275. 276. 277. 301. 302. 303. 304. 318.

Mirion, roi de Galice :    69.

Misere, ( vallée de ) Quartier à Paris :    45.

Mission d'Angleterre :    82.

Monasteres de Paris. Voyez *Abbayes. Couvens. Collégiales &c.*

Monétaire de Paris :    54.

Monnoie de Paris :    43.

Monnoie ( Rue de la vieille )    134.

Montagnes de Paris. Voyez *Ste Génevieve. Montmartre.*

Montfaucon en Argonne : ( Bataille de )    185. 340.

Montmartre. Anciens noms de cette montagne : 10. 11. 12. Pourquoi appellée ainsi : 23. Ses carrieres : 3. Eglises sur cette montagne :    23. 203.

Moreau de Mautour. Voyez *Mautour.*

Morfondus : ( Rue des )    68.

Mortalité à Paris :    69.

Mortellerie : ( Rue de la )    37.

Moulins de Paris. Voyez *Javelle.*

Mouton : ( Rue du )    28.

Mummole, Préfet à Paris, ou Maire du Roi :    75.

## N

N Anterre, village près de Paris :    41.

Nanthilde, reine de France, femme de Dagobert I, 87. 95. Sa mort & sa sépulture :    95.

Narbonne. ( Evêques ou Archevêques de ) Voyez *Paul.*

Ste Natalie, martyre, dite aussi Sabigothon. Son chef est apporté à Paris :    150. 155.

Nautes de Paris, anciens commerçans de cette Ville :    13. 14. 44. 45.

Navire, ou Vaisseau, nouvelles Armes de la ville de Paris :    46.

Neustrie. ( Rois de )

| *Ordre Chronologique.* | *Ordre Alphabétique.* |
| --- | --- |
| Dagobert I. Clovis II. Clotaire III. Thierri III *pour la premiere fois.* Childéric II. Thierri III *pour la seconde fois* . . . . Carloman. | Carloman. Childéric II. Clotaire III. Clovis II. Dagobert I. Thierri III. |

Neustrie. Signification particuliere de ce mot :    177. 178.

Nicet, évêque de Lyon :    57.

S. Nicolas des Champs, église paroissiale :    43. 71.

S. Nicolas, chapelle dans l'enceinte du Palais :    207.

Nicolas I, Pape :    151.

Nominoé, prétendu roi de Bretagne :    344.

Norbert, maire du Palais :    220. 333.

372 **TABLE**

Normandie. ( Ducs de ) Voyez *Guillaume. Richard. Rollon.*

Normans. Courfes & irruptions de ces peuples dans le Royaume : 141. 146. 149. 160. 193.
205. 291.

A Paris : 142. 146. 151. Voyez encore *Sièges.*

Rois Normans morts au fameux fiége de Paris :  179. 180.

Notre-Dame de Paris. Voyez *Cathédrale.*

Notre-Dame des Bois, fauffe églife, ou chapelle, ou hermitage à Paris :  161.

Notre-Dame des Champs, ancienne églife & prieuré, puis couvent de Carmélites:  10.

Notre-Dame des Voutes, chapelle dans la Cité :  189.

Notre-Dame, nom d'une île à Paris:  133. 134.

Notre Dame de Soiffons, abbaye :  104.

Noyon. ( Evêques de ) Voyez *Eloi.*

## O

O Don. Voyez *Eudes* & *Uddon.*

S. Odon, abbé de Cluni :  195.

Officiers de la Couronne, ( Hiftoire Généalogique des Grands ) critiquée :  64. 209.

Oife, riviere limitrophe des Parifiens :  2.

Ste Opportune ; fon corps tranfporté à Paris :  161.

Ste Opportune, églife paroiffiale & collégiale, l'une des quatre Filles de l'Archevêque: 71.
162.

Oprat, évêque d'Auxerre :  42.

Oprat, abbé de fainte Génevieve :  42.

Oribafe, favant médecin à Paris :  26.

Orléans. ( Rois d' ) Voyez *Clodomir.*

( Comtes d' ) Voyez *Hugues.*

( Conciles d') I. 47. II. 50. IV. 51. V. 54.

( Evêques d' ) Voyez *Euverte.* Faux évêque. Voyez *Félix.*

Otton I, roi de Germanie, & depuis empereur d'Allemagne, affiége Paris :  203.

Otton II, empereur d'Allemagne, affiége Paris  211.

S. Ouën, évêque de Rouen :  109.

## P

P Aganifme. Voyez *Idolâtrie.*

Palais de Paris. Un dans la Cité : 49. 189. Le Louvre : Voyez *Louvre.* Le Palais des Thermes :
Voyez *Thermes,* Faux Palais de la montagne Ste Géneviève & de S. Nicolas des champs :
42. 43.

( Comtes du ) ( Maires du ) Voyez *ces mots.*

Papes. Voyez *Adrien. Alexandre. Benoît Clément. Etienne. Grégoire. Jean. Léon. Nicolas.
Vitalien.*

Pâques. Conteftation fur le jour de la célébration de cette fête :  125.

Paris. Etymologies du nom de cette Ville : 1. 2. 12. Son ancienne étendue : 4. Affemblée des
Peuples de la Gaule, qui y eft convoquée : 4. Si elle a été tributaire des Romains : 7. peu-
plée de favans : 26. Son Diocefe démembré : 32. Elle fe range fous la domination des
François : 37. devient capitale du Royaume de France : 43. eft divifée en Cité & en Ville :
26. 27. 70. Tous les Etats de la Monarchie y font convoquez :  185.

Ses Abbayes. Son Amphithéâtre. Ses Aquéducs. Ses Armoiries. Batailles données près
de cette Ville. Ses Carrieres. Ses Chapelles. Ses Châtelets. Ses Cimetieres. Son Cirque.
Ses Colléges. Ses Collégiales. Son Commerce. Ses Comtes. Ses Comteffes. Conciles qui y
ont été tenus. Ses Couvens. Ses Cures ou Paroiffes. Ses Défenfeurs. Ses Echevins. Ses
Ecoles. Ses Eglifes. Ses diverfes Enceintes. Ses Evêques ou Chorévêques. Ses Fauxbourgs.
Son Hôtel de Ville. Ses autres Hôtels. Ses Iles. Incendies & Inondations qu'elle a fouf-
fertes. Ses Marais. Ses Marchez, Sa Monnoie. Ses Montagnes. Ses Moulins. Ses Naures. Ses
Palais. Son Parlement. Son Parloir. Ses Paroiffes, ou Cures. Ses Places. Ses Plans. Ses
Ponts. Ses Portes. Ses Prevôts. Ses Prieurez. Ses Prifons. Ses Quartiers. Ses Rois. Ses Rues.

Siéges qu'elle a foutenus. Son Univerfité. Ses Vicomtes. Ses Vignobles. *Voyez tous ces mots.*

Parifiens dans la Grande Bretagne :  3

Parlemens anciens :  121.

Parlement de Paris :  121.

Parloir des Bourgeois :  45. 46.

Paroiffes de Paris. Voyez *S. André des Ars. S. Barthélemi. S. Chriftophe. S. Côme. S. Denys du pas. S. Etienne du mont. S. Germain l'Auxerrois. S. Germain le vieux. S. Gervais. Les SS. Innocens. S. Jean en Greve. S. Jean le rond. S. Joffe. S. Landri. S. Laurent. S. Louis. S. Martial. S. Merri. S. Nicolas des champs. Ste Opportune. S. Paul. S. Pierre des Arfis. S. Séverin.*

Pafcent, abbé de S. Hilaire de Poitiers, puis évêque de la même Ville :  64.

Pafquier, ( Etienne ) Auteur critiqué :  46.

S. Paul, évêque de Narbonne :  15.

Paul, évêque de Paris :  29.

S. Paul, églife paroiffiale, ancienne fépulture des Religieufes de Ste Aure :  91.

Pavée : ( Rue )  153. 154. 177.

Pepin le Bref gouverne l'Etat en Neuftrie & en Bourgogne : 120. Eft couronné Roi à Soiffons: 121. eft facré par le Pape à S. Denys en France : 122. Sa mort & fa fépulture :  123.

Pepin I, roi d'Aquitaine, fils de Louis le Débonnaire :  137. 144.

Pepin II, roi d'Aquitaine, fils de Pepin I.  140. 144.

Pepin, roi de Lombardie, fils de Charlemagne :  133.

Pepin de Herftal, duc ou gouverneur d'Auftrafie : 108. 109. Maire du Palais :  112. 117.

Pefte en Angleterre & en Irlande : 104. à Paris :  50. 104.

*Petuaria*, ville des Parifiens dans la Grande Bretagne ;  3.

Phatir, Juif :  73.

Philippe-Augufte roi de France :  70. 153.

Picopin. Voyez *Bégon.*

S. Pience, ou S. Pient, évêque de Poitiers :  63.

S. Pierre, abbaye. Voyez *Ste Génevieve.*

S. Pierre, chapelle, puis abbaye, puis églife collégiale & paroiffiale : Voyez *S. Merri.*

S. Pierre des Arfis, autre églife paroiffiale :  38. 89. 200.

Pierre Sarrazin : ( Rue )  26.

Piganiol de la Force, Auteur critiqué :  154. 161. 208. 214.

Pethou, ( Pierre ) Auteur critiqué : 217 *& fuiv. jufqu'à la fin du volume.*

Places à Paris. Une près du Palais des Thermes, & peu éloignée de S. Julien le Pauvre : 27.  28. 73. 75.

Place Maubert :  46. 73. 78.

Place du pont S. Michel :  28.

Plancher, ( Dom Urbain ) Auteur critiqué :  11.

Plans de Paris : I. 5. 11. II. 27. III. 50. IV. 78. V. 93. VI. 115. VII. 154. VIII. 196. IX. 307.

Pleçtude, femme de Charles Martel :  117.

Pleffis, ( Dom Touffaints du ) Auteur critiqué :  51. 108.

Poitiers. ( Evêques de ) Voyez *Ebroin. Fortunat. Pafcent. Pience.*

Ponts de Paris, accompagnez de maifons : 53. 54. 75. Où étoient fituez les deux plus anciens, & comment bâtis :  5. 26.

Le Pont au Change :  5. 152. *& fuiv.*

Le Pont de Charles le Chauve, qui ne fubfifte plus : 152 *& fuiv.*  196.

Le Pont S. Michel.  28.

Le Pont neuf :  78. 79.

Le Pont Notre-Dame :  152. *& fuiv.*

Le petit Pont :  5. 176.

Portes de Paris. Porte Baudets, ou Baudoyer :  28. 71. 72.

Porte dans la rue S. Denys, près du Cimetiere des Innocens :  71.

Porte S. Jacques :  14.

Porte du Lépreux, au de-là du petit Pont :  78. 142.

Porte dans la rue S. Martin, près de S. Merri :  71. 93.

Porte S. Victor :  30.

Porte. ( Rue des deux )                                                71.
Ports de Paris. Port au bled :                                        71.
   Port au bois :                                       74.
   Port de l'Ecole. Voyez *Ecole*
Portun , Dieu du Paganisme :                                          339.
Pré aux Clercs , anciennement Pré de S. Germain :                    211.
Prébende. Ancien usage de ce mot :                                   158.
Prébendes canoniales; leur origine :                                 137.
Préfets de Paris sous les Romains , Officiers inconnus: 8. Voyez encore *Festennius*. *Mummole*.
S. Prétextat , évêque de Rouen :                                      68.
Prevôts des Marchands :                                               46.
Prieurez à Paris. Voyez *S. Denys de la Chartre. S. Julien le Pauvre. S. Martin des Champs. Notre-Dame des Champs.*
Prisons de Paris : Une voisine du petit Pont :                        66.
   Prisons des deux Châtelets :                         66.
   Prisons de Glaucin. Voyez *Glaucin.*
   Le For-l'évêque. Voyez *For.*
Probat , évêque de Paris :                                            48.
Promotus , évêque de Châteaudun :                                     65.
Prosper , ancien Chroniqueur critiqué :                           32. 33.
Prudence , ou Prudent , évêque de Paris :                         29. 30.
Puits miraculeux de l'Abbaye de S. Germain dès Prez :               179.

### Q

Quais de Paris. Voyez *Augustins. Ecole.*
Quartiers de Paris. Voyez *Champeaux. Cité. Laas. Louis. Marais. Université. Ville. Villeneuve.*
Quiersy : ( Concile de )                                             350.
Quintilien , ou Quintinien , abbé à Paris :                      91. 92.

### R

Radbert , évêque de Paris douteux :                                 119.
Ragenaire , ou Renier , capitaine Normand :                     78. 142.
Raginfroi , ou Rainfroi maire du Palais :                      117. 119.
Ragnecapt , évêque de Paris :                                       119.
Ragnemode , évêque de Paris :                          67. 68. 74. 76. 79.
Raguet , ( l'Abbé ) Auteur critique :                               94.
Rainfroi. Voyez *Raginfroi.*
Raoul de Bourgogne , roi de France : 199. 200. Sa mort & sa sépulture :  202.
Raoul II , abbé de S. Maur des Fossez :                             91.
Raisbonne : ( Concile de )                                         144.
Rebais , abbaye donnée à l'évêque de Paris. *Voyez les Additions pour la page* 213.
Récarede , fils de Leuvigilde roi en Espagne :                      75.
Recteur de l'Université de Paris ; son ancien nom. Voyez *Capital.*
Reims. ( Evêques ou Archevêques de ) Voyez *Ebon. Foulques. Hervé. Hintmar. Remi.*
Reines de France. Voyez *France.*
Religion Chrétienne établie dans les Gaules :                    14 & *suiv.*
Reliques fausses promenées de ville en ville :                      68.
S. Remi , évêque Reims :                                            48.
Remi , moine de S. Germain-d'Auxerre , ouvre une Ecole publique à Paris : 145. 194. 195.
Renaud , évêque de Paris :                                         212.
S. René , ( Villeneuve ) Quartier à Paris :                         67.
Renier. Voyez *Ragenaire.*
Richard le Justicier , duc de Bourgogne :                          199.
Richard I , duc de Normandie :                              205. 208. 209.

Richenow., abbaye: 184.
Richilde, reine de France, femme de Charles le Chauve: 160.
Rictrude, fille de Charlemagne: 125.
Rigonte, fille du roi Chilpéric I. 75.
Rimini: ( Concile de ) 29.
S. Riquier. ( Abbez de ) Voyez *Angilbert.*
Rivet., ( Dom Antoine ) Auteur critique: 41. 57. 84. 91. 128. 129. 149. 161. 194. 195.
197. 217. 218. 219. 221. 285.
Robert. Voyez *Chrodobert.*
Robert, comte de Paris, abbé de S. Germain des Prez IIe du nom, de S. Denys en France,
de Marmoutier, & S. Martin de Tours, puis roi de France: 172. 175. 188. 191. 192.
193. 198. Sa mort & sa sépulture: 199.
Robert, roi de France, fils de Hugues Capet: 208. 210.
Robert, surnommé en latin *Pharetratus*, comte: 273. 274.
Robert I, abbé de S. Germain des prez: 125. 129. Sa mort: 131.
Rodolfe, roi de la Bourgogne transjurane: 165.
Rois d'Aquitaine; d'Austrasie; de Bourgogne; de Dannemark; en Espagne; de France; des
Francs; de Galice; des Huns; de Metz, de Neustrie; des Normans; d'Orléans; de Soissons; des Wisigoths. *Voyez ces mots.*

Rois de Paris en tout ou en partie, c'est-à-dire seuls, ou conjointement avec d'autres.

| *Ordre Chronologique.* | *Ordre Alphabétique.* |
|---|---|
| Childéric I. Clovis I. Childebert I. Clotaire I. Charibert I. Gontran *conjointement avec Si-*gebert I, *&* Chilpéric I. *Les mêmes Gontran & Chilpéric I conjointement avec* Childebert II. *Les mêmes* Gontran *&* Childebert II *conjointement avec* Clotaire II. *Les mêmes* Childebert II *&* Clotaire II. *Le même* Clotaire II *conjointement avec* Théodebert II. *&* Thierri II. *Les mêmes* Thierri II *&* Clotaire II. *Le même Clotaire II seul.* Dagobert I. *Ensuite les Rois de Neustrie, à commencer par* Clovis II. *Enfin les Rois de France simplement.* | Charibert I. Childebert I. Childebert II. Childéric I. Chilpéric I. Clotaire I. Clotaire II. Clovis I. Clovis II. Dagobert I. Gontran. Sigebert I. Théodebert II. Thierri II. |

Roland, prétendu comte de Blaye, & neveu de Charlemagne: 31.
Rollon, premier duc de Normandie: 160. 187. 193.
Rongis; ses eaux: 13.
Rotrude, fille de Charlemagne: 144.
Rouen, ( Evêques ou Archevêques de Rouen ) Voyez *Hugues, Mélance, Oüen, Prétextat.*
Roy, ( le ) Auteur critique: 7. 13. 43. 116.
Rues de Paris. Voyez *Amandiers. Antoine. Arsis. Aubry.*
Bains. Barillerie. Barre du Bec. Barres. Bievre. Billettes. Bucherie.
Calendre. Coupegueule. Croix.
Denys. Drapperie.
Ecrivains.
Fevres. Foin.
Galande. Garnier. Geoffroi. Germain.
Harlay. Harpe. Hautefeuille. Heaumerie. Herbiers.
Jacques. Jardinet.
Lombards.
Maturins. Morfondus. Monnoie. Mortellerie. Mouton.
Pavée. Portes.
Sarrasin. Savonnerie.
Tabletterie. Temple. Tixerandrie. Troussevache.
Verrerie.
Ruinart, ( Dom Thierri ) Auteur critique: 53. 57. 64. 85. 87.
S. Rustique, prêtre & martyr, compagnon de S. Denys: 21.

S

SAbigothon. Voyez *Natalie.*

Sacre des Rois de France :                      122.

Saffarac, évêque de Paris :                   54. 55.

Saltzbourg. ( Evêques de ) Voyez *Arnon.*

S. Sanfon, évêque de Dol ; fes reliques font tranfportées à Orléans & à Paris :    206.

S. Sanfon d'Orléans, abbaye :                  206.

Sanfon , ( Nicolas ) Auteur critiqué :             1. 6.

Sardique : ( Concile de )                     25.

Sarrafin. ( Rue ) Voyez *Pierre.*

S. Saturnin, évêque de Touloufe :              15. 20. 21.

Sauval, ( Henri ) Auteur critiqué : 12. 25. 28. 33. 37. 42. 45. 46. 60. 71. 73. 76. 78. 82. 89. 90. 98. 99. 107. 114. 115. 120. 121. 122. 128. 130. 135. 136. 141. 154. 157. 161. 165. 166. 196. 201. 209. 211. 214. 322.

Sauveur, évêque d'Alet , aujourd'hui S. Malo :          205. 207.

Savans en grand nombre à Paris dès le IVe fiecle :        26.

Savonnerie : ( Rue de la )                    134.

Saxe. ( Ducs de ) Voyez *Henri.*

Scladémar , chevalier de grande réputation , fe fignale contre les Normans :    185.

Scot, ( Jean ) dit Erigene , célebre docteur du IXe fiecle , & précepteur de l'Ecole du Palais : 128. 150. 151.

Scubilion, abbé de S. Germain des Préz :             69. 83.

Séez. ( Evêques de ) Voyez *Adélelme. Hildebrand.*

Ségémond , évêque de Meaux :                 337.

Seine , riviere. Sa jonction avec la Marne ; fon embouchure dans la mer : 9. Ses deux bras à Paris : 5. 11. 73. 74. Ses débordemens. Voyez *Débordemens.*

Sens. ( Evêques ou Archevêques de ) Voyez *Aldric. Anfegife. Emmon. Evrard. Séverin.*

S. Serdot, évêque de Lyon :                  56.

Serpent , ou Dragon de S. Marcel :             30.

Sévere , ( Septime ) Empereur Romain :          15. 20.

S. Séverin , évêque de Sens :                  31.

S. Séverin , abbé d'Agaune :                 49.

S. Séverin , Abbé à Paris :                48. 49.

S. Séverin , églife abbatiale , puis paroiffiale & archipresbytérale : 49. 62. 74. 78. 79. 95. Voyez auffi S. *Laurent.*

    ( Abbez de ) Voyez *Domnole. Germoald. Séverin. Wandremar.*

Siéges de Paris. I. par les Romains :           4 & *fuiv.*

    II. par Childéric I , roi des Francs :      34 & *fuiv.*

    III. Par les Normans :              170. & *fuiv.*

    IV. Par les Normans :                186.

    V. Par les Normans :                 186.

    VI. Par l'empereur Otton I.            203.

    VII. Par l'Empereur Otton II.         211.

Sigebert I , roi d'Auftrafie , & en partie de Paris : 65. Sa mort :    65.

Sigebert II , roi d'Auftrafie : 94. Sa mort :           101.

Sigefroi , roi Normand , affiége Paris : 170 & *fuiv.* Il traite avec les Parifiens , & abandonne le fiége : 178. 179. Il y revient :         182.

Sigefroi , ou Sigofroi , évêque de Paris : 110. Sa mort :    112.

Sigefroi I , ou Sigon , abbé de S. Germain des Prez :     99. 100.

Sigefroi II , abbé de S. Germain des Prez :          119.

Sigobrand , évêque de Paris :                104.

Sigofroi. Voyez *Sigefroi.*

Sigon. Voyez *Sigefroi.*

Silvain , divinité payenne ; fon culte à Paris :         14.

S. Siméon Stylite :                     38.

Simplice , évêque de Paris :                 82.

                                       Sinric.

Sinric, roi Normand, mort au fameux fiége de Paris : 180.
Sirmond, ( le Pere ) Auteur critiqué : 56. 95. 137.
*Sifinnius Fefcenninus*, préfet à Paris : 24.
Soiffons. ( Rois de ) Voyez *Chilpéric I. Clotaire I. Divitiac.*
    ( Batailles de ) 117. 199.
    ( Evéques de ) Voyez *Draufin.*
Solignac, abbaye : 89.
Somerfet-shire, canton dans la Grande Bretagne : 3.
Sonachilde, ou Sonichilde, mere de Gripon, fils de Charles Martel : 116.
Sorcieres punies de mort à Paris : 75.
Spelman, Auteur critiqué : 246.
Statue ancienne dans le parvis de la Cathédrale : 97. Statues de Mars & de Mercure fur la montagne de Montmartre : 12. Statues de S. Chriftophe : 111.
Suétone. Explication d'un paffage de cet Hiftorien : 11.
S. Symphorien d'Autun. ( Abbez de ) Voyez *Germain.*
S. Symphorien d'Orléans, abbaye : 206.
Synagogue de Juifs : 73.
Syriens. Marchands de cette nation à Paris : 38. 79.

# T

**T**abletterie, ( Rue de la ) 134.
Taffilon, duc de Baviere : 122.
Temple : ( vieille rue du ) 71.
Temples des Gaulois ; de quelle nature ils étoient : 10. 11.
    Temples de la Gaule pillez par Jules Céfar : 11.
Terrein derriere la Cathédrale : 11. 74.
Tertri : ( Bataille de ) 109.
Tetbert, comte de Meaux, frere d'Anfchéric évêque de Paris : 337.
Teudon, vicomte de Paris : 200. 201.
Teutatès, divinité Gauloife : 10.
Thédelmar. Voyez *Chédelmar.*
Théodebald, ou Thibaud, roi de Metz ou d'Auftrafie : 48.
Théodebert I, roi de Metz ou d'Auftrafie : 48. 81.
Théodebert II, roi d'Auftrafie, & en partie de Paris : 81. Sa mort : 84.
Théodefroi, ou Déodefroi, évêque de Paris : 122.
Théodelbert, prêtre titulaire de l'églife de S. Merri : 167.
Théodoald, maire du Palais : 117.
Théodore, évêque miffionnaire en Angleterre : 105.
Théodulfe, évêque de Paris : 197. Sa mort : 198.
Thermes : ( Palais des ) 26. 28. 50. 126.
Thibaud. Voyez *Théodebald.*
Thibaud, fils du roi Clodomir, eft poignardé ; fa fépulture : 43.
Thibaud le Tricheur, comte de Blois & de Chartres : 205. 208.
Thierri I, roi de Metz, ou d'Auftrafie : 48.
Thierri II, roi de Bourgogne, & en partie de Paris : 81. 83. Sa mort : 84.
Thierri III, roi de France : 102. 106. déthrôné : 106. rétabli : 107. 109. Sa mort & fa fépulture : 112.
Thierri IV, dit *de Chelles*, roi de France : 118. Sa mort : 119.
Thierri, fils du roi Chilpéric I. 74. 75.
Thierri, capitaine François : 181. 214.
S. Thierri. ( Abbez de ) Voyez *Airard.*
Thiers. ( Jean-Baptifte ) Auteur critiqué : 143.
Thomas, précepteur prétendu de l'Ecole du Palais : 128.
Thomaffin, ( le Pere ) Auteur critiqué : 170. 183. 185. 186. 187. 273.
Thuilleries, ( l'Abbé des ) Auteur critiqué : 170. 183. 185. 186. 187. 273. 336.
S. Thuriaf, ou Thuriave, évêque de Dol ; fon corps apporté à Paris : 193. 198.

## 378      TABLE

Tillemont , ( Sébastien le Nain-de ) Auteur critiqué :      34.
Tixérandrie : ( Rue de la )      28. 71.
Tombeaux & Cercueils anciens découverts à Paris :      28. 30.
Toulouse. ( Evêques de ) Voyez *Saturnin.*
Tours. ( Comtes de ) Voyez *Leudaste.*
     ( Second Concile de )      57. 65.
     ( Evêques, ou Archevêques de ) Voyez *Gatien. Grégoire. Injuriosus. Martin.*
Trévoux , ( Mémoires ou Journaux de ) critiquez :      94.
Troci ( Bataille de )      81.
S. Trophime , évêque d'Arles :      15.
Troussevache : ( Rue )      71.
*Tudella* , lieu à Paris :      134.
Tunique ou étole de S. Vincent :      51.
Turin. ( Evêques ou Archevêques de ) Voyez *Claude.*
Turnoald , évêque de Paris : 112. 117. Peut-être auparavant abbé de Ste Génevieve : 112. 113.

### U

Uddon , ou Odon , présumé comte de Chartres :      292.
Ulric , doyen de Ste Génevieve :      156.
Ultrogotte , reine de France , femme de Childebert I , 49. 50. 57. 58. 59. Sa sépulture : 59.
Université de Paris : son origine : 127. 128. 195. 196. 211. Ses Recteurs. Voyez *Recteur.*
Université , Quartier de Paris qui renferme tout le terrein qui est à la gauche de la riviere :
     33. 142. Pourquoi ainsi nommé :      196.
Ursicin , évêque de Paris :      29.
Usuard , célebre religieux de S. Germain des Prez , Auteur du Martyrologe de son nom :
     129. 150. Sa mort :      160.

### V

Vaches ( Ile aux )      134.
Vaisseau ou Navire , nouvelles Armes de la Ville de Paris :      46.
Vaissette , ( Dom Joseph ) Auteur critiqué :      64.
Valentinien I , empereur Romain :      8. 32.
S. Valérien , évêque d'Auxerre :      31.
Vallée de Misere , canton à Paris :      45.
Valois , ( Adrien de ) Auteur critiqué : 6. 12. 31. 46. 48. 51. 52. 53. 54. 62. 73. 75. 83. 87.
     94. 99. 101. 169. 189. 320.
Vandemir. ( Charte ou Testament de )      110. 111.
S. Vandrille , abbaye :      118.
     ( Abbé de ) Voyez *Ansegise. Hugues.*
S. Vât d'Arras , abbaye :      112.
Vermandois. ( Comtes de ) Voyez *Herbert.*
Verrerie ( Rue de la )      71.
Vicomtes de Paris : 155. Voyez *Burchard. Grimoard. Teudon.*
S. Victor , abbaye à Paris :      67.
S. Victor : ( Fauxbourg de )      67.
Victorin , évêque de Paris :      25.
Victur , évêque du Mans :      57. 58.
Vigne cultivée à Paris :      26.
Vilic , ou Félix , évêque de Paris :      29. 32.
Ville , Quartier de Paris qui renferme tout le terrein qui est à la droite de la riviere : 70. 71.
Villeneuve-S. René , Quartier ou canton de Paris :      67.
Vincennes ( Bois de )      14.
S. Vincent , martyr d'Espagne ; son étole ou sa tunique :      51.
S. Vincent , abbaye , aujourd'hui S. Germain des Prez. Voyez *S. Germain.*
Vinci : ( Bataille de )      117.

Vitallen, pape : 105.
Vivien, *évêque de Paris* : 29.
Vouillé : ( Bataille de ) 43.
Voutes, ( N. D. des ) chapelle dans la Cité. Voyez *Notre-Dame.*

# W

**W**Aldromer, ou Wandremar, ou Gaudremar, ou Gondremar, abbé de S. Germain des Prez : 113. 114.
Wandremar, abbé, peut-être de S. Laurent ou S. Séverin : 110. 113.
Walon, ou Gualon, abbé de S. Germain des Prez : 109. 210. Sa mort : 211.
Walram, ou Willeram, ou Wilram, écolâtre de l'église de Bamberg, puis moine de Fulde, & abbé de Mersburg : 195.
Waratton, maire du Palais : 108. 109.
Wichad, abbé de S. Germain des Prez : 124. Sa mort : 124.
Wight, île de la Grande Bretagne : 3.
S. Wilfrid, évêque d'York en Angleterre : 105.
Willeram, ou Wilram. Voyez *Walram.*
Wil-shire, canton dans la Grande Bretagne : 3.
Wisigoths. ( Rois des ) Voyez *Amalaric.*
   ( Reines des ) Voyez *Clotilde.*

# Y

**Y**Ork. ( Evêques ou Archevêques d' ) Voyez *Wilfrid.*
York-shire, canton dans la Grande Bretagne : 3.
S. Yves, ou S. Ives, chapelle : 79.

# Z

**Z**Uintibold, duc de Lorraine : 348.

*Fin de la Table des Matieres*

---

## APPROBATION.

**J**'Ai lu par ordre de Monseigneur le Chancelier un Manuscrit intitulé : *Nouvelles Annales de Paris, jusqu'au regne de Hugues Capet, auxquelles on a joint le Poëme d'Abbon sur le siége de Paris &c.* Cet Ouvrage m'a paru intéressant par les discussions & les notes critiques qui l'accompagnent, & je n'y ai rien trouvé qui puisse en empêcher l'impression. A Paris le 14 Septembre 1752. BONAMY.

---

### Permission du Très-Révérend Pere Général.

**N**Ous Supérieur Général de la Congrégation de S. Maur, Ordre de S. Benoît, vu l'Approbation donnée par M. Bonamy Censeur Royal, à un Ouvrage intitulé : *Nouvelles Annales de Paris, jusqu'au Regne de Hugues Capet, y joint le Poëme d'Abbon sur le fameux siége de Paris par les Normans &c.* avons permis & permettons au R. P. Dom Toussaints Duplessis Religieux de la même Congrégation, qui en est l'Auteur, de le faire imprimer. Fait à Paris dans l'Abbaye de S. Germain des Prez ce 20 Septembre 1752, sous notre seing & le sçeau de notre Office, avec le contreseing de notre Sécrétaire.
Fr. RENÉ L'ANEAU, *Sup. Général.*
Par commandement du Très-Révérend Pere Général, Fr. JOSEPH DELRUE, *Sécrétaire.*

# PRIVILEGE DU ROI.

LOUIS, par la grace de Dieu Roi de France & de Navarre, à nos amés & féaux Conseillers les Gens tenans nos Cours de Parlement, Maîtres des Requêtes ordinaires de notre Hôtel; Grand Conseil, Prevôt de Paris, Baillifs, Sénéchaux, leurs Lieutenants Civils, & autres nos Justiciers qu'il appartiendra; SALUT. Notre Amé *Dom Toussaints Duplessis*, Nous a fait exposer qu'il désireroit faire imprimer & donner au Public un Ouvrage de sa composition qui a pour titre: *Nouvelles Annales*....s'il nous plaisoit lui accorder nos Lettres de Privilége pour ce nécessaires: A CES CAUSES voulant favorablement traiter l'Exposant, nous lui avons permis & permettons par ces Présentes de faire imprimer ledit Ouvrage en un ou plusieurs volumes, & autant de fois que bon lui semblera, & de le faire vendre & débiter par tout notre Royaume pendant le tems de douze années consécutives, à compter du jour de la date des Présentes; faisons défenses à tous Imprimeurs-Libraires, & autres personnes de quelque qualité & condition qu'elles soient, d'en introduire d'Impression étrangere dans aucun lieu de notre obéïssance, comme aussi d'imprimer ou faire imprimer, vendre, faire vendre, débiter ni contrefaire ledit Ouvrage, ni d'en faire aucun extrait sous quelque prétexte que ce soit, d'augmentation, correction, changemens ou autres sans la permission expresse & par écrit dudit Exposant, ou de ceux qui auront droit de lui, à peine de confiscation des Exemplaires contrefaits, de trois mille livres d'amende contre chacun des contrevenans, dont un tiers à Nous, un tiers à l'Hôtel-Dieu de Paris, & l'autre tiers audit Exposant, ou à celui qui aura droit de lui, & de tous dépens, dommages & intérêts; à la charge que ces Présentes seront enregistrées tout au long sur le Registre de la Communauté des Imprimeurs & Libraires de Paris, dans trois mois de la date d'icelles; que l'impression dudit Ouvrage sera faite dans notre Royaume, & non ailleurs, en bon papier & beaux caracteres, conformément à la feuille imprimée attachée pour modele sous le contrescel des Présentes; que l'Impétrant se conformera en tout aux Reglemens de la Librairie, & notamment à celui du ro Avril 1725; qu'avant de l'exposer en vente, le Manuscrit qui aura servi de copie à l'impression dudit Ouvrage sera remis dans le même état où l'Approbation y aura été donnée ès mains de notre très-cher & féal Chevalier Chancelier de France le Sieur DELAMOIGNON, & qu'il en sera ensuite remis deux Exemplaires dans notre Bibliotheque publique, un dans celle de notre Château du Louvre, un dans celle de notredit très-cher & féal Chevalier Chancelier de France le Sieur DELAMOIGNON, & un dans celle de notre très-cher & féal Chevalier Garde des Sceaux de France le Sieur DE MACHAULT, Commandeur de nos Ordres; le tout à peine de nullité des Présentes: du contenu desquelles vous mandons & enjoignons de faire jouïr ledit Exposant & ses ayans causes, pleinement & paisiblement, sans souffrir qu'il leur soit fait aucun trouble ou empêchement: Voulons que la copie des Présentes qui sera imprimée tout au long au commencement ou à la fin dudit Ouvrage soit tenuë pour dûement signifiée; & qu'aux copies collationnées par l'un de nos amés & féaux Conseillers Sécretaires, foi soit ajoutée comme à l'Original: Commandons au premier notre Huissier ou Sergent sur ce requis de faire pour l'exécution d'icelles tous Actes requis & nécessaires, sans demander autre permission, & nonobstant clameur de Haro, Charte Normande, & Lettres à ce contraire: Car tel est notre plaisir. DONNÉ à Versailles le 23 du mois de Septembre, l'an de grace 1752, & de notre Regne le trente-septiéme. Par le Roi en son Conseil. SAINSON.

Je soussigné cede & transporte le présent Privilége à Madame la veuve Lottin, & à M. Butard, suivant la convention passée entre nous. Fait à Paris ce vingt-cinq Octobre mil sept cent cinquante-deux.

Fr. TOUSSAINTS DUPLESSIS, MB.

*Registré ensemble la cession ci-dessus sur le Registre XIII de la Chambre Royale des Libraires & Imprimeurs de Paris, Nᵒ. 57. fol. 36. conformément aux anciens Reglemens, confirmés par celui du 28 Février 1723. A Paris le 27 Octobre 1752.*

J. HERISSANT, Adjoint.

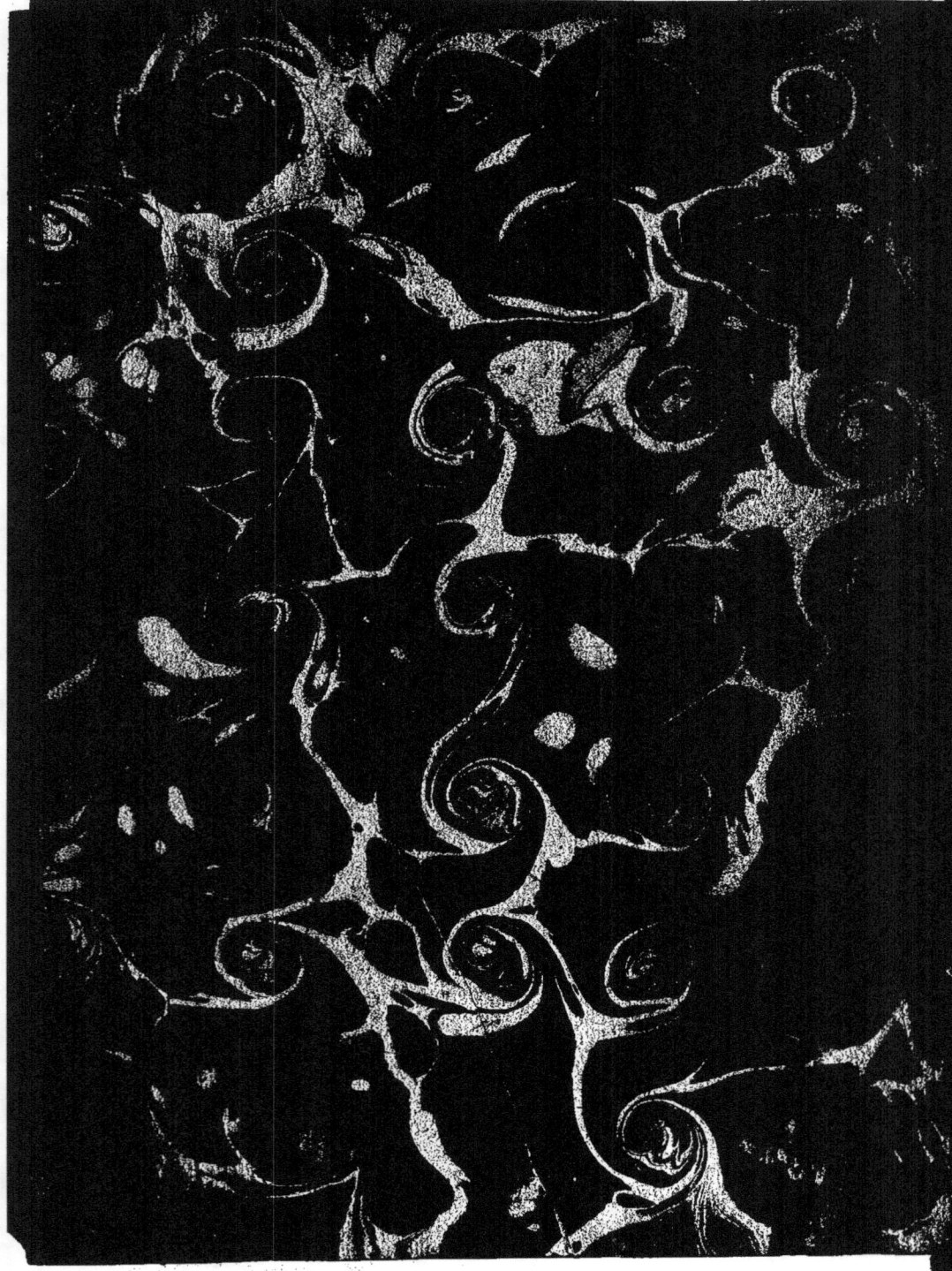